一号战车

YI HAO ZHAN CHE

初日春 著

百花洲文艺出版社
BAIHUAZHOU LITERATURE AND ART PRESS

图书在版编目（CIP）数据

一号战车 / 初曰春著. -- 南昌 : 百花洲文艺出版社, 2021.7（2021.9重印）
ISBN 978-7-5500-3931-5

Ⅰ. ①一… Ⅱ. ①初… Ⅲ. ①长篇小说 - 中国 - 当代 Ⅳ. ①I247.5

中国版本图书馆CIP数据核字（2020）第235828号

一号战车

初曰春 著

出 版 人　章华荣
责任编辑　胡青松
书籍设计　黄敏俊
制　　作　周璐敏
出版发行　百花洲文艺出版社
社　　址　南昌市红谷滩区世贸路898号博能中心一期A座20楼
邮　　编　330038
经　　销　全国新华书店
印　　刷　南昌市红星印刷有限公司
开　　本　710mm × 1000mm　1/16　　印张　32
版　　次　2021年7月第1版
印　　次　2021年9月第3次印刷
字　　数　400千字
书　　号　ISBN 978-7-5500-3931-5
定　　价　58.00元

赣版权登字　05-2020-267

邮购联系　0791-86895108
网　址　http://www.bhzwy.com
图书若有印装错误，影响阅读，可向承印厂联系调换。

目录

第一章 “谋杀”事件

001

警车在鱼鸟河中队院里只停了十来分钟，两位消防员就被警察带走了。消息一传出来，林河消防支队上上下下便炸了锅。

支队长马小刚大发雷霆，把相关人员臭骂一顿。挨批最狠的是参谋长沙方健，他潜意识里认为，是自己所带的队伍出了问题。

换句话说，他对如今的兵员素质抱有成见，社会发展太快了，很难捕捉到年轻人的心思。这是让他头疼的事情之一。

马小刚发火还有个很重要的原因——虽说法律面前人人平等，可消防属于现役体制，军人如果违法乱纪，应该由部队里的保卫部门来办理。也就是说，不到万不得已，公安机关是无权把人带走的。

被带走的人是消防员柳海洋和吕建业，马小刚对前者非常熟悉，柳海洋是退役返聘回来的专职消防员，他跟所有人一样，称之为“大老柳”，光从这称呼上便可瞅出端倪。

吕建业是谁？他让沙方健调来对方的档案，看过之后，心里更是七上八下。

有关直系亲属的信息，“母亲”一栏里填的“病故”，“父亲”一栏里写着“查无此人”。马小刚记得清清楚楚，此人的父亲叫吕程，吕程为了这个宝贝儿子，曾经私下里找过他。

马小刚越发看不懂年轻人了。

有些事情不以人的意志为转移，比方说，兵役制度改革之后，有文身的社会青年也可以应征入伍。这是所有人都知道的事实，但马小刚无法接受，他的思想偏于传统，他认为那样的人不正经，也决不会将文身当成艺术。

当然，吕建业身上没有文身，档案里的体检表各方面指标都正常。马小刚拿着应征入伍表，照片上的吕建业眉清目秀，很难让人联想到他是个坏小伙儿。但吕程是个富商，光看这家庭条件，就得为之捏把汗。被贴上“富二代”标签的人，十有八九会被视为另类。

他寻思了半天，终究没给公安局领导打电话。马小刚的想法很简单，既然吕建业被警方传唤，必然是事出有因，纵然消防隶属于公安，相互之间的关系密切，也不好插手和干预警方办案。他让沙方健盯紧事态发展。

审讯室里，负责询问的民警很客气，但吕建业并不买账，他趾高气扬地坐在那里，脸上时不时地露出鄙夷的表情。他一直保持沉默，让民警也没招儿了。

两位民警把吕建业晾在那里，又跑到另一间审讯室，向大老柳了解情况。吕建业正中下怀，在消防队成天忙得晕头转向，巴不得有个空闲，可以歇歇。可他很快坐不住了，开始扯开嗓子骂娘。

他觉得很不爽，这都什么事儿啊，救人救出了罪过，竟然被抓进了派出所。他叫嚣着要请律师，他没忘自己还有另一个身份，吕家的少爷，父亲吕程公司的法务人员都是高薪挖来的，处置法律纠纷相当专业。

他对随后赶到的民警说，我要追究无赖的法律责任。

行吧，那是你的权利。说着，民警把问询笔录递给他：签字吧。

吕建业说，你让签就签吗？总得给小爷个说法吧。

民警笑眯眯地说，这是例行公事，有人报警，我们就得处置。

说实话，警方可不想接这烫手的山药，他们恨不能赶紧结案，有些事情向来如此，公说公有理，婆说婆有理，很难给个确切的定论。况且，他们已经接到了上级的指令，让先把人放回去。

是沙方健联系了公安局的领导，他已经从中队长武鸣那里了解了个大概。他的意思是，公安机关继续调查取证，消防方面随时配合。

可所有人都没想到，报警人在网上发了帖子，说消防和公安是一家子，无处申冤。很快就有网民围观，支招让其去法院告状，有好事者还替着写了诉状。

法院的传票说来就来了。

那一天是2018年元旦，中队刚开了个简短的会议，部署节日期间的战备工作。吕建业一听说这事儿，就跑到武鸣那里请假，说是要去找那老娘们理论理论。

武鸣自然不会准假，真要放吕建业出去了，指不定会发生什么后果。可他也不知道该怎么劝对方，便嘱咐大老柳多关注吕建业。大老柳唉声叹气，说这事儿有点棘手，如果吕建业真听招呼的话，也不至于闹到这般天地了。

还好，吕建业情绪正常，仅是一个劲儿地发牢骚，说什么人走霉运喝口凉水也塞牙。

他把这句话挂在嘴边，反复地强调，说太邪性了，稀奇古怪的事儿咋让自己给碰上了呢?

吕建业本来就是话痨，可想而知，整个元旦的三天假期里，翻来覆去总是那么一两句话，他得多么令人讨厌。大老柳提醒他少说话多干活儿，他反过头来指责说，大老柳是在落井下石。

大老柳挺冤的，这纯属子虚乌有的事儿。可吕建业就这副德行，干出的事情常常令人哭笑不得。真跟他较真儿的话，总也扯不清。

这不，他像祥林嫂一样喋喋不休，逮着人就会唠叨个没完。大老柳让他大过节的消停一点儿，他反问咱消防啥时候过节消停过。别说，这话确实在理儿，竟让人哑口无言。

其实，吕建业不是故意要嘴皮子，他是想用这种方式发泄情绪，既然摊上事儿了，那就得有个宣泄口。他自诩心理素质过硬，如今看来，吹嘘的成分占了大半。尺有所短寸有所长，圣人君子也会有缺陷，这是亘古不变的道理。

吕建业身上的优点和缺点比较集中，但一时半会儿很难总结到位，滑稽的是，在他这里，多数情况下，优点也会变成缺点。毕竟两者之间原本就没有明显的界线。例如爱唠叨这个习惯，搁到平常谁也不会在意，在特定的时间和空间就有另一种意味了。

事实上，在他刚进消防那会儿，就赚了个满嘴跑火车的名声。

002

到鱼鸟河中队报到的那天，大老柳带他们这批人熟悉情况，指着车库里的一辆消防车说，这车金贵，值好几百万。意思是让大家爱护车辆装备。

吕建业在队伍里撇撇嘴，说也就一辆宾利而已，回头买架私人飞机，准保比这个场面气派。

这话肯定不受人待见，兄弟们私底下议论，说这人太做作，能把牛皮吹上天。这等于他在无形中孤立了自己，很长一段时间里，他在鱼鸟河中队都是形单影只。

过后，大伙儿知道吕建业不是在吹牛，才勉强适应了他的逻辑习惯。他是有实力说这番话的，人家过去在家里开的是最新款悍马，他说那车开起来霸道。

吕建业个头不高，而且长相属于偏清秀的那一类，可以想象，关于悍马的言论势必会招来不少嘲笑。有人说他是在意淫，钻进车里也是无人驾驶。他说扯淡，不用你们脑补，分分钟让姓吕的牵着我的小马来队上。

他从不喊吕程爸爸，心情好时管对方叫姓吕的，状态不佳则直呼其名。还别说，那一次以及之后很多次，只要他一声招呼，吕程都会屁颠屁颠儿地赶过来。

那次，吕程开着儿子之前开过的悍马，还带了满满的一车吃食儿。吕建业得寸进尺，责怪父亲来得太迟，板着脸说，把东西卸下来，回吧。

吕程二话没说，就开始忙活，有人想搭把手，吕建业不让，对父亲像是支使下人一般。这难免为他落下骂名，大伙儿众口一词，说这富二代纯粹是让钱给烧的。

如果光是这些，吕建业还不至于招人恨，问题出在他从来不知道收敛，还时不时地秀优越，这等于犯了忌讳，很容易树敌。

道理明摆着，在多数单位，特别是在部队这个特殊的群体，既要讲究个服从意识，又得提倡民主团结，最起码同一级别之间是相互平等的。想想也是，谁都不比谁多半个脑袋，你吕建业凭什么装大尾巴狼？

说来也怪，虽然他人长得细皮嫩肉，训练和执勤却毫不含糊，到了火场上是个十足的拼命三郎，确实为他赢得了赞誉。问题是吕建业丝毫不谦虚，口口声声说人不可貌相，他本人就是专门用来毁别人三观的。瞧这大话说的，还真不怕闪了舌头。

彼此熟悉之后，兄弟们才知道，吕建业平常很着调，就是喜欢把出风头当作个性。有人说他是在刷存在感，他听到后也不言语，算是默认了。

别瞧他口无遮拦，在某些问题上他一直讳莫如深，比方说他的家庭情况。

据好事之人讲，他的父亲吕程是上市公司的董事长，旗下的子公司既有房地产，又有软件开发，总之什么项目来钱快就上什么。最核心的产业是连锁酒店，在全省乃至华东地区的几个省份都是龙头老大，而且名号也响亮，叫“通九州文化酒店”。说白了，凭这份家底，吕建业这辈子都可以坐享其成。

可他就是听不得“通九州文化酒店”这七个字，有一次，吕建业在酒后说，狗屁文化，藏污纳垢的地方。跟他一起喝酒的人也有了几分醉意，对他的说法没当回事儿，他非要跟人家掰扯“藏污纳垢”的含义，折腾了半天，大伙儿才搞清楚，吕程是开夜总会起步的。

吕建业觉得父亲的发家史令人不齿，叛逆心自然比一般人要强许多。以至于父亲要把他送到国外留学，他硬是搞了个离家出走，独自去了西藏，还扬言要断绝父子关系，吓得吕程再也不敢在儿子面前吹胡子瞪眼。

客观来讲，与其说他是在享受父亲带来的财富，不如说是在用挥霍金钱的方式惩罚父亲。至于他为什么要终止在大学的学业，跑到消防来，众人猜测也是这个原因。但他说那只是一方面，其他的始终是个谜。

有人知道他酒量不济，想把他灌醉来找到答案，但吕建业没着道，看来醉酒之人也是可以控制心智的。耍酒疯的那类人，说到底是借着酒劲发挥罢了。

提起喝酒这档子事儿，在部队是明令禁止的，尤其是消防这样时时战备、天天出警的兵种，更是如此。可这毕竟是一群年轻的小伙子，他们更多的时候不是为了喝酒，而是为了体验那种偷偷摸摸干坏事儿，却又没被领导逮着的快感。

有一点必须说明，当时吕建业还是个新兵，是2017年9月份入伍的那批兵。别看他跟父亲关系很僵，吕程还是动用了关系，让他在本市当兵。吕程的想法很简单，既然儿子铁了心要当兵，那就让他在家门口，好歹也能有个关照。

但吕建业不这么认为，他恨不得远走高飞，假若能到最偏远的边陲地区那就更带劲了。个中缘由或许只有他本人晓得，多亏他不知道父亲私下里有所安排，否则肯定会闹得鸡飞狗跳。

当然，吕程也错误地估计了形势，他本以为儿子只是一时心血来潮，闹够了情绪就会主动回到学校。没承想，吕建业坚持了下来，在队上表现还很优秀。

有一段时间，吕程企图调动各种关系，人为地制造些麻烦，让儿子离开消防，谁知道吕建业见招拆招，在挫折面前越战越勇，反倒让父亲后悔不已。可怜天下父母心，但凡有点常识的人都明白，消防是个卖命的职业，吕程不得不为儿子的安危捏把汗。

很长一段时间里，吕程都会在夜里做噩梦，醒来之后便会喃喃自语：难道这就是我的命？

吕程信命，连儿子的名字都是为了讨个吉利。适得其反，在败家这一方面，儿子是无师自通，让他伤透了脑筋。

这么说吧，吕建业的叛逆期来得比较早，而且来势凶猛，叫人措手不及。至少吕程是彻底放弃了努力，打不得也骂不得，即便是恨得咬牙切齿。

003

跟其他生意人相比，儿子是吕程的骄傲。

吕建业小时候品学兼优，后来冷不丁地变了。虽然他学习成绩名列前茅，可在学校里总让人不省心，属于大错不犯小错不断的那号人。作为家长，吕程被班主任约谈成了家常便饭。特别是儿子闹情绪要干消防，更是让吕程难受得要死，他时不时地感叹，挣再多的钱有啥用处？

吕建业对此颇为得意，他就是想让父亲生气，最好是能让其发狂。长期养成的行为习惯被他带进了部队，他在队上也是特立独行，经常为队领导制造麻烦。

鱼鸟河中队曾经是全市部队的龙头老大，不但是林河消防最早成立的中队，也是最早改为现役消防员与政府专职消防员混编的中队，因为后者也算是个特殊的单位。现如今，老先进走了下坡路，成了爹不疼娘不爱的角色，处境异常尴尬。

这里需要解释一下政府专职消防员。这部分人员不是真正的士兵，实行的却是军事化管理，被人们习惯性地称为“当兵的”。

众所周知，社会越发展，消防的作用就越明显，为了补充现役消防力量不足，消防系统依托地方中介机构，在社会上公开招聘了一批人。这批人最初被称为合同制消防员，高层领导认为，这很容易让他们抱有临时观念，不便于管理，也难以产生职业荣誉感，就换成了后来的称呼。

前面提到的大老柳就是政府专职消防员，他起先就在林河消防服役，在特勤中队干班长，退伍后又应聘当了专职消防员。

其实，大老柳年龄不大，如果还在部队服役，现在顶多是上士的第一年，但因为过去就是班长，这会儿他是鱼鸟河中队战斗一班的班长。

千万别小瞧班长这个职务，兵头将尾的角色，在部队当中是最底层的管理者，发挥的作用却不容小觑。在真正的建制部队，比班长还小的职务是副班长。有个顺口溜，说班副班副专管内务，在很多基层单位，即便是副班长甚至说话有点分量的老兵，也会把手里的权力发挥到极致。

可大老柳并不是这样的人，他为人正派，为了带好手下的兵偶尔也会耍些小计谋，总体来说素质非常全面和优秀，但在自由散漫惯了的吕建业眼里，大老柳是有意跟他过不去。

还有个至关重要的问题，吕建业觉得大老柳是专职，他倒不是瞧不起专职消防员，但让一个专职的给自己当班长，就有那么一点儿别扭。更何况，他有个先入为主的观念，但凡干得好，怎么会退伍呢？他猜想，大老柳是走了中队长武鸣的后门。

再怎么说，武鸣也曾经在特勤中队干过副中队长，在吕建业的认知里，按照现在的世道，搞个人情关系是在所难免的，最起码在父亲那里都是如此。所以，他死活看不上大老柳。

这不，真到了事情上，吕建业怎么瞅对方都不顺眼，他觉得那副嘴脸十分可憎。

这事儿得从元旦前的一次出警说起。

吕建业先是一夜间成为网红，然后又被告上法院，这戏剧性的变化跟坐过山车似的，眨眼的工夫就叫人心惊肉跳。也多亏他心理素质好，否则绝对会崩溃。

那天的天气不好也不坏，警铃响时，他正在车库里擦车。他擦的是一辆水罐车，也就是当初大老柳介绍的那辆车，他们称之为城市主战车。这辆车跟别的车没什么太大区别，光这种车型中队就有三辆，还有一辆大吨位水罐车；剩下的三辆是抢险救援车、高喷车和云梯车。

从车辆配备的数量和种类看，吕建业所在的中队地处闹市区。的确如此，这七辆车的车头全部冲着车库大门，门外是八车道的马路，马路对过是鱼鸟河，河两岸有新开发的滨河公园，即便不是节假日，那里也是行人如织。

那个时辰，门外的马路，以及对过的公园热闹非凡，难得没有警情的车库里却安静得有些诡异。当时，吕建业脑子里的确冒出了“诡异”这个词儿，因为这两个字，他的步子就有些犹豫。

他在车屁股后面，从车库这头走到那头，又绕到车库门口，从那头走回来。他故意踢踏出脚步声，似乎制造出的杂乱声响，能够遮掩些什么。

有什么值得胡思乱想呢？他说不清道不明，反正那天的那时那刻，他就是犯了魔怔。事后，吕建业想，人在某些时候是有第六感的。

他好不容易稳住了心神，便随手打开车库大门。阳光扎进车库，打在车身上，那些消防车铮亮，红艳艳的有些刺眼。吕建业下意识地走到车库一角，拎起水桶，接满水，把抹布扔进桶里，回到那辆水罐车跟前，挽起袖子，准备擦车。

那辆车跟其他两辆城市主战车是同一厂家生产、同一天装备部队的，在服役年限和车辆性能上，完全相同。唯一的不同是，每次出动，它都是第一个驶出车库，被大家伙称为首车。

在鱼鸟河中队，兄弟们给这辆车起了另外一个名字“一号战车”，能在一号战车执勤，就跟担任一班长一样，拥有绝对的权威。首车得轮流值班，但吕建业就喜欢抢占这个位置。

毫无疑问，战斗一班是全队的领头羊，年底吕建业又刚提拔当二班班长，心气儿高着呢。他时常冒出些匪夷所思的想法，譬如，他想打败大老柳，取代一班班长的位置。

正擦着车，警铃响了。警铃响几声是有讲究的，这方面没有明确规定，有的消防队是依此来安排出动几台车辆，而林河消防则是用来区分出警的类别。

警铃就是命令。

着装完毕，兄弟们陆续登车，车载电台告知现场情况：一位高三女生趁着母亲外出，自己爬到了窗口，估摸着是因为学习压力太大抑或是受到什么刺激，想要自杀。

004

听到铃声时，吕建业近水楼台，穿上战斗服，佩戴好装备，直接上了一号战车。

按照支队定下的规矩，警铃响一声为普通火警，两声为抢险救援，三声代表火势较大。既然是两声，按说只要一辆抢险救援车即可，但支队上要求加强第一出动，会同时派出一辆城市主战车，也就是吕建业上的那辆。

那本来是大老柳的位置，他却嬉皮笑脸地对大老柳说，一班长，今儿个我占了，不好意思。

大老柳嘀咕了一句，估计是在骂娘，吕建业根本不理会这茬儿。那当口，他心里正美着呢。在众人眼里，能值一号战车，的确是身份的象征。

先前不太清爽的情绪转眼就烟消云散，争上一号战车，既满足了吕建业小小的虚荣心，也极大地刺激了他的战斗热情。

吕建业的眼前立马冒出很多个镜头——女生骑在窗沿上，一腿蹁在屋里，一腿耷拉在外面，看着小区里跑过的一条宠物犬，忽然傻笑个不停；或者，她正仰起脸，看着天上飞过的一只鸟，眼角溢出一滴泪水，慢慢滑到嘴角……很多种虚构的镜头扑面而来，让吕建业感到形势万分紧迫。

那是一栋老式筒子楼，楼下现场早已被里三层外三层的群众包围了，人们议论纷纷，还夹杂着莫名其妙的兴奋。刚刚赶回来的妈妈情绪激动，她不敢吱声，只能用手捂住嘴，瞪着惊恐的眼睛看着四楼窗口的女儿，眼神里带着焦急和无助。

派出所民警拉了长长的警戒线，在楼下分割出很大的空地。吕建业等人一下车，民警就在人群中打开一条通道，他们的背影瞬间被人群遮挡，如合龙的水流一样，看热闹的群众很快又拥挤到一起。

大老柳下令在空地铺设救生气垫，又转过头跟女生的妈妈商量，想请开锁公司来开门。妈妈一听急了，放声大哭，说就指望你们消防来救人，你们倒好，一推三六九。

大老柳说，大姐，我不是那个意思，我们可以索降，可以救援，但是你女儿情绪激动，万一有个三长两短……

妈妈一把抓住大老柳，撕扯开来：我不管，我不管，政府花钱养着你们，你就得干人事儿。

这话没毛病，消防就该冲锋在前，那么多群众在场，关键时刻当缩头乌龟，岂不被人笑掉大牙。吕建业看到有人在用手机直播，忽然就有些冲动，他跑到大老柳跟前，说我带人到楼顶，索降。

大老柳撇撇嘴，说，毛病，轮到你说话了吗，滚蛋！

吕建业冲着大老柳连翻了几个白眼，心里已经打定了主意。事后，他后悔当时没听招呼，可这世上没有卖后悔药的。

“毛病”和“滚蛋”是大老柳的口头禅，好像所有人身上都有问题。对此，吕建业早就习以为常，但在特殊的环境和特殊的时间，这话就极其别扭，跟针尖一样扎进他的耳朵。

想想之前两人之间发生的事情，一股热血冲到了脑顶，一种老子天下第一的念头倏地击败了所有理智。他指了指一号战车，冒出一句，我值首车，我说了算。

大老柳还想理论，人群中响起一片掌声，这掌声显然是给吕建业的。要命的是，有人在向网友直播，说什么宝宝们快刷礼物啊，两个兵哥吵起来了，好戏开场，走过路过不要错过。

听了这个，吕建业更加按捺不住，他觉得自己变成了万众瞩目的明星，撒开脚丫子就跑到楼下，顺着楼角凹凸不平的墙面，用手指抠住砖缝，蛙式攀爬。

他们平常管这个叫“爬墙角”，听起来很俗气，动作却相当帅气，看得人们喝彩声不断，也急得大老柳一个劲儿地打手势，说大伙儿小点声儿，别惊到孩子，别吓到孩子……可是，这声音很快被淹没了，因为吕建业已经到了楼顶。

他固定好救生绳，非常潇洒地索降到四楼，在临近窗口上方时，忽然放慢速度，缓缓下降。他用双脚撑住墙面，稳住身体，然后深呼吸，闭上眼睛调整状态。吕建业猛地睁开眼，双腿用力一撑，身体弹起，吊在身上的绳索划出一道美丽的弧线，等身子再接近窗口时，他的双脚蹬在女生身上，女生后倒，摔进了屋里。

索降是专业术语，说得形象一点儿，就好比蜘蛛侠。

经过自媒体的传播，吕建业真的成了“蜘蛛侠哥哥”，成为人们心目中的英雄。他被网友“人肉”了，很快查到他是鱼鸟河中队的兵，很多网友留言，呼吁部队给他立功。那两天，他心里美极了，好像自己真戴上了军功章，跟喝醉了酒似的，晕晕乎乎。

谁能想到，女生的妈妈跑去报警，说是消防员要谋杀自己的女儿。“谋杀”两个字很吓人，尤其对于公安机关来说，他们有个原则是命案必破，丝毫不敢大意，这才把吕建业和大老柳带到了派出所。

现在情况非常明朗。女生的妈妈控诉说，女儿后脑勺着地，得了脑震荡，而且受到惊吓，精神恍恍惚惚。这就等于是在谋杀。她的目的很明显，哭闹着索要医疗费，而且那数目等同天价。

吕建业无论如何也想不通，救了人反倒要被讹诈，这还到哪儿说理去啊。

后面的事情简单明了，法院介入，又被一家媒体曝光，事情经过也避重就轻。这娘儿俩摇身一变，成了被同情的对象。人们通常同情弱势群体，经过网络的再次发酵，大家开始指责甚至谩骂他们。

有人在网上发帖子说，你们注意到没有，之前那个视频上，那个领导说了，不能蛮干，这个小战士出风头，就该承担责任；还有的说，领导说话不算数，这部队是一盘散沙呀；最专业的一种说法是，那不是领导，就是个专职消防员，估计是班长，在没有指挥员在场的情况下，值首车的人才有指挥权……

005

最专业的那位留言者专门强调自己干过消防，结果他的言论很快被覆盖了。

不明就里的网民跟风而上，各式各样的说法都一面倒，话里话外都透着股狠劲儿，恨不得剥了吕建业的皮，巴不得让鱼鸟河中队立即从地球上消失。

负面舆情铺天盖地，确实戳中了支队领导的痛点。

在东部沿海地区，顺应社会发展，以专职消防员为主力的消防队早已不是新闻，尤其是林河市，在这项工作上，一直走在全省乃至全国的前列。

当初鱼鸟河中队作为市里第一个混编队，在中队主官的任用上确实动了一番脑筋。消防中队相当于大部队的连队，为了加强管理，鱼鸟河中队的首任中队长和指导员高配了副营职。

武鸣的前任原本是重点培养对象，在鱼鸟河中队只干了三个月，就递交了转业申请，说是消防马上面临改革，家里困难，得提早找好出路。这个人说的是实情，夫妻长期两地分居，搞得两口子关系一直不和睦。

部队管理也得讲究人性，眼瞅着人家的婚姻亮起了红灯，总不能为了工作去拆散小两口吧。前中队长的转业让支队领导警醒了。

在选人用人的问题上必须慎重，视为骨干的干部留不住，是个很大的笑话。这无异于给支队党委甩了一巴掌。正是如此，在鱼鸟河中队主官的人选问题上，党委一班人的意见有所分歧，原因是支队长马小刚提出的人选有瑕疵。

武鸣是马小刚相中的人，当时是特勤中队正连职副中队长，综合实力在全市消防数一数二，所有人都认为他会就地提拔副营职务，成为特勤中队新的掌门人，但他犯了个说不清道不明的错误。

马小刚觉得鱼鸟河中队的整体建设已经在全市垫了底儿，就动了心思，把武鸣平级调到了这里。面对党委成员的不同意见，他在支队党委会上定了调子，说看这小子表现如何吧，这就有些让武鸣戴罪立功的意味了。

不管怎么说，有一点值得庆幸，那就是，才半年多的发展，这支队伍已经像模像样，各项工作有了起色。

很多人说，瞧这阵势，武鸣这家伙是攒着劲儿准备打翻身仗呢。对此，武鸣通常一笑而过，让人摸不清虚实。有人则说，等着吧，这小子憋不出好屁来。

为了避免引起读者误会，有必要普及一下相关常识。

消防工作的重点是两个关口，第一个关口是防火，把所有的火灾隐患消灭在萌芽状态；最后一个关口是灭火，一旦发生火灾，把人员伤亡和财产损失降到最低限度。

形势所需，在一般的地市一级消防支队，防火监督岗位的人数超过了灭火救援岗位。全国也仅有17万消防官兵，那么多省市区县，一级一级摊下来，真正在基层一线从事灭火救援的官兵编制少得可怜。

若干年前马小刚就说过，汶川抗震救灾让消防专业救援的能力得到认可，转过年来就颁布施行了新的《消防法》，第一条总则里就提到要“加强应急救援工作”。马小刚当时还说，这既顺应了社会发展的需要，又是在跟国际一流水平看齐。

那一年，马小刚还是特勤中队中队长，武鸣还是他手下战斗班的副班长。当时，他听得懵懵懂懂，但他相信领导说的都是真理。也确实如此，如今救援出警远远超过灭火出警，任务也是越来越繁重。

扯得有点远。

现在最气恼的不是武鸣，而是大老柳，突如其来的网络危机已经严重影响了中队的声誉，作为消防退伍老兵，又是战斗一班班长，他有足够的底气批评每一个人。他特别生气的是，吕建业不听招呼，搞个人英雄主义，害得整个中队抬不起头。

吕建业可不这么想，他认为大老柳是故意让他难堪，起先还想着能因那次救援立功，现在好了，天上落下的不是馅饼，而是块大石头，砸得自己遍体鳞伤。

可他心里还是不服气，说一千道一万，从现场处置的情况看，没有什么争议。反过来说，像大老柳那样畏首畏尾，恰恰是他瞧不起的。他一度认为，大老柳是怕他一个新兵，抢了班长的风头，动摇了自己在队上的地位。

有这种想法也不是一天两天了，换言之，两人的矛盾已经有一段时日了。有些事情说大不大，说小不小，反正就那么一直别扭着，挺没劲的。可眼下，大老柳得理不饶人，在队上说话夹枪带棍，傻瓜都能听出个子丑寅卯。吕建业想，既然你大老柳时时处处挤对我，我没必要客气呀。

也是赶巧，产生这个想法的时候，大老柳建议武鸣下令，让他一周内不许出警，在队上深刻反省。这跟关禁闭差不多。吕建业气得肺都要炸了，大老柳是故意整治自己，干消防的不能进火场，那等于武林高手被废掉功夫，难受得要命。

他越发觉得大老柳这个人不厚道，是那种当面一套背后一套的人。

有一阵子，吕建业对大老柳印象还不赖。人家早就名声在外，退伍前在全省业务比武拿过名次。

老实说，吕建业打心底佩服业务尖子，在某个阶段，他曾把大老柳作为赶超的目标。时过境迁，现在就得另当别论了，吕建毕竟不是半年前的吕建业了。

刚一进消防，他就成为同批消防员当中的佼佼者。吕建业曾经夸下海口，说是谁若不服就“单挑”，有一点独孤求败的感觉。这当然不是打架斗殴，在部队这个特殊的群体里，互相比试比试，通常会有利于团结。

可吕建业不同于常人，他当时还扔下另一番说辞，叫嚣说跟臭棋篓子下棋越下越臭，队上的人都不值得他出手，真较量起来，只会拉低自己的水平。

大老柳喜欢这种脾性，有本事的人才敢口出狂言。

第二章　矛盾重重

006

吕建业的所作所为很容易让人联想到一个成语：恩将仇报。

2017年底，他下队还没几天，就在大老柳的强烈推荐下，去参加了支队的预提班长培训。

这个培训很牛气，在支队有明文规定，如果是现役士兵，想当班长、想考军校，必须经过这一关。因此，新兵能参加培训的是凤毛麟角，吕建业这一批只有四个新兵。

他跟另外三个新兵一起，组成所谓的“四大金刚”，并自封为“四大金刚之老大”，估计是网络电影看多了，动不动就想搞个系列，什么什么之什么什么，非常腻歪人。培训结束归队后，吕建业就犯了这么个毛病，有点摆不正自己的位置。

非常遗憾的是，往年三个月的培训今年搞得特别仓促，满打满算只搞了两个礼拜，显得特别不正规。即便如此，吕建业还是引以为荣，摆出了一副傲娇姿态，甚至有点舍我其谁的架势。

凡事都得一分为二地看，年轻人有上进心是件好事儿，只要顺势引导，生铁必然淬成钢。

战斗二班的班长也是专职消防员，正巧辞职了，大老柳就极力举荐吕建业接替了这一职务，摆出的理由是，新老搭配，形成梯队。中队长武鸣一琢磨在理儿，未来就得靠年轻人挑大梁，更何况吕建业是在校大学生直接入伍的，文化素质上绝对没问题。

武鸣主持党支部会议，会上通过了吕建业的任职命令，上报给支队，再批下来，吕建业摇身一变，成了战斗二班班长。而战斗三班的班长是另一个消防退伍兵老郭，也是个专职消防员。

毫无疑问，大老柳作为战斗一班班长，在班长这个级别里，是鱼鸟河中队的顶梁柱，可吕建业年轻气盛，一上来就想挑战对方的权威。

确切地说，是在宣布吕建业担任班长命令的第二天，赶上大老柳是中队值班员，按训练计划组织大伙练队列。搞不清为什么，吕建业那天始终打不起精神，动作总比别人慢半拍。

这种状态很快传染给其他人，大老柳就在一旁吼，属茄子的吗，蔫了吧唧的，跟个娘们儿似的。谁是娘们儿啊，吕建业心里很不爽快，就故意捣乱，迈错步子，队伍顿时乱了阵脚，只剩下大老柳一声高过一声的口令。

训练结束，大老柳讲评，又唠唠叨叨地数落上了：瞅瞅你们，毛病，一个个死眉瞪眼的，练队列不是走猫步，啊？

这话说得没问题，可吕建业心里不得劲，尤其是最后那个“啊”字，是从鼻孔里拐了好几道弯才冒出来的，听起来很烦人。

吕建业狠狠地瞪了大老柳一眼，大老柳看见了，但他假装没看到，站在指挥位置上继续说，个别同志要摆正自己的位置，翅膀硬了是吧，你就是中校、上校、大校，在队伍里也别想搞特殊，有本事训练场上见，咱鱼鸟河可不是养大爷的地方，爱干就干，不干滚蛋。

吕建业心想，瞧吧，这得多气人，把我当成傻瓜了，还不如指名道姓来得痛快，这明摆着是在挑衅，还啰嗦什么呢，那就训练场上比个高低吧。

他梗了梗脖子，打报告说，一班长，别整那些虚头巴脑的，咱就按你说的办，是骡子是马牵出来亮亮相。你赢了，往后我当哑巴；我赢了，你以后少叽歪。

大老柳歪歪头，一笑，说行啊，看来你个兔崽子不是属茄子的，你小子是属驴的。

有人憋不住，笑出了声音，队伍紧跟着笑成一片。这让现场紧张的气氛缓和了许多。

比试的项目是打水带，在正前方8米处放个矿泉水瓶子，把水带撇出去，把瓶子击倒者为赢家，有点近似于打保龄球。这个比赛重点看谁的水带打得直，这是灭火训练的基本功之一。

两个人约定五局三胜。围观人员都是队上的战斗员，他们在一旁大呼小叫，巴不得让老班长大老柳输掉，让他丢尽脸面。这个道理很简单，管理者与被管理者永远是矛盾的对立面。

结果毫无悬念，吕建业一口气赢了四局，最后一局他让了大老柳一马。可气的是，大老柳在那里一个劲儿地嘀咕，说你们瞎起哄，影响我情绪，再来一次。

太搞笑了，在这么多人面前还想赖账，脑子进水了吧。吕建业也没给对方留面子，说一班长，拉倒吧，就这心理素质还干消防，纯属扯淡。

吕建业扭头就走，众人也跟在身后叽叽喳喳，扔下大老柳在那里嘟囔，这熊玩意儿还是个顺毛驴咧。

吕建业当时就是想赌一口气，你大老柳不点名地批评我，想让我当众出丑，无非是给我个下马威，在大家面前刷一刷存在感。

在他眼里，这是可笑而又可悲的事情，大老柳不会不懂那句老古话，长江后浪推前浪，年轻人超越老同志是自然规律。老家伙肯定是小心眼儿，怕别人取代了自己的位置，那就瞧好吧，迟早有一天，我吕建业会把你拍在沙滩上。

也不怪吕建业张狂，他是有资本的。

往年，预提班长培训会放在支队培训基地，三个月的理论学习和强化训练，训练效果不错却总觉得缺了点什么。这一年，支队长马小刚发话了，说得把这批人搁到基层中队，训练执勤两手抓，让他们在实战中积累经验。

想把这批从全市部队选拔出来的苗子锻造成精英，最佳选择就是支队特勤中队。在那里，吕建业大开眼界，特勤队员天天处置急难险重任务，虽说只有短短一个月的历练，却让他如虎添翼。

他很想这期培训也能三个月，可组织上决定了的只能执行，顶多发发牢骚，说部队也不严肃，跟儿戏似的。他哪里知道，以往只是传闻消防要改制，但今年已经进入了实质性操作阶段。

支队政委元威的意见是，在特殊时期，队伍稳定是头等大事。

007

回头再说鱼鸟河中队。

前面介绍过，鱼鸟河中队是混编队，实际上只有武鸣和吕建业两人是现役，专职消防员从人数上占了绝对优势。

奇怪的是，占优势的专职消防员绝大多数都支持吕建业。特别是那次他让大老柳吃了败仗，更是被众人尊为“老大”，在私底下有绝对的话语权。

比方说，同样是聊出警的事儿，大伙儿就乐意听他的，其实他心里明白，自己平常虽然爱要嘴皮子，但口才挺差劲。说到底，兄弟们实在不愿意听大老柳瞎叨叨。

有人的地方就有社会。生活中，甭管有意还是无意，身边总有那么一两个人会发出不同的声音，即便在中队这一亩三分地也不会例外。苏平安就是这种人。

苏平安也是专职消防员，是三班长老郭的人，可他就喜欢腻歪在吕建业身边。吕建业想，或许是因为老郭那个人太内向，总是不爱言语吧。当然，日后他才知道，老郭是老油条，是那种事不关己高高挂起的人。

苏平安跟吕建业同龄，彼此有很多共同语言，只要凑到一起，天文地理无所不谈。苏平安时不时提醒吕建业，让他防备着点儿大老柳，而且每次都会带个口头语——一般人我不告诉他。

刚开始，吕建业总是打哈哈，说你不告诉一班的人，我是二班长，那就告诉我。

显而易见，那时候，他还沉浸在刚提拔班长的喜悦之中，可是什么事情都经不住念叨，苏平安絮叨的次数多了，吕建业心里就蒙上了阴影。

该怎么形容呢，就好比心里生出一片杂草，冒冒失失地占据了心田，很难再搁下别的东西。不管这个比喻是否恰当，反正他受到了严重的干扰，难受的时候，他会感觉连呼吸都变得困难了。

专职消防员挺不易的，他们虽然不是现役，执行的却是部队的管理规定，而且训练也是同一把尺子、同一个标准。也必须得这样，水火无情，翻脸不认人，如果素质不过硬，谁也不敢担保进了火场会不会丢了性命。

在训练场上，只要某个动作做得不到位，大老柳便会嚷嚷：进了消防的门就是消防的人，专职的也别搞特殊。

苏平安就在私底下说，谁搞特殊啊，他不也是专职的吗，竟然瞧不起专职的，有能耐自己一个人去出警。

吕建业通常不会吭气，苏平安就有些着急，说你怎么榆木脑袋啊，他如此高调，分明是想摆出老大的臭架子，赶明儿准保把你踩在脚底下。

如果这时候吕建业还不吱声，苏平安会拍着胸脯说，吕班长，吕大班长，咱摸着良心说话啊，我讲这些图了个什么，跟小哥我没有半毛钱关系。这些话，我一般人还不告诉他哩。

假若吕建业依旧保持沉默，苏平安则会在一旁嘀嘀咕咕，说你将来日子过得再好又不是给我过的，你挣钱再多也不是给我花的，你成天山珍海味填的也不是我的肚皮。到末了，他会歪着头质问：我说得不对吗？你娶的媳妇再漂亮也是陪你睡觉，不是陪小哥睡觉，啧啧。

好像为了证实自己的话是真理，苏平安每次说完最后一句话，都会意犹未尽地带上语气词，让人感觉他是害了牙疼抑或别的什么毛病。这个时候，吕建业会嘻嘻哈哈地跟他闹上一阵子，否则，苏平安真会捶胸顿足，把他当成不可教的孺子。

论嘴上功夫，苏平安比吕建业牛得多。他喜欢自称小哥，小哥长小哥短的，时常把自己的观点强压给吕建业，再加上总爱带上个人的口头语，就显得神经兮兮的，仿佛随时都能扯出个惊天的秘密。

吕建业已经不堪重压了，苏平安还是一个劲儿地吹耳边风。苏平安认为他朽木不可雕，吕建业嫌对方狗咬耗子瞎操心。

原以为营救自杀女生的事情不了了之了，可这天一早，大老柳就找到吕建业，让他写份事情经过，报给支队司令部。还再三强调，要详细，要把问题交代清楚。

吕建业一听就烦了，狗屁事情经过，当时都在场，瞎子都瞅得见。很多时候，人一旦产生某个念想就很难打消，他不是超人，势必会因此扰了心智。

苏平安跟吕建业说，那老家伙叽歪什么呢，啥叫把问题交代清楚呢，张张嘴就把这事儿给定性了，敢情你这是犯了错误啊。

吕建业没给好脸色，说扯什么淡呢，哪儿凉快哪儿待着去。

末了，他还是感到郁闷，索性把火气撒到苏平安的身上，说本人有毒，离爷远点儿。

吕建业这边火气还没消，队上就接到了出警任务。他想跟着去，大老柳把他骂了回来。意思是，问题不交代清楚，永远别出警。

吕建业在心里骂：去你姥姥的大鸡腿，小爷累了，正好歇歇。

这是他赌气的想法，中队真正空无一人了，他又有些不知所措。他索性离开宿舍，走出执勤楼。一出门，吕建业就不由自主地打了个哆嗦。长时间待在暖气十足的房间里，猛地被冷空气裹挟，骤然而至的冷暖交替很容易让人产生一些生理反应。

这才刚迈进新年的门槛，天就冷得出奇，有些反常的天气难免叫人心烦气躁。他瞅着不远处的训练塔，搓了搓手，朝手心哈了一口气，甩开胳膊，以百米冲刺的速度跑了过去。

吕建业扛起挂钩梯，起步、奔跑、悬挂、爬梯……干脆利落地完成了平日里的训练科目，一口气上了楼顶。朝着面积不大的营区，他大吼几声，似乎只有这样才能发泄心中的不满。

他终于消停下来，站在那里发呆。吕建业现在真的受够了，他想起网络上流行一句话，不怕神一样的对手，就怕猪一样的队友。他只能在心里乞求，但愿这老家伙办事儿能靠点儿谱。

屋漏偏逢连夜雨，支队工作组把他查了。

008

因为被临时取消了出警的资格，吕建业就变得无所事事，业余时间，他只能跟兄弟们胡吹海侃，借以排解心中的郁闷。他得装作若无其事的样子，强作笑颜来证明自己永远打不垮。巧的是，就在那几天，队上陆续接到三个专职消防员的辞职申请。

专职消防员管理本来就是新课题，现在消防队又留不住人，这就成了队伍管理的新难题。支队派工作组来了解情况，调研结果不得而知，但据传闻，有一种说法是，吕建业在背后搞鬼，扰乱了军心。

大老柳为此找他谈心，话赶话，两个人又吵吵起来，不欢而散。苏平安就说，那老家伙肯定是干了见不得人的勾当，同样是班长，谁跟谁谈心啊，绝对是心里有鬼，“此地无银三万两”。

苏平安刻意制造的幽默让吕建业更加心烦，他原本不把这当回事儿，可是耳边总也不清净，难免会让他多想。可他现在没有心思跟大老柳怄气，有小道消息说，支队工作组在中队期间，顺便调查了他先前营救轻生女生的情况，很有可能给他一个处分。

这可真是比窦娥还冤，不给立功无所谓，咋就背上处分了呢？思来想去，吕建业心里就不平衡了，前脚被人告到法院，后脚支队又派工作组来调查，好像有人故意跟自己过不去。

没办法，他只能去找苏平安诉苦。苏平安说，瞧瞧，怎么样，被我说准了吧？姓柳的就没安好心……

吕建业不想接受这么多负能量，就蛮横地打断苏平安。苏平安愣了会儿才说，你怎么狗咬吕洞宾哪，我这为你把心操得稀碎，不落好倒罢了，还这么个态度，忒没劲。

吕建业回敬道，老子才姓吕，狗咬吕洞宾的吕。

他把苏平安撵走了。一旦归于静寂，吕建业又开始琢磨起心事。他在想，大老柳究竟是个什么样的人呢？小心眼儿，拿不起放不下，当面一套背后一套，等等，这些评价虽然不精准，可在对方身上却都能找到影子。

关于吕建业的处理问题，支队党委班子意见不统一，更准确点说，是各部门领导之间没有达成共识。

队伍管理以及战训工作由司令部负责，接受基层官兵和社会各界的监督是政治处的事儿。吕建业在救援中出现问题，司令部第一时间展开调查。

消防官兵出警会指派火场文书负责拍摄视频，为的是留下影像资料，一方面可以在战斗过后总结讲评经验教训，另一方面能“固定证据”，防止有人质疑处置不当，后者的功能近似于公安民警的执法记录仪。

战训科调取视频，再三分析，认为从科学施救的角度来看，吕建业的做法是合理的；但从另一个层面讲，他的行为确实有些冒进，有点逞能的嫌疑，反倒是大老柳在现场表现沉稳、处置合理。

这个结论比较妥帖，因为吕建业完全可以走楼梯，上到楼顶再索降。人们平时看到消防员借助墙角上楼，大多是在训练场上的表演科目，现实中基本上是水泥墙面，多数还贴了好看的瓷砖，根本行不通。

即便当时现场是个老式筒子楼，具备了这些作业条件，也不会提倡如此处置，没有任何保护措施，万一失手会发生伤亡事故。是的，消防救人于水火，还没等出手，自己先折了，是个极大的笑话和讽刺。

只有保全自己，才能更好地执行任务。基于这个观点，战训科提出的处理意见是，吕建业没有听取大老柳的合理建议，处置方法简单，应书面通报，对中队和当事人给予批评。

这个意见被参谋长沙方健否了，司令部的工作人员没有理由不服从部队首长的。

沙方健是有私心的。他跟马小刚一样，也干过特勤中队的中队长，他对武鸣有感情，他不想让老部下接二连三出问题，背负更大的压力。更何况，吕建业是那批预提班长培训中的四个新兵之一，虽然时间短，有点像是走过场，但重要的科目都练过了。

沙方健认为，能够成为班长骨干，业务训练自然是过硬的，对这样的兵更需要培养的是理念，比如在火场上随机应变的能力。

他安排战训科调来了预提班长培训的结业考核成绩，吕建业是为数不多的全优。沙方健又回想了一下，小伙子的班长任职命令也是他签过字的，当时他只是让负责这项工作的警务科严格把关，实际上他是无条件地信任老部下武鸣。

眼下，吕建业搞出来这么一档子事儿，被网上的言论道德绑架，换成别的领导，肯定会严肃处理，给公众一个交代。沙方健不但不舍得处理武鸣，也不忍心处理吕建业。他的想法是，任何人都会有缺点，尤其是朝气蓬勃的年轻人，所以坚决不能一棒子把人打死。

事情并没有想象中那么简单。

吕建业或者说鱼鸟河中队被告到法院，政治部门必须介入。支队政治处有个纪保科，它的职能类似于地方的公检法机关。

纪保科认定，吕建业救援事件暴露了基层单位管理中的漏洞，也说明在网络自媒体日益发达的情况下，舆情工作还很滞后，要求司令部对吕建业提出处分，责令宣传科对工作进行整改。政治处主任黄连海在上报的材料上画了圈，转到沙方健手里后，被大骂一通。

不知道为什么，沙方健跟犯了神经似的，他在公开场合下表态，这次绝不让步。有人劝他别搞得班子成员不团结，他说我是就事论事儿，在原则问题上决不当好好先生。

可什么又是原则呢？这个问题很难回答。

沙方健是支队党委常委里资历最浅的，只要不是原则性的问题，向来不会提出反对意见。可这次他想，都被界定为“事件”了，小题大做不说，还指责管理有漏洞。

真正的漏洞在哪儿呢？

009

现役与专职混编的中队已经搞了有几个年头了，日常暴露出的问题确实不少，但这是发展的大趋势，不能碰到事情就一巴掌拍死。

沙方健认为，队伍管理的确是由自己部门牵头，但支队所有工作都得靠各部门配合，形成合力。比方说，基层的伙食管理对口归后勤处管，消防员吃不好，势必会影响战斗力的生成，这个光靠司令部是解决不了的。

他分析林河消防的现状，虽说各项工作都在四平八稳地推进，而且整体建设在全省能排前三名，但总有那么点儿不尽如人意的地方。

沙方健最无法理解的是鱼鸟河中队的干部配备问题。这么说吧，因为人手紧张，在专职消防员为主力的消防中队，根本不安排干部，会直接任命一名综合素质过硬的老士官当中队长助理，负责管理整支队伍。

可鱼鸟河中队情况特殊，各方面拖了支队的后腿，名副其实的后进单位，他想越是在这种情况下，越是得在政策上给予倾斜。但是，政治处为什么不给鱼鸟河中队配个指导员呢？

宣传工作归防火处管，他找到防火处处长吴华。吴处长也是一肚子牢骚。现如今，人人都有智能手机，人人都是媒体记者，碰到不如意的事儿，发个朋友圈，就会产生一系列不良反应。光日常的消防安全宣传都应接不暇，忽然冒出的负面舆情，更是让他们焦头烂额。没人替着叫苦喊冤不说，白纸黑字，把宣传科的工作也全给否了。

两个人一起去了政治处，跟黄连海碰了个头。黄主任先是一个劲儿地打哈哈，不置可否，被逼得急了才说，支队干部缺编厉害，一个萝卜一个坑，能配备早就安排了，再者说关于干部任用不是哪个人说了算的。

到最后，黄主任仍旧满脸堆笑，说参谋长对我个人有意见，我完全接受；如果对干部配备有意见，那等于对支队党委有意见，可以找支队主官。

虽然没有闹到脸红脖子粗的地步，但事情很快就报到了支队长和政委那里。

元威的上一个职务是省总队管理处处长，管理处的职能是负责总队机关的大小事务，这让他练就了一个本事，那就是轻易不发表意见，如果必须表态，他也是说些温暾话，哪方面也不得罪。人们当面喊他老元，背地里喊他老圆滑，他知道后不急不恼，反倒十分享受这一称呼，好像是对他处事能力的认可。

现在，黄主任让他给主持公道，说沙方健把各个部门的矛盾都集中到了政治处，作为分管政治工作的主官，得为他撑腰。

元政委不作声，心想消防一共四大部门，司、政、后、防，就差没牵扯到后勤处了，这个浑水不能蹚。

黄主任又说，小沙激化矛盾，私下里跟防火那边串通一气，这是自由主义，想拉帮结派，搞小团体。

有那么严重吗？元政委扭头问。

黄主任情绪激动，说这是和尚头上的虱子，明睁眼漏的事情，表面看是对我有意见，我的顶头上司是你啊。

响鼓不用重锤敲，元政委自然明白话外之音。但他主意已定，便朝黄主任笑了笑说：就这样吧，事情是由救援引起的，业务上的事儿找马支队长。

马小刚的意见非常明确，他让司令部认真剖析这个案例，举一反三，务必杜绝今后发生类似事情；政治处马上物色鱼鸟河中队指导员人选，提交党委会；防火处以静制动，不理睬网上的那些言论，自然兴不起太大的风浪。

至于打官司这件事儿，他亲自挂帅，说是要尊重客观事实，一切依靠法律，既不能寒了基层官兵的心，又不能滋长社会上的那些歪风邪气。

元月6日，魏东丽走马上任，成为鱼鸟河中队的新任指导员。在报到前，马小刚跟他有一次深谈。一个正连职干部履新，支队长亲自谈话，这在支队历史上绝无仅有，这也让他热情高涨、干劲十足。

到位之后，魏东丽才发现，基层工作很难开展，过去把有些事情想得过于浪漫了。

魏东丽综合分析了一下支队长的话，他觉得重点有两个半。

一个是鱼鸟河中队的主体是专职消防员，很多无法预料的事儿摆在那里；另一个是，他是名牌大学毕业的高才生，支队把他放在那个位置上是经过通盘考虑的，希望他能够为年轻干部树个榜样。

至于那半个，魏东丽没太在意，毕竟支队长只是让他培养一个士兵马成功。马小刚、马成功，看两人的名字估计是直系亲属，部队又不是生活在真空当中，领导安排个关系让关照一下，也是人之常情。

马成功也是个新兵，先前在别的中队，是跟魏东丽同一天到鱼鸟河中队报到的。他们的加盟，让中队一下子增加了两个现役人员，这不是普通意义上的人员变动，因为现役人数直接翻番了。

对此反应强烈的是苏平安，他不止一次地在吕建业耳边吹风，说来者不善，这节骨眼上调个现役的过来，搞不好是要免掉你的班长职务。

还没等苏平安说“一般人我不告诉他”，吕建业就翻了个白眼，说狗屁呀，就凭那人的素质，想当班长等着猴年马月吧。

马成功的确拿不到桌面上，军事素质本来就差劲，训练还吊儿郎当，关键是他长得五大三粗，整体形象跟实际表现反差极大。凭直觉，吕建业觉得马成功根本不配做假想敌，对自己构不成半点威胁。

吕建业这会儿的心思不在新来的指导员和马成功身上，他琢磨更多的是个人问题。再怎么说，他也不希望在当兵的几年里背上个处分，丢人，而且冤得慌。

还好，有关他的事情似乎没了下文。虽然隐约感到不安，但他还是有些膨胀——他想向天下人宣告：我吕建业不是孬种。

010

在多数人印象当中，经历过挫折的人要么一蹶不振，要么针对某些事情较真儿，有些时候会让人觉得不可理喻。吕建业是后者。

他没被处理，就有点春风得意，还有点小人得志的架势。他特别想让大老柳知道，自己不是善茬儿，更不是任人拿捏的软柿子。

几天过后，吕建业又碰到一件窝囊事儿，大老柳虽然没多说什么，但还是让他心里硌硬。

为此，吕建业陷入了苦恼当中，他怀疑自己心理上有了问题，为什么总是想大老柳对不住自己呢？人家或许根本没有乌七八糟的想法，何必要庸人自扰。

他找不到人来倾诉，如果找苏平安，那只会是乱上加乱。他思量再三，只能把烦恼和痛苦憋在心里，他琢磨着，实在不行就去求助心理医生。

在鱼鸟河中队有个不成文的规矩，定期组织人员逐个岗位适应一遍，类似于医院护士在各个科室轮岗锻炼。

那一天，吕建业到通信室值班，接听报警电话。作为一个经过特勤队镀金的人，他是不屑于这项工作的。

刚坐在那里没多会儿，就接了个电话，对方是个放寒假在家的小学生，非要让他唱《小星星》。他当时就恼了，劈头盖脸把孩子训了一顿。

这种令人啼笑皆非的电话多得很，有让充电话费的，有要求陪聊的，甚至有人让帮忙介绍对象。报假警是要追究法律责任的，这事儿可大可小，以往战友们通常都不会客气。可这次吕建业运气差，孩子家长给上级打了举报电话，说你们部队管理不严，把孩子吓出了抑郁症，要求赔偿。

中队赶忙派人到当事人家里赔礼道歉，没再节外生枝。但大老柳对新来的魏东丽说，跟地方群众接二连三发生误会，有再一再二没有再三再四，再不敲打这些毛病，往后指不定会出啥幺蛾子。

吕建业觉得很新鲜，哪儿来那么多的抑郁症呢，错本身就不在自己，竟然被当成洪水猛兽来预防，那显然是针对他本人了。

还好，魏东丽只是跟吕建业打了个照面，说了些鼓励的话。他觉得刚到鱼鸟河中队，人生地不熟，不能贸然在队上发表意见。

这期间，苏平安消停了一段时间，没有天天围在吕建业身边。耳根子忽然清静了，吕建业反倒不适应了，他很好奇苏平安成天在干些什么。可苏平安有意防着他以及队上的所有人，要么躲在训练塔背后，要么蹲在菜地的某个角落，要么藏在放被装的储藏间，一有人走过来，他就会招呼一声，跑到另外的地方。

看他没有任何反常现象，吕建业就睁一只眼闭一只眼。专职消防员不同于现役，身份不明确让他们很难有归属感，多数人是抱着临时观念，如此这般，他们相对也会散漫一些，对个人的自我要求也没那么严格。

吕建业认为这没什么大不了的，人人都有自己的秘密，别说是专职的，即便是现役，也不能限制别人的自由。

几天过后，吕建业听自己班的兄弟说，苏平安跟几个人借过钱，数额不等，加起来也是一笔不小的数目。

他问苏平安是不是家里碰到什么困难，苏平安支支吾吾，没表态。他想，不到万不得已，平常人是不会张嘴求人的，纵然是开了口也不乐意让别人知道原因。具体到苏平安身上更是如此，那么爱唠叨的一个人吞吞吐吐，那必然有不方便的理由。

某个念头一旦产生，便会占据脑海，很难消除，进而影响甚至干扰对相关事物的判断。吕建业认定苏平安遭遇了难以启齿的困难，寻思着在必要时一定要伸手帮对方一把。

苏平安终于向吕建业求助了，一反常态，他磕磕巴巴地向吕建业借钱。吕建业愣了片刻，充其量也就几秒钟的工夫，苏平安就焦急地说，我、我一直不好意思，那个，向你，那个什么，借、借钱……

吕建业打断他的话，说，我吕某人啥都缺，就是不缺钱，都是哥们儿兄弟，有了难处不找我是瞧不起我。

你得相信我，只要一有钱，我第一时间还给你。苏平安没按照他的思路走，急忙表态，嘴也变得顺溜了。

吕建业说，不必见外啊。

苏平安还是自顾自地说，我可以打欠条。

没那么麻烦，我这里没现金，你需要多少就说个数，我用手机银行给你转账。吕建业的话让苏平安吃了定心丸。

但吕建业万万没想到，把账转过去之后，苏平安就在队上消失了。

熄灯前，武鸣组织晚点名，点到苏平安的名字，没人答到。

武鸣扭头看老郭，问，三班长，人呢?

老郭脱口而出，出门买烟去了。

武鸣“唔”了一声，就简单讲评了当日工作，然后解散。吕建业寻思，人跑哪儿去了呢，好像下午和晚上都没见过，也是奇怪，这大半天中队居然没接到火警，不然的话，早就发现他不在位了。他问身边的其他战友，都说不知道苏平安死哪儿去了。

躺在床上，吕建业打开微信，编辑信息：知道你家里碰上了难处，不管怎样，离开中队得请假，早点归队，注意安全。

他想了想，退出微信，没有发送。他觉得苏平安不属于自己班的，更何况人家不是三岁娃娃，也是明事理的人，不至于干什么出格的事情，贸然发条信息，等于不信任人家，很容易让对方多想。自己是最年轻的班长，必须跟兄弟们打成一片，不能让大伙儿觉得他不通人情、不讲义气。

这么一琢磨，他就释然了，直到后半夜，大老柳把他喊醒，他才知道苏平安私自离队，夜不归宿。

吕建业完全没想到，这次不假外出会闹出一场风波，倘若他有预知未来的特异功能，他决不会借钱出去。以至于吕建业不断自责，不该为对方不假外出创造条件。

第三章　下落不明

011

吕建业大大咧咧，属于那种沾床就打呼噜的人。同宿舍的战友被他排山倒海的呼噜声吵醒，有很多次搞恶作剧，把毛巾塞进他嘴里，他还仍旧做着美梦。

他会在睡梦中把毛巾拽掉，翻过身去，吧嗒吧嗒嘴，不出两三分钟，又呼噜上了。神奇的是，只要是警铃一响，他会瞬间从床上蹦下来，三下五除二穿上衣服，第一个冲到车库，抢占一号战车。让人感觉，他好像压根没睡觉，就等着出警呢。

有人拿此事开涮，他特别自负地说，我吕某人是谁啊，人物，响当当的人物，生来就是当消防兵的，每根汗毛上都写着“消防”两个字。

这种玩笑话没人当真，但吕建业自己很在意，经过很多次的“测验”，他发现自己还真就是这样，似乎异于常人，让他内心里好不得意。

这般表述有些啰唆，但这是事实，就连大老柳揪住了他的耳朵，也是很艰难地把他揪到了现实中。他迷迷瞪瞪地坐起来，很不耐烦地问大老柳：大半夜的，你犯什么神经?

大老柳反问，知道苏平安去哪儿了吗?

你问老郭去。吕建业更加不耐烦。

大老柳说，问了，老郭说他离开中队前，跟你在一起。

吕建业瞪着惺忪的双眼说，说不定拉肚子跑厕所了。

大老柳烦了，说毛病，糊弄鬼啊。

吕建业暗自发笑，因为自己的话说得离谱。大老柳极其负责，过去查铺碰到有人不在，会摸摸被窝，如果有温度，说明人没走远。这个说法显然没经过大脑，等于是在侮辱大老柳的智商，他忽然感到有些难为情。

大老柳也没客气，带着命令的口吻说，赶紧爬起来，找人。

吕建业披上衣服，趿拉着拖鞋，极不情愿地出了宿舍。

他固执地认为，接下来发生的任何事情都跟他脱不了关系。吕建业潜意识里想排除这种念头，可无论如何努力都是徒然。他在心里边自问自答，我这是怎么了呢？看来是病了，而且病得不轻。

受糟糕情绪的影响，一出门，吕建业就抱怨：一班长，你手伸得太长了，狗咬耗子多管闲事。

大老柳神情严肃，说别耍贫嘴，我这周是中队值班员，查铺查哨是职责，快说人去哪儿了。

吕建业心想，苏平安归老郭管，干吗跟自己瞪眼。但他不想招惹是非，就有意缓和气氛说，嘴贫总比尿频好。

大老柳变得更加严肃，说，毛病，说正事儿，人去哪儿了？他离队前跟你在一块儿鬼混，别装疯卖傻。你说说，你这班长才干了几天，还能不能干？不能干，滚蛋！

这些口头禅一带上，吕建业就知道大老柳恼火了。他眨眨眼，说有什么大不了的啊，小苏只是跟我借钱，不好多问，我知道的就这么多……谁都会有说不出口的事情，你都快三十岁的人了，懂的道理肯定比我多……

这话让大老柳陷入沉思。是的，在纪律面前人人平等，可生活当中，好多事情真是很难调和，一边是管人的条条框框，一边是个人的现实需求，真要计较起来，那这原则讲得就没有人情味了。

大老柳想想自己经历过的事情，也就理解了吕建业，他不好刨根问底，就拉着吕建业直接去了中队部。

这当口，武鸣和老郭已经打了出租车，往苏平安乡下的家里去了。他们跟吕建业的想法相似，认为苏平安家中可能遭遇了变故。

在路上，老郭跟武鸣交流了自己的观点。他分析了专职消防员不稳定的主要原因，待遇问题是一方面，更重要的是身份尴尬，容易叫人当撞钟和尚。

武鸣无法表态，这些队员的工资不是他这个级别能说了算的。有一点他十分清楚，应聘到队上干消防员的，一部分是家长管不住，想让孩子在部队上接受一下锻炼；而另一部分只是在这里过渡一段时间，碰上好机遇则会另谋高就。

苏平安属于哪一类呢？武鸣在心里问自己。他把对苏平安的日常表现梳理了一遍，得出的结论是后者，也就是说，苏平安仅是把消防当成了跳板。

吕建业这会儿正看热闹呢。

大老柳跟魏东丽产生了分歧。苏平安虽然不是现役，但毕竟是消防的人，无缘无故离队几个小时，万一出了什么情况，没法向上级和家长交代。为此，魏东丽决定向支队汇报。但大老柳觉得家丑不可外扬，得先稳住阵脚，不到万不得已，没必要闹得满城风雨。

说心里话，吕建业认同大老柳的观点，再怎么说，苏平安跟他私交还是不错的。他不希望搞得沸沸扬扬，所以也盼着大老柳能够说服新来的指导员。

眼下的情况是，魏东丽态度坚决，说不想落个瞒情不报的名声。大老柳口无遮拦，说咱能不能有点儿担当？

魏东丽愣了，他显然没想到会冒出这么一句，虽然话不重，但很不中听，他觉得自己的权威受到了挑战。

在来鱼鸟河走马上任之前，魏东丽在支队宣传科担任参谋，连续多年是全国表彰的宣传先进个人。有人传说，他即将接任副科长职务，晋升为副营职，他的确能够胜任这份工作，而且他自信在这个岗位上，可以干得很漂亮。

魏东丽没想到吴华处长找他谈话，说他的短板是没有基层经验，对长远发展弊大于利。虽然处长把话说得语重心长，他心里还是感到别扭，就私下找政治处主任，黄连海也没给好脸色，让他干工作别挑肥拣瘦。

后来有人帮他分析，言之凿凿地称他是政治斗争的牺牲品。说什么政治处指责防火处宣传工作不到位，那防火处就把你发配到基层，表面上看是锻炼干部，实际上是将了黄主任一军。

魏东丽一笑而过，他是黄连海的外甥，都说娘舅亲，可他自始至终也搞不懂舅舅的心思。

012

魏东丽记得真切，有一次，母亲跟他唠叨说，你小舅讲了，你缺乏政治敏锐性。啥叫政治敏锐性？如果按照这个思路，这次的职务调整就等于是在释放某种信号。

有些说法确实在私底下传开了，而且传播速度极快，说黄主任和吴处长貌合心不合，还捎带着举了些例子，某些细节被说得有鼻子有眼。

魏东丽感到无聊至极。他非常清楚，每个单位都会有几个好事之人，他们唯恐天下不乱，即使事情跟自己八竿子打不着，有的人也希望能搅和出来一团浑水。天知道这类人的心里有多龌龊。

看来任何事情都不会空穴来风。基层中队完全没有想象中那么简单，最起码在魏东丽眼里是这么个状况。

大老柳看他一直不吭声，就撂下了句话，说基层不比机关，凡事都得动脑子。

魏东丽琢磨，这都哪儿跟哪儿啊？在离开机关前，他请教过别人，战友告诉他，在一线中队，新干部不如老班长，尤其是你这种没经过摔打，连水枪都没抱过的人。

如此一来，他冒出个念头，觉得大老柳是有意让自己难堪。这种想法一旦生成，便被无限扩大，到最后竟然让他无法克制情绪，说了很多过激的话。

他说，柳海洋同志，真出了事儿，你能负得起责任吗？

大老柳不甘示弱，说碰到事情就上报，还留着中队干部做什么？

魏东丽笑了，假如苏平安有个好歹，你替我背处分？

大老柳也笑，笑过之后才说，干什么吆喝什么，你在这个位置上，担子再重，你都得挑起来。

魏东丽变了脸色，说用不着你来教训，我心里有数儿。

大老柳说，我这是合理化建议，怎么成了教训你？

魏东丽想了想，做了个手势，说行，那就请你摆正自己的位置，我是指导员，而且是鱼鸟河中队的党支部书记。

话音一落，室内就跟着安静下来。魏东丽、大老柳，还有在一旁看热闹的吕建业，都觉得有些尴尬。他们似乎能听到彼此的呼吸和心跳，好像一下子进入了逼仄的空间，连喘气都变得困难起来。

吕建业本想坐山观虎斗，等着看大老柳出丑，可他本能上又想护着苏平安。他劝魏东丽说，别净往坏处想，我可不愿自己的兄弟出事儿。

魏东丽还在气头上，硬生生地回了句：你的意思是我希望手下的人犯错误？他要出门被车撞了呢？你想过没有？

吕建业随口带了个脏字，会讲人话吗？

话已至此，魏东丽已经怒不可遏，说这鱼鸟河中队的班长都什么素质啊，乌合之众。

吕建业也不甘示弱，说你有本事把我撤了吧。

就在这个节骨眼上，魏东丽接到武鸣的电话，说苏平安没回家。中队部里的三个人都沉默不语，他们在琢磨同一个问题，人究竟去哪儿了呢？

中队部立马静了下来，没有声响的世界往往会无限扩大某些不太好的念头。魏东丽越发焦急，此时此刻，他满脑子闪烁的都是可怕的画面。

还真不能责怪魏东丽没有担当，他的确未曾经历过什么太大的事情，过去在机关朝九晚五，管好自己那摊子事儿就万事大吉。可目前的形势让他心焦，犹如在沙漠中长途跋涉，总怀疑目之所及是海市蜃楼，而且前方似乎永无尽头。

魏东丽的思路是，发动中队全体人员寻找苏平安，最好是尽快向支队汇报，实在不行就报警。但大老柳用极其夸张的肢体语言表达抗议，他把个人的意见全都写在了脸上，摆出一副拼命的样子，让人望而生畏。

大老柳最终还是意识到了自己的态度问题，他给个人寻了个台阶，转过身来训斥吕建业：赶紧联系苏平安，通知他归队，别出岔子，指导员初来乍到，别欺负新来的队干部。

冷冰冰的语气让吕建业头脑清醒了不少，他拿出手机，打开微信，编辑好信息发送出去。可这纯粹是无用功，因为苏平安的手机早已处于关机状态。

他干脆把手机揣进兜里，挑衅似的说：跟小爷有关系吗？小苏有自己的班长，你是中队值班班长，再往上有队干部，天塌下来有个儿高的顶着，指导员，你说对吧？

魏东丽真正体会到了什么叫孤家寡人，这跟在机关时的感受完全不同。以前，为了赶写一篇新闻稿，泡一杯浓茶或者冲一袋速溶咖啡，只管趴在电脑前敲打键盘，即使熬得再晚，也会非常有成就感。

对于新闻宣传，他是有底气的，每次出手的稿件都会得到领导的认可。魏东丽总结了一个窍门，好的新闻稿无外乎几个方面，盯紧上级决策，关注基层热点，适应读者口味，搞好媒体关系。只要这几点做到了，稿子不但能发表，还能为自己赢得赞誉。

怪只怪互联网发展太迅速，人手一部智能手机，有了自媒体，民间诞生了好多草根记者。问题在于，这类人当中有相当一部分人看问题非常片面，以至于变得异常偏激，他们喜欢盯住某个话题炒作，语不惊人死不休。在这种形势下，科长让他负责舆情控制，目标是不能在网上出现任何负面新闻。

魏东丽烦躁无比，导致他丢掉最热爱的本职业务的人，正是面前顶撞自己的这个新兵。他进而想，凭什么自己就该被赶出机关大楼，莫非真如坊间所传，一切都是阴谋？

他在有些方面是愚钝的，他无法辨别舅舅与吴华处长的关系如何，他特别想给那几个热衷于传播小道消息的人打个电话，问问政治牺牲品的真实含义。可是，两个班长像看守囚犯一样盯在那里，似乎犯了错误的是自己。

大老柳终究打破了沉闷，他说总这样下去不是个法子。说这话的时候，他的眼神是飘忽不定的，让魏东丽心里感到别扭至极。

013

吕建业性子急，率先表态：那就报警吧。

大老柳说，毛病，敢把事儿折腾得路人皆知，你立马滚蛋。

吕建业说，行啊，咬文嚼字，不是一般人物，一班长的位置让给我吧。

这话说完，吕建业就后悔了，蹩脚的幽默实在是不合时宜，他只能唉声叹气，用自我解嘲的笑声掩盖冒失。

魏东丽也跟着叹了口气，说干脆求助电台，播个寻人启事吧，市里的所有媒体我都有熟人。

吕建业一拍脑门，说有了，你们把心搁到肚子里，我想办法。

他跑出中队部，用电话把睡梦中的父亲叫醒，开门见山地说，姓吕的，派给你个任务，马上私下里找人，定位一个手机号码。

不知道吕程说了什么，吕建业在电话这头又嚷嚷：你不是吹嘘朋友遍天下吗？别扯公安，我不管他们有没有纪律，你不是号称只要用钱能摆平的事儿都不叫事儿吗？这点本事都没有，你白在江湖上混这么多年。

吕建业哼着小曲儿回屋，他非常天真地冲魏东丽和大老柳打下包票，说都回去，洗洗睡吧，我让人把这事儿摆平。

大老柳想了想，实在没有别的办法，只好应承着，说也只能这样了，指导员，歇着吧，刚才态度不好，你别往心里去。

魏东丽点了点头，没吱声。他心里想，但愿一切都是无心之举，否则以后的工作真没法开展了。

大老柳走到吕建业跟前，伸出右手，抓了一下对方的肩膀，又转过头来对魏东丽说，指导员，不早了，洗洗睡吧。这事儿暂时别上报，我大老柳拜托了。

魏东丽意识到大老柳肯定有难言之隐，一下子心软了，慢悠悠地说，武队长还没回来，人也没找着，我睡不着。

吕建业说，休息不好，哪有精神头出警，万一再来火警呢？

话音刚落，警铃响了。吕建业边往门外跑边抽自己嘴巴子：我靠，真是张臭嘴。

吕建业跟中了邪似的，照例跟大老柳争抢一号战车，虽然没争得过大老柳，但还是死皮赖脸地上了首车。

如若平常，大老柳绝对会把他撵走，而且会警告他回到自己的战斗位置。许是受了苏平安离队一事的影响，大老柳忽略了他的放肆之举，只是盯着消防车行驶的方向出神儿。

让人无语的是，这是一次假警。他们返回中队的时候，武鸣和老郭已经归队了。两个人刚把装备归位，就被喊到了中队部。

一进门，吕建业就感觉气氛不对。魏东丽铁青着脸走来走去，三班长老郭笑眯眯地站在书橱旁，只有武鸣面无表情。他心想，肯定还是为苏平安的事儿。

果不其然，魏东丽先撂下了话：事已至此，咱开个临时党支部会，议一议苏平安同志不假外出的问题。

吕建业不愿搅进浑水，想脚底抹油，便打着哈哈说，我还是光荣的共青团员，你们玩儿，我先撤。

他本想回去之后催一下父亲，却被魏东丽拦下了：吕建业同志，列席会议懂不懂？

魏东丽把头转向武鸣，抱怨道：我刚才说什么来着，这就是你们鱼鸟河中队的班长，就这么个素质，你不是不信吗？刚才，他，还有柳班长都跟我叫板。

吕建业刚想插话，一直笑着的老郭说，指导员，我也是老同志了，不是挑字眼啊，你张嘴闭嘴你们鱼鸟河中队，什么叫“你们”？合着你还是机关领导啊。

魏东丽被噎住了，他毕竟缺乏基层工作经验，恼怒地指责老郭：别以为我不知道你葫芦里卖的是什么药，你刚才不是说了吗，专职消防员不是现役，来去自由，你不负任何责任。

他又冲武鸣发火，说看见没有，这就是班长的素质，老话怎么说来着，兵熊熊一个，将熊熊一窝，难怪你当初会出那档子事儿。

沉默不语的大老柳忽然朝指导员吼了一嗓子：瞎叨叨什么，谁给你的权力说三道四？

魏东丽说，支队党委，支队党委任命我是支部书记，你们都是一丘之貉，我明天就向上级汇报。

眼瞅着大老柳就要冲上去，武鸣呵斥住了。吕建业忽然觉得自己的智商不够用了。他笑了，心想管你们怎么折腾，爱咋咋的吧。

老郭是个明白人，他还是笑着说：刚才我对指导员不敬，我道歉。我也得讲几句实话，我从消防退伍，再来干这个专职，为的是挣钱养家糊口，你没必要给我讲大道理，我在火场上出生入死的时候，你在哪儿呢？

武鸣有些听不下去，护着自己的搭档说，不说话没人把你当哑巴。

老郭并未住口，继续说道：我也交个实底儿，我在这里训练出警，本身就是奉献。

老郭脸上始终挂着笑，让人很难猜测是在抱怨还是在邀功。武鸣认为是前者，他想，说这些不相干的事儿有什么用处？看对方还是一副笑模样，便忽然发作，说：小郭，我还得给你立个功，是吧？

老郭依旧笑，说那都是身外之物。

会开得不见任何成效，魏东丽无可奈何地宣布散会。此乃明智之举，再耗下去解决不了问题，还会激化官兵之间的矛盾。

回宿舍的时候，吕建业偷偷拽了把大老柳，然后径直朝车库走去。他绕着一号车转了一圈，摸了摸车前灯，像跟老熟人打招呼似的说，还是你行啊，任劳任怨，碰到有人恶作剧也屁颠屁颠儿的，等回头你退役了，我把你买回家，当活菩萨供起来。

一起赶来的大老柳知道他说的是报假警的事儿，安慰他说，哪儿那么多的毛病，这对消防队来说算是家常便饭。

吕建业不甘心，拍了拍一号车的后视镜，又踮起脚，用衣袖把镜面上的灰尘擦干净。做完这些，他才说，那些报假警、张嘴就撒谎的人，生了孩子也是脑残。

大老柳一听，愣了。他沉思良久才说，小吕，过分了。

这话让他感到极度不适，可他又束手无策。

014

吕建业话里带刺，回敬道：你管天管地还管得了我拉屎放屁啊，我发发牢骚你都叽歪，碍你什么事儿？

大老柳反问，人生在世，谁没说过谎？善意的谎言有没有？

吕建业有些发蒙，说这还扯到人生哲理上了？我承认，谎言也分个善恶，就像前两次我见到嫂子，每次都说她又年轻漂亮了，这样张嘴就来的瞎话女人爱听，也是给你柳大班长面子。

猛地被人提到自己的妻子，大老柳无言以对。的确，因为受家务事拖累，妻子车小米比同龄人憔悴许多，显得老相，很容易让人误会。这个话题让他心痛。

见大老柳不吭气，吕建业反过来抱怨，说往后别吹胡子瞪眼，遇到事儿先问问前因后果，别不分青红皂白就把人埋怨一顿。

吕建业说的是实话，大老柳一直强调服从意识，碰到手下的人出现失误，总会板起脸训一顿。他不允许别人强调理由，哪怕有天大的委屈，也得先憋着，执行了命令之后，再找机会解释。

吕建业意犹未尽，说咱打个比方哈，训练场上咱讲究个因人施训，跟兄弟们相处也得因人而异。就拿三班的小苏同志来说吧，除了嘴巴碎点儿，没什么大毛病，出不了大问题，也犯不了大错误，那些鸡毛蒜皮的小事儿用不着老班长亲自过问，出了差错，有班长和队干部担着。

大老柳摸摸口袋，拿出烟，吕建业已经把自己的烟握在了手里。他一手捏着烟盒，另一只手的手指一绷，弹了弹烟盒底，一支烟卷的过滤嘴冒了出来，这个动作很潇洒。

他把烟递给大老柳，大老柳犹豫一下，还是接了。吕建业又把相同的动作重复了一遍，用嘴叼住新冒出的过滤嘴，顺手把烟点上了。弹烟盒的动作，他专门练过，可以避免用自己的手触摸过滤嘴，让别人生厌，从某些方面讲，吕建业是个体面人。

两个人吞云吐雾，相视无语。没进消防前和到消防后的一段时间内，吕建业不吸烟，为了耍帅装酷，或者说是为了证实自己长大了，他学会了吸烟。

他先是耍着玩儿，后来才发现了烟的奇妙，累了可以解乏，烦了可以解忧，在特殊的场合下，可以化解尴尬。此时，他俩就是这番景象。

烟吸到一半，吕建业打破沉默说，大老柳，以后我就喊你大老柳了啊，我在你眼里是小毛孩一个，别斤斤计较。

大老柳问，什么意思？

吕建业意识到自己说漏了嘴，赶忙打圆场，说对啊，几个意思呢，我的意思不是你那个意思，误解了我的意思就显得我很不够意思了，咱俩的意思没在一个意思上……

大老柳也笑了，说你这家伙，绕口令呢，不去说相声可惜了。

吕建业朝车窗外的后视镜做了个捋头发的动作，说，大老柳，你就是牛，我隐藏这么深，还是被你发现了，我得纠正一下，说相声的人不管绕口令叫绕口令，人家管它叫贯口。我本来是打算说相声的，人家老师说了，相声门儿讲究个一丑二怪，他姥姥的大鸡腿，我长这么帅，白瞎了一身的才气。

说话间，烟已经吸完，大老柳心情不错，从自己烟盒里抽出一支烟，递给吕建业，吕建业摆摆手，拒绝了。

吕建业借机调侃说，我的老班长哦，说句不中听的话啊，咱能不能抽点好烟，除了队长指导员，你是咱队上工资最高的，这五块钱一包的烟拿得出手吗？

大老柳收回烟，不仔细观察，很难发现，他的手颤抖了一下。他叹了口气，说回去早点休息吧。

吕建业耍赖说，以前我就笑话你心理素质不行，果真如此，说你抠门，你就耍小孩子脾气……

这天夜里，吕建业接连出了三次警，每次都没抢上一号战车。天明时分，他有些郁闷地拿起手机，翻看微信，苏平安没有任何回复。他连续发了几条语音信息，依然没有回应。

上午，武鸣接到支队司令部的通知，让去机关开会。他赶过去一看，司令部会议室空无一人，再问，说是参谋长有请。

魏东丽果真将情况上报了支队，沙方健上来就是一顿骂，批评他心浮气躁，中队管理一团糟。

武鸣闷头不语，沙方健火气更大了，质问他以前的精气神儿去哪儿了。他还是默不作声，气得沙方健把刚拿起的文件夹狠狠摔在桌上。

沙方健平复了一下心情，说，我没空跟你扯闲篇儿，抓紧找人，给他处分。

武鸣终于忍不住，向参谋长抗议：老队长，是人就会犯错误，张嘴就是处分，总得给人改正错误的机会。

沙方健说，你就是窝囊废，心思根本没用在工作上，你先前也犯了错误，支队党委把你放在这个位置上，就是给你机会，你看你把队伍带成了什么熊样？

武鸣说，一码归一码，不能给苏平安处分，本来人心就不稳定。

沙方健说行，那就扣发他这个月的考勤奖。

武鸣急了，说那更是瞎扯，人家来消防挣的是血汗钱……

他说的是实情，原以为这话能打动老领导，但沙方健正襟而坐，面不改色地说，别感情用事，带兵上火场该铁石心肠就得铁石心肠。

武鸣冷笑说，老队长，你变了，高高在上，一身的官僚。

两人沉默了一阵子，武鸣才离开。他临出门前，拉开沙方健的办公桌抽屉，拿走大半条香烟，然后又从茶几上顺走一盒茶叶，撂下句“不用送”，人就已经消失在门外了。

沙方健目送武鸣离开，紧绷着的脸才松弛下来。他在心里嘀咕，兔崽子，劲头总算是回来了。很显然，他说给处分扣工资都是使的激将法。

他笑着从另一侧的抽屉里又拿出一条烟，拆开，嘴里嘟囔：小样儿，每回都要顺我的东西，没想到我这还留了一手吧？

015

午餐比平常要丰盛，因为是周五，临近周末，队上要多加两道菜，这是中队的老传统。其中一道菜是土豆烧牛肉，苏平安和大老柳最爱吃这口，这让吕建业更加惦记苏平安。他寻思，这得碰到多大的难事，连条信息都不回复。

每逢周末，在确保执勤力量的情况下，鱼鸟河中队会安排一部分专职消防员轮休，现役的就没这福分了，只能按条令的规定休假，义务兵还没有这个权利。

甭看吕建业是班长，但他是现役士兵，比不上专职消防员能够周末轮休，即使部队在家门口也不能搞特殊。但为了苏平安，他还是决定请假回家一趟。他不想见父亲，而且实在不愿提及父亲，就像大老柳不愿提到个人的家务事一样。

他写了份请假条，一溜小跑到中队部找武鸣。他没顾上打报告，一头闯进屋里。武鸣黑着脸问：谁让你进来的？

魏东丽在一旁说，进来吧。

武鸣回头问魏东丽：这明摆着要闹矛盾，是吧？找参谋长告状算什么，暗度陈仓，对吧，文化人儿？

魏东丽说，这词儿用得不恰当，我早就表明态度了，要向上级报告，所有话都是搁到桌面上说的。

吕建业一看两位中队主官在吵架，扭头就走。武鸣吼了一嗓子，把他喊住：中队部是超市商场啊，你想进就进，想出就出。

吕建业没言语，武鸣换了副语气问他：说，你干这个职务才几天啊，还没长翅膀就想飞。

魏东丽插话：你怎么指桑骂槐呢？

武鸣冲吕建业指了指，说：我骂他，你紧张个屁啊。再说了，明人不做暗事，不怕小鬼敲门。

魏东丽冷笑道：别把所有人都当成吃奶的娃娃，你之前在特勤的事儿还没整明白呢，怕小鬼敲门的是你。

好家伙，遇到这种形势，假肯定请不下来。吕建业找了个理由溜了。他回到宿舍，先给父亲发信息：姓吕的，限你三小时之内，把我兄弟苏平安找到。

没等父亲回信，他又给苏平安发了段语音：熊孩子死哪儿去了？没见到有信息回复，他又发了一段：有什么困难我帮你处理，玩失踪是几个意思？

吕建业就是这样，有时候心大得很，里面可以跑飞机，有时候又比针眼儿还小，搁不下别人的半句话。他与大老柳的误会，基本上都是后一种原因。

他惦念着指导员的那句话，便去问大老柳武队长在特勤发生过什么事儿，因为大老柳过去也在特勤中队，肯定知情。大老柳正在跟妻子视频，白了他一眼，他玩心大起，在一旁捏着鼻子模仿女人的声音，说老柳，我洗好枣了，快来呀。

大老柳没理会，吕建业又闹腾起来，说快来吧，在部队上天天忙，把枣都洗好了，摆你面前，你都不要。

大老柳关掉视频，瓮声瓮气地问：你抽什么风呢？

吕建业连忙甩头，说我用不起风扇，只能自己抽。

大老柳说，大冬天的，真该抽死你，我跟你嫂子视频，你瞎嚷嚷什么？

吕建业眨眨眼，说心里有鬼吧，我这儿说的是给你洗的枣，从阿拉斯加空运过来的进口水果。

大老柳问，枣呢？

吕建业说，没忍住，吃了。

大老柳自然清楚，吕建业是在恶作剧，索性陪着闹腾了一会儿。可是，当他听明白对方的来意之后，马上换了别的话题。吕建业穷追不舍，说千万别跑题，说正事儿，说正事儿。

大老柳烦了，说你哼哼唧唧累不累？

吕建业摇头。

大老柳说，滚蛋，回去带好自己的班。

吕建业摆出一副懵懂的样子，说大老柳，柳班长，满足我这小小的好奇心吧，不知道事情真相，会死人的。

大老柳也不客气，张嘴就说，你怎么不去死呢，跟个娘儿们似的。

吕建业立马翻脸，说你才跟个娘儿们一样，磨磨唧唧，多大点事儿。说完，他转身就走，走出去好远，又颠儿颠儿地跑回来，说，大老柳，我告诉你，要死也是你死在我前面。

惹了一身骚，可他还是不甘心，心里琢磨，武鸣身上有什么秘密呢，为什么大老柳讳莫如深？

午休的时候，吕建业接到一个陌生电话，号码显示是省城的，自称是派出所民警。他一听就挂断了，因为对方是西北口音。这类诈骗电话越来越多，多到很多人不敢接听陌生号码。

可这个号码很烦人，反反复复地打过来，吕建业烦不胜烦，接通电话就冲对方嚷：警官先生，真为你的智商着急，你脑袋被驴踢了吧，胆子挺肥的，骗子都敢打消防叔叔的主意了，把我当傻瓜呢，我告诉你一句名言，把别人当傻瓜的人，自己就是最大的傻逼，甭谢我，这句话不收费，滚蛋，傻逼！

把这些话一口气说完，他气愤地挂掉电话，关机，紧接着又乐了。他发现自己也用了大老柳的口头禅，对，滚蛋去吧，他忽然觉得朝陌生人发火也是一种宣泄，很过瘾。

到了傍晚，支队警务科的人来了，直接去了中队部，没多久，沙方健也来了。当时，吕建业还问大老柳，这是咋回事儿啊，大周末的，咋把参谋长都惊动了呢。

还没等他想明白，武鸣就跑到宿舍喊他，说参谋长要见他。

吕建业问：why?

武鸣说，找你了解情况，苏平安至今下落不明，你得把问题交代清楚。

好家伙，又得交代问题，看来自己人品有问题，最近一直是麻烦不断。正这么想着，吕建业人已经走到了中队部门前，他整理了军装，打报告进屋。

沙方健请他坐下，吕建业低头站在那里。沙方健用不容置疑的口吻说，抬起头，又不是犯人。

吕建业说，不是让我来交代问题吗？怎么着，还要来坦白从宽那一套？

沙方健呵呵笑了，说这小子有点儿意思。

吕建业梗了梗脖子，心想，杀人不过头点地，管他呢。

第四章　并非真相

016

看吕建业在愣神儿，沙方健站起来，走过去，拍了拍他的肩膀说，杵在这里比身高吗？哦，我知道了，你站着，我坐着，可以全方位看我的脑门儿，秃了，被你们这些小兔崽子给气的。

这是为了缓和气氛故意制造的幽默，吕建业觉得一点都不好笑，虽然他确实看到了参谋长的秃顶，但他毫无心情跟着乐呵。

吕建业根本没意识到苏平安会闯大祸，就在他努力回忆当时的细节时，沙方健接到一个电话，说苏平安已经被省城警方拘留。他听说这个消息，张开的嘴半天没合拢。

沙方健心里并不轻松。他是武鸣的老队长，不想看着手下的爱将再继续出问题。他在给支队长马小刚汇报时说，队伍管理上的事儿我负责，鱼鸟河中队的事情暴露了很多问题，我在支队党委会上作检讨。

沙方健是诚恳的，他认为自己应该对有些事情负责，但他没料到，政治处主任黄连海会在这个时候蹦出来。

他知道，官兵出现涉法问题，政治部门跟进是合情合理的，但一味地揪住小辫子，势必会让当事人难堪，假若严格按规定办理，会将当事人置于死地。

武鸣是中队主官，主抓执勤训练和队伍管理，苏平安出事儿，他负有不可推卸的责任，这一点，但凡有一点部队常识的人都清楚。但沙方健护犊子，他想力保武鸣。

为了防止政治处发难，他跟两位中队主官谈话，把平日里的工作和事情发生后的应对措施了解了个大概。他想把握全局，用来应对不可预知的结果。

他感觉这参谋长干得憋屈，过去在特勤中队指挥灭火救援，都是轻车熟路，可现在到了机关工作，职务高了，烦恼也多了。沙方健安慰自己，火场上的形势也是瞬息万变的，不可预知的隐患甚至会叫人丧失生命，不应当惧怕这点困难。

让他意外的是，魏东丽态度含糊，一会儿替武鸣说好话，一会儿又话里有话，提醒他不能对部属放任自流。他专门跟魏东丽畅谈一次，但魏东丽就那么反反复复，始终没有明白他的意图。

到最后，沙方健不得不实话实说，告诉对方，在基层中队开展工作很难，你和武队长都年轻，不要因为手下的人出了问题，影响了个人进步。

老实说，沙方健为自己的话脸红，作为男人，尤其是军人，必须有担当，可他是在暗示人家回避责任。没错，原先他是拿话来刺激武鸣，此时在他心里的确有个观念，专职消防员是临时的，为了保护爱将，牺牲一个专职消防员的利益也说得过去。

魏东丽不敢相信自己的耳朵，他感到沙方健特别陌生。过去，在机关工作时，他总是听人念叨，说参谋长这个人一身正气，看来那都是假象。他想装糊涂，可沙方健一直用期待的眼神盯着自己，他只能违心地应允，说道理我懂，请参谋长放心。

话刚说完，他就后悔了，他觉得跟咽下成千上万只苍蝇一样，恶心得要命。可魏东丽这个人比较轴，只要答应了别人，不管事情好坏，多数情况下会遵守承诺。这也是舅舅黄连海经常埋怨他的地方。

他决定不把这事儿告诉舅舅，因为他受不了数落。他想，那就走一步看一步，顺其自然吧，说到底不是人命关天的事情。他没空想太多了，沙方健让他带个人一起去省城把苏平安领回来。他想了又想，吕建业似乎是最佳人选。

魏东丽确实不自信。大老柳和老郭是退伍的老班长，他们或许都瞧不起一个新来的干部，更何况他从大学毕业进入消防后，就一直在机关工作，没穿过战斗服，没戴过空呼器，去火场也只是在外围搞搞宣传。

他动了小心思，想通过这次出差，跟吕建业建立些感情，也算是培养自己的亲信。可他万万没想到，吕建业这个人傲娇得很。

当然，吕建业的那些表现，都是自娱自乐的小聪明。也就是说，吕建业认为自己很成熟，但他的所作所为却十分幼稚，如果仔细分析一下，他所谓的成熟是故意装出来的，因为他怕别人说他年纪小不懂事儿。

就这么着，一路上，两个人别别扭扭的，总是不合拍。有些事情不说也罢。

直到见到苏平安，吕建业的本性才暴露无遗，张嘴就骂，说你姥姥的臭鸡腿，干什么见不得人的缺德事儿了，竟然把自己整进派出所了。

苏平安神情暗淡，什么都不肯说。即便他本能上想回避，也绕不过这个坎儿。他必须把事情交代清楚。

在苏平安的处理意见上，武鸣和魏东丽产生严重分歧。魏东丽的意见是，这样的人中队不能要，赶紧辞退，免得留下后患；武鸣则认为，人的本性都是善良的，如果这个当口把人赶走，解决不了实际问题，还有可能让苏平安走弯路。

必须承认，武鸣长久以来都很低落，个中缘由老同志都略知一二，只是吕建业这批新人被蒙在鼓里罢了。武鸣在老领导沙方健那里受到点儿刺激，又被搭档魏东丽将了一军，整个人变得斗志昂扬了。用年轻人的话说，算是满血复活了。这让吕建业彻底领教了武鸣的作风。

武鸣在抓管理上特别武断，决定了的事儿别人很难参与意见。如若是欣赏的领导会认为他是工作有魄力，瞧不上的人则觉得他刚愎自用。不管怎么说，他就是这么个人，这也意味着，与他共事的人必须能接受他的强势，否则彼此之间很容易两败俱伤。

武鸣没给魏东丽留面子，在公开场合下宣称，要保护好手下兄弟，天塌下来他个人给顶着。这话说到了众人心坎里，也赢得了群众基础，毕竟谁都希望顶头上司能在关键时候护犊子。

这让魏东丽处境艰难。

017

吕建业为武鸣的做法点赞。他不止一次地在班里说，兄弟们，好好干吧，有武队长这样的领导罩着，不用有太多顾虑，干啥事儿都敞亮。

魏东丽找他谈话，说你身为班长，不要信口雌黄，发布不当言论。

吕建业不服气地反问：我招谁惹谁了？实话实说也不行？

魏东丽说，说话办事要注意场合、考虑影响。

吕建业是顺毛驴，听不进指导员的意见，扭头又问：我影响谁了？我就知道讲真话得罪人，前段时间，我出警救人，闹到了网上，还不是武队长给摆平了？

提起那事儿，魏东丽不耐烦了，说行，以后你就围着武队长转吧。

吕建业听罢，嘟囔：能不能别那么小心眼儿？

原以为跟吕建业一起出差，路上也聊了不少知心话，彼此之间可以成为朋友了。可魏东丽大错特错，吕建业情绪不稳定，很多时候都是由着自己的性子，根本不顾忌别人的感受。

这不，苏平安已经跟丢了魂儿似的，他还是一个劲儿地在那里念叨。吕建业说话不拐弯儿，嫌弃苏平安不把自己当哥们儿，现在倒好，把事情闹大了，搞得没法收场。

别说，此时能够让苏平安吐露心声的，也只有吕建业了。还没等他把苏平安心里的秘密套出来，就已经从武鸣和魏东丽的冲突中嗅到了硝烟味儿。

趁着武鸣外出，魏东丽组织全体人员开会，说自己明人不做暗事，只要不做亏心事，就不怕小鬼敲门。还说对违反纪律的人决不姑息迁就，会马上请示支队领导，对苏平安严肃处理。

平时吕建业没心没肺，这次他忽然敏感了。他在肚子里骂，什么叫明人不做暗事啊，真不怕小鬼缠身吗？队长不在，指导员一个人把事儿就定了，这岂不是背后要阴谋吗？

他的第一反应是，魏东丽这人不地道，瞧这名字起的吧，魏忠贤的魏，一个大男人家叫什么丽，婆婆妈妈，太搞笑。吕建业暗想，决不能让魏东丽得逞，更何况兄弟之间得讲义气，得两肋插刀。

他给父亲打电话，说姓吕的，我让你找人，你找哪儿去了？

吕程答：你说得轻巧，你爹我又不是公安局局长，手机定位侵犯公民隐私权，审批手续严着呢。

吕建业说，你不是号称有通天的本事吗，现在人都回来了，你那里还没动静，屁大点的事儿都办不好，以后少在我这里叽叽歪歪。

吕程说，怎么跟你爹说话呢，最起码得有个尊重吧。

吕建业说，尊严是自己赚来的，不是别人施舍的。这样吧，你也别唠叨啦，给你个戴罪立功的机会，去找我们支队领导，保证不处理我兄弟就成。

还没等父亲回话，吕建业就挂断电话，把苏平安的基本情况编了一条信息，用微信发了过去。

武鸣不知道吕建业让父亲托人，如果知道了，肯定会恼羞成怒，认为是画蛇添足。他自信司令部不会让他难堪，至少参谋长会充分考虑他的意见。可如果事儿闹到了政治处，结果还真不好说，魏东丽是黄主任的亲外甥，这是公开的秘密。

这些都无关紧要，如今迫在眉睫的是，苏平安一问三不知。武鸣给班长开会时，跟三班长老郭说，你怎么带的兵，那个小苏死猪不怕开水烫。

吕建业“扑哧”一声笑了，说开水不管用，咱灌辣椒水，上老虎凳，实在不行就用无齿锯，把他突突了。

这话太刺耳，大老柳听后直翻白眼，说滚蛋，看热闹的不嫌事儿大。

吕建业说，想让我滚蛋，没门儿，明知道严刑逼供撬不开他的嘴，还不请小爷出马?

武鸣一想，这小子还真说到了点子上，平日里他跟苏平安关系最密切，想了解事情真相非他莫属。武鸣当场拍板，让吕建业去做工作。

吕建业得意扬扬地说，得，我给自己下套儿，分分钟成卧底了。

苏平安这会儿正闹情绪呢，当然，事后他告诉吕建业，自己并非要绝食，实在是茶饭不思。

有关苏平安的故事很俗套，跟感情有关。他回到鱼鸟河中队后，满脑子都在惦记着一个女人，可笑的是，这女人是网友，他连人家的真实姓名都不知道。

吕建业教训他，说你快醒醒吧，跑那么大老远，连床都没上，还有脸在这儿白话。

苏平安发誓说，我跟她是真感情，没你想得那么庸俗。

你这明显被套路了，还为对方说好话。吕建业觉得苏平安走火入魔了，而且已经不可救药。

苏平安很固执地说，我相信她，只不过……

只不过什么，他终究没说出口。吕建业便想，都说爱情能让人变成傻瓜，看来有些话不服不行。

别瞧吕建业把男女问题说得轻巧，说上床之类的无非是吹个牛皮，实际上他在感情方面是晚熟型的。特别是母亲去世后，父亲经营着夜总会，成天有女人前呼后拥，他对女人这个生物莫名地惧怕。他清楚在这方面自己心里有些扭曲，但他不想让任何人知道。

大话已经说出去了，他不知道该如何让苏平安张嘴，只能等。虽然开了那种玩笑，但吕建业不认为苏平安是那种拈花惹草的人。相反，他觉得对方很传统。

苏平安有个女同学，打上初中时就在一起，彼此关系很好，直到人家考上大学，互相之间还是没断了联系。他们从没捅破那层窗户纸，但在别人眼里，他们是一对恋人。

几年下来，苏平安也不想把事情说到明处，担心万一挑明了关系，兴许连朋友都做不成，更别说像其他年轻人一样开房上床了。最终，女同学还是表明了态度，说咱俩不合适，让他别再浪费时间。

苏平安的情绪一下子落到了低谷。正是在这个节骨眼上，他迷恋上了直播，借以排解心里的失落，进而才跟菡小姐打得火热，把自己折腾进了省城的派出所。

018

苏平安失恋之后的心情，别人很难体会。其实，他心知肚明，那顶多是一厢情愿的暗恋，女同学考上大学以后，论条件、论学识，自己根本配不上对方。

虽然他早已经有了充分的心理准备，但真正面对这个结局，苏平安还是无法接受。

很难形容那种感受，难过、不舍，想念、不甘，心间有一丝丝的疼痛，不是很明显，却叫人难受。

痛苦与迷茫之中，他加入一个微信群，群里每天会发布公告，预告菡小姐跟大家见面的时间。不是真的见面，是通过视频直播跟粉丝们互动。苏平安每天准时上线，捧着手机等待心中的女神。

“菡小姐”是网名，真实的姓名，他至今不清楚。菡小姐是那个平台的后起之秀，跟别的主播不同，她一直很沉稳，或者说非常平和地跟每个人交流。

老实说，菡小姐长相并不出众，几乎素面朝天的她，最多算是面容较好，如果是面容姣好则另当别论了，“姣”和“较”同音不同字，意义相差甚远。

即使如此，还是给苏平安留下了深刻印象。最关键的是，她不像其他女主播那么吵吵闹闹，直播时话很少，却很贴心。

有些细节只有在头脑清醒时才会注意到。

初进直播间的时候，菡小姐并不理会苏平安，甚至于他用文字打招呼，也不会得到回应。在别人那里，主播会帅哥长帅哥短地恭维一番，小嘴甜得让人招架不住。原本受到冷落，打算再也不去那个直播间的苏平安，心里莫名其妙地多了分牵挂。

他当时觉得菡小姐像个邻家妹妹，值得去呵护和疼爱，就不断刷礼物。消费多了，直播软件自动生成一个提示，只要苏平安一上线，名字就会带着特效，如隆重登场的贵宾，令人艳羡。

期间，有两三个人跟他PK，在菡小姐面前争宠，送出去的礼物刷爆了屏幕，最贵的礼物价值6666，在那个平台上，虚拟价值除以10，就是真正的消费数额。

一个礼物将近七百块，若在平常，苏平安每月至多花这么多钱，可某天晚上，他一口气砸出去七八个，引来直播间的喝彩声。没错，人们称他为老板，把他捧上了天。

可惜呀，这种模拟世界里的存在感，让他一步步陷入困境。现在回想，一切都是阴谋。

为了证实自己的实力，或者说是为了保住直播间里的“老板”形象，苏平安开始向兄弟们借钱。很多次，他告诫自己不能相信网络，可是理智有时候会显得特别不堪一击，他败给了虚无缥缈的虚荣，像输了钱的赌徒一样，深陷其中而不能自拔。

他在微信群里加了菡小姐，两人成为好友。菡小姐还是那副状态，你热情似火，她便矜持起来；你平心静气地与之交流，她又会热情得令人兴奋。

让苏平安感动的是，菡小姐在微信上责怪他，说不该在直播间花那么多钱，在那里消费，有相当一部分被平台扣除了，等同于收取管理费。

苏平安回复说，那我在支付宝上给你转点儿，少在直播上耗时间，休息不好，容易变老。

菡小姐说，谢谢啦，别给我转钱，你挣钱也不容易，个人有个人的命运，不偷不抢，也不是去夜店做小姐，这好赖也算是个职业吧。

这话让苏平安心动，他觉得菡小姐很知心也很体贴，心底生出一种保护对方的欲望，并一发不可收拾。

那些天，他总会躲在各个场所，用微信跟菡小姐聊天，很像是幽会，他极其享受由此带来的乐趣，那是两人世界的心灵碰撞和催化，难以言表的感受让他迷恋。

在他离开中队的那天早晨，菡小姐发了个大哭的表情，便不再出现，她始终保持着沉默，让苏平安产生了很多稀奇古怪的想法。越是得不到回应，他就越是害怕出事儿。

是的，此时两人已经知晓彼此的身份，不，他只知道对方家境一般，因为某些原因没能参加高考，因为学历限制没有合适工作。有这些就够了，足以让他为此来一次疯狂。

菡小姐终于回复了，她说父母双双遭遇车祸，要筹钱回家给父母看病。

苏平安说，你别着急，我帮你，我跟你一起去看二老。

菡小姐用语音回复说，不行，不能影响了你的工作。

苏平安也发了条语音，说你瞧不起我。

菡小姐又发来一串大哭的表情，说误会了，我没那个意思。

苏平安有过一丝警惕，但他很快就骂自己没良心，谁会拿自己父母的身体健康说事儿啊，那是要遭报应的。人家在最困难的时候跟自己敞开心扉，说明了一种信任，能够跟他一起去看二老，那等于确定了关系。

他想过请假，又怕解释不清，不被批假。年轻总该有几次疯狂，思前想后，他偷偷离开中队，踏上了去省城的高铁。

迎接苏平安的不是朝思暮想的菡小姐，没等他反应过来，那个浓妆艳抹、穿着暴露的女人就扑到怀里，赤色的唇印涂到了脸上，突如其来的“艳遇”让他发蒙，女人用急促的呼吸启动了他身上的马达。

女人脱掉衣服，把他拽到了床边。后面的画面有些不堪入目。

苏平安被突然而至的几个男人拍了视频，让他花钱消灾。双方大打出手。多亏了平时的训练，他不但没吃亏，还把对方为首的人打伤了。女人报警，说有人对她图谋不轨。到了派出所，他始终保持沉默。

苏平安本能上不想给鱼鸟河中队抹黑，也没经历过这样的事儿，他天真地想，只要自己不吭声，那就不会牵扯到中队，这让他陷入被动。

他把希望寄托于吕建业，可派出所把手机没收了，他只能一个人去面对。他认定这是个骗局，可还是不想把菡小姐当成坏人，他固执地认为，菡小姐是真心对他的，其中肯定有难以言表的秘密。

019

这并非事实真相。吕建业的这番评价让苏平安几乎虚脱了，没错，真相不是他带有浓烈感情色彩的主观臆断。

为了让自己更清醒，苏平安跑到洗手间，脱了个精光，用脸盆盛满凉水，从头顶浇下去。他想从冰冷刺骨中宣泄，进而惩罚自己。

吕建业听说后，赶忙跑去把他拽回宿舍，说你干吗要自虐啊。

苏平安说，我太没用。

吕建业有些生气地说，那你死去吧。

苏平安没吭声，上床倒头睡了，而且持续发了三天的高烧，把老郭吓得不轻，埋怨吕建业不该刺激他。吕建业在心里骂，狗屁玩意儿，跟我有半毛钱关系？这班长当得也真够称职，底下的人出事儿了，不敢担责，现在又假惺惺地做好人，说到底，还是怕苏平安出乱子。

吕建业又想，班长但凡管得严一点儿，这事儿或许就能避免，可老郭愣是装糊涂。他把苏平安的情况简明扼要地汇报给武鸣，再三犹豫，还是没再告老郭的状。

但武鸣还是把老郭喊了过来，上来就是一通教训，末了让老郭回去反省，气得老郭当着武鸣的面跟吕建业翻脸。

武鸣也仅是发了一通火儿，没心思过问太多细节，他和魏东丽都急着赶到支队去开会。

会议是沙方健紧急召集的，参加会议的是司令部副科长以上人员，还有警务科和战训科的全体人员，再就是鱼鸟河中队的两位主官。会议只有一个议题，如何从司令部层面上抓好专职消防员的管理。

队伍管理是项综合工程，涉及部队的方方面面，专职消防员的身份特殊，所遇到的都是新问题，不能等同于现役官兵的管理。这次会议跟以往不同，没有事先通知，让与会人员即兴发言。

第一个被点名的是魏东丽。

魏东丽没有心理准备，一时之间不知从哪儿说起。他过去在防火处工作，多数时间是跟文字打交道，相比而言，工作当中务虚的多，务实的少。看他愣在那里，警务科科长提示他，讲讲他对鱼鸟河中队专职消防员的直观印象。

魏东丽想，自己到中队已经有些时日了，光顾得熟悉情况了，还没把主要精力集中到专职消防员的身上，现在出了问题，开的又是紧急会议，自己工作做得又不到位，按照在防火处养成的思维定式，他张嘴就检讨自己的工作失误。

沙方健皱着眉头听了一会儿，终于忍不住插嘴说，别搞那些虚头巴脑的，问题已经出了，讲那些片汤氽丸子的话，毫无意义。

魏东丽解释说，我讲的句句属实，我确实应该检讨，深刻检讨……

拉倒吧，要么整点干货，要么把嘴闭上。沙方健斩钉截铁。

魏东丽愣在了那里，副参谋长谭杰替他打圆场，说小魏基层经验不足，得有个适应阶段。

对这种说法，沙方健向来反感，他没好气地打断谭杰的话，说老谭，咱别打哈哈，上火场前还得先给你个适应阶段吗?

谭杰深感意外，平常两个人一团和气，他没想到沙方健会让自己下不来台。

沙方健也意识到自己过于激动了，贸然发表意见，而且话说得过于直白，关键要看对象是谁。单就谭杰来说，这近似于制造矛盾。

谭杰是他的副手，也是司令部党支部书记，是资历最老的副参谋长。在沙方健任参谋长前，谭杰作为副职，主持过大半年的司令部工作，就当时的形势，参谋长这个位置呼声最高的人选就是谭杰，结果多年的媳妇儿没有熬成婆，他还在原先的职务上踏步走。

在宣布沙方健就职命令的那天，谭杰当着支队长还有司令部全体干部的面表态，坚决服从支队党委的决议，配合好沙参谋长的工作，争取也齐步行进、跑步前进，早点得到组织上的赏识，在更高的职位上做出更大的贡献。

这番话赢来一片掌声和笑声，只有马小刚和沙方健没笑，他们象征性地拍了几下巴掌。

同样一件事情，同样一个表情，同样一句话，甚至同样一个语气词，在每个人身上会有不同的感受。沙方健曾经想过，在行为举止上，马小刚当时跟自己有相似的反应，但内心思考的问题肯定跟自己不同。

沙方健当时想了什么呢？

他在很短的时间内想了很多问题。譬如，谭杰说服从支队党委的决议，那时候元政委刚到支队没几天，按过去的老传统或者说干部任用的有关规定，在支队主官调整前后，不允许提拔干部，更何况提拔的是党委班子成员。

元威作为管干部的政工主官，有权拒绝开党委会研究这个议题，但他毫无原则地让步了，用马小刚的话说，他是为了尽早融入新的集体，借此表明姿态。当然，那时马小刚和沙方健都不知道，新来的政委在任何事情上都不轻易表态。

跟任何公家单位一样，想重用某个人，会有无数条理由；想踢某个人出局，只需一句话。当时的情形，马小刚就代表了组织，他的意见就是党委的决策。至于马小刚为何看不上谭杰，始终是个谜，但他跟沙方健之间有一次谈心。

现在沙方健当众批评谭杰，虽然言辞不算激烈，难免还是让人多想，会场气氛瞬间有了微妙的变化。他只能转头批评武鸣抓管理不到位。

武鸣也不回应，低着头，在纸上画小人儿。旁边的谭杰看到了，终于忍不住，说方健同志，在座的人都知道，小武子是老基层，小魏才去中队没几天，有问题你应该直接问武鸣。

谭杰是为魏东丽打抱不平的。他跟黄连海是同年兵，一个火车皮拉来的，私下里关系不错。魏东丽不单是好兄弟的外甥，还是自己的小老乡，再不说句话，于情于理都说不过去。但他的态度，让沙方健不得不思量一番了。

020

还是从沙方健当参谋长前的谈话说起吧。

在消防部队，干部任命前通常会集体谈话，特殊岗位会单独谈话。参谋长不但是党委常委，还是抓训练、抓管理，带头冲锋陷阵的，所以马小刚亲自跟他谈话。

当时，沙方健要求马小刚重新考虑参谋长人选，马小刚说不可能，支队上下没有比他更合适的人选。

沙方健说，谭副参谋长最熟悉司令部的情况，他是最佳人选。

马小刚笑了笑，说这不是你这个级别考虑的问题，你还没干上党委常委，你的意见不算数。

沙方健提出顾虑，说我占了参谋长的位置，整个司令部压了一片。

这是实在话，谭杰得到重用，空出的位置需要有人接替，会跟着提拔一串，如今杀出一匹黑马，相关人员的愿望就会落空，被挡了路的人会归罪于他。

马小刚自然明白这个理儿，按照多数人的想法，会把谭杰调整到别的岗位上。干部的成长进步，有些时候就像下围棋，盘活了，所有棋子都有了活口，所有干部都能看到出路。但他不想这么做，再怎么说，干部任用是政治处来操作，更多的时候要听取政委的意见，他不想把手伸得过长，让新来的政委多心。

本来政治处提交的人选也是谭杰，黄连海跟谭杰的关系是众人皆知的，大力举荐无可厚非。但马小刚没有采纳意见，有些霸道地点名沙方健，让抓紧考察。

黄主任随即表态，谭杰是司令部的老人，也是支队机关的老人，没有功劳也有苦劳，不提拔难以服众。

马小刚毫不客气地驳了回去，说问题就在这里，他是老机关，但他缺少基层主官经验，参谋长这个岗位是带兵打仗的，绝对不能论资排辈，这事儿我拍板，我说了算。

后来，因为某件事情，总队纪委派人来调查时，黄主任想起了当时的细节，把最后一句话复述一遍，让马小刚落下个搞一言堂的“罪名”。暂且不表。

跟黄主任说过的这些话，马小刚从未跟沙方健提及。他只是告诉沙方健，让他大刀阔斧地开展工作，不该琢磨的别瞎寻思，就算让谭杰来干，报到总队党委，也会被否掉，从别的支队或者总队机关安插个人过来，照样会把司令部的干部压住。

事已至此，本不该再有废话，但沙方健还是不甘心，主动提出可以到培训基地干主任。搞搞培训，抓抓训练，是他的强项。

马小刚急了，瞪着眼问，士兵职责的第一条是什么？

沙方健答：服从命令，听从指挥，英勇顽强，坚决完成任务。

马小刚说，我看你这素质还不如个普通士兵。

那之后，沙方健跟谭杰之间一直很客气，他不知道支队长是否也找谭杰谈过心，他更不知道谭杰是否会怨自己，他只能拿捏着分寸，跟谭杰交往。

“拿捏”是个很有意思的词语，能概括好多难以表述的状态。在这个临时召集起来的会议上，沙方健觉得自己没拿捏好，让谭杰丢了面子。虽然大多数人不会在意这些细节，但聪明人一眼就会看出个八九不离十，至于正、副参谋长这两个当事人，更是心如明镜。

最终，还是谭杰打破了僵局。他说，方健同志，你跟小武子还有在座的大多数人都是老基层，这一点我比不上你们，谁都知道，麻雀虽小，五脏俱全，别说是鱼鸟河中队，哪怕最小的消防站，也是事无巨细，任何事儿都马虎不得。

看着谭杰有意识地避开了尴尬，沙方健内心感激，说老谭，你是兄长，比我更全面，我想听听你的意见。

既然谭杰如此坦然，沙方健多多少少也有点愧疚，他猛然觉得武鸣说的话在理儿，自己真的变得官僚了，竟然也跟身边的战友动起了心机。他现在特别渴望听听谭杰会说什么，他也需要借此来一次反思。

所有人都把目光聚集到谭杰身上。没人会承认自己是傻子，大多数人都觉得谭杰会拐弯抹角表示抗议。这并不代表他们希望司令部的两位领导闹矛盾，但按照惯性思维，他们又希望能产生一点摩擦，就当是生活中的调味剂了。

让众人失望的是，谭杰心平气和地说了个人的意见。他说，专职消防员的管理一直困扰着我们，像这次的事情，我不好胡说八道，但在我眼里是起事故，没出事儿是侥幸，不吸取教训会恶性循环，很可怕。

沙方健受到启发，也跟着发言说，是这么个理儿，会产生蝴蝶效应，形成多米诺骨牌，倒掉一块，毁掉一片。

谭杰接过话茬，说咱不聊什么效应和骨牌，我只会打扑克，事故苗头就像是对手，你不把它压住，咱就得败了。所以，我建议严肃处理苏平安，也要追究中队主官的责任。

沙方健摆摆手，说这个暂时不考虑，咱得从全局考虑，大伙私底下都在传，说咱消防就要改革了，很多人说消防将来会归武警部队，还有一种说法是，会跟日本一样，成立专门的国家消防局，我感觉后一种可能性不大。如果划归武警，咱的队伍管理跟人家差了不是一点半点儿，就算是跟咱省其他兄弟部队相比，咱也有差距……

沙方健转了话题，把会议引上了正题。他知道武鸣这段时间压力巨大，再添加压力，哪怕一根稻草都可能把他压倒。他迫不得已只好耍了个滑头，说小魏刚到基层，年轻人摊上这么个事儿，搞不好还会影响个人前途。

武鸣不再画小人儿，站起来说，这事儿跟指导员无关，有任何责任，我来担。

会议没有解决实质性的问题。会后，回中队的路上，魏东丽对武鸣表示感谢，武鸣说往后一个锅里吃饭，瓢碰盆的事儿多着呢，你得做好思想准备。

刚说完，中队打来电话，说马成功被吕建业打伤了。

第五章　招惹是非

021

魏东丽闻声，说糟了，这个小吕这么不省心，又惹了乱子。

武鸣说，没什么大不了的，年轻人血气方刚，一句话不对付就会动手，很正常。

魏东丽摆摆手说，关键马成功有背景，他是支队长的关系兵。

武鸣用手比画了个砍人的手势，说别扯这个，你还是黄主任的亲外甥呢，在鱼鸟河中队这一亩三分地儿，是虎得卧着，是龙得盘着，否则别怪我不客气。

魏东丽问，你这是话里有话，给我下马威吗?

武鸣说，嘁，文化人就是敏感，我这是告诉你个人的原则，决不会照顾任何关系兵。

魏东丽张了张嘴没再回应，他一直猜测马成功是支队长的亲戚，适当给予照顾也是天经地义的事儿。有人开玩笑说现如今的部队都是子弟兵，各级领导恨不得把自家的七大姑八大姨全都招到部队。魏东丽认为这种说法失之偏颇，不仅仅因为他本身就是政治处主任的外甥，更重要的是他觉得这是正常现象，没必要大惊小怪。

魏东丽长期从事宣传工作，对媒体上的各种信息有着天生的敏感。他发现最近几年，好多人会从网络上发声，指责甚至诟病党政机关，更有人说，现在的当官的都是裙带关系。

他对这种说法颇为抵触，他的观点是，每个人都在社会上扮演不同的角色，所处的位置决定了个人的人脉资源。魏东丽打了个比方，说县长给儿子找媳妇，只能托身边的朋友给做媒，倒也不是非得门当户对，主要是那些个朋友也都在官场上，交际圈子受了局限，这种婚姻结合够不上裙带关系。

就像他本人，大学毕业之后，家里人让他找份稳定的工作，去新闻媒体应聘都是签合同的，连事业编都不是，他只能求舅舅。魏东丽觉得这并不丢人，当初考进消防也是过五关斩六将的，舅舅无非是提供了些信息而已，所有人有目共睹，他在宣传岗位上干得也是风生水起，没给家里丢人。

所以，在他的理念里，人人都可能会在力所能及的范围内照顾自家的关系，称不上不正之风。可是为什么那么多人会抱怨，进而憎恨呢，他思考良久找到了答案，归根结底一句话，社会发展太快，导致民众的诉求得不到及时解决。他认为这是好事儿，要发展总是要有阵痛。

包括鱼鸟河中队陆续出的这些问题，魏东丽感觉都是必然的，新生事物本来就是摸着石头过河，只不过他还没修炼到处变不惊的地步。

回头来说吕建业和马成功吧。

正所谓磨刀不误砍柴工，基层消防每周末会组织保养车辆，为的是保障装备性能最佳。在大多数单位，每天也要擦拭消防车，出警归来后，也必须把装备归置到位，然后检查一遍，这是约定成俗的规矩，不需要写在纸面上。

这天一早，吕建业招呼大家擦车，他自然是围着一号车转。车已经擦得铮亮了，他还是意犹未尽，仿佛车子有了生命，是他心仪已久的美女，一直在等待他的呵护。

林河虽然地处华东地区，但它的冬天不同于别处，天是干冷，风很直也很硬，很像是粗犷的汉子，大大咧咧不拘一格。在这种天气下，清早把手伸进水桶洗抹布，再被风裹挟到寒冷之中，确实很考验人的意志。

马成功比其他人来得都晚，到了车库以后也是跟蜗牛似的慢慢腾腾，一看就是出工不出力。可恨的是，他虽然慢半拍，嘴上和手上却都没闲着，他一会儿诅咒天气，一会儿摔打东西，搞得跟全世界都对不住他似的。

吕建业看不惯，让他闭嘴。也不知哪儿冒出来的火气，马成功把身前的水桶“咣当”一声踢倒，脏水淌了一地。

水溅了吕建业一身，他后退两步，望着地上的水说，找拖把，墩干净。

马成功又朝水桶踢了一脚。吕建业说，你抽什么风呢，快墩干净。

马成功站在那里没动。吕建业转身找了个拖把，一边墩地一边说，这天儿，分分钟就结冰，回头你出警脚下一滑，再摔个四仰八叉，折了胳膊腿无所谓，整个脑震荡就开心了。

马成功张嘴就吐了个脏字，说操，你活腻歪了吧。

吕建业低头干活儿，回了句：弄个伤残也挺好，办个伤残证，退伍回去可以享受不少优惠政策。

马成功骂道：我日你祖宗，你全家都伤残。

吕建业抬头，调侃说，就你这素质，真不配穿这身军装。

眼瞅着马成功就要扑上来了，警铃响了，他们又得出警。老实说，吕建业当时只是解闷逗乐子，没把这当回事儿，他觉得部队本来条条框框太多，再不热闹热闹会让人感到压抑。马成功可不这么想，他听不得别人侮辱自己，碰到这样的情况，他连杀人的心都有。

这次处置的是一场车祸，现场惨不忍睹。当事人开着一辆皮卡车，被大货车怼到了路边护栏，车身被整个挤扁了。当事人已经奄奄一息，吕建业赶紧拿出液压钳，用破拆工具救人。他不想耽搁时间，很可能一秒钟就会丢掉一条性命。

他熟练地操作着手头的工具，顺嘴吩咐身旁站着的马成功：无齿锯。

马成功还在之前的情绪中，说不缺胳膊不缺腿，自己取。

吕建业张张嘴没说话，旁边的兄弟把无齿锯递上，他也没心思理论了。还好，人总算救了出来，被救护车送往医院。

正要收队，吕建业被随后赶来的电视台记者拦住，提了几个问题。吕建业跑到消防车前，冲后视镜照了照，说，你们等会儿，我捯饬一下，别影响了消防的光辉形象。

马成功对他投去不屑的眼神，吕建业根本没注意这个细节，他在摄像机前侃侃而谈，状态不错。

当然，吕建业绝对没想到，马成功会因此与之交恶。

022

回队的路上，吕建业跟马成功紧挨着坐在一起，他责怪马成功，说不知道打配合，万一误了工夫，司机就一命呜呼了。

马成功冷笑说，呜呼个屁，救出来也是残废，还活个什么劲啊。

吕建业说，你思想有问题，消防就是救人于水火，你这……

马成功还是笑，说什么鸡巴玩意儿，不是人人都像你，爱在电视上表现，扯那些大道理有鸟用。

吕建业正经起来，说你这人怎么回事儿，你这素质还真是不咋样，张嘴就吐脏字，你爹妈怎么教的你?

操！马成功嘴里蹦出这个字，就挥拳过去。

吕建业躲过拳头，说你姥姥的臭鸡腿儿，这是要动真格啊。

马成功朝车上吐了口唾沫，又来了一拳。吕建业没回避，挨了一拳头。马成功被旁边的战友拉住了。一回到队上，车刚停稳，吕建业就跳下车。他回头朝刚下车的马成功笑笑，抬脚就踹过去。

别看吕建业眉清目秀，这都是迷惑人的假象，他的身手相当厉害。马成功先是闪过了对方的攻击，但很快就落了下风，他被打倒在地。吕建业像一头红了眼的斗牛，把马成功从地上揪起来，推到消防车的车门上。他用手掐住马成功的脖子，连捣了几拳。

如果不是众人帮着拉架，两个人肯定会拼命。

武鸣了解情况时，大家说的基本一致。在单独谈话时，两个人却仍旧心怀恨意。马成功说，他凭什么诅咒我，我死也得讨回公道。吕建业没吃多少亏，吊儿郎当地说，谁让他把唾沫吐在一号车上，我没让他舔干净已经给他面子了。

一个巴掌拍不响，武鸣决定对两人各打五十大板。他的解决方式有点另类，在中队全体会议上宣布，在接下来的一个月里，吕建业每天抄写一篇《中国消防》杂志上的文章，马成功每天十次负重登楼加上一个五公里长跑。

对这个结果，马成功恨得咬牙切齿，他觉得队长偏心，一碗水端不平。吕建业倒是嘻嘻哈哈没当回事儿，他找了个专职消防员，送了套手机游戏上的装备，让人家替自己抄写。

吕建业心里清楚，队长知道他没耐心，故意惩罚自己。他敢弄虚作假是因为武鸣太忙，应该没时间顾及这些事儿。他算准了，该冒险就得冒险，这社会饿死的都是胆小的。

这一个月，真正算起来是2018年春节前的这个月，鱼鸟河中队倒是安稳了下来，没再发生过太大的问题。用吕建业的话来说，感觉日子过得太平淡，没什么滋味儿。

这期间，吕建业跟大老柳相处得不错，还闹过不少笑话。最有意思的一次是，大老柳把吕建业当成了思想不纯洁的小流氓。

消防基层中队多数都是年轻人，跟吕建业同一批的新兵当中有不少是“00”后，鱼鸟河中队的专职消防员也是这个年龄段。虽然他们跟一班长大老柳和三班长老郭的年龄差距不大，但他们认为相差三岁以上就有代沟，彼此之间没有共同语言。老郭巴不得如此，赚了个清净；大老柳却有些着急，一门心思想融入年轻人的世界。

他们都喜欢玩网络游戏，动不动就聚到一起交流心得体会。吕建业不擅长这些，但却不影响他成为别人关注的焦点，因为他有得天独厚的优势，舍得花钱给游戏里的人物买装备。这么说吧，不管是英雄联盟、王者荣耀，还是吃鸡，他都是游戏世界里的强者。

临近春节的一天，大概是周六的晚上，各班组织自由活动，吕建业闲着没事瞎转悠。他跑到三班，看到老郭正带着人打扑克，脸上贴满了纸条，就开了几句不咸不淡的笑话。转身去了一班，他发现大老柳不在，兄弟们正在整理学习笔记。他心想这多没劲啊，就招呼大家一起“撸啊撸”。话刚说完，大老柳进门了，一把拽住吕建业，拖出了宿舍。

大老柳问：毛病，你还有个班长的样子吗?

吕建业耸耸肩膀，挤出个很无奈的表情。

大老柳吩咐：滚蛋，别搞些恶心我的东西。

吕建业已经转身准备走了，又回过头来说，你让我滚我就滚啊，你把话讲清楚，我恶心你什么了？

大老柳问：你还要不要点儿脸？

吕建业反问：我怎么着你了？

大老柳压低声音说，你一点廉耻都没有，还那个，让大家一块儿那个。

吕建业问：哪个啊。

大老柳说，你们年轻人连那种事儿都扎堆啊，我很开明，有生理需求正常，但一起那个，你就得滚蛋。

吕建业忽然明白了对方“那个”的意思，眨眨眼开始捉弄大老柳：我口味重，没办法。

大老柳急赤白脸地命令：我警告你，你再乱搞，我收拾你。

吕建业做出一个暧昧的表情，继续寻开心：哎呀，你是老婆孩子热炕头，得理解我们这群单身狗。说完，他又冒出几个让人浮想联翩的语气词。

大老柳怒斥：你给我闭嘴。

吕建业板起脸，一本正经地说，我就撸啊撸，我还带着大伙儿一起撸啊撸，气人不？你找队长、指导员告状啊。

大老柳说，你是真不要脸了？

吕建业说，脸得要，而且我得练得比一号车的轮胎还厚实。

滚蛋，别扯一号车，你这个无赖流氓相别脏了一号车的名声。大老柳自知无法说服吕建业，扭身气呼呼地走了。

转过天来，吕建业就在队上放出来话，说大老柳是老土鳖，还冒充屎壳郎，滚着屎蛋上马路。

他是想借这句话讽刺大老柳“滚蛋”的口头禅，知道了事情原委，大老柳“老土鳖冒充屎壳郎”的说法就传开了。

听到这些，大老柳怒不可遏，找吕建业想问个究竟。吕建业说来说去就一句话，找明白人问去。问题是，所有人都笑而不答，大老柳火了，愈发觉得吕建业干了恶心事儿。

023

看来这见不得人的事情已经半公开了，这些小子们的反应在那摆着，有几个人会像吕建业那么恬不知耻呢？这歪风邪气必须杀。

万不得已，大老柳跑去找武鸣，张嘴就说，队长，快管管小吕吧。他如此这般把来龙去脉讲完，把武鸣也给逗笑了。

他丈二和尚摸不着头脑，万分沮丧地说，武子哥，你是我的兄长，也是我的老队长，你怎么能容忍他们胡闹？

武鸣接着笑，几乎笑出了眼泪，才说，大老柳，我看小吕说得没错，你真是老土鳖。你想歪了，那只是一款游戏，我偶尔也玩儿，你这年龄不该不懂啊。说完，武鸣又叹气，说都是让家务事儿拖累的，你也没心思搞这些。

听罢，大老柳呆在那里半天没回神儿。武鸣自知说错了话，就改口说，时间过得真快啊，回家休息几天，跟家里人过个团圆年。

大老柳不太明显地点了点头，含糊不清地说，是啊，过得真快。他一想，儿子出生三年多了，检查出有病也快两年了，最受罪的是妻子车小米。也只有这么浪漫的名字能配得上妻子，可妻子硬是被生活逼到了死胡同。

时间确实不经算，他又一想，自己提前退伍，然后跟着武鸣到鱼鸟河也半年多了，一直忙忙活活，是该调整一下状态了。他说了声谢谢，琢磨着心事，回了宿舍。

春节如期而至，跟往常相比，鱼鸟河中队没有太大的变化，仔细观察还是有所不同的。比较明显的是在队人员的精神状态，按说过年得喜庆，可大多数人却带着几分疲惫，实在是勤务太繁重。

林河市市区禁止燃放烟花爆竹已经好多年了，早先查得紧，市民只是偷偷摸摸的，或者干脆跑到郊区去放，听个声响，让年的味道淡了许多。

最近一两年，有人把“禁放令”抛到了脑后，先是个别社区扎堆放，到后来跟传染病似的，迅速传开了。好像所有人家都早有准备，变戏法似的从家里拿出了鞭炮，让人好奇这些鞭炮都是从哪儿买的。

党政机关抓了一段时间，效果不明显，还引起公众的质疑。人们认为年节上放鞭炮图个喜庆，是中华民族的优良传统，更有甚者，搬出了中央下发的文件，说国家都提倡过中国传统节日，你林河市委市政府还敢违抗中央精神？没有一点民族自豪感。

没办法，对这种无法强令执行的事情，当地职能部门放任自流，结果是火灾和事故率比禁放那几年翻了一番。说句不太恰当的话，春节前后，消防部门完全是疲于应付，天天处于高度戒备的状态，即便不出警，很多消防员也吃不消。

在鱼鸟河中队，吕建业精神头十足，好像总有使不完的劲儿。他每次出警归队，都会发牢骚。这可能与他的心情有关，大老柳休假期间，一号车归他，再也不用争抢了，也缺了好多趣味。

吕建业说，真搞不懂那些人，脑子进大粪了，放鞭炮有什么意义？烧钱不说，还破坏环境，人为地制造些不安全因素。

如果有人表示赞同，他就烦气对方人云亦云，没有主见；假使谁提了反对意见，他更是不着调，非要跟人家理论半天。到后来，大伙儿一合计，都不搭理他，他也就自讨没趣，没了发泄对象。

其实，无论牢骚再多，他还是兴冲冲地出警、战斗。他总是这样，时常跟别人对着干，有点胡搅蛮缠的意思，让人感觉他是故意折腾。

大年三十，按照往年惯例，那天上午，中队要贴春联、挂灯笼，把营区布置得有点节日氛围。吕建业对此不感兴趣，就由三班长老郭招呼着干。

老郭忙活完，有点意犹未尽，拉着他到处看，有点显摆的意思。刚开始，吕建业违心地恭维了一番，等进了车库，他就忍不住指责上了。

他看到一号车上贴着“出入平安”，便问老郭：老郭，你以为你是说相声的老郭啊，你怎么不贴上抬头见喜、肥猪满圈呢？

天挺冷，老郭用有些发木的手擤了擤鼻涕，说我弄了，咱中队猪圈贴了。

吕建业用夸张地语气说，我靠，你真行，办事儿就是细心。

老郭没听出是在讽刺，谦虚地说，没什么，图个吉利而已。

吕建业长吸一口气，问：而已个大头鬼，你怎么不三姨四舅呢？对了，我历史学得不好，老辈儿说“破四旧”，这算不算“四旧”？

这都哪儿跟哪儿啊？老郭被整蒙了。

吕建业说，我觉得咱们不能搞迷信，尤其不能贴在一号车上，把大宝贝儿的颜值拉低了好几十个百分点。

老郭并不赞同，开始为吕建业普及老家的风俗习惯：这都是为了讨个彩头。打个比方，我们那里过年煮饺子煮破了，不能说破，得说挣了。还有吃的大蒜，得喊义和菜，蒜的谐音是散，晦气。再就是农历二月二之前不能剃头……

吕建业忍不住插话：我不出正月十五就理发，你瞧，我这金刚不坏之身，活蹦乱跳。

老郭摆摆手，说，这不是你个人的事儿，传说正月里剃头死娘舅。

吕建业说，什么娘舅爹舅的，我们这代都是独生子，七大姑八大姨全部作废，再说我连亲妈是谁都不知道，哪儿来的娘舅。

老郭有些迷瞪，刚想问，就被吕建业用手势制止：我的隐私，拒绝接受任何媒体采访。

老郭说，那好吧，多一事不如少一事，不过我劝你，这世上好多事儿神奇着呢，不能不信。

别信命，一秒钟之内，地球上得有多少人，扑通，生下来？吕建业蹲起马步，做了个母鸡下蛋动作。

老郭被他逗笑了，问：有多少？

吕建业说，不晓得，但同一时辰出生的，南非的和美国的小孩儿，打一出娘胎命运就不一样。

说着，他不管不顾地把“出入平安”撕掉了。老郭只能干瞪眼。

024

老郭走后，吕建业一个电话把父亲喊了过来。他跟吕程忙活了没多会儿，就在一号车的后屁股上贴了别的东西。

吕程有些担心，问：儿子，领导看见这个不会批评你吧。

吕建业心情不错，哼着小曲回应：吕先生，你要知道小爷是谁，在咱这队上，我只会受到表扬。

吕程还是不放心，嘱咐道：不管在哪儿都别高调，少说话多干事儿。

吕建业针锋相对：对呀，少说话多干事儿，你可以闭嘴啦。

吕程说，你这熊孩子，吃枪药了？

吕建业下了逐客令，说吕先生你可以滚蛋了。

吕程忍住没发作，上车时甩下句：人们说得没错，生了儿子就等于多个祖宗。

吕建业听了这话颇为得意，在心里嘀咕，孙子，快滚回家过你的年吧。他就是这样，火气来得快走得更快。可这脾气最容易得罪人。

吕建业本已经回到宿舍，但他还是跑回车库。他摸出手机，以一号车的车屁股做背景来了个自拍。他把照片发了朋友圈，配了文字："酷酷的消防车，给大家拜年！"紧接着，就有人点赞，说你好有创意啊。

他为自己的杰作洋洋自得，也让队上的兄弟们哭笑不得。因为他在车上贴了"爷很帅，别碰我！"如果单是这个还不搞笑，他还贴了个巨大的蜘蛛侠图像，气得武鸣踹了他一脚，说你还念念不忘"蜘蛛侠哥哥"啊。

吕建业确实不省心，紧接着得罪了两个人。一个是苏平安，另一个是大老柳。

整个春节期间，过得最糟糕的是苏平安。经历了省城的事儿，他一直打不起精神，平常丢三落四，有时候还冷不丁冒出句毫不相干的话，让人感觉他神神道道。吕建业对他的评价是，被那个菡小姐搞得鬼迷心窍。指导员魏东丽则认为他受到了伤害，需要心理疏导。

起初，吕建业对魏东丽的说法不以为然，但过了春节，他发现苏平安真得有专业人员来开导才行。

起因是苏平安父母托人介绍了个对象，虽然吕建业觉得年轻人还得用媒人来解决婚姻大事太老套，但他感觉介绍的这个对象很靠谱，模样、工作都不赖，配苏平安是绰绰有余。

他跟苏平安说，有句话叫鲜花插到了牛粪上，你就撒泡尿照照自己吧。

苏平安要么不说话，要么就扔下那么一句：我忘不了她。

吕建业便说，完蛋了，还真没看出来你是个痴情小王子啊。

到了这般地步，苏平安失去了往日的风采，喋喋不休被沉默寡言代替，有几次还在出警时出现失误，让人非常担心他会出问题。他嘴里再也没有“一般人我不告诉他”，取而代之的是，他见了人就躲，连眼神都是飘忽不定的。

有一次，吕建业跟几个兄弟聊天，苏平安忽然跑过来，扯着他的衣服问：你们又在背后嚼舌头？又在说我的坏话？

吕建业说没有，但苏平安不信，瞪着眼嚷嚷：我都听见了，别以为你们做的事儿我不知道，你们都装模作样，恨不得扒了我的皮。我不会让你们得逞。

吕建业心疼苏平安，说兄弟啊，你别犯傻。

苏平安突然放声大哭，嘴里嘟囔：我知道你瞧不起我，我知道……

吕建业慌了，安慰一番，赶忙跑到中队部，碰到正在跟女朋友煲电话粥的指导员，二话不说就抢下手机，把电话挂掉。魏东丽原想批评几句，一听事情原委也急了。等他们去宿舍时，苏平安已经恢复了正常，他冷冰冰地看着众人，再也不肯开口，成了闷葫芦。

当天下午，魏东丽请了假，跑到舅舅家里，请求让元力到中队待几天。黄主任嘴上说的是不要把工作带回家里，但还是下厨炒了几个菜，两人以茶代酒算是吃了个团圆饭。

第二天黄主任就安排元力下到鱼鸟河中队，负责为苏平安做心理疏导，这是后话。

但正是这件事儿，吕建业把苏平安得罪了，他觉得特别委屈，支队一直没再处理苏平安，说不定就是父亲吕程私下做了工作，这怎么还恩将仇报呢？不过，很快他又安慰自己，苏平安不知道自己帮过忙，别搞得心眼儿比针鼻还小。

还好，吕建业是清醒的，他分析解铃还须系铃人。他托老同学帮忙雇人在网上寻找那个“菡小姐”，为此他花了不少钱，但他觉得这都没什么，就当是学雷锋了，好人虽然不好当，但装也要装到底。

在对苏平安的态度上，吕建业的遭遇让人觉得他很重感情，但跟大老柳之间，所有误会的产生都是他太能作。

休假归队的前天夜里，大老柳一直坐在儿子壮壮床前，想了很多心事，又好像什么都没想。及至凌晨，妻子车小米从床上爬起来，说还是睡会儿吧，回到队上永远睡不上个踏实觉。妻子明白消防的工作性质，五冬六夏都在战备，随时随地会出警。大老柳心生感动，把妻子拥在怀里，默默地挨到天亮。

朝阳把橙色的光彩打在壮壮脸上，小家伙依旧甜美地睡着。大老柳俯身亲吻孩子的脸颊。车小米已经做好了早饭，她把咸鸭蛋剥好，用筷子去掉蛋白，把蛋黄放在小碟子里，推到大老柳面前。她知道丈夫最爱吃这口儿。

她没歇手，从坛子里捞出咸疙瘩，切成细丝儿，用热水一焯，滴上香油，又撒上辣椒粉和葱花，拌匀，分别盛进洗净的三个罐头瓶子里。再回头时，她手里又多了个方便袋，装了煮好的咸鸭蛋。车小米干事利索，还是按照往常的老习惯，让丈夫把东西捎给队上的兄弟们。

看妻子在那里忙活，大老柳没心思吃饭，馒头在嘴里难以下咽。天已经透亮了，他发现妻子两眼肿得像烂红桃，他猜想妻子肯定是跟自己一样，彻夜未眠。

可就是那精心调制的小咸菜，让吕建业也把大老柳给得罪了。

025

回到队上，大老柳把其中一瓶咸菜放到自己班里，把另两瓶亲手送到二班和三班。

吕建业再怎么说也是个新兵，之前没吃过，一脸嫌弃地打开瓶子，说这东西能吃吗？卫生达标吗？

他抽动了一下鼻翼，说：倒是蛮香。说完，回头瞥了大老柳一眼，嘴巴没闲着：大老柳，你回趟家就带这么点东西呀，把咱当成叫花子了。

大老柳欲言又止，有个年龄较大的专职消防员把瓶子接过去，为大老柳解围：你不待见，给我，嫂子做的咸菜没的说。

吕建业又问大老柳，你们两口子都这么抠门吗？

大老柳本来心情就不好，听了这话只能苦笑着离开二班。三班在隔壁，只有几步路，他却走得艰难，他寻思着干脆回班里，以前兄弟们都说咸菜好吃，说不定是照顾面子。他最终还是把咸菜送给了老郭，那好歹是妻子车小米的一番心意，东西确实不值钱，却不至于落下一身的不是。

如果事情就此打住就好了，吕建业又给父亲安排了任务。他让吕程马上送自己最爱吃的梭子蟹，说要有福同享，请全中队的人一起吃。还专门点名要山东莱州三山岛的母梭子蟹。

个把小时之后，几箱梭子蟹抬到了炊事班。这些横着走的家伙嘴里吐着小泡泡，浑然不知接下来的命运。大老柳心里想，人在很多时候还不如没有思维的东西，它们最起码没有烦恼。

武鸣把吕建业骂了个狗血喷头。他问吕建业还有没有点儿组织纪律性，把中队当成什么地方了，有点臭钱就能上房揭瓦吗？

吕建业反问，我自己掏钱给兄弟们改善生活，有错吗？

武鸣说，钱也是你爸爸赚来的。

吕建业把队长的话当成了耳旁风，他我行我素，在琢磨着很多事情。他动脑筋较多的是，如何挽救苏平安。

他跟元力说，就该用“挽救”这个词儿，再不想办法，这人死定了。

元力说，没那么夸张，目前的外在表现还不至于自杀。

吕建业嬉皮笑脸地说，他自杀无所谓，千万别他杀，万一把我宰了呢？跟我有仇，不共戴天呢。

元力尚不了解情况，若有所思地“哦”了一声。

元力有个很大的失误，没做细致的调查，就主观地写了份治疗方案。送给武鸣一看，被怼了回来。

武鸣说她上纲上线，只会添乱，又不是得了精神病，搞什么治疗方案。她让武鸣尊重科学，过于主观，听不进意见，本身就是心理有问题。这话气得武鸣想蹦高。

元力没给对方好脸色，说瞧见没有，已经病入膏肓。

武鸣心想打不起终归躲得起，便把元力当作包袱，甩给了魏东丽。人员出现思想波动，乃至产生心理问题，按分工来说，由指导员负责是天经地义的，可元力偏偏认为武鸣是在躲着自己。

说一下元力和武鸣的关系吧。

元力的名字很容易让人产生误会，她其实是女干部，打小在消防部队大院长大，跟武鸣是大学校友，是武鸣的小师妹。他俩毕业于河北廊坊的武警学院，当时武鸣在消防指挥系读大四，元力是消防工程系的大一新生。

武鸣是基层士兵考上军校的，元力则是通过高考直接入学的，理论上讲，两人不可能产生交集。

军事院校跟普通高校有所不同，一般的大学是头两年混社团，后两年忙着恋爱、实习和找工作，有的大二就当上学生会主席了。

多数军校未设学生会主席，相关职能由团委之类的部门分管。比如说团委，书记通常由院校的管理干部担任，副书记才是在校生。而且还有个老传统，在读的学生在最后一年才有竞争副书记的资格。这有点论资排辈的嫌疑。

那一年，武鸣是团委副书记，新生元力刚加入宣传部。

刚开始，两人几乎没碰过面，元旦前夕，搞新年联欢会，彼此才打了照面。老实说，他俩是不打不相识。

元力是节目主持人，正在礼堂排练，武鸣去了。他有些年轻气盛，听了几句就不耐烦，问主持词是谁写的，元力答是自己写的。武鸣说整那些花里胡哨的形容词有什么意思，得接地气。

熬夜受罪写出的东西猛然被人否定，元力心里很不得劲，反过来将了武鸣一军，说有能耐你写呀。武鸣没说话，约莫一小时之后，他派人把自己写的主持词送去了。

对那份主持词，元力嘴上说也就那么回事儿，心里是服气的。后来，通过工作交往下来，她发现武鸣才华横溢，用比较俗气的话评价，是个文武双全的人。

哦，忘了说了，元力是支队政委元威的女儿。跟处世圆滑的父亲相比，元力的率真、干练总让人感觉锋芒毕露。她对武鸣有好感，就直接表白了，互相交往一段时间，却是矛盾不断，有点相爱相杀。

据说，元力毕业时为了武鸣才跑到了林河消防，但为什么两人至今还都是单身，也只有他们自己心里清楚。

有一点可以确定，当年元力选修心理学专业，是跟武鸣商量过的。她日后取得双学士学位，又拿到国家级心理咨询师资格证，还真得把这份功劳记在武鸣头上。

别看吕建业未曾谈过恋爱，但并不影响他的判断力。过去，有事儿他会去找苏平安，现在他找不到合适的对象。他心里憋得难受，只能去跟大老柳掰扯。

他说，你发现没有，队长跟元干事有猫腻。

大老柳模棱两可地发了个单音节语气词。

吕建业以为大老柳不相信，紧跟着说，不信咱俩打赌。

大老柳说，我不赌。

吕建业觉得大老柳特没劲，一点情趣都没有。他把精力转到元力身上，想证实自己的判断准确无误。

遗憾的是，元力计划打道回府，说是苏平安一切都正常。吕建业想不可能，之前都跟精神病一样，岂能说好就好了？

第六章　真爱无敌

026

吕建业跑去找元力，挽留对方在中队多住些时日，一方面是想继续观察队长和元力之间的关系，还有一方面就是为了好朋友苏平安。

他非常惧怕苏平安想不开，也想把这层意思表达出来，可话到了嘴边全变味儿了。

他问苏平安，你怎么就没事儿了呢?

苏平安问：你希望我有什么事儿?

吕建业答：没事儿你早说啊，搞得我跑去找队干部，还把人家支队的心理专家给惊动了。

苏平安眼瞅着鞋子上的一块污渍说，哦，是你背后使坏啊。

吕建业为自己辩解，说别误会，小爷是为了你好。

苏平安说，那谢谢了，我只不过是感情受到挫折，现在没事儿了，哥不谈爱情，已经戒了。

吕建业没心没肺地说，好啊，跟我一样单身狗，多自在。

元力是被武鸣气走的。本来她想在鱼鸟河中队继续观察苏平安，但武鸣总是说风凉话挤对她，她认为武鸣经历过打击，脾气性格变了，仔细一想又不对。从确立关系的那天起，武鸣就一直这副德行，总是跟她闹着别扭。

在两人的事情上，元威是极力反对的，他们关系时好时坏，很大程度上源于此。元威摆出的理由有两点，一是武鸣是农民出身，二是消防这行当既危险又辛苦。元威语重心长地问她，那么多条件好的小伙子不找，非找个破当兵的干什么。

元力为此感到羞辱，觉得父亲太势利眼，她反问父亲，你自己不也是当兵的吗？不也是从农村出来的吗？

元威说，你是我的女儿，上辈子的小情人，我怎么忍心看着你吃苦？

谁跟你是情人？恶心！元力厌烦父亲的这套说辞。

就这么着，父女关系不尴不尬。早先元威在省总队工作，聚少离多，两人相见倒也其乐融融。自从元威调到林河任职，父女俩的矛盾就藏不住了。

元威总是干涉元力的业余生活，回家晚了，哪怕是加班，也要刨根问底，甚至让女儿找人证明。元力心烦，在单位上不哼不哈，啥事儿不管，回到家里把自己女儿当新兵带，太荒谬了。她干脆搬到单身干部宿舍，跟战友住在一起，声称父女同一个单位，这么做是为了避嫌。

这次离开鱼鸟河中队之后，元力决定回家见父亲，目的是求父亲别处理苏平安。苏平安的事儿一直没有下文，很多人都忽略了这一点，大老柳始终惦记着。他担心上级严肃处理会影响老队长武鸣。

他深知元力跟队长关系密切，也知道元力是政委的女儿，就私下找元力，把利害关系讲了一通。元力自然不会计较武鸣的态度，假若武鸣出什么差错，她比任何人都心急。

她万万没想到，父亲答应得非常爽快。轻易到手的东西，元力心里会不踏实。这天夜里，她躺在自己的卧室里，感觉一切都是陌生的，她辗转反侧难以入眠，几次想找父亲问个究竟，但市里发生一起亡人火灾，父亲早就赶到现场去了。

扑救这起火灾耗费了很长时间，直到半夜他们才结束战斗。火灾的过火面积并不大，现场形势复杂，给灭火战斗带来了巨大的麻烦。

老生常谈的问题，居民的私家车占据了消防通道，最可怕的是，市政消火栓损坏，不出水。这些因素导致贻误战机，发生无法逆转的惨剧。为此，市长在现场大动肝火，把市政有关部门负责人的祖宗通通骂了一遍。

多数人不知道，在很多地方，如果发生命案，市里主要领导会第一时间赶到现场，这是对公安工作的重视，因为公共安全关系到国计民生。在林河市，历届党政主要领导都极其重视消防工作，林河消防能率先招收专职消防员，敢第一个吃螃蟹，就是最好的例证。所以，在林河只要发生亡人火灾，市长也会出现在现场。

火被灭掉后，市长在现场说得很严肃，如果不是组织纪律摆在那里，他会马上把有关部门负责人的乌纱帽摘了。他痛心疾首，替消防支队打抱不平。

马小刚是老林河人，跟一些部门的头头都熟悉，知道当下有些工作很难推进，就替他们说好话，说我们消防也难辞其咎，市政消火栓成了摆设，也暴露我们消防“六熟悉”走了过场，我检讨。

元威瞥了马小刚一眼，向市长报告说，干什么吆喝什么，消防的主业是防火和灭火，不是检修消火栓的，我不是推卸责任，我是为我们的队伍说公道话。

市长是个明白人，说这事儿不是消防支队的责任。他现场办公，要求迅速查明火灾原因，对相关责任人严肃处理。他还当场决定，由市政府牵头，各部门参与，自己亲自带队，在全国“两会”召开之前，在全市范围内搞一次火灾隐患大排查。

部队讲究个执行力，这天，林河消防支队党委会议室灯火通明，他们连夜召开党委扩大会。机关部门副职以上干部、相关科室负责人，加上每个消防大队一名主官，在那里集合，研究如何贯彻落实市长的要求，制定工作方案。

及至凌晨，元威给参加会议的人员点了外卖。马小刚不由感慨，说还是政委会来事儿，知道体恤部下，是我学习的楷模啊。

元威说，你这语气我听着挺别扭，虽然大家说我是老圆滑，我看你比我还滑头。

马小刚问，有吗？

元威说，秃子头上的虱子，明摆着。你在现场为那些人开脱，把责任揽到自己身上，这事儿很难跟基层的兄弟交代。

马小刚深叹一口气说，你是从省里来的，跟林河地界上的人物不熟悉，咱开展工作，方方面面都不能得罪。我是吃过亏的，该示弱的时候就不能端着，这也是为了工作，得讲究策略。

元威默默点头，马小刚肯定有不被外人所知的苦处，对方是担心影响林河消防的发展。

027

元威不爱管事儿，心里却不糊涂。

以前在省里工作时，为了全省“十三五”消防规划，可没少受气。文件是消防负责起草的，但里面涉及三十多个部门，得全部通过才能报到省政府研究，尤其是涉及花钱的发改委、财政，在有些条款上毫不让步。

在这方面，他是理解的，消防本身就隶属于公安，没法跟人家直接对话。倒不是那些部门官僚主义，社会发展这么快，需要花钱的地方多如牛毛，只能说是一家不知一家的难。

那段时间，作为总队司令部管理处处长，元威陪着总队主要领导，没少跟那些部门打交道，关键是见了谁都得赔着笑脸，连他自己都觉得表情变得麻木，快成面瘫了。

既然如此，元威也没再啰嗦，直接向马小刚表态说，我虽然是支队党委书记，但你是林河的坐地户，更加熟悉情况，有些事儿你就多费心，我也乐意当甩手掌柜，落个清闲。

马小刚说，那可不行，工作得咱哥儿俩一块干。

元威开玩笑说，谁都不能在消防待一辈子，马上就要改革了，我也有自己的小心思。其实，有些时候静下心来想一想，还不如多研究研究养生的学问，把身体搞好，将来给女儿照看孩子。

马小刚笑着说，那敢情好，对了，元力跟武鸣进展如何，什么时候吃喜糖？那小伙子不错。

元威忽然想起女儿交办的事情，说小伙子是不错，鬼机灵，让元力做我的工作，不让处理他们中队的那个专职消防员。这事儿上次我没明确表态，这样吧，也不是什么大事儿，还请你多费心。

听元威如此坦诚，马小刚也交了实底儿，说这小子还是欠火候，这么点事儿就稳不住阵脚了，我也是受了别人的委托，有地方老板找过我。有些关系不能不维护，毕竟这不是原则性的大问题。

天亮之后，落实市长要求的意见，以及火灾隐患大排查的方案在党委会上通过了，元威决定上班之后到市政府做专题报告。

还没等出门，元力来了。她直截了当地问父亲，为什么要贬低武鸣。

元威说，你又不认识那个专职消防员，你这么做是为了武鸣。元力不置可否。元威又说，他已经托人找过支队长，这顺水人情我得给，不得罪马小刚，也不得罪我的宝贝女儿，一举两得。

元力心情不错，撒娇说，老家伙，你总是把事情想得那么复杂。

元威说，我可警告你，那个武鸣才不简单，绝对不是个省油的灯。

几乎在所有部队，每年入冬都会组织冬训，消防部队亦是如此，虽然每天都有战斗任务，也照样会在冬季来临的时候强化训练。年前，刚进入12月，支队就转发了上级通知，对冬训提出了若干训练和考核标准，但鱼鸟河中队问题频发，冬训工作时紧时松，一直没有走上正轨。这让武鸣一直耿耿于怀。

现在支队开展火灾隐患大排查，方案中有一项就是强化执勤战备工作，确保拉得出、冲得上、打得赢。落到字面上，所有词都是枯燥乏味的，真到了实际操作层面，可大有学问。

武鸣下了死命令，要在春天来临之前，把丢掉的东西捡起来。他抓训练六亲不认，是个狠角色，这就意味着，队上的人有一个算一个，都得脱层皮。

多数兵种是在冬训期间拉体能，像存储过冬的大白菜一样储备必需的体能，眼瞅着就要开春了，大老柳建议以体能训练打底，多搞基础业务训练。对此，武鸣完全同意，体能和业务是灭火救援的根本，也是重中之重，抓不住最根本的，等于战场上一开战就举了白旗。

吕建业高兴坏了，训练是他的强项，如今作为班长，他更想露两手。但马成功就没那么幸运了，他害怕训练，怕到了极致。吕建业看不惯，这哪儿还像个当兵的？这种素质根本不配穿军装。

如此一来，在训练场上，他死盯着马成功。让马成功觉得吕建业是有意为难自己，故意打击报复。

有人说一山容不下二虎，同样是新兵，一个整治另一个，为的就是把别人永远踩在脚下。吕建业听说后直笑，心想去他姥姥的臭鸡腿，小爷身正不怕影子斜。

这只是他个人的想法，别人无法窥探他的内心世界，自然会产生一些议论。这些说法传到马成功耳朵里，无异于火上浇油。

吕建业发现，自己越来越像大老柳了，包括现在对马成功的态度，很像当时大老柳对自己的态度。他在潜移默化中受到大老柳的影响，开始有意无意地模仿对方。

在训练方面，大老柳心肠比较狠，这是公众的评价。他要求跑完5公里长跑，做100个俯卧撑、100个仰卧起坐之后，再穿战斗服、戴头盔，然后扛起挂钩梯，冲上训练塔，一口气上四楼。那“一长双百”分别用了腿力、臂力和腰力，挂钩梯上四楼就得靠这三鼓劲儿，常人很难做到，就连一直自信的吕建业也非常吃力，更别说其他人了。

“一长双百”好歹是公安部消防局提出的要求，额外加个码，算不上出格。轮到吕建业是中队值班员时，照葫芦画瓢，也想跟着学，结果是画猫不成反类虎。

他的招数简单霸道，令人恐怖。他通常是跟大老柳一样，上午安排那组训练，下午，具体一点是晚饭前，再来一组加强版的训练——负重5公里长跑，紧跟着是两趟百米冲刺，加上两组推杠铃，推完200次杠铃之后，挂钩梯上四楼。

这种叙述很生涩，说一个关键词——负重。那意味着穿上战斗服，再背上空气呼吸器，加上整套的装备，重量在50斤左右。强度如此之大，让人惊悚，有人便说吕建业是心理变态的混世魔王。吕建业不急不恼，好像很乐意被当成变态。

028

上有政策下有对策。有人在训练时就专门去抢旧的挂钩梯，这里面有个小窍门，旧的因为磨损加上平常风吹日晒，重量要轻，只有10斤多点儿，但是新挂钩梯接近20斤。别小瞧这几斤的分量，在体力过度支出的情况下，半斤甚至一两就会压垮进而打败一个人。

吕建业毕竟年轻，不清楚这其中的猫腻，大老柳并不点破，只是把旧梯子全收起来，换上了新的。兄弟们背地里说，过去吕建业跟大老柳尿不到一个壶，现在是合起伙来把人往死里整啊。的确如此，两人在抓训练方面出奇一致，吕建业能按自己的套路出牌，让大老柳特别得意。

有的人动起心思，泡起了病号。大老柳便在晚点名时敲打那些人：看破不说破，表明了我的素质，个别人非要耍小聪明，你那些偷鸡摸狗的小把戏，我新兵时早就用遍了，你们没想到的我也用过，可以到我这里学学，免费。

很显然，大老柳不会那么客气，末了，他还是用了“毛病”和“滚蛋”。他专门用眼神扫视队伍，很冰冷地下达了“解散”的口令。吕建业在心里为他点赞，觉得大老柳确实很酷。

点名之后，多数人蔫头耷脑地回到宿舍，直溜溜地趴在地上，让别人帮忙用脚踩踩肩膀、胳臂、后背、腰板和腿肚子。他们两人一组，互相用这种方式放松身体。只有三两个人端起脸盆去洗漱，老郭就在其中。马成功一瞅，从地上爬起来，也跟着出了门。

马成功心里有种说不出的滋味，这全来自于身体上的不适。他觉得脖子、胳膊都是僵的，整个身子都是硬邦邦的，如果此时有人喊他，他肯定无法直接回头，他得整个身子转过来，身上的零件早就不听指挥了。

他撵上老郭，跟在屁股后面说，郭班长，同样是班长，你怎么在队上从来不吱声啊。

老郭说，懂人生哲学吗？中国人讲中庸之道，上不冒尖，下不垫底儿，才能轻松无比。

马成功说，你至少为兄弟们说句话呀，再这么折腾下去，我这条命都得扔进鱼鸟河。

老郭说，你这臭烘烘的，扔进河里也得把鱼熏死。

不但马成功吃不消，好多人都想教训吕建业，他们一度认为，吕建业是在摆班长的臭架子，纯粹是小人得志。他们推选苏平安做代表，去跟吕建业对话。

某天傍晚，苏平安在走廊里挡住吕建业的去路，说我有事儿跟你商量。

吕建业深感意外，说这太阳打西边出来了，你终于肯搭理我了。

苏平安没接话，说跟你告个别，我得辞职了，消防这个营生，我干不了，活人也得被大老柳治成鬼。

吕建业把嘴一噘，发出个“嘁”的声音，说你就是个尿蛋，走吧，有多远滚多远，咱兄弟俩的面子全都被你丢尽了。

苏平安两手在胸前抱拳，摆出个作揖的动作，说拜托，尿蛋就尿蛋吧，上次的事儿闹得全世界都知道了，我早就没脸待在消防了。也就是咱俩关系不错，小爷我才低三下四地赖在队上，这话憋在我肚子里，说不出来，一般人我也不告诉他。

别抢我台词，还小爷呢，你哪儿有个爷们的样子，咬咬牙，撑住了。吕建业捣了他胸口一拳。

苏平安说，你真是揣着明白当糊涂啊，我是受不了你，你怎么跟疯子似的，把兄弟们训那么狠，对你有什么好处？哦，可以到队长那里邀功。

吕建业说，你误会了，算了，我也不解释。你陪我在这里待下去。

苏平安问：理由？

吕建业说，为什么训练，是为了灭火，为了救人，消防就是积善行德，咱就当是一心向佛了。

这话起了作用，苏平安嘟囔着，说实在受不了你和大老柳，这训练不科学，也没道理。显然，他已经暂时打消了离开消防的念头。

吕建业自认为比刚当班长那会儿成熟了许多，譬如跟苏平安聊“佛”，是因为他了解过苏平安的家庭状况。苏平安原本有个哥哥，上小学的时候到水库游泳丢了性命，父母开始信佛，是那种受过皈依但未受戒的居士。家里的好多事情，包括让苏平安到消防工作，父母都是受了佛教的影响，他们希望救人于水火，胜造七级浮屠。

吕建业的确比以往成熟了，等苏平安回宿舍后，他受到“不科学、没道理”的启发，在走廊里走来走去，嘴里念叨着这两个词儿，不巧碰上了魏东丽。

魏东丽问：你嘀咕什么呢？

吕建业答：抓训练得循序渐进，讲究科学，讲究方法。这不是他的原创，早在特勤中队培训时，人家的队干部就成天把“科学组训、科学施训”挂在嘴上，他不过是鹦鹉学舌而已。

魏东丽赞同吕建业的观点，虽然他不懂训练，但为了能干好这个中队指导员，他在夜深人静的时候，偷偷按着大老柳的方式自己训练。他是那种为了工作能拼命的人，支队党委把他放在这个位置上与此有很大关系。

可他发现，自己只比那群专职消防员大不了几岁，却远不如那些兄弟的素质。是的，那种训练强度，他根本吃不消。

吕建业没变，还是按原先的方式组织训练，有了指导员和大老柳的支持，他根本不担心队长会反对。

根据实战要求提升业务技巧，是武鸣的目标，他要求淡化体能训练，把部消防局“一长两百”当作例行科目，把更多的精力用在技巧训练。这些要求吕建业执行起来，就成了吹毛求疵。

碍于面子，马成功照做了。但他觉得吕建业是拿着棒槌当针纫，他感到不可理喻，以至于忍无可忍。

马成功时常想，同样是现役消防员，你吕建业有什么了不起的？他觉得自己迟早会爆发，真正撕破了脸，就彻底闹他个翻江过海。他把所有的不满甚至愤怒强压在心底。

029

吕建业组织训练的作风越来越像大老柳了。比如说吧，即便是老郭在指挥，明明完成得很漂亮的动作，吕建业会在旁边发声，硬是让他重复操作几遍。还摆出大道理，说那些孤僻动作得纠正，进了火场，一个细节不注意就会满盘皆输，轻则错失良机，重则丢了性命。

训练间隙，马成功冲着老郭发牢骚，说我不是挑拨离间啊，你俩究竟谁是指挥员呢，训练场，执勤现场，不管在哪儿都得有个人主事儿吧。吕建业非得踩着你的肩膀，来证明自己是江湖老大，太不地道了。

老郭安慰他说，你想多了，多琢磨琢磨训练的事儿，小吕说得没错，保全了自己，才能救别人。

马成功虽然没再搭话，却更加气愤。当过兵的人都明白，没有错的战术，没有对的队列，只要能把火灭了，把人救了，就是胜利。姓吕的废什么话呀，鸡蛋里面挑骨头，训练又不是拿尺子比着画直线，跟人的临场状态有很大关系，没法儿给个确切的标准。他忍不住想，这畜生是记着之前的仇恨，要在训练场上让自己难堪哪。

真正感到难堪的是武鸣。

武鸣被参谋长喊到了办公室，沙方健单刀直入，直接问他在背后搞什么小动作。武鸣蒙了。沙方健又说，别装模作样，说吧，为了逃避责任，你还打算请哪路神仙？

武鸣支吾着说，我真听不懂。

沙方健说行啊，你不承认就等于不打自招。

武鸣听不下去了：你就给个痛快话，别藏着掖着的。

沙方健拍桌子站了起来，指着武鸣骂：你他娘的跟谁学的臭毛病？为一个专职消防员，支队长和政委都来找我了，你能量不小啊，我之前还真小瞧了你个狗东西。

武鸣也爆发了，说老队长，你怎么骂人呢？我早就说过，不处理苏平安，所有责任我来担。

沙方健问：你担了吗？当面一套背后一套，让元力找政委，让吕建业他爹找支队长，为了兄弟们，你就是背个处分又怎么着？

武鸣忽然明白了，是有人瞒着他去托关系了。他想了想，觉得不能无缘无故背黑锅，就把实情说了。还好，沙方健信任他，没再节外生枝。

这次，沙方健主动送给他一条烟，武鸣并不领情，说别来这一套，打一巴掌给个甜枣，把我当弱智呢。

沙方健说，你还真是弱智，你跟元力进行到什么程度了？你老大不小了，该考虑个人的终身大事了。你是素质很全面，可元力这丫头也不错啊，人家父亲是政委，你也算是攀了高枝儿，往后可以少奋斗好多年。

武鸣觉得这话很难听，但又不好意思发作，只好跟沙方健说：先立业后成家，我不谈爱情，空谈爱情，误党、误国、误消防。

沙方健把送给武鸣的烟一把拽回来，说你这么有能耐，抓紧回队搞你的事业去，麻烦出门顺手把门带上。

武鸣耍起了赖皮，说老队长你太不着调了，送出去的东西哪儿有收回的，我帮你把受贿的赃物消灭掉。

没等沙方健反应过来，武鸣已经把烟抢到手里，转身走了。他只听到老队长在背后说，臭小子，我沙方健光明磊落，烟是自己花钱买的。

武鸣心里敲起了小鼓，他有足够的理由相信老队长的为人，可现实证明，沙方健还是变了，变得让他有点心寒。在他个人成长的道路上，沙方健对自己有知遇之恩，在他印象里，老队长眼里揉不进沙子，这么正派的人竟然让他攀高枝儿。他没有资格怪罪元力，对老队长也应该感恩戴德，他只能在心里骂元力，成事不足败事有余。

回到队上，他火急火燎地去找吕建业。也是凑巧，吕建业刚让父亲送来一批零食，正踩在宿舍的桌子上，跟兄弟们闹腾着呢。

武鸣气呼呼地进门了，他指着吕建业说，你怎么不上楼顶呢，给我下来。

我正体会啥叫人在高处不胜寒。已经坐在桌沿上的吕建业麻利地下了桌子，还想开几句玩笑。

武鸣训斥：立正站好！

吕建业不情愿地收起嘻哈的表情。武鸣气急败坏地问：谁让你找你爹，让他去为苏平安求情的？

我不能眼睁睁看着自己兄弟受到处理，小苏压力已经够大了，为兄弟我得两肋插刀。吕建业把身子晃了一下，漫不经心地说。

武鸣下令：站好了，军姿，两个小时。

吕建业嘟囔道：变相体罚。

武鸣怒喝：大点声儿。

吕建业抬高嗓门：你这是变相体罚。

武鸣说好，那就罚，出门，训练场，50圈儿。

吕建业不在乎跑长跑，他虽然略感委屈，觉得队长吃错了药，但他也算是捡了个大便宜，等于是歪打正着。

当天，苏平安找他道歉，说之前的误会一笔勾销。吕建业问哪儿来的误会呢？苏平安说那就一家人不说两家话，你这个兄弟我交定了。

话是这么说的，两个人还是发生了严重冲突，责任还是在苏平安。

苏平安迷上了网络聊天，并自称得了微信强迫症。只要一有空闲，他就会抱着手机，有时候傻笑，有时候泪水涟涟，很容易让人产生一些不太吉利的联想。

吕建业问他在忙活什么，苏平安说网恋呢。吕建业说你不是不谈爱情，已经戒了吗？苏平安就不再言语，继续通过微信“附近的人”功能寻找自己的聊天对象。

很快，苏平安发现编故事也能上瘾，他不断为故事里的自己而感动，并且把这份感动传递给不同的人。凡事都是物极必反，苏平安沉迷其中，让吕建业恨铁不成钢。

苏平安已经习惯于在编造的谎言中寻找快感，直到被吕建业发现，他还是乐在其中。吕建业觉得这简直是天方夜谭，自己的好兄弟居然沦落到如此下作了。

省城的菡小姐和如今的微信好友，都是在虚拟的世界里。吕建业越发鄙视苏平安了。

030

网恋达人苏平安有自己的套路。

加了好友之后，他从对方的朋友圈里找寻一些信息，判断女人的职业、性格等等，他几乎具备了这样的特异功能。

把编好的故事讲给别人听，也得有技巧。讲述的时机、语调，都得恰到好处。苏平安专门跑到路边的旧书摊上淘来一本旧书，是有关爱情心理学的，他觉得自己在这一方面无师自通，很有天赋。

他总是通过语音跟别人交流，他认为自己的声线极具感染力。他说自己打小就没有父母，是吃百家饭长大的，自小就受尽别人的欺负。

每回说到这儿的时候，苏平安都会眼泪汪汪，连他自己都怀疑是确有其事。倾听者很容易被带进某种特定的氛围。那些女人会问他父母怎么了，问完总要再三解释，这个问题可以不回答，说不是故意要让他想起伤心的往事。

苏平安有时会让叙述突然中止，点到为止往往魅力更大，会给人带来无限遐想；有的时候，他会说父母离异。至于怎么做，全看他当时的心情。

吕建业问：你到底想折腾什么？

苏平安毫不在乎地说，我勾引她们上床，你管得着吗？

吕建业斩钉截铁：小爷我必须管，而且要一管到底。

吕建业私底下加过元力的微信，他向元力求救，元力二话没说，打车到了鱼鸟河中队。这一次，苏平安三缄其口，拒绝任何交流，急得吕建业抓耳挠腮。

武鸣未曾想到事情会发展到这个地步，他不得不配合元力，希望早一点解决苏平安的问题。

元力说，人都有正常的情绪波动，一般随着时间的推移，会慢慢好转，主要得靠与别人多交流，淡化心里的怨念。但是，苏平安是感情受挫，情况特殊，把希望寄托于跟其他陌生女性的交往，试图从虚幻的梦境里寻找安慰。

武鸣不耐烦地说，别扯高深的理论，就说解决办法。

元力早已习惯武鸣的风格，不紧不慢地回答：他的行为正是在寻找出路，只不过又钻进了死胡同。

武鸣说，废话，我问的是解决办法。

元力笑着说，你把火撒出来吧，憋在心里会生病。

有病的不是我，是你，看谁都有病。武鸣粗暴地打断元力。

元力终于按捺不住，说我是有病，跑到你这里受气。苏平安需要引导，只是我现在找不到科学的解决方案，每个案例都不同，得因人而异。

武鸣自知理亏，不再言语。元力提出要跟吕建业聊聊，两人商量的结果是，帮苏平安找到菡小姐。

吕建业紧急联系到自己的大学同学，发出英雄帖，拿钱铺路，开始网上寻人。

而另一边，元力想到一个人。

她从小在省消防总队家属大院长大，养成了天不怕地不怕的性子，被院子里的小伙伴们当成了假小子。有个大她两岁的男孩天天抹着鼻涕跟在她身后，长大后成了标准的IT男，月收入好几万，追了她很久，她告诉人家做兄弟合适，处对象没门儿。

还有，当年消防总队就在省公安厅机关办公，消防总队和省厅机关的家属院没有严格的界限，那个男孩的父亲就是个刑警。她找人问了下，男孩的父亲改行了，如今已是网安总队的政委。

这是再好不过的人选了。没等到周末，元力就请假去了趟省城，找发小儿求助。她把人家约到咖啡厅，讲完自己的诉求，发小儿有些愚钝，说我的技术没那么高，恐怕能帮到你的够呛。

元力说，你傻不傻，你爸是你最强大的后盾。

发小儿恍然大悟，连说不行，我爸从不假公济私。

元力说，假什么公，济什么私，那是一起案子，他们黑势力团伙非法控制女青年实施诈骗。

发小儿说，这不妥吧。

元力揪起对方的耳朵，问：难道还让老娘以身相许吗?

发小儿赶紧求饶，说我只能试试，帮不上你可不要怪我。

事实上，这起案子一直在侦查，幸运的是，警方已经查到了菡小姐，而且人就在林河市。元力紧跟着返回林河，在城南的一个工地边上，见到了真实世界里的菡小姐。

菡小姐是个小超市老板的女儿。说来也怪，那女孩长得也就是一般模样，可在城市的这个角落里，却显得很有韵味。难怪苏平安会喜欢这女孩儿，人家随便拿个手绢把头发一扎，看上去就清爽而可爱。

元力去买了包纸巾，结账时，菡小姐仰脸一笑，闪亮的明眸透出脱俗的清纯。她决定撮合这对年轻人。

条令规定，现役士兵严禁在驻地找对象，但苏平安是专职消防员，不受这个约束。元力跟两个中队干部一商量，也只能用这个办法。

苏平安换上便装，要去见面。吕建业非要当灯泡，陪同苏平安去了城南，他想看看让好朋友神魂颠倒的女子。

苏平安终于见到了朝思暮想的菡小姐，激动得手有些发抖。吕建业也有些兴奋，说你别冲动，小爷替你会会去。

吕建业跑过去买烟，扫二维码付款时手机信号不好，他好不容易摸出把零钱，很爷们儿地拍到柜台上，说不用找了。结果，一个钢镚滴溜溜滚到了地上。他弯下腰，脸上的笑容瞬间凝固了。

菡小姐的裤管随风飘动，她只有一条腿，难道苏平安要跟只有一条腿的伤残人处对象吗？他觉得苏平安疯了，可苏平安说，你说过，消防就是积善行德。

吕建业针锋相对：爱情不是施舍和怜悯。

苏平安笑着说，哥不谈爱情，早就戒了。

吕建业问：那你这是什么？

苏平安答：亲情和责任。

当天夜里，苏平安被自己笑醒了，他摸黑跑到洗漱间洗内衣去了。

苏平安的举动被吕建业撞见了。吕建业情不自禁地感叹，真爱无敌。可他并不看好这段感情，他怀疑这份真爱仅是一时冲动。

第七章　山雨欲来

031

谭杰主动找沙方健，请求带部分机关人员到鱼鸟河中队开个座谈会，重点了解一下专职消防员的诉求，为这方面的管理把把脉。有了上次会议的小冲突，他的光明磊落让沙方健佩服，沙方健不假思索地同意了。

会议的范围不大，主要是司令部科长以上的干部、中队班长以上的人员，还有临时在队上的元力。会议地点在中队部，开得不温不火，因为好多问题早有苗头了，只是难以解决。譬如，专职消防员的待遇问题，单纯从数字上看，他们的收入远高于其他单位的普通工作人员，但消防需要天天在位、时时战备，即便加上高危补助，按照八小时工作制来算，付出与回报根本不成正比。

沙方健仔细观察了一下，大伙儿发言还算踊跃，有些意见非常中肯，谭杰全都记录下来。就连列席会议的元力都提了个人的建议。

元力提出要把心理疏导纳入基层管理，最好是配备个懂专业的干部。她的建议引起了强烈反响。

武鸣最先抗议，说这根本行不通，如果什么事儿都靠心理疏导，那我们的指导员魏东丽同志可以光荣下岗了。

元力解释说，只要是个正常的人就会有心理波动，不要回避这个问题，失恋会产生压力，任务重也会产生压力，火场上见到尸体还是会产生压力。人家美军专门配了牧师，还有宣泄室，假人上面贴着你的头像，对你有意见可以打拳击……

武鸣抢白说，别崇洋媚外，配什么狗屁牧师。

吕建业童心大发，说，是要养羊吗？

大老柳赶忙制止：滚蛋，毛病，严肃一点儿。

武鸣接着说，支部建在连上是我军的光荣传统，听党指挥，你懂不懂？

我不听党指挥了吗？问完，元力停顿一会儿接着说，我也是党员，心理产生波动很正常，即使有了心理疾患也不可怕，又不是洪水猛兽。几年前，咱公安部消防局就在山东开了心理工作的现场会。

武鸣一时无语，别人也不好插话。吕建业想调节气氛，愣头愣脑地说，吵吵更健康，床头吵了，床尾和。

此话一出，众人啼笑皆非，最尴尬的是武鸣和元力。如果不是有人在场，不用武鸣出手，就元力的暴脾气，也会跟吕建业没完。可是吕建业不但不收敛，还为大家把目光聚集到自己身上而感到兴奋。

吕建业摆出一脸无辜的表情说，没错啊，古人讲……

大老柳打断他：你古人个屁，毛病，再管不住自己那张嘴，立马滚蛋！

谭杰见状，率先拍巴掌，说言归正传，请沙参谋长做指示。

沙方健摆了摆手，说：鼓什么掌，我就讲几句，别搞那么官僚，不是做指示。我刚才一直在考虑，咱们在专职消防员这项工作中先行了一步，也总结了不少经验。但是，之前报喜不报忧，只说优点，把缺点给藏住了，结果没消化好，堵在那里，跟得了肠梗阻一样。病了，咱就对症下药，实在不行就做手术，见了血，疼是疼了点儿，好得也快。

在这种小范围的会议上，沙方健不喜欢说大话套话，他更愿意像过去在基层任职时，说话干净利落，哪怕是上不得桌面的粗话也好。

会议很快结束，在离开中队部之前，他忽然冒出个想法。

他喊住谭杰和警务科长，对警务科长说，这次鱼鸟河中队发生的事儿不是坏事儿，给咱敲了警钟，往后专职消防员管理恐怕是重头戏，回头调整一下人员分工。省里有专门的专职指导处，咱编制有限，过去都是你们警务上谁有空了谁抓，没有明确到人，以后指定一个参谋，直接向谭参谋长负责。

说完，沙方健朝谭杰笑了笑，说老谭大哥，你帮兄弟把这工作管起来，你负总责，我给你打下手，做你的助理。

谭杰也堆满一脸笑，说，既然你瞧得上，我就不推辞了，不过，你这自封助理，有任职命令吗？公安部有部长助理，省里有省长助理，我这小小的正营职干部也有助理了，这助理还是我的顶头上司，我这是多大的福分啊。

沙方健也跟着开玩笑说，在战争年代，营长都骑马了，在司令部，老兄是元老级的人物，我这助理跟你学习的地方多着呢。

终于轮到元力说话了，她向沙方健请示：参谋长，我在会上说的你考虑下，有可能的话，可以把我任命到重灾区。

一直在一旁候着的武鸣不乐意了，说你什么意思，分分钟的工夫，我们鱼鸟河就成重灾区了。

只剩下几个干部，沙方健说话就更随意了。他把脑袋转向武鸣，幸灾乐祸地说，我怎么说你来着，有些事情是躲不过去的。

他意犹未尽，又朝元力笑了笑，说这事儿好办，回头我琢磨个由头，把你派过来，你替我把小武子管住喽。

我才不管他的闲事儿，别把我俩扯到一块儿。元力羞赧地离开，临走时，还故意踩了武鸣一脚。

武鸣龇牙咧嘴地向沙方健抱怨：老队长，能不能别开这种玩笑？

谭杰也提出建议：方健，小武子说得对，有些事儿不是咱司令部能做主的，回头研究一下，征求下别的部门，尤其是政治处的意见，最好上党委会研究。

沙方健一想确实是这个理儿，但还是嘟囔说，不是什么大事儿啊。

谭杰说没错，问题是干部不归咱管，再者元力的身份也特殊。

老谭，有道理，就按你的意见办。沙方健说完，又吩咐武鸣：你那个兵，叫吕建业是吧，有些意思啊。

武鸣说，是个机灵鬼，也是个惹事的主儿。

沙方健说，你年轻那会儿也这副德行。

武鸣夸张地问：我有这么差劲吗？

沙方健答：你还不如他呢，好好带吧，是块好料。

对这个评价，武鸣不愿接受，说耍耍嘴皮子就成了好兵，那些老老实实干工作的还有活路吗？

032

很多时候，只言片语就会引起人的深思，乃至让人回忆起往事。因为武鸣的话，谭杰想，这么多年来，自己只知道闷头干活儿，充其量能具体负责某项工作。但沙方健则不然。

他忍不住在一旁插嘴说，你们参谋长当年也要过嘴皮子，我给你们爆个料，他当战士的时候，在火灾现场也管不住自己的嘴，把市领导埋汰得不轻，跟骂娘没什么两样。

干过宣传的魏东丽敏锐地捕捉到这个信息，赶忙问，参谋长，能讲讲当年的故事吗。

沙方健不搭话，把脑袋扭向谭杰：老谭，你这是损我还是夸我呀，陈谷子烂芝麻的事儿，搬出来干吗？

谭杰替沙方健解围说，小魏，你就别那什么了，对，你们年轻人叫八卦，别八卦了。

魏东丽说，我这是找新闻点呢，回头写写参谋长。

干好你的本职工作吧。说完，沙方健已经拽着谭杰下楼了。

他们没让中队干部陪同，直接去了车库和器材库，检查各种装备的在位和保养情况。在一号车那里，沙方健停了好一会儿。他指着车屁股上的痕迹说，这是谁干的？跟小孩尿床留下的地图一样。

车底下忽然传出声音：我干的。

声音刚落，吕建业的大花脸钻了出来，把谭杰吓了一跳。

吕建业眉飞色舞地讲完张贴蜘蛛侠画像的事情，站在那里等着参谋长夸赞，谁知沙方健却板起脸撂下句“不像话”，当即扬长而去。

谭杰怕吕建业受不了批评，上前安慰说，参谋长没别的意思，就是想让你知道，部队得按条令来，不能瞎胡闹。

吕建业根本没当回事儿，吐了吐舌头，又抹了把脸，手上的油渍把脸彻底搞花了，把谭杰给逗笑了。

回支队机关的路上，沙方健要请谭杰吃饭。谭杰想了想，说行，等回头想好地方，狠狠宰你一顿。沙方健让下手轻点儿，说咱俩都得靠工资养家糊口呢。谭杰随即表态，婉拒了约请。沙方健说不行，必须表达心意。

沙方健很感谢谭杰，虽然林河地处沿海，但人们的思想还很保守，有点近似于山东，受孔孟思想的影响非常严重，怕枪打出头鸟，干工作不敢冒尖，向来都是跟在其他沿海省份的屁股后面，四平八稳地学习经验。

类似于招聘专职消防员这项工作，早年是他们先闯出来的路子，别的省听说后，派人来考察一圈，回去之后大张旗鼓地开了现场会，人家形成了先进经验，林河才敢对外宣传。他们习惯于按部就班，这是多年形成的风气，根深蒂固，很难改变。

像沙方健这样时常放炮，偶尔发出不该有的声音的人，等于破坏了规矩，有些细节势必会被有心之人扩大。如今谭杰时时护着自己，把出格的话给兜回来，的确可以避免很多不必要的麻烦。所以，虽然沙方健不喜欢谭杰这种做事风格，但他还是感激不尽。

还有个更深层的原因。过去，沙方健担心谭杰不配合工作，现在看纯粹是多余，是自己小家子气了。他想，有谭杰这样的老大哥帮衬，司令部的工作只会锦上添花。

当然，在说请谭杰吃饭的时候，沙方健还沉浸在某种情绪中，有一点儿兴奋，还有一点儿自嘲，甚至有那么一点儿自负。

他兴奋的是，与资历最老的副职之间完全没有了隔阂；自嘲的是，他还真担心去大酒店摆场子；自负的是，别看自己是从正营职中队长位置上直接提拔副团的，没花一分钱跑关系，能干上参谋长，说明自己的能力摆在这里。

总而言之，他对这次会议的效果非常满意，如果每次都能把会议开出实效就好了，多少年了，文山会海，浪费了那么多的精力，未免令人惋惜。

沙方健意犹未尽，在微信朋友圈发了条信息，寥寥数语，无非是感叹务虚与务实的差距。很多人都在这条微信下面点赞，还有人写了评论，他一一作了回复，其中提到了政治处开的会都是务虚。情绪使然，个别言辞就不太严谨。

转过天来，支队机关闹得沸沸扬扬，矛头直指沙方健，说他发表不当言论，在公开场合下混淆视听，啥叫政治处务虚呢，难不成党委决议开展的政治教育都是在务虚？

世上没有卖后悔药的，沙方健先是想我在大大小小的会上没说这句话吧，想到脑壳生疼，才意识到是发微信惹的乱子。谁都不能怪，要怪只能怪自己嘴上没个把门的，真是图了一时快乐，祸从口出啊。

政治处主任黄连海没那么大度，他当天晚上就跑到谭杰家里，把谭杰拽到小区门口，进了一家不起眼的烧烤店，然后变魔术似的拿出一瓶五粮液。也真够奢侈的，就着五粮液撸串儿，引来不少异样的目光。

一口气干掉几杯酒，黄连海把闷在肚子里的话全都秃噜了。

他说，真他娘的恶心，竟然公开叫板，说我们部门务虚。

谭杰说，少喝点吧，都这把年纪了，得悠着点儿。

黄连海白了一眼，说你他娘的太没劲，都被人骑到脖颈上拉屎了，还替他打掩护。

谭杰抢过黄连海手里的酒杯，说，老黄，你喝多了。

黄连海拎起酒瓶子，仰脖猛灌一口，扭头挤眉弄眼地冲着服务员喊，小伙子，再上几瓶啤酒，冰镇的。

别上，他喝多了。谭杰站起来招呼服务员，又回头拍拍黄连海的肩膀，说，咱哥儿俩一个火车皮来的林河，这一晃都二十多年了，你有啥苦处就说出来，大冬天的还喝冰镇啤酒，别作践自己的身体。

黄连海指着谭杰说，你坐下来，把你那杯酒干了，我就说。

谭杰乖乖地把酒喝掉。黄连海说，这才是亲兄弟，我告诉你，我姓黄的不是孬种，回头沙方健别碰到我手上。还有，你别净替着他说话，总是胳膊肘往外拐，你呀你，就活该倒霉提不了副团。

033

猛地被戳到痛点，谭杰心里咯噔一下。

说不在乎职务是假的，至少在刚宣布支队参谋长的命令时，他心里难受至极。多少年了，论干工作自己是任劳任怨，都说多年的媳妇能熬成婆，满以为能轮到自己，却半路杀出个沙方建。

他一个人喝过闷酒，副团职务的位置不少，好多大队主官也是这个级别，可越是这样提拔不了就越说明自己无能。那段时间，他感到心焦，进而筋疲力尽。最麻烦的是，谭杰还得在人们面前装模作样，摆出服从组织安排的姿态。

副团成了他职业生涯的一道坎儿，也成了他内心的一道坎儿。谁都不是傻瓜，看似只耽误了一年，可年龄越大，所占据的优势就越来越小。如今往事重提，谭杰一下子沉默了。

黄连海倒是兴奋地拿起一把烤串，冲服务员嚷：这串儿怎么烤的，半生不熟的，回炉，烤，把它烤焦了。

随后的一段日子里，黄连海脑子里总是回荡一个声音——烤，烤焦了，他想把沙方健放在火炉上，翻来覆去地烤，让他尝尝受煎熬的滋味。

支队那些有关沙方健的说辞，全都是从他这里传出去的。不过，他可没那么弱智，他只是在政治处的会议上强调，让大家干工作踏实点儿，免得被司令部揪住小辫子，说咱们务虚。

联想到沙方健朋友圈的内容，议论声就挡不住了，因为，细想起来，好多工作都像是在务虚，务实与务虚，两者之间也确实没个明显的界限。

司令部和政治处的两个部门首长，一个在明，一个在暗，势均力敌的情况下，沙方健已经输了大半。

没错，黄连海把沙方健当成了假想敌，虽然彼此够不上竞争对手，但他就是想给对方一点颜色。这是很微妙的一种心态，更是一种奇怪的心理暗示，让他对有些事情欲罢不能，似乎只有让别人难受了，他才能够从中获取快感。

在鱼鸟河中队开会有点现场办公的意思，虽然没有解决实际问题。当时，沙方健说要指定一个参谋专门负责专职消防员工作，回到机关后，他又跟谭杰碰了碰，觉得这方面还需要加强。

谭杰主张参照总队的做法，成立专职指导科，没有编制也先运行着。沙方健觉得是好主意，让谭杰安排人起草一份材料，报到党委会上研究。

机关工作不像基层那么烦琐，但压力也不小，最讲究的是三个能力：办文、办会、办事。一般的干部平常接触最多的是办文，也就是撰写各种文字材料。谭杰不但是老机关，还是司令部的笔杆子，如今自己的意见被采纳，他当仁不让地受领了任务，个人亲自操刀写这份材料。

他很少如此激动了，成年累月的忙碌磨去了谭杰的很多热情，但这一次他状态极佳，一想眼下做的是打基础、管长远的系统工作，只要建立起科学发展的机制，固化成可操作的措施，极有可能成为林河消防历史上浓墨重彩的一笔。也就是说，他已经下定决心，这次只能成功，不能失败。

谭杰的设想是，这个科确定一位现役干部负责全面工作，工作人员由消防文员担任。

他认为，消防文员从事这项工作，既可以解决现役干部紧张的问题，还能更好地为专职消防员服务。因为，消防文员性质跟专职消防员差不多，也是从社会上公开招聘的，所从事的工作类似于大部队的文职，他们更能体会专职消防员的疾苦。

之所以有后一种想法是因为有过此类教训。

前些年，全省消防都搞惠警服务，也就是说由组织上出面，在最大程度上解决官兵的实际困难。到了林河消防，他们那一年的优待政策是，为干部和服役到一定年限的士官解决住房问题。集资建房违反规定，支队党委就决定依托社会力量，联系房地产开发商为大家团购。

房价似乎永远跟工资不成正比，对于工薪阶层来说，能够解决这个困难，那真是办了一件大实事儿。赶上省总队刚换了个政委，是从京城交流过来任职的，听说这事儿之后，专程赶到林河，算是对林河消防工作的肯定。

总队政委到林河之后，亲自跟开发商见了一面。开发商拍着胸脯说，消防是为经济发展保驾护航的，企业和业主的安全都离不开消防，为了表达敬意，也为了支持首都来的新政委，准备开发的期房每平方米只要五千，绝对成本价。

政委觉得很有面子，心想在北京动辄几万一平方米，贵的得十万多，林河是沿海城市，五千等于是白菜价。买的不如卖的精，那个地段当时的现房均价也就四千左右，政委就这么被开发商忽悠了，紧跟着签了协议。

下面的兄弟们无法接受，支队便派人去跟开发商谈判，想把房价降下来。可惜的是，派去的人都是一定级别的，在林河早就有了住房，几轮谈判下来就没了耐心，归根结底涉及的不是他们本人的利益。

这件事情后来成为不体面的笑谈。谭杰时常想，这就是现实，倘若具体办事的人员也身处其中，那很难做到心如止水，真要触及了个人的权益，必然会据理力争，甚至拼死相争。所以，在设置专职指导科的事情上，他希望能够真正经得起时间的考验，不能流于形式或者虎头蛇尾。

消防文员人数较少，多数在大队一级工作，支队机关只有防火处宣传口上有这部分人员，其他部门还没有先例。人少就导致这个岗位炙手可热，好像这个身份是香饽饽，有的人还找了市里的领导推荐。当初，不知出于哪方面的考虑，消防文员的征召和管理归政治部门负责。

谭杰想，实现这个目标，就必须取得政治处的同意，就信心十足地去找黄连海，没承想，却碰了不软不硬的钉子。

034

谭杰在心里是有把握的，他与黄连海是同年兵，老交情了，这点事儿于公于私都会支持。更何况，在日后专职消防员队伍的管理上，政治部门也不能缺位，比如立功受奖，甚至出现伤亡后的抚恤工作。

他兴致勃勃地把计划和目标说完，让黄连海给提意见。黄连海说，这可是大手笔。

谭杰说没错，是我跟方健同志商量过的，他还是有思路的。

黄连海心生莫名的醋意，说你俩走得挺近乎，就差穿一条裤子了吧。

谭杰没多想，接着说，以前打交道不多，有点相见恨晚呢。

黄连海换了话题，说这个事儿我知道了，你回去后考虑成熟了，想提副团也得稳扎稳打，想出成绩也别好高骛远。工作出了彩，那是部门正职的功劳；有了差错，责任都推给副职了。我提醒你三思而行，别最后弄个鸡飞打蛋。

谭杰很坦诚地说，我还真没多想，你了解我，只要是干事业，就得担责，我不计较这些，哪怕我做错了，也是给后面的人留下个教训。

黄连海觉得老战友是死脑筋，索性挑明了，说咱消防马上要改制了，还是多考虑考虑自己的出路吧。

连续熬了几宿，谭杰把有关成立专职指导科的文字材料写好，又请沙方健出面组织了几次不同范围的讨论，参会的人员扩大到专职消防员家属和街道办的工作人员及普通群众。他汇总了那些意见，对初稿修改了七遍，才交给沙方健。

按照组织程序，各部门上党委会的议题，要事先跟其他党委成员沟通，这是会前个别征求意见。但在有些不正规的单位，只会找分管的支队副职和两位主官，更有甚者会直接找一把手。

林河消防支队各项工作都有板有眼，具体到沙方健身上，他作为最年轻的班子成员，更不会瞎折腾。虽然工作忙得脚不沾地，除了黄连海，他还是挨个党委成员走了一遍。原因是谭杰说，黄连海是自己的好兄弟，都是为了工作，不必人为搞得那么复杂。

黄连海可不这么想，他觉得是沙方健不重视自己，甚至说是对方根本不把自己放在眼里。他在组织科提交的党委会议题上，把司令部有关成立专职指导科的报告给去掉了。

到开党委会的时候，沙方健一看手里的材料，就按捺不住，直接质问：谁把我们部门的议题给贪污了？

黄连海做出毫不知情的样子，反问，什么议题？

沙方健说，专职指导科的。

黄主任把材料拿在手里，扫了一眼，说没有啊。

沙方健冷冰冰地回敬道，当然没有啦，黄主任，你们政治处搞什么鬼？

黄连海把脸一侧，冲着负责记录的党委秘书问，司令部的议题呢？你怎么干的工作？

党委秘书一愣，有点慌张。列席会议，准备汇报这项工作的谭杰说，这事儿怪我，我忙得晕了头，没把材料报过去。

黄主任对这个说法很满意，紧跟着挖苦沙方健说，参谋长啊参谋长，我这被你搞得一惊一乍的，自己手下的人工作不细致，还要反过头来倒咬一口，你这也太霸道了，哪天你要当了支队长政委，兄弟们还不得被你挤对死。

沙方健被说蒙了，低下头嘀咕，不可能啊，这不可能。

黄主任穷追不舍，万事皆有可能，啥事儿都得讲个尺度，折腾大了谁都没好果子吃。再说了，你这个议题得跟各位党委成员通气，我怎么不知道呢。

马小刚终于忍不住，连拍了几下桌子，说今天都怎么了，谁的工作都会出现失误，不至于闹得鸡犬不宁，那个报告我看过，回首我牵头，几个部门议一议。

会议室瞬间安静下来，在场的人都觉得有些尴尬，他们用眼睛的余光打量司令部和政治处的两位当家人，想从他们细微的表情变化中捕捉点什么。

会后，沙方健专程找两位支队主官汇报，主动检讨工作中出现的失误。元威打哈哈，说老马讲得在理儿，失误在所难免，有则改之，无则加勉，别往心里去。马小刚则是另一种态度，他指责沙方健光闷头干工作，不会协调上下左右的关系，让他趁着刚过了年，多与其他部门沟通。

这的确是自己的短板，沙方健为此陷入沉思，他隐约觉得自己被搅进了一个旋涡里。

党委会之后，依着马小刚的建议，沙方健对支队其他三个部门、总队有关处室和地方相关单位进行走访。这让他感到特别疲惫。在基层工作期间，每天再忙心却不累，如今在参谋长的岗位上，职责内的任务要完成，而且必须干得美满、干得漂亮，才能显示自己的能力。

他最受不了的是，作为部门负责人，成天得沟通协调方方面面的关系。省总队乃至更高一级的领导、市里党政机关和公安局的领导，得敬着；公安之外的地方部门领导，得敬着；支队机关的其他部门领导，还得敬着；就连下属的各个大队主官，他也必须尊重。他感觉每天都在演戏，时刻戴着假面具。

从黄连海出难题，到眼下的走访，他越来越力不从心。沙方健不舍得把大好的时光浪费在别处，特别反感为了维护各方面的关系而牵扯精力。他后悔当初干这个参谋长，也充分表明，自己不适合走仕途，当不了太大的官。

当官这个词一冒出来，沙方健脸上就露出了苦笑。一个副团职的干部，算什么官职呢？他想起一个顺口溜——少尉、中尉、上尉，到了地方无位；少校、中校、上校，到了地方无效；少将、中将、上将，到了地方都降。

如果按照这个思维，找地方单位办事，受点窝囊气倒也可以理解，可沙方健想不通的是，在部队内部，也要时常受到为难。就连跟大队主官打交道，碰到了事儿上，也总有一两个人推三阻四。

035

在消防部队，大队、中队一级都是一线，大队重点管防火，中队的任务是灭火，两个关口，一前一后。

从职能上来讲，防火层面的工作至为重要，这方面归支队防火处管，同样下了通知，落实某项工作，相比之下，别的部门的力度就弱了些。不过，政治部门是管干部的，后勤部门是管财务的，人权财权握在手里，也比司令部强许多。

司令部能干吗？除了队伍管理就是执勤训练，有的大队长说，司令部就是穷折腾、专整自己人的。

沙方健以前工作的特勤中队地处要害，在市区的中心地带，就没有设置大队一级，辖区的防火工作由支队防火处负责，中队的日常管理直接对口司、政、后三个部门。这种模式让他在工作中少了很多束缚，长此以往，他觉得跟别人打交道的功能退化了。

按照惯例，走访都安排在过春节前，每年的这个时候，支队各大部门都要到地方单位走访，司令部也不例外。例如，搞培训基地建设得找发改委和财政局；办公室跟市委、市政府和市公安局联系密切；警务科要与军分区经常沟通；连管理科都要跟火车站等单位处好关系。

但在年前，工作忙得不可开交，再加上沙方健觉得在目前的大气候下，还去大张旗鼓地出门跑关系，是在变相搞不正之风。没想到，他仍旧无法脱俗，他只好安慰自己，中国是个人情社会，要想干出点名堂就得适应大环境。

他也只能这样，尤其是专职消防员队伍建设，涉及人事、财政、民政等部门，菩萨多了，都得供着，哪个地方的领导含糊其辞，都会让工作举步维艰。

沙方健对这些事情十分头疼。八项规定出了，那些见不得人的小动作也不敢再摆到桌面上，可总有个别部门会门难进、脸难看。在走访的那几天，他的唇上起了水泡，嘴里也生了溃疡，憋了一肚子火气。他无法保持良好的心态，随便一件小事，就能让他大发雷霆。

偏偏不凑巧，协助谭杰抓筹备专职指导科的警务参谋，在工作中连连出现失误，他把警务科长一起喊过来，劈头盖脸地训斥。

参谋觉得委屈，解释了几句，火上浇油，让他更是怒气冲天，他有一个原则，凡事不要强调理由，只看结果，不看过程。

参谋还想解释，沙方健已经难以自控了。他气呼呼地站起来，说别得了便宜还卖乖，上次党委会的事儿，你该提醒老谭，这是你当参谋应尽的责任，明天部务会，你做出深刻检查。

参谋瞅瞅他，又瞅瞅自己的科长，嘴巴轻微动了几下，没出声。沙方健见状，说你嘀咕什么呢，有话讲，有屁放。

科长连忙解围，说参谋长，你误会了，其实那个议题早就给了组织科，我亲自送过去的，他们政治处接收文件都有登记，可以查一查。

沙方健愣了愣，扭头看参谋，参谋点点头。

科长又跟着说了句，这种低级错误新兵也不会犯，咱的参谋还是有素质的，还有……

沙方健若有所思地跟着说，其实这事儿也不怪你们，我确实没跟黄主任交流意见。

他忽然发现自己像马戏团里的猴子，忙得团团转，却被人看了笑话。他提醒自己，不能动怒，更不能冲动，气急败坏情绪下的言行会失控。沙方健已经意识到了这一点，而且他真的是被错综复杂的人际关系捆住了手脚。

他不想把事情闹到支队主官那里，便私下找黄连海讨说法。黄连海给他沏了杯茶，回到自己座位上，跷起了二郎腿，他不笑不说话，一笑就会打哈哈，连说：误会，误会。

沙方健问，这怎么可能是误会呢？你明知道这是我们部门的重点工作，不支持也就罢了，还闹得满城风雨。

是重点工作吗？问完，黄连海笑了笑，自言自语：去年底汇总年度重点工作没有这一项啊。

沙方健没有正面回答，拼命挤出一丝笑说，专职消防员队伍管理事关消防今后的发展，虽然早就意识到了，但工作力度还不够。这次我跟谭杰商量了一下，措施上还是得加强，最不济机关层面得有个态度。

黄主任把眼镜摘下，揉了揉眼睛，把皮球踢给沙方健：你看吧，你这也是临时起意，小沙呀，我可得送你一个忠告，老谭是我的同年兵，但他没在基层干过，很多事情不全面。这个议题，你事先没征求我的意见，这都不是事儿，我没那么小家子气，关键是我怕你冒冒失失再闹出笑话。

没那么夸张，更没那么严重，好说歹说咱都是为了工作，谢谢你啦，黄主任。话都说到这个份上了，再扯半句都是多余。沙方健起身告辞。

他不得不佩服，本是想去讨说法，到头来还欠上了人情。沙方健心想姜还是老的辣，有些事情或许自己永远也学不来。某一刹那，他对过去的坚守有些动摇，他怀疑还该不该坚持自己的原则，现实来了个当头棒喝，似乎在提醒他，不会搞关系的人永远没有大出息。

但他转念一想，黄连海倒是善于钻营，跟方方面面交往起来都游刃有余，可黄连海不也跟自己一样，只是个副团职的部门领导吗？沙方健忽然又觉得自己特别可笑，偏要去自寻烦恼，这又是何苦呢？

回办公室的路上，沙方健拐了个弯儿，去了楼层的另一侧，谭杰在那边办公。他把刚才跟黄连海的对话原原本本地说了一遍，谭杰让他想想之前发生的一件事儿。

他强令自己不去胡思乱想，最终还是徒然。沙方健忽然意识到，消防系统也是个特殊的职场，要想变得更加坦荡，就得不断跟自己较劲，时不时地来上场自我搏斗。

可他又不得不承认，很多局势是难以把控的，尤其是眼下，更是山雨欲来风满楼。

第八章　躺着中枪

036

沙方健主动提出晚上跟谭杰一起聚聚，一来进一步加深感情，二来解一下近期的烦忧。

他跟谭杰说，千万别宰我。

谭杰说行，那就在我家小区的烧烤店吧，实惠。

沙方健听后，兀自笑了，说你也真够意思啊，好赖找个餐馆，点上几个可口菜。

谭杰也笑了笑，说咱是一个锅里搅勺子吃饭的伙计，不搞那些阵势，实实在在的。说完这句话，他猛地大笑起来，把沙方健吓了一跳。

沙方健问，你这是吃错药了？

谭杰止住笑，说我想起个笑话。

说来听听。沙方健受到情绪的感染，也放松下来。

谭杰说，也不是什么新鲜玩意儿，以前有个段子，你肯定晓得。说咱司令部门的人接到宴请，会马上问啥时间开席，好像几百年没吃过饭；政治部门的人会问有谁参加，讲政治咧；后勤部门的人会问在哪儿，档次不够不去；防火部门的人会问饭后有什么活动，估计是顺便检查检查防火。

沙方健也跟着乐了，说这些人可真损，编得倒还挺贴切实际，看来咱俩是标准的司令部门的人，肚子里缺油水，下班以后，咱一起改善生活去。

原打算两个人的聚会，被谭杰搞复杂了。

谭杰擅自做主，邀请了黄连海，沙方健只能顺水推舟。毕竟人情往来是无法推脱的，就像谭杰之前提醒过他的那件事儿。

那是他第一次以参谋长的身份下基层检查，去的是下面区县的一个大队，迎接检查的是位正营职大队长。

检查结束，临上车时，大队长跑过来，塞到他手里一个信封，他用手一捏，里面是一张卡片，打开一看，是全市较大商家通用的购物卡，面值是五千。

他又还给大队长，说收好喽，往后别搞这一套。

笑容僵在了大队长脸上，告别的场面非常尴尬。没多久，大队长又托人捎来一个信封，里面装着一张加油卡。沙方健一看就火了，这怎么还阴魂不散呢？

他写了封信，连同加油卡一起装进信封，托人捎了回去。信上的大体内容是：我比你虚长几岁，走到这个岗位上靠的不是这个，年纪轻轻不要动歪心思，再搞这些名堂的话，会把东西转交支队纪委。

匪夷所思的是，没几天的工夫，就有风言风语传到他耳朵里。有人说，他故作清高，想树个廉洁正派的形象；还有人说，屁形象，想给自己立牌坊的婊子而已。要命的是，传来传去，后一种说法占了上风，让他无所适从。

当时，谭杰找了他，让他适应现在的工作岗位，别一个人破坏了整体的生态环境。沙方健不呆也不傻，明白谭杰的意思，为此，他专门请教马小刚。

马小刚很实在，说这事儿我碰到得多了，司令部很少跟地方交往，我坐在这个位置上，隔三岔五就会有人来说情，小到一个想学驾驶的新兵，大到一个投资过亿的项目，只要知道你管这件事儿，一窝蜂地围过来，我就纳闷了，那些八竿子打不着的亲戚朋友都从哪儿冒出来的呢。

沙方健随口说，富在深山有远亲。

马小刚乐了，说是这么个理儿，但比喻不恰当，我可不是富豪，就住在市里。话又说回来，如果真接了那些礼，我老马早就发家致富了，有些项目给的好处费，能吓死个人。

沙方健迫不及待地问，那你怎么处理的？

马小刚说，送你四个字，妥善处置。

沙方健不满意这个回答，在嘴里咕哝：又不是灭火救援，还妥善处置呢，跟没说一样。

马小刚说，慢慢体会吧，脑袋瓜保持清醒，该拿的不该拿的，该干的不该干的，心里得有数。

他从马小刚那里总结出一个道理——干好自己该干的活儿，守好自己该守的规矩。他把这个当成座右铭，借此警醒自己保持底线，不去触碰高压线。

回头再说三个人的聚会。

黄连海还是拎着五粮液，这在烧烤店里确实显得另类。

因为黄连海的加入，这次小聚的气氛有点儿闷。谭杰是出于好心，想让两人多些沟通，但没有起到任何效果，变成了比拼酒量。这事儿很好理解，既然没有太多的共同语言，也只有互相敬酒才能化解尴尬。

这天的聚会跟所有聚会相似，如果非要找出点区别来，那就是三个人都喝多了。这也给沙方健和谭杰惹下了麻烦。

当天夜里，城乡接合部一家挺大的农贸市场着火了，虽然规模不大，却把市委市政府的主要领导都惊动了。市委书记和市长当场下了命令，要求彻查事故原因，并举一反三抓好火灾防控。

问题在于，市里的党政一把手、市政法委书记兼公安局局长都去了，安监、工商、环保部门的头头脑脑也到了现场。消防这边却唯独不见沙方健的影子。

人家政治处主任业余时间可以喝酒，司令部是干什么的？带领部队上刀山下火海的，即使不值班也不能随便饮酒，更何况赶上了市政府组织的火灾隐患大排查的收尾阶段。在任何系统都是这样，板子专打关键时刻不长眼的。

在接下来的支队办公例会上，马小刚对沙方健点名批评，话说得很重，语气也很严肃，让坐在一角的谭杰也觉得身上刺挠。

办公例会是支队的行政会议，每周一开会，部门副职以上人员和有关科室负责人参加。在这种公开场合下受到指责，谁的脸上都挂不住。

最终是防火处吴华处长岔开了话题。他说，马上就开两会了，城西的北关农贸市场火灾防控形势严峻，基本上是处于监管的空白地带。

马小刚是林河消防成长起来的领导干部，对此了如指掌。既然吴华抛出了这个老大难，马小刚就必须给个明确的态度了。

他说正好，市里搞这次大清查，那就借机会整改，不能按规定办理的，该关停就关停。

037

单从农贸市场的名字来说，就很有些意思。它地处林河市区的西郊，却被冠以“北关”，是有来由的。

若干年前，这个市场在北部山区，那里不比南部沿海一带，已经开发了几个合资项目，人们进厂子务工，手头多少有了积蓄。山里人靠天吃饭，穷得叮当响，为了换点零钱，把自家的土特产拿到北关村的大集上卖。

赶巧，村里回来个退伍兵，他眼界开阔，也有魄力，组织村民集资，又找银行贷了些款，建了三排平房。然后托各地的战友，引来了不少业主，在那里批发小商品，近似于各级政府的招商引资。

那位退伍兵的某位战友还在部队服役，干的是宣传工作，帮不上实质性的忙，就在舆论上造声势，将之称为“最美退伍兵”，把带领乡亲们致富的事迹写成篇幅挺长的通讯，投稿给军区机关报。

稿子写得生动，见报后，军区领导深受感动，专门做了批示。也不知通过哪个渠道，省领导得知消息，也跟着关注这个小市场的发展。再落实到市里，就是另一番景象了。

时任市委书记和市长亲自过问，要求扩大市场的经营规模，北关村的面积受限，就把市场迁到了西郊。苦于经费紧张，就在那里建设了偌大的一片摊位，钢结构的构架，上面是石棉瓦。

开业的那天军区和省市两级领导都到场剪彩，市里给退伍兵授了牌匾，表彰他们通过市场带动了物流、餐饮等配套服务行业。随后，统计局给出的数据显示，连续多年市场的税收在全市排名靠前。

市场繁荣的背后是消防隐患层出不穷，业主们私拉电线，把货物堆积得杂乱无章，有些情况可想而知。再加上有市领导的支持，整个市场的消防工作都是混乱无序状态，支队检查了好多次，全都无功而返。

显而易见，北关市场是历史遗留问题。马小刚想对它动“刀子”，已经谋划很久了，既然吴华主动提及，就再次坚定了信心。他简明扼要地提了工作目标，让防火处回去拿方案，这才重新回到正题，布置了全国两会期间的安保工作。

担心沙方健挨了批评，压力大，马小刚在会后跟他聊了几句。

沙方健说，我经得起打击，本来就是我的错。然后，他意犹未尽，说你是师父，师父骑马前面走，老沙挑担后边跟。

马小刚若有所思地说，扯到《西游记》了，要改制了，千万别冒出个让玉帝老儿头疼的孙猴子。

全国两会的日期已经定了，为了确保这期间的火灾形势平稳，林河消防下达了一级战备令，所有人员在岗在位，连回家探亲的大老柳都被招回了队里。

他一回到队里就碰到个棘手的问题。

中队安排马成功到一班当副班长，大老柳不乐意，找武鸣理论。武鸣说是指导员的意思，把皮球踢给了魏东丽。

魏东丽也不玩儿虚的，直截了当地告诉他，马成功是支队长关照的人，想考军校必须得是班长骨干。

大老柳还想据理力争，魏东丽没给机会。魏东丽唠叨了不少，传递的信息只有两个，一是服从组织安排，二是要为消防培养人才。

大老柳无可奈何地回了宿舍，他憋了一肚子气，这样的人也算是人才？在他心目中，马成功属于贴不上墙的尿泥儿。

他无法组织词汇来形容马成功，训练成绩在队上垫底儿，脾气有些古怪，连个被子都叠不好，有什么资格当副班长呢？要知道，副班长可是专管内务的。至关重要的是，马成功瞧不起专职消防员，总觉得现役要高人一等。大老柳想，这是谁给的自信呢？

起先，他瞅着吕建业不舒服，觉得吕建业太张扬。现在他看马成功直接是不顺眼，一身的毛病，怎么看怎么难受。相比之下吕建业反倒成了好样的，特别是最近这段时间，吕建业在班长的位置上干得不错，可圈可点。

大老柳怕马成功影响中队风气，便把顾虑告诉了吕建业。吕建业嘻哈半天，说竟然有大老柳搞不定的，回头等小爷出马，让那小子乖乖地辞掉职务。

话是这么说的，也不知怎么了，那段时间出警的频率特别高，整个鱼鸟河中队都陷入被动的忙碌之中，吕建业根本没心思琢磨别的事儿。

市长是全国人大代表，进京开会前，他组织市里有关部门开了个碰头会，说是碰头，实际上是督促各单位各司其职，别在关键时刻拉稀。

会后，市长离开主席台的第一件事，就是给马小刚打了个电话。其实，他可以直接找政委，元威代表消防支队参会，会议期间还专门跟他打了照面，但他还是愿意跟马小刚打交道，终归是熟悉一些，用起来顺手。

市长在电话里说，关于北关农贸市场火灾隐患整改的请示已经收到了，等开完全国两会回来之后专题研究。

挂了电话，马小刚隐藏不住兴奋，紧跟着把防火处科长以上的干部和分管防火工作的副支队长喊到办公室，如此这般地介绍了市长的意图，最后强调说，市长是历任政府领导中最有魄力的，这次要抓住机遇，不惜一切代价，坚决把这个毒瘤摘掉。

为了抓好这项工作，吴华处长临时把各大队的防火业务骨干抽调到支队，这些人当中包括魏东丽。本来武鸣的意思是，开个支部会研究一下马成功能否胜任副班长一职，魏东丽说等忙过了这阵子再说。

战备期间，元威到基层督查，收集了一些意见，汇总给马小刚，说基层的同志反映，两会之前是春节、元宵战备，年前是省市两会，再加上元旦、圣诞安保，战备期太长，搞得大家身心疲惫。马小刚未曾理会，因为消防的性质决定了就该是天天战备。

在鱼鸟河中队，对战备抵触最大的是马成功。

038

战备期间，武鸣组织各种演练，多数是跑到辖区的重点单位。

所谓重点单位指的是，规模较大且火灾隐患较多的单位，比如说大商场、大酒店，还有医院和学校之类的。需要说明的是，规模大不一定是重点单位，火灾隐患才是衡量的标准。

这些重点单位是由支队来界定的，中队一级只是针对每一家的不同特点制定预案，报给支队司令部审定，然后按照预案搞演练，确保一旦发生火灾能够迅速处置。

吕建业浑身有使不完的劲儿，他巴不得天天外出演练，因为在外面可以看到成群的美女。有一次，在一家商场演练，碰到一位女生请求合影，他摆了很酷的造型，配上了卖萌的笑容。武鸣一看，冲上去就踹了一脚，疼得他龇牙咧嘴。

通常情况下，在异性面前，男人会比平常要兴奋许多，甚至有时会做出不受思维支配的异常举动。举个最简单的例子，如果有心仪的异性坐在副驾驶，把方向盘的那位会把车开得飞快，只差把油门踏板踩到油箱里了。

吕建业也无法脱俗，他梗着脖子，顺便翻了几下白眼，还没等话说出口，武鸣又朝他屁股踹了一脚。在这节骨眼儿上，商场的一位管理人员跑过来，自我介绍是商场经理，给武鸣递烟，让他消消气。

吕建业把脾气发到经理身上：眼瞎吗？我们消防在这研究工作呢，别在小爷眼前晃，晃得我眼晕。

还没等经理吱声，武鸣就训斥吕建业：狗嘴里吐不出象牙，指导员怎么教的你，密切群众关系就这么个态度啊。

吕建业满不在乎地说，小爷这个态度算好的了。

武鸣接着又想踹，经理拦住，说你们也够辛苦的，忙活了大半天，到我办公室喝杯茶。

吕建业撇了撇嘴，说毛病，没看见我们正忙着？滚蛋。

说完他笑了，为自己重复了大老柳的口头禅笑了。经理并不恼，但武鸣怒了，抬脚又踹了吕建业一脚。

经理跟着急了：这位先生，部队怎么能打骂体罚呢？

吕建业瞬间变脸，说关你屁事儿，打是亲骂是爱，我跟我们队长是团结友爱，我看你是干腻歪了吧。

吕少，我哪儿敢管这个闲事儿，这是董事长的意思。经理赶忙道歉。说完，经理朝二楼瞅了一眼。

吕建业看到二楼晃过去个人影，仰头就嚷：姓吕的，你给我滚过来。

武鸣这才明白，商场是吕程的产业，踹人家的儿子被老子看到了，百分之百会心疼。

吕程见无法躲避，便下楼给武鸣打招呼。还没等武鸣道歉，他便埋怨说，孩子长这么大，我都没舍得动一指头，你也不能搞军阀那一套。

吕建业忽然上前一步，还没等接触到父亲身上，就倒在了地上，神情夸张地喊：有人打人啦——有人袭警啦——

他这么一嚷嚷，不少顾客聚过来看热闹，气得吕程朝躺在地上的儿子踢了一脚：别装死猪，这不是足球场，别想玩假摔。

吕建业应着那一脚“哎哟”一声，朝不远处冷眼观望的马成功说，你个傻球，把他踢我这段拍下来，我得到法院告他。

武鸣实在忍不住，蹲下揪住吕建业的耳朵，想了想又松开手，站起来，朝吕建业下命令：吕建业！

吕建业爬起来，答：到！

武鸣：立正！

吕建业挺起胸脯，以标准的军姿站好。

武鸣吩咐：给你父、父……那个，给这位先生道歉。

吕建业一歪头，撂下句“没门”，扭头就走。

吕程害怕儿子回队受批评，赶紧到武鸣跟前说，领导啊，我刚才也是一时冲动，我的话你别往心里去。往后你严加管教，不打不骂不成器。

说到这里，吕程又眨巴眨巴眼睛说，最好下手有点分寸，手下留情，我跟你们支队领导关系都不错，就算是给我个面子……还有，以后来演练，千万别让那祖宗跟着来。

吕建业听后，折回身子，笑着说，想得美，小爷阴魂不散，姓吕的，等着瞧。

归队途中，吕建业坐在副驾驶，马成功在他身旁。这次不用争抢，他就稳坐一号车位置，为了让年轻同志更加熟悉演练预案，武鸣安排大老柳在队上值班。

吕建业气呼呼地坐在那里，先是嘟囔，过了一阵子，又伸手把身上携带的文件夹取下，拿到眼前来来回回地看。文件夹里夹着的是灭火救援出动单，他们俗称出警单，单子上是个表格，上面记录了报警电话、出警时间地点、灾害类型、燃烧物质等等，简要清晰，一目了然。

他一时兴起，找到一支签字笔，在出警单上写写画画，嘴里还嘀咕着：通九州大酒店，得查；通九州文化传媒公司，得查……这些都属于姓吕的，回头得告诉武队长，统统都得查。

一旁的马成功忍不住，说真会装，生怕别人不知道你爹是老板。

吕建业把文件夹收好，也不言语，让马成功没了数落对象。两个人各自把头扭向不同的方向，谁也不知道对方心里在琢磨什么。

回到队上，马成功犹豫半天，终于敲开了中队部旁边的铁门。那里最早是司务长办公室，为了解决警力不足的问题，支队将伙食费管理的权限收归大队一级后，这个办公室就空了。

元力在鱼鸟河中队帮助工作的请求被批准后，这里成了她的临时办公室。她把屋里布置得十分温馨，养了几盆花花草草，摆了个不大不小的鱼缸，还在墙上挂了几幅抽象派的油画。

进了屋，马成功没做任何铺垫，直接向元力表明来意，说我怀疑我得了强迫症。

这是队上第一个来做心理咨询的，就像经营的店铺新开张，元力有些喜出望外。她想发挥自己专业上的特长，为马成功卸掉心理负担；更想借此向武鸣证明心理工作的重要性。

这也让她不敢大意，生怕让对方多心。

039

总算是有人信任自己了。元力思来想去，故意活跃气氛，佯装大吃一惊，说：你什么文化啊，强迫症这个强字读三声，不是二声。

马成功没把这当玩笑，有些泄气地说，我这文化水平确实丢人现眼，明知道考军校没门儿，我还硬着头皮撞南墙，这就是强迫症，哦，不是二声，是三声。

元力怕马成功有负担，连忙解释道：莫担心，我也有强迫症，好多人都会把那个字读错，我听到觉得别扭，非得给人家纠正过来。

她琢磨了一下，又开玩笑说，我这是非常正宗的强迫症晚期患者。

马成功依然严肃，说元干事，别取笑我了。

元力坦诚告知：我确实是说了谎，但你这不是强迫症，这是正常的心理变化，你有奋斗的目标，在努力的过程中难免会产生一些奇奇怪怪的想法，没什么大不了的，感觉心里不舒坦，就到我这里说道说道。

马成功点了点头，元力又说，可不许疑神疑鬼，别把自己变得那么焦虑。对了，学习上碰到不懂的，找你武队长，他当初可是学霸。

马成功说，他成天阴沉着脸，不敢。

元力说，没事儿，还有我呢。

元力的话马成功听进去了，这之后，他确实没少请教元力，以至于队上传来很难听的一种说法，说他想给武队长戴绿帽子。

这风言风语的始作俑者是苏平安，这会儿的苏平安早就恢复了以往的状态，用吕建业的话说是满血复活。

武鸣自然不会理会这些谣言，他通过可靠渠道得知，省里将选拔人员进行灭火救援大比武。他下决心要带着手下的人多争取几张入场券，让鱼鸟河中队打个漂亮的翻身仗，换句话说，他想让中队一鸣惊人。

在特勤中队发生的事儿一直困扰着他，害得他很长时间抬不起头，他需要这么一次机会来证实自己的实力。他这会儿正一门心思琢磨如何备战比武，把训练方案改了又改。

别看元力现在就待在鱼鸟河中队，跟武鸣的碰面机会并不多，她时常想，如果时光能够倒退，回到军校时期就好了。

那时候学校管得严，但两人至少可以掐着时间点去食堂，然后调皮地冲对方一笑，装作很吃惊的样子互相寒暄：这么巧，又碰上面了。然后，一起到窗口打饭，一块寻个角落窃窃私语。

美好的时光总是耐人回味，可现实却令人窘迫不堪。元力找了无数理由想接近武鸣，武鸣却总能用三两句话把她打发走。譬如，马成功说武鸣脸儿难看的问题，她就专门去提醒，武鸣说咸吃萝卜淡操心，把自己的事儿整明白就成。因为缺了主语，让元力无法判断这话说的是自己还是马成功。

元力时不时地想，我跟他之间还有爱吗？近在咫尺，心却越来越远。她越来越觉得爱过于虚幻，在现实的对比下变得有些残酷，但她却逼着自己去接受现状。

她试图在现实的困境中挣扎出来，但无论如何努力都是枉然。内心的隐秘是一个人的牢狱，让人越来越渺小，也变得孤立无助。

有次半夜，元力敲开了武鸣的宿舍门，她知道魏东丽临时借调到支队帮助工作，夜色可以制造很多神秘。但武鸣却用僵硬的肢体动作做了回应。她用目光、躯体度量了与武鸣的实际距离，事实证明，两人相隔甚远，遥远得如同两个星际。

这是令人恐惧的，元力无法做到坦然和无畏，她可以平心静气地面对身边的战友，还有自己的父亲元威，却无法接受武鸣用肢体传递的某种信息。于是，她想，有些东西需要从根上斩断，因为它会偷偷生长，滋生出苦闷。

那一刻，元力想给爱情彻底做个了结。她隐约觉得，告别这段爱情的时刻迟早都会来临，只是早一天或者晚一天的事情。可是，武鸣却朝她脸上亲了一口，然后表情暧昧地说，马成功那兔崽子你多教教他，争取让他考上军校。

女人就是这样，在爱情的迷宫里，会为一句话、一个动作，甚至一个眼神，变得神魂颠倒。元力只好乖乖就范，老老实实地为马成功做课外辅导老师。

省里的全国人大代表集体抵达北京的次日上午，马小刚在市发改委耍赖皮。他死乞白赖地缠着发改委主任，请人家在支队上报的项目书上签字。

期间，他接了很多电话，发改委主任不好直接下逐客令，便对他说，小马兄弟，你业务这么繁忙，咱改天再开个论证会吧。

马小刚立马把手机关机，说现在不忙了，专家论证会开了好几轮了，就等主任大人签字呢。

发改委主任被缠得没办法，抱怨说，为了养几条宠物狗花那么多钱吗?

马小刚说，打住，那不是狗，是犬。

发改委主任说，别玩儿文字游戏。

马小刚说此言差矣，狗是论只的，犬是论头的，我们消防搜救犬是论头的。

发改委主任继续抱怨：前边给你们批了建设培训基地，上亿的投入，你这胃口变得越来越大，又要搞搜救犬基地。

马小刚说，这就对了，两个都是一回事儿，《消防法》第一条就规定，要加强应急救援工作，汶川地震你知道的，你说的那些宠物狗发挥了多大的作用啊。

话音刚落，元威闯了进来，张嘴就说：你怎么关机了？市长满世界找你，事儿闹大了，省领导都为咱的事儿发脾气了。

马小刚蒙了，省领导怎么还一竿子捅到底，管到小小的林河消防支队了呢？

马小刚把电话打过去，市长说了不少难听话，才问：你们消防就这么个执行力吗？

市长脾气大，但这种情况罕见，听语气有点咬牙切齿的味道。马小刚迅速调集所有脑细胞，思考一个问题，消防向来听招呼，究竟发生了什么事情，才让领导勃然大怒？

马小刚彻彻底底傻眼了。

040

直到听筒里传来忙音，马小刚还攥着手机，愣在那里。已经顾不上跟发改委主任打招呼了，他得马上搞清楚市长为什么发火儿。

马小刚仔细回想了一下，市长让他不要犯自由主义的错误，还说等回林河后再追究消防的责任。

他打发驾驶员开车走了，一头钻进元威的车子里，一上车就问：你听到了什么风声？

元威说，我也挨了一顿训，现在还迷糊着。

马小刚沉思良久，拿起电话，拨了市政府秘书长的手机号码，那边接着挂断，发来一条信息：在忙，回头联络。

马小刚回复信息：老兄，市长为什么发火，请指点迷津。

等了几分钟，秘书长始终没有回复。马小刚心有不甘地又发信息，仍旧不见回复。元威说了句，别为难他了，我想想办法。

车还未开进支队机关大门，元威已经通过某位省领导的秘书得到了确切消息，说是林河市有上百名群众集体到省里上访，聚在闹市区的几个路口，还亮起了几个大横幅。有几家外地媒体跟着作了报道，影响极其恶劣。

元威抱怨说，上访的事儿找公安局，怎么扯到了咱身上，莫名其妙。

马小刚苦笑一声，说肯定跟咱消防有关。

元威说不可能，咱们兢兢业业，得罪的也是一些企业大老板……

马小刚说，我知道了，很可能是咱准备整治的那家农贸市场。

说话之间，马小刚和元威进了办公楼。马小刚没回自己办公室，直接跑到了二楼防火处的办公区。元威见状也跟了过去。

马小刚转了一圈，没见到防火处处长吴华的身影，便扯起嗓门吼：吴华，你死哪儿去了？

先前还有点声响的办公区域变得鸦雀无声，过了一两分钟，才有人怯生生地从办公室探出头，回答说，去北关农贸市场搞整改了。

马小刚倒抽一口冷气，黑着脸跟元威说，走吧，泚去。

林河消防流传一句名言，说消防灭火就一个字："泚"。这是马小刚的专利，非常形象和生动，他的理论是，到火场灭火，不管是水、泡沫，还是干粉，都是泚。可这次要泚的绝非那么简单。

市场跟往常一样，卖家和顾客都在忙忙碌碌，看不出任何反常迹象。这是个追求效益的时代，很少有人愿意浪费时间，他们抢的不是时间，而是真金白银。

某一瞬间，马小刚怀疑自己是不是搞错了，整个市场说不上有多么繁荣，最起码也是井然有序。

费了好大的工夫，他们才在人群中找到吴华，吴华正赔着笑脸给业主讲政策，机关和大队的防火参谋也散布在各个摊位，跟业主交涉。马小刚心想，执法很文明，不至于引起冲突，所有摊位都在营业，难道上访的不是这里的？

正琢磨着，他看到了魏东丽的身影，便喊住了对方，想了解一些情况。还没等开口，站在一旁的元威说了声糟了。

元威递过手机，马小刚扫了一眼，是某网络大V通过公众微信号发布的文章，标题是"把下岗职工逼上梁山，林河群众无奈上访做潘金莲"。

他皱了皱眉头，再粗略一看，文章里提到的就是这个农贸市场，声称林河党政机关不管不顾群众利益，以消防整改的名义，想把合法经营的业主赶出市场。

当然，文中专门强调，绝大多数业主都是下岗职工，政府行为等于断了人家的生路。

马小刚把手机还给元威，元威仔细看了一遍，冲着文章配的图片倒吸一口冷气。图片上是上访群众，横幅上的大字触目惊心。他再看，还有群众跟消防兵撕扯在一起的短视频。

他突然觉得不对劲儿，把魏东丽喊过来，魏东丽瞅了一眼就说，这视频是假的。

元威恍然大悟，他想起来了，这段视频是西北某省的，当时消防出警，火场文书按操作规定在一旁录视频，被当地群众指责不作为，不救火光一门心思搞宣传，结果群众把那个文书暴打一顿。

元威想把这个新发现告诉马小刚，马小刚早已跑到了吴华那里。他听不清两人在说什么，只是看到吴华脸上的笑容凝滞了，进而变得扭曲，似笑非笑的表情显得有些狰狞。他隐约觉得，这次消防倒霉，躺着中枪。

马成功从未像今天这样郁闷。

半夜时分，鱼鸟河中队接到出警命令，对一起车祸实施救援。驾乘人员没有生命危险，但救援难度极大。原因是驾驶员的胳膊被挤在了车门和方向盘中间，要对车门进行破拆，就必须小心谨慎，否则伤者就得截肢，终身残疾。

这要求作业人员得胆大心细，吕建业没有十足的把握，更别说马成功了，他们只能在一旁打下手，用敬佩的目光看着大老柳操作。

这次救援，吕建业和马成功配合很默契，为了吸引伤者的注意力，让对方配合救援，两个人使尽了办法。马成功甚至双腿屈膝，长久地跪在地上，双手擎着伤者的胳膊，帮忙固定位置。

一场救援下来，马成功身上沾满了鲜血。归队后，他直奔洗澡间，面朝墙壁仔细擦洗身子，随后赶到的吕建业玩性大发，用夸张的语气拿马成功开涮：我去，没想到马班副如此威武，这一大片胸毛，剪下来扎到一块儿可以当扫把了。

马成功平日不爱开玩笑，张嘴就骂：狗日的……

吕建业说，经不起玩笑，没劲，小爷现在看你超级别扭，你是有胸毛，但你没有胸肌。你就是个怪物，瞧你那么高的个子，下面的东西那么一点点儿，小虾米儿似的。

马成功憋得满脸通红，吕建业满脸坏笑地又瞥了几眼。他忽然有了新发现。他看到对方脖子戴着个红绳，绳上拴着个闪亮的小环儿。他上前一扯，小环儿飞进了下水道。

马成功疯了似的扑过去，吕建业心想坏了，玩笑开大了。

第九章　暗流涌动

041

如果能够注意到马成功当时的反应，进而及时收手的话，吕建业就不会惹下乱子了。

他在脑海里还原现场。

在他出手的瞬间，马成功连忙捂住胸口。

吕建业说，让小爷看看，什么金贵东西。

他觉得好玩儿，伸手抓住了那个小环儿。马成功护不住，跟着撕扯起来，一眨眼的工夫，小环儿划出闪亮的弧线，飞了出去，落地之后，蹦蹦跶跶滚进了下水道里。

马成功随后扑过去，俯下整个身子，用手在下水道里捞那个小环儿。也是活该倒霉，小环儿竟然被水冲走了。他站起来，瞪着猩红的眼，一声不吭。

吕建业原以为肯定要动拳头了。没承想，马成功双手抱头，抽泣起来。他未曾见过男人哭鼻子，乍一见马成功抹起了眼泪，还真没了招数。

他左思右想不知该如何收场，先是在心里骂对方没出息，跟着又埋怨自己玩笑开得过分。到末了，他又坦然了，他想马成功顶多戴个白金坠子，就算镶上颗钻石，也值不了多少钱。

受家庭的影响，有的观念已经在他的脑子里根深蒂固，比如，父亲常挂在嘴边的那句话，能用钱摆平的事儿，那都不是事儿。

吕建业有些烦躁，说你这挤巴儿滴眼泪给谁看？多少钱，爽快点儿，我赔给你就是了。

马成功擤了一把鼻涕，想止住眼泪，没想到泪水根本不受意识控制。吕建业露出鄙夷的笑，带着挑衅的语气问：怎么着，还想讹我？

马成功依旧不说话，洗澡间里弥漫的热气，让吕建业很难辨别对方的面部表情。淋浴喷头的水流洒到地面，发出“唰唰”的声响，声音细微单调，却让他感到聒噪。

吕建业终究还是乱了阵脚，他心慌急了，故意抬高嗓门吼：马成功，你姥姥个炸鸡腿，你还是个男人吧，有火气就冲我来，想打架就亮拳头，小爷决不还手。

激将法也不能说毫无用处，马成功总算是抬起了头。他缓缓站起身子，慢悠悠地走到吕建业跟前。吕建业看得真切，马成功的眼神空洞，目光呆滞，但他还是攥了攥拳头，又松开。他让自己处于戒备状态，随时准备闪躲对方的任何进攻。可马成功旁若无人般地擦身而过。

这么一闹腾，吕建业没有心情回宿舍补觉。在消防，如果深夜出警，参与执勤的人员次日可以推迟起床。毫无睡意的吕建业偷偷跑到一班宿舍的门外，趴在玻璃上往屋里看。他看到马成功只穿了内裤，光着脊梁，四仰八叉地躺在床上。

吕建业轻手轻脚地开门，走到马成功床前，替马成功盖上被子。马成功嘴角轻微抽动一下，保持原有的节奏呼吸，让人很难分辨是醒着还是早已进入梦乡。

早饭，马成功没去食堂，吕建业有些担心，匆匆扒拉几口，起身打了一份饭菜，端到了一班宿舍。碍于面子，他把餐盘悄悄搁在学习桌上，又蹑手蹑脚地离开。

他并未走远，而是溜回自己班宿舍，躲在门口。他在等一个人，或者说是在寻找一个让自己下台阶的机会。

自然界的生存法则永远映射着某些真理，而且也很容易在生活中找到实例。比如，人们通常所说的一物降一物，再强大的个体也有无法战胜的天敌。马成功便是如此。别看他在队上跟谁都不对付，但只要瞅见大老柳就蔫儿了。即便他知道大老柳为人和善，也无法改变这个现实。

吕建业要等的人就是大老柳。看到大老柳的身影，他赶紧从宿舍出来，迎上前，寒暄两句，寻了个理由，装模作样地跟在人家屁股后面，前后脚进了一班宿舍。

看马成功还躺在床上，大老柳上前摸了一把额头，试了试体温，转头对吕建业说，还好，没发烧，这熊玩意儿发疯，我早晨起床一看，光着身子睡觉。

吕建业本来想替马成功说几句好话，临出口时完全变了。他说马班副该不会是耍小聪明，想来个感冒发烧逃避训练吧。

如若以往，听到这类话，马成功会接着爆发，不敢说所产生的威力有多大，反正不会让人敢明目张胆地挑战他的底线。

每个人都有自己的原则以及无法触碰的敏感点，聪明人不会在此类事情上让自己难堪。吕建业是例外，他总认为自己是个明白人，也常常为自己所谓的精明举动闹出些不愉快。还好，迄今为止，吕建业尚能为自己惹出的乱子收场。

吕建业偶尔会觉得自己是个神经病。因为，很多时候，前面刚做过某件事儿，后面就会懊悔，可再碰到类似的情况，他依然改不掉坏习惯。

此时，他后悔自己口无遮拦，可马成功跟聋子似的，把尖锐刻薄的话当成了耳旁风。

他忽然记起一句老话，不在沉默中灭亡就在沉默中爆发。他想，这家伙恐怕是在心里憋着劲儿，只是时机不到罢了。那就等他爆发吧，这次自己理亏，无论他有多么强烈的反应和过激的行为，自己都认了。

大老柳不知道两人之间发生过什么，还是当着吕建业的面数落马成功。马成功终于动了一下，他没翻身，只是把脑袋下面的枕头抽出来，蒙在自己脸上。

大老柳不乐意了，一把扯掉枕头，扔到地上，大声训斥：毛病，起来，泡什么病号，不爱干，滚蛋！

马成功恍恍惚惚地坐起来，目光飘忽地扫了一眼，让人很难判断究竟是在看谁。有一点是可以肯定的，他的双眼布满了血丝，红彤彤的像兔儿爷的眼。

看到如此情形，大老柳又心疼了，招呼马成功起床吃饭，填饱肚子再休息。只有吕建业心里清楚，马成功那双红眼是以泪洗目害的。

马成功有些木然地坐在床沿，吕建业回身想端餐盘，马成功有气无力地摆摆手，赤脚走到桌前。他看了眼饭食，就干呕不止。

042

这天上午，武鸣组织战评，对近期比较典型的案例总结经验教训。大老柳为马成功请了假，安排了一位年轻的消防员负责照顾，还打发吕建业到炊事班，关照做饭师傅近期不许做西红柿炒鸡蛋。

吕建业十分好奇，在课上开小差儿，给大老柳递字条，问为什么不能做西红柿炒鸡蛋。大老柳回了四个字“正常反应”。吕建业穷追不舍，又传回字条。大老柳不耐烦地写下“血！！！”。

吕建业茅塞顿开，敢情马成功见不得血淋淋的场面，产生了不良心理反应。因为有之前的亏欠，他中途请假去解手，径直跑去找元力。对元力说，展示美女才华的机会到了，快给马成功治病去吧。

过了半个多小时，元力把吕建业从学习室揪了出来，说这次的罪魁祸首是你，你闯大祸了。

吕建业根本不信，把脸一歪，说元干事，我最服气的就是你了，明明可以靠颜值吃饭，非要拼才华。

元力瞪了他一眼，说我没开玩笑。

吕建业说，玩笑尽管开，小爷心大，啥事儿都能承受。

元力换了一副语气说，假如你从小生活在单亲家庭，你的爱是缺失的……

美女真是火眼金睛，小爷到现在就不知道我妈在哪儿玩耍。说完，吕建业又觍着脸问：你该不会是特工，专门调查我了吧，那你最好去查我爸，看姓吕的干过什么见不得人的勾当。

元力愣了愣说，我讲的这个人不是你，是小马。

吕建业说，那有什么啊，现如今离婚的多着呢，单亲家庭满大街都是。

元力叹了口气说，他爸早就不在了，你搞丢的那个东西是他爸留下的遗物，是人家的念想。

市长在京期间，态度尚不明朗，让底下的人很为难。这个时候，没人敢去直接联系问个所以然，但市长已经大动肝火了，有的人就琢磨着如何贯彻市长的意图。

市政府办公厅先是派了人到消防支队，说是已经在社会上造成恶劣影响，责令消防部门拿出整改措施。马小刚的想法是无非做个深刻检讨，便让一位副支队长牵头，由政治处黄连海主任负责，起草个报告。

这份材料来回修改了十来遍，报到市政府办公厅，都被打了回来。马小刚想，多大点事儿啊，这还没完没了了。可这么折腾下去，也实在不像那么回事儿，往严重了说，已经干扰了正常工作。

他在市政府各部门都有好朋友，便向人请教。有位脑子灵活的高人指点，说最好的办法是处理有关责任人。马小刚自然不会同意，但他通过私下接触来支队的政府工作人员，办公厅的头头的确是这么个态度。

干工作讲究个主动性，且不说执法过程经得起考验，仅凭防火处迅速落实领导意图，能够先行一步，开展相关工作，就值得肯定。如果主动作为都要受到处理，那会让所有人寒心。

他只好请市公安局分管消防的副局长出面，找办公厅领导协调。副局长带着马小刚和吴华去请示工作，办公厅领导回答得极其干脆，说只有处理一两个责任人，才能平民愤。

马小刚不干，说这是瞎搞，不能助长歪风邪气，让某些公知站在道德的制高点上，对党政机关的工作吹毛求疵。

办公厅领导说，小刚同志，咱得密切联系群众，给公众一个合理的说法，不及时拿出个处理意见，等市长从北京回来，黄花菜都凉了。

马小刚说，还要怎么联系群众？我们消防的人把业主当爷爷一样敬着，我也得联系群众，为我们自己人说句公道话，爱护我手下的官兵。

你这个态度过于急躁。说罢，办公厅领导开始打官腔：人民公仆把群众当父母，本来就该当儿子、当孙子。

马小刚没忍住，呛了一句：我就这个态度，我是第一责任人，要处理就处理我马小刚，我可不想装孙子。

眼瞅着就要吵起来，市公安局分管副局长把马小刚和吴华劝走，一个人留下了。

当天下午，副局长坐在消防支队党委会议室，参加支队党委会扩大会，研究如何贯彻市政府领导的意见。说白了，就是要找个合适的人做替罪羊。

马小刚据理力争，副局长无可奈何地告诉他，说自己在政府那边把嘴皮子磨破了，把这张老脸也给搭上了，没有任何效果。

马小刚说，嘴皮子磨破了，也抵不上心被捅上一刀子。

副局长唉声叹气，说咱还是得服从命令。你们也知道，跟消防相处这么多年，感情摆在这里，这么个结果我最难受。

马小刚一时语塞，他听到副局长的声音有一点颤抖。是啊，如果追溯消防的发展史，在民国时期消防就属于警察局，新中国成立之后的几番改革，警服也好，军装也罢，即便是在军代表时代，消防也没脱离公安体系。现在都传闻消防要脱离公安，此情此景难免让人动容。

他调整了一下情绪，表态说：我拥护市政府的决定，给我个人处分，免职甚至降职都无所谓。

一直沉默的吴华插话说，我反对，你和政委是咱们支队的当家人，这事儿是我没理解好领导的意图，冒冒失失闯下的祸，可以免去我的处长职务，我有技术职称，做工程师也不错。

这话像是油锅里滴进了水珠，会议室顷刻间爆了。人们议论纷纷，不管持什么样的观点，最终都一边倒，变成了指责，甚至是责骂和诅咒。

万不得已，元威提出，如果没有更好的解决方案，先按这个报给市政府办公厅，也是表明咱消防认真整改的态度，等市长回来再专题汇报。

副局长说行，市长是个明事理的人，知道了前因后果，不会为难消防。

只有马小刚依然不为所动，他气愤地站起来，把会议记录本合上，重重地朝桌面捣了几下拳头，才提前离场。

043

人还未回到办公室，值班参谋便汇报，说鱼鸟河中队发生了爆炸。顷刻间，马小刚的脑袋足足大了好几圈儿，写小说还是编电影呢？明天就是全国两会，怎么闹出的全是咄咄怪事，消防队里闹爆炸，真是活见鬼了。

吕建业这会儿正在洗澡间跟苏平安怄气呢，可他根本堵不住苏平安的嘴。

苏平安正在指责马成功。他嫌马成功小题大做，为了个破东西，害得吕建业让父亲调来了工人，对洗澡间开膛破肚，还动用了一点炸药。

苏平安拎着那个小环儿，捏着鼻子，说这是什么破玩意儿，就是个废铜烂铁，我当是什么金银财宝呢。

马成功并不正面回应，一个劲儿地念叨：还给我，你还给我。

连大老柳都看不下去了，指责马成功说，你这是整什么西洋景儿，从装备上抠下个物件，就当成挂坠，咱条令条例规定，军人不得佩戴这些东西。

武鸣带队在外面搞“六熟悉”训练，魏东丽也不在场，干部只剩下临时在队的元力。她怕刺激和伤害到马成功，不断咳嗽，进而用眼神和肢体动作提醒大老柳等人。

大老柳没领会元力的意思，又问马成功：这东西哪儿来的？谁给你的权力让你破坏装备？

马成功把小环儿抢过去，捧在手心，念念有词。苏平安侧脸细听，说我靠，求谁保佑呢？考军校？你要当了干部，消防队还有好吗？

正说着，马小刚来了，他环视一下狼藉的现场，朝苏平安剜了一眼，转头对马成功说，你拿的什么，给我看看。

马成功犹豫着把小环儿递上，马小刚打眼一看，顿时明白了。这是个铜质的小环儿，直径两到三厘米，厚度不足一厘米，是水带卡扣上的小物件，被人为地磨去了棱角，变得圆润。

元力上前说，这是遗物。

马小刚点点头，不置可否。但这句话提醒了吕建业，许是为了消除内心的愧疚，他故作轻松地对马成功说，我看好你哦，你有梦想，考军校，我为你点赞。马成功，我告诉你，再牛掰的梦想，不如特傻球的坚持。

鱼鸟河中队只是虚惊一场，让马小刚闹心的是，当天傍晚市政府办公厅就通过官方网站发布声明，大概意思是，感谢广大群众对政府工作的支持，对于网上盛传的农贸市场消防整改一事，组织专门力量进行了调查，现已免去主要责任人吴华的职务。

马小刚为此跑到吴华办公室，吴华正在往纸箱子里装东西。他让吴华别想不开，吴华说，我不是闹情绪，职务免了，在防火处待着，不便于年轻人开展工作，我申请到司令部，跟沙方健干去，在哪儿都是为了消防事业。

事已至此无法扭转，马小刚本想安慰几句，最终还是说，年轻人说得有道理，再牛掰的梦想，不如特傻球的坚持。

这句话没头没脑，却把吴华逗笑了。

2018年3月13日，这个日子永远会载入史册。尤其是对吴华来说，这天注定是人生中最迷茫和彷徨的一天。

因为自己过于主动提早动手对农贸市场进行整改，导致消防陷入舆论的旋涡，紧接着自己“被免职”。在这一天，也就是一年一度的全国人民代表大会开幕的那天一早，他已经收拾了所有办公用品，悄悄搬到了司令部办公区的一个空房间里。

这是经过支队长点头同意的，按照马小刚的意思是，先在防火处待上一段时间，等市长回来再下定论，而且防火处处长暂时也没有合适人选。但吴华说地球缺了谁都转。

过后他想，这很容易让人觉得是在闹情绪，可吴华当时只有一个想法，为别人腾出位置。这只能说自己也不够淡定，遇到事情也难以做到坦然。

本来马小刚让他跟谭杰一块儿办公，但吴华顾虑较多，思来想去还是选择了这间办公室。这是沙方健为专职指导科准备的办公场所，相关工作还未正式启动和运作，就一直空着。

忽然从忙碌的处长岗位上闲下来，吴华起初很不适应，有转业到地方的战友劝他想开点儿，没必要跟自己较劲，干脆转业得了。可他一天不干活儿就觉得身上痒痒，这也让他心情无法平静。

身处在偌大的屋子里，吴华会时常思考一些找不到答案的问题，譬如坊间所传的消防改革，很多个版本，一直没有确切的消息。看来空间有时会影响和干扰人的情绪。

所以从他个人的心情来讲，3月13日必定是难以用语言表述的。这天上午，全国人民代表大会听取关于国务院机构改革的说明，其中有关消防的内容是，消防集体脱下军装，归属新成立的国家应急管理部。

真正的军人没有不迷恋这身戎装的，那是责任，更是荣耀，他们可以为之赴汤蹈火，乃至失去性命。现在身份变了，未来何去何从，一切都是未知数。

吴华早年干过战训，算是半路出家去了防火，虽然防火、灭火是相通的，但他还是恶补了相关专业知识。他十分清楚，消防体制改革是瞄准了国际一流水平，管长远、谋全局的大手笔，但他在情感上仍旧无法接受。

人都是会怀旧的。这是马小刚对他说的话。

吴华知道潜台词是一切都得向前看，可他还是忍不住发几句牢骚。他说我有好多担心，将来的身份如何界定，经费如何保障，尤其是现在不隶属公安了，那些“九小场所”的火灾预防都是派出所管的，往后该怎么协调。

马小刚说，那都是后话，眼下我最发愁的是，改革进入实质阶段，人心浮躁，会有很多无法预料的事情发生。

的确，好多个现实问题摆在眼前，让马小刚必须严肃对待。虽然对消防改革早有耳闻，而且无数次地思考过如何应对，但真正临到了头上，他还是有些惊慌失措。

044

马小刚跟吴华交流了很长时间，刚开始是为了给吴华宽心，到后来，两人你一言我一语，完全是为了下一步的工作。

他俩把较为担忧的问题全都列了出来。比如，原先实行的是兵役制度，多数现役是从外省参军入伍的，即便“第二故乡”喊得再响亮，他们会安心在他乡一直尽这份义务吗？再比如，在待遇方面，过去是列入国务院序列，全国都是一个标准，假如由地方财政保障，工资收入会降低不少，那还能留得住人吗？

两个人相视无语，他们各自琢磨心事。吴华忽然笑了，说有点麻烦，不及时引导，搞不好能冒出一堆不服管的孙猴子。

马小刚先是一愣，接着也笑了，说是啊，方健不是自称老沙挑担跟着师父走吗，这下倒好，冒出好多大师兄。我晓得你的意思，如果思想工作不到位，一旦有人冒出什么想法，会像传染病一样，波及一大批人。

说完，他从记录本上写下四个字：蝴蝶效应。

他们不是杞人忧天，支队所属各单位，包括机关在内，看似风平浪静，实则暗流涌动。千万别怪罪人们揣着各自的小心思，自古忠孝难两全，小家守护不好，拿什么保卫大家？必须允许每一个个体为自己的前途考虑。

马成功对改革的反应最为强烈。

消防是讲政治的纪律部队，凡是党和国家的重要会议，都会组织全体人员在电视机前集体收看。马成功看到决议通过时，就在自己座位上嘀咕，说不可能，不可能，怎么会这样呢。等他明白一切都无法改变时，又跑去找元力，说这兵白当了。到后来，他逢人便说，完球了，都是命中注定。

在别人眼里，苏平安找了个瘸腿女人很不值，可他乐在其中，都快要谈婚论嫁了。有了爱情的滋润，他比以往任何时候都活跃，瞧见马成功神神道道的样子，他特别不理解，说真是个尿蛋，这点挫折都经不住，愧对了那身军装。

吕建业埋怨苏平安，说不要往人家的伤口上撒盐。

苏平安说，傻瓜都知道，这是大势所趋，自己想不开，那不是自寻烦恼，跟自个儿过不去吗？

吕建业错怪了苏平安，按照他的想法，这时候必须给马成功当头棒喝，让对方马上清醒。因此，苏平安反过来责怪吕建业，说甭可怜他，可怜之人必有可恨之处。

吕建业就是这样，脾气性格让人捉摸不透，在这件事情上，他非常同情马成功。他只是平常过于标新立异，在某些事情的处理上还是非常靠谱的。

他跑去安慰马成功，说条条大路通罗马。

马成功说，这是我唯一的希望，也是全家人的盼头，现在什么都没了，想死的心都有。

想死简单，一棵树上吊不死，再换一棵树试试。开完玩笑，吕建业话锋一转：这事儿不是你个人的问题，苏平安说得对，大势所趋。人家别人当兵部队还在，人走了；咱这是人还在，部队没了。想开点儿，你有梦想，别让人瞧不起你。

马成功说操，狗屁梦想，什么再牛掰的梦想不如特傻球的坚持，我看我就是个傻球。

吕建业本来还想安慰几句，但他深知自己人微言轻，很难说通对方。他只能把希望寄托在元力身上。

元力的态度是，没有特别好的办法，时间是消除痛苦的最佳良药，只要熬过去，什么事儿都可以自然解决。她把这个想法告诉了武鸣，本意是让武鸣多关注手下的兵，避免产生连锁反应。

但武鸣脑子里想的是参加省里的大比武，他反问元力：你不是心理专家吗？靠时间来治愈创伤，还要你在这里干什么？

元力说，你不用挤对我，你想撵我走，没门儿。

武鸣眼皮都不抬，说没门有窗户，别在这里影响我工作，该干吗干吗去。

元力不跟武鸣一般见识，她回去之后跟马成功谈了几次，收效甚微，也只能尽力而为。夜深人静的时候，她分析了当前部队的形势，起草了个理论研讨文章，题目是《改制期人员心理现状及对策》，标题俗气，正文却有理有据。

她从内部工作网络投给省总队，次日总队网就在首页挂了出来。总队某位领导看了之后，作了批示，说此文值得深思，转发全省学习，全力做好所属人员的思想稳定工作。

这个批示也是有点意思的，若在过去，“所属人员”四个字应该是“所属官兵”，现在不是现役了，各级领导在讲话和文稿中都字斟句酌。

领导的批示通过传真电报发到各支队，马小刚看后愣了好一会儿。因为，批示中提到，当前队伍上下思想容易产生波动、心理容易产生落差，要谨防各种不当言论的传播，更要严防暗流涌动，导致改革时期队伍的不稳定。

看来上级领导跟自己的理念相同，“暗流涌动”是无法回避的事实。说别的都是虚的，只能积极应对了。

领导的意见非常明确，剩下的就是贯彻落实，总队政治部计划派工作组到鱼鸟河中队调研，气得武鸣破口大骂。

作为沙方健的老部下，武鸣或多或少地受到老队长的影响，他反感甚至抵触迎来送往的那一套。总队工作组到基层，就要牵扯中队好多精力，他现在满脑子是备战比武，不愿为其他事情分心。尤其是政治处黄连海的到来，更是让他疲惫不堪。

为了配合上级搞好这次调研，黄连海和谭杰一块到了鱼鸟河中队，他俩分别代表政治处和司令部打前站。可武鸣万万没想到，黄连海会让他搞迎来送往的那一套，这正是他最不齿的行为。

尤其是在黄连海安排了相关工作之后，他越发觉得可笑。他心想，堂堂的消防队伍怎么会有这样的人呢，他进而想，这或许就是人家的生存法则吧。

045

黄连海过问的第一件事儿是工作组的吃住问题。武鸣说好办，咱部队的老传统“五同”。

“五同”指的是跟基层的兄弟们同吃、同住、同劳动、同训练、同娱乐，这是我军密切官兵关系的传家宝。但黄连海说消防现在不是部队了，不要讲究那些。

按照黄连海的意思是，一颗红心两手准备，最好是请总队工作组住在外面的酒店，如果他们非要坚持住在队上，那就抓紧装修几个房间，让人家在队上过得舒坦。

武鸣不干，说没那么多钱。

黄连海说他不讲政治，让他马上向支队打报告，以装修来队家属公寓房的名义申请经费。

武鸣问，花冤枉钱干吗？这不是弄虚作假吗？

黄连海说，装修的房子又不会自己长腿跑了，钱花再多也值得，万变不离其宗，都是为了中队长远建设。

武鸣说，报上去，也得挨支队长的骂。

这话有几分道理，黄连海想了想，说这事儿也好办，找人化缘，你们队上就有个金主，哪有当爹的不为儿女着想的，这点钱也就是吕老板的一两桌饭钱。

武鸣“哼”了一声，说主任真厉害，对基层摸得底儿透。

谭杰也觉得这事儿做得有点过火，劝黄连海别太高调，这种事儿传到马支队长那里，不但不落好，还得挨批。

黄连海不乐意接受这个建议，嫌谭杰跟武鸣一个水平，榆木脑袋。谭杰不辩解，劝黄连海摸清总队领导的底数，千万别弄巧成拙。

黄连海说对，我是心里有数才这么计划的。这次带队的是总队副政委，副组长是干部处处长，成员是各部门的参谋、干事和助理，真正起作用的是干部处长。

谭杰说，那个处长我有一面之识，印象当中没这么多穷讲究啊。

黄连海苦笑几声，说你这个人永远不懂政治，那是干部处长，虽然提拔干部说了不算，但作为经手人，毁掉一个人轻而易举。

谭杰还想张嘴，黄连海没给机会，说你别总是迷迷瞪瞪，原来总是惦记着提副团吧，实话告诉你，去年底安排你退出现役，咱俩是老乡又是同年兵，我专门找过这个处长，请人家帮的忙。否则，按照马小刚的想法，到了年限的一刀切，你这会儿早就脱下制服了。

谭杰幡然醒悟，当时的确传出一些风声，说是要安排他转业，最后不了了之，他还以为是消防面临改制，转业政策不明朗。这些信息经过筛选、过滤，他第一时间怪罪的是马小刚，自己没有功劳还有苦劳，怎么就不讲究一点感情呢。

不能怪谭杰钻牛角尖儿，黄连海的表述确实不严谨，但凡正常人都会产生些联想。

武鸣很罕见地去找元力，让元力帮忙给政委知会一声，别让支队的人在队上瞎掺和。元力说该来的挡不住，上级肯定的是心理工作，不是我个人，你不要感觉丢了面子。

武鸣说净瞎扯，我不是那种小肚鸡肠的人，你快点让政委把黄主任他们撤回去，拜托。

元力笑了，说消防支队又不是老元一个人的，这件事儿他非常支持，并不单纯是他女儿的文章被肯定了。

日他祖宗，都是一路货色。武鸣爆了粗口，连他自己都不晓得究竟是在骂谁。

他自然不会听从黄连海的安排，去搞些讨好领导的面子工程，但武鸣也没有傻到跟领导发生正面冲突。毕竟黄主任不是老队长，人家没有理由去为基层一个不熟悉的干部考虑太多，他起草了个申请经费的报告，请谭杰帮忙呈给支队领导。

谭杰办事认真，找相关部门签了字，直接送给了马小刚。马小刚看了一眼就火了，说这都谁出的馊主意，有这个钱不如买几头纯种搜救犬。

谭杰开了个不合时宜的玩笑，说咱管的是人事儿，人永远比狗重要。

马小刚也没客气，说你这个思想认识有问题，如果肚子里是弯弯肠子，那还不如条狗，他最起码懂事儿，通人性。

谭杰倍感委屈，心想支队长恐怕是真对我有成见，拐弯抹角挖苦人，难怪当时主张一刀切，这是容不下自己啊。人往往如此，一旦某个念想植入脑海，就会生根发芽，恣意生长，很难铲除干净。

回到鱼鸟河中队，谭杰约武鸣到外面走走。他们去的是马路对过的滨河公园。经过营区门口时，哨兵敬礼，武鸣例行公事地回礼，有些敷衍。

谭杰看到后，说看来你也不淡定，心也浮躁了。

武鸣不明所以，索性没搭腔。

到了公园，两人各自揣着自己的心事，彼此间没说话。这个地方是武鸣一直喜欢来的，虽然只是些人造的景观，但在他烦恼的时候，到这里转一转，心里多多少少会舒畅点儿。此时，他显然是烦躁的，他需要找个地方安静一下。

风吹来，虽然带着寒意，却已经没了冬天的凛冽，武鸣已经闻到了春的气息。他毫无目的地沿着河边向前，走走停停，园子里的假山一如既往地站在那里，就那么悄无声息地漠视过往的行人。

武鸣到底还是个年轻人，他有一颗不安分的心，他想用成绩证实自己的实力。在特勤中队当副中队长那会儿，精确点儿说是刚发生那件事儿的时候，他悲观过，失望过，甚至曾经绝望过，他没有太多的奢望，只求能给自己一个公正的说法。可时至今日，也依旧被困扰着，让他感到前途渺茫。

所有人都对自己的前途充满热情和向往。可在刚来中队的那些日子，他苦闷、憋屈，觉得天都塌了，有一阵子，他抱着混日子的心态，想熬个一年半载离开消防，可他实在不想落为笑柄，再成为反面教材。

大比武是一个很好的机遇，武鸣那颗不安分的心里又泛起了浪花儿。正因为这些问题，他才反对大张旗鼓地搞调研。他脚下的步子变得越来越沉重。

第十章　酒后滋事

046

武鸣最该感谢的人是沙方健。在自己举步维艰的时候，老队长总能恰如其分地出现，有可能是训斥一顿，有可能只是几句贴己的家常话，但最终的结果都还不错。

既然有的事情无法改变，那就得寻求其他方式证明自己。他的目标简洁而直观，多争取几张入场券，进而在省里比武拿下几个名次。

他对队上的人作了分析，种子选手有三个。大老柳是夺取单项冠军的不二人选，三班长老郭也是个好苗子，年轻人当中首当其冲的是吕建业。可这三人当中，都有不确定的因素，大老柳会被家务事儿拖累，老郭需要激发出斗志，吕建业则需要多几分稳重。

这天夜里，武鸣失眠了。

失眠的痛苦是他最近半年多才体验到的，他时常被折磨得筋疲力尽。其实，当初刚发生那件事情的时候，他的脑子里一片空白，蒙了。他不相信自己会被置于风口浪尖，像热锅里的蚂蚁一样无处逃窜。

半个多月后，他才确信无法改变现状，失眠便突如其来地打败了他。

又半个月之后，他的头发掉了很多，原本不吸烟的人却成了烟鬼。通过自己的经历，他忽然意识到，在这个世上，万事皆有可能。

他的这种想法是有根据的。因为早先一个老领导转业进了公安，被安排到看守所当所长，刚报到没几天，有个犯罪嫌疑人逃跑了，一夜之间老领导的头发全白了。那时候，武鸣笑言老领导心里搁不住事儿，回过头来看，伤口不在自己身上永远不知道有多疼。

实在是无法入睡，武鸣便爬起来，一个人又去了滨河公园。黑暗中的鱼鸟河像一个冷漠的陌生人，用清冽的河水迎接着他。他弯腰捡起一个石子儿，扔进河里，清脆的声音很快融入夜色，进而消失得无影无踪。

他一直在那里站着，面对泛着轻微光亮的河水，悠悠荡荡地翻着过往的记忆。他想了很多，多数是工作上的事儿，想到最后，他不由自主地琢磨起这次工作组来队的事情。

他在心里埋怨元力，也未免去分析两个人的关系，究竟是什么原因让彼此之间越来越尴尬，他找不到合理的解释。

那就不去想了，顺其自然，走一步看一步吧。但武鸣真想马上敲开元力的门，推心置腹地长谈一次，让对方找父亲帮忙，通过政委想办法把工作组安排到别的单位。

可现在两个人之间算什么呢？恋人？战友？长期的不交流让彼此的关系很难界定。

好不容易熬到天亮，武鸣第一件事儿就是想去找元力，还没等他付诸行动，黄连海告诉他总队工作组取消了到林河的调研活动。

他连说谢天谢地，进而幸灾乐祸地哼起了小曲儿，气得黄连海骂他没头脑，好不容易有个展示中队工作的机会，不珍惜也罢，竟然当成了包袱。

武鸣毫不掩饰自己的心情，马上给黄连海表态，说主任大人，我这还真有包袱，等我忙过这段儿，咱支队组织文艺活动，我亲自上台，给大伙儿抖包袱。

黄连海说，瞧把你能的，知道你有才，当年我还想把你调到政治处当干事，可惜你离我们政治部门越来越远了。

武鸣说，我那都是歪才，别给政治处拖了后腿儿。

没了工作组这档子事儿，黄连海和谭杰就撤回了机关。这一天，武鸣召集中队全体人员开了个会，他称之为备战预备动员会。元力不请自来，寻了个角落坐下来，冲着主席台上的武鸣不断眨眼睛。

武鸣不拿正眼看元力，在台上讲着自己制定的训练方案，几个训练成绩差的听到后发出轻微的感叹声，元力觉得有意思，也跟着唏嘘不已。但她的声音比较大，一下子把大家的目光吸引过来。元力赶忙做了个抱歉的表情，算是给武鸣赔礼。武鸣却认为她是故意搅局，起身，下主席台，径直走到元力跟前。

武鸣问：怎么哪儿都有你呢？元力不说话，光笑。武鸣说，严肃点儿，我这是在下达战斗任务，你捣什么乱？

元力说，开个会而已，凶巴巴的吓唬谁呢？言毕，会议室里传来笑声，虽然不大，却很扎耳。

武鸣的面子搁不住，就对元力说，麻烦你出会议室，研究你的心理学去。

元力还是笑，说我是支队机关来蹲点的，你没权力赶我走。

那你真该打铺盖卷走人了，总队工作组也不来了，我这儿的兄弟个个都是小老虎，嗷嗷叫。武鸣干脆下了逐客令。

元力小声嘀咕：嗷嗷叫？吃奶的娃娃饿了也嗷嗷叫。

武鸣也压低声音问：你瞎说什么？

一直看笑话的吕建业跟着起哄：队长，大点声儿，别说悄悄话。

武鸣支吾：那个，那个什么，我说元干事在队里时间太长了。

吕建业故意让武鸣难堪：队长，按规定家属来队能住一个月。

众人笑得前仰后合，元力也闹了个大红脸，低着头匆匆离开会议室。

这些天来，马小刚为吴华免职的事情耿耿于怀，他很多次拿起手机，想给市长打电话，最终还是作罢。直到3月17日，市长发来短信，他还是笼罩在某种情绪之中。

市长短信的内容是：过了，表决通过了。

马小刚知道市长说的是消防改制的事情，之前所有传闻终于尘埃落定，可他说不出是喜是悲，只回复了两个字：难受。

须臾，市长回复：把队伍抓好了，不管穿不穿军装，不管身份怎么变，市政府都会更加重视消防工作，我这个市长可以向市委和全市人民立下军令状。

联想吴华受到的委屈，马小刚觉得有些滑稽，他本来编了一条长长的短信，想为吴华讨个说法，思前想后，还是一个字一个字地删除了。他只回了一个字：嗯。

市长表态一如既往地支持消防，马小刚却感慨万千，他认为没人能真正理解自己。

047

两会结束，市长回林河的第一件事儿是传达会议精神。

他是个急脾气，让市政府秘书长召集有关人员开了个紧急会议。这个会除了市长，只有六个人参加，有市委常委、政法委书记兼市公安局局长，有市政府党组成员、市政府秘书长，还有市政府办公厅主任、市公安局分管消防的副局长和消防支队两位主官。

马小刚心里嘀咕，这是对城西北关农贸市场的事儿问责来了。没料到，市长上来就把秘书长埋怨一通，嫌他们拿着鸡毛当令箭，平白无故插手消防工作。

秘书长脸上挂不住，政法委书记就和稀泥，说纯属误会。

办公厅主任连忙检讨，说这事儿我欠考虑，也是为了消除不良影响，最大限度地挽回市政府的损失。

市长质问：你说道说道，咱政府损失了什么？

办公厅主任答：如今干群关系紧张，好多群众指责咱们不作为、乱作为，我怕引起群体性事件。

市长说，事情没有调查清楚就妄下结论，损失的是咱们干部的工作热情。

公安局副局长看了看市长，又看了看众人，说我想讲几句心里话。

政法委书记想用眼神制止，市长已经点头同意了。副局长接着说，消防去抓隐患整改，于情于理都说得过去，错在了哪儿？我没搞明白。

办公厅主任急于撇清关系，说他们不听市里的招呼，市长专门交代了，说等开完两会再推进这项工作。

副局长点头表示同意，说这个大家都知道，主任别急，消防主动作为应该表扬，非要给个莫须有的罪名，处理敢于担当的干部，难怪现在有的部门执行力不强。

办公厅主任说，你扯远了。

副局长说没有，他们没经过市长同意就开始整改，我想问的是，你的工作也够积极的，处理消防的干部经过市长点头了吗？

此话一出，在场的人面面相觑。

事后，马小刚让吴华重新出山，吴华说生米已经煮成了熟饭，就没必要再让市里的领导为难了。

马小刚说，他们也有苦难言，只是想给公众一个交代，再说了，这程序也不对，副团职干部的任用得报省总队批准。

吴华瓮声瓮气地说，这个时候想起总队了。

马小刚说，咱都到这个职务了，都是打一线摸爬滚打出来的，生死都置之度外，这点事儿还不至于闹情绪。

吴华解释说，误会了，这些天我琢磨了很多，我觉得小沙搞的专职指导科得重视，他那缺帮手，我给他打个下手。

马小刚说扯淡，司令部有副职，谭杰是老机关了，用不着你掺和，防火战线更需要人手。

吴华问：我听说谭杰打了转业申请？有人传言，说是你想把他撵走。

马小刚愤然说，哪儿来这么多嚼舌根的，他干得好好的，我撵他干什么？

虽然马小刚很气愤，但还是极力挽留吴华回到防火处处长的位置上，他复述了一遍开会时的情景，希望能让吴华改变想法。

他说，当时办公厅主任脸色极其难看，一时之间不知如何作答，副局长的情绪也非常激动。副局长说，自己今年马上到点儿了，如果不是面临退二线，也会选择明哲保身，不敢说得罪人的话。

马小刚观察了吴华的反应，继续说，副局长是个重情义的人，他说自己分管消防好些个年头了，对咱们消防还有整个公安战线都有感情，说全国公安队伍每年都会牺牲四百多号人，平均下来每天都有人在岗位上倒下，这个数据令人痛心。

见吴华仍然不为所动，马小刚说我没掺半点水分，副局长说的也全是实话，他说咱消防面对的是不讲情面的灾难事故，咱抓得再严也不为过，为了什么？为了减少受灾损失，减少人员伤亡。他专门挑明了一点儿，消防马上就不属于公安了，公安作为咱的娘家人，他要说公道话。

吴华点点头，没搭话。马小刚只好接着说，当时市长带头鼓掌，副局长的眼睛都湿润了，差点儿掉泪。副局长说掌声不该给他，应该给咱可爱可敬的消防员。

这话说得在理儿。吴华终于打破沉默。

马小刚有些高兴，说你猜怎么着，副局长说索性把人得罪到底，让我抓紧把执法记录仪调过去，让市长看看执法过程中有没有违规违纪的，如果有任何瑕疵，他先辞去职务，就到消防支队干个文员好了。你说有意思吧？元政委打圆场，说可供不下这么一尊大菩萨。

吴华说，这说明副局长有消防情怀。

马小刚“嗯”了一声，说我也是这么想的，市政府秘书长也表态了，说这事儿会调查清楚，给市长，给公安和咱们消防，还有全体市民一个满意的答复。

吴华沉思片刻说，支队长，转告市领导，这事儿到此结束，让市政府再推翻之前的做法，显得太不严肃，一切以大局为重。还有，人各有志不能强求，我主意已定，就在司令部干，往后防火工作你得多操心，有需要我的，随叫随到，决不打马虎眼。

消防改制进入了实质性的操作阶段，虽然有些政策尚不明朗，但为了队伍稳定，支队要求有基层经验的机关干部到基层蹲点。马小刚作动员，他再三强调，到基层既不能当甩手掌柜，也不能插手敏感问题，更不能给基层添乱。

马小刚也住到了基层，他选的是城西大队，因为辖区里有那家农贸市场，他得借这个机会，趁热打铁，把困扰消防多年的隐患全都消除了。本来他打算带上吴华，但吴华却主动申请去鱼鸟河中队。

去中队的当天，他就吃了个闭门羹。武鸣在组织训练，没见着面，他干脆站在训练场边上。年轻小伙子们热情高涨的状态，让他也摩拳擦掌，想跑过去试一下身手。这种念想一旦产生，便占据了心底，激起层层涟漪，久久未能平息。

048

吴华也是选择在夜深人静的时候去了鱼鸟河畔。

在他的当兵生涯中，在鱼鸟河中队有一段短暂的经历，那时候他就喜欢到河边游荡。当年，他曾经想，自然界的河流或许有干涸的一天，但历史的河流永远奔流向前，谁也拦不住。就像谁也无法阻挡的消防体制改革。

此时，吴华又想起了很多年前思考的问题。他站在河边，凝视对岸，冲天的高楼大厦霓虹灯闪烁，像眨动着的无数个诡秘的眼睛。他心想人这一生得有多少令人驻足的往事啊。

对吴华来说，离开鱼鸟河中队这些年，可谓平淡如水。他的仕途是一帆风顺的，从中队长到战训参谋，再到战训科副科长，又调整到大队干大队长，回机关后就是防火处副处长和处长，每一步都没耽误。一晃二十多个年头了，他忽然觉得虚度了光阴。

一路走来，他始终觉得自己是充实的，也是顺心顺意的。可就是太顺当了，他才猛然觉得过于平淡，有些寡淡无味。他由此生出些惆怅，感叹自己变得多愁善感，许是随着军龄的增长，到了回忆过往的年纪了。

他现在想到一个非常现实的问题，这次被免职，意味着在仕途上没什么盼头了，或者说按照往年的惯例，很快他就会被安排退出现役。可现在改革了，自己又将何去何从呢?

从内心讲，吴华不想离开消防，当了这么多年兵，让他离开，心里无法接受。可现实的问题摆在这里，即便不离开消防，也得脱下军装，他依然难以接受，军人在他以及很多老消防人的身上，已经不单纯是一个称谓，而是融入血脉之中的一种情感。

转过天来，他利用业余时间跟队上的消防员谈心，跟几个人聊完天，他发觉自己严重低估了年轻人。他先找的是大老柳，然后找的老郭，他有言在先，要帮沙方健把专职消防员这支队伍打造好。

吕建业耐不住寂寞，主动跑来找吴华，打了照面就说，领导啊，你找了一班长，也找了三班长，为什么不找我呢?我是二班长吕建业，双口吕，建功立业的建业。

吴华对这个名字不陌生，因为吕建业的父亲吕程曾委托自己，让他给下面打招呼，制造些困难，让儿子离开消防。但他没想到这个吕建业个性张扬，什么话都敢讲。

吕建业没头没脑地问：以后消防不是现役了，可以上下班了吧?那个工资怎么算?我要壮烈了，也可以评为烈士吗?

是啊，有的问题，尤其是前两个问题，吴华也无法回答。

一晃到了3月21日，中央印发《深化党和国家机构改革方案》，其中明确提出，公安消防部队不再列武警部队序列，全部退出现役。

武鸣心里有种说不出的滋味，就喊上大老柳，点了份外卖，在宿舍里喝闷酒。吕建业是个鬼机灵，找了个理由闯了进去，坐下就不肯走，死皮赖脸地讨来一杯二锅头。但他不胜酒力，没多大工夫就醉了。

或许是为了发泄内心的郁闷吧，夜半，武鸣拉响了警铃，搞了一次紧急集合。吕建业像往常一样抢先上了一号车，马成功赶到后，让他离开。吕建业嬉皮笑脸，眯缝着眼，也不吭声。马成功白了一眼，习惯性地朝车轱辘啐了一口。

吕建业急眼了，跳下车就吵吵：你算老几，不让我上一号车?

马成功不甘示弱：我是一班的副班长，一号车轮不到你。

吕建业嘴皮子利落，上来就是一顿奚落：小爷也是活见鬼了，你口口声声一号车，你眼里根本就没有一号车，你朝它吐唾沫。如果你把它当兄弟，当恋人，你会给它口水吗？就瞧不起你这号的，戴个假面具，一本正经地说谎话。不过，小爷还真不尿你，你这副嘴脸，也没朋友，更别说恋爱的女朋友了。

说完，他躬下身子，用衣袖把轮胎上的唾沫擦掉。马成功被那些话激怒，上前推了一把，吕建业没防备，“扑通”一声倒在地上。他一骨碌蹿起来，瞪着猩红的眼，抡起拳头就扑向了马成功。马成功明显处于下风。

看热闹的永远不怕事儿大。苏平安在一旁拿着手机咋呼：揍死这龟儿子。

吕建业头脑一热，拳头雨点般地砸到了马成功的头上和身上。苏平安在一旁大呼小叫：别打脸啊，别留下证据。

吕建业咬牙切齿地喊：我不操他妈，他就不知道管小爷喊爹。

这话一出口，马成功不再反抗，索性闭上眼，躺在了地上。吕建业不解气，又上前踹了两脚，说有种起来，别在这儿当死猪。

马成功仍旧闭着眼，不仔细端详，很难发现已经有泪淌出了眼角。

当天夜里，马成功嚷着头疼，住进了医院。作为蹲点干部，吴华把武鸣狠狠批评一顿，他说得没错儿，在这个节骨眼上，闹出这么大的动静，武鸣这个中队长是干到头了。

武鸣并不推诿，他向吴华承认责任在自己，是他带着大老柳和吕建业喝酒。消防天天战备，对于喝酒是零容忍的，元力便埋怨他不考虑后果。武鸣认为错在自身，军人讲究个担当，无论如何处理都认。

元力连夜赶到医院，想给马成功一些心理安慰，但马成功横竖不说话，神情冷淡地躺在那里。

聊到最后，他才交了实底儿，他跟元力说，我知道你俩的关系，本来我很敬重你，我没想到你也那么自私，为了男朋友想来做我的工作。

元力说误会了，你这么说太主观了，你得调整，别把自己搞成了多疑症。

马成功冷冰冰地回敬道：谢谢啊，在你眼里，我们所有人心理都有问题。

说完，马成功笑了，笑得非常突兀。话不投机半句多，元力只好回到中队，把情况通报给吴华。

还没等把话说利索，吕程就来中队了。吴华感到有些棘手。

049

吕程一进门就给吴华递烟：老伙计，好久不见。

吴华说，速度真快啊，大半夜的跑过来。

没办法，我那不争气的玩意儿又闯祸了，给我打电话，张嘴就让我准备钱，说是把人揍了，进医院了。吕程停顿一会儿，又问：伤得厉害吗？花钱能摆平的事儿，那都不是事儿。

吴华有些烦躁，说别张口闭口就是钱，钱不是万能的，这事儿处理不好，你那个宝贝儿子吃不了兜着走。

吕程没当回事儿，说有什么大不了的，我在生意场上摔打这么多年，多赖皮的人都碰见过，他知道我们老吕家有钱，想碰瓷儿，我满足他就是了。

吴华不喜欢这种态度，模棱两可地说，时间不早了，快回去吧，有事儿我会跟你言语。

马成功没有那么可恨，他只是为了发泄，改制导致考军校的梦想泡汤，再加上吕建业又扯到了“爹、妈”这两个字眼儿，戳到了他的痛点。他已经决定要闹出点阵仗来，不管是为了什么。

他连夜给马小刚发了信息，内容简明扼要，说自己在队上被人酒后打了，请求支队领导严查。马成功一直是支队长关注的对象，马小刚二话没说就给政治处黄连海打电话，让他带队去调查。

本来他是想安排司令部派人过去的，想想“治酒”的问题是纪委和政治处主抓，就交给了黄连海。

次日一早，黄连海就带人进驻鱼鸟河中队，他先是检查队上全体人员的学习笔记。收上来一看，有的人已经一个多月没记笔记，尤其是吕建业，还在记录本上画了不少卡通的小人儿，包括蜘蛛侠的图像。

黄连海拿着本子找武鸣，他并不知道是吕建业闯的祸，张嘴就批评：你这队长怎么干的？政治教育流于形式。

武鸣嘟囔：按规定，业务训练和政治教育的比例是7:3，再说我又不是指导员。

黄连海没想到武鸣会顶嘴，就把笔记本扔到桌子上：你先看看再说话，别说你这个级别，就是支队、总队、部消防局，也是军政主官分工不分家。

武鸣一看是吕建业的笔记，就揽下了责任：昨晚上的事儿是我的错，酒是我带着吕建业喝的，紧急集合也是我拉的，他们动手我也没及时处理。

黄连海也愣了，他万万没想到武鸣会带头喝酒，确实令人伤脑筋。武鸣是政委未来的女婿，这事儿支队长又要个结果。

他顿时生出疑问，马小刚会不会已经知道了这些，故意把自己推到矛盾面前，想让自己里外不是人。他心里“咯噔”一下，寻思不是没有这种可能，马小刚完全可以让副政委带队来查，副政委才是支队的纪委书记。

看黄连海一直不吭声，武鸣便说，主任，支队三令五申强调不准喝酒，我带头违犯纪律，该怎么处理我都没话说，只求别牵扯我手底下那些小家伙儿。

这就是武鸣，在有损兄弟们利益的事情上，他会不计后果地跳出来。既然如此，黄连海就问：说这话是要负责任的，你考虑好了？

武鸣大大咧咧地回答：自己的事儿自己担，我这也罪不至死，脑袋掉了也就碗大的一块疤。

黄连海笑了，说别那么悲观，等调查清楚了，自然会有定论。

随后，他把武鸣打发走了，这才顾得上跟吴华寒暄。吴华已经不是支队党委常委，两人在一起未免尴尬。他俩互相扯了很多废话，才回到正题。

这事儿很难处理，左右为难，牵扯两个主官，很微妙。吴华率先实话实说。

黄连海皮笑肉不笑，示意他继续说下去。吴华也挤出一丝笑，说这事儿我建议冷处理，闹大了对谁都不好。

黄连海说，你是怕在这蹲点连累到自己吧。吴华摇摇头。黄连海说把情况报给马支队，让两位主官商量着办吧。主官之间总得有点摩擦，他们也需要在磨合中增进友谊。

吴华在心里笑了，这个黄连海确实不一般，真是小鸡不尿尿，各有各的道儿啊。

必须承认而且无法回避的一个事实是，元力好心办了坏事儿。

她担心马成功有负担，又去了趟医院，但对方并不买账。马成功越发怀疑元力这么做是为了武鸣，他自始至终不清楚，中间还掺杂了喝酒的问题，他只是觉得所有人都用挑剔的目光在审视自己，这是很难受的一种感觉。

若干天之后，他得知这些细节时，才后悔自己盯着这件事儿不放，如果可以重新再来一次，他会毫不犹豫地选择忍气吞声。他已经习惯了把心思埋在心底。可这世上永远不存在假设。

对马成功而言，自卑像魔鬼一样掳住了他。当兵之前的经历只是一方面，从小到大，他与母亲相依为命，他自知性格上有缺陷，受到了欺负只是嘴上厉害，动真格的时候往往是虚张声势。

他太想改变自己的命运了，否则他不会跑到消防，傻瓜都知道这是最危险的职业之一，至于他那更是彻骨铭心的痛。

进了消防，他始终很拼命，可到头来还是成为别人嘲讽的对象。

记得新兵下队时，马成功站在队列里，看着其他新兵被点到名字，喜气洋洋地拎着个人的被装出列，他便把胸脯挺了又挺。在等候被点名的过程中，他心里异常慌乱，等到身边只剩下零星几个新兵时，他彻底急了。

之前他的班长没少鼓励他，说不好好训练，真没有人要你这样的兵。他当时不服气，心想这是部队，不是农贸市场，不可能把新兵当成大白菜挑挑拣拣。

马成功是最后一个进入特勤中队新兵队列的人员，他感觉所有人看他的目光都是异样的。唯一让他感到欣慰的是负责训练他的班长也是特勤中队的，可他下队以后才知道，班长有意想帮他，却也爱莫能助，他时常被人讥笑。这其中包括临时到队里集训的吕建业。

050

一个人独处的时候，马成功也痛恨自己太笨，走队列身体不协调，总是顺拐，自然会被人当成怪物。可自己其他科目也能跟上进度，有的还是良好成绩。

新兵班长偶尔会因为他跟别人吵架，说马成功从农村出来当兵不容易，一下子换了生活方式，得给他个适应过程。可新兵班长的话没有分量。

马成功唯一牵挂的人是母亲，为了让他能有出息，母亲当牛做马都乐意。他终究是母亲毕生的希望。

在领到入伍通知书的那天，母亲专门跑到村口的小卖部，掏出揉得皱巴巴的钞票，买上几斤点心，让他到几个亲戚家走一趟。他知道，母亲是让他去炫耀，有什么值得炫耀呢？母亲如果知道自己现在如此不争气，那肯定会悲伤欲绝。

临行前，母亲再三叮嘱，到队伍上之后要少说话、多干事儿。马成功是按着母亲的要求做的，可无论如何努力，都跟瞎子点灯一样，白费了蜡烛。

他想起母亲曾经说过，真碰到了困难就找你马叔，可是这个马叔在哪儿呢？他不想依赖于任何人，但他确实有了走投无路的感觉。

某日午后，特勤中队的干部让整理内务，说是支队领导要来队检查。上级领导来检查通常要看一下训练的，正在门口岗哨上岗的班长怕他在队列里出丑，就让他替自己上岗。

车到门口的时候，马成功挺起胸脯，尽最大努力，让敬礼的姿势更标准一点儿。他的手一直举在那里，不敢放下，因为车停了，支队领导下车后冲着他快步走来。

他有些慌张地喊：首长好！

来人说，把手放下吧。

马成功犹豫片刻，恢复了立正。那人问：你叫什么?

马成功。

不错，声音洪亮，像那么回事儿。说着，那人上前捣了一下他的胸脯：胸肌没练出来，偷懒了吧?

是！马成功又赶忙改口：不是！

那人亲昵地捏了捏他的脸，问：还适应队上的生活吗?

马成功的泪顿时涌了出来。因为，他这才发现来人带着一口熟悉的乡音，虽不浓重却很明显。他透过泪水望去，面前这位领导挂着上校军衔，胸前的名字牌上有三个字：马小刚。

此时，他反倒不紧张了，他喊了声“马叔”，泪眼又模糊了。是马小刚把他调到了鱼鸟河中队。临来报到的那天，他被特勤中队的干部送到了马小刚的办公室。

马小刚话不多，无非鼓励他好好复习考军校，然后送给他一部手机，说有困难可以随时联系，就让魏东丽把他领走了。

如今，马成功躺在病床上，特别想跟魏东丽通个电话，可他似乎并没有那个勇气。说到底，他这次是在装病，传出去不那么体面，一点皮外伤算不上什么，他只是想给吕建业一点教训。

吕建业第一次懊恼不已，他通常不会主动承认自己的错误，即便无理也会闹腾一阵子。他骂自己神经病，说干吗要跟马成功过不去呢，其实小爷觉得他人不错，有时候想夸赞两句，话到了嘴边就全变了。

吕建业说这些话的时候，两眼盯着元力，一脸无辜的神态，好像受委屈的是自己。

他还真询问元力，自己是不是有了严重的心理问题，在得到否定的答复之后，他又再三强调，提及个人对马成功的印象，不代表是怕受处分，只是实话实说罢了。

吕建业讲的确实是实话，在他眼里，对马成功的第一印象不赖，高高的个子，棱角分明的脸，五官也是恰到好处，透着强烈逼人的色彩，放在人堆里绝对是帅哥一枚。现在他如梦初醒，知道自己犯了忌讳。

元力告诉他说，马成功的情况特殊，最听不得的就是别人骂爹骂娘。

他嘴里嘀咕说，自己也不知道娘在哪儿，他干吗要那么敏感。说完，吕建业便后悔了，心里还是痛恨自己嘴上没有把门的。

他想这次马成功出院之后，务必改变对人家的看法，能帮多少忙就帮多少，尤其是在花钱方面，绝对不会皱眉头。

事与愿违，马成功待在医院不肯回来了。刚开始，吕建业开玩笑说，马成功这孙子还真行，肯定跟哪个美女护士对上眼儿了。赶明儿咱也泡个病号，去医院撩妹子去。

大老柳是明白人，跟他商量对策，说马成功这次是要搞事情。

有什么大不了的，人是小爷打的，只要不把我赶出消防队，要杀要剐随便。吕建业认为马成功没那么卑鄙，大老柳是在危言耸听。

听完大老柳的分析，吕建业又误会了武鸣，说队长这人挺靠谱，不至于为这点事儿坏名声。

大老柳“嗐”了一声，说咱队长到现在还没平反呢，再加上个罪名，恐怕永无翻身之日了。

这再次激起了吕建业的好奇心，他愣头愣脑地问：队长在特勤中队犯什么错误了？看大老柳不吭气，他又叽叽歪歪地在那里推理，说莫非是男女关系上没把持住？难怪跟元干事之间那么别扭。

大老柳气呼呼地打断他的话：你心里能不能阳光一点儿？

黄连海把鱼鸟河中队酒后滋事的情况原原本本汇报给马小刚，他不是没考虑过吴华的建议，但他想，支队长和政委得罪谁都不合算，最佳方案是实事求是。

这么处理，表面看起来是他无能，直接把矛盾上交，而且极有可能引起两位主官之间不必要的猜疑，实际上这是一着妙棋，反正讲实话谁也没法挑理儿。

马小刚有些诧异，在他的印象中，武鸣是个不可多得的人才，总不至于因为在特勤中队时的差错破罐子破摔。可事实摆在眼前，带领部属喝酒，导致下面的人打架，不但违纪而且性质恶劣。

他让黄连海提交处理意见。黄连海建议让司令部介入，马小刚清楚这是黄连海的一贯作风，想把矛盾踢到别处，索性遂了对方的心愿，同意了。

第十一章　诡雅异俗

051

沙方健早就听吴华说了酒后滋事这件事情，而且已经在电话上把武鸣大骂了一通，现在支队长让他出面，他非常抵触。他的想法不无道理，武鸣是自己的老部下，严肃处理于心不忍，从轻发落会落下话柄。

马小刚不给他解释的机会，说这事儿拿不出让人服众的意见，别回机关上班。

马小刚心里有苦，无处诉说。这段时间压力空前，市里要求整改农贸市场，吴华又离开了防火处处长岗位，别人用起来还不顺手。最让他头疼的是，消防改制紧锣密鼓地搞起来了，很多人员因为个人诉求难以解决，无法安心工作。

沙方健能够理解支队长，但他也面临很多困难，谭杰忽然间提出走人，对司令部人员的影响很大。很多人听到一些小道消息，猜测是他容不下谭杰，跟马小刚合起伙来整治谭杰。

还到哪儿说理去呢？总而言之，沙方健感到焦头烂额。他只能求助于吴华。他跟吴华说，老哥，当局者迷，这次鱼鸟河中队的事儿就指望你了。

吴华认为眼下支队事情太杂，为了不让两位主官分心，必须淡化处理。沙方健知道其中的利害关系，只是不知道该如何处理，便让吴华别卖关子。吴华认为，解铃还须系铃人，最好的办法是让支队长收回意见。

军中无戏言，更何况马小刚是那种说一不二的人，这事儿难住了沙方健，他想让吴华出马。吴华爽快地答应了，自己无官一身轻，凭老交情支队长也会买面子。

马小刚采纳了吴华的意见，正如吴华所言，不能因小失大，更不能由此让主官之间心存芥蒂，当前最紧要的是整支队伍的稳定。

的确如此，支队上下已经暴露出很多苗头，看起来都是些琐碎小事儿，细琢磨却都是事关兄弟们切身利益的事情。他决定亲自去医院探望马成功，只要马成功想开了，什么事情都可以一笔勾销，至于武鸣日后再算账。

马成功趴在床铺上，给母亲写信。母亲不舍得用手机，他只能选择这种相对传统的方式跟母亲交流，这多少让自己显得与时代格格不入。

他跟过去写的内容一样，没在信中提自己所遇到的各种委屈，他说的是吃得好，住得好，马叔对自己也挺好，总之一切都好。在外的人从来都是报喜不报忧，马成功不想让母亲牵肠挂肚。

在信的末尾，他写了些问候的话，跟以往不同的是，之前他会表一番决心，说一定考上军校，成为干部，把母亲接到身边，过城里人的生活。城里人的生活究竟什么样？马成功也说不清，他想至少不用为生计发愁，不必为一垄玉米或者三两棵白菜操心，可以上街跳广场舞，进公园唱戏。

母亲有文艺天赋，年轻时是县剧团的当家花旦，为了照顾体弱多病的爷爷奶奶才选择回到农村。马成功的长相是遗传了母亲的基因，可他没能继承母亲吃苦耐劳的优点，进消防之后更是印证了这一点。因此，他越发感觉对不住母亲，说句公道话，老马家的人都对不起母亲。

母亲应该享受舞台中央光环下的荣耀，可惜母亲主动离开了受人瞩目的舞台，心甘情愿地成为一个农民，用柔弱的身子撑起了整个家。

想到这里，马成功的泪珠在眼眶里打转转，他眨巴一下眼，有一滴落到了信纸上，很快洇了上面的字迹。他伸手抹了一把，那几个字跟着目光一起模糊起来。

马成功字写得很慢，等他把这封信写完，已经临近午饭。他打算去医院门口喝碗羊杂汤，满满一大碗，不贵也不便宜，还可以无限制地加汤。他喜欢汤上撒的葱花，绿的绿白的白，看起来就很有食欲。

他这次是在装病，所以住院期间胃口一直不错，那家小馆子虽热且味道不是很正宗，却有一点家乡的味道。别小瞧这碗汤水，在老家时逢年过节才吃得上，日子过得紧巴，母亲想尽了办法让生活过得更体面。

想起母亲，他又放弃了喝羊杂汤的念头，他想母亲肯定不舍得花这冤枉钱，在母亲那里永远是把一分钱当成两分钱来花。他回到床上，脱鞋躺下，闭上眼睛，心想反正不训练体能消耗也不大，迷迷糊糊睡一觉，把这顿饭钱省下。他想攒钱给母亲买个手机，能随时随地通话。

他没想到马小刚会来，当意识到有人进病房时，他整个人还在迷糊着。他喊了声“马叔”就紧溜溜地坐起来，然后不好意思地把脚收起来，低下头从地上找鞋子。因为他的袜底破了个洞，他一直凑合着，没舍得扔。

马小刚装作没看到，但还是有些疼惜，这让他觉得这孩子没丢了农民的本分，只要好好干不愁没有机会。正因为有了这样的想法，他决定不给马成功好脸色，好铁淬成钢不仅需要火炼，还得敲打。

他吊着个脸训斥，说成功啊成功，你除去训练差点儿外，什么都不比别人差，人看起来也不傻，怎么干下这等傻事儿？成心让我丢脸哪。

马成功疑惑地看了他一眼，双手不自在地搓了搓，然后就不知道该把手往哪儿搁。马小刚见状，说看看你那个㞞样儿，一个巴掌拍不响，你以为挨了打就有理儿了？

我本来就是受害者。马成功支吾。

马小刚命令：站起来，大声说！

马成功立正：我是受害者。

马小刚事先了解过情况，冷笑道：车库有监控，你回队看看视频，谁先动的手？谁给你的勇气，朝车上吐口水，那是首车，首车是什么，首车是一号车，一号战车，不但是战场上的敢死队、先锋队，更是战斗的灵魂。

马成功有些发蒙，两眼直勾勾地盯着马小刚的嘴。马小刚意犹未尽，说也就是你，换别人，我会给他处分。

马成功在心里笑了，他觉得自己特别幼稚。

052

在马小刚离开病房前，马成功一直沉默不语。他不愿多解释。已经这样了，任何话都是多余的。

他想起一句老古话，天下乌鸦一般黑。自古以来是官官相护，马小刚跟自己身份不对等，你马成功算什么玩意儿？人家不可能跟干部撕破脸，指望堂堂的支队长来护着一个大头兵，简直是异想天开。

马成功开始收拾东西，准备出院。东西不多，三两分钟就收拾妥当。他环视空荡荡的病房，白墙面、白被褥、白床单，白晃晃的一片，晃得眼珠子发酸。

他把目光投向窗外，窗外也是白茫茫的天，让他感到心里很空。马成功非常委屈，也非常难受，两眼也跟着湿湿的，他以为会有泪水掉下来，用手一摸，眼角却是焦干的。

马成功没让队上来人接，他独自办完出院手续，提着轻得可怜的行李，一个人在大街上晃悠。他朝着家乡的方向，顺着马路漫无目的地走着，好像这样一直走下去就能回到故乡。

他非常冲动地想，在消防也没什么盼头了，不如直接到车站，坐上车回家。他又一想，不行，那会让母亲伤心，他不忍心让母亲受到任何伤害。那就干脆外出打工吧，浪迹天涯，老天爷饿不死瞎眼的家雀儿，等功成名就了再衣锦还乡。

走着走着，马成功看到路边一个收废品的中年人。中年人身旁有辆三轮车，他蹲在地上接电话，他冲着话筒说，你别急，你的笔记本电脑不是大毛病，如果不着急，我晚一会儿过去帮你修。

天哪，一个收废品的还会修电脑。马成功心生好奇，等中年人挂断电话，上前问：大叔，我能跟你聊几句吗？

虽然突兀，中年人还是答应了，说我时间很紧张啊，咱就聊上五分钟。

马成功说，就三分钟，多一秒也不耽误。他想了想，问：大叔，你干这个营生，还兼职修电脑？中年人笑而不语，马成功又问：完全不搭界，我真有点不搞不懂。

中年人说，那五分钟肯定说不完，这样吧，你扫一下我的二维码，我修完电脑请你吃拉面，满足你的好奇心。

傍晚，中年人如约而至，见到马成功的时候三轮车上已经载满了废品。唯一让马成功感到不自在的是，中年人的眼睛总是像贼一样滴溜溜乱转，寻找有价值的废品，似乎随时随地能捡回个大元宝。

中年人姓丁，经历并不复杂，早年跟另外两位兄弟合伙做生意，专门卖笔记本电脑，挣了不少钱。有钱之后人就变了，先是有了外遇，又跟兄弟们闹上了别扭。最终，他选择了净身出户，结束了有名无实的婚姻，欠下一屁股外债。等回头想再创业时，笔记本电脑的市场已经饱和，而且从网上就能买到，价格非常透明。没办法，他选择了收废品，虽然没面子，来钱却很快。

丁大叔告诉他，前后不到两年的时间，已经还上了欠款，还在市中心买了房子。马成功感到不可思议。

丁叔说，我闺女估计跟你一般大，儿子也上小学了，我干吗要骗你呢?

马成功说，也是哈。

丁叔说，小伙子，我不会看相，但总觉得你心里搁着事儿，告诉你啊，人这辈子，只要肯努力，不怕失去所谓的尊严，就没什么过不去的火焰山。就跟我收废品一样，别人瞧不上，但我是靠两只手吃饭，走到哪儿都不丢人。

马成功连忙表示感谢，说谢谢丁叔给我指点迷津。

丁叔哈哈大笑，说打住，我心态棒着呢，就喜欢跟你们年轻人打交道。

这个忘年交让马成功心里豁然开朗，虽然之前元力跟他说过，不管工作还是生活，关键看心态如何，但那时候他听不进这样的话。他现在想明白了，如果状态不好，干任何事情都没劲头，产生的还是糟糕的心情，长此以往就是恶性循环。

马成功敞亮了，快乐也是一天，难受也是一天，那就开心地面对每一天。反思先前的行为，他觉得自己过于幼稚，他在心里给自己鼓劲儿，那就抓紧成熟起来吧。

有了这样的想法，马成功脚下的步子轻快了，他心里开始着急归队了，他想从现在开始改变自己。

于公于私，元力都想让马成功尽快出院。只要马成功还在医院里待着，说明他心里的疙瘩还没解开。元力没有把马成功的表现当成心理上的问题，相反她认为只是有点想不开。

她去医院的时候已经是人去房空，元力以为马成功自己归队了，就顺道回了趟支队机关。她回机关是替吴华捎封信给父亲。当时她还跟吴华打趣，说都什么年代了，不想见老家伙就打个电话或者发个微信。吴华说有些事儿就得给领导一个思考的时间，有个缓冲比直截了当地说出来要好。

元力习惯于把父亲喊成老家伙，虽然元威多次反对，依然无效。都说女儿是父亲的贴身小棉袄，这点确实没错，在父女两人之间，除了元威曾经反对女儿跟武鸣交往之外，两人关系好得有些夸张。

当然，两人一旦发生分歧，做出让步的永远是父亲，当初元力毕业时要求到林河工作，元威也是万般无奈地选择了支持，并跟总队干部处处长打了招呼，甚至找了总队政治部主任和政委。

林河是沿海城市，虽然比不上省会和与其接壤的计划单列市，但无论从经济发展还是地理位置，都是省里关注的重点。在女儿分配工作时，传说林河消防要为干部和老士官建一批房子，因为这个原因，想到林河消防的毕业生挤破了头。元威有时会向女儿抱怨，说自己的事情都未曾找过总队领导，反倒要为熊孩子搭上老脸。

元威说得没错，虽然早年在一线工作过，也干得风生水起，但在机关待的时间太久了，他已经很难适应基层生活。

053

进入新世纪以来，特别是最近几年，消防发展的速度太快了，这是经济社会发展的必然趋势，但却让元威感到自己已经落伍了。被人称作“老圆滑”并不是件体面事儿，可他只能嘻嘻哈哈地认了，依他本人的情况，也确实没有资格在工作中发表太多意见。

走仕途的人多半会有权力的欲望，元威近似于另类。在总队机关工作那会儿，他是司令部管理处处长，负责机关的吃喝拉撒，还有机关两个直属中队的管理。

他所接触的都是婆婆妈妈的事情。谁办公室的灯管坏了，哪个楼层的下水道堵了，都会给他打电话。相比其他处长，他唯一的优势是，要陪总队领导接待形形色色的客人，这让公众认为他是领导身边的“红人”。

面临提正团时，元威的想法是，能留在司令部干个副参谋长，分管机关的日常工作，再或者是去后勤部干个副部长。他心里的底线是，去总队培训基地或者省会支队干个副职，这辈子也就算是到头了。

可生活中总是会有意想不到的事情发生，元威能到林河消防当政委，纯属天上掉馅饼，而且把他给砸蒙了。

有段时间，他也在琢磨究竟是怎么回事儿，简直跟电影里演的一样很有戏剧性，可生活终究是生活，容不得半点戏谑。最起码元威不敢有抱有任何侥幸心理，换言之，他必须面对工作中遭遇的所有困难，哪怕是煎熬，也得挺住。

元威读完吴华写的信，内心百感交集。看来自己是孤家寡人，整个支队包括女儿在内都不理解自己。

吴华在信中把他和马小刚当成了兄长，分别描述了心目中对两人的印象，重点说了马小刚的脾气，意思是请政委从大局考虑，不必计较细节问题，只有主官团结了，队伍才有战斗力。

元威先是笑了，心想敢情跟支队长关系处不好，责任都成了自己的。但他紧跟着想，其实并不是件坏事儿，只要不是原则性问题，任由马小刚全权处理，也表明了自己的姿态，显得有气度、有风范。

他也从另一个侧面思量许久，都说想当官得有背景，自己稀里糊涂地到了这个位置上，已经让很多人眼红了，如果再跟支队长闹得不和睦，难免被人笑话，而且极有可能归罪于自己。

他不想成为别人耻笑的对象，尤其是在当前的形势下，人心浮躁，自己得跟马小刚搞好配合，把上级的各项要求落到实处。

吴华还在信里说了武鸣带头喝酒的事情，怕他跟支队长的意见相左，让有心之人钻了空子。他看后就乐了，凭他对马小刚的了解，没有极其特殊的原因，肯定会为手下爱将顶雷。之前武鸣在特勤中队出那么大的事儿，马小刚都不让给处分，换了个位置说是让其戴罪立功，怎么会舍得收拾他呢？

元威转念一想，莫非马小刚这次要处理武鸣？否则吴华为什么要写这封信？那自己还真得掂量掂量，假如按这个设想，任何有损武鸣的行为，都会让女儿误解自己。

人都是有私心的，元威无法做到六亲不认，他希望女儿找个很好的归宿，即便自己并不满意对方，也是要尊重女儿意见的。他时常安慰自己，谁也不可能把一碗水端平，就像自己，兄弟姐妹好几个，父母也会厚此薄彼。

自己的经历又何尝不是如此呢？

回想过去，元威深有感触。任何单位都有比较核心的几个岗位，管钱的，管人的，领导通常会安排自己非常信任的人选，还会美其名曰政治上过硬。管理处长看起来经常跟主要领导打交道，但在元威这里则是另一回事儿，用他自己的话讲，是难以胜任其他职务，只能打打杂儿。

如果不是机遇巧合，元威绝不敢去想到支队一级担任主官。总队机关处长一级，各支队部门以上，再加上一些大队主官，副团职的实职干部数不过来。全省就那么十几个支队，三十多个支队主官，每年退出现役的人寥寥无几，那有限的几个名额得有多少人瞅着呢。

可是天上偏偏掉下了馅饼。

那次，元威陪分管消防的副省长、公安厅副厅长和总队长、政委去拜访省长，汇报出台“十三五”期间消防发展规划。

在会议室坐下来没多久，还没等谈到具体工作，省长就主动跟他打招呼，问他现在情况怎么样，怎么还是在干处长。话都说到这个份上了，总队长连忙表态，说元威同志很优秀，我们正打算给他放到更重要的岗位上历练一下。

回来之后，政委找元威谈话，非常严肃地批评他有想法不向组织上汇报，非要迈过锅台直接上炕，给省领导添乱。这种话比较暧昧，可以理解为领导真在关心部属的成长进步，也可以当成领导是在讽刺通过关系压自己。无论往哪方面想都不为过。

元威本来打算解释几句，但他想自己又不是领导肚子里的蛔虫，没法了解领导的真实意图，索性把嘴巴闭得紧紧的。就这么着，他从总队机关空降到林河，直接干了政委。

林河是什么地方？虽然近几年不允许搞GDP排名，但大家心照不宣，林河的GDP在全省排第三，不管消防也好，还是党政机关的其他部门，能在林河任职属于重用。

这就让元威感到滑稽，因为他再三回忆，自己跟省长只是在接待工作中打过照面，根本高攀不上。可他就是如此幸运。

世上没有不透风的墙，受到省领导关照的消息很快传开了，甚至有人专门分析了他是怎么攀上了省长的高枝儿。各种传闻神乎其神，让元威领教到了什么叫人言可畏。他偶尔也会想，那些说法很可能对自己日后发展不利，但以他个人的能力，根本无法左右事态的发展和未来的方向。

054

其实，有关元威这匹杀到林河的“黑马”，坊间的所有传闻都是毫无根据的。

有人说他跟省长的妹夫或者姐夫是老乡，还有的说他曾经在省长家里站过岗，早年他在武警内卫部队待过，那时候确实为党政机关警卫的勤务。

最离谱的说法是，他是通过女儿抱上了省长的大腿。省长的确有个儿子与元力同龄。所以，元威不得不承认，他反对女儿与武鸣交往，或多或少受了这个说法的影响，似乎女儿只要不嫁人，就可以让这个传闻成为现实。

有时候，他会反省自己，自欺欺人的做法最终会害人害己，可当官对大多数人来讲是很有诱惑力的。元威认为自己中毒了，而且深受其害，特别是到林河以后，他发觉不懂消防业务是件非常可怕的事情，空有一腔热血却使不上劲儿。

如今，女儿就站在面前，想想熊孩子对武鸣一往情深，元威忽然意识到自己做得太过分了，有什么比女儿的终身幸福更重要呢？

他吩咐元力坐下，说熊孩子，我得跟你谈谈。就跟女儿喊自己“老家伙”一样，在心情不错的时候，元威会喊女儿“熊孩子”。

元力头一扭，说我不坐，别给我上思想课，我要继续待在鱼鸟河中队。

元威说好，继续，在干好工作的同时，抓紧把女婿给我领回家。

元力又把脸转过来，问：老家伙，我没听错吧？

元威说，熊孩子没大没小，老家伙什么时候骗过你。

元力做了几次深呼吸，说我的天，太阳打西边出来了，我这还挺不适应呢。

元威说，我给你的是朝阳，旭日东升……

老家伙，只要你给我阳光，我就敢灿烂。元力绕过办公桌，朝父亲脸上猛地亲了一口。

元力手舞足蹈地离开了，她的脚步无比轻盈，比以往任何时候都有弹性。

她第一次违犯纪律，上班期间跑到一家店里做了个美容，又跑到商场给武鸣买了件T恤，顺便从手机上订了两张周末首演的话剧票。她知道武鸣骨子里透着文艺范儿，绝对会被自己如此用心的安排所感动。

一回到鱼鸟河中队，她就跑去找武鸣，想跟心爱的人分享喜悦，可是武鸣阴沉着脸。元力问对方怎么了，武鸣说马成功跑了。她这才意识到自己粗心大意了，她有些内疚地跟武鸣道歉。武鸣一声不吭，独自出了中队部。

武鸣感觉头都要炸了，如果相信命运的话，他会说自己流年不利。这才几个月的工夫，中队上的事儿一个接一个，叫人难以招架。

他反思自己是不是太狂妄了，之前的狂妄是有资本的——他是全支队公认的业务尖子，他可以用过硬的素质让所有人服气，可现在真正当了主官，武鸣却发现管理才是一门深不可测的学问。

没有别的办法，找人呗。武鸣把三位班长喊来，说人又丢了，想了想，他又换了种说法，说又丢人了。

的确如此，如果马成功真玩起了失踪，鱼鸟河中队的人可就丢大了。

时隔几个小时，马成功又回到了医院。他救了个女孩儿。

刚开始，他把女孩儿当成了小伙子，因为女孩儿踩着轮滑经过他时，回头瞅了一眼，转过脸吹了个口哨，声音不大，马成功怀疑是自己的错觉。还没等他做出正确的判断，女孩儿被绊倒了，尖锐而诡异的叫声扎进耳膜，这一声真真切切，把他吓得打了个激灵。

他赶忙跑过去，掐人中，不管用。马成功小心地把女孩儿抱起来，轻手轻脚地放在路边的人行道上，趴下做人工呼吸。

人倒是苏醒了，但马成功跟触了电似的，一个高儿蹦了起来。他盯着对方英气逼人的脸，后退一步，又上前半步，目光飘忽不定地瞄了一眼，然后连续退出几步。刚触摸了女孩儿身体的手有些发烫，脸也发烫，他的脑袋跟着“嗡”的一声。

女孩儿倒是很镇定，“喂”了一声，说傻子，你倒是把我送到医院啊。

马成功局促不安，女孩儿又喊：喂，傻子，说你呢。

他这才反应过来，说我有名字。

女孩儿问：傻子，你叫什么?

马成功。说话之间，他已经扶起了女孩儿，虽然有些犹豫，而且肢体动作有些僵硬，但已经确认了对方的性别。

女孩儿皱着眉头说，傻、傻马，那个什么，快把我送医院啊。

马成功应承一声，转身回路边拦出租车，没承想，他一紧张，胳膊和腿又顺拐了，逗得女孩儿“咯咯”直笑。

把人安顿好，女孩儿的母亲才赶到，跟一些故事的情节雷同，女孩儿母亲认为马成功是罪魁祸首，好端端的怎么可能摔了，肯定事出有因。能看出女孩儿在母亲面前是说一不二的，她使了性子，支走了母亲。

马成功十分兴奋，他觉得拥有一个良好的心态真好，立马就可以帮助别人。他完全不知道队上已经炸锅了，等他回到中队时，武鸣不分青红皂白地把他骂了一顿，还让他写检查。他想，写就写吧，不及时归队本身就是有错在先。

他对吕建业的态度也完全变了，专门跑去道歉，反倒让吕建业老大的不自在，说一千道一万，自己出手太狠，才把人家打伤了。吕建业反过来去检讨自己。两个人客套了半天，搞得大老柳都看不下去了，说握手言和了就是好兄弟，别搞那些虚头巴脑的假把戏。

苏平安提出异议，理论依据是，咬人的狗不叫，说马成功忽然变了，指不定心里搞什么鬼呢。他还是老样子，总是喜欢挑拨是非，他提醒吕建业防备着点儿，别被假象迷惑了。

吕建业说，又是一般人不告诉他吧，你这人能不能阳光一点儿呢，小爷现在很烦你的。

虽然是实话，但苏平安并未当真。这就是他的日常状态。可以想象，女孩找到队上时，他的反应会多么强烈。

055

第二天一早，女孩儿就跑到鱼鸟河中队，给马成功送来一面锦旗。比较搞笑的是，抬头是“傻马呆萌哥”，这是她对马成功的称呼。

她是在母亲的陪同下来的，见了武鸣就自报家门，说自己免贵姓米，单字一个琳字。

吕建业也在中队部，看到锦旗难免有些吃醋，就说怎么不叫米其林呢，轮胎，名牌，多好。

米琳也是伶牙俐齿，瞥了一眼肤色白净的吕建业说，消防还养小白脸啊。

吕建业还口说，小爷天生丽质，月光地里走一趟，都得打上遮光伞。

米琳莞尔一笑，说一看小白脸，一肚子坏心眼儿。

好男不跟女斗。吕建业一时词穷，只好甘拜下风。

米琳不依不饶，说就你那长相，阴气太重，本宫是女汉子，不屑跟你争辩。

吕建业嘀嘀咕咕地撤了，临走之前，又瞟了一眼锦旗，他的目光里带着无限羡慕。

无论抱有什么心态，吕建业还不至于嫉妒马成功，更何况两人刚刚冰释前嫌。被群众褒奖，真正作为兄弟，为对方高兴还来不及，他想当然地祝贺了一番，午饭过后还从网上订了几箱子饮料，替马成功做东，分给了队上的伙计们。

苏平安有点贪心，两只手左右开弓，一手抓了两瓶，嘴里还嘀咕，说什么劫富济贫。

吕建业说，花的是小爷自己的津贴，不是姓吕的钞票。

好家伙，没看出来呀，你真是个戏精。苏平安故意停顿片刻，营造出一些神秘的气氛才说，上午，我看见著名企业家吕先生了。

吕建业说，睁着眼说瞎话儿。

苏平安赶忙拿出手机，打开相册递给吕建业：瞧瞧，当时我在门口上岗，这是你的大悍马吧，你看那娘儿俩是你爸接送的。

没等吕建业开口，苏平安又问：该不会是吕先生给你找的小妈吧？别说，吕先生是个好父亲，怕对吕少爷影响不好，都不肯把车开进来。

苏平安意犹未尽，说那女生跟你是同父异母的亲兄妹吗？看年纪不像，但是哈，女人十月怀胎，男人啥事儿都能干出来。

吕建业终于回过了神儿，刚要制止，苏平安又说，不是亲兄妹更好，你俩凑成一对，就不用瓜分家产了，肥水不流外人田。

虽然吕建业平时对父亲满不在乎，而且总是对着干，真正看到这样的画面，又听到这样的说辞，无名之火蹿到头顶，他攥着拳头出门，下楼，一口气跑到训练塔下，憋着劲儿冲到十楼。他想冲着对面的鱼鸟河大吼几声，最终那股气还是憋回了心里。

也不知过了多久，他才回到地面，晃晃悠悠地去了车库，提着水桶走到一号车跟前。一号车已经很干净了，他还是一遍一遍地擦拭车身，边擦边叹气。

父亲与米琳母亲之间关系暧昧？吕建业明知这是诡雅异俗，内心忍不住还是会去朝那个方向想。他内心难以平静，情不自禁地找到了元力，跟元力说想杀人。

元力任由他倾诉完，才安慰他眼见不一定为实，还举了之前的例子，说自己看到武鸣跟别的女人在一起，差点因为误会酿成大祸。当然，她还说了“给了阳光就灿烂”的那天下午，忽略了马成功的行踪。

应该说，这是元力到鱼鸟河中队后干得最漂亮的一次，她成功化解了吕建业的心理负担，虽然只是短暂的。吕建业故意让自己忙活起来，借以转移注意力。

现实很难遂人心愿，米琳对马成功展开了爱情攻势。在她心目中，马成功的所有缺点都是优点，比如肢体不协调走路顺拐，她认为是憨态可掬。

米琳每天都会跑一趟鱼鸟河中队，哪怕是看不到马成功，也会在远处为她的呆萌哥加油。

吕建业感到别扭，找马成功故作轻松地说，帮个忙吧，那个轮胎总来会影响你的形象，也别把小爷虐成狗。

马成功答应得很爽快，给米琳打了个电话，意思是别再来了，我们消防有纪律，不许在驻地谈情说爱。

米琳毫不客气地拒绝了，说别拿纪律做挡箭牌，我的爱情我做主，等着啊，找个月光如水的夜晚，我给呆萌哥送一份最纯真的浪漫。

果不其然，次日晚上，米琳约了一堆朋友帮忙，在中队营区门口，用红蜡烛摆了巨大的两颗心，自己抱着吉他弹唱了一首英文歌，完事儿之后，用手持电喇叭冲着营区喊：马成功，呆萌哥，我米琳对着月光发誓，今生今世非你不嫁。

开始备战比武了。

很奇怪的是，之前出现过很多问题，甚至是闹出过不少笑话的鱼鸟河中队，一下子回归了平静，反倒让元力感觉有点儿不踏实。

武鸣对此不以为然，说你一个女人家，不懂基层就别瞎掺和意见。

元力针锋相对：谁说女子不如男，花木兰替父从军，杨门女将率领千军，指导员不在位，我元某也能掌管乾坤。

武鸣嗤之以鼻，本想借机把元力赶回支队机关，但他又找不到冠冕堂皇的理由。他只能提醒元力，不要瞎操心，更不要管闲事儿。

听两个人在那里斗嘴，还在队上蹲点的吴华忍不住调侃：魏东丽借调出去，至今还未归建，我看元力干这个指导员不错，男女搭配干活儿不累。

武鸣说，快拉倒吧，这姑奶奶得当祖宗供着。

元力见心上人情绪很好，得寸进尺地加了一句：武队长，这可是你说的，将来不许反悔。

事后，就中队稳定的问题，吴华跟武鸣有一次深谈。武鸣认为虽然早先出了几次事儿，而且都险些造成无法挽回的后果，但没必要草木皆兵，只要让小家伙们都动起来，哪儿还有精力去琢磨乱七八糟的事儿。

吴华的顾虑是，凭借疲劳战术来预防事故，很难从根上解决实质性的问题。他劝武鸣别听风就是雨，备战比武要讲究策略，因为一鼓作气势如虎。

第十二章　鱼死网破

056

训练期间，武鸣会选择合适的时机和场所训话，给兄弟们鼓舞士气。有一次，他非常严肃地告诫大家，说鱼鸟河中队作为老先进，现在成了全市的困难户，咱得知耻后勇，笨鸟先飞。

吕建业在队伍里“扑哧”一声笑了，打了个报告说，队长，我们不是鸟，更不是笨鸟，再说了，鸟是多音字，很难听。

武鸣说，嫌难听就好好练，是骡子是马拉出来遛遛。

靠，怎么说都是畜生。虽然吕建业是小声嘀咕，还是逗得大伙儿前仰后合。

武鸣容忍了吕建业小小的放肆，一来吕建业的业务成绩摆在那里，二来他需要这种良好的精神风貌。只要是有利于中队建设，别说开几句玩笑，让他自黑给大家解闷儿也没问题。

为了比武组织的训练有很强的针对性，绝对不会练队列，那是最基础的训练科目。只要听到“队列”两个字，马成功心里就先慌了，跟着会手足无措。现在好了，那些项目虽然难度不一，但终归不会手忙脚乱。

老实说，良好的心态也让马成功信心十足，不敢说训练成绩有多么好，最起码能跟上趟儿。武鸣也颇为欣喜，多次在队列前对他提出表扬，这都让他变得摩拳擦掌，打心底想参与到比武当中。

可想而知，连马成功都动起来了，武鸣看好的其他几位种子选手更是生龙活虎。

还有个特例是吕建业，他为了不再多想父亲与米琳母亲的关系，排除那些干扰，也把全部精力用到了训练上。他是铆足了劲儿要争个好名次，虽然他本人也搞不懂是为了什么。

难能可贵的是，马成功真在给自己加压，夜晚来临的时分，他会偷偷跑到训练场，练习单人项目，比如负重折返跑和单杠卷身上。

在练单杠时，他使的是蛮劲，手掌很快磨出了血泡，他用大头针扎破后，咬牙接着练。负重折返跑则更受罪了，操作的人双手各提一个壶铃，折返五趟，一趟往返是40米。可怕的是那两个壶铃，每个净重16公斤，这分量确实令人心悸。

有付出就会有回报。在中队组织的模拟测试上，马成功在上述两个项目上都取得了优秀成绩，这是他过去根本不敢想象的。他备受鼓舞，决定再练练百米障碍之类的其他项目，这就得有人配合了。

谁会陪自己训练呢？劳累一天下来，大家恨不得倒头就睡，况且别人也都有底子，用不着加班加点。他犹豫再三，跑去求吕建业，吕建业二话没说，跟着去了训练场。

按照事先商量好的分工，两个人分别穿上抢险救援服，起跑，先翻过两米高的障碍，再通过独木桥。到了指定位置后，马成功打开水带接上水枪，吕建业拿起担架，然后一起奔向结绳架。到达后，他俩分别打开四个结绳扣，再用担架把假人抬回终点。

连续操练几次，每次马成功都出现了失误。面对那些低级失误，吕建业不好意思指责对方，耐着性子帮马成功分析原因。

前面交代过，武鸣曾经罚吕建业抄写《中国消防》杂志上的文章，为的就是磨掉他的急躁情绪。可如今总是重复同一件事儿，他难免会犯老毛病。

他气呼呼地埋怨马成功太笨，碰巧被路过的苏平安听到了。苏平安阴阳怪气地说，再笨也得当成亲兄弟。

这话说得无可厚非，关键看怎么去理解。至少在苏平安嘴里说出来，是想要搬弄些是非的。

马成功穿上抢险救援服，戴上手套，扭头朝地上啐了一口。这是他潜意识的动作，跟有的人尴尬时挠后脑勺一个性质。这一口正好啐到了吕建业，马成功转身，频频点头道歉，吕建业摆摆手，做出无所谓的神态。

吕建业帮马成功正了正救援头盔，又拍拍对方的肩膀，抬头看了眼训练塔，说该你了。

马成功灿烂一笑：建业，咱哥儿俩比比吧。

吕建业含糊其辞地应了一声。马成功跟着说，老规矩，输了的给兄弟们买饮料。

吕建业把脸一扬，说行，找人掐表，一局定输赢。

说话之间，两人分别热身，先后到了起跑线。他们比试的是爬绳上四楼，也就是通过攀爬垂直的大绳，从楼底上到四楼，衡量的标准是速度。真正上了灭火救援现场，一秒之差会是天壤之别，早一秒进去可以把被困人员救出来，晚一秒不但没法救人，还可能把自己的性命搭进去。

比赛的场面并不激烈，中队人员少，除了几声呐喊，很难营造出热火朝天的氛围。倒是苏平安有些兴奋，抬头冲着两人喊：大舅子哥跟妹夫比个什么劲啊？

本来吕建业明显占上风，受到干扰之后，手下一滑，引起一片惊呼。须臾之间，马成功已经超过了他。他重新调整姿势，奋起直追，最终还是以0.87秒之差败北。

所有人都以为吕建业会找苏平安算账，个别人甚至等着看一出好戏。结果是吕建业下到地面后，只是学着马成功的样子，也扭头朝地上啐了一口。

警铃又响了，众人撒腿朝车库跑去。这次有些反常，吕建业没去争抢一号车，他目送大老柳和马成功奔向了一号车。

在车上，大老柳不无担心地对马成功说，小吕状态不佳，你最近跟他相处得很好，互相之间多关照点儿。

马成功答应了，大老柳认为他与吕建业关系不错，让他异常开心，这说明自己有进步，不再关闭内心世界，愿意主动与别人交往了。

出警归队，有人没忘比赛打赌的事情，吵吵着让吕建业买饮料。吕建业嘴上应承着，却跑去向苏平安借钱。苏平安拒绝了，说是自己的钱要攒下来给菡小姐装假肢，还笑话他富二代装穷。

吕建业极其郁闷，说因为米琳和他妈妈的事儿，我跟姓吕的闹翻了，那老不死的把我信用卡给冻结了。

057

最近，沙方健冒出个心病。谭杰忽然提出要离开消防，让他措手不及。

林河在全省消防是干部编制较多的几个单位之一，尤其是司令部和防火处两个部门，干部基本配齐了。也就是说，沙方健不会因为缺一两个人手而抓瞎。

直觉告诉他，谭杰心里是在闹情绪，至于具体的原因他不想也不愿去猜测。沙方健私下找谭杰聊了聊，释放了一个信号，大意是想把谭杰推荐出去，哪怕当副支队长，再回头分管司令部的工作也行。

这是他的真实想法，但经过谭杰转述给黄连海后，沙方健就成了玩阴谋的小人。

黄连海帮谭杰分析了目前现状。副团职干部的选拔任用需要双推双考，也就是党委推荐、群众推荐，然后组织考察、集中考核。往年在春节前后，会组织一次双推双考，但今年赶上消防改制，省里暂停了副团职以上干部的提拔。

谭杰又不是傻瓜，这种指向明显的说法，让他感觉步入了一个圈套。黄连海又添油加醋地评论一番，谭杰就想当然地把自己当作了供人戏耍的玩偶，扯着线绳的是马小刚或者沙方健，也有可能两个人都是。他丝毫意识不到，自己犯了致命性的错误——偏听偏信，缺少主见。

他联想近期发生的事情，自己明明已经表态要负责专职指导科的筹备工作，半路杀出个程咬金，吴华顶上去了。这明显是受到了排挤，即便你再有能力再有素质，也要把你挂起来，让你有劲儿使不出来，坐在办公室干瞪眼。

既然心里亮堂了，谭杰索性按部就班地干工作，他带着警务科长和两个参谋加班加点，就专职消防员管理问题起草了管理规定和配套文件。

已经提出要离开的人还如此努力，这不是普通人能够具备的素质。沙方健非常感动，还想到了高风亮节这个词儿，他告诫自己，无论如何不能让踏实工作的人吃亏。

可沙方健万万没想到，谭杰的真实想法是，先礼后兵，实在不行就拼个鱼死网破。

马成功还没经历过爱情，在米琳密集的攻势下，他已经默认了恋爱关系。因为这让他收获了一份别样的感动，完全不同于母爱的另一种体验，而且带着温度，有时热烈奔放，有时温煦如春，很容易让人为之迷恋和陶醉。

马成功能在训练上有所突破，多半是受了米琳的影响，因为米琳希望他变得强大。无法否认的是，米琳极有可能只是随口一说，但在马成功这里是当真的。

他要寻求改变，一方面让身体变得强壮，另一方面整个人都更加优秀。他选择用训练成绩来证实自己，他的愿望是也能争取到参加比武的名额，不管最终能否拿到名次。

命运总会开些不大不小的玩笑。马成功好不容易找到了自己的定位和目标，却因为米琳变得情绪低落。一边是爱情，一边是友情，二者都刚刚到手，而且又是那么来之不易。

谭杰主动要求到鱼鸟河中队蹲点，要跟吴华一起合作，把专职消防员队伍的管理工作形成理论。沙方健批准了，还亲自把他送到中队，把吴华、武鸣和元力召集起来开了个会。

会议的内容无非是让中队全力配合，但武鸣在会上发牢骚，说林河消防除了特勤中队，其他队上都有专职，非要扎堆到鱼鸟河干什么。

沙方健说，这是组织上对你的信任。

武鸣没给老队长面子，直接说道：不对吧，你们都是领导，谁又能代表组织？真是信任就好了，我怎么觉得是对我武鸣不放心呢。

元力怕武鸣嘴上闯祸，埋怨他说，能不能讲人话，正常的工作安排，你偏想得那么复杂。

沙方健做了个手势，制止元力，用眼神鼓励武鸣继续说下去。武鸣也朝元力瞥了一眼，嫌对方话多。

他清了清嗓子：说不说人话，得看对方……

小武子，你不能变着法儿的骂人，我都想替你的老队长方健参谋长骂你两句。谭杰插话。

武鸣说，打住吧，想对号入座我也拦不住，但我可以负责任地说，你们不要因为前段时间小事儿不断，就把我们中队当成重灾区。

都少说两句吧，听沙参谋长还有什么工作安排。吴华没让武鸣再继续说下去。

沙方健停顿了一会儿，说：消防是改制了，以后咱们都不穿军装了，但这么多年下来，咱消防最讲究的是个服从。站在全国的层面上，得服从中央决策，听从党的指挥；落到今天在场的每个人身上，那就是坚决服从上级命令，不打任何折扣，不谈任何条件。我今天放句狠话，只要我干参谋长一天，发出的所有指令，你没有意见更好，有意见也免谈，只需要记住两个字——执行！

武鸣清楚，老队长是真性情，说出这样的话是动了肝火，再发牢骚只能讨个脸红。但谭杰却多心了，他认为沙方健是话里有话，全是针对自己，就差直接指名道姓了。

谭杰在心里对自己说，既然如此，那就走着瞧吧。

武鸣仅是把内心的牢骚全发了出来，可他怎么也没想到，正副参谋长之间的关系已经变得微妙。

眼见着武鸣急赤白脸，沙方健反倒哈哈笑了，至于说了些什么，谭杰没在意，他心生不快。作为领导，对部属的放肆之举应当严厉批评，可沙方健却态度模糊。

他认为沙方健是在算计，对老部下、对自己都是在算计，这未免让谭杰心寒。他再次冒出了那个想法——鱼死网破。

谭杰并非一时冲动，他告诫自己别把人想得太坏。他甚至觉得自己不够善良，善良的人看待任何事物都会心存良善，决然不会把沙方健当作歹毒之人。可他很快又清醒了。

没错，不能自作多情，人善方才被人欺，决不能容忍沙方健骑在自己头上作威作福。

058

吕建业发了毒誓，苏平安才勉强相信吕程对儿子进行了经济制裁。但他还是接连冒出几个“不可能”，说你一直都是说一不二，你家那金主向来言听计从，这谎扯出了银河系。

吕建业神情颇为严肃，说这只证明一个问题，老不死的跟那边关系不一般。

这些本来是两个人的秘密，可苏平安心里搁不住，转天就添油加醋地传遍了中队。话很快传到了马成功的耳朵里，他一想自己跟米琳的关系，就感觉对不住吕建业。

他跑去找吕建业，吞吞吐吐地刚说了个大概，吕建业就岔开了话题，把他撵走了。在马成功面前，吕建业矢口否认自己特别在意父亲吕程的感情世界。他俩的关系还未好到无话不谈。

可是，相关的说辞已经在中队传开了。吕建业曾想过让苏平安管住自己的嘴，但他深知苏平安本性难移，况且这会儿人家又跟谭杰打得火热。

沙方健走后，吴华和元力都埋怨武鸣，这时候他反倒装疯卖傻了，好像什么事儿都没发生过，该干什么干什么。

元力自然为他着急，心想这家伙吃错药了吗？跟我作对也就罢了，怎么对老队长也不管不顾。她寻思了大半天才找到一个理由，武鸣这些过激的言行是特勤中队事件的后遗症。她决定为自己的恋人做出些努力，此是后话，暂且不表。

谭杰迅速进入状态。

他先找三个班长谈心，又跟队上的消防员逐个见面。他不是那种工于心计的人，很容易被别人绕进去，说的话也容易让听者多心。

在跟苏平安聊天时，谭杰就被绕了进去。

谭杰例行公事一般问及年龄和家庭状况之类的基本信息，苏平安并不正面回答问题，而是东一榔头西一棒子地扯了很久，甚至问谭杰穿多大号的鞋。

谭杰摸不着头脑，没等他吱声，苏平安又说：人家是有多大号的鞋就有多大的脚，你们干部的制式皮鞋再牛掰，我也只能眼馋，我脚大，千万别给我小鞋穿。

谭杰问：此话怎讲？

苏平安笑着答：一般人我不告诉他。

这话把谭杰的胃口全吊起来了，这个小伙子是想告诉我什么呢？

在谭杰的印象当中，苏平安是个很有趣的人。苏平安对这个评价并不否认，而且还自夸个人身体里藏着有趣的灵魂。

他起先纯粹是想忽悠一番，逗个闷子，可他没想到谭杰很认真，这反倒让他不好意思起来。

苏平安说，关于鞋号大小的问题，是想告诉领导，我怕自己话太多，你再给我小鞋穿。

谭杰听后直笑，苏平安寻思笑什么，难不成为了几句话把我生吞了？他便也跟着笑：领导，你这笑得有些瘆人，咱们不在一个频道上，没法沟通。

谭杰赶忙表态：我以党性和人格担保，你尽管实话实说，即便你冲着我骂娘，我也不会计较。你把我当亲人，你可以直接喊我叔叔。

就这么着，苏平安喊了声“谭叔”，开始天上地下的扯上了。有些是实情，有些是他故意夸大其词。当然，多数情况谭杰已经有所了解，而且是老生常谈的，只是暂时没有寻到解决的办法而已。

在苏平安的认知世界里，专职消防员有不少诉求，谭杰归结了一下，无外乎是个待遇的问题。

苏平安本来就有点人来疯，在谭杰的鼓励下，更是眉飞色舞。他用夸张的肢体语言传递个人情绪：我们专职消防员怎么晋升？等级怎么评定？休假怎么保障？工伤怎么评定？万一我哪天挂了，也给我评个烈士吗？抚恤金有多少？我爸我妈还有我女朋友怎么办？

谭杰说，别总想些不吉利的事儿。

水火无情，你就是联合国秘书长也没法保证我的安全啊，要不，我请个菩萨回来，天天烧香拜佛，我爸妈就信这个。苏平安竖起手掌，不断念叨“阿弥陀佛”。

那肯定不行。谭杰故作严肃，说如果那个管用，要咱消防干什么？

苏平安并不回答，而是反问谭杰，我们这个身份尴尬吗？没等谭杰搭话，他又旁若无人地表达自己的观点：现在有意思了，现役的也脱军装了，他们也尴尬了。我在琢磨个事儿，当兵讲究尽义务，不是军人了，凭什么要去拼死拼活呢？我这个人很实际，干活挣钱，养家糊口，但也不能弄个伤残丢了小命儿吧。

虽然苏平安语气上轻浮乖张，但谭杰还是从话语中听出几分无奈。他想安慰几句，却找不到有力的说辞，只好跟着唉声叹气。

苏平安受到些感染，接着说，人家老美一个消防员可以养活一大家子，咱们别贷款买房，勉强还能凑合。如果跟大老柳一样那么倒霉，日子就没法过了。

谭杰接着问，大老柳怎么了？

苏平安发觉失言，说没事儿，你就当我没讲过，大老柳要知道我嘴秃噜了，得扒了我的皮，吃了我的肉。

这让谭杰心生好奇，不过，他很快被苏平安将军了。因为苏平安喊了声“谭叔”，让他帮忙给女朋友寻个合适的工作。

纵然知道专职消防员以及改制后的现役消防员有很多苦衷，谭杰也未曾料到会如此无奈。很多实质性的问题，他乃至上级都没法给个圆满的答复。

虽说苏平安嘴上没个把门的，让人觉得他成事不足，但那只是他外在的行为特征。他有自己的思维模式，尤其是对未来的美好生活，他更是充满憧憬。

他做过规划，跟蔺小姐走到一起，最大的困难是住房。班长老郭就是个例子，早年没买房子，到现在还是到处租房，每逢租赁到期，就得重新找房源，搬来搬去，始终未在林河这座城市里扎下根。

买房不是动动嘴皮子的事情，光首付就很难凑齐。看着那么多新开发的楼盘，苏平安感到莫名的悲哀——房子都卖给了谁？开发商长的是猪脑筋。

059

马成功倒没觉得自己长了猪脑筋，但他认为自己有时比猪还笨。

这天上午，中队组织训练，队伍集合之后，天莫名其妙地刮起了风。风在翻滚的时候，又有云跟着凑热闹。云是乌云，它的出现好像是专门跟风叫板的，它拉开阵势，把风越压越低。风很快就变小了，天色渐渐黯淡下来，因为云层越来越厚。

风只是小了，并没有停。迎着风，马成功感觉呼吸困难。

这天大老柳是值班班长，赶上家里有事儿临时请假，班长不在，副班长顶上，马成功此时负责组织全队训练。

他站在指挥员位置上超级紧张，还没下“向右转”的口令，自己先行向左转身，等口令下达完毕，队伍里就有了笑声。马成功连忙下令“齐步走”，他脚一迈出去，又顺拐了。

队列里笑声一片，他恨不得找个地缝钻进去。马成功心里一急，脑门上冒出了汗，走路的姿势更机械了，有点像电影里的僵尸。看着他窘态毕出，吕建业出列，给他递了个眼神，替他把队伍带到了训练场。

马成功默默地走到了训练场的一角，看着吕建业组织队员们活动身体。他恨自己没救了，越是想走好，偏偏却走不好。他突然笑起来，声音很小，却还是把自己吓了一跳，他发觉过去太幼稚，多亏了消防改制，就凭自己这两步走，也考不上军校。

他后悔不该来当兵，就算一辈子窝在山沟里，也比受别人奚落嘲笑要好得多。可是他受不了母亲的眼神，那眼神里带着期盼，还有其他好多内容。

现在又多了个为自己牵挂的米琳，马成功想，自己不该如此窝囊，好歹也是一米八几的男子汉。

他的眼里蓄满了泪水，他心想闯世界肯定不容易，再多的委屈都得咽进肚子里。马成功又朝训练的人群走去，就那么几步路，他却走得异常沉重，几乎每迈出一步，都会耗尽他所有的气力。

很显然，这天的训练，马成功发挥失常，吕建业也似乎受到传染，频频出现失误，两个人的表现气得武鸣大呼小叫。可武鸣越是着急，两人越不争气，马成功以往训练成绩一般，倒也能说得过去，吕建业则全是些低级失误，让人觉得好像是在跟武鸣故意作对。

训练结束讲评时，马成功和吕建业垂头丧气地站在队列里，他们在等待一场暴风骤雨。没错，武鸣命令他俩出列，用锐利的目光审视他们，胸脯一鼓一鼓的。他在极力控制自己的情绪，让所有人都能感受到一种压抑。

武鸣一直没说话，队列里的人们都小心翼翼，一动不动，生怕一个细小的动作抑或细微的表情，引起队长的暴怒。可怕的沉默终于被手机铃声打破。

武鸣拿出手机，接听之后就发火儿：好好在家休假，打什么电话?

沉默，又是可怕的沉默。众人看到，武鸣的脸色变得更加难看。不知电话那边说了什么，只听他缓和了语气，有些急促地安慰对方：别急，你告诉我在哪儿，我马上打车过去。

武鸣忘了下达解散的命令，转身向营区门口跑去，他把队伍晾在了训练场上，独自一人匆匆忙忙走了。马成功作为值班班长也愣在了那里，并不敢自作主张把队伍带回。

稍过片刻，元力也从执勤楼里跑出来，到营区角落的停车场，发动了自己的私家车。眨眼之间，车子启动，调转了方向，驶向营区大门。

在经过大门时，车子并未减速，营门哨兵还没来得及敬礼，灰色的车身已经右拐，汇入快车道，从众人眼里消失了。

队伍里的人大眼瞪小眼，不知该做什么。最终还是老郭下了口令，众人才原地解散，相继离开训练场。

马成功和吕建业站在那里发呆，苏平安凑过去，把胳膊搭在吕建业肩上，手也跟着捏了一下他的肩头，示意让他回宿舍。

吕建业没挪身，扭头埋怨苏平安：看笑话是吗？别烦小爷。

要死还拉个垫背的。苏平安没理会吕建业，而是嘲笑马成功，那意思是马成功的状态影响了自己的好兄弟。

马成功表情木然，冷不丁地冒出一句：这天儿怎么说阴就阴了。

还真是，已经临近中午，光线却像刚擦黑的傍晚，仿佛老天爷也遭遇了莫大的委屈，随时都会发动一场灾难。

马成功让目光穿过营区大门。他能看到马路对过的滨河公园，以及鱼鸟河对岸的市立医院。再远处就是灰蒙蒙的一片了。

阴郁的天气一直持续到后半夜，吕建业他们深夜出警时还是阴沉沉的。他们归队后发现中队部亮着灯，苏平安跑去侦查一番，说队长当着元力的面在跟大老柳吵架。

吕建业和马成功毕竟进鱼鸟河中队的时间短，他们对有些事儿还不知情。他私下对马成功说，我听说武队长在特勤中队犯过错误。

马成功点点头。吕建业又问：你在特勤待过，怎么回事儿？马成功又摇摇头。

吕建业说，我的第六感，大老柳跟队长吵架，肯定跟之前的事儿有关。一个好汉三个帮，回头你帮我，咱一起查出事实真相。

没必要吧。马成功说。

吕建业说，非常有必要，我可是吕尔摩斯，如果不当兵，我会去干私人侦探，可惜呀，我再也没机会穿军装了。

马成功也无限惆怅地说，我也没有当军官的命。

吕建业一脸嫌弃，说你这个人哪简直了，跟小爷学学，洒脱一点儿，我问你啊，消防不是现役了，也得培养人才吧，武警学院属于公安部是不假，说不定应急管理部会新成立个应急学院呢。

马成功笑不起来，他心里搁着事儿，就是吕建业最在意的事情，他想自己是不是也应该做一次私人侦探，解开这个谜。但他又有些担心，真怕吕建业的父亲跟米琳的母亲有非同一般的关系。

060

谭杰并不认为给自己找了乱子，他多多少少被苏平安感动了，并且爽快地答应了要求。

他甚至觉得个人做了个英明的决定，不管沙方健乃至马小刚怎么整治自己，能通过一己之力给基层兄弟办点实事儿，也算是给军旅生涯画上了圆满的句号。

他利用业余时间去了趟城南，去看望苏平安的女朋友。他并非怀疑苏平安是在撒谎，而是想更直观地掌握情况，了解对方的诉求。

谭杰是在元力的陪同下去的，因为最初找到菡小姐行踪的人是元力。元力让他做好心理准备，毕竟那里的条件很差。他反过来取笑元力小瞧了自己。但他确实没想到菡小姐生活的地方比想象中还要差。

首先是尘土飞扬，让人几乎睁不开眼。周围是工地，菡小姐所在的小超市是个遮阳板搭起来的小棚子，唯一的好处是，脏乱差的环境倒凸显了菡小姐的美。

跟身边的元力相比，菡小姐的长相逊色不少，但在特定的环境下，对方的笑容就有了几分生动。谭杰说要买包烟，菡小姐还未说话就先笑了起来。白洁的牙齿有些闪亮，让谭杰有些心疼，好好的女孩儿怎么就是个残疾呢。

菡小姐并未问他想买什么烟，而是说，你这装扮和气质不像是城乡接合部的人。

谭杰露出不解的表情，问：那你认为我是哪儿的人？

你是消防的。菡小姐说完就掩面而笑，未等谭杰言语，对方指了指他身后的元力说：姐姐是消防的，上次来过。

谭杰一听想乐，就黑着脸吓唬：知道就好，接到举报，你这消防不达标。

菡小姐的神情顿时黯淡下来，元力用手指撮了撮谭杰，说，我们领导跟你开玩笑呢。好像是怕对方不信，她又强调说，你得相信姐姐的话。

谭杰也换上笑模样，说对，闹着玩儿的，我是为了苏平安才来的。

这话彻底吓到了对方，菡小姐带着哭腔问：他闯祸了，还是出什么事儿了？

很多人从新闻专题片以及影视剧里看到过类似的镜头，一旦有军人、警察或是消防员壮烈牺牲，组织上都会派人去家里，把家属接到单位，而且会装作若无其事。

消防天天跟灾难打交道，可以说是时刻与死神相伴。谭杰不请自来，让菡小姐花容失色。

谭杰见状，赶忙解释说，我是为你俩将来的事情来的。

我知道你们有纪律，我是个拖油瓶，也不想连累他。菡小姐更紧张了。

或许是为了证实自己吧，她又指了指周围的工地，说：能在这城市的角落有处安身之地，我已经很知足了，只要肯吃苦，永远不会失业。还有啊，麻烦领导转告他，我家这片儿要拆迁，我早早晚晚是拆二代。

谭杰这才注意到，周边不少楼盘拔地而起，或高或矮，都在建设当中，数不清的工人在忙碌着，城市的扩张给了他们工作的机会。面前的女孩说得没错，只要肯下力气，都饿不着。

他后退几步，发现柜台下方有个大大的“拆”字，这也显得小超市像受了欺负的孩子，孤立无助。

谭杰连忙制止菡小姐，说你喊我谭叔吧，小苏已经认我做叔叔了。

菡小姐不解地望了一眼元力，元力给了她一个肯定的眼神。她这才相信了谭杰的话。

谭杰在小超市待了很久，也跟菡小姐聊了不少体己话。他还带回一段苏平安给小超市编的一段广告词，说是你也有千万存款，只是你忘了密码，来福彩想想密码吧。

这是网络上流传的一个段子，算不上苏平安的原创，但谭杰认定这是他的智慧。看来，再有能耐的人也会有不知晓的事情，更何况他对网络特别是一些先进的电子产品基本上是绝缘的。

谭杰去了趟政治处，他想替大老柳和苏平安申请点困难补助。黄连海委婉地拒绝了，说凡事得讲究个程序，个人张张嘴就把钱发出去，将来过不了审计那一关。

谭杰认为这事儿好办，就给武鸣拨了电话，让火速起草一个申请，盖上中队党支部的章，报到政治处。武鸣没有直接回绝，而是发了条短信，意思是中队的事情少插手为妙。

他碰了个软钉子，又把电话打过去，武鸣直接说魏东丽是支部书记，公章在他手里。

这给谭杰提了个醒儿，武鸣是沙方健的老部下，沙方健是马小刚的亲信，元力是武鸣的女朋友，就连吴华也是沙方健的铁杆兄弟。这看似并不复杂的关系，却让他有些头疼。

他不想让自己成为孤家寡人，现在最好的办法是把魏东丽召回中队，好歹小魏是黄连海的亲外甥，应该跟自己一条心。

魏东丽是吴华担任防火处处长时借调到机关的，回到队上，他跟吴华聊了聊，试探把魏东丽调回中队的可能性。

吴华说这都不是事儿，基层管理也是重头戏，支队和大队机关那么多的防火参谋，不差小魏一个，回头我跟支队长言语一声。

他又找到元力，通过短期交往，特别是一起去过城南找菡小姐，两个人也算是有不少共同语言。谭杰把去政治处寻求帮助的事情讲了，元力帮他支招，说可以发动大家捐款。

过后他想，多亏没贸然跟元力提及自己的想法，因为元力有在鱼鸟河中队安营扎寨的打算。谭杰不好多发表意见，再怎么说对方也是政委的千金，有的事情做得过头了会适得其反。这是黄连海教给他的处事法则。

谭杰认为，跟元力的交流是事半功倍的。元力回了趟家，想请父亲出面，在全支队组织一次捐款活动。可两个人都没想到，这事儿惹恼了武鸣，武鸣放出话，让闲杂人等滚回机关。

此话耐人寻味，谭杰想没人在背后撑腰，武鸣不敢说这混账话。他没料到武鸣是说给元力听的，而是在心里再次念叨起“鱼死网破”四个字。

第十三章　不堪回首

061

魏东丽归队，思量着召开一次军人大会，跟大伙集体见个面。他是想在现有的位置上干出成绩的。这次在机关帮助工作，他时不时地跑去找曾在中队任过主官的战友，讨教工作方法。

要在众人面前亮相，魏东丽不敢怠慢。夜里，他在空白的A4打印纸上写字，有的仅是一两行，有的已经写了大半页，到最后，这些纸张都是同样的命运——被揉成一团，扔进了纸篓。

这是他在支队机关养成的习惯。跟别的机关干部不同，别人习惯于用电脑工作，他长期从事宣传工作，习惯了在采访时把要点记录到本子上，只要不是媒体急要的稿件，他更喜欢把所有东西手写出来。

他反反复复地写字、揉纸团，再扔进纸篓，始终找不到合适的开场白。他在为自己写讲话稿，他觉得只要开头顺了，后面列个纲，讲下去就行。

究竟用哪种方式开头好呢？魏东丽从脑海里回忆每个支队党委常委讲话的风格，没有一个适合自己。他明白，这次所谓的亮相，亮的是嘴皮子功夫，虽然台下主要是专职消防员，没有太高的学历，但水平都不弱。只要一张嘴，到底什么成色，会被人看个通透。

真正开会的时候，魏东丽还是空着手上了主席台。主席台上只有他和武鸣，值班班长请示汇报后，下达“坐下”的口令，台下三十多双眼睛齐刷刷地盯着他。他有些慌张地垂下了眼皮。

按理说，魏东丽见过大场面，以前各种难缠的记者都对付过，任何领导的眼睛他都敢对视，现在却只能低头翻看花名册。他心里没底，怕砸了锅。

毕竟他不是从基层中队摸爬滚打成长起来的，这是困扰他的问题，如果不能给大家留下一个美好的印象，就会被当作“外人”。他发现自己气场不够，在众目睽睽之下心里发虚。

花名册上的信息他早已滚瓜烂熟，他只是想用这种方式保持镇定。但魏东丽发现，台下的人仍旧用审视的眼神望着自己，他赶忙低头，打开会议记录笔，拿起笔写字。

看样子，他是在奋笔疾书，这是他的绝招。大大小小的会议，只要不涉及他的业务范畴，他都会用这种方式消磨时间。只要目光没有合适的地方搁，他就会在本子上写写画画。什么都写，黄河之水天上来、安全重于泰山、消防安全责任制、全心全意为人民服务、赴汤蹈火、年轻有为……魏东丽。到最后，一定是自己的名字“魏东丽”，写了很多，其实什么都没写。

在他写下自己名字的时候，武鸣刚好把备战比武的注意事项讲完了。他没仔细听，只听到武鸣的鼻音很重，可能得了重感冒，让声音变了调，反倒有了几分磁性，很好听。

该轮到自己讲话了，魏东丽站起来，敬了个军礼，刚要坐下，警铃响了，会场瞬间被搅动起来，所有人都跑出会议室，只剩下魏东丽一个人傻站在那里。

闻警而动是基层消防中队的规矩，事实证明，没在中队的这些日子里，魏东丽虽然做了充分准备，可还是无法立即进入工作状态。他用耳朵捕捉各种声响，走到窗前，透过玻璃，目送消防车驶向远方，才瓮声瓮气地对自己说，这样也好，继续保持沉默。

从机关回到中队，魏东丽扑下身子来干工作，这也是受了老处长吴华的影响。这样一来，他真正体验到基层主官的不易。

从支队机关到基层中队，好比从繁华都市到了偏远山村，假如仅是体验生活，那肯定是满眼风光，真在这里安营扎寨则是另一种滋味了。

在机关工作的时候，他也随领导到各个中队检查、调研，还有过短暂的蹲点帮扶经历，基层士兵包括专职消防员在内，对机关来的人员都很尊敬，甭管校官还是尉官，就连开车的驾驶员，他们都统统喊“首长”。具体到细节当中，他们把上级来的人伺候得很到位，叫大家昏昏然，也很受用。

有几次，魏东丽跟机关的同事聊起过这个话题，还得出一个结论——基层好。那时，他认为基层不用熬夜加班，作息规律；基层没有钩心斗角，人心淳朴，等等。可现实给了他当头一棒。

三十来号人的吃喝拉撒，事无巨细都得操心。手下的人失恋闹情绪得管，新同志顶撞班长得管，上级来检查得管，家长来探亲得管，馒头没熟米饭夹生得管，就连土豆炖牛肉土豆多了牛肉少了也得管。

土豆炖牛肉也是大老柳最爱吃的一口。魏东丽听武鸣介绍，这个大老柳名声在外，抓训练、抓管理都很有一套，是整个中队的主心骨。

要开展好工作，必须仰仗大老柳这样的人物，这是魏东丽和武鸣达成的共识。他偷偷观察甚至模仿大老柳，想从对方身上学本事。照葫芦画瓢总可以吧。不管怎样，他都必须以极大的勇气和耐性迎接中队的一切。

实际上，这段时间大老柳总是心不在焉，办任何事情都是丢三落四。很奇怪的是，武鸣并不恼火，还时不时地跟对方开些不大不小的玩笑。

某天出警，大老柳主动把一号车让给了吕建业，把吕建业乐得不轻。他自己上了二号车，把身子蜷缩在副驾驶的位置上，两眼直勾勾地看着窗外。

路上行人如织，不少人扭过头，朝鱼贯而过的三辆消防车张望。有的行人张嘴说话，生成的嘴型各异，让大老柳觉得像是濒死的鱼，嘴巴一张一合。

抵达现场后，吕建业带领一号车的战斗员进入战斗位置，布置好水枪，朝二号车示意供水。

以往，他们不需要任何言语的沟通，所有配合都非常默契，而且会一步到位，可这次水带是瘪的。最终还是武鸣跑过去，把供水的操作一气呵成，差点就酿成大祸。

062

在灭火现场，吕建业没在意什么，归队后，他发现武鸣黑着脸，走了。没多会儿，又差人把大老柳喊到了中队部。本来他也遭遇了闹心事儿，不愿瞎操心，可他跟马成功说过，自己是“吕尔摩斯”。

跟他预想的相同，武鸣果然又跟大老柳吵吵起来，让他略有失望的是，吵架与武鸣在特勤中队的“黑历史”无关，根源在大老柳身上。

武鸣让大老柳赶紧休假，大老柳反问为什么。

武鸣咆哮：还用我多说吗？

大老柳知道指的是这次出警，有些愧疚地哀求：武队长，你就让我参加比武吧。

武鸣呵斥：不行！你儿子脑瘫那么长时间了，你得尽一个当父亲的责任，自古忠孝难两全……

大老柳继续哀求：队长，你得允许我有私心，以往比武都会有一笔奖金，我好给壮壮看病。

吕建业突然间发现了大老柳的秘密，心想这个男人究竟背负了多大的压力呢。他二话没说，拿起手机给父亲打电话，说姓吕的，你赶紧把我的信用卡激活。

吕程在电话那边说：我是你老子，心里有点儿逼数。

吕建业恶狠狠地说，我操，别把我惹火了，小心把你化为骨灰。

魏东丽已经归队，但元力还是在鱼鸟河中队待着，让人觉得她是在耍赖皮。本身武鸣就反感她扎在男人堆里，魏东丽现在也觉得她不把自己当外人，什么事儿都想参与点意见。

当着武鸣的面，谭杰对魏东丽说，自古以来搭班子都不可能一团和气，人家经营的是夫妻店，你这指导员可不好干。

这自然是玩笑话，但武鸣心里很不熨帖。他想无论如何也得想法把元力赶走。他琢磨好了，明着不行就使阴招儿。

武鸣在队上转了一圈，把苏平安叫到跟前耳语一番，苏平安一听就激动，说队长瞧好吧，坚决完成任务。临走时，他又回头神神秘秘地对武鸣说，队长，我的名誉你得负责。

武鸣抬起一脚就想踹，苏平安边逃边喊：队长，你可真损，一般人我不告诉他。武鸣会心一笑，心想就他了，就这小兔崽子的浪荡样儿，全队挑不出第二个人。

消防的基层中队没有女干部，更没有女兵，元力在鱼鸟河中队生活有诸多不便。去洗手间得有人在外面把门，到洗澡间也是如此。都知道她是队长的未婚妻，即使吃了熊心豹子胆，也没人敢放肆。

这天半夜，元力忙活完就进了洗澡间。她把门反锁上，在里面冲澡，忽然间灯灭了，这边苏平安正冲着电闸一脸坏笑。须臾，灯又亮了，等元力刚适应光线，灯又灭了。来来回回好几次，元力索性用浴巾擦干身子，穿上衣服，有些烦躁地出了洗澡间。

刚一出门，走廊深处晃过一个白影，然后停在那里一动不动。元力定睛一看，一袭白布的上方是个魔鬼面具。她想这是谁如此无聊，深更半夜里装神弄鬼。她不相信这世上有鬼魂神灵。

就这一愣神儿的工夫，声控灯灭了，她赶忙跺脚，灯亮时，那白影消失得无影无踪。

她冲着走廊尽头喊：谁？你出来，我保证不打死你。

元力向前走了几步，故意学着电台里讲鬼故事的语调说：我不怕鬼，你怕不怕呀，我可是钟馗转世，上辈子多少恶鬼见了我都发毛。

白影“唰”地又现身了，但元力根本不怕，慢慢向对方逼近。苏平安赶紧亮开双臂，把白布撑起来，拿腔拿调地招呼：来呀，我不是恶鬼，我是色鬼，大长腿，一二一，哎呀，小胸脯，鼓哇鼓的。

元力脸色顿时变了，连忙裹紧衣服，撂下句“讨厌”，就朝相反方向跑了。

她直接闯进中队部，武鸣和魏东丽都没休息，她上前就扯起武鸣，问：你的兵，你还管不管啊。

老实说，武鸣当时的心跳有些加速，刚洗完澡的元力小脸儿红扑扑的粉嫩如玉，浑身上下都散发着诱人的体香，一般的男人很难把持得住。但他知道发生了什么事情，就装作一无所知的样子瞪了对方一眼。

元力说，我没跟你闹，队上有人扮鬼，说我大长腿……

武鸣用眼睛向下扫了一眼，说没错，是大长腿。

元力偷偷瞥了一眼魏东丽，羞怯地嘀咕：还说我胸脯一鼓一鼓的。

不可能，鱼鸟河中队怎么会出这种洋相？武鸣扭脸看了一眼魏东丽，说是不是啊，指导员。

他是有意让元力难堪，但魏东丽不知道这里面有猫腻，马上表态说，这事儿好办，拉个紧急集合。

武鸣说，去你的，拉什么紧急集合，你相信咱队上出这种龌龊人？你这指导员怎么干的。

魏东丽一时语塞，张张嘴没吭声。他只看见元力跺跺脚，抛下一个幽怨的眼神儿，转身走了。他还听到武鸣对着元力的背影说，实在不行就回机关吧，真要有这样的人，指不定会发生什么情况。

元力收拾了简单的行李，当天夜里就开车走了。她离开之后才发觉，是中了武鸣的圈套。中队装了好多摄像头，几乎可以无死角地监控到所有场所，她想当时为什么没想到这一点呢。

深感被捉弄的元力给谭杰发了信息，让帮忙查监控，看看究竟是谁搞的鬼。

她没回家，直接去了支队机关，把自己反锁在办公室里，在日光灯下走来走去。大概是刚洗过澡的缘故吧，元力的身上还泛着湿气，让她感到很不舒服。

过了许久，她才打开饮水机。饮水机有制热和制冷两个功能，元力给杯子里注入了冰水。她回到办公桌前，坐下，一只手拨打武鸣的手机号码，一只手端起杯，把里面的水咕咚咕咚一饮而尽。

冰冷的水温让元力镇定下来，她有些迟疑地挂断电话，幸好武鸣未曾接听。她猜测武鸣要么故意不接，要么是在出警。她明知对方不可能把电话回过来，但还是选择了装糊涂。

063

大老柳是一根筋，武鸣把他训了一顿之后，他反倒冷静下来。他决定不受家务事儿的干扰，帮武鸣把这次比武搞好。

吕建业对此敬佩而心酸，敬佩他是条汉子，心酸的是堂堂一个男人掏不出钱来给亲生儿子生病。吕建业对钱毫无概念，根本不知道那是一笔可怕的数字。

也正是因为上述原因，吕建业比以往更加留心大老柳的举动，有时候大老柳走到哪儿，他就会出现在哪儿，像个跟屁虫似的。

他发现大老柳对工作特别认真，对任何事情都会事先制定计划。过去大老柳坚持把自己拟定的计划写在纸上，现在中队有专门的电脑室，配备了笔记本电脑，大老柳就开始从电脑上操练了。

除了“毛病”和“滚蛋”的口头禅，“操练”是在大老柳嘴里出现频率最高的词。他把什么都当成操练，这个词儿很有节奏感，让人觉得他时时处处都在战斗。

即便大老柳很不擅长打字，也不肯让别人帮忙，他的理由是，连这个都不会就真成土鳖了，早早晚晚都会被淘汰，得滚蛋。

吕建业感觉大老柳很有意思，消防就需要这样的骨干，哪能说滚蛋就滚蛋呢。

有天中午，大老柳正埋头在电脑前操练，一位小个子专职消防员打报告进门，怯生生地说，班长，我又犯错了。

大老柳歪头问，有话说，有屁放。

小个子说，我抽烟，把、把……

大老柳瞪眼：说啊。

小个子似乎下了很大的决心才说，把你的被子烧了个窟窿。

大老柳骂了声“操”，忍不住把右脚抬了起来。小个子非常配合，向后转身，露出半片屁股，心甘情愿地等着这一脚。不明就里的人，会觉得这幅画面特别滑稽。

大老柳皱皱眉头，象征性地踢了一脚，然后冒出句“滚蛋”就转回身子，继续操练。

小个子犹犹豫豫地说，我真滚蛋了啊。

还等着我修理你啊。大老柳没抬头。

吕建业看着两个人的样子，差点笑出声来。他知道，大老柳的右横踢可不是闹着玩儿的，队上很多人领教过，好像都很惧怕。

眼下他顾不上寻思这些了，他现在特别苦恼的是，父亲吕程对自己的态度。之前无论如何闹腾，父亲都毫无原则地让着自己。可这次竟然用断了经济来源的方式，想卡住自己的脖子。

这更让他断定，父亲跟米琳母亲有不可告人的秘密，否则不至于恼羞成怒。吕建业琢磨，实在不行就换别的招数，比如说找人借钱，打个借条，再来个子债父还。

他把手机拿出来，对着通讯录一个一个地找，翻到最后，发现那些人都是狐朋狗友，多数是在盯着自己腰包里的钱。为数不多的几个长辈是父亲的朋友，可他在打电话前又放弃了，因为没有人会相信父亲会给自己“断粮”。

该怎么办呢？总不能去偷去抢吧，吕建业把自己网络游戏里最喜欢的一套装备低价转让了，拿回来三万块钱，可私下里一打听，这点儿费用做个普通手术都撑不了几天。他在心里骂，这医院不是救人的，是活生生要宰人哪。

吕建业黔驴技穷了，他在心里嘀咕，难不成真要给姓吕的低头？

谭杰这边应了元力，就让魏东丽帮忙查中队的监控。

魏东丽问，查监控干什么呀？

你舅舅让我查的。谭杰怕节外生枝，就撒了个谎。

魏东丽断定肯定不是黄连海要查监控，但还是依着谭杰的要求做了，再怎么说，按辈分也得喊谭杰舅舅。

监控调出来一目了然，是苏平安在捣鬼。谭杰把苏平安喊过来，带着一脸的苦大仇深问话。苏平安先是装糊涂，一瞅无法抵赖，就兜起了圈子。

苏平安说，谭叔，消防这一改革，现役的跟我们专职的会有什么区别呢？

你别跑题。谭杰警告说。

苏平安做出沉思状：我愁得慌。

谭杰说，跟你有什么关系？

苏平安立即换了副神态说，家事国事天下事，事事关心，我身为消防员，关心消防发展，谭叔，你得表扬我。

谭杰说，你立正站好，咱先关心一下那天晚上骚扰元干事的事情。苏平安还想装糊涂，谭杰又追加一句：这事儿性质恶劣，搞不明白，谁都保不住你。

苏平安还想打马虎眼，说你是我谭叔，这叔叔可不能白喊，你是老大，你得罩着我。

谭杰皱起眉头说，这都跟谁学的社会习气，你这样的侄儿，没有也罢。

苏平安不好正面回答，便一问三不知，等着武鸣来解围。谭杰感到失望和心寒，就把元力去看望菡小姐的事儿和盘托出。当然，他着重强调，自己是陪同元力去的，元力对菡小姐的境况很关心等等。

他专门从手机里找出元力跟菡小姐的几张合影，望着心爱之人灿烂的笑容，苏平安随口就秃噜了。苏平安认为这不是出卖队长，元力如此关心自己，不实话实说有违江湖道义。他进而想，人家这对欢喜冤家是在玩浪漫，变着法儿地秀恩爱呢。

苏平安心里很难搁住事儿，转眼就说给吕建业听，他没背人，当着大老柳的面讲的。本来他是觉得连马成功都有对象了，想虐一下单身狗，可大老柳听完之后，给了他一脚，说你又不动脑子，唯恐天下不乱。

他在心里偷着骂，踹我干吗，有能耐踹队长去啊，我可是跟队长订了攻守同盟的。说到底，苏平安还是害怕武鸣会找他算账。

弄清了事情原委，谭杰就给元力通报了情况。谭杰以为她会情绪失控，元力反倒邀请他到家里做客。

谭杰确实觉得尴尬，很多人巴不得到领导家里坐坐，为的是增进感情，他却很少这么做，除非万不得已，有要事得当面向领导汇报。为此，黄连海总嫌他没有政治头脑，他并不辩解，有的事儿很难找到确切答案。

064

面对元力的邀请，谭杰很纠结。

他不得不发短信请教黄连海，说元力让我去政委家，我不好空手去吧。

黄连海回复，自行体会。

谭杰干脆把电话打过去，说你这人怎么这样啊，让你帮忙拿主意，你反倒打起了哑谜。

黄连海哈哈一笑，说你都要离开消防的人了，把该说的话说到位就行。

哪些话是该说的呢？直到进了客厅，谭杰还没有理出头绪。

迎接他的是元力，政委元威果真在厨房里忙活。元力给他让座，等再次确认“色鬼事件”是武鸣使的小伎俩之后，元力反而笑了，让人捉摸不透她心里在想什么。

元威的厨艺非常棒，端上来的几个菜令人垂涎。元威打开一瓶白酒，说咱不喝啤的了，我血糖高。

谭杰推辞说，我在鱼鸟河中队蹲点，不方便。

元威说，又不是在值班，我特批了。

这天晚上，谭杰和元威聊了不少，当然无法回避元力和武鸣关系的问题。元威的意思是，女儿大了，由她去吧。提及武鸣安排人捉弄元力，元威颇为惊讶，说这小伙子有点意思哈。

“有点意思”是元威表达意见的一种说法，场合不同，含义也相差甚远，或褒或贬，看听者如何理解。

元威主动谈到谭杰退出现役的事情，谭杰这才想起黄连海的话，那就索性把话讲到明面上。

元威听后，说应该是误会吧，支队长和参谋长不会这样的。不过，他说完还是笑了笑，又加上了“有点意思”的评价，不知是有意还是无意。

还得回过头来说大老柳的被子。

鱼鸟河中队所处的位置寸土寸金，营区相比其他中队就紧凑许多，让人感觉逼仄，甚至压抑。支队出资在阳台上建了全天候的晾衣场。消防出警要跟水打交道，特别是阴天下雨，有这么个地方确实解决了衣服晾不干的实际问题。

当初设置了几排晾衣架，无论晾晒什么东西都十分方便。据说，大老柳有一天心血来潮，带着手下的人把晾衣架全都拆了，把晾衣场变成了全天候的小型训练场。

又过了些时日，大老柳变卦了，说不管风里雨里，消防都得执勤，那就得露天训练，不怕风吹日晒。这么一折腾，只能扯上背包绳，替代晾衣架的功能。

大老柳踢了小个子一脚后，吕建业专门下楼，走到营区大门，回过身来，用右手在额前搭起个凉棚，朝晾衣场张望。

背包绳拴得高低不同，挂在上面的被子显得杂乱无章，却很有层次感。被子的颜色以军绿色为主，有的深有的浅，深得多浅的少，有点像秋末的银杏叶，深的墨绿，浅的泛黄，很养眼。

深的属于新入职的专职消防员，吕建业似乎能看到被面上有签字笔画过的细线，为了叠被子方便，那线条就跟裁缝裁剪衣服前用粉笔打下的底稿一样；浅的，肯定是老消防员的，历经三番五次的浆洗，露出了棉布料的本色，让人感觉踏实。

毫无疑问，发白的那个是大老柳的，像一枚悬挂已久的老勋章，令人肃然起敬。

能把被子分出梯队，总结出不同的特点，让吕建业很得意，他像检阅队伍一样看着那片被子，似乎它们都活了，视野里涌动着千军万马。

傍晚时分，吕建业听到吵闹声。寻声而去，大老柳正在批评小个子，黑着脸，眉毛拧成了麻花。

原来，小个子的错有点大，被子烧的不是窟窿，足有脸盆那么大，而且被面里絮的棉花几乎被烧净。这确实够气人的。

眨眼的工夫，大老柳已经起脚，一个横踢过去，小个子倒在了地上。看阵势他还想再踹上几脚。

吕建业赶忙上前，拉住他的胳膊说，你疯啦，多大点事儿，我出钱给你再换床新的就是了。

大老柳没给好脸色，甩开吕建业，说你懂个屁。

吕建业一愣，又冲小个子喊，还不爬起来，快滚蛋。

目送小个子出了晾衣场，吕建业才撒开手，他用不解的目光瞅着大老柳，想从对方脸上找到答案。

大老柳还没消气，说慈不掌兵，不骂两句，不踢两脚，他们不长记性，更不知道马王爷长几只眼。

老话说，新三年旧三年，缝缝补补又三年，好好的被子被烧成了那个样子，大老柳确实心疼。这是他发火儿的主要原因。

往事不堪回首，大老柳从不认为自己有多悲惨，相反，他认为儿子的遭遇是生命中绕不过去的一道坎。这件事情呢，得先说他的妻子车小米。

车小米是他的初中同学，人长得漂亮，家庭条件也比他好，两个人算经人介绍的自由恋爱，而且还得加上个定语，公开自由恋爱。

有次回家探亲，初中同学聚会，有人拉郎配，说你俩可是天生地造的一对儿啊。说者无心，听者有意。回到部队后，大老柳就给车小米去信，那时候手机很金贵，他还用不起。

有发小儿知道此事后，劝他说，你将来得在部队长期发展，别从农村找媳妇儿了。

大老柳言之凿凿，说《内务条令》有规定，士兵不得在驻地谈对象。

大伙都笑他傻，规定是死的，人是活的，假设在城里找个好姑娘，互相之间来电了，脱军装结婚，天王老爷也管不着。

大老柳讨厌这种说法，不是什么事情都可以假设，尤其是在婚姻大事儿上。关键的问题是，车小米这个人真不赖。那几年大老柳父母身体不好，人家直接搬到了他家，在乡下，这就等于是未过门的儿媳妇。

两人谈了三年多，一直是用写信的方式。实际上，大老柳最怕写东西，但他身边有那么多战友，他每收到一封来信，都会跟大家分享，回信时也是你一言我一语，等于共同起草的情书。

一来二去，两人想订下这门亲，可妻子娘家那边说啥也不干。至于原因则很简单，对方嫌大老柳的家庭条件差。

065

真到了谈婚论嫁，大老柳又耽误了一年多，部队上总是有任务，把他的婚期一推再推。这事儿老家的人看不惯，婚都订了，拖来拖去算哪门子事儿。

车小米给他吃了个定心丸，说甭管人家说什么，咱过好自己的日子就行。这是多好的一个女人啊。

那时候，车小米还是女孩子，婚后就成了他的女人。相比那些发小儿，大老柳结婚算是晚的，但儿子出生没输给那些家伙。好多人还拿他开涮，说他不愧是当兵的，弹无虚发。老实说，他们的玩笑并不为过。现如今都讲究个优生优育，休婚假的那些天，他没少喝酒，稀里糊涂地播下了种子。

他始终认为自己亏欠妻子，自打她嫁到老柳家，就跟着遭了不少罪。结婚只是摆了几桌婚宴，连个婚纱照都没拍，更别说什么度蜜月了。车小米说不要紧，咱省下钱将来在城里买房子。

儿子出生那阵子，赶上部队节日战备，车小米一个人去的医院。这事儿她也没怪大老柳，还自作主张给儿子取名叫壮壮。

人如其名，壮壮长得虎头虎脑，结实得很。可老天爷不长眼，别人家的孩子都满地跑了，壮壮还不会爬，到医院一查，是脑瘫。妻子给他打电话，哭得险些断了气儿。

老家的人过于封建传统，都说车小米命硬，是扫帚星，娶了这样的女人倒了八辈子霉。这种说法先是局限在小范围内，很快便被一张张兴奋的嘴巴传递开来，车小米一夜间成了万恶不赦之人。也是邪性，好多人特别喜欢看别人的笑话，似乎旁人遭了灾难，自家日子能过得更好似的。

那几个月，车小米白天不敢出门，走到哪儿都觉得有人在背后指指点点。有一次，她抱着壮壮去村口等公共汽车，想带儿子去城里看病，半路上碰到一位大嫂，刚要打招呼，人家扭头回到自家院子，临关门前还朝门外啐了一口，就跟躲避瘟神一样。

车小米再也撑不住了，深一脚浅一脚地回到家，把壮壮安顿好，迷迷瞪瞪地从厢房里摸出农药瓶子，想一死了之。多亏大老柳的父母来得及时，直到现在，大老柳想起来还是后怕。

有人劝他提前退伍，他不舍得离开部队，他清楚，父母不会责怪自己。他们都是明事理的人，如果他们不把儿媳妇当作亲闺女，车小米很难撑得住。

吕建业定下决心，不管受多大屈辱，都要跟父亲缓和关系。他周末请假，直接去了公司总部，等了半晌不见人影，他就在各个办公室之间转悠。

公司高层有几位是熟悉的，其中有位副总裁是海归博士，叫华冬江，年龄比吕建业大不了多少，两人有很多共同语言。

吕建业直接进了华冬江的办公室。办公室里没人，他坐到老板椅上，跷起二郎腿，环视四面的墙壁。他发现墙上挂了不少父亲跟各级领导的合影，心想姓吕的够自恋，这些部下也太没劲，只知道投其所好。

看着看着，吕建业的眼睛直了，他瞅见墙角有幅尺寸不大的照片，他三步并作两步，过去一看，是父亲跟米琳母亲的合影。米琳的母亲小鸟依人一般，露出了甜美的笑容，如果不仔细看，很难判断她的真实年龄。

吕建业伸手想取下照片，把这作为证据，去质问父亲，可他费了半天工夫也没如愿。他用目光铆住照片，心想就算是有了这个，那老不死的也不会认账。

终于等来了父亲，他觍着脸挤出一丝笑。父亲没搭理。吕建业提醒自己，不能急，不能急，好好说话。

他上前给父亲递了一支烟，父亲没接，把烟卷甩到桌子上。吕建业细声细语地说，老爸，别嫌弃啊，这可是我个人津贴买的，档次不高，将就一下。

父亲还是不吭声，吕建业又说，老爸，我诚恳地给您老人家道歉，大人不记小人过。说罢，他把烟卷硬塞到父亲嘴里，点上。然后说，回头我写一万字的检查。

吕程终究没绷住，忍着笑说，我还就不信了，治不住你个小屁孩儿。

吕建业一看有门，连忙打趣道：吕先生是谁啊，著名民营企业家，他的眼神是犀利的，看人是通透的，我在你眼里就是瞎闹腾的小妖精，哪儿敢跟大神斗法啊。

吕程收住笑，说别给我灌迷魂汤，抓紧说正事儿。

我那个信用卡……吕建业不再东拉西扯。

吕程问：我欠你的吗？你今年多大了，成年了，该自食其力了。

听我解释，是这么回事儿啊。吕建业配合着夸张的表情，反问：你赚那么多钱干吗？还能给别人吗？

吕程说，想给谁是我自己的权利，用不着你来教训老子。

那是必须的，你就是给我找个小妈，全给了相好的，我也没意见，但我这次急用钱，我战友给儿子治病，算我借你的。吕建业把这几天琢磨的对策和盘托出，这是他的底线。

什么叫再找个小妈，还折腾出来相好的了。吕程听了这话就来气。他斩钉截铁地说，不行，我又不是开慈善机构的，天下生病的人多着呢，我管不过来。

吕建业急了，说你怎么没点儿善心呢，我问你，帮不帮我？

吕程说，不帮。

吕建业一字一顿地说，姓吕的，你记住了，拿着你的钱孝敬你的小老婆去吧，再养上小三、小四，祝你幸福。

吕程问：我养你这么多年，就这么跟我说话？我再娶个女人，难道不行？

吕建业说行，没人管你，但今天我要跟你划清界限，咱俩断绝父子关系。

吕程开骂，说我操，你翅膀硬了是吧？我一把屎一把尿……

还没等骂完，吕建业就摔门而去，临出门前回头说了句，你吃屎去吧，将来死了也没人给你埋。

吕建业心烦意乱，索性给华冬江发了微信，抱怨父亲的所作所为。那头回复“呵呵”，让他蒙了。

第十四章　爱情危机

066

这次回家休假，有几个发小儿和退伍回家的战友来看大老柳，有人给他介绍了工作，大家劝他说，消防又不是“正规军”，以后还不知道怎么改革，假如归了地方，哪个地方的财政都不好过，工资肯定比不上过去。他们认为，挣不了多少钱还得拼死拼活，不值。

大老柳的确冒出过离开消防的念头，可他真的舍不得离开。

消防是个温暖的大家庭，武鸣无意中得知壮壮的情况后，几次三番说要动员战友们捐款，帮他渡过难关。

可是，队上的人多数跟他一样，来自农村，谁挣那点钱都不容易，拖累了别人，这样的事儿大老柳干不出来。还有啊，捐款这种事儿等同于是道德绑架。凡事只有搁在自己身上才会有真切感受，即便彼此关系再好，也有可能被人说三道四。

总而言之，大老柳认为靠爱心募集来的钱，花起来不踏实，真这么办，也会影响到兄弟们之间的感情，甚至破坏他的形象。

在此之前，整个队上，只有武鸣知道他的家事。当时两人有过约定，武鸣承诺不把壮壮的事情告诉别人，现在他旧事重提，让大老柳陷入巨大的困扰之中。

大老柳对武鸣的印象很好。关心他个人只是一方面，队长私底下对兄弟们都很用心，不偏不倚。最难能可贵的是，每次训练执勤，队长都冲在前面。要知道，武鸣本身就是部队成长起来的业务尖子，能在关键时刻给兄弟们做好榜样，起到的作用是无法用言语描述的。

看武鸣一副拼命三郎的架势，大老柳劝他，说干部就是干部，没必要那么拼。武鸣说，水火无情，绝对不会管你是什么军衔。

可就是这么个令人敬佩的人物，现在跟大老柳较上劲了，武鸣非要让他回家，还说这次情况特殊，支队会网开一面，让他安心为孩子治病。大老柳琢磨的是，儿子的病情已经那个样子了，一时半会儿解决不了实际问题。

他不想为此失去参加比武的机会，他甚至想，消防这一改制，自己何去何从也都是未知数，天知道这会不会是最后一次机会。他不想放弃，或者说，依他的性格脾气，对某些事情是永远而且绝对不会放弃的。

但武鸣已经对他下了最后通牒，强制让他回家休假。他似乎只有一种选择，执行命令。可武鸣万万没想到，大老柳把妻子搬出来了，他让车小米出面做工作。

在来队之前车小米又亲手做了些咸菜，如若不是被逼到了绝路，武鸣相信，她是不会求助中队的。这让他觉得大老柳面目可憎，有什么比家庭还重要呢？连小家都照顾不好的男人，根本没有资格谈什么事业。

车小米很固执，她听不进任何劝告，情急之下，武鸣把元力请来了，可恰恰适得其反。车小米是不善言辞的人，也不知她跟元力说了些什么，反正最终的结果是，元力很同情大老柳两口子，摇身一变成了大老柳的说客。

武鸣嫌她不够理智，不讲原则。元力则表示，如果自己坚持原则，恐怕就该有人追究你导演的闹剧了。武鸣自知理亏，但还是想让大老柳主动离开中队，回家照顾久病在床的儿子。

一个男人遭遇了家庭变故，仍要坚守在岗位上，这是常人难以理解的事情。吕建业仔细观察过，在众人面前，大老柳要装作若无其事，而且还要表现得比以往更加乐观，可私下里却总是独处一隅，旁人很难揣测他内心在想什么。

吕建业挖空心思也无法找到合理的解释。后来他想，何必自寻烦恼呢，个人遭遇也好不到哪里去，父子关系僵化，形同陌路，自己还要跟没事人一样，偶尔还得在队上显摆那么一次。

直到现在，吕建业才明白一些道理，比如，一分钱难死英雄好汉，他这才意识到，以往铺张浪费是多么奢侈，甚至多么可耻。可为了面子，他又只能打肿脸充胖子。吕建业想，大老柳也是为了面子吗？有那么一点儿，分析下来好像又不是。

他还是在寻求对策，想为大老柳解决医疗费，目前的形势下，或许自己有那份实力。苏平安说他钱多了烧的，有上级，有公益组织，真要有钱，可以投点资，让他的菡小姐开连锁超市。

吕建业说，救急不救穷，这钱给了大老柳是可以救命的。

苏平安觉得话难听，就带着嘲讽的语气说，我是穷了点儿，但我有骨气啊，跟你开个玩笑而已，不像大老柳，在你面前哭穷。

不好意思，没顾忌你的感受，我不是那个意思。吕建业解释完，又说，你这次还真说错了，他没在我这里哭穷。

苏平安问：那他为什么不向上级汇报，由组织上出面。

他自尊心太强了吧。吕建业想了想，又说，不管怎样，我还是得帮他一把，就为了战友之间的情谊吧。

他给华冬江打电话，说公司不是每年都拿出一部分费用捐给公益组织了吗？你帮个忙，想法给我战友支援点儿。

华冬江回答：吕少，抱歉啊，董事长专门开会说了，公司任何人不得跟你有瓜葛。这样吧，我个人找几个人帮忙，给你那个战友捐点儿。

吕建业苦笑，说算了吧。

他想起一个人，年龄比自己大个三两岁，虽然不是至交，却也有几分交情。那个人叫安家宏，自称“夜店小王子”，也就是说，林河市所有KTV、夜总会，只要是上点档次的，安家宏都是常客。

吕建业跟安家宏的首次见面很巧合。

在父亲开的夜总会里，他为女同学过生日，可那位女生没见过世面，要在夜总会里转转，就出了包间。结果碰上几个动手动脚的混混，最后是安家宏英雄救美。

当时安家宏说以后有事尽管吱声。吕建业没想到这条人脉还真用上了，更没想到接下来会陷入可怕的陷阱。

067

这两天，魏东丽也碰到了麻烦，他的压力比以往任何时候都大。

当初，他决定入伍到消防的时候，顶了不少压力，这份压力来自于他的未婚妻小孟。小孟跟魏东丽父母的观点截然相反，她认为，魏东丽是名牌大学毕业，待遇好的工作挑着选，没必要到部队受罪。

可魏东丽对父母言听计从，既然老人认为学而优则仕，那就顺着家里的意思来，所谓孝顺无非就是个“顺”字。

魏东丽人在机关时，小孟勉强还能接受，工作再忙隔三岔五也能见一面。真把他安排到鱼鸟河中队，就另当别论了。小孟言之凿凿，不能在身边陪伴也就罢了，还得替他担惊受怕。说这话的时候，小孟眼泪汪汪，让魏东丽非常感动。

他把大老柳的事儿跟小孟说了，此时大老柳的家务事儿在队上已经是公开的秘密了，他希望用大老柳的故事打动小孟，进而得到小孟的支持。可小孟说了，你愿意奉献没人管，但别想把我也扯进去。小孟看魏东丽态度模糊，就愤然提出了分手。

魏东丽也是那种特别耿直的人，他想时间能改变一切，过些时日，小孟就会改变初衷，然后回心转意。他觉得小孟只是在闹情绪，不可小视又不能当真。

可小孟还真就不联系了。魏东丽想这事儿不能操之过急，晾晾对方也好，免得没完没了地争吵。他把精力转到了工作上。

执勤业务方面是魏东丽的短板，但他把这个当成了跳板。他想要真正融入鱼鸟河中队这个集体，得到大家的认可，唯有在训练上有所突破。

碍于面子，夜半时分，魏东丽一个人在训练场上偷偷练。可年龄摆在那里，他没法跟年轻小伙子们比。有几次，他也在心里打过退堂鼓，后悔没听劝，从某种意义上讲，多亏了大老柳、吕建业和马成功，他才坚持下来。

因为，他发现深夜跑来训练的不止他一个人，他有些许感动，心想大老柳等人是图了什么。恰逢消防改制，好多人都在猜测，说干部还有盼头，无论怎么改革都是公务员的身份，可消防员将来的身份至今不明朗。他想，这或许就是集体荣誉观吧。

他转念又想，不单纯是集体荣誉的问题，而是信念、忠诚和坚守，在魏东丽的内心世界里，把这三个词语定为队魂。

作为老班长，大老柳跟他聊过很多，具体说过什么没必要重复。印象最深的是，大老柳说，谁都不是一出生就干消防，我刚当兵那会儿也是生瓜蛋子。这话实在，也很有哲理。试想，只要不是哑巴，人人都会说话，有几个人能成为央视春晚的主持人呢？只要不弱智，人人都会写作文，又有几个人能成为海明威、莫泊桑呢？

魏东丽是新闻专业的高才生，他喜欢读世界名著，时不时地在讲话中带出几句经典语句。大老柳就提醒他，跟兄弟们相处要接地气，别让伙计们听不懂。他认为这是谬论，既然文化素养不高，那就得主动去学习。这是两个人唯一意见相左的地方。

与大老柳相处时间久了，他对大老柳也是佩服至极。事无巨细，大老柳总是安排得非常妥当，而且好些事情，大老柳都想到了前面，让他少操了不少心。

在大老柳跟吕建业之间，魏东丽有点难以平衡。虽然两人很少再有大的矛盾，但吕建业年轻气盛，办事欠考虑，经常惹得大老柳发火儿。说一千道一万，他们都是为了工作，没有任何私心。

有几次，他很想请教武鸣，为什么不管管吕建业，或者调整一下班长，毕竟队上有资历更老的同志，综合素质不比吕建业差。但他很快看出了门道，因为新老班长搭配，从管理学的角度来看是科学的。从根本上讲，他和武鸣都希望中队有一种正常的竞争氛围。

武鸣打探到的消息果然是真的。支队转发了省里的通知，要求各级层层选拔业务尖子，参加全省应急救援大比武。他还听说，省里再优中选优，参加全国比武，最终的获胜者将代表国家出征，去参加国际性的赛事。那可是国家荣誉啊，不管传闻是否属实，听起来就让武鸣热血沸腾。

为了取得好的名次，马小刚让沙方健制定方案，准备在全市召开动员会，支队的科长以上干部、大队和中队主官必须到现场，其他人除了正常的执勤任务，全都通过电视电话会议的形式参会。也就是说，这次会议的范围直接扩大到了最基层的人员，足以证明支队对这次比武的重视程度。

武鸣请了假，事由是要带队在博览会现场执勤。林河的油菜花远近闻名，为了打造这张城市名片，吸引海内外游客，市里委托几家民营企业，搞了这么个博览会。主会场设在鱼鸟河畔的滨河公园，中队是活动期间消防安保任务的主要力量，武鸣的这个假很顺利地被批准了。

在支队动员会的这天上午，博览会有个大型演出，请来不少明星助阵。小孟主动向魏东丽示好，说是有几个朋友想看演出，让他帮忙带进去，魏东丽一想不是什么大事儿，就随口应允了。现在他得去开会，就把事情托付给了武鸣。

武鸣答应得非常利索，可演出都开始了，小孟却联系不上他了。魏东丽在会场拨打武鸣的电话，显示关机状态。

等不来下文，小孟毫不客气地把魏东丽的手机号码、微信等等全部拉黑，在进行这些操作之前，小孟给他发了条长长的短信，大概意思是，不想将来守活寡，若不离开消防，就此分道扬镳。

魏东丽没有想到，爱情会如此脆弱，而且脆弱到不堪一击，之前的花前月下变得恍惚，所有海誓山盟都成为笑话。糟糕的情绪掳住了他的心智，以至于他在支队机关闹出了很大的动静。

068

沙方健传达完备战总队比武的方案，马小刚随后讲话。他提出了几条意见，无非是思想重视、严密组织之类的车轱辘话。这些话不痛不痒，魏东丽是干宣传出身的，闭着眼都能默写下来。

问题出在最后，马小刚特别强调了一点，往年是灭火救援比武，今年是应急救援比武，不能小瞧这个细小的变化，足以说明上级对应急救援工作的重视程度。

搁到以往，魏东丽不会有任何反应，但那天，他情绪失控，在会场上站起来，明确表态鱼鸟河中队退出比武。末了，他意犹未尽地说，看透了消防，净搞形式主义，刚归了应急管理部就搞应急救援比武，太滑稽了。

此言一出，会场上骚动起来，即将脱掉军装的基层干部们议论纷纷。马小刚见状，拍拍桌子，命令魏东丽坐下。魏东丽一笑，说没必要，我申请转业，现在就走。说完，他离开自己的座位，径直走出会议室。

他出了门，就发了个朋友圈，内容只有两句话——你是钻石我是炭，你负责发光我负责发热。这话没头没脑，却让黄连海如获珍宝，无论怎么说，魏东丽是他的亲外甥，在公开场合让支队领导下不来台，如果搁在自己身上，肯定不会轻饶。

黄连海跑到马小刚办公室，说你瞧，小魏他心里是有数的，他也想散发自己的能量，只不过……

马小刚说，这不是件坏事儿，基层干部有想法是必然的，话又说回来，小魏这个说法还是挺有意思的。

支队长究竟是什么意思呢？黄连海心里发慌。

魏东丽前脚刚回中队，马小刚就跟着来了。他是背着铺盖卷来的，说是要在队上蹲点。

魏东丽爱答不理，在中队部里给女朋友发微信，说亲爱的，我一时一刻也不想待在这个鬼地方，你等着我，脱了军装咱就去扯结婚证。

可是，他收到的回复是："消息已发出，但被对方拒收了。"他这才想起，小孟已经将他拉黑。

马小刚真在中队住了下来，除了必须外出参加的活动，他几乎不出营区，有时候还会跟战士们打一场篮球，给大家伙留下的印象不错。

魏东丽被限制了自由，连出警的机会都被剥夺了，他从内心里还是喜欢时刻战备、执勤战斗的感觉。他只能在心里安慰自己，支队长也很可怜，不管到哪儿，总有人不远不近地跟在一旁。尤其是吴华，几乎像影子一样黏在他的身上。

但他很快发现，马小刚似乎很享受前呼后拥的感觉，看起来很官僚。魏东丽庆幸自己看破了这些，提出了转业；他更庆幸自己当众宣布鱼鸟河中队退出比武。

大老柳听说这件事后，找他理论，埋怨他不该违抗军令。魏东丽不服气，说大老柳你当兵当傻了，马上就集体脱军装了，还把自己当军人呢。

大老柳气得直跺脚，说只要军装在身上穿一天，咱就得服从命令听指挥。

魏东丽说，咱用不用学学条令条例啊，真是天大的笑话，你还指望在消防干一辈子啊。

大老柳说，没错，如果这次改成行政编制，我能长远地干下去，我乐意。

魏东丽也恼了，反问：你家壮壮呢？他怎么办？

大老柳顿时成了哑巴，这是他心头最大的痛。话不投机半句多，彼此只能不欢而散。大老柳离开时，语气低沉地说，指导员，三思。

魏东丽很快就发现自己很天真，大老柳跟武鸣站在了一边，把他孤立起来。他觉得自己就像个小丑，委托武鸣把小孟领进演出现场，人家关机，你还说不出什么，只能吃个哑巴亏。

因为魏东丽主动提出不参加比武，武鸣阴沉着脸，摔摔打打，好像全天下人都欠他多少万两银子似的。

魏东丽越寻思心里越不是个滋味，明明是你武鸣不够意思，把兄弟交办的事儿当成了耳旁风，害得小孟彻底翻脸，现在倒好，我成了中队的罪人。队上的三个班长，包括马成功等副班长在内，全都把自己当成了另类，离得远远的。

魏东丽感到最可笑的是，武鸣屁颠屁颠地跟在马小刚身后，跟孙子一样点头哈腰。他不是说干工作凭的是实力吗？怎么就堂而皇之地溜须拍马呢？

夜深人静的时候，魏东丽想了很多。大老柳究竟是图了什么？想留在消防，图个长久的编制吧。他转念一想，人都是自私的，自己受小孟影响提出转业，那就不能怪罪大老柳有别的想法。换句话说，依大老柳目前的处境，似乎也别无选择。

但他又觉得错怪了大老柳，自从大老柳的秘密被公开之后，几次跟武鸣商量着组织捐款，帮大老柳渡过难关，都毫无例外地被拒绝了。不对，大老柳不是那号人。

一想起武鸣，魏东丽感到头痛欲裂，他总觉得自己似乎步入了别人设置的圈套。

事情并非如此，武鸣也有自己的苦衷，他天天跟在马小刚身边，无非两个目的，一是鱼鸟河中队不能失去参加比武的机会，二是希望支队长对魏东丽网开一面。

说句掏心窝子的话，魏东丽有舅舅护着，用不着别人操心，武鸣甚至觉得这人极其讨厌，心里再难受也不该跟领导较劲。可他怎么都恨不起来，说到底是一个战壕里的兄弟，而且又不是主观上故意使坏。

马小刚决定在鱼鸟河中队待一段时日，也真正摸摸基层的底儿，可这个想法很不切实际。

再精明的人也会犯糊涂，所谓的蹲点成了干扰基层工作。支队各部门以及大队一级的汇报工作，都得到队上找马小刚。

吴华建议他回支队机关，别给中队添乱。马小刚说也是，这一个中队扎堆挤了三个营以上干部，咱们三个干脆当班长得了。他显然听进了吴华的意见，让吴华回去盯住农贸市场整改的事情，让吴华转告谭杰也回机关。

马小刚跟谭杰之间就差打一个招呼，让黄连海分析起来，成了他嫌谭杰碍事儿。

069

这一年，林河的春天很短，好像是被那场雷雨施展了法术，天说热就热了。

吕建业推开宿舍的窗户，清香袭来，呛得他连打了几个喷嚏。窗外是一株白玉兰，经历了雨水的摧残，花瓣破败不堪，跟他此时的心境极为贴切。

他转回身，回到床头，脱下冬装。以往换春秋常服，他会把衣服扔进洗衣机或者是送到外面的干洗店。

这一次，他一点一点用手洗干净，晾干，然后让苏平安帮忙，用电熨斗熨好，才仔仔细细地叠起来，收进衣橱。

他本来想冲着冬装打个敬礼的，但苏平安在身边，他没好意思。但他的情绪还是有了些许变化，鼻子发酸，眼里也泛起了泪花。苏平安像发现新大陆一样，揪住他不放，问他为什么也变得婆婆妈妈。

吕建业没好气地回应：往后再也没机会穿军装了，我感慨一下还不行吗？

苏平安说行，没想到吕少也多愁善感了，这是进步还是退步了？

吕建业想，这当然是进步，说明我成熟了，知道珍惜当下了。这是他的真实想法，到消防以后，一路走来磕磕绊绊，就他个人而言，从原来的众矢之的，成为现在队上的骨干，这本身就是一种成长。

不可否认，真正让他自立的人是父亲，吕程跟他关系闹掰之后，他才开始考虑如何独自面对人生。

他很感激安家宏，在关键时刻，安家宏伸出了援手。过去，他想帮助大老柳，为了虚伪的面子占了大半，现在他是真心想拉战友一把，不图任何回报。

安家宏是市里另一家上市公司安氏集团的老总，属于子承父业，资产与吕建业家里不相上下。

都说物以类聚，人以群分，吕建业虽然跟对方有过交集，可还是觉得找不到共同语言。他认为或许是年龄上有点差距，有人说相差三岁便是一代人，这一点儿，他跟安家宏都认可。

当时，吕建业找到安家宏的联系方式，彼此一通话就直奔主题。没想到的是，他一开口，对方就应了。只不过，安家宏要求抽空见一面，这不是过分的要求，吕建业爽快地答应了。

无奈队上总是在忙，拖了些时日。终于请下了假，吕建业打车去了安家宏指定的地点。

那里是市中心的一处别墅区，也在鱼鸟河岸边。安家宏很讲究，跑到门口迎接，领着吕建业步行穿过别墅区。中间碰到保安和绿化工人，安家宏也笑眯眯地打招呼，很绅士的样子，给他留下不错的印象。

应该说，安家宏有了很大的变化，最明显的是发型，以前总是杀马特，能赚不少回头率，但现在却成了大奔头，跟实际年龄很不相符。还有就是言谈举止，过去几句话就会扯到两性的话题，现在满嘴都是大数据、风投之类的，这让吕建业觉得自己有些落伍。

吕建业对安家宏说，患难见真情，这份恩情日后吕某人定当回报。

安家宏笑了，说自家兄弟不必见外，山不转水转，水不转人转，这世道谁不用着谁呢。不过，亲兄弟也得明算账，回头你得给我打个欠条。

吕建业说，小菜一碟，没问题。

但是。说完这两个字，安家宏扭头看了吕建业一眼。但是，得有点利息，这资金在我账面上，可以开展好多业务，盘活了就是效益，给了你也不能让我吃太大的亏。

吕建业摆摆手说，那是当然，虽然安兄不差这点儿，但做弟弟的懂规矩。

安家宏问：利息多少合适？

吕建业不想搞得小家子气，朝对方笑笑说：安兄，你定，我只管签字。

安家宏也笑，说就喜欢你这样的爽快人，不愧为吕家少爷，虎父无犬子，有魄力。

吕程是他目前最不想提及的人，但他不想让别人笑话。回到队上，吕建业只能把所有烦躁都憋在心底。他跑到体能训练室，戴上拳击手套，冲着沙袋发泄一通，他觉得不过瘾，又跑到车库擦一号车。

马成功夜晚训练的帮手是吕建业，他也跟着跑到车库，说有力气跟我一块训练去。

吕建业说行，但你先跟我练一家伙，最好能打败我。

两人相约到了体能训练室，刚戴上拳击手套，吕建业就冲了过来，他破绽百出，很快就落了下风。到最后，马成功把他拦腰摔倒，双双躺在地上，气喘吁吁地盯着天花板发愣。

最终还是马成功打破了沉寂，说：有心事就说出来吧。

吕建业苦笑一声，又长长地舒了一口气，说你打疼我了，打人不打脸，尤其是我这样的天下无双的帅哥。

马成功说，没问题，绝对不打脸，你是帅哥，只要心里痛快，你把自已当成蜘蛛侠、蝙蝠侠、钢铁侠，都没人管。

吕建业翻了个身，问：你怎么也学坏了？马成功愣了愣，吕建业又问：你怎么也学会骂人了呢？

马成功说我操，天地良心，我要骂你早骂了，你看你那熊样儿，过去说我尿，我看你才是尿蛋一个。

吕建业坐起来，也把马成功拉起来：你刚才说我这侠那侠的，这些侠都不露脸，你是鄙视小爷没脸，是吧？

马成功捣了他一拳，说你想哪儿去了，还说肚子里没搁事儿，什么都挂在脸上了。

吕建业犹豫了一会儿，说：不怕你笑话，我心里有个坎儿过不去，姓吕的，有可能是你未来的岳父啊，他跟你丈母娘到底什么关系呢？好赖我得知情，他们如果是真感情，小爷我四腿朝天，百分之一万地支持。

说完，他故作轻松地躺在地上，把两手举起来，把两腿抬起来。但他的滑稽动作没有逗笑马成功。马成功站起来，傻愣愣地看着吕建业。

过了好久，马成功才说，你放心，我会跟米琳，就是你说的那个轮胎断绝关系。

吕建业蹦起来，说别价，宁拆十座庙，不拆一桩婚，咱俩井水不犯河水。

070

当天夜里，马成功给米琳发信息，让她第二天到中队来一趟。他们相约在车库门前见面，这样可以免去马成功请假的麻烦。

马成功提出分手，米琳不干。米琳说，呆萌哥你还没正式答应我处对象，哪儿来的分手。这话有点胡搅蛮缠的意思，但马成功却瞬间清醒，之前人家是公开表白了，可那搞不好是一时冲动，甚至是恶作剧。城里女孩怎么可能看上一个乡下人呢？马成功想不过是自己一厢情愿罢了。

他说这样也好，免得被人误会。

米琳问：什么意思？我没误会啊，等你正式答应我，再提分手也不晚。

知道两人想的事儿不同，马成功就把吕建业的情况说了。末了，他说自己矛盾了很长时间，知道事关阿姨的名誉，但反正咱俩的关系也撇清了，说出来就当是请你帮个忙，替我战友把心病去掉。

米琳怒目圆睁，说那可不行，你只听一面之词，就损害我妈妈的荣誉，我要告你侵犯名誉权。哦，对了，你应该知道，我是学法律的。

马成功哭丧着脸说，想告就告吧，我认栽。

米琳马上换了笑脸，说开玩笑啦，别那么认真，我爸妈的关系好着呢。

马成功问：你有爸爸？

米琳撒娇说，废话，我又不是孙悟空，没爸爸，我从哪个石缝里蹦出来的。

米琳是个急性子，当即让马成功请假，跟自己回家，要把事情搞个明白。马成功有些犹豫，米琳就摆出了一堆理由，说父母都是开明人，不会瞧不起之类的话。

马成功沉默不语，米琳急了，说你还是不是个男人，心里想什么就说出来。

马成功结结巴巴地说，我、我担心，那个，那个阿、阿姨，真……

米琳打断他的话：真是够了，我妈如果有外遇，说明她有魅力，你那战友不是有顾虑吗，你不是替他着急吗，那就为他揭开谜底。

就这样，马成功去见了米琳父母。值得庆幸的是，米琳母亲只是吕建业父亲生意上的合作伙伴，那天是正在吕程公司谈业务，一着急让吕程充当了司机。遗憾的是，米琳母亲对马成功态度冷淡。

米琳母亲不愧为生意人，说话很直接，她问马成功家里有多少资产，凭什么娶自己的女儿。

马成功说，我没资格，但我会努力。

米琳母亲根本不给他留余地，说癞蛤蟆想吃天鹅肉，一个穷当兵的还想入非非，想一步登天吧，疯子，不自量力。

马成功忘了怎么回到了中队，他一直步行，中间去拜访了那位收破烂的中年人丁叔，心里才好受了一点儿。他觉得不管怎样，总算把吕建业的疑虑消除了。他想亲口把事实真相告诉吕建业。

可惜的是，他回到中队时，吕建业已经住进了医院。

吕建业请假外出，说是去兄弟那拿点儿东西，武鸣没批，他又去找魏东丽，魏东丽想反正也公开说了要离开消防，那就站好最后一班岗。

一念之差，魏东丽在请假条上签了字。他当时冒出过一个想法，万一出去碰上点事情呢，可他转念一想，活蹦乱跳的大小伙子，出门也就三两个小时，出不了啥岔子。

才十几分钟的工夫，支队指挥中心就接到电话，说有个消防员被车撞了，就近送到了市立医院。那天赶巧是黄连海担任支队值班的带班领导，值班员把电话记录送给他，他有条不紊地签了意见：“送司令部阅处，呈支队首长阅示。”

车辆事故归司令部管，值班员去司令部各个办公室转了一圈，没见到人，就把情况跟黄连海汇报了。黄主任一听，说再找，找不到直接报告支队主官。

哪里能找到人呢？司令部的干部全下基层了，但司令部人员不在位的情况，很快报到了支队长和政委那里。

都火烧眉毛了，还计较些细枝末节，抓紧电话通知沙方健，查哪个兵出了事儿，伤势怎样，哪个队的，谁批的假……马小刚冲值班员发火，他根本没想到是自己蹲点的中队出了事故。

马小刚的口头命令，像射发子弹的机关枪一样，“突突突”，吓得值班员一愣一愣的。

沙方健在特勤中队蹲点，特勤中队离吕建业就诊的医院不远，但满世界的红灯让这段路程显得特别漫长。他用车载电台通知各中队，让马上向警务科长报告中队人员在位情况，报告谁正课时间给底下的兵批了假。

交通拥堵让沙方健闹心，他坐在副驾驶位置上，双臂交叉，捧在胸前，两眼紧盯着前方。前一辆车的刹车灯时明时灭，像在嘲笑着谁一般，沙方健猛吼一声：把音乐关了，这是警车！

驾驶员打了个激灵，赶忙关掉音乐，小心翼翼地把着方向盘，目视车前的长龙。沙方健又吼：拉警报！走公交车道！

驾驶员不敢吱声，忙打方向，拐进公交车道，公交车道还是堵，他又把车开到了非机动车道。仿佛世界都停滞了，只有这辆消防指挥车不屈不挠地艰难前行。

谁说医院阴气重呢？赶来急诊的人晓得，这里阳气十足——走廊里挤满了活人和半死不活的人。有站着打电话催促送钱的，有坐着焦急候诊的，也有浑身插满管子躺在那里的。这不，刚往急诊室里推进去一个病号，大腿断了，骨头茬子暴露无遗，加上鬼哭狼嚎般的叫声，凭空制造了紧张气氛。

沙方健拦住一个护士问：伤员情况怎样？消防，车祸。

护士淡定从容：去急诊室。

我他妈的问你话呢！沙方健一把扭住护士的胳膊。

护士翻了个白眼：谁都急，一边待着，注意素质。

此时，早已有人向沙方健汇报，是鱼鸟河中队的吕建业发生事故。他顾不上追究责任，他希望伤员安然无恙。灭火救援中发生伤亡已经令人痛心，非战斗减员是最糟糕、最耻辱、最难辞其咎的事情。

第十五章　奇葩遍地

071

黄连海再三嘱咐谭杰得能屈能伸，你都要走的人了，再怎么着支队长也不能翻脸。黄连海又摆出个理由，说咱外甥小魏可就靠你了，你要离开中队，马小刚指不定出什么幺蛾子呢。

谭杰想，我已经这样了，可以拍拍屁股走人，可不能让年轻人再跟着受委屈。他按照黄连海的思路，把沙方健搬出来，说了专职消防员管理的重要性，这是明摆着的事儿，马小刚自然是同意了，让他继续待在中队。

武鸣对马小刚的印象多数来自于沙方健。沙方健是武鸣的老队长，马小刚又是沙方健的老领导，这首先得排除任人唯亲，有句话说兵熊熊一个将熊熊一窝，好的领导往往能带出更优秀的部属。

武鸣这会儿正对着三班长老郭发脾气呢。他比较了一下三个班的训练成绩，一班、二班的成绩远远超过三班，三班也不能说有多差，就是成绩太稀松平常，没有一个特别突出的。

老郭很无奈地解释说，单科成绩再优秀也没用，出警靠的是基本技能扎实。

武鸣说，理儿是这么个理儿，但现在咱是在备战比武。

咱不是退出比武了吗？老郭问。

武鸣说瞎扯，支队长还没点头呢，鱼鸟河还指望这次比武打翻身仗。老郭欲言又止，武鸣问，还想说啥？憋在肚子里不难受吗？

老郭思量片刻才说，指导员说得没错，消防净搞形式主义。

武鸣把眼睛瞪得溜圆，说你这思想长毛了，回去好好反省，就算不比武，我需要的不是你老郭一个人优秀，我需要的是你所带的班集体里，所有人都像你一样优秀。

这话也不知怎么着就传到了已经回到机关的马小刚耳朵里。马小刚又跑回中队，把武鸣、魏东丽和三个班长喊到一起，当然谭杰也没落下。他没追究魏东丽在支队会议上大鸣大放的事情，而是点名表扬武鸣，说武鸣的思路是正确的，要通过比武发现人才、培养人才。

如果光点到为止也就罢了，马小刚偏偏拿马成功举例子，说虽然有的人综合素质还不够全面，但他本身想在消防长期发展，只要用心培养，肯定是块好料。

这是什么意思呢？谭杰认为，表扬一个人就等于变相批评另一个人，同为中队主官，魏东丽是挨批的那个。而魏东丽则认为，马小刚私心太重，时时刻刻想的是自己的关系兵。

黄连海将两个人的想法综合分析了一下，觉得眼下最好的办法是明哲保身，别跟马小刚硬着来。谭杰说我现在什么都无所谓，黄连海说千万别意气用事，到头来祸害了咱外甥。

谭杰心里有数，他虽然对马小刚心存不满，还不至于故意在背后捣乱，当兵这么多年了，他知道分寸。但他确实盼着能揭下马小刚的假面具，特别是马小刚说沙方健竭力举荐他，但省里暂停研究这一级干部的时候，他更是认定对方是个道貌岸然的家伙。

魏东丽上了一个很知名的网站，注册了“消防尉官”的网名，开始写连载小说。他想起车小米、元力和自己的女朋友小孟，便起了个很俗气的标题《消防员和他们的女人们》，而且一口气写了四千多字。

没想到点击率很高，网友纷纷留言，说节奏太慢，问能不能直奔主题。魏东丽知道，那些人把事儿想歪了，估计是把这个故事当成了与色情有关的。

第二天，他又更新了一部分，这次已经有人跟帖骂娘了，骂他浪费大家的宝贵时间。也有几人替他打抱不平，让他把文章移到另一个专题里，那边全是正能量的文字。

魏东丽无心做网络写手，更无意为谁树碑立传，打发时间才是动笔的初衷。各种变故让他犯了失眠的毛病，与其瞪着眼胡思乱想，还不如写东西，至少可以暂时摆脱烦恼。

新专题里的读者素质要高出许多，他们一上来就对“消防尉官”的网名感兴趣，问他是真的消防兵吗？他回复说，是消防不假，但已经脱了军装。

有人回帖问：你是要向消防改革致敬吗？无意中的问话让他心头一亮，那就围绕这个主题来吧，自己是最好的例子，情绪不好就闹转业，还有身边这些人，他们都在经受血与火的考验。

他开始关注身边的人和事儿，发现很多都是信手拈来的素材。比如说，中队出的两次比较邪性的警。用苏平安的话说是，奇葩奇葩，遍地开花。

其中一起是报警人的身份奇葩。

国内有几大接警平台，据不完全统计，接警率最高的是110。很显然，当人们的生命财产安全遭到威胁时，首先想到的是警察，在有的人眼里，他们无所不能。谁会想到，警察也拨打119，请求支援。

按照警铃的提示，中队出动了抢险救援车。那天大老柳回家看儿子去了，带队的班长是吕建业。

因为安家宏刚答应了肯帮忙，想想马上就能帮上大老柳，吕建业的心情总体上还算不错。车上也都是跟他年龄相仿的兄弟，说话聊天也无所顾忌。不知谁开了个头，提出疑问，派出所有什么需要救援的？

此话一出，便引起众人的好奇，他们纷纷猜测，说什么的都有。争吵到最后，苏平安提议打赌，赌注是冰镇饮料。他的想法是，支队领导暗访，故意设定了出警地点，来考核出警速度和处置能力。

在消防系统，为了检验队伍的日常战备能力，上级会用明察与暗访相结合的方式。

前者较为常见，事先下了通知，基层有所准备，机关领导来队后有板有眼地查一遍，提上一堆整改意见，虽然有些吹毛求疵，大家习以为常。烦人的是后者，搞的是突然袭击，常常令人措手不及，能查出不少问题，对于习惯四平八稳的人而言，抵触之心在所难免。

综上所述，按常人的思维推断，这次应该是碰上了暗访。

072

吕建业与苏平安针锋相对。他认为派出所肯定碰上了麻烦事儿，至于是什么麻烦，他也说不上来。苏平安便嘲讽他说，又是在摆公子哥的臭架子，搞特立独行的那一套。

本来不少人支持吕建业，站在他这一边，听闻此言纷纷倒戈，转而投到苏平安的麾下，把苏平安乐得够呛。

吕建业心情也不错，说你别高兴得太早，看谁能笑到最后。

苏平安嘴巴一撇，说：那就走着瞧呗。

吕建业赌性大发，说这么着吧，就咱俩赌，你那伙儿人多，我这边人少，输了的为对方买单。

没毛病，就按你说的办。苏平安豪气冲天地说。

很快就有人表示，要重新排队，两人不约而同地应了，又有几人回到了吕建业的阵营。吕建业挑衅对方：瞧见没，群众的眼睛是雪亮的。

这不科学啊，咱得打土豪。发完牢骚，苏平安又胸有成竹地说，你们几个叛徒，赌等着后悔吧。

结果令苏平安大跌眼镜。

派出所抓回一个酗酒滋事的醉汉，虽未伤及无辜，却严重扰乱了公共秩序。到了所里之后，醉汉不但不收敛，反而挑衅民警，说自己是天桥上的练家子，要跟对方过过招儿。

那家伙手下也没个轻重，一把撕破了副所长的警服，跟着就有民警上了手铐，想等醉汉醒酒之后再处理。赶上出警，民警把钥匙转交给一位辅警。

辅警新入职，初来乍到，对任何事物都充满好奇，更何况是从未接触过的手铐钥匙了。他先是反复打量那块小小的金属物件，看到眼中出现重影，也未发现有什么奇特之处。他又把钥匙攥在手心里，直到沁出了汗，心里才放松下来。他把钥匙捏在拇指和食指之间，把玩了一会儿，随手装进了裤兜里。

时间一晃到了傍晚。晚餐派出所炖的是红烧肉，肉是肥瘦相间很油腻的那种。辅警是个吃货，贪吃了半碗，红烧肉有点咸，饭后他又猛灌了一瓶子冰镇可乐。

这下子可乐的事儿来了，他跑了好几趟厕所，蹲到两腿发软，最后一次，把手铐钥匙带进了马桶里。这傻孩子愣是不知道。

醉汉酒醒了，再三承认错误，如果不是有手铐在那碍事儿，他早就抽自己几个大嘴巴子了。副所长人和善，不计较醉汉之前的粗鲁，批评教育一番，让办理手续放人。

辅警这才发现钥匙丢了。丢哪儿了？他总算是想起来了，可惜想到还不如没想到。他可怜巴巴地望着副所长，等着挨批，副所长说，小小一把钥匙丢就丢了吧，想法把手铐打开就是了。

他们把事情想得过于简单，手铐的质量太好了，好到令人叹为观止，好到让辅警和醉汉欲哭无泪。经过一番努力，铐子越勒越紧，疼得醉汉龇牙咧嘴。辅警自知理亏，让对方忍着点儿，醉汉不干了，挺大个的大老爷们儿哭得稀里哗啦。

赶到现场的吕建业顿时乐了，跟醉汉开玩笑说，瞧你那熊样儿，至于的吗？

醉汉倒吸一口冷气，赌气似的把双手擎到他眼前：站着说话不腰疼，你试试。

不试了，这玩意儿，我一辈子都没打算用。说着，吕建业已经拿出了破拆工具，他心里盘算，如何把手铐切割开，又不造成次生伤害。

他手上忙活着，嘴上也没闲着，说你这油腻大叔也是欠收拾，小嘴儿还叭叭的，啥叫站着说话不腰疼，我若是腰疼了，就干不动活儿了，你这两个手脖子就还得继续疼下去，万一……

万一什么？醉汉神色紧张地问。

吕建业做出沮丧的样子，声音低沉地说，任何处置都是有风险的，我这手一哆嗦，保不齐你的手腕就废了。

醉汉跟着哀求：能换个人吗？

这就是我们当中武艺最强的了，没得换。说罢，苏平安拍了拍醉汉的肩膀：都怪你，害得我又输了好几十块钱。

醉汉一头雾水，欲言又止。吕建业接过话茬说，你跟他较什么劲，你得怪弄丢钥匙的小辅警。

苏平安说，也是，这孙子就一临时工，瞎折腾什么呢。

吕建业玩世不恭地说，你还有脸说别人，你也只是个专职消防员，别人怎么说来着，专职的就是消防里的辅警，好不到哪儿去。

苏平安被戳到了痛处，气呼呼地把头别到一边，不再言语。醉汉没见过这阵势，以为自己做错了什么，大气不敢喘一口。吕建业心想，完了，苏平安小肚鸡肠，又该胡思乱想了。

最关键的是，好不容易调动起来的气氛又被破坏了，醉汉恐怕又得紧张了。这是常识性的问题，消防员在救援现场要缓解被救人员的压力，有时就得插科打诨，甚至使出浑身解数，否则很有可能影响到正常操作，乃至前功尽弃。

回队之后，苏平安要起了小孩子脾气，非但赖皮，不认之前打赌的事情，还给吕建业使脸色。吕建业抱着息事宁人的态度，主动给兄弟们买了饮料，还专门从网上下了订单，给苏平安要了份比萨外卖。都说想赢得某个人的心，得先抓住这个人的胃，他想用这种方式来消除两人之间的小误会。

苏平安并未真正生气，但他得了便宜非得卖个乖。这不，吃完比萨之后，他打着饱嗝儿，又叽歪上了，说过度饮食破坏了计划。吕建业开玩笑说再给他网购点减肥药，苏平安说不用，蹦蹦跶跶地跑到了健身房。

他在跑步机上捣鼓了半天，又比画了一会儿杠铃，到最后才选择了哑铃。他也只有哑铃才能驾驭得了。苏平安舞舞扎扎地晃悠了几分钟，每个动作都十分浮夸，像是舞台上的小丑在炫耀演技。

他本人也清楚自己在乐呵什么。可惜呀，乐极生悲，他右手握着的哑铃脱手而出，顺着惯性砸到了自己的左脚上，他“嗷”的一嗓子，单腿着地蹦起来，整张脸瞬间扭曲变形。

073

苏平安被就近送到鱼鸟河对岸的市立医院，在急救中心进行处理。

他看看伤口，差点晕了过去，大脚趾上的趾甲眼见着就要掉了。医生要把趾甲取下，苏平安哭丧着脸，说什么也不让。

医生的脸色非常难看，说你是医生还是我是医生，不拿掉会影响伤口愈合，还容易感染。

也不知哪儿来的闲情雅致，苏平安居然说什么身体发肤受之父母云云。他其实想到的是十指连心这一说法，已经够疼的了，他怕把趾甲搞掉会更疼。虽然脚丫子比不上手指头，但他相信道理都是相通的。

医生训斥了几句，也没了下文。还是得尊重患者的选择。不过，苏平安倒是记住了医生，嫌人家态度不好，离开急诊中心之后，还专程跑到医务信息公开栏跟前。那上面有医护人员的信息，他很快找到了医生的照片。

他在心里默念：王二葛，主治医师，急救中心副主任……他在心里嘀咕，这老家伙，瞧这名字起的，又二又葛，全都占了，难怪脾气这么冲。他暗自祈祷，下次换药时，千万别再碰到这位王主任。

第二次再去医院，苏平安在急救中心拨打了报警电话。这就是魏东丽笔下的另一起奇葩警情。特别之处在于事故发生的地点。

那天是雷雨交加，吕建业陪同苏平安到中队部请假，武鸣一看窗外，便让苏平安改天再去。苏平安哼哼唧唧不愿意，怕耽误了治疗。

吕建业拿他开涮，说这小子准是看中了哪个小护士，一般人我不告诉他。

苏平安明知对方是用自己的口头禅挤对他，却没好意思反驳。因为他有脚气，又不太讲究卫生，不爱洗脚，伤口已经化脓流水了。看着他一副苦大仇深的样子，武鸣于心不忍，批了假，又安排吕建业一同前往，并再三嘱咐，务必注意来回路上的安全。

遂了自己的心愿，苏平安的嘴巴又不老实了，说只要不碰到那个又二又葛的老家伙，那就谢天谢地，还得感谢雷公电母了。

吕建业问，有那么夸张吗？

苏平安说，那可不，就那个叫王二葛的副主任啊，脸长得就像阎王爷。

吕建业又问，阎王爷和雷公电母PK，谁能干得过谁？

苏平安说，败的肯定是阎王，雷公和电母是两口子，阴阳双修，再生个小萌娃儿，全家总动员，在力量上就占了绝对优势。

两人嘻哈着离开中队部，魏东丽心想，年轻人就是年轻啊，脑洞真大，分分钟就扯到了神话世界，叫人叹为观止。真正让他脑洞大开的事情还在后面，苏平安嘴里的那位“阎王”医生，果真被一道闪电给“缠”上身了，仿佛一桩灵异事件。

虽然被限制出警，但马小刚毕竟不在，那次出警魏东丽也跟着去了。

雨下得真大，雨水直接浇到了挡风玻璃上，雨刮器成了摆设，根本不管用。驾驶员报告说能见度不足五米，魏东丽有些烦，自己又不是瞎子，全都看得见。他虽然这么想，嘴里却提醒，在注意安全的情况下，加速行进。

苏平安在报警电话中说，医院里发生车辆事故，车子冲进了急救中心，伤亡情况不明。魏东丽纳闷极了，医院里面不都限速吗？即便真发生事故，也不可能冲撞到急救中心啊。

消防救援车驶入医院，开到事故现场，他这才发现，万事皆有可能。

急救中心在住院部的一楼，紧挨着大门口，或许是为了救治方便，中心的门设计成挺大的玻璃门。一位患者家属心里慌张，把油门踏板当成了刹车，车子像脱缰的野马，一头扎进住院部大厅。

值班的正是王二葛，他正全神贯注地为伤员做紧急处理。手术台上躺着的是位老工人，晚饭时喝了点小酒，赶上临时加班，迷糊当中，把自己胳膊伸到了正在运行的切割机上。

手术室已经联系好了，王二葛这一关很重要，耽搁久了，工人就得截肢。他有条不紊地忙活着，丝毫没意识到灾难会从天而降。

失控的车辆不偏不倚撞到了急救中心的门框，冲击力又导致车子调转了方向，车屁股抡到急救中心旁的一个小变电室。一时之间，噼里啪啦火花四射，急救中心的灯光瞬间灭了。

这又二又葛的老家伙，碰上也真够倒霉的。苏平安骂完，就一瘸一拐地跟着吕建业跑出急救中心，找来灭火器，处置小变电室里可能发生的险情。

消防车来得很及时，魏东丽一下车就听到有人在急救中心喊，灯光，灯光，我需要灯光。

武鸣闻声，二话没说，打开救援车上的应急灯，光亮照进急救中心。消防员们很快进入战斗状态，有的帮忙转移病号，有的对事故车辆进行破拆。

魏东丽发现手术台边上的王二葛脸色苍白，走过去一看，对方胸口扎着一块碎玻璃，流血不多，却已经染红了白大褂。

大夫，快停手，你受伤了。他试图阻拦。

王二葛虎着脸，憋了一口气，说：别碍事儿。

事后，魏东丽才知晓，多亏自己没横加干涉，依王二葛的脾气，断然不会中途离开手术台。王二葛保住了受伤工人的胳膊，险些丢掉自己的性命。他感慨万千，心想医生和消防员都是在救死扶伤，干的是良心活儿。

魏东丽展开了想象力。最终发到网络上的版本是：手术室在顶楼，遇到急症患者，需要火速运到首都某家大医院，有关部门在雷雨之夜出动了直升机。直升机在接近医院天台时，一道闪电劈来，机身失控，撞坏了楼顶，尾翼横扫手术室……

读者感到被戏弄了，纷纷跟帖，说他是奇葩，美剧看多了，把他祖宗十八代骂了个遍。魏东丽想，这事儿在欧洲某国真发生过，但他不想解释，奇葩就奇葩吧，之前所做的事儿也确实奇葩。可未来该何去何从呢？

074

沙方健正心急着，马小刚的电话打来了，让他火速到交警队，现场办公，处理车辆事故的事情。还没等他表态，马小刚又说，已经安排支队门诊部的同志去医院了，在路上。

到交警队的时候，马小刚人已经在那里了，正冲着交警发火。陪同他的是支队办公室主任。办公室隶属司令部，平常主要负责协调安排支队主官的日常行程，是这次司令部唯一没下基层蹲点的人。

办公室主任把沙方健拦下，小声告诉他，这次事故蹊跷，咱们的同志被一辆摩托车撞了，摩托车没牌照，驾驶员戴着头盔，围着大围巾，只留下两只眼，监控查不到。

沙方健知道马小刚的脾气，心想这下子谁都甭想安生了。他有先见之明，当天中午，摩托车肇事逃逸的事故就已经惊动了市公安局的相关领导。

马小刚要求交警部门给个说法，交警方面表示已经尽力。马小刚直接去找分管交警支队的副局长，说如果不是普通的车辆事故，说明早有预谋，摩托车为什么专挑没摄像头的地方跑，受害者是本地人，不排除蓄意而为。

副局长表示，如果有证据，那就得找大局长了，他老人家直接分管刑侦。这等于下了逐客令，气得马小刚直骂：操他祖宗，我找局长去，有证据还用你们交警干吗？

出了这档子事儿，为了避嫌，黄连海没法直接去鱼鸟河中队，就把电话打给了谭杰，让谭杰把电话交给魏东丽。

他没破口大骂，而是万般无奈地说，祖宗啊，这下可好，闹得市局都鸡飞狗跳。

魏东丽哼哈半天没说话，到最后却冒出一句：舅，我不想离开消防了。

你以为你是谁啊，你以为我是谁啊，你以为这消防是咱家开的门市部啊。黄连海终于忍不住，连骂了几句脏话，他说完这些话，又转过来安慰魏东丽：安心工作，从长计议。

挂掉电话，黄连海第一时间给吕程去了电话。吕程是市里有名的企业家，跟消防系统的人一直关系不错，两人虽然没有深交，但面子上还说得过去。但吕程这会儿正在医院急救室门外，心里急得火急火燎，根本顾不上别的任何事情。

吕程毫不客气地拒接了电话，没办法，黄连海又向吴华求助。吴华听清用意，说黄主任别急，我对小吕印象深刻，先看看他伤势如何……

那是，那是。黄连海有些急躁，但还是很快稳住了心神，他放慢节奏，为自己此番的电话寻了理由：老吴，这次是你的老部下，我外甥小魏批的假，受党教育这么多年，该担什么责我不会阻拦，吕老板是咱们的老朋友，我是怕人家的孩子有个三长两短。

吴华说，少安勿躁，咱先看诊断结果，你不用说我也知道，有些事儿我会跟吕程协调，再不行，就请支队长出面，老马跟他私交不错。

黄连海“哦”了一声，语气一拖，就带出了疑问的腔调。吴华听罢，安慰他说，放心，别七想八想的，吕老板的生意没少麻烦咱消防，他跟老马熟得很。

这似乎给黄连海吃了颗定心丸，他现在就盼着吕建业能平安无事。为了加个双保险，他装作找文件去了元力的办公室。他没有乱分寸，找到资料后才问元力最近有没有跟武鸣联系。

元力说，谢谢主任关心，他那个人不喜欢被别人管。

那你可得多关心关心他。说完，黄连海看了一眼元力，元力也投来了询问的目光。知道这话起了作用，他才说：队上又出了一起车祸。

元力脸都绿了，问：他没事儿吧。

黄连海摇摇头，说人在抢救，他恐怕要承担一定的领导责任。

那我找老家伙去。元力一急，就要出门。

黄连海拦住她，说先别急着惊动政委。这话说完他又后悔了，他巴不得元力现在就去找父亲元威。

不幸中的万幸，吕建业只是皮外伤再加上轻微脑震荡。

苏醒之后，吕建业还跟吕程怄气，扭过头去不跟父亲对眼儿。吕程早就急了，颐指气使地对赶到医院的武鸣和魏东丽说，这事儿我跟你们没完，我把孩子送到消防，你们怎么管理的？花着纳税人的血汗钱，怎么就不办人事儿呢。

武鸣本来不想多说什么，但吕程不依不饶，话也是越说越难听，尤其是听到对方骂消防不干人事儿，他再也忍不住了。

他情绪异常激动地说，你不要以纳税人自居，靠耍嘴皮子是没用的。我，还有你儿子建业，大年三十出了几趟警？水往战斗服上一打就结冰，你以为战斗服是棉大衣吗，鼻子耳朵都冻紫了，手根本不是自己的，反过乏来又红又烫。有人问我，大过年的给多少执勤费，告诉你，我脑子里从来就没有这根弦儿。你儿子做过“蜘蛛侠”，挺潇洒是吧？那可是随时要丢掉小命的。说白了，咱俩价值观不在一个档次上，跟你说这些都他妈的多余。

吕程问，骂谁呢？什么你妈的、他妈的，我他妈的弄死你。

武鸣冷笑，说这就是企业家的素质。

眼瞅两人就要动粗，魏东丽急忙把责任揽到自己身上，说假是我批的，建业出车祸，责任我承担。

吕程又问，你能负什么责任？这是我的亲骨肉，不是路边的阿猫阿狗，就算他命大，不会落下后遗症，遭这些罪你能替吗？

吕建业在病床上挣扎着坐起来，拽起枕头，摔到父亲身上：滚！老不死的，你巴不得我被撞死吧，在你眼里我还不如一条流浪狗吧。

吕程灰溜溜地离开了医院，但他咽不下这口气，给马小刚去电话，要求对中队干部进行处理。马小刚说现在要紧的是查到肇事者，后续事情你放心，我会安排好。

这话让吕程瞬间警醒，车祸蹊跷得很，该不是有人想对我吕氏家族下黑手吧。

075

吕程惊出了一身冷汗。科技如此发达的今天，满大街都是监控设备，公家安的，私人装的，想办点坏事儿是插翅难飞。可这个肇事者怎么就销声匿迹了呢？

有了这样的想法，他就开车去了消防支队，因为着急，还在机关门岗跟哨兵吵了起来。是黄连海碰上了，把他接进机关大院，送到了马小刚那里。

吕程在支队长办公室待了很长时间，两人聊了些什么，谁都无法知晓。至于黄连海那只能是连猜带蒙了。

吕程走后，马小刚又带沙方健去了趟市交警支队。他请求交警部门查到肇事逃逸者，对方称事故发生地点是监控死角。马小刚自然不肯接受，大发雷霆。

沙方健见状赶忙劝阻：支队长，咱这里虽然是沿海开放城市，但摄像头还达不到遍地都是，有的地方即便装了，也不一定管用，就跟咱的消火栓一样，不担保个个好用。

马小刚明知此话在理，还是不甘心，很不耐烦地说，过去，再往前倒退几年，没有摄像头就不用破案了？

沙方健说，你别偷换概念，先不说这个，你回去，我去找市局领导汇报，万一碰了钉子，你再上，免得直接发生冲突。

马小刚一想也是，还是去鱼鸟河中队吧，自己在队上蹲点，发生了事故，够滑稽的。

他已经听过了汇报，吕建业外出是魏东丽批的假，但无论程序上还是从其他方面，都经得起推敲。他认为不能因噎废食，更不能让魏东丽背负更大的压力。

鱼鸟河中队比预想情况糟糕许多，此时已经乱成一锅粥。武鸣私下里跑到辖区的交警队了，剩下魏东丽一个人在家，之前没有任何基层经验，他已经慌了。但因为之前魏东丽在支队机关跟自己针锋相对，马小刚不好发作，就把谭杰当成了出气筒。

他训斥谭杰，说你这个副参谋长怎么干的？事儿都出了，队上该干什么干什么，你得帮小魏稳住阵脚。

谭杰先是想说个软话，临头一想这跟自己也没多大关系，便顶了几句：我是司令部的副职，只是在这儿蹲点，出了事儿，支队长你也着急，我可以原谅……

猛地被谭杰数落，马小刚心里别扭，霸道地打断对方：你还知道我是支队长？我需要你原谅？你也是老同志了，但不要倚老卖老……

谭杰不甘雌伏，反问：我比你老吗？我不敬重你吗？你在这里蹲点，队上的事儿你来管吗？你来当中队长、指导员吗？

马小刚控制住情绪，说好，我的话有问题，我给你道歉，但你得给年轻人带个好头，当面顶撞领导，合适吗？

谭杰冷笑，说用不着，论年龄、论兵龄，你是我的老大哥，我敬你，喊你声马大哥，你要摆出一副领导的臭架子，我也没必要跟你客气。

这话把马小刚说得云里雾里，但谭杰却浑身上下很舒坦。他干脆把憋在心里的郁闷发泄出来：老马，你想没想过，你也不比别人多个三头六臂，早晚都得脱制服滚蛋，就算你有能耐，进了澡堂子，扒光了都那么几个零件……

马小刚再次打断他的话，问：谭杰，你想给我表达什么？

谭杰说，就凭你随便插话，就不懂怎么尊重人，我想表达什么？我正式通知你，我已经交了退出现役的申请，以后少跟我吆五喝六的。

马小刚总算明白了个大概，他下意识地点了点头，说好，我尊重你，但也请你尊重自己，老同志了，别有船到码头车到岸的思想，你在位一分钟干好六十秒。

谭杰说，用不着你教训，我谭杰有分寸，工作上有任何差错，你可以拖出去把我毙了。

言重了，我又不是军阀。马小刚放慢了语速，他的脑子飞快运转，难道我给兄弟们留下的是这种印象？可他回头一琢磨，消防就得令行禁止，总不能上了火场，还跟手下的消防员商量，问问对方心情好不好，能不能往里进吧。

马小刚恢复了正常状态，义正词严地警告谭杰：你只要一天不离开消防，就别给我搞这一套，就像今天，还有上次魏东丽，随随便便顶撞领导，我就有权处理你。

话音刚落，他就扭身走了。谭杰静下心来一想，这是何苦？都打谱要离开消防了，还落下一身不是。他有些后悔，打电话给黄连海诉苦。黄连海说该，都这把年纪了，还不成熟。

黄连海更关心的是自己的外甥，他只差把魏东丽喊到面前踹上几脚了。他现在必须想法把魏东丽的屁股擦干净，否则日后没法跟人家父母交代，要命的是，连自己的亲外甥都保不住，往后也甭想在支队这一亩三分地混了。

他先是想去找政委，请元威出面，但他估计元威那种老好人不会主动招惹是非，更何况魏东丽是当着支队全体人员的面让马小刚下不来台。如果马小刚非要追责，于情于理都挑不出毛病。

黄连海苦思冥想，终于想起一个人。他想到的这个人虽然不在消防系统，说话却有分量，毫不夸张地说，别说一个消防支队的支队长，市直机关任何一个领导都得敬三分。

他心里有了底，琢磨了一会儿，才给那人去了电话。黄连海约对方晚上下班后一起打牌。也不知从哪天开始，林河市的一些机关单位流行起了玩掼蛋，掼蛋是江苏传来的一种扑克玩法，好似有很大的魔力，把有的人搞得鬼迷心窍。

为了能融入某些圈子，黄连海主动找江苏籍的战友恶补过掼蛋技巧，玩的水平不高，关键时候却也能凑个人手。他认为这是一张通行证。虽说他没少在各种会上强调，严禁用此类做法乱拉关系，但他本人也不得不这么做。

有了解决办法，他便去了机关大院斜对面的理发店。黄连海想，剃剃头、洗洗脸，有点倒霉的事儿也不显。

第十六章 爆炸新闻

076

虽然知道吕建业身体并无大碍，马成功心里还是很急，他想把米琳母亲的情况告诉吕建业。

他找队干部请假去医院，被驳了回来，这节骨眼上想外出，确实让人哭笑不得。可人在很多时候都会特别轴，明明可以电话里沟通，可他觉得这是两个人的秘密，非得当面告诉吕建业。

还好，没几天，吕建业就出院了。回到队上，他第一时间跑到车库，这次他没去擦一号车，只是打开车门，坐进了驾驶室。他两眼盯着方向盘发呆，长久而单一的坐姿，让身子变得僵硬。

吕建业情愿一直这样下去，风化为一块石头，那样就可以没有思维，更不会有什么烦恼了。

天已经越来越热了，即便在终日不见阳光的车库，马成功的脑门上还是冒出了汗。吕建业不怕热吗？马成功想这个问题的同时，用袖子在额头蹭了一下，又抬手朝后视镜挥了挥，可吕建业依然保持原有的姿势，专注地低着头。

马成功没有留意吕建业在做什么，他只是隐约觉得对方过于沉闷，他想吕建业可能还是为父亲与米琳母亲的关系闹心吧。他走到车门一侧，发现车门虚掩着。他拉开车门，吕建业才缓缓侧过脸，面无表情地盯着他。

马成功问：建业，身体没事儿了吧？

吕建业“唔”了一声，没再吭气。马成功又问：人都回来了，魂儿丢到医院了？

吕建业又“唔”了一声，还是没说话。马成功说，总算把事情弄明白了，你快下车，我给你说道说道。

吕建业的身子晃了晃，屁股始终没离开座位。闻听此言，他干脆把脸转了回去，两只胳膊交叉起来，搁到方向盘上，把头埋在了双臂之间。直到马成功把来龙去脉讲完，他仍旧不为所动。

见对方反应冷淡，马成功不无遗憾地说，你怎么一点不高兴呢，对你来说是件喜事儿，对我就另当别论了。

说完这些，马成功已经不在乎吕建业了，他举手又抹了一把额头，自言自语：这样也好，死了那份心，本来就配不上人家，说实在的，米琳虽然有点那个，人其实挺优秀的。

吕建业把所有话都听进去了，的确如马成功所言，去掉一个心事，他应该兴奋，或者说，该给失恋的战友一点安慰，可他什么都不想说，什么都不想做。他希望就这么一直趴下去，最好睡着，永远不再醒来。

他自顾自地下车，没敢正眼瞧马成功，低着头出了车库。马成功在身后跟着，说你装哑巴啊，有什么烦心事儿，咱去打拳击，这次我保证不打脸。

吕建业回头尴尬地笑笑，转过身来朝营区大门外走去。经过门岗时，哨兵想拦他，看他黑着脸也就没再多言语。

他穿过马路，径直走到鱼鸟河边。河里有黑脊背的小鱼，正悠闲地嬉戏，吕建业捡起一个石子，想扔进水里，可他最终还是把石子揣进了裤兜里。他不忍心破坏小鱼们的玩耍，心想如果自己也能跟他们一样就好了，可以无忧无虑、逍遥自在。

眼下他应该给父亲打个电话或者发个短信，说声道歉，可他实在无颜联系。他觉得自己是世上最笨的人，办的事儿猪狗不如。他第一次为过于任性而懊悔，他想这大概就是报应吧。

武鸣跟魏东丽深谈了一次，有个词儿叫促膝而谈，他俩还真就盘腿坐在同一张床上，面对面说话。有所不同的是，武鸣吸烟，魏东丽喝茶；相同的是，两人都神色凝重。

两个人先聊的是大老柳的现实困难，大老柳曾经在特勤中队干过班长，武鸣对手下这个得力干将的情况了如指掌，他知道大老柳自尊心强，不愿因私事儿给别人添乱，就让魏东丽帮忙想法子。

魏东丽也没推辞，说虽然自己闹得满城风雨，但暂时还是指导员，这些事儿都该用点心。

他没好意思提及大老柳帮过自己，因为舅舅曾经告诫他，管人是门大学问，跟谁走得太近都不合适。他想，大老柳跟武鸣熟得不能再熟，让人觉得自己跟大老柳也交往甚密，难免心里会犯嘀咕。

武鸣不知道他有这么多的小心思，很无奈地说，我暂时找不到合适的办法，本来想给支队长汇报，咱队上一连串出这么多事儿，确实张不开口。

魏东丽点点头，表示同意，说没错，我到了鱼鸟河中队才知道，在消防基层单位的主官可不是人干的，绝不是出几趟火警那么简单。

是啊，你刚到基层，还不熟悉情况，队伍不稳定是我的责任。武鸣开始自责，他没等魏东丽回话，又接着说，你来之前，队上就接二连三出差错，史无前例了，都怪我过于自负。

魏东丽说言重了，他们都很敬业，倒是我，身为干部，还在公开场合下闹情绪。

武鸣说，你千万别给自己太大负担，我这个人看起来不着调，跟别人很难配合，但我心里有数，我问你，你是真想离开消防？

魏东丽说，我不会当逃兵，只不过闹到了这般天地，支队长也容不下我了。

武鸣问：此话怎讲？

魏东丽把马小刚跟谭杰谈话的内容说了，又把小孟逼自己的事情也说了。武鸣一时之间竟不知道该如何安慰。

两个人真的是推心置腹了，他们后悔没有早些交流，确实有了点儿相见恨晚和惺惺相惜的意思。他俩很快达成了共识，把主要精力放在备战比武上，通过训练强化作风，把中队管理提升到一个更高的水平。

这次谈话让魏东丽很兴奋，他意犹未尽，跑去跟谭杰聊了一通，他每个细节都不放过，甚至连武鸣拿烟卷的姿势都形容了一番。

凡事都得悠着点儿。看魏东丽还在激动当中，谭杰在心里寻思，目前马小刚跟沙方健是亲密无间的，可是这小子还蒙在鼓里，说不定哪天就背上处分了。

077

马成功真正见识了什么叫生离死别。

那天风和日丽，一天下来只出了两趟任务，其中有一次还是假警。这对鱼鸟河中队来说很罕见，平常每天都会出动五六次。

马成功心情不错，却有些担心吕建业的状况。吃过晚饭，他邀请对方到体能训练馆一块操练。吕建业坐在餐桌前，尚未回应，警铃就响了。

两人几乎同时跑到车库，随后赶到的武鸣把吕建业拦下，也不知说了什么，吕建业慢腾腾地把刚穿上的救援服又脱下，怔怔地看着战友们着装登车。

马成功留意了吕建业的表情，很平淡，看不出有任何感情色彩。消防车驶入主干道后，他忍不住问武鸣：吕建业的伤已经好了，为什么不让出警？

武鸣指了指自己的脑袋说，他这里有问题，想不开，到了现场会影响战斗。

不会的，他心理素质还算过硬。马成功替吕建业解释道。

武鸣把头扭向车窗外，说这可不是儿戏，他这几天迷迷糊糊，我还没来得及跟他谈心，回来以后你得了解一下情况，及时告诉我。

马成功垂头丧气地说，他要能跟我袒露心声就好了……

话未说完，车载电台传来指令，让他们抄近路到安平县山道镇。马成功这才注意到，这次出警有些古怪，在消防车离开营区前，中队指挥中心未曾告知处置什么任务，只是拉响了救援的警铃。以往指挥中心会及时通知与任务相关的信息，譬如火灾类别等等。

这次不是火灾，而是化工厂爆炸。

事故地点在安平县，是林河市行政版图里唯一的县，与临市交界，直线距离并不远，翻过北部那片丘陵就到。

一得到这信息，武鸣就倒抽一口冷气。据他了解，早年为了经济发展指标，市里把所有的化工企业都集中到了那里，最近一两年，为了环境保护，市委市政府下了大气力，多数工厂都关门大吉，个别暂时难以治理的，也限制了生产。

他不得不感叹网络媒体的发达。打开手机，与爆炸事故相关的新闻已经霸占了屏幕。其中有一条新闻里介绍，有现场目击者说，家离事故发生地不足一公里，一声巨响后，房屋出现了三五秒钟的晃动，很明显地感到有强大的冲击波，起初以为是地震。

武鸣心想这次爆炸非同一般，果不其然，很快有新闻冒了出来，说省市两级领导已经赶往现场，消防总队在全省范围内调集力量，增援安平县爆炸事故。

不要小看“增援”两个字，一般的火灾事故会由辖区中队处置，上了规模的才会调动附近的消防队。他们划分了区域，会按照预案开展工作。那些区域类似于大部队的战区，增援意味着集团化作战。若干年前，大连港的那起事故，先不说出动了多少消防员，光全国的泡沫灭火剂一夜之间就空降到了那里。

惊动了省总队，这起事故规模得有多大呢？武鸣还未来得及多想，沙方健的电话来了，询问所处的位置、队伍的状况等等。他如实回答，心想老队长很少在战前婆婆妈妈，这注定了此次出警的危险系数。

他用对讲机通知后面紧随的车辆，让所有人员检查个人防护装备，务必确保自身安全。在处置现场，只有保全自己，才能更好地发挥战斗力。那些碰到消防员牺牲就指责指挥失误的说法，纯属捕风捉影。

交警部门对沿途临时交通管制，路上几乎见不到车辆和行人，消防车开得飞快，很快就进入了安平县地界。浓重的烟雾已经进入了马成功的视野，他猜测得有十几层楼那么高。

现场惨不忍睹。爆炸地点100米范围内的建筑物毁坏严重：屋顶坍塌、玻璃破碎，有的钢筋水泥都被炸开。距离爆炸点50米处的公路上，一辆公交车的玻璃也被震碎，多名乘客受伤；而另一辆集装箱卡车上面的集装箱板也震得凹了进去，驾驶员被飞来的锐物扎伤了眼睛，早已送到附近的医院。

公安民警在爆炸地点周边200米设置了警戒带，严禁无关人员出入。事实上，警戒已经基本失去作用，但凡胳膊腿齐全的群众，早就逃得远远的了。剩下的都是伤亡人员，以及包括消防人员在内的来处置事故的救援队伍。

特勤中队比鱼鸟河中队早来一步，已经占据了有利地形，架设了水枪，控制外围火势，防止火势蔓延。马成功目测了一下，有几处明火不规则地分布在爆炸核心区周围。对此他毫无经验，只能推断是爆炸后的明火，引燃了比邻的建筑。

沙方健不知何时到达了现场，正在向武鸣部署战斗。马成功刚要靠近武鸣，准备随时受领任务，身旁不远处的一栋二层小楼轰然倒塌。有群众说，废墟下有人员被掩埋。

马成功还未回过神来，武鸣已经在招呼鱼鸟河中队的人员。他稍作迟疑，武鸣率先进入了废墟。他首先看到的是一只胳膊，他俯下身子，搬开压在大臂处的预制板，看到的是血肉模糊的肩膀。

他一屁股坐在废墟当中。一根钢筋扎破救援服，马成功却丝毫没有反应。他直勾勾地看着离开躯体的断臂，心头一紧，两眼发黑。在几近昏厥的时刻，他的眼里看到一块手表。

那是断臂腕间的手表，没有受到任何损坏，秒针正四平八稳地走动着。马成功下意识地闭上眼，耳畔似乎传来秒针走动的声响，并在脑海里无限放大，好像随时都会炸裂脑壳。他忽然意识到，这声音正是死神的脚步声。

他一骨碌爬起来，还未来得及站稳，武鸣抱着一个伤员冲了过来。武鸣一脚踩空，踏进了一个缝隙里。

武鸣奋力拔出脚，战斗靴留在了缝隙里，只能赤着脚板迈向残垣断壁。眼见着武鸣重心不稳，马成功身子前倾，迎了上去。

078

这是一场生命的接力赛。

马成功磕磕绊绊，一路小跑，奔向消防车旁的救护车。在这不足百米的路程里，他产生了很多错觉，眼前是那块正在走动的手表，耳边却是呼呼的风声。

他想看清手表指示的时刻，那圆圆的表盘却变成了一张笑脸。笑容模糊而又熟悉，那是无数次闯进梦中的父亲吗？马成功想看清容貌，头盔却“咣当”一声掉到了地上。

他撞到了救护车上，车上的中年医生蹦下来，爱惜地摸了摸马成功的脑袋：没事儿吧，这么不小心。

马成功傻傻地站在那里，脑海中的“父亲”早已不见踪影。他朝医生努力挤出一丝笑，只有他自己知道，那笑里带着一分委屈。

早有人帮忙把伤员抬到了救护车上，医护人员检查一番，带着欢喜的语气说，快，这个活着。

中年医生连忙上车抢救，救护车留下呛人的尾气，一溜烟地跑远了。马成功的眼睛有些酸涩，回转身时发现，不远处依次摆放着几排躯体，上面蒙着白布。

他连续做了几次深呼吸，脚步沉重地重返废墟。他刚走出三两步，看到旁边有个人跟在一位中年人身后，语无伦次地向对方解释着什么。那人肤色黝黑，脸上拥有与年龄不相符的皱纹，很难猜测其年龄和身份。

马成功此时头脑已然清醒了。他记起来了，与自己咫尺之遥的中年人正是林河市市长。他看到的不是电视新闻中儒雅的市长，而是随时能将人一口吞掉的魔兽。

黑脸人说，市长，我是山道镇镇长。

三令五申停止生产，你们就是一群混蛋。市长的脸比镇长还要黑。

黑脸镇长解释说，这次真跟我们没关系，这个位置特殊，厂房一半建在咱林河，一半建在人家的地盘上，我调查过，引起爆炸的在那边，责任不在咱……

市长像头怒狮，吼道：狗日的，死的死，伤的伤，你还有心去想这些。

黑脸镇长哑口无言。市长跟着大吼：马小刚，消防支队的马小刚来了没有。

马小刚跑步过来，打了个敬礼。市长刚要下达命令，旁边来了两个记者，把话筒递了过来。还未等记者提问，市长就开骂了。

你们狗眼瞎了吗？都什么时候了，还有心思搞虚的。话音未落，市长把话筒抢到手里，摔到地上，继续发火：公安的人呢，把这些媒体的全部撵出去。

马成功注意到，马小刚并未受市长情绪的影响，而是神色严峻地看着远处近处的几处明火，抽动了几下鼻翼。他也跟着嗅了嗅，有股刺鼻的气味，刺激得鼻黏膜也有了反应，险些打出喷嚏。

就在这个时候，市长抓住马小刚的胳膊：快，进去救人，能多救一个是一个……

马小刚断然拒绝：不，马上撤离！

市长万分诧异地说，马小刚，党委政府培养这支队伍，你怎么能见死不救呢。

马小刚刚要回话，市长抢先说，别解释，执行命令。

不知何时，不远处的警戒线外聚集了一群群众，他们把市长和马小刚的对话全都听到了耳朵里。有人破口大骂，称消防是畜生养的，喝着老百姓的血，干着丧良心的事儿。更有人已经跪下了，哭爹喊娘地求消防救人。

那些群众早就逃离了现场，哪儿冒出来这么多人呢？马成功忽然意识到，是亲情，是血浓于水的亲情让这些群众又聚拢起来，他们想让自己的亲人活着。

马小刚不为所动，用对讲机下令：所有消防员，三分钟之内务必撤出。

武鸣在对讲机里说，支队长，还有幸存者……

妈的，撤，赶紧的！马小刚的眼睛里冒出了火星子。

马成功不解地看了一眼，正好跟马小刚四目相对，马小刚的眼神让他打了个寒战。

马小刚一把拽住他：去，把市长请出去。

马成功有些为难，马小刚踹了他一脚，嘴里是熟悉的乡音：耳朵塞驴毛了吗，就是拖也得把市长拖到安全地带。

事后，包括市长在内，在场的所有人都傻眼了。消防员刚离开战斗岗位，再次发生爆炸。马小刚是最后一个撤离现场的，直到那时，人们才醒过神来，如果不是他判断正确，并且及时下达命令，光消防员就得牺牲百八十人。那势必成为新中国成立以来，损失最惨重的一次。

一个多小时候，明火全部扑灭，环保部门介入处置；当晚8时许，解放军某部的防化兵入场……在省市两级党委政府的领导下，把损失降到了最低。

事故调查组随即展开调查，相关部门启动紧急预案，对伤员救治工作和亡者善后工作进行调度。马成功最为感动的是，好多出租车司机和私家车司机免费向医院运送伤员，市民自发组织献血，一时之间，林河市的血库聚满了人。更有热心市民点了外卖，各种水果、牛奶和吃食被送到了消防队。

凌晨，市政府召开新闻发布会，市长在会上公布了调查结果：爆炸发生地点地处林河市安平县山道镇化工产业区，目前正按市政府的要求进行拆迁。负责拆迁的公司私自挖掘停产企业的地下管线，卖钱谋利，挖掘机碰断了临市某塑料厂输送原料的管道，造成丙烯泄漏，旁边的一私家车主启动车辆时产生明火引发爆炸。主要责任人在逃离林河的途中，已被公安机关刑事拘留……

这是比天灾还可怕的人祸，市长没有回避责任，代表市政府作了检讨，向公众宣布，将穷尽一切力量铲除事故隐患。他还当着媒体的面向消防支队道歉，说如果不是现场指挥员头脑清醒，会酿成大祸。

归队后，马成功看了电视台重播的新闻发布会，市长虽然没直接点到马小刚的名字，但他目睹了马小刚临危不乱的风范。马小刚在他眼里有些神乎其神，他想自己何时也能成为“神人”呢？

079

任何人都不可能成为神仙，平民百姓难以脱俗，甚至有时会很俗气。至少大老柳就是这样的。

在中队处置化工厂爆炸事故期间，大老柳在家休假。他是被武鸣硬逼着回家的，在新闻上看到战友们的身影时，他的心里没着没落。没能参加战斗，是他莫大的遗憾。

可家务事儿一直困扰着他，让他夜不能寐。他在寻找解决的办法。

这天夜里，直到壮壮睡熟，车小米还在小声抽泣。她的眼睛早已哭红了，让人很是心疼。

大老柳把车小米拥在怀里，用嘴巴的热气包围了她的耳垂，她的身子轻微地抖动了一下，扭捏着迎接来自丈夫的温存。

大老柳用尽全身的气力，也无法占据阵地，这让他觉得好似进了光线昏暗的灭火现场，周围全是浓雾，喷射的水枪却找不到着火点。他蔫头奋脑地起身，光着脊梁，坐在床沿。他捏出一支香烟，点上，烟雾很快模糊了他的面目。

车小米目不转睛地注视着自己的丈夫，烟火一明一灭，脸庞也变得虚虚实实。大老柳终于把烟掐灭，对她说，咱俩离了吧，儿子留给我，你寻个好人家嫁了。

此时，车小米反倒止住了泪水，说不，我这辈子都只认你一个人。

大老柳的心里跟针扎似的疼，但他还是说，我不想让你为难，记住，永远不要跟咱爸吵架，这辈子真正疼你的男人只有他一个。

车小米知道大老柳心里憋屈，自从儿子生病，特别是她在村里受到委屈之后，父亲就劝两个人离了。当时，她骗父亲说儿子的病是可以治愈的，纸终究包不住火。

一晃这些年过去了，老人家也宽容了他们的谎言。可现在二胎政策放开了，父亲让他们再生一个，这并不过分的要求，却让大老柳觉得自己很没用。

在她的眼里，丈夫是无所不能的，世事捉弄人，谁能想到，两人的夫妻生活却成了难以逾越的鸿沟，让大老柳望而却步。

车小米想，这只能怪自己，从检查出儿子的病情之后，她单方面地荒废了两人之间必修的业务。即便偶尔有那么几次，也是草率收场，显得极为敷衍。

车小米深受丈夫的影响，把家务事儿称之为“业务”，她对大老柳说，我保证以后再也不哭了，你有你的业务，你去干你的事业，好好比武，只求你捧回大奖杯，给我们娘儿俩做礼物。

这是最强劲的引擎。大老柳说，你放心吧，我比以往任何时候都重视这次比武。

在他心目当中，这不单纯是中队的集体荣誉，还承载着他与车小米沉重的爱情。他要夺取名次，而且必须夺得好名次，他要用奖杯温暖妻子那颗受伤的心，并用它给久病的儿子带来希望。

他带领的一班也争气，在中队自行组织的模拟测试中，他们的集体科目成绩接近支队的纪录。有人想要庆祝，大老柳说千万别骄傲自满，我也拜托大家伙儿了，给我个面子，哪怕这次比武之后让我走人，也得让我走得风光。

这种说法挺伤感，马成功当场反对，说别搞得跟生离死别似的，咱消防转制了，正是需要人才的时候，柳班长不会走，我们谁都不会走。

大老柳感到欣慰，别的不说，单看马成功一个人的进步就很激励人心。他当着全班的面对马成功说，打今儿开始，所有公开露面的都由你来上，我在背后给你撑着，你要抓紧锻炼个人的组织能力。

马成功推辞说，柳班长，我不行。

男人怎么能说自己不行，放心，你就是顺拐了，也没人笑话你。大老柳一挥手把事儿定下了，也引来众人哈哈大笑。

好的成绩不是靠嘴皮子吹出来的，在队上，大老柳把所有精力用到了训练上。别的班组织五公里长跑，他就带着兄弟们去跑十公里，他还在大伙腿上绑了沙袋，虽然大家累得难受，但还是嗷嗷直叫，一个一个生龙活虎，让武鸣乐得合不拢嘴。

如今，有了车小米的鼓励，大老柳的心又回到了中队。在看到一班发生变化的同时，他也不再埋怨魏东丽。

兄弟们热火朝天地训练，让魏东丽深受感动，执意要写些标语口号，贴到墙上，鼓舞大家的斗志。武鸣开玩笑说，你这不是搞形式主义吗?

魏东丽知道武鸣是在拿之前的事情开涮，但还是一本正经地说，生活得有仪式感。

武鸣说，同志，请注意，这是干工作，不是居家过日子。

魏东丽说，假如把工作干得跟过日子一样，就没有打不赢的胜仗。

武鸣嘴上说又在咬文嚼字，私下里却把这句话输入电脑，设置成电脑屏幕，还把这句话作为至理名言，此后在集体场合下讲了好多次。有一次，还特意当着支队长的面，说这是指导员的人生信条。

马小刚也当众表扬了大老柳和一班，他希望全市消防都能跟他们一样，永远保持青春和活力，这种士气能够生成难以估量的战斗力。

也就是那天中午，大老柳接到妻子车小米发来的微信视频。儿子壮壮在视频中直笑，总算是能够利索地喊出“爸爸”两个字，他疯了似的在训练场上跑了一圈，又一股脑冲到了训练塔上。

在训练塔楼顶，大老柳憋足一口气，“嗷嗷”地号了几嗓子，才仰身躺在地上。过了许久，他才站起来，让目光越过鱼鸟河，又越过对岸楼宇缝隙，在远处的一片农田处逗留。那片让林河人引以为荣的油菜花谢了，金地毯变成了绿地毯，反倒是一派勃勃生机。

不知不觉，大老柳的双目有些模糊，他自言自语说，这大太阳真够刺眼的。他抹了一把眼，顺着河道收回目光，他忽然觉得，前途光芒一片，可脚下的道路却跟鱼鸟河流淌的河水一样，曲里拐弯儿。

可是，家庭困境让他步入了两难的境地。

080

在吕建业车祸这件事情的处理上，武鸣说话算话，转天就去找沙方健。

他对沙方健说，老队长，这次车祸，你们不能处理魏东丽。

沙方健问：是你的意思，还是他的意思？

武鸣答：我的意思，吕建业的假是他批的，但我们主官要团结，你处理了他，我也得跟着遭殃。

沙方健说，小武子，这个时候倒讲起团结了，用错了地方。还有啊，过去你可不是这样，动不动就要替别人背处分，这次㞞了？

武鸣辩解说，我没㞞，我们都得考虑个人前途，人都是自私的，干不出成绩也就罢了，谁都不愿背个处分。

沙方健心里偷偷乐了，心想这就对了，只要还想着进步，怕被问责，就说明有廉耻心，那就会知耻而后勇。这样的私心完全可以原谅，正常人大抵如此，发生问题第一时间想到的是个人前途，这是本能，也是非常低级的心理诉求。沙方健能够理解他们，这恰恰是叫他头疼的一件事儿，他是从基层一步一步走出来的，他晓得基层的苦恼与困惑，更清楚一线的艰难与痛苦。

他进退两难，从目前的形势看，吕建业这起车祸不会追究任何人的责任。但魏东丽估计没那么幸运，他在公开场合的所作所为有目共睹，而且是原则性问题，现在看他肯定是悔不当初，否则武鸣不会跳出来替他求情。可是如果人人都像他一样，跟上级领导使性子，那这队伍没法管也没法带。

其实，他最为难的是，这事儿他没法参与意见，干部转业归政治部门管，人家的亲舅舅是黄主任，过问太多会惹一身骚。

武鸣不是外人，沙方健把自己的心里话说了，武鸣回到中队就复述给魏东丽。可惜他只是蜻蜓点水，一些重要的节点反倒语焉不详。魏东丽无人诉说，当了二传手，到了谭杰那里就产生了诸多误会。

让谭杰误会的不止沙方健一人，还有马小刚。就是在大老柳接到妻子视频的那天上午，马小刚被通知到总队参加座谈会，临行前，他跟谭杰聊了聊，无非是让他安心工作云云。可谭杰却觉得，马小刚这个人越来越虚伪了。

马小刚接到省里通知之前，一直是在关注鱼鸟河中队。特别是在中队蹲点的那段时间，他有时很想跟年轻人一起训练，可他实在难以抽身。方方面面的事情都要他张罗，以至于后来，在中队期间究竟干了什么，也成了被调查的内容。

他忙了些什么呢，消防改革不单单是转发一下上级的文件，有好多工作需要他来安排。至于什么工作，还很难用文字描述。举个简单的例子，他曾经打电话给省总队改革委员会的负责人，询问一些具体事宜，人家回复他说，政策尚不明朗，都是摸着石头过河。

马小刚还有块心病，就是那个农贸市场的隐患问题，随着工作的开展，他发现这背后有复杂的利益链。市场几经调整，归了市里另一家上市公司安氏集团，集团董事长跟各级领导都有交往。

有的领导告诫他多一事不如少一事，甚至身边的人也提醒他，消防的这次改革，有可能把防火监督执法交给住建部门。这话不用明说，是让他少得罪人。

至于吕建业的车祸事件，他实在没有精力去管，只是跟市公安局的个别领导闹了点儿别扭，有点雷声大雨点小。这也让他备受争议，分管消防的那位副局长说，他是为部属讨公道，以下抗上不足为过；更多的人认为，消防以后不归公安管了，他就找不着北了。

事实上，后一种说法纯属子虚乌有，消防虽然不隶属公安了，短期内好多工作需要仰仗公安机关，特别是“九小场所”的防火监督管理更得靠治安民警，也就是日常所说的派出所片儿警。就算没有这个问题，马小刚也不至于如此势利，都是林河地界上一起共事的政府部门，闹僵了对谁都没有好处。

还有一种说法是专门反驳分管副局长的，说马小刚没那么傻，也不是为了普通的一个下属去争说法，如果被撞的人不姓吕，换作另外一个人，他还会那么上心吗？这话让马小刚有苦难言。

没错，伤者是消防员，也是大老板吕程的公子，自己跟吕程关系不错，事情发生后，对方也曾找过自己。他也在反思，换其他人自己还会花费精力，甚至专门跑到有关部门吗？他忽然找不到答案了。

回头再说省里的通知，他接到省总队的电话，让参加一个小范围的座谈会，他问需要准备什么，对方称消防改革的事儿。所以上车之后，他就闭目养神，猜想会上会讨论什么，哪方面会成为焦点。

消防有个特点，碰到一些政策性很强的文件出台，事先都会组织人员讨论，会上不论级别都可以争个面红耳赤，是个很好的传统。马小刚当时还想，无论消防改成什么样，这个传统在林河不能丢。

可车子刚到高速路口就被人拦下了，驾驶员以为是便衣交警，就拿出驾驶证、行车证，对方没理他，直接打开后车门，请马小刚下车。

他和驾驶员都被收了手机，上了路边停的一辆中巴车。车上光线不好，马小刚没看清对方出示的文书，只是听到对方说，我们是市纪委的，有些事情需要你配合调查。

支队长被抓了，这消息很快传遍支队，进而在林河地界上也迅速传播开来。很多人都在猜测，消防支队的老马犯了什么错误，甚至好多地方单位的人都打来电话问并不怎么熟悉的元威。

元威根本不知情，他本人也被蒙在鼓里，如今的政治气候让人不得不多想，他着实为自己的搭档捏了一把汗。

显而易见，马小刚被纪委带走，跟发生的那起化工爆炸事故一样，都是爆炸新闻。

第十七章　步入圈套

081

听到消息后，元威给几位总队领导分别打过几次电话，那些领导无一例外，纷纷拒接了电话，只有一个人在两天之后才回复：抓好管理，确保稳定。

元威也曾经打电话给马小刚，显示的是关机状态。等正式接到省里通知，确认此事之后，林河已经是路人皆知。他不得不紧急开了党委会，临时调整有关工作的分工。

他在开会时还在想自己的搭档是怎么了，假若真跟别的单位挖出的腐败分子一样，马小刚在林河党政口、省总队乃至部局都有门路，搞不好就能在驻地以及消防圈子里引起一场地震。

不管怎么说，马小刚被带走已经闹得沸沸扬扬，而且搞得大家人心惶惶。元威提醒自己，在这个节骨眼上，不能自乱分寸。

很巧合，马成功忽然间变得情绪低落，训练时状态也非常不稳定。都知道他是马小刚特殊关照的人，魏东丽和大老柳就接连找他谈心，让他安心工作。大老柳还专门说到，支队长是个好人，不会有什么事儿的。

马成功是马家庄的人。马家庄在昆嵛山脚下，山上有道教七真人的发源地——烟霞洞，丘处机就是打这里走出去的。让马家庄远近闻名的不是道教，而是乡亲们在战争年代立下过汗马功劳。《县志》记载，胶东地区第一个抗日战争革命根据地，就是从马家庄建立的，然后在昆嵛山打游击，最后在雷神庙打响胶东抗战第一枪。

在老家还有个说法，马家庄的人是戚继光旧部的后裔，据说，京城里来的专家专门做过考证，还把这个说法形成了理论，写成了文章，得了国家级的大奖。

马成功为此颇感自豪。戚继光跟岳飞一样，是民族英雄，别说祖上在戚家军里打过仗，哪怕是在戚将军家里烧火做饭，也值得点赞。

不管怎么说，马家庄的人都很血性，马成功认为，作为民族英雄的后代，就该如此。

在某些事情上，马家庄人已经形成了自觉。他们有个互相攀比的习惯，假如自家孩子考不上大学，就会送到部队，只要在部队踏踏实实干上几年，在别人眼里就是有出息。他们不会像别处，高考落榜就让孩子外出打工，那样的人在村子里会遭人耻笑。

马家庄的确跟别处不一样，细数起来，几乎家家都有当兵的。如果按百分比来算，小小的村子里，当兵人的比例很高，可以称得上是天文数字。

当兵之后，马成功才知道，消防是编制极少的兵种，全国也就17万人，可光他们马家庄就出了四个消防兵。一个是马小刚，现在的支队长；还有一个叫马致远，在省城消防支队也干到了营职；另外两个是他和父亲，父亲的消防生涯终结在士兵的身份，他想争口气，也在消防当干部。

事实上，马成功对父亲毫无印象，对父亲的情况也是一无所知。

小时候，家里人说父亲在很远的地方工作，问母亲，母亲只是抹眼泪。好像所有人都自动屏蔽着父亲的消息，让他感到父亲为自己设置了一个巨大的谜面，等着他去寻找答案。

稍大一点儿，他开始对父亲展开无数联想，非常糟糕的是，在某天夜里，他冒出一个想法——父亲是个负心汉，他抛弃了妻子，抛弃了儿子，抛弃了整个家庭，抛弃了生养自己的马家庄。

产生这个念想是受了马致远的影响。马致远当时刚在部队提干，就甩了青梅竹马的女朋友，女朋友还险些寻短见。村里人说，马致远是标准的陈世美。

父亲会不会也是这样呢？这个念头从诞生的那刻起，就在马成功的脑海里生根发芽，时间久了，变得根深蒂固。

家里人对父亲的事情讳莫如深，让马成功认定这个假设是成立的，有段时间，他时常做噩梦，在可怕的梦魇中挣扎。

马小刚被人实名举报，林河市纪委的人把他带走了。总队领导跟元威正式确认了这一消息，让林河消防配合好工作，说如果发生违规违纪，决不姑息迁就。

会不会是有人诬告呢？元威脑子里冒出这么个问题，他想问假如马小刚被别人陷害了怎么办，可还是忍住了。这不是该他关心的问题，这是组织纪律，更何况总队领导已经明确说了，是实名举报，只要认真去查，自然会拨云见日。

他跟马小刚相处有段时间了，不敢说有多么深入的了解，最起码在情感上倾斜于自己的搭档不会干出格的事儿。元威寻思，总队领导的这番话是代表组织传达的，还是仅代表个人意见呢？这只能靠自己揣测。

纪委的人说来就来，他们是来翻陈年旧账的。

按照工作人员的要求，元威通知有关人员到支队机关待命。武鸣和大老柳都在这个人员范围之内，当天就到机关报到。

吕建业终于知道，武鸣讳莫如深的是在特勤中队时处置的一起亡人火灾事故，武鸣是指挥员，大老柳当时值守一号车。

依吕建业的脾气性格，肯定会跟着凑热闹，搞明白发生了什么，可他实在没有心思考虑这些。他现在遭遇了一个大麻烦，他自知坠入了深不可测的陷阱，他决定不惜一切代价去摆平，哪怕以死相拼。

武鸣离开中队，又缺了大老柳这么个得力干将，魏东丽独自挑大梁，才体会到基层工作之难，吃喝拉撒，杂七杂八，事无巨细都得操心。

通过到鱼鸟河中队后的经历，再加上这次武鸣被喊去谈话，他越发觉得基层干部就像个陀螺，旋转，旋转，永无休止地旋转，如果没有外力，用不了多久就会在原地栽个跟头。

魏东丽感到吃力，他向还在队上的谭杰请教。谭杰让他去问自己的舅舅，黄连海才是真正打基层成长起来的。他不是故意推卸，基层工作不是想当然就能干好的。

082

谭杰最终还是被推到了前台。

元威担心鱼鸟河中队的管理，就亲自给谭杰打了电话，让他多帮助魏东丽。

他不好推辞，心里却嘀咕，我谭杰跟你元政委一样，缺的就是基层经验；不一样的是，缺了能帮上忙的关系，所以才在职务上止步不前。

不管怎么说，他还是痛快地答应了，这是上级命令。他的想法很朴素，不能因为对马小刚和沙方健有意见，就晚节不保。但他心里没底，向黄连海求助。

谭杰认为，只有黄连海才最适合来交流这个问题，一来有自己的外甥在中队，二来也不会笑话他啥都不懂。

黄连海并不买账，说你吃饱了撑的，干好自己的就行。

谭杰说，这是政委的命令。

黄连海笑笑，说大家都是泥菩萨过河。听谭杰没吱声，他又说，你没听说总队的几个副职都申请退出现役了？还有个别领导把自己的孩子也调走了。你小子倒是聪明，现在离开消防，还能享受军人转业或者自主择业的待遇，说不定还能赶上好政策。

谭杰老老实实地回答：这些我还真不懂。

黄连海说，别得了便宜还卖乖，没想到你平常不声不响，事情办得很漂亮啊。

谭杰说，我其实不想走，那是在跟他们赌气。

好，那就算是你歪打正着吧。话音刚落，黄连海就说，不过，我可得好好敲打敲打你，你得记住了，多事之秋，把嘴巴管严实了。

咱俩是老乡，何时何地都不会坑了你。谭杰连忙表白。

黄连海语气变得严肃：咱俩只是战友，非常时期别搞小团体主义，都什么年代了，还想拉山头、搞宗派。

谭杰说，你这主任干的，一张嘴就上纲上线。

黄连海叹了口气，说你以为我容易啊，不过现在好了，马小刚得折腾些日子，即使查不出问题，也没什么好下场。

谭杰随口问：这事儿跟你有关？

黄连海矢口否认，说你瞎扯什么呢，得亏是在跟我说，若听者另有其人，你让别人怎么想。

谭杰连忙道歉，黄连海说，你是无心之语，不计较。话又说回来，你就偷着乐吧，你不是不想离开消防吗？这是好事儿啊，最起码你和小魏暂时安全了。

老马那个人其实挺好的。紧跟着，谭杰又解释说，有的事儿你可能不清楚，那时候你还在大队任职。我爱人随军安置工作，是他帮忙找的人，还有孩子上重点中学，全是他出的面。

黄连海问：这又能说明什么？

谭杰说，他利用个人关系，帮兄弟们办了不少实事儿。

黄连海说，这就对了，他哪儿来的关系？长期分管防火工作，跟地方单位打交道多，用自己手中的权力换呗。

谭杰还想为马支队长说几句公道话，但黄连海已经挂断了电话。他忽然有些内疚，进而感到自责。闹腾着离开消防是图个什么呢？为了一口气，那也太小家子气了。

他念起了马小刚的好处，心想黄连海干吗要落井下石呢。他突然意识到，根本看不懂这个老乡，甚至对自己也越来越看不懂了。

武鸣为什么被停止了工作？元力刚提出这个问题，就被父亲制止了。

元威语重心长地对她说，这次你可不要耍小孩脾气，千万别添乱，指不定掀起什么风浪呢。

元力说，那可是我男朋友，你未来的女婿啊。

元威说，我没有嫌弃他的意思，但是，你要掺和进来，我恐怕也要避嫌。

我已经问过魏东丽了，不就是那次火灾吗？你当时还没到林河，实话告诉你，这事儿是我害的，为什么他一直不理我，是因为我把他的手表调了。虽然元力有些泄气，但还是为武鸣叫屈。

元威站起来，摸了摸女儿的脑袋，说傻孩子，这种话可不能乱说。

老家伙，我真没骗你，撒谎是小狗。说话间，元力已经带了哭腔。

纪委要查的还真是那起备受争议的灭火战斗。据元力讲，当时她嫌武鸣总是忙工作，约会总是不准点儿，就搞了个恶作剧，偷偷把手表给往后调了。结果赶上出警，武鸣在时间上判断失误。

这一点，武鸣一五一十地把战斗经过写了下来，所有细节都跟大老柳所写的那份材料一致。

那是一个正午，阳光让人眩晕。

一家KTV着火，但因为消防通道停放了车辆，十余辆消防车只能在外围，武鸣带队铺设水带，深入火场，耽误了不少时间。

大老柳是一号车战斗员，负责内攻，好不容易灭了明火，他们接到求救信息，说里面有两名群众被困。大老柳想带人进火场，武鸣低头一看手表，说不能进，两人当场发生争执，这些都被吃瓜群众拍了视频。

武鸣判断建筑物随时可能坍塌，计算何时让手下的兄弟们撤退。但他没有马小刚那么幸运，而是被手表指示的错误时间误导，提前下达了撤退命令。

大老柳请求给自己三分钟时间，武鸣说不能冒险，救人不能以牺牲自己为代价。两人拉扯了一会儿，大老柳还是钻进了火场。

烈火熊熊，浓烟滚滚，能见度不高。大老柳摸索着前行，总算救出了一位女青年，可等他再折回身时，真的塌了，一名年轻男子被砸死。

视频被传到了网上，网友指责武鸣指挥不力，如果不拉扯那一会儿，就不会害死那位男青年。支队派了工作组调查事故原因，负责带队的是吴华。

马小刚跟他谈话，本着保护年轻干部的原则，没让事态扩大。为了给公众一个交代，大老柳担下了责任，申请提前退伍。

通过武鸣写的这些，可以看得出来，大老柳当时的遭遇跟农贸市场整改吴华主动背黑锅如出一辙。但大老柳在个人的材料中提到，自己从来不怪武鸣，否则也不会再报名到鱼鸟河中队干专职消防员。

但现在纪委要查的是，马小刚为什么要刻意去把事情压下来。

083

有个事情马成功一直好奇。

别人当兵留在部队，特别是在当了干部之后，都会衣锦还乡，但马小刚和马致远很少回村里。马致远留下了不好的名声，姑且可以理解；马小刚都是正团职了，只能说是忘了本。可这也经不起推敲。

马成功当兵前，母亲背着家里其他亲戚，联系了马小刚，马小刚很干脆地答应，要把马成功安排到自己手下。

马小刚没有食言，在马成功到部队后，还专门找他谈过心，说只要好好干，将来会培养他考军校。可母亲为什么不敢正大光明地求人家呢？这也是个难解之谜。

偶尔有那么三两次，他居然会想，自己会不会是母亲与马小刚的私生子呢？这让他感到罪过，虽然母亲当初是县剧团的台柱子，追求的人不计其数，但以她的品行绝对不会做出令人不齿的风流事儿。

马小刚如今被限制了自由，反倒让马成功重新惦记起这档子事儿，他进而想，再次见到马小刚，一定要问个清楚。

可马小刚还能回来吗？说到底，马成功终究还是个基层的消防员，对有些事情也是似懂非懂。在他印象当中，马小刚这种情况等于是被“双规”了，他还听人说过，一旦被限制了自由，就很难再风风光光地回到岗位上。

他开始为马小刚着急，倒不是因为所谓的靠山倒了，只是莫名其妙地心慌。可这些烦心事儿，他只能埋在心底。他本来想跟吕建业聊聊，经过长时间的磨合，两人几乎无话不说，可吕建业像是生了一场大病，毫无生气。

究竟怎么回事儿？吕建业一直大大咧咧，自诩没有隔夜的烦恼。这是马成功一直羡慕的，可吕建业也蔫儿了，好多人都无精打采，整个中队都像是被笼罩在阴霾当中。

他还有另外一个烦恼，跟米琳有关。

米琳是个极有主见的人，决不会因为母亲的阻拦而放弃对马成功的追求。她固执地搬到了学校集体宿舍，跟母亲对峙。马成功不知道该怎么安慰米琳。

实际上，他打怵跟米琳联系，米琳是个疯丫头，逼急了什么事儿都能做出来。马成功已经领教过米琳母亲的厉害，他担心对方会到队上甚至到支队问罪。中队已经够乱腾了，他害怕会带来不必要的麻烦或者是无法预料的后果。

他用近似于哀求的语气给米琳打电话，让米琳放过自己。米琳真的安分了几天，这也让马成功无限惆怅。他心里放不下米琳，渴望这份给自己带来温度的感情。

他仍然有记日记的习惯，便向日记本倾诉，只要有空闲，就会在本子上记下一个数字。那些数字很揪心，记录了他提出分手后的多少个小时。马成功体会到了度秒如年的感觉，心里便无比懊悔，心想这辈子恐怕再也见不到米琳了。

一个多礼拜之后，米琳到中队来了，而且带着一批同学来了。也不知她用了什么办法，竟然以林河大学学生会的名义来慰问鱼鸟河中队了。

他们的到来让中队人员发觉，已经到了“五四”青年节。魏东丽不由感慨，时间过得太快，烦心事一桩接一桩，竟让他忘了属于年轻人的节日。恼人的是，武鸣和大老柳还没归队。

米琳带来的节目显然是精心准备过的，她不但上台来了一段RAP，还跟几位男生一起跳了很劲爆的街舞。苏平安是人来疯，自告奋勇唱了一首歌，还把马成功忽悠到台上，逼着他跟米琳合唱。

马成功扭捏着不愿意，米琳倒是落落大方，连着清唱两首，一首是《知心爱人》，另一首是《夫妻双双把家还》。台下大多数人都跟着起哄，有人把巴掌都拍紫了。

马成功绝对想不到，米琳带的人当中有在网络平台实习的，她让人家拍了视频，而且镜头里他与米琳两个人是绝对的主角。米琳又让人把视频剪辑好，做了很搞笑的后期，传到了网上。米琳还让他们加了特煽情的标题“时尚女生追呆萌消防哥，谁为他们的爱点赞”，视频被疯狂转载，网友留下了各种温馨抑或热烈的祝福。

苏平安发现了这个火爆的视频，说马成功你还真行，瞧那个女孩自己也留言了，说就是要让妈妈看到视频，还让网友主持公道，批判父母干涉儿女恋爱自由。苏平安无比羡慕地说，你的米琳成名人了，那么多人给她点赞。

马成功故意岔开话题，说你那天的歌唱得很棒，快赶上专业的了。

苏平安骄傲地说，那是，我是跟菡小姐学的，她以前在KTV工作，最大的梦想是当一个歌手。说完，他便沉浸在对自己爱情的憧憬当中，哼着曲儿走了。

在慰问演出当中，始终保持沉默的只有两个人，一个是魏东丽，另一个是吕建业。他俩都揣着心事。前者是在为工作的事情发愁，后者是在制定复仇计划。

他知道车祸是人为制造的，他还知道背后的主谋是安家宏。至于安家宏为什么要这么做，他也总算是搞明白了。只是，吕建业未曾料到，是自己不经意的一句话才惹火烧身的。

时间得倒退到春节前，吕建业刚当上班长，还处于极度兴奋状态。那天出警，火灾现场地处闹市区，就在接近火场时，一号车前猛地跑过来一个小孩儿，吕建业眼尖手快，拽了一把方向盘，躲过了孩子，却蹭到了一辆豪华跑车。

开跑车的时尚女人要求赔偿。吕建业调侃道：这么辆破车还闹，不够丢人现眼的。

可能是他当时语气和神态很暧昧吧，惹恼了那位女人，人家用手机拍了照片。

谁能想到，女人是安家宏的相好，吕建业在照片里确实是瞪着色眯眯的眼睛，一副流里流气的样子。他自然也没想到，安家宏城府很深，一直不急于报复，而是在等待时机，可谓老谋深算。

084

元威再次警告元力不能擅作主张，明确表示自己去想办法。可他又能有什么办法呢？本以为事情会不了了之，谁也想不到吴华会给纪委调查组提供线索。

这期间，吴华也被停止工作，在被调查的范围之内。他在自己的书面材料上多写了一段话：“事故发生后，有关媒体来支队采访，要跟踪报道，马小刚支队长安排我做好协调工作，尽量消除负面影响。”

调查组便提出了新问题，用什么方式协调的呢？

调查结果很快出来了，吴华仅是在支队食堂请相关人员吃了顿饭，然后又从支队农场给每人带了份土特产。元威想，这也真够寒酸的，所谓的土特产都是从菜地里现摘的，黄瓜、西红柿之类的，值不了几个钱，样子还挺难看，只能说是没施过化肥、没打过农药而已。

但调查组又盯住一个问题，这起火灾如果经得起推敲，又干吗要消除负面影响。

吴华说，毕竟有人员伤亡，如果不统一口径，很容易让民众产生误会，给消防工作带来不必要的麻烦。

这句话让武鸣成了重点调查对象。

按理说，这些事情应该保密，但元力已经因武鸣茶饭不思，瘦了整整一圈，当父亲的就很难淡定了。他想为女儿宽心，却没有更好的招数。

执勤灭火的业务归司令部管，元威让沙方健组织人员对当时出警情况进行分析研判，沙方健二话没说就答应了。他们都希望马小刚能平安无事。

这事儿不好搞得路人皆知，沙方健把谭杰叫回机关，喊上战训科长，甚至把已经转业到地方的原特勤中队中队长招呼回来，紧锣密鼓地展开调查工作。

这样的事情知道的人越少越好，谭杰被沙方健紧急召回，也算是临危受命了。谭杰有几分感动，他意识到之前错怪了沙方健，再一想马小刚有恩于自己，他便有些自责过去的行为了。

谭杰是老机关，他的第一反应是，这样处理不妥，他们这些人都应该回避，最好的办法是请总队出面。总队防火部有个火调处，专门负责火灾事故调查工作，由他们出面邀请专家，会给出最权威的结论。

谭杰把这个想法汇报给元威，元威有些犹豫，他担心的是总队领导持什么态度。

恰巧他陪同纪委调查组在食堂吃工作餐，政治处纪保科的同志负责为调查组提供保障，他便把黄连海喊上了。席间，黄连海讲了个笑话，但所有人都听出了弦外之音，他是暗示调查组查一查马小刚身边的人。

工作本来就陷入了僵局，调查组当场拍板要扩大调查范围，带队的组长还跟元威开玩笑，说多亏你当时还没到林河消防，否则也得跟你好好谈谈。转过头来，组长又跟黄连海说，这次你可跑不掉了。

黄连海一脸无奈地说，我这是引火烧身，万一把我查出问题来，想哭我都找不到坟头。

饭后，元威想批评黄连海多事儿，话到嘴边又改口了，他用戏谑的语气说，连海啊，我真想挖个坑，把你活埋了。

黄连海反应迅速，说别呀，这不是咱消防的专业，除非政委干过工程兵，擅长挖坑埋土。

元威跟着一笑，说论专业我是比不上你喽。

黄连海听过这话会想什么，元威不知道，他也根本不想知道。他只是从对方的表现判断，马小刚这事儿十有八九跟黄连海有那么一点关系。他想，以当前的形势，傻瓜才会在调查组的人员面前乱说话，刚才又说什么工程兵专业，那不是提醒自己不懂消防专业吗?

某一瞬间，元威断定挖坑的人是黄连海，但他又提醒自己别把人想得过于复杂，更不能直来直去地硬碰硬。支队长被调查，已经在支队内部造成很坏的影响，不能在特殊时期搞不团结。他多了个心，紧接着通知沙方健暂停工作。

谭杰的建议成了唯一的选择。思前想后，元威决定让谭杰到省里跑一趟，想办法争取总队支持，派员介入火灾调查。谭杰说保证完成任务，防火部火调处处长跟自己是军校同学，很正派的一个人。

说这话时，谭杰的语气有一点儿变化，因为他想起自己小肚鸡肠，潜意识里把沙方健以及马小刚当作敌人，还能不能称得上一个正派人。

事情紧急，他出了政委办公室就急匆匆地往电梯口跑，准备打电话给车队，叫车把自己送到高铁站。谭杰低着头找电话号码，差点跟人撞个满怀。

等他抬起头时，来人已经笑了，说谭叔，你注意车速，好歹鸣个笛儿。

哦，元力，是你啊。谭杰发现元力脸色苍白，而且笑得牵强，就叮嘱她说，注意休息，别光顾得忙工作。

元力苦笑一声，说我哪儿还有心思干工作啊，一直为武鸣着急，我这正想去找我爸，问问他会不会是有人背后使坏，要给武鸣一个莫须有的罪名。

谭杰沉思片刻，说有这种可能，但矛头是冲着马支队长的。

人心果真如此险恶，我不管，只要武鸣一天不回鱼鸟河中队，我就得想办法，急了眼，我也会跳墙。元力说着，就变得十分焦躁。

谭杰想缓和气氛，说你这丫头，把自己当狗了。

元力说，谭叔，我没心情开玩笑，我就想，实在不行，我也去告状，纪委总得有人管吧。

谭杰安慰她说，别瞎闹，都安排了，让我去总队请人，来调查那次火灾事故。

元力说，我也去，我这就去请假。

谭杰说，安心等着，有消息我会第一时间告诉你。

元力想想也是，就主动请求开车把谭杰送到高铁站，看她状态不佳，谭杰有心想劝慰几句，也就没再推辞。

消防支队离高铁站不远也不近，元力车子开得慢，也就为两人留下了充足的时间。元力从谭杰那里得到一个重要信息，眼下要紧的是把火灾事故原因搞清楚。

085

在元力看来，去总队请人算是曲线救国的策略。她认为不必舍近求远，自己查就行。

谭杰说，总队给出的结论更权威，咱们都能避嫌。

元力问，当时一死一伤，找到伤者不就妥了？

谭杰说对呀，我怎么没想到这点儿。我记得，当时受伤的是一个陪唱的姑娘，好像叫小菡，后来截肢了。

元力又问，菡是哪个字？

谭杰答，不清楚。

元力说，不会是咱俩见过的那个菡小姐吧。

谭杰说，天下不会有这么巧的事儿，你电视剧看多了。你还是回机关查一下，他们有备案。

我到城南跑一趟就是了。说罢，元力把车停下，很不好意思地让谭杰打车走。她迫不及待地想见到菡小姐。

元力把车开得飞快，连闯了几个红灯，等她驶入那片工地时，一不小心跟一辆混凝土搅拌车追尾。开车的师傅下车就埋怨她开车不长眼，怕处理事故耽误时间，把一车混凝土废了，回头扣了工资还得罚钱。还说自家供着两个孩子上大学，就指望他一个人挣钱。

元力二话没说，把包里的钱拿出来，递给开车师傅，扭身就跑。她深一脚浅一脚地跑到小超市，刚见到菡小姐眼泪就下来了。

而此时的吕建业是欲哭无泪。

他跑去借钱，给安家宏提供了绝佳的机会。安家宏设下了圈套，只等着他自投罗网。

安家宏其实也没太动脑筋，只能怪吕建业涉世不深，缺乏戒备心。他没细看就在借款的文书上签了字，他根本不知道，里面的条款是到期不还款，会以父亲的企业做抵押。

吕建业自然不肯认账，可当时安家宏让他捎点东西到父亲公司下属的一家酒吧。安家宏留下了证据，说带过去的东西是毒品。

吕建业说，我又不是傻子，拨个110就OK。

安家宏说行，后果自负。

于是便有了那场蹊跷的车祸。安家宏是想用这种方式警告他，不要轻举妄动。最可恨的是，吕建业一分钱也没见到，他气愤至极。

他已经被愤怒冲昏了头脑，没去报警，而是选择了单打独斗，自己去跟恶势力较量。

虽说跟吕建业的关系处于冷战状态，但吕程最放心不下的还是自己的儿子。

最近几年，特别是儿子进了消防之后，他偶尔会冒出些稀奇古怪的想法，比如活着的意义是什么，再进一步讲是赚那么多钱是图了什么。

吕程深感无奈，在社会上打拼这么多年，就是为了给孩子最好的条件，可人家根本不买账，处处跟自己对着干。连亲生儿子都这样，他便觉得自己这辈子特别失败。

在人们的印象当中，吕程是春风满面，再怎么说也是功成名就，整个林河能够跟他竞争的，也只有安氏集团。可这风光背后的辛苦和委屈，只有本人能够体会，这让他越来越害怕孤独。

儿子误会的那个女人，是他特别聊得来的朋友，对方两口子都跟自己是莫逆之交，在企业碰到困难的特殊时期，人家还出手帮过忙，算是有知遇之恩。可儿子不分青红皂白就拉郎配，不但是对自己的不敬，也是对好朋友的侮辱。这是吕程无法接受的事情。有时，他也会想，为什么不直接跟孩子说明白呢，可说了又能怎样？

知子莫若父，吕程清楚父子关系被拴上了死扣，难以解开，除非拦腰剪断。但他不想那样，但凡有一线希望，他还是要努力争取儿子的理解。可他忽略了一个问题，没有把握好时机，就很难再找到合适的机会。比如这次吕建业对自己的误会，当场没说开，过后就很难抹开面子了。

他怕儿子受到委屈，哪怕只是一丁点儿，也正是出于这一目的，他才坚持要查出车辆事故的肇事者。

吕程还有个比较现实的想法，自己在林河乃至全省都是有头有脸的人，公司纳的税连续多年都排在全市第一，如果别人知道儿子被撞，竟然只能吃哑巴亏，那他本人以及公司在林河的地界上，就会成为众人耻笑的对象。

他手下最年轻的副总，也就是跟吕建业关系甚好的华冬江，专门提醒他别跟政府部门闹腾，闹到最后准没好果子吃。可吕程根本听不进去，心想自己作为受害者家属，又经营着市里的龙头企业，无论从哪个方面讲，都不该受这份窝囊气。

如今看来，那位华冬江好像是在煽风点火，巴不得他闹得动静再大一点儿。可惜吕程意识到这个问题时，已经很难回头了。

世事难料，往往一步错步步错，他只能安慰自己，多跟有关部门打交道，只要把握好分寸，最终只会关系更加密切。对此，他有绝对的自信。

“有关部门”是个很有意味的说法，在通知或者新闻上是个模棱两可的词，特别是在一些事关党政机关形象的问题上，这种表述等于是在打太极。

具体到儿子车祸的事情上，指向就非常明确了。吕程要找的是公安机关，再具体一点儿就是交警部门。他并不知道，马小刚已经做过努力。辖区的交警中队连续加班，调取视频资料，做了综合研判。

肇事者在监控盲区逃逸无非两种可能，巧合或者早有预谋，若是后者，则为一起性质恶劣的刑事案件。市局领导专门协调了刑侦支队，协助办理此案，侦查的结果很不理想。

吕程听不进任何解释，不是天天喊着要给群众安全感吗？他质问负责人：就这种治安环境，我的企业还能经营下去吗？

其实，吕程心里清楚，公司发展离不开公安机关的支持，跟形形色色的警察交往下来，的确不用耍心机，他们很实在。可他此时根本咽不下这口气，也就失去了理智，说话火药味十足。

他仗着跟市局几个领导私交不错，也没给办案民警好脸色。吕程的想法特别简单，你这一级不作为，自有上级领导管着你。

第十八章　草木皆兵

086

墙倒众人推，破鼓万人捶。

谭杰从总队机关一回来，又一头扎进了鱼鸟河中队。他实在受不了机关某些人的嘴脸，凑到一起就嘀嘀咕咕，仿佛随时会扯出一个惊天大秘密。他生怕自己也成为别人的议论对象，这世上就没有不透风的墙，自己去省里的事儿早晚会被人知道。

如果黄连海知晓他为马小刚的事儿去请来共同的军校同学，绝对会跟他急眼。有好些个年头了，当年他们一起读书的时候，黄连海因为自身业务素质一般，总是遭到别人的耻笑。这次去邀请的火调处处长就是其中之一。

谭杰有时候会想，黄连海如今城府极深，让人捉摸不透，很可能与那段经历有关。好在他不是背后嚼舌根的人，从未在他人面前提过老乡过往的糗事。

可大多数人还是喜欢传递小道消息。坊间议论纷纷，都说黄连海当着政委的面给纪委工作人员当了次"参谋"，毫不避讳，说过的话对马小刚极为不利。

凭谭杰对自己老乡的了解，这绝对不是巧合，可他搞不懂黄连海是图了什么。

他心里搁不下事儿，打电话问黄连海为什么要那么干。黄连海说是替他解恨。谭杰觉得可笑，自己对马小刚是有些意见，可这不是恨，即使想恨也恨不起来。

他本来还想责怪几句，但黄连海已经挂了电话。黄连海随后发了条语音微信，说自己是皇上不急太监急。不知什么原因，语音又被撤回了。

收到微信时，谭杰没在中队营区，而是去了对面的滨河公园。他在那里碰到了魏东丽，魏东丽在河边踱步，嘴里念念有词。

见谭杰也来了，魏东丽问：谭副参谋长，你看，这鱼鸟河像不像一个曼妙多姿的女子？滨河公园就是她身上的霓裳羽衣。

谭杰答非所问，说中队就是以这条河命名的，刚建队的时候，中队是一中队，第一个消防中队奠定了它在支队的历史地位。

他说得没错，某一年，上级要求把中队名称全部改成辖区的地理坐标，好多人都不适应，现在看这是一个很棒的创意，方便了群众报警求助。虽然谭杰长期在机关工作，但他非常清楚，近几年，消防的主要业务不是灭火，而是救援，群众把消防当成了家门口的部队，有了困难第一时间会想到消防。

这些都证明一个问题，消防在顺应时代发展，而且已经得到了群众的认可。谭杰凝视面前的这条河流，任由思绪随着河水荡漾开来。

鱼鸟河是这座城市的母亲河，从南至北，在城市中心拐了个弯儿，用S形把市区一分为二。中队就在这个拐角上，地处闹市区，接警量抵得上其他中队的两倍。

这个数字谭杰再熟悉不过了。以前，他在机关，对数字没有明确的认知，在中队生活了几天，他才深知数字背后意味着什么。

看着奔流向前的河水，谭杰心想，不管今年是否离开消防，都得给消防留下点什么，这是一个老兵最起码的素质。他想让专职消防员形成机制，再不适应当前形势，工作就被动落后了。

他也想起藏在心底的一个秘密。

谭杰是1978年出生的，今年刚好40周岁。他赶上了改革开放的好政策，也赶上了计划生育，成为共和国第一批独生子女。作为家里的独子，身上背负着家族的使命，要为老谭家传宗接代。所以，在年轻的时候，有几次到基层中队任职的机会，都被他主动放弃了。

那时的装备远不如现在，消防是高危职业，有点私心也说得过去。如今，每遇到提拔，都会以没有基层任职经历为由把他拿下，他倒也想得开。

他忽然感到荒废了大好的青春，工作这么多年好像什么都没做。他痛恨时间过得太快，觉得时间是最无情也最狠心的家伙，决不会给人半点喘息的机会。

一天下来，谭杰都心神不宁。他强忍着没给老同学打电话，他知道得给人家预留点时间，用来请示汇报，领导批准了，火调处才能来人帮忙调查。

他做好了思想准备，很有可能老同学只是碍于情面，不好当面拒绝，使了缓兵之计。有一点可以自我安慰，针对那次灭火战斗行动，元力想到了更好的法子——可以自行调查。

谭杰不想搅进这潭浑水，他猜想元力会急不可耐地把个人的想法告诉父亲，请求元威出面干预。基于眼下的形势，他不愿过于主动。

谁是操纵一切的幕后黑手？谭杰起初想的是黄连海，但很快又否定了。以黄连海的智商和情商，绝对不会自己跳出来，当着别人的面去提醒纪委工作人员。

那又会是谁呢？

直到夜里，谭杰还在这个问题。好不容易迷糊上了，手机铃声响了。接通电话，传来的是妻子的声音：老谭，睡了没？

语气里带着兴奋，让他感到别扭。妻子似乎并未指望他能应答，继续聊自己的话题，说出差回来了吗，听说没有，你们支队的老马倒霉了，恐怕是出不来了。

赶紧睡你的觉，别听风就是雨。谭杰忍不住责怪道。

妻子说，肯定是贪污受贿栽了跟头，我就在想啊，他一个支队长，还干过那么多年的防火工作，得收多少财礼呢？

谭杰说，你满脑子想什么呢？

妻子说，就想他家底有多厚，这次能不能让他全吐出来。还有，会不会判刑，能判几年。他绝对是因为手不干净，中了别人的圈套，怪瘆人。

谭杰也没多想，“喂喂”几声，冲着话筒说，信号不好，早点睡，回头再说。

他通常会用这种方式跟妻子结束通话，否则遇到感兴趣的话题，妻子会絮絮叨叨，让人烦不胜烦。他们之间越来越缺乏互动，谭杰情愿回避彼此的矛盾和冲突。

不过，他也认可妻子刚才所说的，马小刚步入了可怕的圈套。

087

刚缓和的关系被马成功搞得紧张了，起因是米琳送给他一个平板电脑。

他嫌米琳乱花钱，米琳告诉他是亲朋好友送的生日礼物，手头有好几个，不用也得扔掉。马成功想，两人还真不是同一个世界的人，价格不菲的东西人家当成累赘。还未等他把心里话说出来，米琳又要求他在手机上下个学英语的软件，争取早点考个托福雅思什么的，为将来出国做好准备。

马成功心里不熨帖，对米琳抱怨说，我在消防干得好好的，出的哪门子国。

米琳问，你能不能有点儿追求？

咱俩生活在地球的两极，我根本配不上你。马成功终于把憋在心里的话说了出来。

米琳又问，能不能别这么较真？你太极端了吧。

马成功说，我就这么个本事，别赶鸭子上架。

米琳说，呆萌哥，你就是极端，而且极端不自信。

马成功甩下一句“话不投机半句多”，他原本是想说道不同则不相为谋的，但一时脑子短路，没想起来。米琳还真戳中了他的痛点，他不是极端不自信，而是极度自卑。

在他的老家有句俗话，手里得攥着打人的拳头，意思是要有谋生的一技之长。可自己两手空空一无所有，论家庭条件比不上吕建业，论训练工作撵不上大老柳，就连嘴上功夫也没法跟苏平安PK。他觉得什么都不如别人。

偏偏苏平安在兄弟们面前说，一白遮三丑，一高遮五丑，一瘦遮七丑，一富遮百丑，马成功踩了狗屎，竟然有美女能看上他。可惜了他那个名字，马成功，妈的，他可以吃软饭，非常perfect，非常成功。

这仅是调侃，但马成功还真参照这几句话照了照镜子，他愈发觉得自己一无是处，低人一等，并因此变得闷闷不乐。

这天晚上，马成功没给自己加码训练，他失去了方向感，感觉自己先前的努力毫无价值。吕建业找上门来，非要拉着他一起去训练，反倒让他有些不适应。

他寻思着，关于米琳母亲与吕建业父亲的关系，吕建业估计是想明白了。他更加颓废，认为自己是最悲催的一个人。

吕建业心情不错，话也跟着稠密起来，他问马成功干吗垂头丧气。马成功压抑得难受，索性把前前后后的经过说了。这让吕建业感到非常可笑。

吕建业说，小爷当一回圣母吧，我问你，你跟那个轮胎交往，是为了吃软饭吗？

不是，我对天发誓。马成功急于表白，语气有些急促。

那不就得了，你没这个心思，就别管苏平安怎么说。吕建业想了想，又安慰他说：人家爱怎么说就怎么说，嘴长在别人身上，逆向思维啊，你能让轮胎喜欢你，这是你的能力，让苏平安这类人羡慕嫉妒恨吧。

这话着实有道理，可马成功依然有困惑，说我总觉得什么都比不上你们，不如你白，也不如你家庭条件好。

吕建业"啧啧"半天，说：小爷还真想给你一巴掌，你想想啊，我没你个头高，苏平安长得没你帅，大老柳和老郭他们不如你年轻。

马成功尴尬地笑笑，说拉倒吧，你这是阿Q的精神胜利法。

吕建业说，你要这么想就没意思了，世上没有尽善尽美的事儿，任何人身上都会自带光环，只不过你看不见罢了。别那么矫情，跟自己过不去，你真的很优秀，否则小爷也不会跟你成兄弟，更不会在你这里耽误工夫。你得自信，得跟我一样，前几天我愁得头发大把大把地掉，但我自信心爆棚，想出了法子，弄死个狗日的，让害我的人哭都找不着地方。

马成功愣了，吕建业很少说脏话，更不会咬牙切齿地表达愤怒，他问对方经历了什么。许是为了证明自信的重要性，再或者是已经胸有成竹，吕建业把安家宏蓄意制造车祸的事儿秃噜了。

马成功一听就急了，说千万别冲动，咱得靠法律来解决。

米琳主动向马成功道了歉，苏平安听说后，一个劲儿地嘀咕，他感到玄而又玄，马成功究竟哪点好，让一个时尚女孩神魂颠倒。

吕建业心情不错，调侃说，萝卜青菜，各好一口儿。

我看是王八看绿豆，对眼儿了。说着，苏平安还挤出个斗鸡眼。

吕建业把后脑勺甩给他：醋坛子都被你打翻了。

苏平安跟在身后嚷嚷：别走啊，再吹会儿牛皮。

小爷没工夫伺候你。吕建业说完就出了宿舍，三两步就进了一班宿舍。

大老柳一直没回队，马成功代理班长职务，时间久了，也干得像模像样，最明显的变化是，走路再也不顺拐了。吕建业开玩笑说，狗急了也会跳墙，更何况是个大活人。

马成功似乎无心与吕建业斗嘴，吕建业就讽刺他重色轻友。可个中滋味只能独自体会，马成功时常为自己跟米琳的关系烦恼着，他在被动接受这份爱，可他又想主动拥抱这份情感。这让他非常纠结，情绪也跟着波动起伏，他意识到自己过于敏感，这是个危险的信号。

吕建业找马成功的目的非常明确，他要让马成功为自己打掩护。他向魏东丽请假，试过了几次，都被挡了回来。他觉得指导员很不大气，怎么还草木皆兵了呢？

他现在只能冒险，偷偷跑出去，一旦队上有事儿，让马成功替着撒个谎。马成功把脑袋摇成了拨浪鼓，连说几个“不行”，坚决不同意。气得吕建业半天没说话。

僵持到最后，吕建业说也罢，你一点也不爷们儿，我就不拖你下水了。

马成功说，嘴长在你身上，你爱怎么说就怎么说。

吕建业说行啊，活学活用，把我当初劝你的话拿出来了。

你可千万别拿这个说事儿，我可不会脑袋瓜子发热，听你忽悠。马成功眨巴了一下眼睛。

吕建业竖起大拇指，说：没看出来，这小原则讲的，没谁了。

马成功说，听人劝吃饱饭，别轻举妄动。

088

消防并不是唯一改革的兵种，公安边防、警卫以及武警黄金、森林等警种部队都在改革的序列，网上戏称“金木水火土”。全国两会之后，本着“军是军、警是警、民是民”的原则，改革已经进入实际操作层面，这也暴露出很多矛盾。

凡事只有经历了才有资格去评价它，不管现役消防官兵还是专职消防员都深有体会。他们自身条件、家庭状况、文化程度等等各不相同，面对问题的反应也千差万别。再加上小道消息层出不穷，搞得大家人心惶惶、心神不定。

对于林河消防来说，自从魏东丽在支队机关闹过之后，更是扰得基层干部内心难以平静。他们的言行直接影响到队伍，几乎每一个消防员都在讨论有关切身利益的问题。

为此，元威当时就安排黄连海摸清底数，尽快出台有针对性的措施，把所有隐患消灭在萌芽状态。

可时间过去了这么久，相关工作黄连海那边却迟迟没有进展。其间元威问过几次，黄连海总是能找到合情的理由，让人感觉他一直在积极推进这项工作。如今，马小刚的事情一出，在支队上下掀起轩然大波，眼瞅着很多人的工作状态都悄然发生了变化，元威急得像热锅里的蚂蚁。

面对元威的催问，黄连海说，这事儿千头万绪，不能急功近利，人为地把复杂问题简单化。

元威以少有的严肃口吻说，那也不能消极应付。

还要我怎么积极？黄连海问完，就解释说：谁都知道，别说咱一个支队，就是到了省里，到了部局那边，也吃不准形势，这事儿得稳扎稳打，不能冒进。

元威说没错，但不能患得患失，更不能驻足观望，甚至裹足不前。

咱先看看别的支队怎么干。黄连海表明了自己的态度，却没安排人去推进工作，等于是没接招。元威只好亲自上马，去基层调研，了解民情。

他发现，大家关心的无非是工资收入、如何调休、相关待遇和退出机制等等，至于具体解决办法，只有搞政治教育，这是传统，也是法宝。

元威征求了部分人员的意见，又向总队政治部请教，甚至找老部队的战友求援，最终定了三个主题：革命传统教育、社会主义核心价值观教育和忠诚卫士教育。

个别基层干部有畏难情绪，说干巴巴的说教很难笼络人心。元威心想，干消防的连命都敢拼，怎么就被搞教育吓住了呢？后来，他干脆在公开场合放出了狠话，说这是当前压倒一切的政治任务，谁要完成不好，马上撤职。

元威受到一些启发，又加了个主题，要求对上级重要文件和讲话精神不折不扣地传达，所有事关日后发展的新政策全在那些里面。他很少说过格的话，猛然说了硬气话，还真把大多数干部给镇住了。

还真有人点儿背，把一条捕风捉影的消息发到了支队工作微信群里，不到半个小时，多数人都转到了自己的朋友圈。元威不是瞎子，看到之后直接宣布了处分。

有人说这是杀鸡给猴看，元威则认为，不传谣、不信谣是最起码的道德约束，真要是传播谣言达到多少点击量，公安机关都会追究责任，给个处分只是督促部属管好自己。

这让人们领教了他的厉害，不过也有人私下议论说，看来马小刚是真栽了，否则政委不会如此高调。

元威到鱼鸟河中队的时候，魏东丽正在记录本上写写画画。他在中队图书室找到一本厚厚的书，书名是《中国消防年鉴2014》。

魏东丽在书里看到一段文字，便抄写到笔记本上——2000—2013年，我国消防员牺牲人数达157人。此外，2014年牺牲消防员达13人。另据公安部消防局统计，2012年1至9月，全国公安消防部队共接警出动51.5万起，出动人员530万人次、车辆84.8万辆次，抢救遇险被困人员104765人，抢救财产价值900亿元。其中，抢险救援16.8万起、社会救助14.8万起。

看到政委，他“唰”地站起来，立正，敬礼，待元威还礼后，他才腾出手来收拾笔记本。

元威见状，问：写的什么？

魏东丽有些犹豫，元威说，那就算了吧，你心里憋屈，完全可以用这种方式发泄。

政委，你误会了。魏东丽递上笔记本：我以前对数据不敏感，这组数据触目惊心。

元威扫了一眼纸上的字，知道自己错怪了魏东丽，就换成微笑，用眼神鼓励对方继续说下去。

魏东丽若有所思地说，我有两个启发和一个发现，工作繁重、任务危险是消防的常态，早在六年前，救援类的出警就已经超出总数的一半。

元威点头表示认可，魏东丽低下头，压低了嗓门说，政委，上次在支队机关的会上，我做错了。我现在不是为自己找理由，我只是想向你汇报，我也是一念之差，并不想离开消防。

元威也一时语塞，他本来准备了很多说辞，想劝魏东丽安心工作，现在看完全没必要了。但他终究要表态，就抬高嗓门命令：大点声儿，我没听见。

魏东丽把头抬起来，大声喊道：政委，我错了，我不想离开消防。

元威“扑哧”笑了，笑得魏东丽心里发毛。看他又垂下了脑袋，元威才憋住笑，说你倒也想得美，你想今年转业也不符合条件。

魏东丽也跟着不好意思地笑起来，他还真忽略了这个问题，为此，他由衷地感叹说，都不好意思说自己干过宣传，为消防写过那么多东西，只不过是一知半解，丢人哪。

这有什么丢人的？人要想成熟起来，总是要经过一些摔打。我只送你一句话，从哪儿跌倒了就从哪儿爬起来。元威拍了拍魏东丽的肩膀。

魏东丽点点头，过了一会儿才问，谭副参谋长回来了吗？他还到鱼鸟河吗？

说话间，元威已经收起了笑容。

089

只有元威知道谭杰去了哪里。

谭杰去省里搬救兵，还真把总队防火部火调处的人给请过来了。他一回到林河，先是去了鱼鸟河中队，隔天才到支队机关给元威报告情况。

他是等老同学回了消息才去专题汇报的。这次火调处处长很给力，做通了总队防火部部长的工作，协调了省内外的专家，三两天之内将会陆续到位。

元威对这个结果很满意，总队已经传来消息，分管防火工作的副总队长亲自带队，从人员的配备上可见总队的重视程度。他想这或许也代表了总队主要领导的态度，看来上级不希望马小刚出问题。

火调处处长提前来了，元威让谭杰跟老同学知会一声，晚上一起吃个工作餐，顺便介绍一下情况。

火调处处长很实在，说政委也别高兴得太早，事情恐怕没有那么乐观。副总队长还没动身，我只是打个前站，全是念着老同学的旧情。

此话一出，元威就明白了三分。这位处长是想把功劳记在老同学谭杰的头上，虽然没有交代具体细节，但联想到之前跟自己联系的总队领导的态度，他又改变了之前的想法。他猜想总队主要领导对林河消防或者说对马小刚的态度上是有分歧的。

他站起身来，端起茶杯，说以茶代酒，感谢处长兄弟，感谢总队领导，感谢你们长期以来对林河消防工作的支持。茶杯刚到唇边，元威又把它举过头顶，神情严肃地说，我也代表小刚支队长感谢大家。

茶很烫，元威还是一饮而尽，他想借此表明自己的态度。他相信会有人把话传到总队领导的耳朵里，他更加坚信，黑的就是黑的，白的就是白的，终有一天会是非分明。

就在这个时候，市纪委的人来了，他们客气地打了招呼，又把谭杰请走了。元威顿时傻了。

第一个被纪委带走的是马小刚，随后是武鸣、大老柳和吴华，这又加上了个谭杰，前前后后算起来，已经是第五个人了。元威焦躁不安，如果按常理推断，谭杰很可能也牵扯了进去，还有谁会受到牵连呢?

非常糟糕的是，他对林河消防上下左右的人脉关系并不掌握。不是元威不想融入其中，而是他秉承明哲保身的原则，不愿过多参与。有人的地方就会有矛盾，作为一个外来者，他在某些事情的处理上是相对被动的。

按照组织上的安排，马小刚分管司令部和防火部，而元威则是侧重于政治处和后勤处的相关工作。两人分工不分家，从未在工作上脸红过。

就在刚刚过去的一年，省消防总队表彰了几对支队主官，林河消防榜上有名。这是上级对他俩的认可，也是元威高姿态的体现。

熟悉消防工作的人清楚，好多单位都会有求于消防。举个最简单的例子，开个中等档次的饭店，光有卫生许可证、工商证等等白搭，还得有消防合格证。

在林河乃至很多地区，相关经营场所想正常运营，必须先经过消防部门的许可，人们称之为消防执法许可前置。这一政策原本是为了加强消防执法监督，但在有些地方被歪嘴的和尚念歪了经，挺好的一项举措被当成了消防的特权。

前面提到过，马小刚就时常受人委托，办一些事情。元威也不例外。

他刚到林河任职，就有一位多年没联系过、如今在北京发展的老乡找上门来，让帮忙推荐消防工程。元威当时说了自己的难处，意思是还不掌握林河消防的工作环境，对方说好办，让他抓紧熟悉情况，回头再说。

原本他以为婉拒了此事就不会再有下文，他也只把老乡的说法当成了客套话。没承想，过了两个月，人家又从北京专门跑到林河，还吹嘘说认识高层领导，日后能在元威提拔升职上给予照顾。

他对这类话感到恶心，明摆着是在忽悠，既然有那么好的人脉资源，直接从上边领导找关系就是了，何必求到自己门下。他越发感到老乡陌生，在北京待了段时日，也学会了那些坏毛病。看来人们说得没错，皇城根下的人如若心术不正，就敢到各地招摇行骗。这是题外话，不说也罢。

元威义正词严地拒绝了，以他的处事风格，如此做法是很罕见的。他知道会得罪老乡，但没想到对方会回到老家造谣，说他收了几十万不办事儿。他一笑而过，心想随别人怎么说吧，真要开了口子，灰色收入早就让腰包鼓起来了。

个人的经历让元威猜测，马小刚的事情或多或少也会与灰色收入相关，即便本人再正派，能够抵住诱惑，也很难招架方方面面的关系。他也综合分析了情况，武鸣、大老柳是跟火灾事故有关，那吴华呢？吴华之前是防火处处长，是最容易被人拉下水的岗位。

谭杰又是因何被纪委带走的呢？司令部人员与社会交往极少，几乎没有可能出问题。这让元威百思不得其解。他很想找人问问，可是在支队范围内，没有合适的人选。

他有些后悔，后悔到林河干政委后一直当甩手掌柜，再想想黄连海消极执行自己的命令，元威不得不多心了。他决定改变行事方式，这也是工作所需，支队长不在位，政委再不给力，整个队伍就乱摊子了。

谭杰就在眼皮子底下被带走了，元威心里百感交集，再看火调处处长时眼神都变了。火调处处长叹了口气，端起茶杯，把杯子里的茶水也一口干了。

元威想，如果杯子里是满满一杯白酒，火调处处长或许也会干掉，很多时候，战友之间的感情是说不清道不明的。就像他本人，跟马小刚并没有太深的感情，可还是不希望对方被查出什么问题。

他把所有心思藏起来，用笑容迎接火调处处长的目光，虽然他不知道未来会发生什么。

090

对安家宏的阴谋，吕建业在心里发狠，此仇不报，誓不为人。他依然把希望寄托在马成功身上，他认为只有马成功替自己打掩护，才能顺利实施复仇计划。

吕建业有个特点，对某件事情一旦下了决心，或者说找到了解决方式，就会去想尽办法实现，有点偏执。好处是，只要他想通了，心态也会随之改变，至少能坦然面对任何麻烦。

他跟马成功说，你尽管放心，小爷说一不二，绝对不会让你犯错误，你替我保守秘密就行。

你能不能理智一点儿？马成功问完又说，你若认我是好兄弟，咱就从长计议，依法解决。

吕建业说，我可耗不起，回头还得集中精力参加比武呢，现在天时地利都全了，就差人和了。

嗯，我能理解，但我反对。马成功把内心的急躁全都表现在了脸上，他咽了口唾沫，在脑子里寻找主意。他忽然一拍脑门，说：我找米琳帮忙。

你是马三立啊，逗我玩儿？就你的那个轮胎，一个女流之辈，我也呵呵了。吕建业对这个建议嗤之以鼻。

马成功说，你别动不动就轮胎，人家有名字，她是学法律专业的，肯定比咱俩在行。

吕建业说不行，坚决不可以，家丑不可外扬，能找人帮忙还轮得着你？小爷这张脸，很重要。

这样吧，咱试试，你既然信得过我，你就应该信任她。见吕建业还是满脸嫌弃，马成功追加了一句：我跟她最近关系紧张，你就当帮我的忙，成人之美吧。

吕建业笑了，还成人之美，瞧你那副嘴脸，怎么看怎么都像陈世美。

马成功说，好吧，你的事儿我不管了，咱丑话说在前头，只要你敢私自外出，我就报告给指导员。吕建业气得要蹦高儿，马成功安抚他说，给我两三天的时间，如果确实没办法，你再行动也不迟。

吕建业万般无奈地摇摇头，盯着马成功瞅了许久，才极不情愿地离开了一班宿舍。这也让他的心情或多或少地受到些影响。

在基层中队，饭前会集体唱歌，由中队值班员统一指挥。这天晚饭正好轮到吕建业值班，或许是天气太热，或许是出警太多过于劳累，有的人非常懒散，怎么看都像一群散兵游勇。

吕建业见状，大吼一声：停一下。

他反复下达“解散”“集合”的命令，大家开始用眼睛偷瞄吕建业，人群中有稍纵即逝的议论声，但还是乖乖地往返于食堂和宿舍之间。有聪明的人，干脆躲在楼道或洗漱间里，等待集合。

最后一次吹哨，大伙的速度明显快了，显得很有精气神儿。唯有一个人落在最后，他磨磨蹭蹭，嘴里嘟嘟囔囔，好像在骂神经病。此人是年龄最小的专职消防员，刚刚应征入队，他还不能适应节奏。

吕建业问他骂什么，他吊儿郎当地抬起头，一脸的桀骜。吕建业头脑一热，学着大老柳的样子，抬脚踢到了他的胸口，年轻人退后两步，坐在地上。

众人张大嘴，队伍里却鸦雀无声。吕建业等他站起来，甚至做好了准备，等他还手，可他终究还是跑到队伍的末尾，把脸扭向了别处。年轻人的表现让吕建业深信，对不服管的刺头，不能留情面，就得收拾，或者像大老柳说的那样，得修理。

饭后，天气变得闷热，无风，执勤楼前的杨树叶子都打了卷儿，而且失去了本该有的绿意，白花花的一片，无精打采地垂着。太阳已经挪到了西天边，却依然劲头十足，阳光刺过玻璃，斜扫在楼道上，晒得地面泛出点点银光，仿佛一切都要融化了。

年轻的专职消防员就是踩着这些银光去了中队部，他找魏东丽告状，说吕建业对人缺少最基本的尊重。

魏东丽把吕建业喊来，想当着年轻人的面解决矛盾，但吕建业张嘴就说，棍棒底下出孝子。

年轻人毫不示弱，反驳说，都是战友，谁是爹，谁是儿？

自知信口开河给人落下了把柄，吕建业赶忙改口：严师出高徒。

年轻人说，严格不等于可以打人，打人是犯法的。

吕建业“嘁”了一声，把头扭向一边，不再搭理。但年轻人却得理不饶人，说你侵犯的是我的人权，你得给我认错，否则我向上级指控你，我有维权意识。

吕建业忍不住笑了，说还指控我，到消防才来了几天？这词儿用得好幽默啊。他做出一个浮夸的表情，撇着嘴儿问：你那下边长毛了吗？

年轻人没料到会说出这样的话，转头向魏东丽求助：指导员，你看他。

魏东丽本想让两人自行解决矛盾，但现在必须得管管了。他朝吕建业剜了一眼，板着脸蹦出两个字：道歉。

吕建业说，凭什么啊，他在队伍里嘟嘟囔囔地骂谁呢？

我没骂人啊，我在准备支队的演讲比赛呢。年轻人从裤兜里掏出揉皱了的纸，上面是魏东丽亲自帮他修改的演讲稿。

吕建业错怪了年轻人，但他就是不肯低头，这跟他此时的心境有关。警铃响得恰到好处，他一个箭步就冲出去了，又去争抢一号车了。魏东丽只好留下年轻人，替吕建业道了歉。

魏东丽又向年轻人交代了参加比赛的注意事项，这次比赛是支队为了庆祝党的生日举办的，他从接到通知时就已经放弃争取名次，但黄连海专门给他打了电话，说你得争第一、扛红旗，基层干部是顶梁柱，你趁着武鸣不在，更得挑大梁，拿出自己的实力来。

他知道舅舅是为自己好，但通过这段时间的磨炼，他已经对基层工作完全适应了。都说上有千条线，下有一根针，无论上级下达多少通知，最后都要靠基层干部来落实。魏东丽觉得自己根本不是顶梁柱，而是夹心饼、受气包，再或者说是万金油。

魏东丽早已察觉吕建业不在状态，这次的异样表现让他担忧。

第十九章　悲惨往事

091

元力非常感谢菡小姐能够信任自己。

两人一见面，她的眼泪就忍不住了。菡小姐被她吓了一跳，问：姐，你怎么哭了？

元力发觉自己失态，赶忙擦掉眼泪，硬挤出一丝笑容，说我也搞不清。

思忖良久，元力才吞吞吐吐说明了来意，她向来心直口快，第一次体会到词汇匮乏，难以组织起一句囫囵话。

她不是紧张，而是猛然意识到过于唐突，纵然事情真有那么巧，菡小姐真是火灾事故的当事人，那对于人家来说也是痛苦的经历。

从菡小姐表情黯淡下来的那一刻，元力心里就有数了，她想或许这世上真有第六感，自己找对了人。可她又希望一切都与菡小姐无关，这未免有些太残忍。她后悔没回机关，通过档案来查，而是冒冒失失地跑到这里。

菡小姐要比想象中坚强许多，她始终保持克制，控制着自己的情绪，这让她的声音变了腔调。

真的是一次悲惨的经历。

菡小姐本名叫曹小菡，读高中时迷上了唱歌，看到各类选秀节目，她也梦想一夜成名。她荒废了学业，没等高考就辍学回家。

为了实现个人的愿望，她跑到一家酒吧应聘，可在那里驻唱的歌手全都是高校在读的艺术生，相比她而言属于正规军。

没办法，她又跑到KTV碰运气，心想在KTV能有更多的机会练习唱歌，她还用某草根明星的成长轨迹鼓励自己。会遭遇流氓或者色狼吗？曹小菡想过这个问题，但招聘广告上明明白白，那是家量贩式KTV。

她被自己逗笑了，就算真有那个又怎样，为了艺术献身也是伟大的。她想起了各种娱乐新闻，似乎为了争取一个露脸的机会，主动投怀送抱的事儿也很少被人指责。

曹小菡半痴不癫地上岗了，她的自我感觉良好，去包间送酒水时，有客人要求合唱也欣然答应。她太想出人头地了，以至于开始主动出击，碰到有人约出去吃夜宵，她也只是半推半就。

她并不是那种国色天香的人，但略施粉黛却有一种很清纯的美，那种美是由内而外自然流露的。如此一来，也就让曹小菡独树一帜，成了客人们眼中的尤物。

某天半夜，来了一批客人，那些人都醉醺醺的，唯独一位眼镜男保持着清醒。有人冲曹小菡伸出了咸猪手，都被眼镜男巧妙地化解了。凌晨时分，曲终人散，眼镜男塞给她一沓钱。她像被烫着似的缩回了手，而且连连后退几步，这是她第一次接到小费，内心自然会慌张。

曹小菡没收那笔小费，她在心里被对方儒雅的气质折服了。接下来很长一段时间，她再也没见过眼镜男，但在一个人独处的时候，冷不丁地就会想起对方。想起眼镜男微翘的嘴唇、高挺的鼻梁，还有白皙的面孔，她便不由自主地脸红起来，她渴望与之再次相见。

眼镜男再次出现是在某个下午，曹小菡一见到对方的身影，脚下的步子就有些凌乱，她低着头想躲进吧台旁边的休息室，却被对方喊住了。眼镜男非常绅士地打了招呼，顺便寒暄了几句。等人家离开时，她忽然感到整个心都空了。

记不清又见过几次面，眼镜男邀请她喝咖啡，曹小菡委婉拒绝了。可人家刚走，她便后悔不已。当天下班后，领班请她吃串串香，心情郁闷的她勉强去了。席间，领班给她洗脑，说总不能待在服务行业一辈子，趁着年轻早点找个金主，哪怕当个小三也值了。

曹小菡利令智昏，满脑子想的是搭上有钱人就成功了一半，这总得付出代价吧，更何况自己又喜欢眼镜男。有了这样的念想，她就不再矜持，她觉得领班说得没错，自己的名字就带着挑逗性，曹小菡，那个姓氏注定会让人浮想联翩。

曹小菡用了很长的时间才讲完这些，元力几次想打断她，直奔自己最关心的主题。可看着她扑闪着美丽的睫毛，元力无论如何也狠不下心来。

就当她是在给后面的故事作铺垫吧，元力边想边用肯定的眼神与曹小菡对视。出乎意料的是，曹小菡猛然变得焦躁，情绪变化得有些夸张。

曹小菡用哀求的语气求元力：姐，这都是我的隐私，苏平安对我很好，我不想让她对我失望。

元力没来得及反应，只是“哦”了一声。曹小菡一下子委顿起来，说也罢，我一个残疾人本来就配不上他。

元力连忙解释，我不是那个意思。

曹小菡幽幽地说，眼镜男没那个我，但他是个变态，虐待我。我发毒誓，他真没那个我，相信我。

说完，她的胸脯急剧起伏，十多分钟后，她才对元力说：姐，你回吧，我想静静，后面的事儿我改天再跟你说。

经过激烈的思想斗争，元力决定用微信的方式与曹小菡沟通。她琢磨过了，曹小菡提出改天再聊，要么是触及到了伤心往事，要么是遇到难言之隐想推脱。

肢体语言能够真实反映人的内心世界，元力推断对方的情况属于前者。她寻思着，发文字信息虽然看不到表情，听不出语气，但却可以给对方留下足够的思考时间，还能够化解面对面的尴尬。

虽然寥寥数语，但曹小菡回复的速度极慢。她告诉元力，眼镜男拍了她的裸照，还查了家里的地址，以此要挟她为自己办事儿。

元力问：那畜生还是折磨你?

曹小菡回复：不是，他让我陪客人，替他公关。

元力想安慰几句，却找不到合适的措辞。曹小菡又发来信息：火灾的那天，我陪他的一个客户，然后电线短路，就着火了。

没了？元力发出这两个字，又发出一连串的疑问表情。

曹小菡换成了语音，说真没了。

元力说，不可能，那家KTV是吕建业家的产业，开业也就三两年，管理很正规，绝不会发生电线老化的现象。

092

深夜时分，曹小菡才回复了微信。元力猜想她是经过了剧烈的思想斗争。

曹小菡问：吕建业是谁？

元力答：苏平安的战友，这个不是重点，你再想想，当时还有什么细节？

你容我想想。曹小菡不再言语，让元力心急如焚。

过了大概两个小时，曹小菡发来微信，问她睡了没有，元力赶忙做了回复。

通过仔细回忆，曹小菡记起来一个细节，在火灾发生之前，她就感到头晕。问题是她进了包间后没吃也没喝。元力心想说不定是身体不适，说明不了什么问题。

曹小菡随后告诉元力，陪的那个客户也头晕，还跟她说四肢无力，而且只是说了几句话，连个瓜子都没吃过。这应该不是巧合吧？

元力追问：你也四肢无力？

在得到曹小菡肯定的回答后，她一骨碌从床上爬起来。她再也睡不着了，感觉宿舍里的灯光一下子变得惨白，闪烁着令人惊悚的光芒。

虽然手机上有闹铃的功能，但元力还是保持老传统，在床头橱上摆一个闹钟。那是高考冲刺那年养成的习惯，用她的话说，是要祭奠那一年逝去的青春。

这么多年下来，她第一次想砸掉闹钟。秒针走动，“嘀嗒嘀嗒”的声音响彻不绝，一声接着一声，扎进她的耳膜。她把闹钟抓到手里，塞到枕头底下，还是隐约能听到声响。

这是怎么回事儿？元力在心中问自己。她找不到答案。时间不会因为任何人而止住脚步，元力索性把闹钟捧在手里，盯着它默默发呆，任由时光在眼前流逝。

这一夜让她备受煎熬。曹小菡不可能撒谎，所传递的信息让她联想到更加可怕的事情。她强制自己保持镇定，可无论如何都难以做到。心理学是个人选修的专业吗？元力怀疑自己的心理也出了问题。

整整熬了半宿，天还未亮，她起身洗漱。她没施粉黛，决定素面朝天去见曹小菡。

元力憔悴了许多，她的神情让曹小菡心里犯嘀咕。当听闻元力的想法时，曹小菡更是心惊胆跳。

元力说，我怀疑这是一起谋杀案。

听到“谋杀”两个字后，曹小菡目瞪口呆。元力发现曹小菡反应过于强烈，便摆手说，我是推测的，侦探推理小说看多了。

但这已经影响到曹小菡的情绪，她心里生出很多个不祥的念头，自然也联想到后来的事情。

她是幸运的，消防员把她从火场救了出来，但她又是悲惨的，不得不面对截肢的现实。

曹小菡无数次想到自杀，却始终鼓不起勇气，她抱怨命运却心有不甘。好不容易调整了状态，眼镜男又找上门来了。眼镜男让她直播实施诈骗，她无法逃出魔掌，因为眼镜男以家人的性命胁迫她。

她对苏平安感恩戴德，虽然知道她是个拖累，但人家还是义无反顾地接纳了自己。可她实在不愿再去回顾过往，好不容易愈合的伤疤再被捅破，血淋淋地痛。

曹小菡眼泪汪汪地对元力说，姐，你饶了我吧，是苏平安给了我重生，我是念在他的面子上才帮你，我不要再去想那些事儿了。

小菡，你错了，给你重生的不止苏平安一个人，还有当时把你救出火场的消防员，他现在为那次火灾受了冤枉，我们得帮他。元力心有不忍，但还是把心里话说了出来。

她站起来，朝对方鞠了一躬，又说：我不能骗你，这次被冤枉的还有我未婚夫。

元力一时哽咽，说不出话来。曹小菡用疑惑的眼神盯着元力，她发现元力的眼里已经闪出了泪花。

元力干脆让泪水肆意横流，用颤抖的声音自言自语：不光是你的苏平安，所有一线的消防员天天出生入死，他们永远不知道明天和意外哪个会先来。我想过，万一有一天我那位壮烈了，我会单身一辈子；他若受伤了，哪怕是成了植物人，我也会照顾他一辈子。可现在，他被限制了自由，我了解他，好好的人不能工作是生不如死啊。

曹小菡也带了哭腔央求元力：姐，你别说了，别再说下去了。

她重新开始回忆，神色越来越黯淡，虽然难以从她的表情中捕捉到痛苦，但这个过程却是极其残忍的。元力心疼不已，却只能狠下心来，她必须这样残忍。

曹小菡终于记起另外一个细节，在跟客户见面前，眼镜男交给自己一个香斗，说里面浸染了沉香，是特殊工艺做成的，可以给客户清神醒脑。

这是个非常重要的线索。元力苦思冥想，莫非香斗里面是传说中的“迷香”？

她的第一反应是报警。她把自己的想法告诉了曹小菡，曹小菡接着拒绝，说是不想让人知道自己的那些经历，也怕真被扯进谋杀案。

元力能够体会曹小菡的感受，却很难走进对方的内心世界。谁都不想让隐私公之于众，更何况一旦往事暴露出来，曹小菡极有可能失去爱情。假如真到了那个地步，对曹小菡来讲是悲惨的。

这是难以抉择的，光明与黑暗只在一念之间。元力不再抱太大的希望，她有无数理由相信，曹小菡会拒绝自己，把所有秘密埋在心底，一辈子烂在肚子里。

如果把已知的线索交给警方，或许是最便捷的解决方式。可那对曹小菡不公平，人家信任了自己，不管不顾地将其推到公众的视野里，那是极其自私的行为。

怎么处理呢？非常棘手，除非曹小菡心甘情愿地配合。元力沉默了许久，像是在掂量分量，又像是在积蓄力量，总之，她的脑子里乱哄哄的，寻不到合适的应对之策。

末了，曹小菡提出要一个人静一静，元力只能起身告辞。她期待对方能够想明白，也定下了决心，短期内先不报警。

刚离开不久，曹小菡来信息说怀疑所有人都知道了她的事情。元力心想糟糕，曹小菡是陷入泥沼了。

093

吕程一直在为儿子车祸的事情而奔走。很遗憾，他在市公安局领导那里也碰了钉子，他觉得很没面子。平常跟一些部门的头头脑脑相处得不错，他已经习惯于办事顺利，这也让他在很多时候找不着北。

还未等他进一步做工作，人就被纪委请去了。吕程顿时醒悟，许是公安局的那些家伙事先听到了风声，刻意回避跟自己打交道。

去了之后，吕程才知道，是马小刚被留置了，让他配合调查。

纪委留置基地在市郊一家老棉纺厂的招待所，从外面看只是个四层小楼，跟普通的楼房没有区别，甚至显得衰败而落魄。

吕程被带进分配给自己居住的房间，他环顾四周，墙壁是厚厚的软绵包装，有点像隔音墙。他知道这种设置是防止被留置人员自杀，再或者是难以自控的各类冲动之举。他猜想，其他房间大概也是如此，便哑然失笑。

他抬起头，看到屋顶墙角有个摄像头，自动地转向了自己，就抬起胳膊，冲摄像头招了招手。吕程心里有数，无非是在这多待一段时间，自己跟马小刚的交往是经得住考验的，从未有过任何钱权交易。

除了惦记着儿子的车祸，吕程似乎没有太多心事，公司会照常运转，所有业务都不会被耽误。他想这样也好，就当是给自己放个假，平日里忙着挣钱，去外地出差也是到景点走马观花，根本闲不下来。

吕程在屋子里来回走了几趟，用脚步丈量了房间的面积。其实他根本不需要这样做，因为他对这个数字是再熟悉不过了。

早在五六年前，他就对这片厂区的情况了如指掌，当时他跟棉纺厂来回几轮谈判，想把这片地拿下来，搞房地产。棉纺厂厂长的态度飘忽不定，矛盾的焦点在于职工的安置问题。

吕程志在必得，因为新的高铁站要建在附近，厂区是黄金地段。能为职工利益考虑的人不多了，他觉得厂长很有担当，就三番五次让步，承诺消化掉所有在岗职工甚至退休的老人。

厂长心里拨拉着自己的小算盘，在谈判的同时，申请政府贷款，被银行拒绝后，又申请破产，还让手下的人组织职工集体上访。考虑到棉纺厂是劳动力密集型企业，害怕那么多人失业，产生难以预估的不稳定因素，市领导出面，以政府的名义做担保，给了一笔数额不小的贷款，希图挽救这个垂暮已久的企业。

谁都未曾料到，厂长私下里跟一家民营棉纺厂谈起了合作，然后暗度陈仓，把大量资金转到了对方账户。回过头来，厂长继续跟吕程谈判，并在原来所提条件的基础上加码，让吕程接手厂里的债务。

突然增加的预算是个可怕的数字，在吕程难以抉择的时候，华冬江建议停止谈判，把资金投到别的项目。

那时候华东江还是他的助理，当时扶了扶眼镜，递上一份报告，是有关网络游戏开发的，这个领域是吕程完全陌生的。华冬江也不多言，留下报告就告辞了。

吕程认真看了这份报告，他觉得华冬江的思路非常开阔，就约华冬江深谈。

华冬江说，老板，我猜你有两个顾虑，一个是那边厂区，放弃了实在可惜，但我觉得对方在坑人，不如晾着他们，静观其变；还有一点是你不了解网游这个行当，这是朝阳产业，大可不必担心，你是搞服务行业起步的，当年对房地产也是一知半解，现在也是风生水起。

这话确实在理儿。吕程想了想，说：容我考虑考虑。

华冬江点点头，透过厚厚的眼镜片看着吕程：请老板给我一次机会，就当是风投了，我也挣点钱还房贷。说着，他摘下眼镜，说：顺便我也做个手术，把眼镜摘下来。

吕程笑了，说行，你要成功了，我让你当副总经理。只要你做了高层，就用不着做房奴了，公司有政策，重奖有贡献的人，到时候从咱开发的房地产项目里随便挑房子。

他不是随口说说，更不是给华冬江画饼充饥，在选面前这个年轻人做助理时，吕程做了些必要的调查，对方跟自己一样出身贫寒，是那种可以重用的人。

吕程心里已经打好了谱，那就给年轻人一次机会吧。但他也跟自己说，我早晚要住进这片厂区。

事实证明，华冬江的意见是正确的。棉纺厂厂长被抓了，跟他合作的那家民营厂子背后的真正老板是他本人，所谓的合作是把公家的钱倒腾进了个人腰包。

华冬江果真替吕程赚了个盆满钵盈，顺利地当上了副总经理，而且跟儿子吕建业成为好朋友。在父子关系紧张的时候，人家没少在背后帮忙。

当然，吕程更庆幸的是没有盲目投资，高铁站最终没在厂子附近建，可好笑的是，多年之后的今天，他真的住进了厂区里，只不过有点不太体面。

吕程又抬头看了一眼屋顶的墙角，摄像头像个硕大的眼睛，紧紧盯着自己。他难以继续淡定，挥舞着双臂，驱赶纠缠不清的蚊虫。在监控镜头当中，这些动作显得特别滑稽。

持续了一会儿，他感到胸闷，心脏一阵阵绞痛。跟儿子吕建业一样，吕程的身体素质一直很好，也就是最近几年，疲于应付各种应酬，他的身体状况才出了问题。血压高、血糖高、嘌呤高，最可怕的是心脏也犯了毛病。

他把脑袋冲着墙面撞了几下，又气喘吁吁地坐下，用手卡住自己的脖颈。他难受，想发泄。吕程现在只惦记儿子的事情。他有些后悔，没让华冬江出面，去调和自己跟儿子的关系。

很多人都会对自己曾经的行为追悔莫及，谭杰便是如此。

谭杰也在这栋小楼里，他怎么也没想到自己这辈子会被纪委调查。他更没想到，截至目前，他是五位消防人员中唯一查出问题的。

094

米琳总是做出一些惊人举动，她跟母亲闹掰了之后，发誓要靠个人的本事养活自己。业余时间，舍友也有外出打工的，有的去干家教，有的到连锁店里做小时工，只有她别出心裁，竟然跑去送外卖。

她想从根上改变自己，可人家并不理解，说一个女孩子送外卖是在玩行为艺术吗?

米琳编了段非常凄惨的家事，说母亲提前进入老年痴呆，生活不能自理，她得挣钱贴补家用。她故意把母亲说成这样，为的是图个嘴上痛快，好像是在抗议母亲反对她追求马成功，能解除心头之恨似的。

米琳只能晚上和周末跑几单，按实习员工来计算收入。她本来是想去另一家挺有名的公司门店应聘，那家每单提成十元左右，非常不凑巧的是，那家连续发生几起投递事故，正在整改，不招收新员工。退而求其次，她入职林河土著开的这家公司，每单固定六元的进项。

这种计酬方式是不合理的，接单之后，不管路途多远、不论客户下单的件有多重，员工不能挑单。最倒霉的是给没有电梯的老小区送水，几箱子矿泉水扛上去，身上早就被汗溻透了。

米琳提建议企图改变管理模式，主管交了实底儿，说小胳膊拧不过大腿，高层说了，这是企业特色。

米琳听后直撇嘴，说回头把这个门店给收了，让你当老总。

所有人都把她的言行当成是年轻人在狂为乱道。

是的，在人们眼里，米琳是个疯狂的丫头。好在主管对她关照，连续几单误时之后，非但没处罚，还用自己的业绩帮她抹平了。

相处一段时间，她发现主管是个很实在的人，办事情本着这个原则倒也无可厚非，可主管说话也很少经过大脑，显得嘴巴特别笨。

送外卖的要求严格遵守交通规则，每天早晨，主管会在点名时强调这个问题，说你们不守规矩，交警撵你不跟撵小鸡崽儿似的？

主管是山东人，带着浓重的乡音，这些话一本正经地说出来，很像是在演小品。可员工们并不笑，天天听这些耳朵早就生了茧子，他们不耐烦地站在那里，低声骂娘，带出的脏字很难听。

米琳看不惯，就站出来，说我来讲两句。她把送外卖每天的收入开销算得清清楚楚，然后说，如果出了交通事故，不仅跑了单，搞不好还得赔钱。

别说，这话很瓷实，所有人都听进去了，几乎再也没有在这方面出过问题。主管很感激，说丫头，往后有什么难处，尽管跟哥说，别的能力没有，跑跑腿儿不在话下。

米琳喜欢听主管说话，跟马成功有关。马成功老家在山东的胶东地区，虽然口音跟主管差别不小，但在她听来，基本差不多。她在这个门店工作还有个原因，鱼鸟河中队在他们送外卖的范围之内。

她忽略了一点儿，消防队有自己的食堂，伙食非常棒，平常很少有人订外卖，从网上购物的也屈指可数。即使这样，米琳也有些知足，能时常从中队前的马路经过，她心里也是舒坦的。

所以，有很多次，她骑着电动车，经过鱼鸟河中队时，还专门鸣笛，她恶作剧般地想，呆萌哥肯定猜不到风驰而过的外卖员是我。

当马成功向她求助时，她跟主管打了招呼就去了。见面之后，马成功瞅着她的外卖制服看了半天。

她不想被男朋友看出破绽，解释说，这身衣服是我找人淘来的，你不知道吗，网上把有家快递公司的制服炒得很贵，我穿不但省钱，还能引领潮流呢。

米琳总是标新立异，马成功没起疑心，很容易就被糊弄过去了。他的心思在吕建业的事情上，他怕被米琳拒绝，思量着该如何开口。结果毫无悬念，米琳非常干脆，说这事儿包在我身上。

马成功本指望着她能用所学的法律专业帮上忙，但米琳涉世不深，不会拐弯儿去思考问题，也没选择报警，而是向主管借钱，要找私人侦探。

主管也是直肠子，说该当哥的出马了，这是咱的强项。

米琳有些懵懂，主管挖苦她说，再聪明的人也有不开窍的时候，别小瞧了送外卖和送快递的，咱这双脚得走遍所有地皮，各种信息最可靠，公安局可没少到咱这儿找线索。

父母对子女永远是全心全意而且不计任何回报的，有时会让人觉得做父母的上辈子亏欠了孩子，这辈子专门来还债的。自从米琳搬到学校，米琳母亲就缴械投降了。

她先是说让女儿滚，滚得越远越好，这辈子都不想再见。紧接着，她就生了一场病，丈夫说要把米琳喊回来，被她拒绝了。她是个霸道的女人，女儿跟她姓米就是例子，她轻易不会向任何人低头，包括女儿。

在病床上，她无数次地把手机拿出来，想给女儿发信息，但她发现米琳将她的微信屏蔽了。女儿会不会把自己的手机号也拉进黑名单呢？她不敢试验，只能从手机相册里翻看女儿的照片。

在没人的时候，她偷偷落下了眼泪，因为相册里女儿的照片很少，母女两人的合影更是少得可怜，仅有那么两三张。她无可奈何地擦掉泪水，责怪自己光顾得挣钱，跟女儿的距离却越来越远。

她还是无法接受女儿的选择，新时代了，父母不能包办婚姻，可也不能太离谱。她认为最大的问题是两个年轻人之间的差异，地域差别、文化差别、家庭条件的差别等等，细算下来，没有一处能合拍。

她希望女儿能醒悟，但眼瞅着是不太可能的。女儿的脾气太像自己了，愈是被强逼着做什么，愈是会反抗。那就干脆先依着米琳，让他俩试试看吧。连她自己都怀疑，这个决定是否经过了大脑。

可她压根没想到，女儿会跑去送外卖。这要被人知道了，脸还往哪儿搁？

095

快乐是可以分享的，痛苦却很难共同承担。悲惨往事全部揭开，又在朋友面前反复晾晒，对曹小菡来说无疑是雪上加霜。

元力虽然没对某些细节刨根问底，可她本能上排斥与那段经历有关的所有问题，她变得萎靡不振，甚至精神上出现了恍惚。元力把曹小菡接到家里，让父亲住到支队机关，自己也从集体宿舍搬回家里。

元力的出发点是好的，她没指望从曹小菡嘴里再得到什么消息，她只是想照顾对方，防止出现意外。可曹小菡却主动提出，要把过去的事情搞明白，说是怕自己某天成为痴呆，所有事情都死无对证。

曹小菡很坦诚，即使夜夜在噩梦中惊醒，还是信守承诺，不断回忆伤心的往事。

某天夜里，刚安顿好曹小菡，元力突然又发现了一个疑点，眼镜男既然控制了曹小菡，并把曹小菡当成了赚钱工具，怎么会凭空消失呢？

关于这个疑问，曹小菡给出的答案自相矛盾，她有时说眼镜男在火里烧死了，有时说人在省城被抓了，更多的时候是说人还在林河。一开始，曹小菡极力抗拒回答这一问题，到最后，她时常盯着房间里的某个角落发呆，冷不丁地自言自语。

元力有心理学学位，她知道曹小菡是得了焦虑症，她不敢再给对方太大压力，想尽办法让曹小菡恢复正常。她觉得糟糕透顶，父亲已经找了公安局领导，却迟迟没有下文，而曹小菡却越来越让人不放心。

一连几天曹小菡都是梦魇缠身，一遍一遍让她为之惊恐和战栗。梦中，她总在一所大房子里哭泣，火灾中死亡的那个客户的躯体清晰可辨，有一次居然裸露了下身，朝她走来，想要做些肌肤相亲的事儿。醒来之后，曹小菡便时而发呆时而狂躁。

最严重的一次，曹小菡把手里的杯子忽然砸碎，用玻璃碎片对着自己的手腕，粗鲁地命令元力：你不要过来，我知道你诡计多端，我死也不会向你屈服。

元力小心翼翼地应承着，说放心，我不过去，听话，把手里的东西扔掉。

骗子，你别想骗我。曹小菡声嘶力竭，把手里的玻璃片胡乱划向空中。

元力瞅准时机，扑过去，把玻璃片抢下，俯身在与之紧紧相拥时，她听到急促的喘息声，感到曹小菡的身子在微微颤抖。曹小菡瞬间安静下来，用脑袋在元力胸前拱了拱，像猫咪一样哼哼了几声。

元力打算以毒攻毒，索性掰开根本无法愈合的伤口，让曹小菡给心头滴血的往事一个交代。她知道必将引起巨大的悲痛，但她想，或许痛到极点就会麻木了吧，也或许剜掉伤口处的坏肉就会重新生长吧。

她正犹豫着如何开口，曹小菡把她一把推开，双眼紧盯她的背后，那眼神跟以往不同，少有的犀利仿佛看透了元力的心思。

曹小菡嘟嘟囔囔地说，姐，你不用骗我。我看到了，刚才有人在跟你说悄悄话，你别让他走，让他当着我的面把事情讲清楚。须臾间，她的目光变得坚硬而冰冷，用不屑而又憎恨的目光审视元力：知人知面不知心，没想到，你跟他是一路货色。

元力与曹小菡对视，发现对方脸上毫无血色，烦躁不安、喜怒无常的样子让她心如刀割。她想劝曹小菡醒一醒，再这样下去祸害的是自己。可她根本无法开口。

曹小菡有些胆怯地向元力伸手：姐，救救我，我不想死，我还想当歌手。

元力俯下身子，用双臂去迎接曹小菡的手。曹小菡一把抓住她，猛烈摇晃，嘴里嘀嘀咕咕地说着什么，没多会儿，元力白皙的胳臂上就被长指甲划出了深深浅浅的血痕。她顾不上疼痛，轻声安慰曹小菡：别怕，有姐在，会好起来的，一切都会好起来的。

曹小菡忽然侧起脑袋，皱着眉头对元力说，别出声，仔细听。很快，她又问，你听到了吗？然后自问自答：电视机柜后面，还有空调背后，都有声音，叽叽嘎嘎，吱吱乱叫。

元力安慰她说，听到了，吱吱乱叫，家里进耗子了。

曹小菡摇摇头，撒开元力的胳膊，仰头坐在那里，又凝神聆听一会儿，说，不对，是他。她像是鼓足了很大的勇气才说，先生，我真不是他的同伙，我肯定不知道会着火，否则我不会傻乎乎地去陪你。不，我不是凶手，我没罪，我不需要以死谢罪，我不想死……

元力始终不敢随意插话，生怕引爆了定时炸弹。可是她无法阻止传递到耳膜的声响，只能战战兢兢地陪护在曹小菡身边。也不知过了多久，曹小菡终于迷迷糊糊地睡去，怕吵醒对方，元力没敢把轮椅推进卧室。

曹小菡睡得并不安稳，元力调了调空调的温度，遥控器发出的细微声音都让她有所反应。她拧紧眉头，口齿不清地说：平安，我身子脏了，我鬼迷心窍，我罪孽深重，求求你，别抛弃我。

元力理清纷乱的思绪，眼下最紧要的是找到眼镜男。她拿出手机，想给父亲打电话商量对策，在号码拨出的一瞬间，她又挂断了。她知道父亲不容易，虽说是团职干部，但位卑言微，起不了多大作用。她无奈地笑笑，心想军装也该脱了，父亲再也不用自称团长了。

这是母女两人之间的玩笑话。过去，元力偶尔会挤对父亲，说他太软弱，说话没分量。父亲认为要与人和善，反正自己也是团长了，战争年代是要冲锋陷阵的。

元力对此嗤之以鼻，可现在她改变了对父亲的态度，身边的熟人也说，元政委到了火场上骂人也很凶。她觉得这样才是男人，这或许也是她迷恋武鸣的原因之一吧。

不行，必须给武鸣申冤。想想身边还有曹小菡需要照顾，她便打电话给省城的发小儿：你来趟林河吧，帮我救出男朋友。

第二十章　拨云见日

096

刚进入6月底，林河的天就已经热得出奇，像是有人在天地间点了一把火。有些反常的天气叫人心烦气躁，至少吕建业已经无法忍受了。

最有可能的帮手马成功没了下文。越是天热，他越感到堵心，他唯一能做的是跑到训练塔楼顶。他通常在正午阳光毒辣的时候去楼顶，站在那里一动不动，仿佛在虐待自己。

吕建业的眼珠子一直在动，他把目光投向马路对过的滨河公园，搜索出入其中的游人。入夏的公园是人们乘凉的好地方，每逢有人钻到树下，被树荫遮住了身影，他便会展开一些联想。

他脑海里虚构的都是些不好的画面，比如，那人是隐蔽了自己，实施抢劫；再比如，那人把针头扎向自己，正在吸毒……受坏情绪的影响，所产生的想象也是灰调的。

吕建业知道自己进入一个怪圈，负能量累积到一起，像滚雪球一样恶性循环，可他无法自控，只能任其发展。

鱼鸟河中队每天都要出警，任务量远远高于其他单位。但这次灭火战斗让吕建业受了处分，他非但没埋怨，还主动提出辞去班长职务。

接到出警命令时，吕建业和马成功刚干了起来。

他们不是在干架，而是就某个科目进行比试。在基层单位，小范围内会自发组织竞赛，在某种程度上利于团结，也利于战斗力的生成。鱼鸟河中队管这样的小竞赛叫“干一家伙”。

天实在是太热了，人总那么待着会发闷，进而变得慵懒和疲沓。对此，马成功已经深有体会，他甚至觉得心里生出了无名之火，分分钟都会把整个人点着。

他跑去找吕建业，说咱去干一家伙吧。

吕建业说，没心情。

马成功埋怨道：你别总惦记着报仇，你得相信我们，米琳肯定会帮忙的。

吕建业没吱声，他发现马成功真是变了个人，尤其在业务训练上，简直是脱胎换骨，让人怀疑一切都是不真实的。这么说吧，马成功的进步有多大呢，如今在队上，除了三班长老郭之外，只有吕建业能与之较量。对此，苏平安很不服。

苏平安嘴损，还到处宣扬，说马成功是喝了假男人的奶，基因发生了突变。这话很耐人寻味，米琳无论从穿衣打扮还是行事风格上，都是假小子风格，这等于是把马成功恋爱的事情添油加醋了。

想起这档子事儿，吕建业就拿马成功开涮：你是打了鸡血，还是喝了轮胎的奶?

马成功很反感这种说法，质问吕建业：你怎么也胡说八道，别成天轮胎轮胎的，米琳有名有姓，还在给你帮忙，拜托给自己积点儿口德。

你俩就是上床了，跟小爷也没有半毛钱关系，更何况我也没打谱轮胎能帮上忙，报仇的事儿，我个人早就计划好了，只是时机不到而已。吕建业觉得不妥，很容易坏了马成功的一片好心，就舞舞扎扎地喊：走啊，不是要干一家伙吗？只要你赢了，以后我决不喊她轮胎。

马成功说赶紧的吧，再不干一家伙，我得炸了。

两人相约来到训练塔下，扛起挂钩梯同时起步，上到三楼时，警铃响了，他们赶忙下楼，直奔车库。

按照以往的习惯，吕建业会去争抢一号车，但这次他在接近一号车时扭身跑上了二号车。因为刚才的比试马成功明显占了上风，他暂时还不想理论输赢。

马成功进步神速，这是让吕建业由衷佩服的，但他内心还不想承认这一点儿，只是埋怨自己不进则退。

出警路上，支队指挥中心给参加战斗的各个单位传来指令，并简明扼要地介绍了现场情况。沙方健也通过车载电台下令，要求各参战单位确保自身的绝对安全。参谋长强调这类问题，无形中给这次战斗制造了紧张气氛。

跟以往最大的区别是，这次的火灾发生在海上。林河是沿海城市，但海岸线上不具备建设码头的条件，也就不会有大型船舶停靠，零星几个渔民改装的渔船也是派出所的重点火灾防控对象，成不了大气候。但这次着火的是游轮，很豪华的那种。

到达现场时，政法委书记兼公安局局长已经到了，元威和沙方健等人也早就忙活上了。特勤中队已经拉开了战线，他们是这次战斗的主力，鱼鸟河中队和其他单位打增援。

沙方健跑步来到魏东丽跟前，三言两语交代了注意事项，然后就亲自上阵，带领人员上了游艇，展开内攻。

魏东丽已经熟悉了基层灭火救援的程序，但过去都是在陆地上处置，这次他有些慌。

马成功拉着吕建业跑过去，打了个敬礼就报告：艇上结构复杂、空间狭小，都是钢结构，传热快，扑救难度大；可燃物多，油料也多，蔓延速度快。

他以前所未有的语速汇报完这些，又神情严肃地说：空间受限，火灾之后，油气混合物极易发生轰爆。咱必须注意安全，指导员放心吧，咱是外围，有我和建业，没问题的。

马成功竟然懂这么多，这令吕建业刮目相看。真是没想到，一个训练拖后腿的人，摇身一变成了小专家。他也跟着向魏东丽表态，算是给指导员吃了定心丸。

吕建业负责给游艇的发动机部位打水降温，切断明火引燃发动机。一切都是按照规程操作，局势发生变化也只是在几秒钟内，他看到游艇上有安氏集团的LOGO，一念之差，水枪瞄准的方向就偏离了既定位置。

三五分钟后，火已经烧到了发动机，给火灾扑救带来了不必要的麻烦。虽然未造成人员伤亡，游艇却报废了。

事后的战评分析，让吕建业的错误操作浮出水面，他没有作任何辩解，欣然接受处分，而且私下里对马成功说解气。

马成功说，不管这艘游艇是谁家的，万一上面有人，你的良心这辈子都会遭受谴责。

097

人只有在失去自由的时候才会反思，即使当事人拥有足够强大的内心，也很难做到从容淡静。

除了谭杰，马小刚、吴华、武鸣和大老柳都是火灾事故的当事人。他们在那座四层小楼生活了很久，几乎没了时间概念。在封闭的空间里，他们别无选择，唯有让思绪活跃起来，进而去应对让人发疯的沉闷。

这些人当中，情绪最不稳定的是武鸣。刚开始的时候，他自信满满，认为只要把事情经过写清楚，就会归队。支队比武安排在下半年，剩下的时间不多了，掰着手指头都能数过来。他未曾想到，人家会让他反复写材料，还有什么可写的呢？晚上一闭眼，脑子里冒出的全是自己写下的那些字，毫不夸张地说，他能把那份材料倒背如流。

他对办案人员说，我还有一堆兄弟，我要上火场，把我关在这儿算哪门子事儿？

可怜的是，人家并不答话，只是让他继续写事情经过。这是个磨人的营生，让武鸣无所适从。到后来，他冲着摄像头嚷：你们给我出来，快把我拖出去毙了吧。

跟他截然相反，大老柳始终沉默不语。以前在队上，虽然做不到每天跟妻子车小米联系，但至少每次都可以通过视频看到儿子壮壮。现在随手携带的物品都被收走了，他只能在心里想念儿子，并为儿子祈祷。

大老柳也有担心的事情，他怕长时间不联系，车小米打电话到队上。会是谁接电话呢？最大的可能是指导员，可魏东丽对他的情况也是略有所闻，极有可能把实情告诉妻子。那就糟糕了，家里的事情已经够乱了，他不愿让车小米为自己担心。

他不清楚发生了什么，更不知道为什么被限制了自由，这恐怕是最大的悲哀。很多时候，大老柳会生出很怪异的想法，尤其是在夜深人静的时候，黑暗会触及内心的一些隐秘，并将其无限扩大。

是自己做了亏心事才落得如此下场，这也是老天爷对自己的惩罚吧。这种念头一出现，便在大老柳的脑海里扎根，如果当时相信自己的判断，再次深入火场，那人就不会死了。那可是一条活生生的性命，大老柳想，人命关天，现在被查也是情理之中。

大老柳在面积不大的房间里做俯卧撑、仰卧起坐，直到大汗淋漓。他不是为了练体能，而是为了削减心中的愧疚，他把自己搞得筋疲力尽，然后躺在地上，盯着天花板想，我还有机会回到鱼鸟河中队吗?

为什么被关到这里，吴华已经猜了个八九不离十，某天在走廊里遇到马小刚之后，他基本确定了自己的推测。那是他唯一一次见到马小刚，虽然距离甚远，一个在走廊这头，一个在走廊那头，但他还是想打个招呼。可是，还没等他张嘴，背后就被推了一把，拐弯去了楼梯口。

当时，吴华停下脚步，转身看了一眼执勤人员，脸上的愤怒一目了然。人家并不说话，反而送给他一个微笑，他无奈地转回头，盯着楼梯口一侧的墙体发呆。

墙上有个标识牌，上面有“消防安全通道”六个大字，过去到地方单位检查火灾隐患，吴华会关注这个标识设置的是否规范，现在看到这个他感到莫名的伤悲。干了这么久的防火工作，得罪过不少人，有党政机关的领导，也有大大小小的老板，他猜想肯定是有人打击报复。

他倒也光明磊落，知道自己迟早会放出去，可他越来越觉得可悲，他有些羡慕谭杰，敢于主动要求离开消防。

吴华压根不知道谭杰也这座楼上，被限制了自由。

很多事，谭杰是不愿回忆的。但是，不愿回忆，并不代表他就能不去回忆。他在潜意识当中提醒自己，忘掉过去吧，可是梦境又毫不客气地把它拉了回去。

他的梦始终很模糊，起码醒后很难记起那些细节，以至于他不敢入睡，生怕睡梦扯痛了敏感的神经。连续几个夜晚，他缩在床角，依偎着经过特殊处理的墙面，搂着枕头，痛苦地与连绵不绝的困意抗争。

马小刚很忙，几乎每天都要面对讯问，他也很配合工作，把自己收过别人什么礼物，以及参加过什么宴请，全都说了。真正回到属于自己的那间留置室，他也没闲着，总是眯缝着眼，一遍一遍回忆自己的消防生涯。

他突发奇想，等出去之后，应该写个回忆录，他又笑自己不自量力，身上没有一个文学细胞，写出的东西也会被人笑掉大牙。那就把这些年来参与处置的典型火灾案例写下来，这是马小刚的强项。

该如何来定性武鸣负责指挥的那次灭火战斗呢？他心里有数，却又难以诉诸笔端。如今，围绕他的调查重点是那起火灾，他深知武鸣的处置虽有争议，却瑕不掩瑜。只能说，那是个人消防生涯的败笔。

每每想到此事，马小刚就自信满满，在大是大非面前自己是经得起考验的。可他转念一想，果真是毫无瑕疵吗？他只能苦笑，告诫自己别再把他人牵扯进来。

这么说吧，他的这一决定，是出于一个男人的道义，是出于对朋友的一份责任。

马小刚依然接受了现实。他想坦然面对人生的失败，甚至说是半生消防事业的最后失败。他猜想重获自由的那一刻，也意味着向消防挥手告别。他没有太多的念想了，不指望虽败犹荣，只求败得体面一些。

必须向现实低头了，虽有不甘，但马小刚还是安慰自己，人在走下坡路时，注定要低头。尊严或许没那么重要了，跌跌绊绊、连滚带爬，哪儿还顾得上自尊和脸面？

他仍抱有一线希望，希望被正名，能继续抬得起头，虽然昂起头颇需要足够的勇气。

内心纠结如恶魔般折磨着他，让马小刚体验到万箭穿心之痛。

098

问题出在谭杰母亲身上。再确切地说，是出在谭杰妻子身上。

妻子在老家没有工作，随军后在马小刚的帮助下，安排进了挺不错的事业单位，整个人也跟着变了。变化最大的是，在老家时原本婆媳关系不错，自从父亲去世，谭杰把母亲接到林河后，妻子就容不下老人了。

她对婆婆挑三拣四，横竖看不上眼。万不得已，谭杰只能从外面租了房子，把母亲安置下来。

他是妻管严，手里很少有闲钱，就把朋友间礼尚往来送的购物卡，全都给了母亲。

母亲是农民出身，爱占小便宜，在超市买东西，只要有赠品的，不管赠品有没有用，都会去买。母亲听说会员积分能换小礼物，就用谭杰的身份证办了会员卡，每次用购物卡消费后，就去刷会员卡换积分。

市纪委调查组凭会员卡积分算了笔账，金额超出了正常收入的消费比例，认为谭杰有受贿嫌疑。面对工作人员的讯问，谭杰再三表示，自己干干净净，是组织上搞错了。

工作人员保持沉默，冷冰冰地看着他，谭杰有些着急，帮对方分析：我家老太太过惯了苦日子，恨不得把一分钱掰两半花，她一个月也用不着多少钱，有时候还去菜市场捡菜叶子。

有位年轻的工作人员忍不住说，你真是个戏精，继续演。

谭杰说，我没演，我是老党员了，我以党性保证，绝没有受贿。

你不配说这话。年轻工作人员淡淡一笑，拿出一沓纸，看了几眼，说：你还有另一张会员卡，想知道2017年消费了多少吗？

谭杰一愣，工作人员就收起笑容，说我给你个提示，你的直系亲属打着你的旗号，主动跟人索贿，你能耐不小，很善于助人为乐，帮过不少人吧。

他幡然醒悟，是妻子搞的鬼。这一两年，妻子动不动就说同事的亲戚在消防支队当兵，要入党考学什么的。谭杰通常置之不理，唠叨烦了会说这事儿不归自己管，归黄连海管。妻子便让他给人转士官或者士官晋级，这可是司令部的事情，为了落个耳根子清净，他全都给办了。

谭杰忽然意识到，妻子一个外来人，哪儿来这么多的同事呢？他痛苦地闭上眼，在心里骂：臭鸡巴娘儿们，真是东西路南北走，回家碰上人咬狗啊。

谭杰也很主动，他在争取组织上的宽大处理。他不断写悔过书，从个人出身到成长，一直写到放松了对自己的要求，没能管好家属。这是个很摧残人心的事情，因为他想起父母的不易，尤其是近几年母亲所遭受的委屈。

孩子刚出生那会儿，母亲最大的念想就是抱孙子，说自己胳膊腿都结实，可以带孩子。可妻子不同意，嫌弃老人满嘴的方言土语，还随地吐痰。为了家庭和睦，谭杰一味地忍让，现在看是很无能的表现。

他想这也是活该，妻子本来也出身平民，是自己过于纵容妻子，导致妻子摆不正自己的位置，才酿下苦果。谭杰安慰自己，塞翁失马，焉知非福，这次不管怎么处理，自己都认了，完事之后把婚离了，常年工作顾不上家，这样的妻子会把孩子带成什么样子，是他最恐惧的问题。

谭杰的妻子也被关进了四层小楼里，她根本没想到事情会闹到如此境地，她还抱着一丝侥幸心理，可几次讯问过后，就彻底蔫儿了。她知道闯了大祸，便闹绝食，好像全身的零件没有一个是好用的。

闹过几天之后，她不再抵触和挣扎，只能实打实地交代问题。别看她没读过太多的书，还真得佩服她的记性。她把收受的每一笔钱财都写了下来，她从电视上看过，受贿是要受到法律制裁的，便在交代的材料中再三强调，是自己贪心，跟丈夫谭杰无关。

但纪委调查组工作人员发现，她收受的这些钱物当中只有一小部分是打着谭杰的旗号，剩下的全都是托了黄连海的关系，办的是立功受奖、考学入党，甚至是干部的提拔任用。

谭杰的妻子有些眼晕，感到出现在面前的每个人都是重影，她想把眼睛睁得再大一点儿，把眼前的人看个真切，费尽气力却不能。她闭上眼，再睁开，把眼睛瞪大，反反复复做了很多遍，直到眼泪出来了，还是无济于事。

她索性哭了起来，哭声时高时低，时断时续，乍一听像是扯出了戏腔。纪委调查组工作人员用手指敲了敲桌面，她闻声愣了一下，趁这个空当，工作人员举着她写的材料问：你说好多事情是托了黄连海的关系，情况属实？

谭杰的妻子擤了一把鼻涕，点点头，说：绝对不敢编瞎话儿，我家老谭管的事儿不上档次，我就找老乡帮忙，每次也不会亏待他，这不是一锤子的买卖，也是为了日后再求人方便。

说这话时，她眼里闪动亮光，俨然生意人一般精明。几位工作人员相视无语，心想这女人还真是奇葩，贪便宜这劲头也是不可救药了。

入夏后的第一场大雨，让谭杰的妻子惊恐。当她意识到局面已经无法挽回时，乌云刚在窗口出现，顶多几分钟，天地间就墨黑一片。雨倾盆而至，混淆了白昼与黑夜的界线。紧接着，雷声已经变成了鼓点，时而紧促时而舒缓的节奏让她有些心悸。

她有那么一阵儿恍惚，非常希望一直这样下去，光线模糊未尝不是一种解脱，至少可以有短暂的错觉，产生一些其他的联想。人或许都有类似的经历，有时心焦地如在沙漠里跋涉，有时惊悚地如在恶浪里挣扎，更多的时候是凝望窗外的风景，不知所措。

她觉得自己是个笨女人，蠢到了极致的那种笨女人。谭杰的妻子痛苦地闭上眼，心想丈夫肯定会痛恨并抛弃她，因为自己亲手毁掉了男人的大好前程。

她迷糊地想，或许早就该结束了吧。

099

元力请了假，专门在家里边陪着曹小菡。她怕曹小菡出现闪失。

她目睹了曹小菡的变化——先是焦虑，然后是无助，其中还掺杂了恐惧的成分。再细细观察，曹小菡的神色似乎又揉进了厌倦与绝望，令人疼惜。

直到这天中午，曹小菡的眼神里才闪动了生机，让元力看到了一种企盼。她把轮椅推到阳台，日光透过偌大的落地窗，打在曹小菡的身上，曹小菡望着窗外小花园里嬉戏的孩童，露出浅浅的微笑。

元力想抓住机会，跟曹小菡推心置腹地谈一次，可她实在不忍心打扰对方。在她眼里，那是一幅美好的画面，哪怕一个细小的声响都会将其打碎。

曹小菡终于说话了，她让元力帮忙报警，说是要配合警察调查，找到眼镜男。

元力有些感动，她猜想往事让曹小菡的心头在滴血。她安顿好曹小菡，第一时间给父亲去了电话，说了“迷香”的可能性，让元威联络警方，找到幕后真凶。

这个情况让元威难以置信，他正在接待总队工作组，压低声音说声“好”，就匆匆挂断了电话。

副总队长终究是来林河了，他亲自坐镇，指挥专家展开火灾调查。他还带来个好消息，说总队两位主官碰头了，已经有了明确意见，要求配合林河市纪委，把事情调查清楚，让马小刚早日回到岗位上。

这么说，组织上对小刚同志是信任的？问完，元威又收起了窃喜，不无担忧地说，这都关了两个多月了，眼下改革到了关键时期，我一个人能力有限，俗话说统率三军，不能一日无主啊。

副总队长说，凡事别净往坏处想，留置的期限是三个月，只要马小刚同志是清白的，重出江湖指日可待。说完，他又加了句：跟小刚兄弟交往多年了，凭我对他的了解，他是值得信赖的好同志。

受之前在总队机关所担任的职务影响，元威对某些细节极度关注，甚至有点过度敏感。管理处处长负责机关的保障与警卫，事无巨细，任何细小的差错，都可能给领导留下不好的印象。几年下来，他谨小慎微，才熬到了现在的岗位上。

他捕捉到一个细节，前后两句话，副总队长对马小刚的称呼变了，这是个很重要的信号。人本性都是善良的，但是遇到了麻烦的事情，往往会避而远之。这是本能地自我保护，用女儿元力的话讲，这在心理学的角度上，是比较低端的诉求。

关于总队领导对马小刚一事的态度，元威记忆深刻。他反反复复打电话，总队党委班子成员要么拒接，要么无人接听，显而易见，那时候众人都不好表明个人的态度。

正所谓细节决定成败。如今，副总队长的话很微妙，如此高调地确定个人立场，说明拨云见日的那一天很快就会到来。

元威张张嘴没说话，他已经知道谭杰出了问题，按一般人的思路，纪委调查组的主要目标是马小刚，会从谭杰身上打开突破口，倒查马小刚。但他心里也没底儿，还真怕出现不愿看到的结果。

他寻思着向市公安局领导求援，虽然消防已经明确不再隶属公安，但新的应急管理部门尚未成立，过渡时期还是要受公安的领导。

元威这么想还有个原因，市公安局的一把手，也就是市政法委书记兼公安局局长，是从省公安厅下来的，他们是老相识，关系上比其他局领导要更亲近些。

还未定下决心，元力就哭丧着脸找上门了。元力也不拖泥带水，再次说了自己对“迷香”一说的推断，元威想不管这个假设是否成立，都不该把这个新发现搁在自己手里。

元威绕了个大圈子，先介绍了谭杰的情况，说谭杰是个好干部，请市局出面保住谭杰。

政法委书记脸色极其难看，连连质问为什么对队伍管控不严，对部属失察失责。

元威这才意识到失算了，当前的形势下，哪儿有领导会出面去袒护一个犯了错误的人呢？不明就里的人会以为领导也是拴在一根绳子上的蚂蚱。

他很虚心地承认个人失职，半吞半吐起来。书记也觉得言语重了，便摆摆手说，还有什么事儿就直说吧。

听完元威的汇报，书记沉吟：照你的推理，那起火灾是刑事案子？

元威点点头，书记拿起桌上的办公电话，拨了个号码，跟对方说，我现在去趟局里，你等着我。

政法委书记在市委大院办公，他带着元威去市局见了分管刑侦工作的副局长。副局长姓杜，听了情况介绍，有些为难，说这事儿我小杜有印象，当时定性是电线短路，已经盖棺定论了。

书记当场表态说，彻查到底，不能为了降低发案率就弄虚作假。

副局长说，如果，如果真那样，要追究有关人员的责任……

书记不耐烦地打断，说咱公安为什么出力不讨好，因为总有害群之马，工作出现失误甚至犯了错误都不可怕，可怕的是不敢认错和悔改。

副局长不再言语，神情焦虑地站在一边，眼神飘忽不定。很多人认为，公安口上最核心的是刑侦和治安，他是市局最年轻的副局长，能够把刑侦工作搞得风生水起，自有过人之处。

有人说，杜副局长有很多旁人所不具备的能力。举个最简单的例子，犯罪嫌疑人都惧怕他的目光，他的目光亦正亦邪，很有杀伤力，带着钩子，常人见了心里都会发慌，怀疑自己做错过什么，至于嫌疑人，根本兜不住那点隐秘，很快就会把犯罪事实撂了。

无论杜副局长本人多么厉害，碰到政法委书记只能甘拜下风。书记早年一直在基层干刑警，是标准的业务型领导。元威认为，所有猫腻都逃不过书记的法眼。

元威发现了杜副局长有些反常，但他未曾多想，只是觉得此乃一物降一物。

100

窗外下起了雷阵雨，隆隆的雷声让面积不大的留置室沉闷无比。谭杰的妻子站在窗前，开始怀念刚来林河甚至还在老家的那些日子。

还在老家的时候，虽然一年只能跟谭杰见几次面，但她心满意足。谭杰每次回家休假，都会带上很多稀罕的物件，分给亲朋好友，乡亲们都夸她命好，极大地满足了自尊心；她每次带孩子到部队探亲，谭杰也会抽出一点时间，领着他们一起到海边走走。那时候的幸福是简单而纯粹的。

刚随军到林河的那会儿，她每天在家做好饭，等着丈夫回家。谭杰一进门就会喊饿，跟饿死鬼投胎似的，吃过饭便抹抹嘴，再去床上解决另一种饥荒。她越是责怪丈夫，谭杰就越有劲头，似乎在那些方面有使不完的劲头。

什么时候变了呢？大概是孩子被同学骂成乡巴佬开始的吧，她便为孩子置办那些时兴的衣裳，可她发现比起城里人，自己和孩子差的不是那身衣服。比如，跟黄连海的妻子相处，就有难以接近的距离，人家是土生土长的林河人，言语轻柔，举手投足之间都带着分优雅。

那是一种气质，能够让女人变得敏感的气质。她开始学着别人的样子梳妆打扮。谭杰偶尔埋怨几句，她也会纠缠不清，说丈夫嫌弃自己土气，嫌弃自己徐娘半老。

都说小别胜新婚，过了刚随军的新鲜劲儿，谭杰对夫妻例行的功课就有些敷衍潦草。这都让她变得自卑而又自悲。

有段时间，她逼着谭杰干那些事情，谭杰拒绝，甚至略微有点不耐烦，她就会闹上半宿，说丈夫有了外遇，心被野女人勾走了。直到自己被安排了不错的工作，她才逐渐长了世面，也找到了实现个人价值的方式。

她可以给别人帮忙办事儿，起初只是为了受到别人的夸赞，不管那些感谢的话是否由衷，都能满足小小的虚荣心。到后来，她迷恋这种感觉，而且被那些诱人的财物蒙蔽了双眼。

那些曾经的幸福离自己越来越遥远了，她责骂自己为什么不能早些停手，可怕的欲求让自己愈陷愈深，进而变得卑微而渺小。

窗外的雨不知何时停了，天空变成了灰白色，显得异常凝重。可是，谭杰的妻子并不知道，除了丈夫被糟糕的天气扰了心情，与之毫不相干的吕程亦是如此。

盯着窗外的雨，他极度郁闷。在被限制自由之前，市公安局领导没买账，吕程并不气恼，在很多单位都是这样，管的事情越多，担的风险也就越大。

他琢磨着，人人都有难处，与其直接碰钉子，不如让别人替自己去打招呼。在一般人的印象中，公检法是一家人，但过去检察院可以管公安的违法乱纪，但现在职能变了，纪委走到哪儿都有人高看一眼。吕程正寻思找纪委的朋友出面，就被人家请来了。

纪委工作人员并不客气，拒绝任何方式的套近乎。吕程就给自己逗闷子，一会儿打听这个人，一会儿又探听另一个人的消息，好像故意在显摆自己的关系网很广。

他的神态也的确气人，一副漫不经心的样子，如果不是工作人员素质高，加上有纪律约束着，估计会上去甩他两巴掌。可吕程像老和尚念经一样唠叨个没完，让人家不好再保持沉默。

工作人员问他：你能配合我们工作吗？

吕程说，我一直很配合，只是有点想他们了。

工作人员端坐在对面，说：还是想想自己吧。

吕程答：我吃得饱，睡得好，在这里住着，没了那些乱糟糟的应酬，身体状况也跟着调整过来啦，如果能让我每天出去散散步更好。

终于有人按捺不住，拍了下桌子：吕先生，你心够大，做生意的人有几个敢担保身上干净？

吕程没被吓住，而是眨了眨眼睛，指着面前的摄像设备问：刚才你的话都录进去了吗？

另一个年龄较大的工作人员拦住同事，笑着说，看来吕先生也懂法，但愿你能睡个踏实觉。

吕程一时语塞，因为他根本不懂法，早年光忙着赚钱，近几年主要精力是协调各方面关系，所有涉法问题都交给私人法律顾问了。

可以跟律师联系吗？他心里发毛。

那个发过火的工作人员摇摇头，“扑哧”笑了，说吕老板，你是真不懂还是假不懂啊，你也是咱林河数一数二的人物，没想到还这么幽默。

可吕程再也笑不出来了，他在脑子里盘算，真在这里待得时间久了，会不会耽误了儿子车祸的事情，那就过了诉讼期了吧，想了想好像不是，他对这方面向来是一知半解。

当天，吕程就想明白了，不能把时间耗费在这里，要抓紧出去。他主动要求谈话，说坚决配合工作，有什么就说什么。

吕程人实在，关于KTV火灾，所述的情况与马小刚交代的完全吻合。唯一不同的是，他提到，马小刚说有领导打过招呼，要求把KTV火灾事故的影响缩小到最小范围，个人又不想让旗下的公司背上个命案的坏名声，没多想就同意了。

工作人员把吕程所说的话全都记录下来，最后递给他，请他过目然后签字。

吕程扫了一眼就拿起笔，说不用看了，我相信你们，不过我也实话告诉你们，马小刚这个人真不赖，搞不好你们是误会了，最好别再浪费精力。

纪委调查组每天都会开碰头会，主要是综合当天的情况，然后安排次日的工作。时长不定，有事则长，无事则短，没有想象中的那么严肃。

吕程态度的转变成了笑料，毕竟吕程如果一直不配合，他们也不能用别的手段去强迫。但他们一致认为，再查马小刚恐怕要查出个廉政典型。

吕程提到的命案是新线索，纪委方面形成了初步意见，马小刚的事情到此为止，相关工作移交给公安机关。

第二十一章　扑朔迷离

101

米琳母亲终于定下决心，亲自去学校把女儿请回家。真是可怜天下父母心。她的眼很尖，从人群中瞬间找到了米琳的身影，但她没好意思下车，生怕女儿当着同学的面冲自己发脾气。

米琳把山地车骑得飞快，她开车在不远处跟着，直到女儿闪进一个胡同，她才傻眼了。她傻坐在车上，怪自己没有在校门口拦住女儿。

她没料到女儿会那么快从胡同里出来，只不过这次是换了电动车。自己的女儿怎么能送外卖呢？这要被熟人撞见了，岂不贻笑大方？她再也不能矜持了，启动车子追上去，在米琳前面打了右转向。米琳来不及反应，连人带车撞到了车门上。

米琳趴在地上，抬头第一眼看到的是轮毂，上面是宝马的标志。米琳想糟了，千万别碰上难缠的主儿，但转念一想不对，是对方的责任吧。大不了也学着别人的样子，来个碰瓷儿，虽然不体面也比被人家讹上要强。米琳索性闭上眼哼哼起来。

母亲下车，一把将米琳拉起来，心急火燎地问：没摔伤吧？

米琳一看是母亲，叹口气说，这还用说吗？倒霉。

跟我回家吧，孩子。母亲恳求。

米琳扶起车子，说：那不行，我还得去送外卖。

米琳母亲开车，帮她接连着送了三单。其中有一单的客户是发廊小姐，见到米琳从宝马车上下来后，带着脏字说，开宝马送外卖，可以上头条了。

米琳向母亲提出收购外卖公司的要求，本来是想用这种方式拒绝回家，但母亲毫不犹豫地答应了。一计不成，米琳又出新招，说总经理要由我亲自任命。

母亲赶忙点头说，好，也该给你个天地锻炼一下了。

米琳的母亲惊奇地发现，女儿变了，变得乖巧懂事，回到家里不但帮着做家务，还经常陪她拉家常。尤其是能够出手干家务活儿，这在以前是绝对不可想象的。

她在生意场上是老江湖，决不会被这点假象迷惑，但她不想说破，也不愿破坏难得的温馨，就任由女儿装模作样地演戏。

米琳终于开口了，说想要一笔钱。母亲笑笑，没即刻表态，米琳便撒娇说：妈，你既然答应了让我锻炼，就得给我点财务自由，我想设个奖励基金，重奖表现优秀的外卖员。

母亲说，这个创意不错，可基金也是要入账的，财务管理非常严格。

米琳“哦”了一声，脸上露出不情愿的表情。母亲安慰她说，需要用钱就跟妈说实话，只要用在正道儿上，当妈的绝对支持。

米琳长吁短叹地说，不敢想象，钱到了你腰包还有谁能掏出来。我爸早就说了，你是最精明的地主婆。

母亲说，我没糊弄你，钱这东西生不带来死不带去，本来就是给你赚的，只要你开心，不跟妈妈作对，地主婆也会发慈悲。

那我就勉强相信你一次。米琳吐了吐舌头，刚要把钱的用途说出来，微信提示音响了，她低头一看，又变卦了。

她把手机收好，半严肃半调皮地说，亲爱的地主婆妈妈，容我考虑一天，我需要综合分析利与弊。

米琳接到的微信是门店主管发过来的。次日赶上周末，一大早她就赶到外卖公司的总部。她把要收购公司的意图说了，对方一看她的年龄，以为是碰到了神经不正常的人。

二话没说，米琳用电话招来了母亲那边的财物总监和法务人员，没出半天的工夫，所有条件都谈妥了。她当下要求变更法人代表，手续很快办完，米琳原来供职的那家门店主管升任总经理，这让公司上下一片哗然。

过了周末，新的一周又开始了。周三上午，米琳跷了一堂讲座课，跑到了公司总部。

外卖公司很少需要谈业务，一切都是靠服务来拉业绩，老东家为了降低运营成本，把总部设在居民楼里。米琳觉得这个做法是正确的，经商的目的是产生最大的效益，减少不必要的开支是明智之举。

到了那里之后，米琳直奔总经理室，却没见着人。一问，办公室的文员说，新老总到各个门店转悠去了，自己给自己找事儿，不嫌累得慌。没人知道米琳才是真正的老板，说话也就随意了些。

米琳问：新老总每天都这样？

文员答：是啊，以前的老总都是下午才来，他这一折腾，我们都得很早就来上班。等着看他这头三把火能烧多久，真不知道他是怎么想的。

米琳心里已经有数了，知道这个人没看走眼，就躲进洗手间，打电话让自己的老主管回来，对方说，不着急，等我把各个门店都跑完，中午请你吃饭。

米琳说，无功不受禄，吃了你的嘴短，以后工作上出现失误，我就张不开嘴了。

老主管说，一是一二是二，我是感谢你让我当上了总经理，我这是上辈子烧了高香，你给我的福分，我也得知恩图报。

你要真这么想，那就为公司创造最大的利润，我想好了，回头不但给你股份，每月给你定绩效，超了就按比例分红。说到这里，手机显示马成功来了电话，她匆匆告诉对方：这事儿回头商量，对了，你答应帮我查的事儿怎么样了？

老主管答：有些麻烦，那个别墅区很少有喊外卖的，你要查的那家从没订过。我找几个老同事帮忙了，他们现在在快递公司，都是干主管，也没查到任何信息，这家人不食人间烟火吗？

米琳非常失望地挂断电话，一时之间，她不知道该不该把电话回拨给马成功。她感觉自己无能至极，在心爱的人需要帮助时空口白牙说了大话。问题是，马成功也是给别人帮忙，帮不上就丢了面子。她认为面子对男人来说很重要。

不行，必须帮他。米琳向母亲求助，母亲一听就批评她白学了那么多的法律，这明显是侵犯了公民的隐私权，该报警就必须报警。

102

魏东丽三番五次给舅舅打电话，黄连海始终未接，他想要问问马小刚和大老柳何时归队。

大老柳的妻子车小米给队上打过几次电话，他谎称大老柳去了支队集训队，正在强化训练，为了不被分神，手机被统一保管。

这种谎言只能瞒得了一时，如今都讲究人性化管理，集训又不是执行特殊任务，像禁毒警察一样打入毒枭老窝做卧底，周末总该给家里打个电话吧。

他已经明显感觉到车小米产生怀疑，也真是难为了人家，在电话那边吞吞吐吐，到最后还得委托魏东丽叮嘱丈夫照顾好自己。

魏东丽知道这个谎撒得很蹩脚，稍微动一下脑筋，就知道其中有猫腻，既然能给大老柳传话，为什么不能让大老柳直接回个电话呢?

担心的事儿终于来了，车小米要来队，还非常明事理，说周末到，只待一会儿，给兄弟们捎点东西，坐坐就走。

万不得已，魏东丽联系到元力，他清楚元力此时心里肯定不好受。元力比想象中要坚强许多，她虽然语气中带着无奈，但还是实话实说，告诉他暂时没有马小刚等人的消息。

魏东丽问：能私下问问政委吗?

元力说，我比你还着急，早就问过了，没有明确答复。

魏东丽倒也坦诚，说我眼下更着急的是大老柳，他家属要来队，我瞒不过去了。

元力“嗐”了一声，说，这样吧，她哪天来，我过去一趟，我们都是女人，交流起来方便一些。

魏东丽想起了自己的未婚妻小孟，他忽然感觉似乎能够理解对方了。看看身边熟悉的几对年轻人吧，武鸣跟元力关系时冷时热，大老柳根本照顾不上家，就连苏平安和马成功，他们也没空跟女朋友卿卿我我。做消防员的另一半真是不易啊，不仅要为爱人担惊受怕，还得为对方搭上自己的青春。

他找不到合适的减压方式，还是在网上继续写《消防员和他们的女人们》。转眼到了周末，他刚更新完最新一章，车小米来了。魏东丽赶忙关掉电脑，发信息让元力火速赶到中队。

本来他准备了一些说辞，但瞅见车小米给兄弟们带来亲手做的小咸菜，还有一堆煮熟的咸鸭蛋，他的两眼模糊了。

他正要消除尴尬，听到楼下传来争吵。魏东丽趴到窗前一看，元力背对着执勤楼，不远处站着刚下车的武鸣和大老柳。

魏东丽目瞪口呆，因为元力身边还有个男人，胳膊正搂在元力的腰际。

天底下偏偏就有这么凑巧的事儿。

你什么意思？武鸣当场发飙，质问元力。

发小儿很不自然地把手撒开，吞吞吐吐地想解释。武鸣没给对方机会，扭身进了执勤楼，直接去了中队部。也算是歪打正着，许是车小米看到他正在气头上，打了个招呼就匆匆告辞，下楼跟大老柳碰面去了。

还真不能怪武鸣，这事儿搁到谁身上都无法接受。往严重里说，元力的所作所为不亚于给他戴了顶绿帽子。

从当初元力偷偷调整了手表，两人就产生了误会，关系变得疙疙瘩瘩。武鸣时常提醒自己，那不过是年轻人之间的恶作剧，但从根本上讲，有些玩笑是不能开的。如果不是因为开玩笑，也许极有可能避免那次火灾上出现人员伤亡。

确保群众生命财产安全是消防的目标，这句话说起来很简单，实现起来异常艰难，尤其在处置现场，会受到方方面面的影响，而且永远不以人的意志为转移。最容易理解的是风向，它会让火朝无法掌控的方位燃烧，即便无风，着火之后产生的空气对流，以及灭火过程中对气流的影响，也会让火势突变。

虽然元力多次道歉，而且态度极其诚恳，但武鸣心里始终别扭着。用他的话说，把人杀了，再去认错，死了的也不会复生。

现在倒好，自己被限制了人身自由，元力却跟别的男人在一起了。那个男人他面熟，元力以前给他看过照片，说那是自己的发小儿和追求者，还开玩笑说小心哪天自己被别人抢走了。

武鸣想这个男的也够垃圾，乘虚而入。可他又似乎恨不起来，这么长时间了，跟元力的关系闹成这样，完全是自己的原因。

元力也在自责，但她并不后悔。她认为只要身正就不怕影子斜。

起先请发小儿到林河，她只有一个目的，让人家帮忙。她的设想是，让发小儿了解相关情况，然后通过发小儿父亲这层关系，来干预KTV那起亡人火灾事故。

受社会风气的影响，元力觉得，好多事情办起来，有熟人过问总比没人要强。这倒不是说其间可以徇私舞弊，只是为了心里能够踏实一些。

正是由于这个原因，她才把希望寄托在发小儿身上，有省厅领导打招呼，林河警方只会更加重视。私企通常不养闲人，发小儿休了个年假，来了林河。

发小儿各方面的条件都不错，只是情商低得吓人，否则两人之间或许也会发生点什么。显而易见，他们相处得越久，就越不来电，只能是标准的兄妹关系。

元力有求于对方，就对发小儿很热情，打算让战友陪着在林河逛逛，顺便把发小儿跟身边一个小姊妹撮合到一起。

可发小儿很没情趣，对游山玩水丝毫不感兴趣，天天围着元力，跟没断奶的孩子似的。这不，赶上元力要去鱼鸟河中队，他也跟着去了。

两人刚进门，元力就听到了武鸣的声音，脚下一软，差点崴脚。发小儿赶忙扶腰，这就让武鸣误会上了。元力不愿上杆子解释，她心里坦荡，心想时间会证明一切。

算了吧，强扭的瓜不甜，随他去吧。武鸣刚做了这个决定，窗外就电闪雷鸣大雨倾盆。他还未通知队上做好防汛准备，就已经接到支队的出动命令，坐落在鱼鸟河畔的安氏集团化工厂发生硫酸泄漏，危及沿岸村庄。

103

硫酸泄漏事故发生在武鸣归队的当日深夜。

这一天，武鸣焦灼不安。他虽然做出了选择，但一想起相处多年的元力，心里就难受。元力比他还要焦虑。

经过一天的思想斗争，她才勉强调整了心态。在暴雨来临之后，元力一直盯着手机。

手机上的新闻在不断更新——硫酸泄漏，受灾面或将达到3000余亩，林河紧急启动防汛预案；各级党政机关主要领导已赶赴现场，省领导要求把灾害降到最低程度；公安、环保、消防等部门在一线展开救灾工作……

她缓缓地把手机放下，盯着窗外墨黑的雨幕出神儿。她猜想父亲和武鸣都在救援的队伍中。一想到武鸣，元力就有些胸闷，她不知道为什么会落得如此下场。

她在心里骂，武鸣，你个傻瓜，你有什么资格怀疑我，这么多年，我元力对你也是一往情深，甚至忍气吞声，你凭什么对我这样，凭什么啊？

骂完之后，元力又开始自责，觉得所有的误会，包括误会一步步加深，都是自己一手造成的。

她想最起码这次应该解释清楚，发小儿赶到林河是受了自己的请求，自己也是想通过人家父亲的便利，查到曹小菡当时在KTV的遭遇，以及后来被胁迫利用网上直播实施诈骗的情况。

发小儿的父亲在省厅，又是网安总队的头头，协调起来方便。明知警方有严格的办案程序，元力还是拧巴上了。她回头一琢磨，即使没有这层关系，林河市公安局也会启动相关机制，请求省城警方配合调查。如果事关重大，省城方面还有可能予以立案，成立专案组。

她后悔不已，干吗要多此一举，让发小儿来林河呢？一个电话就可以解决的问题，非要让一大堆人不得安宁。

元力看了看坐在轮椅上的曹小菡，曹小菡正蜷缩在那里，目光呆滞。这个可怜的女人啊，被搞得人不人鬼不鬼，元力忽然觉得自己还不如曹小菡，最起码人家暂时没有任何烦恼。

一道明亮的闪电从天际劈来，撕开了黑暗。曹小菡在愈来愈近、越来越响的雷声中打了个寒战。

她不再神志不清，而是略带忧郁地说，这辈子都没见过这么大的雨，还有这么响的雷，真是吓死人。

正在此时，落地窗外紧挨着的榕树树冠上炸起一个球形闪电，突然之间的明亮，把元力吓得连退两步。曹小菡反倒安慰她别怕，说这雷劈得好，最好把罪孽深重的人都劈死。

原本还惦记父亲和武鸣安危的元力也跟着清醒了，她问曹小菡：妹妹，你还能想起些什么吗？

曹小菡沉默许久才说，有一次，他喝醉之后打电话训斥别人，说自己是市里最大上市公司的副总。

元力问：你说的是眼镜男？

他朝自己身上扎针，还用针头扎我。曹小菡答非所问。

林河消防在抗洪救灾中发挥了无可替代的作用。政法委书记兼公安局局长在离开现场时，救灾已经接入尾声。他专门叮嘱市局政治部，要给消防支队报请集体二等功，说要在消防改制的过渡期，由公安给消防最后一次表彰。

马小刚、元威都冲在第一线，他们无暇顾及这些。就连书记打来电话，马小刚也浑然不知，最后还是在场的市公安局指挥中心主任跑过来传话，说消防员的那次车祸恐怕不是无头案了，已经找到了目击证人。

马小刚朝对方瞪眼，说别在这里碍事儿，忙着呢。

指挥中心主任悻然离开，他跟马小刚很多次在救援现场碰面，对马小刚的脾气早已领教。

所有消防员都是一身迷彩服，他们脱离了现役体制，服装上没有军衔区分，水啊泥啊的糊满全身，很难让人辨别身份。但马成功还是从救援的人群中一眼瞅见了马小刚。

他跑到跟前，喊了声“马叔”就没了下文。看到马小刚苍老了许多，马成功憋在肚子里的话一时全忘了。马小刚倒是露出笑容，捶了一下他的胸口说，行啊，小子，黑了，也结实了。

马成功憨厚地笑笑，马小刚又板起脸来吩咐：别在这儿杵着，干活儿去。

马成功答“是”，刚要转身，又被马小刚喊住了。马小刚说，小子，过段时间的比武，我希望能看到你拿到名次。

马成功又答“是”，一个标准的向后转，再迈步时竟然又顺拐了，他瞬间憋红脸，扭头不好意思地回头看了眼马小刚。马小刚赶忙把目光转向别处，挥挥手算是打了招呼。

就这两步走，让马小刚心里酸酸的。还没等他感慨，沙方健跑来汇报，说副总队长来电话，如果灾情得到有效控制，就抓紧回支队，碰一下KTV火灾情况。

马小刚说，替我多留他个一两天。

沙方健说白搭，省会发生一起火灾，伤亡情况未知，总队长让他火速赶过去。

马小刚叹口气，说都不容易啊，你跟元政委在这盯住，跟环保局时刻保持联系，把后续工作做好。

上车之后，杜副局长连续打来几个电话，他再三犹豫，终究没接，任由手机铃声一直响着。驾驶员感到奇怪，扭过头来，马小刚似是而非地看了看对方，就眯缝起眼睛，像是在打盹儿。

其实，对他来说，副总队长那边的调查结果已经不重要了，他已经想到了结局，有些事情只能瞒得一时却瞒不了一世。马小刚清楚杜副局长来电的目的，深知不到万不得已，对方不会主动揭开KTV火灾事故的秘密。

他已经在心里盘算好了，不管曾经发生过什么，都要去坦然面对。古怪的是，他愈是想回忆当时的细节，记忆就变得越模糊。好比用相机拍摄某个物件，当镜头聚焦之后，所有注意力都集中起来，细微的东西反倒不清晰了。

车子已经驶入市区，马小刚缓缓睁开眼，凝神于车窗外，不远处的鱼鸟河一片朦胧。

104

马小刚赶回机关，顾不上换衣服就跑步进了支队党委会议室。作为原防火处处长，吴华已经陪副总队长坐在了那里，见到支队长，他刚要起身，被马小刚拦住了。

副总队长先发话，说时间紧张，把情况通报给你们。

火调处处长便开始介绍：短路分为一次短路和二次短路，一次短路是起火前因电线自身原因引起的，二次短路是起火后因火烧致使电线引起的短路……

副总队长皱了皱眉头，打断处长：不需要普及专业常识，说重点。

火调处处长说，不管是哪种，用肉眼都能看到短路痕迹，至于要确认，必须把电线送到专业的鉴定机构……

副总队长忍不住拍了桌子：啰唆个没完，说重点。

但支队留下的现场照片很模糊，难以辨别是否短路，最关键的是没有留存电线，也就是说，咱缺少火灾现场最重要的物证。火调处处长偷偷瞥了一眼马小刚，磕巴地说，这是非常低级的错误，说明林河支队在火灾调查时工作违规，不排除人为因素的干扰……

马小刚站起来，说分析得没错，这事儿是我一手操作的，当时没有任何证据证明是安全事故，至于是否人为纵火我也没再过问，只是一时糊涂应了刑侦方面，草草下了结论。

副总队长提醒说，小刚，说话可是要负责任的，你这是被纪委关傻了？

马小刚说不，这次关得好，我想明白了，我会为自己的言行负责，哪怕进监狱也不后悔。

副总队长再次提醒，说千万别又一时糊涂，每句话都要思量后果。

马小刚向副总队长投去歉意的笑容，说，论年龄和个人感情，我得喊你老兄，这次我让老大哥失望了。

过了好一阵子，他才用目光环视会议室，说：但凡有一点专业常识的火调参谋都不会这么干，这次火灾显然是受了我的命令，干了大半辈子消防，我马小刚基本经得起考验，但常打河边走不小心湿了鞋，而且还失了身。我请求总队党委对我做出严肃处理，在处理结果没出来之前，我会比以往更加严格要求自己，做好本职工作。

马小刚接下来的麻烦是，如何面对杜副局长，逃避是不可能了，终归还要见面的。

送走副总队长，次日的《林河晚报》在一版倒头条发了一则消息，还特意加了黑框，字数不多，标题吓人——火锅店发生爆炸，疑似有人报复社会——这在社会上引起很大的恐慌。

市委书记和市长分别做出批示，让公安机关抓紧查出事实真相，并扎实做好社会治安防控工作，确保本市经济社会发展绝对稳定。

政法委书记兼公安局局长一看到报纸，就直接赶到了那家火锅店，带人进行现场侦查。等市领导的批示传到他那里时，已经查出了原因，而且非常戏剧性，让人出乎意料。

据火锅店老板交代，头天夜里有桌客人离开不久，用过的火锅忽然爆炸，周围正在用餐的食客受到惊吓，四散而逃。老板当时也蒙了，等回过神儿来的时候，客人跑了大半。

所幸发生爆炸的那个餐桌在最边上的窗户口，没有伤及他人。老板稳住心神，把火锅锅底打捞出来，里面竟然有打火机残渣。

刑警质问老板为什么不报警。老板说，怕警察进进出出，让别人以为店里干了违法的勾当，不敢再来消费。

书记批评办案民警，说这不是你关心的问题，你现在该做的是查到这事儿是谁干的。

调出视频资料一看，一位中年男子带着孩子吃完饭之后，服务员关了火，中年男子去了趟厕所，孩子从餐桌腿旁边捡到一个打火机，随手扔进了火锅里。这已基本排除报复社会的可能性。

刑警准备结案，书记训斥：关乎社会稳定的没小事儿，挖地三尺也得查到那两个人，在构成完整的证据链之前，不排除一切可能。

杜副局长姗姗来迟，书记转身把火撒在了对方身上：这么恶劣的影响，你该第一时间到位。

他解释说，手头的工作太忙，我昨天一宿没合眼。

我不管经过，只看结果。我问你，就你一个人忙吗？全国公安有一个人会闲着吗？哪个不是连轴转？连续问完这些，书记又问：消防元政委说的那起火灾，你经营得如何了？

杜副局长答：已经安排人在查，一有结果我就向你汇报。

这里说的经营不是经商做买卖，而是公安机关的专业术语，专指案件侦办。想起KTV火灾，书记就撇下众人，独自在火锅店转了一圈。消防一直归公安领导，常年在领导岗位上，没少带队进行防火检查，哪怕只是走走形式，他对这方面也懂了个大概。

他发现了不少隐患，招手把火锅店老板喊过来。老板从电视上看过他的面孔，知道他是市领导，便唯唯诺诺地说：长官，有道是民不举官不究，我们店也没多大损失，不用逮捕他们了，我这儿是小本买卖，弄大了会耽误生意。

书记说，第一，我不是长官，我是新时代的人民警察；第二，那不叫逮捕，是询问情况；第三，钱比什么都重要吗？说完他又觉得语气重了，又平心静气地对老板说：你这个店有很多火灾隐患，我找专业人员来帮你整改。

书记把马小刚喊来了，见了面就数落：这个店怎么这么多隐患？

马小刚说，这是“九小场所”，主要是派出所负责，现在消防不归公安了，可能……

书记说，不管消防怎么改，公安永远是娘家人，把你喊来，也是想告诉你，我以及市局党委永远信任你，你就放开了手脚继续干好工作。

马小刚深受感动，他知道这不是客套话，还未来得及表示感谢，书记已经告辞，回去向市领导报告情况。

书记一走，杜副局长凑上来，说领导盯上了那起火灾。

105

吕程跟马小刚等人是一块重获自由的，他一回家就先去了旗下的洗浴中心，找人搓澡，而且还差点把身上的皮给搓破，为的是把自己洗得干干净净，去掉晦气。

在生意场上打拼若干年，吕程养成了很多习惯。譬如，遇到坦诚的人，他句句讲的都是大实话；碰见那种左右逢源的，他也是鬼话连篇。他听说马小刚也出来了，赶紧打了电话。

你怎么也从里面放出来了？吕程把纪委留置与行政拘留或是刑事拘留混为一谈，所说的话一般人很难接受。

马小刚这才想起来，在抗洪救灾现场，市公安局指挥中心主任提过一嘴，说是吕程儿子的车祸有了眉目。他刚要询问这个事儿，吕程又说，赏个脸，哪天咱一块聚聚。

马小刚说，算了吧，随便接受吃请，我跳进黄河也洗不清了。

吕程打了个哈哈，说咱不去大酒店，找个大排档总可以吧。

马小刚最终还是拒绝了，他让吕程抽空到办公室。有些话，也只有当面锣对面鼓，才能扯得清楚。

这实在是个浮躁的社会，也不知道大家伙都在忙什么，吕程到支队机关的时候，已经是在一个礼拜之后。他一进门就喊口渴，随手从茶几上拿起矿泉水瓶子，猛灌一通。

马小刚想这个人可真是不讲究，在林河也是有名有号的人物，却丝毫不讲究礼仪。吕程误会了他的意思，拱了拱手，连说抱歉。

吕程很直率，说我真以为你一时半会出不来，纪委找我谈话时，我说给你送过两箱子酒，但是我也特意声明了，那酒不值钱，咱们林河酒厂出的地瓜干酒。

马小刚没接话茬，说咱还是讲正事儿吧。

吕程点点头，马小刚跟着说，待会儿我还有个会，咱长话短说。你儿子的事情，市局给过信儿，估计是有了进展。

吕程忍不住插话道：这些家伙，我昨儿个还问过，啥也没说，再怎么说我也是受害人家属，没必要保密吧。

他们有规章规定，自然会按规矩办事儿，我回头安排人盯一盯。马小刚沉思了一会儿，又说：当年KTV那起火灾，恐怕要重新处理，我想公布真相，否则良心上过不去。

你疯了？已经盖棺定论的事情，你非要把它刨出来，毁了自己的名誉不说，还会毁掉你的前途。我倒是不会受到影响，火灾发生了，企业受到损失，我本身就是受害者，你可得想想清楚。吕程有些着急。

马小刚笑了笑，说不用想了，昧良心的事儿我不能干。我这也是跟你知会一声儿，让你心里有个数。

马小刚并非真要开会，但他确实有事要办。吕程走后，他就去了市公安局，敲开了杜副局长的门。

杜副局长递给他一枚槟榔。杜副局长老家湖南，在警校攻读研究生后，考到了林河公安，本身就是刑侦专业，人又精明，很快就在同批入警的人当中脱颖而出。

杜副局长跟平常一样，意气风发地招呼马小刚坐下。马小刚接过槟榔，坐到沙发上，叹了口气。

老马，有事儿尽管言声。杜副局长主动表态。

马小刚开门见山：你上次也说了，书记开始关注那起案子了，当初我就提醒过你，要实事求是，你怕命案率增加，非要让我搞小动作。那会儿我也是昏了头，莫名其妙。

杜副局长恳求：帮人帮到家，好人做到底，我不会忘了你。

马小刚盯着手里的槟榔，说：现在恐怕是纸包不住火了，总队来了火灾调查组，而且这次我被纪委叫去谈话，反思了很多问题，我必须对得起自己的良心，更得对得起自己的党员身份。

杜副局长说，你可得想明白了，真要那样，咱俩都得受到处理。

马小刚说，我想明白了，凶手逍遥法外，永远是社会隐患。

他是说一不二的人，跟杜副局长交了实底儿，心里也舒了口气。他知道接下来够杜副局长忙活的了，推倒之前的安全事故的结论，那就得给组织上有个交代，搞不好还要为弄虚作假承担必要的责任。

很多人或许并不知情，民警的工作压力极大，每天要面对形形色色的犯罪嫌疑人，尤其是刑警、禁毒警察之类的警种，在抓捕现场的危险系数跟消防出入火灾现场不相上下，统计数据显示，平均每天都有民警倒在岗位上。

为了实现打击犯罪的终极目标，公安机关对各项工作进行量化管理，把破案率也设定了指标。马小刚回想，KTV火灾恰巧发生在年底，为了完成全年的任务，杜副局长才动了心思，投机取巧。

马小刚庆幸没有执迷不悟，否则受害人的冤情永远不可能昭雪，会死不瞑目。还好，杜副局长虽然脸色难看，却也能接受现实。

以他对杜副局长的了解，对方是个正派人，否则不可能年纪轻轻地就干上副局长。他猜想杜副局长那会儿也是一念之差，如今也悔到肠子都青了吧。

事情讲明白了，马小刚并未急于告辞，而是在那里磨蹭了一会儿。他还有事儿需要请人家帮忙，看杜副局长的心情不佳，便犹豫不决。

杜副局长看出了门道，换上笑脸，说：还有啥事儿就直说吧，别遮着掩着的。

马小刚说行，怕你心里正犯嘀咕，我还真不好意思开口。

你太小瞧我了，坦白地说，自从领导过问那起火灾，我就重新安排人来侦办了，咱得拿得起放得下。杜副局长的答话让马小刚心生感动，说到底，对方还是个有责任心的好警察，他心想人这辈子终会犯几次糊涂。

杜副局长顿了顿，又说：只不过目前进展不顺，跑题了，你说吧。

马小刚说，有个消防员的车祸……

杜副局长摆摆手，说我这儿正头疼呢，刑警已经介入，车祸不是单纯的事故，目击证人跟火锅店爆炸扯上了，跟KTV命案一样，都是扑朔迷离啊。

第二十二章　柳暗花明

106

傍晚，确切地说是16时37分，跨海大桥发生严重车祸，事故车辆冲出桥栏杆，坠入海中。这起事故过于特殊，紧跟着是下班高峰期，造成了交通拥堵，喜欢热闹的群众拍了视频，相关信息很快就在网上疯传开来。

跨海大桥不是鱼鸟河中队的辖区，但他们刚好去特勤中队搞了一次演练，完事之后又打了一场篮球友谊赛，归队途中就赶上了。

说这次事故特殊是有缘由的。

为了回应民生诉求，市公安局从刑侦支队挑了些人选，分离出一个新的部门——食品药品犯罪侦查支队，专门打击各种造假食品和假药的。经过侦查，他们发现一个制造贩卖假药的犯罪团伙，这一天正好收网，对几名主犯进行抓捕。

其中一名主犯的身份挺体面，是林河大学医学院的教授，也是学科带头人。本来确定的是对几名主犯同时动手，但统一行动的时间确定了，这位教授正在给学生上课。抓捕行动小组的组长心软，怕在校园里给学生们带来心理阴影，就自作主张推迟了抓捕时间，一直等到教授下课。

未曾料到，这小小的善心给抓捕行动带来了麻烦。这正是公安工作的不易。有人曾经说，一个好的刑警，一周所面对的社会阴暗面，要比常人一辈子见到的都多。

很显然，有过犯罪行为的人会心生警惕，稍微有点风吹草动就会逃之夭夭。下了课，教授发现不对劲儿，开着车就逃窜，警方穷追不舍，跟着屁股撵到了跨海大桥。

苏平安当时坐在驾驶室里，正兴高采烈地跟战友谈论刚刚结束的篮球赛。他猛一回头，教授的车子和警车就从消防车的一侧相继超车，把他吓了一跳。

等他回过神来，警车已经与教授的车子并驾齐驱，教授的车子慌不择路，车速太快，直接冲进了海里。警车也跟着撞到了栏杆上。

救援本来就是消防的主要业务，消防车一停稳，消防员就纷纷下车，展开战斗。

大老柳当仁不让，拿起破拆工具就直奔警车。驾驶车辆的民警受伤严重，其他民警问题不大，下车之后就朝桥下张望。

但凡有点常识的人都知道，如果车辆密封性良好，坠入深水之后的生还系数为零。但他们还是担心教授，想设法营救。

抓捕组长是个中年人，率先跳入海里。大老柳见状，把手里的家什递给吕建业，也跟着跳了下去。随后投身海中的是武鸣和马成功。

苏平安收起了平日里的做派，一本正经地给吕建业打下手。可惜吕建业在打篮球时用力过猛，操作起来总是出现失误。不明真相的群众越聚越多，当人们知道是警方追逃导致车辆坠海时，各种议论就挡不住了。

看热闹的不嫌事儿大。有的说，警察都是混蛋，犯了罪自然有法律来严惩，即便追的是杀人凶手，也不该把人逼到海里，那等于是在谋杀。还有人说，消防才是一群傻蛋，这跳下去也救不活，脑子里进大粪了。更有人指责吕建业是个半吊子消防员，救个人都不利索。

吕建业怒了，站起来，朝那人挥过一拳：操你大爷的，滚蛋，小爷救的人多了去了……

也多亏杜副局长和马小刚来得及时，否则他会被群众围攻，打个满地找牙。

杜副局长、马小刚前后脚赶到现场，前者是因为分管这起造假药的案子，而后者则是路过。他俩替吕建业解了围，就把关注点放在了教授的那辆车子上。

结果可以想象，水下作业很难打开车门，也多亏是浅海区域，教授被托出水面时，早已失去生命体征。有惊无险的是，抓捕组长在水下抽筋，是在马成功的营救下才保住了性命。

紧急情况得到了处置，事已至此，杜副局长已经无心责怪抓捕组长擅自决策，能确保手下人的安全就烧高香了。他再三感谢马小刚，马小刚嫌他啰唆，先行走了。

是啊，这才半天的工夫，两人又碰面了，在事故现场，他们无须多言，更多的是默契。

马小刚直接去了鱼鸟河中队，吕建业一归队就被喊到了中队部。他没给吕建业好脸色，批评对方跟群众发生冲突，吕建业也不搭腔，心里想，谁让自己正烦着呢？

吕建业还是在寻思如何报仇，他觉得马成功是个大忽悠，答应了帮忙，却没了下文。当然，他怀疑自己犯了太岁，办啥事儿都不顺利，可以说是霉运当头。

看他始终不言语，马小刚有些生气，说你小子等着，你那起车祸是人为制造的，如果是你个人在外边胡搞瞎搞，我让你吃不了兜着走。

本来马小刚只是随口说说，吕建业却警醒了，张嘴就问：你怎么知道是人为的？

马小刚也一时语塞，过了一会儿才问：怎么回事儿？

吕建业翻了个白眼，说冤有头债有主，小爷自有分寸。

年轻人都张扬个性，马小刚意识到问不出个所以然，就让吕建业回去了。他把两位中队主官喊过来，千叮咛万嘱咐，让两人务必关注吕建业的动态，防止发生意外。

魏东丽还惦记着之前在支队机关顶撞过他，想做检讨，马小刚摆摆手说，不必废话，我不看过程，只看结果，干好自己的本职工作就是最好的结果。

完事之后，马小刚又说了些鼓舞的话。支队长不计前嫌，让魏东丽大为感动，如果不是有武鸣在场，说不定眼泪都能冒出来。

他的确很用心，按照马小刚的指示，他每天好几趟往二班跑，夜里查铺的次数也翻了一倍。魏东丽用的是笨方法，恨不得把吕建业拴在自己身边。

武鸣见后，给他支了一招，魏东丽茅塞顿开，寻了个由头，让吕建业帮忙打字。吕建业心不在焉，错字连篇，但他并不计较。

也幸亏盯得紧，否则吕建业真可能酿成大祸。

107

米琳信守承诺，应马成功的请求，确实在帮助吕建业，让新委任的总经理帮忙查安家宏所住的别墅信息，就是她所做出的努力。

但最终为车祸找到证据的不是她，而是马成功。如杜副局长所说，车祸的目击证人跟火锅店爆炸有关。

还是得从十几天前发生的火锅店爆炸说起，那会儿鱼鸟河中队正在山道镇化工厂救援。

针对火锅店爆炸，市公安局紧急发布了情况通报，那个未经现场采访的记者也写了公开道歉信，负责那个稿件终审的《林河晚报》副总编辑也写了检查。

报纸用整版的篇幅来辟谣，但读者很反感如此解释，他们通过网络把这一事件炒得更加火爆，说不是有人扔了打火机吗？那就把这人的信息公布于众。

爆炸最容易引起民众恐慌，市委书记和市长责令宣传部消除影响，电视台受命做了专访，公开了那段视频，还制作了动画，还原了现场情况。但民间一下子冒出很多破案专家和编故事的高手，他们认为虽然扔打火机的看起来是个少年，但并不代表他们没有报复社会的可能。

他们把视频里两个模糊的身影幻化成各种不同的身份，还虚构了很多合情合理的细节，意思是大人指使小孩做的这些，并假设了很多种匪夷所思的犯罪动机。

政法委书记兼公安局局长压力巨大，因为视频里人影是模糊的，而且那两个人出了店门之后，就进了小胡同，无法查到踪迹。他要求刑侦支队尽快找到两位当事人。

民众也表现出无限热情，他们在网上发出“英雄帖”，发动大家掘地三尺也要把人找出来。

就在这期间，收破烂的丁叔联系了马成功，请求能够立即见面。这还是丁叔第一次主动联系自己，马成功好生奇怪，此前对方有言在先，消防工作忙，没有特别紧要的事儿，决不会打扰他。

可这次，这位忘年交似乎非常紧张，在电话里语速极快，声音也显得极不自然，有几处还破音了。马成功安慰对方别急，再大的困难也能找到解决的办法。

他现在已经变得很成熟了，他说自己很难请假，让丁叔到营区门口见面。

丁叔很快就到了中队门口，他破天荒地戴了一顶鸭舌帽，上来两腿就软了，像是要下跪。

马成功搀住他，说丁叔，别慌。

丁叔把帽檐压低，语无伦次地说，我闯祸了，而且是闯了大祸。

马成功不敢相信，问：怎么了？

丁叔说，你看到手机新闻了吗？那个火锅店爆炸，是我儿子干的。

真的？怎么可能呢？马成功连续发问。

丁叔点点头，说这种事儿我怎么好瞎诌，孩子一直在老家，好不容易进趟城，我想带他吃顿好的，谁知道那兔崽子手贱……

马成功安慰他说，没什么大不了的，去公安局自首，把事情讲清楚了就好。

丁叔说，瞧瞧吧，你也说是自首，这说明我犯罪了，还有我儿子，他还那么小，往后的路还长着呢，可怎么办啊。这些天，我担惊受怕，头发都白了不少。

马成功说，对不起了，我用词不当，我相信都是赶巧了，你去找警察，自会给你个公道。

丁叔犹豫了，说万一真把我们抓起来，就麻烦了，我怕吓着小家伙。而且孩子第二天就回老家了，这要老家人看到，孩子一辈子都抬不起头了。

马成功说，这样吧，现在是正课时间，我不能随便出门，我找个懂法的人，帮你咨询一下。你尽管放心，她就是我上次跟你说过的，跟我处朋友的那个女生，她去就等于是我去了。

米琳跷了课赶到鱼鸟河中队，她听明白情况，就把事情揽到了自己身上。她让马成功安心工作，自己打车陪丁叔去公安局。

一看到公安局的大门，丁叔就发慌。米琳说，你没干过违法的事儿，就不要害怕。丁叔胡乱应承一句，勉强打起精神。

米琳也是乱闯乱撞，在门卫那里说要报警，门卫让她直接拨打110，她说人都到了这里，再打电话不等于脱裤子放屁吗？

站了大半天已经疲惫不堪的门卫说，这里是局机关，不负责接警。

米琳不顾丁叔的劝阻，叉腰站在门卫对面，问：我报警不找警察，还能去哪儿？

门卫说，你别扰乱正常办公秩序，我也不是警察，跟你说不着。

米琳白了一眼，说把你们领导喊出来，我跟你也说不着。

另一个年纪偏大的门卫跑过来，劝米琳进传达室：小姑娘，别动怒，有事儿我帮你处理。

正在执勤的门卫嘲讽说，没看出来还是个女的呀，打扮得男不男女不女，一瞅就是非主流。

米琳跟着急了，挓挲着手就想冲上去撕扯。丁叔拦住她，另一位门卫也一个劲儿地作揖道歉，正闹得不可开交，一辆车停在他们身后。

车窗户缓缓打开，露出半个脑袋，正在执勤的门卫立正站好，“啪”一个敬礼，另一个门卫也跟着举手敬礼。米琳转身看了一眼，心想这肯定是领导了，身子就朝车冲了过去。

她刚往前两步，车门已经开了，两个门卫不约而同地喊“局长”。米琳忽然止住步子，大脑飞速运转，局长是长这个样子吗？这也太年轻了。

米琳问：你，局长？

来人声音沙哑地说，我不是局长，副的，姓杜。

虽然还有些怀疑，但看此人自带气场，米琳就说，找对人了，我，不，是我丁叔，就是你们找的爆炸当事人。说着，她把收废品的丁叔推到杜副局长跟前。

杜副局长神色严肃地“哦”了一声，说跟我来。

丁叔一看对方的表情，赶忙解释：我家孩子不是故意的，我从没犯过法。只有那么一次，有人被摩托车撞了，我没敢报警。

杜副局长闻声，扭头问：什么？

米琳拽拽他的衣袖，说丁叔，他吃不了你，有一说一，别紧张。

柳暗花明，丁叔成了吕建业车祸的唯一目击证人。

108

在母亲的再三要求下，米琳才一五一十地说了实情，她跟母亲约法三章，意思是，不能因此怪罪她的呆萌哥，更不能因此反对她与马成功继续相处。

女大不由娘啊。在吕程办公室，米琳的母亲刚发完牢骚，就把吕程埋怨一顿，说咱俩光顾得挣钱，从没关心儿女的成长。

吕程虽然心虚，嘴上却不承认，说咱俩不一样，我儿子一直很争气，想着保家卫国，个人才自愿去干消防。

米琳母亲说，你是死要面子活受罪，这次我闺女差点让你儿子连累了，从我这里要钱，替你儿子去查车祸的事情。

吕程旁若无人地“嗯”了一声，米琳母亲又说，这些年轻人的想法真是天马行空，有事儿可以报警，私下里解决能有个好吗？

吕程停顿片刻说，我找过交警，查不到任何证据。

米琳母亲说，不管怎样，可不能掉以轻心，你抓紧稳住你家少爷，别冲动犯浑，听米琳说，你那孩子不省心，想着报仇呢。

他知道车祸是谁干的？吕程问。

米琳母亲摇摇头，说不知道，我就是提醒你，也提醒我自己，咱俩都得为孩子上点儿心。

吕程思虑良久，还是拨打了儿子的手机。吕建业倒是接了电话，也没跟他拧着来，而是带着深深的倦意说，姓吕的，该忙你的忙你的，求求你饶过我，让我好好睡一觉，有事儿回头再说。

吕程很无奈，向米琳母亲诉苦说，瞧吧，就这德行，气死人不偿命，我这当老子的得把他当老子供着。

米琳母亲安慰他说，别急，总归能想出别的辙儿。吕程垂头丧气，米琳母亲在那里自言自语：要不，让我闺女把她那个朋友约出来，对，或许那小伙子可以帮你爷儿俩化解矛盾，只不过……

吕程兴奋地站起来：不过什么？快把那孩子喊过来啊。

米琳母亲说，我也不瞒你了，我那闺女喜欢上你儿子的战友了，这门不当户不对的，让我干着急瞪眼了。

那就再想别的招儿吧。吕程无可奈何地又坐回老板椅。

咱别自寻烦恼了，走，去趟消防队。米琳母亲提起坤包，又催促吕程：等什么呢？他们想恋爱当妈的也拦不住，正好，我也考察一下，看看我闺女的眼力见儿。

从接到米琳的电话，马成功就寻思该怎么独自面对她的母亲，当这个看起来非常霸道的女人坐在面前时，他反倒不紧张了。

吕程要求见儿子，马成功请吕程谅解，说从上次抗洪救灾回来，吕建业就一直连轴转，刚刚又处置了一起车辆事故，这会儿正在补觉呢。吕程有些不相信，马成功又说，救灾可是三天三夜没合眼呢。

他当时也在救灾现场，故意夸大其词，只是不想让吕程知道，吕建业刚受了一肚子窝囊气。

说这些话的时候，马成功已经替两人倒好了茶，还时不时地向米琳母亲露出不卑不亢的笑容。等他把知道的情况全部说完，米琳母亲心里的石头落地了，吕程却坐不住了。

他最终还是抱憾而归。

吕程去战斗二班的宿舍瞅了一眼，儿子正在酣睡。吕建业的眉头紧锁着，睡觉的姿势一看就令人心疼——紧绷绷地躺在那里，像是在睡梦中站军姿，随时准备出警战斗。

他把手伸出来，想摸摸儿子的脸颊，终究还是放弃了。他怕扰了儿子的美梦，更怕引起儿子的反感。吕建业的叛逆心强，关系闹僵了会适得其反，好心被当成驴肝肺。

他在心中合计了一番，还是得从警方找到突破口。主意一定，吕程有些庆幸，得亏发生了天灾，才让爷儿俩没有直接产生冲突。他这次直接联系了政法委书记兼公安局局长，他认为越高级别的领导介入，离事情的真相就越近。

书记迟迟未接电话，吕程并不知道，对方正在开会，这次灾难已经引起了市领导的高度重视。

虽然境内有鱼鸟河，但从新中国成立以来，林河从未发生洪涝灾害，这让有关部门失去了警惕，防汛工作流于形式。这次因硫酸泄漏给群众造成了无法挽回的损失，林河市委、市政府严肃处理一批失职渎职的干部。

据环保局和安监局主要领导交代，安氏集团买通了上下左右的关系，还搬来省里的保护伞，好多重污染项目都顺利上马。市委书记和市长碰了个头，说不能让这种毒害子孙的企业逍遥法外，两人召集开了个专题会议，从纪委、监察委和公安机关抽调了专门力量，开始调查安氏集团。至于调查结果，暂且不表。

这次抗洪救灾，耗的是消防队员的精力和体力，受害群众也疏散得及时，没有伤亡事故发生。唯一被送进医院的是老郭，别看他平常在队上落拓不羁，真到了现场也是拼死捺命。

在救助群众时，老郭的左小腿被石片划伤，虽然流了血却并不厉害。他从地上抠了一把泥巴，糊在伤处，转身踏进污水，又投入战斗，等他意识到左腿不听使唤时，腿已经发炎溃烂。他忽略了一点，泥巴也好，污水也罢，都是受硫酸污染过的。

吕程给政法委书记打电话的时候，苏平安刚把老郭送到医院。

平常吊儿郎当的苏平安，在医院里冲护士大呼小叫，他不是犯神经，而是怕自己的班长老郭治不好腿伤，跟曹小菡一样成为残疾。他虽然不知道女朋友是先天残疾，还是后天受过伤什么的，但他依然希望对方是健康的。

他忽然想起，最近发过去的微信曹小菡很少回复，又一想这几天一直在抗洪救灾，没心思联系对方，就赶忙摸出手机。苏平安一看就傻了，手机被水泡了，早就坏了。

他心里火急火燎。曹小菡联系不上了，他咒骂该死的手机关键时刻罢工，也咒骂自己傻乎乎的光知道工作，可这显然都是马后炮。

109

苏平安求刚才发过火的护士帮忙，人家没记仇，把手机借给他。他把背得滚瓜烂熟的号码拨出去，响了好一阵子才有人接听电话。

一听是元力的声音，他就问：小菡呢？

元力答：挺好的，最近一直住在我家，她这会儿休息了。

你可得有个大姐的样子，把我家那口子照顾好，只要把她喂肥了，回头我感谢你，我请你吃大餐。苏平安粗心，没再多问，还幽了一默。

元力说，你能不能正经一回？

苏平安说，我这就很正经了，一般人我不告诉他，哎，对了，我谭叔呢？好久没见到他了。

元力闪烁其词地回答：他呀，你谭叔啊，他最近在搞课题研究，为你们专职消防员出台新政策，我也联系不上。

挂断电话，元力也一时无语，什么时候开始变得谎话连篇呢？不过，这毕竟是善意的谎言，在形势不明朗的情况下，她情愿用这种方式去稳住苏平安。

从父亲的只言片语里，再加上支队机关的传言，她知道谭杰这次是栽了跟头。就像武鸣知道老郭无缘参加这次比武一样。

武鸣背负了前所未有的压力。

离支队选拔全省比武选手的时间越来越近了，队上几个苗子的表现都不尽如人意，包括他本人在内。

这次支队级比武，基层指挥员也要参加，他和大老柳被关了那么久，很多科目都变得生疏了。业务训练重在平常坚持，每天操练那么一两次，就能保持状态稳定，可他俩被耽搁得太久了，再站到训练场上，整个身子都显得有些僵硬。

老郭虽然素质不错，现在左腿出了点问题，更何况也缺了年轻人应有的冲劲儿，不单是训练，就连平日里干其他工作，也是老牛拉破车，晃晃悠悠，不紧不慢；退步最明显的是吕建业，成绩时好时坏，干什么都心不在焉，特别让人烦的是，他在训练场上跟永远睡不醒似的。

最令武鸣感到惊奇的是马成功，这家伙跟变了个人似的，各个科目的成绩不但是良好以上，有的还达到了优秀，如果发挥出色，个别项目竟然能接近支队纪录。

话虽然这么说的，多数比武科目的成绩是靠时间来计算的，那些纪录可以精确到零点几秒。别小瞧这个数字，要想突破就要付出太多汗水甚至血水，哪个消防员身上不是伤痕累累？人们只看到了救援成功之后的光彩，永远不了解背后的训练有多残酷。

还有个特殊情况，武鸣担心大老柳。大老柳说不必操心，儿子壮壮生病也不是三天两日了，再急也不差个一年半载。他猜想大老柳内心无法淡定，很可能是无比焦虑，跟自己现在的状态差不多。

武鸣为什么压力空前呢？说到底是因为元力。

武鸣把抗洪救灾的总结工作扔给魏东丽，开始为比武竞赛重新排兵布阵。

他再三分析，最可能取得成绩的有三个人，自己、大老柳和吕建业，候补队员是马成功。武鸣担心的是大老柳和吕建业状态不稳定，虽然大老柳遇事沉稳，但家务事缠身是永远绕不过去的坎儿。至于吕建业，他至今还没搞明白具体原因，他现在也没心思去多想。

他开了个动员会，号召大家为比武冲刺。所有人响应热烈，唯独吕建业心猿意马。他专门留意了，劲头最足、热情最高的是马成功，武鸣心想，这熊孩子还真脱胎换骨了。

队上又忙碌起来，虽然吕建业偶尔会跟大老柳抢一抢一号车，给平淡的生活制造点小矛盾，但日子还是过得波澜不惊。

是啊，他们每天都在战备，消防管它叫经常性战备，相当于大部队的三级战备。瞧吧，只要忙活起来，日子就过得跟鱼鸟河的水一样，悄无声息地流过了。

“八一”前夕，支队连续下发了几个通知，要求全市确保建军节期间的消防安全稳定。

长期在消防工作的人，闭上眼就能把通知内容背下来，万变不离其宗，无非是那么四条：狠抓隐患排查力度，确保社会面火灾形势稳定；加大消防宣传力度，确保安全常识家喻户晓；加强执勤战备，确保“拉得出、冲得上、打得赢”；强化部队管理，确保队伍绝对稳定。

无论如何遣词造句，根本上是要保安全、保稳定，如果非要再加上一条，通常会强调一下生活，例如文体活动、节日会餐等等。前两条、后两条分别是防火处、司令部主抓，加上的那条是政治处和后勤处的业务。

消防安保落到字面上，就那么几句话，可真正落到实处，每句话都是系统的工作，马虎不得。比如执勤战备，就要确保人员在位，还要保养好装备，等等。按惯例，支队会从各部门抽调骨干力量，成立若干个工作组，由党委常委带队，分头到辖区检查。也根本没法投机取巧，必须得严防死守。

有人传言，多亏消防不是企业，如果是以效益为根本的公司，这会儿已经是强弩之末；还有人说，往后消防改成什么样还是未知数，自家人折腾自家人纯属找碴儿；更有人笑称，改革在即，领导怕出事儿，故意搞疲劳战术……总之说什么的都有，这些说法凑到一起，很容易被传播者带坏了节奏。

这些声音传到基层干部的耳朵里，就会产生些连锁反应，处在执勤一线的他们更加无所适从。

沙方健带队到鱼鸟河中队检查，武鸣把心里好多困惑说了出来，老队长让他不忘初心。武鸣心想大道理谁都懂，说句话更是简单，可谁能真正体谅基层干部呢？

武鸣抱怨说，个别大队把中队干部的双休日都停了，加强执勤战备，这些都没错，可为什么还要搞土政策，非把兄弟们搞得紧张兮兮的。

歪嘴的和尚念歪了经。沙方健也跟着感叹。

武鸣从老队长的目光里看出了意味深长。

110

武鸣把所有困惑憋回心里，念叨着“不忘初心”，又开始跟自己较劲。

他不得不承认，很多时候，一句话甚至一个眼神会温暖一个人，一个表情或者一个动作也会给人带来长久的伤痛。在当时的处境下，老队长传递的信息令他安心，或者说让他暂时走出了迷茫。

魏东丽自然也会有冒出同样的想法，跟武鸣不同的是，他可以把内心的感受写进文字里，然后放到网上连载，倾听来自虚拟世界里陌生人的声音。他有时觉得这是绝好的发泄方式，可以用编造的情节让读者跟着一起笑、一起哭。

他已经具备了这样的素质，能够轻而易举地把人们带进自己打造的另一个空间。当然，有人跟帖骂他是冒充了消防员的名义，在博得读者的眼球，说消防已经在生活中出生入死，真正的消防从业者不会在作品中把消防员写“死”。

魏东丽想，说这话的人百分之百是消防同行了，只有跟消防有感情的人，才会计较虚构世界里消防员的生与死。可该怎么回复他们呢？他本人也找不到答案。

过“八一”是老传统，但今年要比以往任何一年都隆重。这是属于消防的最后一个建军节，每个消防人内心都有自己的感受，正常人都会对过往有所留恋。

支队司令部办公室通知武鸣，支队长要带队去慰问，让好好准备，向领导展示中队风采。他把情况通报给魏东丽，就一门心思抓训练去了。

武鸣反感这类事儿，光执勤训练就够忙活的了，这刚抗洪救灾回来，哪儿有闲情雅致搞虚的。

魏东丽跟着屁股找武鸣商量，问用不用编排几个节目。武鸣说要搞你搞，真要看节目有现成的，训练场上操练就行。魏东丽心想，之前曾经让支队长产生过误会，这次应该抓住机会让领导知道自己是安心工作的。

他知道武鸣一心扑在备战比武的工作上，就让吕建业和马成功负责出几个文艺节目。马成功挠头愣在了那里，不说好也不说不好，倒是吕建业直截了当地拒绝了。

魏东丽不甘心，他不知道吕建业怀揣心事，就鼓励两个人说，你俩是队上最年轻的骨干，这事儿得挑起大梁。

吕建业向魏东丽推荐了苏平安。苏平安也算是人尽其用，见缝插针利用业余时间排练了几个小节目，有独唱合唱，有小品相声，总之挺热闹。最有创意的是自编自演的三句半，他就地取材，用腰斧、头盔之类的消防器材充当锣鼓家伙，内容都是身边的事儿。

正式演出时，三句半这个节目深得人心，让人捧腹大笑，唯有马小刚笑不出来，因为里面有几句看似玩笑，说的是基层工作忙乱无绪，实则暗讽工作作风不扎实。

来慰问的不止马小刚，还有沙方健和黄连海，三个支队党委常委同时到场，比较罕见。这说明支队对鱼鸟河中队颇为重视。但武鸣心里烦气，他把所有情绪都挂在了脸上。陪同的机关干部将近十人，可是，似乎没人理会他的反应。

演出之后是会餐。在会餐前，魏东丽起头唱了一首《咱当兵的人》，这种合唱不讲究音准之类的，大伙站在餐桌前，挺直了胸脯，抻着脖子就吼上了。武鸣先是吼了几嗓子，接着又合上嘴，紧紧抿着嘴唇，面无表情地环视餐厅。

他在看到支队长身后的几位机关干部时，带着些敌意。他扭身出门。沙方健跟在身后，提醒他要分清场合，别满嘴乱放炮。

武鸣没回头，边走边说：来这么多人，我得安排人把你们的伙食费收起来。

沙方健跟上去，喊了声“小武子”，一时也不知该说什么了。武鸣扭头跟他撞了个满怀，跟老队长对视一眼，又赶忙低头回身，冲着走廊喊：妈的，谁让你们放这么多辣椒，呛得我睁不开眼。

武鸣的身影消失在走廊尽头，沙方健在心里嘀咕，厨房操作间又不在那个方向，发的什么神经。他没再跟上去，因为武鸣的喊声带着颤音，这让他也鼻子发酸。

在给兄弟们敬酒时，马小刚举起杯子，以饮料代酒，拼命挤出一丝笑，想说几句话，却一时语塞，什么也没说出来。沙方健知道，支队长心里也不好受，穿了二十多年的军装，说脱就要脱掉了。这最后一次建军节，注定会让人心生伤感。

警情总是突如其来，骤然响起的警铃倒是为马小刚解了围。别看他一把年纪，在听到警铃的刹那，还是撇下手里的杯子，跟众人跑出餐厅，直奔车库。这是条件反射。

武鸣不知从哪儿冒了出来，抢先上了头车，占据了一号战车的副驾驶位置。消防车鱼贯而出，马小刚悻然止步。

回到餐厅，马小刚坐到餐桌前，桌上的饭菜一丁点都没动。黄连海替他盛了一碗米饭，马小刚没接，而是朝沙方健的方向望去。

沙方健难以揣摩马小刚的心思，就给众人递烟。烟是个很奇妙的东西，可以化解尴尬。举个最简单的例子，有时在小范围的会议上，碰到忘词的情况，只要点上一支烟，吸上几口，就能接下话茬继续说下去。

马小刚把烟卷捏在手里，愣了一会儿才说，方健，武鸣明显带着情绪。

沙方健心想，是啊，武鸣究竟在闹什么情绪呢？

他正琢磨着，黄连海笑眯眯地搭话说，过最后一个建军节，心里不爽吧。

一瞅对方皮笑肉不笑的样子，沙方健心里才真正感到不爽。他一想武鸣发过的牢骚，就转述给马小刚，还未等马小刚言声，黄连海表态说，正在对人员思想状况进行调研。

沙方健忍不住笑了。因为对元威交办的此项工作，黄连海始终持抵触态度，现在反倒向支队长邀功了。

你老乡谭杰是好同志，到现在还关着呢。谁都没想到，马小刚思维如此跳跃。

第二十三章　目击证人

111

深刻反思之后，吕程到鱼鸟河中队给儿子认错，说不该停了你的信用卡，以后不管用多少钱，尽管吱声儿。

吕建业用牙齿咬了咬下嘴唇，回了两个字：晚了。

咬嘴唇的动作已经很多年没见过了，在吕程印象中，儿子在少年时期只有遇到了极大的委屈才会这么做。他犹豫片刻，问：怎么了？

吕建业一言不发，直到父亲离开，才发过去一条微信，隐约其词地告诉父亲，日后不管发生什么事情，都请原谅不孝之子。

这孩子还是那么调皮，作为这世上唯一的亲人，自己怎会责怪亲生儿子呢？吕程想，必须让交警帮忙查明车祸，决不能让自家孩子受委屈。

他去了趟交警支队，交警说，找到了车祸目击证人，恐怕没有那么简单……

吕程焦急地问：你怎么不早点告诉我？

交警说，主要是担心你干扰我们办案，而且已经移交给了刑警，我们只是配合办案。他还想再问，对方说本案还在经营阶段，不方便透露信息，这是纪律。

哪儿来的那么多条条杠杠？吕程虽然难以理解，但还是再三道谢。他相信一点，但凡想办的事情，只要动动脑筋就没有办不成的。

他辗转找到收破烂的丁叔，得知肇事者跟安氏集团扯上了关系，不免感到可笑。吕程的第一反应是，有人在使坏，想挑拨两家之间的关系，因为公司虽然在业务上与安氏集团有所交集，但向来井水不犯河水，更何况他与安氏的董事长还有些私交。

吕程的想法得到米琳母亲的认可，但他还是想不明白。可是，事业上的成就让他形单影只，连遇到喜事找人一吐为快的机会都没有。巴前算后，他还是把跟儿子关系甚好的那位副总华冬江招呼过来，他没指望对方能够给出什么建议，只是纯粹的倾诉罢了。

华冬江一声不响地听完，问：老板，公安已经介入了？

跟安氏集团无冤无仇，绝对有人在背后捣鬼。吕程的回答卯不对榫。

华冬江不自然地笑了笑，点了点头，就没再言语。他就那么坐着，只是用“哦”“嗯”之类的语气词应答。吕程恰恰欣赏他这一点，能够甘于寂寞甚至守口如瓶的人，不但聪明还值得信赖。

市公安局专程派人到丁叔的老家，给丁叔的儿子录了段视频，说明了火锅店爆炸的情况。视频发到网上，虽然有人还是质疑，但网络上每天都有海量的新闻，关注热度很快被冲淡了。

在此期间，丁叔多次强调自己是遵纪守法的好公民，说那次车祸虽然没报警，但却拨打了120。杜副局长问他为什么不报警，他说距离太远，没看清楚。

杜副局长又问，时间、地点还能记得清吗？

丁叔说，能，太吓人了，想忘掉都不可能。他交代的情况显然跟吕建业车祸案子是吻合的。

杜副局长问怎么个吓人法儿，丁叔说，当时骑摩托车的从后面拱上了，整个人都被撞飞了，自己吓得闭上了眼，等再睁开眼时，骑摩托车的人停下车来，朝那个人踹了好几脚。

撞哪儿了？杜副局长让他仔细回忆。

好像是头，也好像是胸脯，我一时紧张……丁叔不好意思地垂下头，搓了搓手，又说：摩托车的样子我记不起来了，那个骑摩托车的戴了白头盔，跟交警戴的那种差不多。

杜副局长陷入沉思，这已经不是普通意义上的肇事逃逸，而是一场有预谋的车祸，虽然不是置人于死地，但也性质恶劣。

看他神情肃穆，丁叔在那里嘀咕，说现在世道变了，不敢往前凑，更不敢报警，家里有老有小，我有很多顾虑。

眼瞅着杜副局长还是不吭声，丁叔急着为自己辩解，说多一事不如少一事，我真不想被牵扯进去，报了警，警察就要调查，我就得搭上时间，收点废品不容易，一两天不挣钱还能将就，时间长了，我房租都是问题。算了，不解释了，真要罚就罚吧，认了，谁让我那么自私呢。

丁叔自然不会受到惩罚，他是重要的目击证人，也只有他能帮警方找到线索。

虽然肇事者有意选择了监控盲区下手，但交警部门还是估算了时间，把那个时间段摩托车可能经过的路段计算出来。有杜副局长亲自督办，办案人员不敢懈怠，他们大海捞针一般盯住各个路口的监控，并截取了视频资料，里面都有佩戴白头盔的骑行者。

丁叔把眼看花了，但还是非常肯定地指认了一个白头盔，看上去还真跟交警执勤头盔相似。

再查，摩托车驶入那片市里有名的别墅区，最终扎进了一栋别墅的地下车库，而后就再也没出过车库，估计骑摩托车的人早就从别处离开了。

别墅的户主是安氏集团董事长，这让杜副局长感到棘手。安氏集团是市里为数不多的重点扶持企业，而车祸伤者父亲经营的公司也在重点扶持的范围之内，如果这两家闹起纠纷，会在政企两界掀起巨大的旋涡，搞不好还会影响全市的经济发展。这是市领导最不愿意看到的局面。

人一旦成为社会公众人物，那就会成为孤家寡人，有了事情也找不到人商量。作为市公安局主抓刑侦的副职，他是这类人，他猜想两大企业的董事长也是如此。

杜副局长把自己关在办公室里苦思冥想，两家企业虽在个别领域有所竞争，但还不至于闹到不顾社会影响，非要搞出刑事案件来。

还有一点至关重要，安氏集团的董事长早已淡出人们的视野，有人说他做了心脏搭桥手术，受不了太大的刺激，还有人说他得了脑梗，半身瘫痪，常年卧床不起。

杜副局长派人一查，是前者。从常理来推断，安氏集团的董事长可能并不知情，最起码也不会是主谋。

112

副总队长离开支队的那天，沙方健才知道，KTV亡人火灾事故的责任认定是马小刚干预的结果。他终于为心中的疑问找到了答案。

在武鸣被纪委调查期间，他自己掏腰包请人制作了动漫，再现了KTV火灾现场，从专业的角度来解释这起火灾在扑救的过程中是符合操作规定的。

他曾经注意到一个细节，就是起火原因的问题，支队档案室里的资料显示火灾是由电线短路引起的，他觉得蹊跷，当时KTV新开业不久，娱乐场所的防火工作向来是重点，在投入使用前通常要经过严格的审查。

为此，他又查阅了相关资料，可以说每个环节都非常严谨，整个KTV所有电器的型号、标准等等，都有详细的记录，经手的参谋、辖区大队负责人、防火处处长以及支队长的签字也是一应俱全。这说明不可能出现电线老化的现象。

沙方健分析，不排除高负荷用电导致电压骤增的可能性，可这依然说不过去，变压器又不是摆设。如果当时马小刚和吴华没被限制自由的话，他会马上去问个明白，在他个人的认知世界里，有些事情容不得半点马虎。

当时，他没再追究这个问题，是因为他急于为老部下武鸣解围，虽然最终那个专门制作的动漫没派上用场。现在一切明了了，马小刚公开承认，KTV火灾起火原因的认定是受了人为因素的干扰。

沙方健忽然觉得支队长有些陌生，在他的心目当中，马小刚是个正直坦率、胸怀坦荡的人，难道一切都是假象？他无法理解，也不愿去接受这一现实。可事实摆在眼前，马小刚不但知情，而且从一开始就参与了策划，并指使别人做了手脚。

他感到脊背发凉，这起火灾是瞒不过去了，某些细节才重见天日，还有多少被尘封在档案室里呢？要知道，每一起火灾都可能人命关天啊，马小刚在沙方健心里的印象轰然倒塌。

沙方健很想当面质问马小刚，可马小刚好像故意躲着他，一连几天都没露面。他眼里容不下沙子，跑去找吴华。他认为吴华不但亲历了这件事情，而且是帮凶。

面对来势汹汹的逼问，吴华劝沙方健不要胡思乱想，说是有些工作看似简单，到了实际操作层面却会繁杂无比，以至于叫人束手无策。吴华举了个例子，在任何超市商场或是酒店宾馆，消防部门会让留出符合逃生要求的通道，而治安部门则会关闭所有出口。

吴华问：同样都是为了安全，谁对谁错？

沙方健说，扯那么远干吗？不要转移话题。

吴华说，这就是咱工作中遇到的实际问题，我点到为止。

沙方健自然清楚吴华想要表达的意思，也深知消防工作困难重重，就好比他一直在推动的专职消防员队伍建设，在跟市里争取政策支持的时候，总是在工资待遇等花钱的问题上卡壳。

这让他又想起一件愁事儿，马小刚等人都恢复了自由，为专职消防员奔走操劳的谭杰却一直没有音讯。

他满面愁容地盯着吴华，吴华说，咱都踏踏实实工作，白的永远黑不了，刑警那边已经成立了专案组，听说重要的目击证人就在元政委家里，我相信不会冤枉一个好人，也不会放过一个坏蛋。

沙方健还是沉默不语，吴华又说，火灾事故原因的认定上，我也是经办人，我跟支队长一个态度，愿意接受任何处罚，包括所应承担的法律责任。

幕后或许有更大的阴谋，马小刚跟某些利益集团有惊人的交易吧。再联想到当初马小刚对基层送购物卡的态度，沙方健觉得万事皆有可能。

目击证人在元威家里？他敲开了政委办公室的门，说明了来意，元威却打了太极，让他安心抓好队伍管理，带领基层搞好执勤战备工作。

这种语焉不详的答复，令沙方健不得不猜疑，莫非政委也搅进了浑水？他越发感到不可思议。他难以想象皮囊之下遮掩了多少隐秘。

正在他进退两难之际，指挥中心通知有一对情侣被困山野，需要紧急救援。沙方健把疑问深藏心底，驱车前往事发地点。

消防救援分很多类型，譬如水上救援、山岳救援、高速公路救援等等。林河地理位置特殊，一面濒临大海，行政区域之内又有座高山，海拔不足千米，却是驴友的向往之地。

高速公路救援比较常见，水上和山岳救援很少发生。林河消防虽然有针对性地搞过训练和演练，但效果并不明显。说白了，经验还是要靠实战积累的。

鱼鸟河中队参与处置的游艇火灾，也就是吕建业故意使坏，导致游艇烧毁的那一起，就是水上救援。正是实战经验不足，在战后讲评时，沙方健才没追究吕建业的责任，让事情不了了之。

他内心是极为矛盾的，真要较真的话，两位中队主官都得承担领导责任。他是眼瞅着武鸣成长起来的，决不会让手下爱将再经历更多的磨难。沙方健哑然失笑，他猛然发觉，自己比马小刚也好不到哪儿去，也是私心爆棚。

攀爬横渡是应对山岳救援所实施的训练科目，需要在山体间固定绳索，真到了现场，要受环境的制约，所起到的作用并不大。至少在营救那对小情侣时，消防人员是抓瞎了。

沙方健目测了被困情侣的所处位置，决定从山底出发，抵达之后，固定绳索，实施索降。他亲自带人上山，行进了没多久，手持电台响了，是马小刚的声音。

马小刚口吐脏字，骂他是猪脑子。原因是那对小情侣中有一人腿部受伤，如果按部就班地登山救援，极可能因失血过多给伤者带来生命危险。

沙方健心想，指挥中心未曾告知相关信息，我怎么知道已经有人受伤？

他正寻思改变营救方案，马小刚又开骂了。沙方健气恼至极：你自己上吧。

113

KTV火灾已经无法回避了，想要侦办这起案件，曹小菡无疑是最关键的人物。

杜副局长一手操作了火灾事故的结果，而今推倒之前的定论，他主动提出回避。为了避嫌，政法委书记同意了，并做了批示，要求办案人员排除一切干扰，将真相查个水落石出。

曹小菡作为火灾的幸存者，也是唯一的目击证人，在元力的陪同下，去了趟刑警队，见她行动不便，办案人员向上级请示，将询问地点改到了元力家里。

每次刑警登门拜访，曹小菡都会把目光投向元力，头几次，那目光里带着恐惧和无助，到后来，她已经能够坦然面对一切了。

元力观察到一个细节，面对陌生的警察，曹小菡会拿出风油精，涂到手上，在太阳穴那里一个劲儿地揉搓，有时候用量过多，会让她泪水涟涟。在元力看来，这是件好事儿，生理上的刺激确实利于情感宣泄，也可以化解心理压力。

曹小菡私下里对元力说，要配合警方把眼镜男绳之以法。元力能够感受到她内心的痛苦，那些悲伤的经历让人心头滴血。虐心的是，曹小菡顾虑重重，她担心苏平安会蔑视自己，那些耻辱让她抬不起头。

元力非常同情曹小菡，对于她的黑历史，相爱的恋人可以选择沉默和暂时理解，可日子是长远的，真到了某一天，苏平安再翻旧账，只会带来更大的伤害。她也联想到自己跟武鸣的事情，仅是跟发小儿的交往就引来醋意大发，更何况是曹小菡这种情况呢。

在很多人的眼里，曹小菡是不值得同情的，为了实现个人的目标就投怀送抱，这跟从事性交易的人没有太大区别。

有一次，一个刑警问话，提到眼镜男虐待曹小菡时，那人的眼神飘来飘去，最后锁定曹小菡的下身空荡荡的裤腿上。曹小菡打了个哆嗦，手里的风油精瓶子也掉到了地板上，在有限的空间里，任何声响都会被放大，连元力都跟着心头一颤。

很多职业都不被人理解。侦办性侵害案件的刑警时常会遭人误解，他们如同变态，会问及受害人难以启齿的细节。元力闻声没忍住，上前推了刑警一把。

你问这些跟案子有关吗？还没等刑警搭话，她又用挑衅的目光注视对方：现在要查的是眼镜男，眼镜男在哪儿，从人间蒸发了吗？

眼镜男的身份之谜一直困扰着专案组，能否找到他成了案件侦破的瓶颈。曹小菡在省城被胁迫诈骗，抓捕的那批犯罪嫌疑人里没有眼镜男，经过对这批人审讯，也没找到任何线索。

曹小菡只知道眼镜男自称“二哥”，正常情况下文质彬彬，口音不是本地人。专案组人员提出疑问，那么长时间的交往就不问眼镜男的真实姓名吗？曹小菡说不敢。

这倒也合情合理，一个有求于异性的女子，会飞蛾扑火般地围上去，谁还会在乎太多呢？元力不由感叹，在这个世上注定有很多人跟曹小菡一样，为了一己私利失去最基本的戒备之心。

专案组怕曹小菡有意隐瞒什么，商量着要对她上测谎仪，而且已经把家伙什儿带到了元力家里。元力为此把他们赶出客厅，在家门口发生了激烈争吵。

顾忌曹小菡的感受，元力声音不高，但她的意图很明确，如果对曹小菡过于苛刻，只会造成不必要的伤害，那整个案子都会陷入被动。元力拿出自己熟知的心理学知识，分析曹小菡的言行举止，证明曹小菡没有说谎。

办案人员被那些专业的词搞得晕头转向，过了好一会儿才说，得相信科学。

元力据理力争，说我这也是科学，千万别被那些仪器蒙蔽了双眼，再高精尖的设备也是人造的。

这话说得无可挑剔，办案人员一时想不起反驳的理由，只好让元力不要干扰办案。

元力忽然发作，问：为什么不对眼镜男画像？

面对诘问，办案人员哑口无言。元力想起战友对此案的传闻，说搞不好会把分管刑警的杜副局长给撸了。她跟着发难：我不是警察都知道可以这么办，你们干刑侦的居然不懂，是在故意拖延时间吧？

对犯罪嫌疑人模拟画像是刑事侦查的一种手段。通常由目击者口述，公安专业人员描绘出嫌疑人的面部肖像，只要这副肖像达到百分之五十以上的相似度，就可以作为一条非常有价值的线索，用来摸排犯罪嫌疑人。

可是，曹小菡总是在现实与虚幻之间徘徊，好不容易记起眼镜男的五官轮廓，又跟面前警察的模样混淆。所有人都知道她不是故意的，元力也安慰她放松，可她始终做不到心神专注。

再来一遍仍然如此，负责画像的警察瞅着与自己神似的成品，一度窘迫不堪，在旁人看来，这似乎是曹小菡蓄谋已久，是在故意刁难办案民警。

事实并非如此。备受煎熬的是曹小菡本人，她总在恍惚间出现错觉，先是眼镜男的眉眼跟面前的警察重叠在一起，跟着就是鼻梁、嘴巴和耳朵。最令她惊恐的是那双眼睛，总是带着歹毒的戾气，进而就会空洞无神，幻化成硕大无朋的黑洞，有时又像是一张血盆大口，随时都会吞噬自己。

她深知这是幻觉，可她无法逃避，只能反反复复地被那双并不存在的眼睛窥视，体会芒刺在背的痛苦。曹小菡觉得，再这样下去真的会疯了，她甚至假设了自己疯掉以后的样子，她几乎能看到有一张面目可憎的脸正对着自己，挂满了不阴不阳的怪笑。

曹小菡的过激反应让人始料不及，负责画像的警察只好“缴械投降”，以至于专案组人员无从下手，认为这案子彻底走进了死胡同。试想，真正犯了事儿的人会如惊弓之鸟，早就逃之大吉了，谁会乖乖地等在那里束手就擒呢。

114

直到被救的那一刻，那对被困的小情侣还没忘了玩视频直播，让参与救援的沙方健挺寒心的。

他是临时受命的。正如马小刚所担心的，耽搁了时间，伤者随时都有生命危险。沙方健虽然心存不满，但决不会跟支队长怄气。两人不约而同地想到了动用直升机。

说起直升机还有段小插曲。

两年前，鉴于林河市的特点，马小刚打报告给市里，请求配备救援直升机，这事儿落到字面上，只是枯燥的几段文字，操作起来却碰到了阻力。买飞机得花钱，培训飞行员之类的还要花钱。

政法委书记兼公安局局长那会儿刚从外地来林河，在省厅任职的时候曾为全省刑侦战线购买过足够先进的装备。他认为对于一个沿海开放城市而言，给公安机关和消防部门配备力量无可厚非。

在研究这项支出的时候，发改委和财政局纷纷提出反对意见，让他当场下不来台。议题搁浅，主持开会的市长让重新研究方案。其后便出现杂音，说新来的政法委书记跟直升机的经销商是莫逆之交。

最终是马小刚转变了思路，重新申请，要求与地方航空公司合作，以租赁的方式解决这一问题。也就是说，每年拿出经费，遇有任务就调度地方的直升机出动。毕竟经济发展太快，需要用钱的地方多了去了。

之后从未处置过任务，新年度提出预算时，相关部门反对续签租赁合同，政法委书记已经熟悉了市里的工作，非常强势地替消防解围。彼时，他对马小刚只有一个要求，真碰到险情，只许成功，不能失败。

通过直升机救援不是口头上说说，武鸣作为主力经过了专门培训，他把小情侣救下之后，就回到了队里。屁股还没坐热，中队接到命令，辖区发生车辆追尾事故。

这起事故惊动了若干单位，到最后，市领导也赶到了现场。

用市委书记的话说，虽然自己不懂业务，但关键时刻必须站在最危险的地方。他征求了政法委书记的意见，把现场的最高指挥权交给了马小刚。

在常人眼里，这只是一起普通的交通事故，但在马小刚和沙方健这里，事故随时能引发巨大的爆炸。

还未到现场，马小刚已经了解到情况：两辆大货车在隧道追尾，前车运载的面粉和白糖撒了一地，正赶上下班高峰期，后续车辆堵在隧道里，根本无法掉头。

那一车面粉就是炸弹，一旦发生爆炸，带来的损失不堪设想。此类事故发生的概率很低，比中彩票的概率还要低。在马小刚的印象中，在国内很少碰到，仅有的两三起案也都处置得当。

武鸣在率队赶赴现场的时候，也意识到了危险系数。在封闭的空间内，粉尘浓度达到一定的上限，遇有明火随时会发生爆炸。

他想起在武警学院读书时，曾经学过一个案例，说是在二战期间，希特勒的空军不断轰炸英国，炸弹从天而降，英国一家面粉厂的厂主暗自庆幸炸弹没有击中他的厂房，但几乎与炸弹落下的同时，车间里自己发生了大爆炸，屋顶飞上了天，爆炸的威力超过了炸弹的破坏作用。

他提醒同行的消防员务必注意安全，心却飞到了处置现场。

所幸马小刚和沙方健配合默契，他俩一碰头，就形成了处置方案——辖区派出所民警出面，坚决防止隧道中出现明火；交警部门疏通交通，将隧道里的车辆清出现场；调度排风机降低粉尘浓度。

消防是最后一个关口，不管拥堵车辆是否离开现场，消防车都要上，哪怕是远程供水，也要防止面粉飞扬和聚集。

这期间，沙方健还提出从市里的几家厂子调集氮气，以氮气减少空气中的氧气含量，抑制粉尘的爆炸。这一建议被马小刚否定了，一来氮气也是危化物品，运输过程中也容易造成危险；二来几家厂子都地处郊区，远水解不了近渴。

按照两人商量好的对策，相关部门在他们的指挥下，急三火四地展开工作。待武鸣带人上了水枪，一场突发的祸患被及时处置。

事后，电视台采访，马小刚把记者推到了市委书记那边。不知道为什么，沙方健愣是感到别扭，他觉得这是并不高级的拍马溜须。显而易见，他对马小刚存有成见。

马小刚不晓得沙方健的内心起了变化，当场让他总结这起事故处置过程，报给总队司令部。马小刚的本意是，这类事故非常罕见，值得总结经验，但沙方健想的却是，经历了那些七七八八的事情，支队长急于在总队领导那里表现自己。

他没有刻意隐瞒个人的想法，直截了当地向马小刚提出抗议，马小刚直接进了他的办公室，说是要好好谈谈。

沙方健问：有什么可谈的呢？

马小刚说，那咱先不谈工作，聊聊生活吧。

沙方健说，什么工作和生活，能界定清楚吗？

马小刚无可奈何地笑了，沙方健说的在理儿，事实上，工作跟生活永远扯不清，这也是真正的生活。

生活啊生活，让马小刚变得灰头土脸。比方说被纪委放回来之后，在党政口上好多交往不错的老朋友，对自己是避而远之。还有好多议论，说无风不起浪，他既然在纪委挂了号，就意味着迟早会被法办。

在支队内部，有人还联想到元威高调处理基层干部，那意思明摆着，政委平素不爱多管闲事，如此这般说明马小刚要倒台了。

可他无法辩解，总不能拿个大喇叭，告诉众人自己是在KTV火灾上栽了跟头。他转念一想也怪不得别人，谁让自己把持不住，当初应了杜副局长呢。

事情到了这个份上，他无心再跟沙方健扯皮，他心怀愧疚去找元威，想跟曹小菡见一面。

元威保持了应有的理智，说那丫头是目击证人，你还是别裹乱，撇清关系吧。

115

这段时间，大老柳难得轻松下来，一个退休的老中医回到老家，虽然治疗小儿脑瘫不是他所擅长的，但通过针刺和按摩，儿子壮壮的病情稳定，效果十分明显。

有人对他的妻子车小米说，这叫老天爷开眼，你家男人救人无数，干的是积德行善的营生，总有一天娃娃的病会好起来。安慰也好，糊弄也罢，车小米心里踏实许多，她把这些话传给丈夫，让大老柳安心工作，别惦记家里。

少了家务事儿的羁绊，大老柳就恢复了常态，他不但在训练上有了新的起色，生活当中也有了很大的变化。

鱼鸟河中队是年轻人的天下，年轻人喜欢玩游戏，比如之前提到的“撸啊撸”，大老柳也想凑个热闹，苏平安说那早就是过去时了，现在时兴的是吃鸡游戏。大老柳跟着就要从手机上下载，苏平安让他别急，先通过别的游戏练练智商，别到时候再拖了大家的后腿。

苏平安帮他下载了“狼人杀”，大老柳兴致勃勃地就操练上了，但他摸不到窍门，总是输，一输了就要赖，翻来覆去就那么一句话：什么玩意儿啊，彻头彻尾的骗人游戏，只有脸皮厚的人才会赢。

苏平安调侃说，柳大班长能耐见长，嘴一张，小词儿嘎嘎的，还彻头彻尾呢，咋不车脑袋车屁股呢?

大老柳不甘示弱，说你还嫩了点儿，一号战车的脑袋和屁股，你还没资格摸。

苏平安说，小心吹牛皮闪了舌头，嫌弃就别跟我们玩儿。

大老柳通常会瞪眼，号称再也不跟你们这些兔崽子玩儿了，就差发毒誓了。

可转过头来，他就忘了，还会跟大伙掺和到一起，跟小孩子耍脾气似的，让人大伤脑筋。

“狼人杀”这个游戏不用多说，估计这部小说摆在读者面前时，早已变成了老掉牙的游戏。

这个游戏更是让众人领教了大老柳耍赖皮的水准。愿赌服输，可他非要找出别的理由搪塞，拐来拐去，轻车熟路地扯到别的事情上。

他总是拿鱼鸟河中队说事儿，像背课文一样历数中队的历史。他会指着院墙大门一侧，说那里原来是片空地，温州人在那里摆摊卖过皮鞋；他还会指着鱼鸟河斜对岸，说那里早年是个垃圾处理厂，现在起了一溜别墅，当时房价特别便宜。

大家几乎能背下他后面的话。因为大老柳东拉西扯，总能联系到自己当新兵的时候怎么刻苦，如果给他足够的时间，估计能把当兵后的经历全讲完。

很少有人爱听比自己年长的人讲光辉历史，哪怕句句属实，也会提出质疑，真有资本的人是不会自我吹嘘的。人们还是希望老一代的人能够矜持，最好讲点过去的不光彩，这样的人才真实，才值得信赖。

苏平安终于忍耐不住，特意用幽默的方式提醒大老柳：班长，队上好久没吃土豆炖牛肉了。

大老柳摸了一把脑门，说，还真是咧，土豆炖牛肉，撑死小老头儿……

苏平安不想听他叽歪，打断大老柳：这顺口溜张嘴就来，真为你的智商着急，为什么没这道菜，买不到牛肉啊，牛都让你吹跑了，到哪儿买牛肉去。

大老柳这才发现苏平安给自己设了个套，但并不计较，因为他发现，通过玩游戏确实跟兄弟们打成了一片，把这种氛围再带到训练场上，让大家伙或多或少地发生了变化，最起码劲头是见长了，很少有人再有抵触情绪。

他欢喜极了，照这个势头下去，鱼鸟河中队很有可能在支队比武中拿到集体冠军。

跟苏平安形成强烈对比的是曹小菡。她郁郁寡欢，甚至怀疑苏平安已经知道了自己之前的腌臜事儿。元力说不可能，准是队上太忙，没时间联系。

嘴上虽然这么说，但元力还是在心里骂，这个苏平安心是真够大的，再忙也得给另一半嘘寒问暖啊。可苏平安跟武鸣一个德行。

是不是所有男人，或者说所有干消防的男人都是这个鬼样子呢？到手了的爱情偏偏不去珍惜。其实，在元力的心目中，女人需要的不是一个轻飘飘的承诺，而是实打实的陪伴，如果做不到，还不如分手。

可她没有资格去谈论这些，她本身就是悲剧，不但深陷其中，而且还无法自拔。

元力想提醒苏平安多给曹小菡打几次电话，最终还是放弃了这个念想，她担心曹小菡控制不住情绪，把经历过的事情全秃噜了。虽说那是两人确定关系之前的行为，算不上给苏平安戴绿帽子，但对于男人来讲，恐怕会计较这些。

想到这里，元力怅然若失，她感同身受武鸣就是最为明显的例子，面对自己的发小儿，醋缸子都被打翻了。该恨他吗？她发现自己根本恨不起来，武鸣吃醋终归还是在乎自己的。

元力还要正常上班，不能时时处处守着曹小菡，因为放心不下，她专门把办公电话留给了对方，还隔三岔五地往家里拨打电话。

这天下午，连续几个电话曹小菡都没接，发了微信也没回，元力急了，开车就往家里赶。也多亏她警惕性强，才没酿成大祸。曹小菡把积攒下的安定片一次性服下，险些送了性命。

恢复正常之后，她责怪曹小菡：傻妹子，何苦要跟自己过不去呢？

曹小菡异常清醒地说，姐，我不是自杀，我特别想得开，只是我时常出现幻觉，噩梦连连，我想踏踏实实地睡一觉。

再苦再难也是暂时的，生活还是美好的。说完，元力觉得没有说服力，又问：难道你不为家人想一想，不为你爱的苏平安想一想吗？

曹小菡问官答花，说我见到那个混蛋的照片了，他就是那个禽兽……

谁？元力接着问道。

曹小菡未曾回应，她痛苦的神情令元力担忧，但元力心里清楚，此时此刻她已经成为KTV火灾真正意义上的唯一目击证人。

第二十四章　轩然大波

116

一晃到了9月上旬，为了迎接即将到来的国庆节，市委宣传部安排了一系列活动。重头戏有三项：一场演出、两场展览，宣传部的人称之为“一庆两展”。

按照常规，超过两千人以上的活动，必须经过公安治安部门同意，而且得填写一个大型活动报备申请表，表格上有活动时间、地点、内容、人数以及应急方案。

三项活动通过招投标分别给了三家公司，因为筹备时间紧、任务重，工作人员上手就布置场地。治安支队支队长看过公司呈递的表格，觉得应急方案是在糊弄，未签字，宣传部的常务副部长跟着打电话给分管治安工作的赵副局长。

副部长虽然是打哈哈，却绵里藏针，暗示赵副局长要讲政治。

赵副局长参加过市里组织的协调会，知道无法阻拦活动，只能特事特办。他想了又想，把马小刚请到了办公室。

在防火监督方面，消防一直仰仗治安部门的支持，尤其是在“九小场所”的火灾防控方面，全靠基层派出所的日常监管。因此，马小刚跟赵副局长交情不浅。

赵副局长直奔主题，说：马小刚，我找你来可不是搞什么阴谋，但我确实动了歪心思。

马小刚知道对方指的是他之前跟杜副局长暗箱操作了KTV火灾，眼下那件事情已经成了公开的秘密，可以说是人皆尽知，更何况赵副局长是公安局党委班子成员中资历最老的，说话向来不兜圈子。

他一脸苦笑地等待下文。赵副局长把治安方面报过来的活动报备申请表递给马小刚：这次得让你得罪人了。

马小刚打眼一看就倒吸一口冷气，表格里的应急方案完全是从网上复制粘贴的，可以说是漏洞百出。他当场掏出手机，给吴华去了电话。

他对吴华说，市里组织大型活动，这方面你最拿手，虽然你不是防火处处长了，但这次不能推辞，挨个场所跑一遍，对不符合规定的要从严处理。

“从严”两个字，马小刚加重了语气，他相信吴华能理解和执行自己的意图。可他万万没想到，吴华在执法过程中遭遇了阻挠，而且引起轩然大波。

两项展览是革命历史文物展和国庆书画展，节庆活动是林河电视台承办的一台晚会。为了赶工期，宣传部将筹备工作交给一位科长具体负责。吴华在科长那里碰了钉子。

书画展设在市民活动中心，吴华一到现场就傻眼了。场地设置、电气设备都不符合消防安全规定要求，也没配备足量的消防器材，最可怕的是，他们搭建展台所用的材料均为易燃物品，且封住了疏散通道和安全出口。

吴华看了施工方案，出于好心，主动在图纸上作了修改，按照他的意见，只需要做略微的调整，耽搁不了工程进度，也产生不了太多的费用。但负责施工的公司我行我素，非要按原计划进行。

也不知道那家公司使了什么招数，宣传部的科长偏听偏信，死活不肯配合。好话说了一箩筐，人家认准了死理儿，愣是跟消防顶牛了。

吴华安排人起草整改文书，又跑到晚会演出现场。晚会这边更加糟糕，非但搭建的舞台不达标，连观众席的设置都乱糟糟的。

负责人还是那位科长，只不过这次出面交涉的是电视台的领导。吴华刚提出整改措施，对方就先发脾气了。

电视台领导说，别拿着鸡毛当令箭，一年到头要搞若干场晚会，也没见出什么事故。

吴华说，侥幸不得，而且这次不同于以往，市领导高度重视，万一发生意外，影响恶劣。

你倒是说说看，会有什么意外？科长插话问。

吴华把图纸拿出来，指了指观众席的位置，说瞧瞧这里，座位密集，很容易出现踩踏事件。

电视台领导说，你这是纸上谈兵。

吴华说不，你们这次请了流量明星，粉丝多得吓人，他们一旦疯狂起来，就很难收场了。

电视台领导说，别制造紧张情绪，搞阴谋论，你们消防爱怎么折腾就怎么折腾，我们电视台恕不奉陪。

整改文书刚刚下达，科长就把事情捅到了常务副部长那里。常务副部长给马小刚打了电话，话虽不多，却意见明朗，意思是一切以大局为重。仅是一个电话，矛盾又踢给了消防支队。

吴华虽然受领了这次任务，但人还是住在鱼鸟河中队。他忙活完回到队上，无意中在魏东丽面前发了几句牢骚。

再怎么说，魏东丽也是学新闻出身的，骨子里是个愤青。他嗅到了某些味道，当夜就奋笔疾书，以市委宣传部行政干预消防监督检查的事情为典型，写了个小评论，投给省里的一家媒体。

都是宣传战线上的，那家媒体分得出轻重，仅是在自家的网站上发布了文章。魏东丽把文章转到了自己的朋友圈，好些个在媒体工作的老同学凑热闹，针对此事展开了讨论。讨论的结果一面倒，都是向着消防说话的。

魏东丽的同学遍布各地，本省的几位只能跟着摇旗呐喊，但有三四位在国家级媒体工作的同学可就不受限制了，他们互相打了招呼，同时在所供职的媒体为林河消防发声，等支队意识到问题严重时，各大网站已经吵得沸沸扬扬。

市委宣传部认为是林河消防有意为之，他们采取的补救措施是，引导舆论走向。

那位科长是个人精，先让人在当地网站发帖说，因消防介入，市电视台或将取消晚会录制，且有可能为取消歌星演出协议支付毁约金。

粉丝一看就火了，以往追星要跑到外地，眼见着到家门口了，却让消防给搅黄了。

更让吴华闹心的是，科长安排人查了他的老底，在网上说，他就是因北关农贸市场辞职的防火处处长。

网友群情激愤：这种人根本没资格检查，消防支队是在愚弄群众。

117

魏东丽的冲动之举引发了这场舆情危机，虽然无人知晓，但他还是在心里犯嘀咕。按照目前新媒体的规律来讲，唯一的解决方式是冷处理，将热炒的话题慢慢淡化。可现实的情况是，网上争论一波接着一波，愈演愈烈。

尤其是看到有人在网上谩骂吴华，他更是自责。他跑去向吴华道歉，吴华说无所谓，心想这小伙子心地善良且单纯，起码不像舅舅黄连海那样鸡贼。

马小刚召集人员紧急开会，商讨应对方案，他本人也专门找政法委书记兼公安局局长求援。无奈的是，政法委书记虽与宣传部部长同属市委常委，但排名靠后，没有话语权。这在讲究排名的党政机关，众人早已见怪不怪。

实在没办法，林河消防只能退而求其次，严防死守，确保“一庆两展”的消防安全。这意味着消防方面必须增加力量，一是对活动场所附近区域进行突击检查，将所有火灾隐患消灭在萌芽状态；二是在活动现场排兵布阵，靠人力应付突发状况。

突击检查引来群众不满，特别是书画展所在的市民活动中心，周边商家众多，又是检查又是演练，影响了正常经营。有人便在网上添油加醋，责怪消防乱开药方，治标不治本。更有甚者称，消防只是在搞形式主义，也自然而然地扯到了北关农贸市场的那次上访事件。

是的，地方媒体旧事重提，本身就误导了民众，如今又有不明真相的群众在围观，难免叫人产生错觉。就连政法委书记都为林河消防捏了把汗，让马小刚别再激化矛盾。

这矛盾究竟在哪儿？马小刚苦不堪言进而哭笑不得。他不得不承认，经历了纪委的调查，自己少了应有的闯劲。换在以往，他会直接去找宣传部部长，可如今谁会相信自己呢？

解铃还须系铃人，马小刚尝试着跟那位负责的科长沟通，可人家借口工作忙，压根不给对话的机会。

市民活动中心在鱼鸟河中队的辖区之内，把队伍拉到现场是迫不得已的选择。他要求中队提前进场，派两辆消防车驻守，不管相关部门有多大的意见，也要保证书画展顺利进行。

队伍进驻现场前的头天傍晚，他给参加勤务的消防员作动员，许是近期烦心事不断，干扰了心情，在队伍前，马小刚竟然言尽词穷。

他只好给众人行军礼，夕阳拉长了他的身影，落日余晖之下，马小刚消瘦的面孔显得有些悲壮。

书画展的开幕仪式搞得异常隆重。一位曾经在林河打过仗的老将军被请到现场剪彩，省军区和省政协的领导，还有蜚声国内的书画名家也应邀出席。

这种形式的活动早已稀松平常，但这次展览规格之高却叹为观止。最令圈里人叫好的是一幅堪称国宝的画作，名为《壮丽河山图》，是一位九十高龄的老画家的绝笔之作。据官方消息，展览过后，这幅作品将归林河市博物馆收藏。

展览进行到第四天上午，昼夜在现场执勤的消防员已经疲惫不堪。武鸣和魏东丽是两班倒，其他人员严阵以待，吃住都在消防车上。像苏平安这样闲不住的人只能自己找乐儿。他已经跟现场保安称兄道弟，就差把酒言欢了。

中午，例行交接班，魏东丽把武鸣替回中队，顺便给执勤人员带来了大包子。大包子是中队厨房自己包的，牛肉大葱馅儿的，只要跟牛肉沾边的，都是大老柳和苏平安的最爱。

苏平安偷偷摸摸揣了几个包子，跑到展厅后门处，送给几个刚交往的保安朋友。后门紧挨着《壮丽河山图》，他边咂摸满嘴牛肉的余香，边打量这幅珍贵的名画。

一个肉包子下肚，噎得他直瞪眼。有保安问怎么了，他莫名其妙地说，恨不得点把火，把这幅画给烧了。

过了没多久，一位女士领了条边境牧羊犬款款而来，想从后门进去看展览。保安不让，说上头有规定，严禁携带宠物狗进场。

兄弟，咱做人管人事儿，不管狗事儿。苏平安替女士求情，但话到嘴边性质全变了。

吃人的最短，保安正寻思着如何找补回来，苏平安已经意识到失言，指着那条狗开始为自己寻理由：这边牧可是世上最聪明的犬，对啦，给你们科普一下，我刚才口误，在消防管小家伙叫犬，汶川地震、玉树地震的时候，这些可爱的小家伙立了大功。

几位保安注视那条边牧，并未发现有何神奇之处。苏平安为了挽回自己的颜面，极力鼓吹道：瞧见没，犬通人性，跟它的美女主人一样，透着优雅而非凡的气质。

众保安歪头一看，边牧正侧着脑袋，瞪着乌黑的眼睛注视不远处的那幅名画。有人率先“哇”了一声，说还真是，这小狗，不对，这犬看样子是很高贵。

有人评论便有人附和，没多会儿，凭苏平安的三寸不烂之舌，保安们睁一只眼闭一只眼，让女士带着边牧进了展厅。

午间参观的人甚少，过了大概五六分钟，那位女士惊叫一声，待保安和苏平安进入展厅时，《壮丽河山图》的展位下方蹿出了火苗。

前面说过，施工方布展所用的材料是易燃品，没等众人反应过来，火已经着起来了。多数小动物是怕火的，那条边牧惊叫着一头扎进角落里，畏缩着身子瑟瑟发抖。

浓烟很快弥漫开来。现场有干粉灭火器，苏平安有足够的时间处置，防止火势蔓延。但在那一刹那，他纠结上了。去抱灭火器，边牧犬很有可能被甲醛含量过高的装修材料产生的烟雾熏晕，进而窒息而亡；救了边牧，会错失扑救初起火灾的最佳良机。

他最终选择了救边牧，待魏东丽带人冲进现场时，名画被烧了一半。他心想完了，这次的社会影响更恶劣，支队领导绝对饶不了自己。

118

苏平安被撤回中队，他哭丧着脸寻求补救措施。

虽然复仇计划迟迟没有启动，但吕建业正在用自己的方式打发每一天。他鄙视苏平安，心想这也过于夸张了，一幅画作而已，又不是稀世珍宝，照价赔偿就是了。

心里是这么想的，在经历了上当受骗之后，他已经无颜跟父亲再提钱的事儿。他只能安慰苏平安说，凡事都要往好处想，既然事情发生了，就别再怨天尤人，天塌下来也有个头高的给顶着。

在武鸣的授意下，苏平安写了事情经过，还没等将情况报给支队，马小刚已经派人去查了火灾原因——是被挖了墙角，不，是被啃了墙角。

闹了半天，是施工方乱拉了几条劣质的电线，线路裸露在墙角，被调皮的边牧犬啃断了，造成短路，引燃装修材料。

诡异的是，市委宣传部竟然没追究责任。马小刚做好了思想准备，真查起火原因的话，如果人家不认账，就从省总队请专家。

左等右等没了音讯，魏东丽心里发毛。自己是带队的指挥员，必须负领导责任，他不是害怕承担责任，而是感到不值。他向舅舅请教，黄连海在电话那头沉默了好久才说，变被动为主动。

这是一句很有弹性的话，就看怎么来理解。经过深思熟虑，魏东丽决定发挥专业优势，借助媒体力量来为这次事件寻找突破口。他在心里盘算好了，这么做算是有备无患。

他做了大量工作，把方方面面的细节都分析了一遍，才让老同学们帮忙，有人笑他杯弓蛇影，担不住事儿。他自嘲说是流年不利，没去烧香拜佛。

这当然是玩笑话，不必当真。但很快他便发现，真正的笑话不在自己，而是公众的态度和宣传部的反应。

本以为媒体能够引导舆论走向，通过火灾事故的教训给人们带来警醒，未曾料到的是，群众的兴趣点不在于此，而是就苏平安的行为展开了争论。

有的说，苏平安干得好，消防处境应该尊重所有生命；与之对立的观点是，他没有爱惜财产。双方各执己见，很快成了骂大街的了，在网上，各种污言秽语成灾。

接着，就有人跑到魏东丽连载的小说下跟帖，提了个莫名其妙的问题——一边是价值二十个亿的财产，一边是两个消防员，如果抢救财产可能造成消防员的死伤，那这火救还是不救?

魏东丽始终未敢回复，心想这问题是个陷阱。如果回答保住财产免遭损失，人家会指责把消防员的生命当儿戏；如果说先保住消防员的安全，对方会上纲上线，说不爱惜国家财产；倘若什么都不回答，恐怕会有人说，消防指挥员连这点决策能力都没有，还谈何救人民于水火之中。

他后悔当初要写那些乱七八糟的东西，还弄了个“消防尉官”的网名。魏东丽开始厌烦所谓的写作了。

马小刚一直等着宣传部来问责，但事情却没有下文。后来，有小道消息说，是那位让吴华碰钉子的科长在背后搞的鬼，他暗中操作让那家公司中了标，欺负马小刚被纪委查过，还没回过神来，就胆大包天，欺上瞒下。

科长受到了处理，常务副部长也作了检查，马小刚却不敢大意。那些网传的说辞不必理会，但那场录制的演出是他的一块心病。

宣传部闹出了丑闻，马小刚没有落井下石，他只是紧急向政法委书记汇报，请求从中协调，能否推迟晚会录播的时间。这次真被那位科长说准了，如果电视台单方面违约，那些成天飞来飞去的明星不干。

没别的招儿了，只能在现有条件的基础上调整安保方案。彩排的第一天，马小刚跟分管治安的赵副局长早早来到现场。

晚会的宣传片制作精良，对外宣称是现场直播，但以林河广播电视台的水平，都是提前录播，连主持人与观众的现场互动都是提前摄制好了的。所以说，彩排的时候，就已经架设了好多机位，也带上了现场观众。

马小刚跟赵副局长分别从消防和公安调来搜救犬和搜爆犬，对场内进行地毯式搜索，排除了一切可疑物品。还重新划分了观众区域，实施网格化管理，每片都安排了民警和消防员，一旦发生群体性事件，安保人员会分区处置。这是笨法子，也是迫不得已的办法。

千算万算还是失算了。马小刚即使把脑瓜子想破，也没想到在舞台后台发生意外。事后，他质问工作人员，工作人员说是电视台方面以保护演员隐私的名义，不允许无关人员进入后台。得，这责任又推到了外来的演员身上。

现场的情况是，在某歌星表演的时候，有人从后台投掷燃烧的汽油瓶。瓶子刚在舞台上出现，疯狂的粉丝以为是节目组安排的特效，惊叫一片。歌星吓得慌不择路，观众这才发现受到了愚弄——假唱！

观众席失控，所幸事先安排的预案起到了作用，人群被安抚下来，得到了妥善安置。只有赵副局长和马小刚等为数不多的现场安保指挥人员才进入了真正的实战状态。

有人通过导播使用的电台频道叫嚣，在舞台底部放了若干汽油瓶，随时可以用遥控器引燃。谁也不敢存在侥幸心理，武鸣通过手台听到这一信息，旋即弯腰钻进舞台下。片刻之后，他向马小刚汇报，情况属实。

怎么办？停止彩排只会引起更大的恐慌，也会给公众带来炒作的由头；继续演出，谁也不敢为现场安全赌上一把。赵副局长年龄大，万事求个稳当，要暂时停止演出。马小刚没同意。

马小刚率先进入舞台下面，同武鸣会合去了。他每行进一步都感到胸闷，他身经百战，却第一次感到胆战心惊。因为，万一有汽油瓶被点燃，那将火烧连营，成为灭顶之灾。

119

舞台下方处于半封闭状态，为了布置舞台，数不清的箱子在错综交错的线路之间，危险系数可想而知。

紧随马小刚，在现场的沙方健也跟着钻进舞台之下。榜样的力量是无穷的，在场的消防干部纷纷出动，开始排查处在不明位置的汽油瓶。他们是现实版的敢死队，但却是他们的职责所在。

消防方面如此果敢英勇，赵副局长感动得老眼模糊。他也不是吃素的，指挥执勤民警很快确定了不明人员的位置，并控制了嫌疑人。经过突审，该人系反社会型人格障碍，应聘到当地一家演出公司干临时工，企图趁晚会录播期间制造恐怖事件。

深夜，晚会结束。马小刚站在空旷的观众席，仰望漫天繁星，心头百感交集，这祥和的生活背后有多少不为人知的事情呢。

回到机关，他打开微信，想跟妻子喻晓莉聊聊天。刚打过招呼，马小刚就越来越心慌，慌得整颗心都没着没落。他悻然挂断电话。他非常清楚，这心乱跟工作有关，但理智提醒他，不能任由这种情绪蔓延。一旦放任自流，绝对会像那决堤的洪水。

针对宣传部的荒唐之举，市委要求各部门整顿作风，由市委组织部牵头。马小刚的心思没在这上面，倒是黄连海拿着他的批示大做文章，几次总结经验上报给市委。

黄连海在为自己寻退路，从马小刚被纪委带走，他就做好了心理准备，巴算着如何应付。眼下看，支队长不动声色，很可能是在按兵不动。因为这世上就没有不透风的墙，他有足够的理由相信，马小刚已经知道了是他在背后捣蛋。

他本人也感到悲哀，原先只是请人干预一下，分散马小刚的精力，让对方无暇处理外甥魏东丽。谁知闹出了这么大的阵仗。

在黄连海以及关心政治生态的人看来，宣传部整出的闹剧虽然引起轩然大波，但远不及马小刚的事情更夺人眼球。毫不夸张地说，纪委对马小刚的态度变化引起的才是真正的轩然大波。

马小刚会善罢甘休吗？黄连海心里拿不准。支队长在纪委调查期间，他是在心里偷着乐的，他说不清为什么这样，但就是忍不住想看对方的笑话。

现在总算是有了出路，他听说消防改制人员可能分流，防火监督业务会移交到住建部门，至于其他人员则看个人的能量了。黄连海想，天无绝人之路，与其等着马小刚回过头来再整治自己，还不如主动离开。

他准备打报告转业，按政策还有一次退出现役的机会。转业之后，可以选择去公安，那里人熟悉，好说话。但他却又不甘，公安机关的忙与累世人有目共睹。另一个选择是去市委组织部，那里是管干部的地方，即使没有职务，也会被人高看一眼。

何去何从？既然有了目标，黄连海就不会放弃任何表现自己的机会。他专程找市委组织部综合室的朋友帮忙，把支队整顿作风的经验发布在组织部的网站上，还让手下的笔杆子操刀，为他写了署名文章，发在了组织部的工作简报上。

他什么招数都用上了，甚至私下搞了几次小范围的聚会，想通过市领导身边的工作人员，把那篇署名文章呈到领导面前，如果领导开眼，能够做个批示，那就事半功倍了。

很快就有负面反映，市委秘书长给马小刚打电话，说市里主要领导让他提醒手下的人别动歪心思。马小刚没追问市领导究竟指的是谁，只是在支队办公会议有一搭无一搭地点了点。

偏偏马小刚顺便举了魏东丽的例子。他的原话是，像魏东丽这样的基层干部或许心意是好的，可能是为了集体荣誉，才动用了地方上的关系，但也不排除就是为了一己私利。

这话让黄连海心里犯嘀咕，好像每一句都有所指，要命的是拿他的外甥说事儿，心再大的人也会多寻思。

该怎么处理呢？黄连海感到非常棘手。他决定从长计议，同时不放弃任何可能的机会。不管未来结果如何，只要努力了就不会后悔。

黄连海把这些感受写到了纸上。他提笔忘字，即便是写到了纸面上的字迹也变得陌生，明知书写得没有错误，可还是怀疑出了差错。

他感到可怕，甚至觉得这是不祥的前兆。要知道，当年他是从中队文书的岗位上成长起来的，总是为中队写写画画，有一笔漂亮的硬笔书法。那时候基层中队就缺这方面的人才，但凡表现不错的，都能提拔成为干部。

老乡谭杰就没法跟自己相提并论了。两人在同一个中队起步，在黄连海的印象中，谭杰干过饲养员和炊事员，搞笑的是，前者是把猪养肥，后者是让人吃好。

谭杰转行干厨子还是受了他的恩惠，是他在中队干部面前一番美言，才让谭杰有了机会。谭杰干活踏实，在他进军校的当年也立了三等功，次年因加十分的待遇才勉强进了军校。好在谭杰这个人刻苦，凭笨鸟先飞的本事，把消防业务学得不赖。

在中队宣布谭杰担任炊事员命令的当晚，谭杰偷偷在中队炊事班炒了两个小菜，又变戏法似的掏出瓶二锅头，跟黄连海畅想未来。谭杰的想法是日后能去学个驾驶技术，再能转个志愿兵，将来也能在老家讨个好媳妇儿。

结果，两人比画了几口就喝醉了。那个年代对喝酒管控的不严，就是从那时候起，这哥儿俩有事没事就会小聚，喝上两口。

可是，得有多久没见到谭杰了呢？黄连海把这行字写到纸上，手禁不住颤抖，抖得字迹歪歪斜斜，像醉酒之人在雨后的泥土路上踩下深深浅浅的脚印。

他忽然渴望回到老家，那里可以远离各种纷争。他想只能退休之后回去，弄个菜园，养点花花草草，那才是神仙过的日子。

120

写到末了，黄连海的血压和心跳都在提速。他烦躁地把手里的钢笔摔到桌子上，在办公室里茫然地徘徊。

半个小时之后，他才安静下来。他把自己窝在沙发上，打开手机，有所选择地在朋友圈里点赞。自从有了微信，他便养成了习惯，加了好多熟悉或陌生的朋友，在翻看朋友圈信息时，只有关系特别好的或者有求于人家的，才会评论几句。这是保持主动甚至自我保护的必要措施。

在看到魏东丽发布的视频时，他有些犹豫了。那个视频是马小刚、沙方健等人成功处置汽油瓶事件后拍摄的，黄连海只能看到几张熟悉的面孔，只能看到他们的嘴巴一张一合，却听不清在说什么。

他忽然觉得，那些人是在讥笑自己。黄连海回忆他这段时间的所作所为，好像明白了他们为什么讥笑自己。

他想为自己寻点事情来做，可转来转去，终究没找到合适的营生。他翻看手机通信录，居然找不到一个可靠的人可以唠上几句。他越发怀念跟谭杰在一起的日子，至少在心烦时可以凑堆喝口小酒。

有的人就是这样，在身边的时候并不觉得有多重要，倘若离开了，忽有一日会感到这人在生命中其实挺重要。对于谭杰被纪委请去调查，黄连海原本抱着事不关己的心态，现在看得过问一下了。

他感到饿了，从办公抽屉里掏出一桶泡面。在林河消防，为了应对随时必须处置的战斗任务，或者是为了加班的需要，每个办公室都配备了桶装的方便面，对一些加班较多的科室还专门配了速溶咖啡，确实挺人性化的。

黄连海在冲泡方便面时，总觉得那开水是褐色的，再定睛一看，又变成了蓝色。他揉了揉眼睛，又恢复了正常。他试着喝了一口，没有任何异样，却莫名其妙地感到恶心。

他颓然坐回沙发，思量如何打发这漫漫长夜。

这一宿，黄连海始终未曾合眼，及至天亮，他赶回家里。妻子老罗已经给孩子做了早餐，正躺在床上睡回笼觉。妻子对自己的容貌极为重视，称回笼觉为美容觉，他早已见怪不怪。

看着老罗慵懒的睡姿，黄连海的某根神经受到撩拨，一种久违的感觉从心底涌起，下体跟着昂扬了。他三下两下脱掉衣服，只剩下遮丑的内裤，猴急地扑到老罗身上。

有病吧，你。老罗厌烦地把他推开。

黄连海像个赖皮的顽童，一头扎进妻子的胸前。虽然老罗已经过了不惑之年，但保养得不错，双乳直挺挺的，很有弹性。

老罗被动地配合着，说作死呢，大清早的，毛毛糙糙的。

黄连海嘴里叼着奶头，含糊不清地说，时间还早，你又不急着上班。

他讲的是实话，岳父是市里的老领导，当初千挑万选才把独女嫁给了他。老罗在某机关单位工作，干的三天打鱼两天晒网的那种活儿，没人计较她迟到或者早退。

妻子比自己大两岁，所以黄连海一直称其为“老罗”。他原指望靠岳父的关系网，在事业上走走捷径，但老人家一辈子清正廉洁，啥忙也没帮上。

现在想想，他什么都没捞着，充其量前几年他收获了不少恭维，人们总是说他是某某的乘龙快婿，还有什么呢？这几年岳父退了，那些拍马屁的人早就把他忘到脑门子之后了。他多么希望有朝一日，人们会说某某是黄连海的岳父啊。

他挑不出老罗多大的毛病，唯一的缺点是比较贪心。他再一寻思，彼此之间也很少吵架闹别扭，可相处多年却缺了应有的和谐。此时此刻，黄连海突然发觉，这半辈子真是不值啊。

有了这样的心事，他的劲头就猛了些，他有些发狠地纠缠住妻子。妻子一骨碌爬起来：神经吗，你弄疼我了。

黄连海用迷离的眼神看着妻子，带着哀求的语气说，老罗，求你了，让我尽兴。

老罗踹了他一脚，他没有任何防备，跌坐到床下。他气急败坏地穿上衣服，狠瞪了妻子一眼，就要出门。

老罗说等等，谭杰家那口子也被纪委带走了。

黄连海愣了，他板着脸回头问：什么时候的事儿？

老罗说，有些日子了。

你怎么不早说？黄连海气呼呼地问。

老罗说，她一个农村娘儿们，我跟她八竿子打不着，我也是昨天才刚听说。

黄连海蒙了，他在心里念叨，不是一家人不进一家门啊，他跟妻子态度一致，向来也瞧不上谭杰的妻子，否则早就听到了消息。

喂，怎么了？老罗问完，摆出了暧昧的姿势，说：来吧，满足你就是了，至于的吗，把脸拉得比驴脸还长。

黄连海终于爆发：什么鸡巴玩意儿，你头发长见识短，还不如个农村娘儿们。

他愤然离开。出了单元门，旭日初升，阳光并不刺眼，但黄连海却感到明晃晃的。他每走一步都软绵绵的，比连续行几场房事还要疲惫。他头重脚轻地走出小区，心想那句老话没错，百因必有果，该来的终究是来了，就看自己能不能躲过这一劫了。

如果早点关注谭杰就好了。黄连海在心里骂自己百密一疏，是天下最大的傻子。他隐约觉得自己的好日子到头了，还算计什么趁着改制调换工作，算来算去算到了自己头上。

后院起火了。这个念头一冒出来，黄连海的后脊背就发凉。他突然不敢去单位了，他打车去了鱼鸟河中队，跟魏东丽打了个照面，心里憋了一肚子话却没说出来。

黄连海猛然体会到孤家寡人的感觉，连至亲的外甥都难以开口，还能怎么办呢？是的，或许冥冥中会有感应，否则昨天夜里，他不会因为一段视频而变得反常。

他勉强收拾了心情，回到支队机关。路上，他竟然在想，如果我被纪委带走，也会在支队上下或者市里的党政机关掀起轩然大波吗？

第二十五章　抢救爱情

121

武鸣的表情熟悉而陌生，至少元力好久没见过了。

他微笑中带着坚毅，坚毅中带着一种骄傲，而那份骄傲之下又掩藏着一丝痛苦。

武鸣在火场上受伤了，元力是通过战友得知消息的。她张嘴就埋怨：你是打算一辈子不联系我了？

虽然心上人不是第一次受伤，但她还是难以接受。她趴在病床上，仔细查看白得扎眼的纱布，仿佛受伤的不是武鸣，而是自己。

武鸣不耐烦地说，我这不是好好的吗？

元力抬起头，轻声问：什么时候的事儿？

看她悲伤欲绝的样子，武鸣笑着说，就昨天傍晚，没想到我一个业务尖子，竟然被一个小铁片给划伤了，徒有虚名啊。

元力不依不饶：那你也得跟我言语一声，非得把我当路人甲吗？

武鸣“嘿嘿”一笑，说小事一桩，为这样的事儿让你跟着操心，那就罪该万死了。

元力掐了他的左腿，泪眼婆娑地盯着他说，快闭上你的乌鸦嘴，伤得重吗？

武鸣轻轻拍了下右大腿上裹缠着的纱布，说不碍事儿，医生跟我讲过，也就半拃长，深不过两厘米，没伤到骨头，也没伤到筋。点背的是，马上就该比武了，我闹这么一出儿。

元力用手堵住他的嘴，说快歇歇吧，中队还有魏东丽，地球缺了谁都会转。

嗐，他刚请了假，去抢救爱情了。武鸣的语气低沉。

元力安慰他说，吴华处长还在队上，你就安心养伤吧。

武鸣叹口气，说也罢，既来之则安之，塞翁失马，焉知非福，我正好偷个懒，算是休假了。这么多年下来，除了养伤，我还没正经休过假。

元力忍不住偷偷瞄了一眼武鸣的左腿，在武鸣的左小腿上有一道伤疤。那时候，她刚分配到林河消防，原以为可以制造点久别重逢的小浪漫，但武鸣却一声不响地失踪了半个多月，才拖着伤腿出现在她的面前。

据医生讲，稍微偏那么一点点，就会伤到动脉和神经，整条腿很可能就废掉了。武鸣大大咧咧地说吉人自有天相。

直到现在，元力也搞不清为什么，喜欢武鸣绝非制服情结。她本人就穿制服，又是在消防队里长大的，不会像别的女孩一样，对英雄盲目崇拜。是单纯和幼稚，进而被武鸣文武双全的假象迷惑了吗？仔细想想，有那么一点，却有些牵强。

自从武鸣撞见自己跟发小儿在一起，元力心里就冒出个古怪的念头：如果回头再来一次，还会选择武鸣吗？答案似是而非。通常她会坚定不移地对自己说，这辈子非他莫属；极个别的情况下，她会感到不值，她会想象跟发小儿结合。

发小儿情商再低，也是真心喜欢自己，退一万步讲，她不必只身跑到林河。元力认为，父亲是后来者，不算数。在苦恼万分的时候，她会怀念在省城生活的日子，那里有太多知心朋友，可以陪着自己笑，陪着自己哭，哪怕来点放肆之举也无所谓。

这段日子，元力郁闷，只能向发小儿倾诉。两人像约好了似的，总在每天上午八点至九点期间发几条微信，虽然都是些无关紧要的家常话，但她还是感受到了一种温暖。

坤包里的手机突然响了起来，把正在怨恨和心疼之中纠结的元力吓了一跳。她的脸莫名其妙地红了，心想该不会是发小儿发来的信息吧。林河乃至全省都有个规矩，看病号要在上午，图个吉利。这个时间点儿，极可能是发小儿。

她摸出手机一看，果不其然，真是发小儿。元力本来不想看信息，又怕对方继续发送，更怕武鸣多心，就随手打开微信，回复了个表情，进而关掉手机。

元力换了个位置，坐在椅子上，抻着脑袋，把头靠在武鸣的胸口。这个动作夸张而滑稽，但她却十分享受这一过程。

她隐约听到了武鸣的心跳声。她突然想到了发小儿，如果和对方在一起，自己也会这样去倾听心跳声吗？武鸣抚了一把她的头发，元力猛然间清醒，暗暗在心里骂自己：罪过。

元力原打算对武鸣冷淡一点，免得他不珍惜这份爱情，可她根本做不到。她每天都会炖了猪手，送到病房，武鸣不得不抗议，说她把自己喂胖了，出了院就没法参加比武了。

她本想说吃什么补什么，话到嘴边又忍住了，心想怎么会爱上这种人呢？没想到让自己碰上了，还砸到了手里。

夜深人静的时候，元力愈加感伤，偶尔会想，去你的武鸣，天天惦记着比武，心里没给自己留半点位置。她忍不住又想到了发小儿，不自觉地摸摸滚烫的脸，摸着摸着泪水就溢出了眼眶。

元力现在的心思都在武鸣身上，对发小儿的微信也不像以前那样期盼和依赖了。当然，发小儿依然天天准时发送信息，好像心有灵犀似的，现在的时间改成了午饭时间，仿佛故意回避了她去医院探望武鸣的时间段。

她给发小儿去了电话，把武鸣受伤的事情原原本本地说了，让她没想到的是，发小儿让她好好照顾武鸣。元力极为感动，看来有时发小儿还是很善解人意的。

让她难堪甚至恼怒的是，武鸣只在医院待了几天，就提前出院回到了中队。说是自己身体素质好，赖在医院白白浪费了医药费，不如来回跑着去医院换药合算。

元力清楚，他还是撂不下自己的队伍，心里牵挂着即将到来的比武。她跟武鸣大吵一通，吵完就把武鸣的所有通信方式拉黑了。她想这是绝好的机会，但凡对方心里有自己，发现失联之后，就会来主动认错。

很快，失望彻底击垮了她的意志，如果这期间不是还有曹小菡需要照顾的话，她真不知道该怎么熬下去。元力再次想到了自己的发小儿，她把满肚子委屈编成一条微信，刚发送又撤了回来。

她恍若梦境般地想，真正需要抢救爱情的是自己。

122

跟元力的情况相似，魏东丽一直在盼着能和女朋友冰释前嫌。他不是在拿架子，而是不知道该如何跟对方沟通。

人有所长，就必有所短。

作为新闻专业的高才生，魏东丽能够在极短的时间内取得被采访对象的信任，也能在很忙乱的情况下撰写新闻稿件。这些都是他理应具备的素养。

可他的缺憾是，始终没学会与女友交流的方式，平常关系和睦还好，只要产生矛盾，他就没招儿了。魏东丽既不会甜言蜜语去哄人，也不会用文字表达内心的情感。在这方面他总是才尽词穷，让人以为是故意装的。

就在他束手无策的时候，女朋友来了电话，说是母亲过66岁生日，让他火速赶过去，为老人祝寿。电话是武鸣接的，女朋友让武鸣转告魏东丽，请他过去仅是帮忙而已，在找到下一个男朋友之前，不想让父母催婚。

武鸣那会儿还没受伤，帮魏东丽分析了一通：假如对方真放弃了这段恋情的话，不会主动联络，更不会邀请他参加寿宴。这等于是在释放一个信号，给你改过自新的机会。

魏东丽愣了好长时间，才嘟嘟囔囔地说，我又没犯错儿，哪来的改过自新。

武鸣笑了，说你呀你，别再咬文嚼字了，相好的之间哪分得清对与错。

这边还没表态，武鸣跟着问：你跟她家谁的关系最好？

魏东丽答：阿姨。

武鸣又问：那你知道她妈妈的生日吗？

魏东丽又答：知道。

武鸣借题发挥，说这就是你的不对了，知道准岳母的生日，还不紧溜溜地去弥补，这可是一年一度的好机会。

虽然这话在理儿，可魏东丽还是犹豫不决。因为支队为了加强管理，将干部休假的权限提高了档次，以前只需要政治处主任批准即可，现在得支队主官同意。

他认为此时请假出远门，会让领导产生误会。武鸣说这都不是事儿，瞅着周末去，两天的时间足以打个来回。

有必要冒这个风险吗？魏东丽问。

武鸣说，那当然，你必须跑一趟，去抢救自己的爱情。

魏东丽反问：那你跟元力呢？

武鸣陷入沉默。这就是生活中的戏剧性吧，如若他知道元力事后也想到了抢救爱情，或许会摆出另一种姿态，最不济也是相对积极地去对话。

让人啼笑皆非的是，武鸣在别人的恋情上非常用心。他托人帮忙打听了，在魏东丽准岳母的老家，66周岁大寿是有讲究的，儿女拜寿要提上一只鸡、一只王八。这两样东西都得是活的，寓意是龟鹤延年，讨个好彩头。

武鸣替他置办好了，说早去早回，唯一的遗憾是，带着活物没法坐高铁了。

魏东丽喜欢坐绿皮大货车，尤其喜欢在硬座席，因为在那里似乎可以看到与个人生活截然不同的世界，找到接地气的素材。

一路上，他心情不错，拜见准岳母后，也是一团和气，看不出任何异样。到了晚上，魏东丽有些心慌。

对方父母非常开明，过去他到女朋友家里，老两口会让他睡到女儿卧室。这是认可了两人的关系。两位老人好像早就知道他们已经把身体交给了彼此。

如今女朋友跟自己别别扭扭，再冒冒失失的成何体统？魏东丽正琢磨着，准岳母递给他一身崭新的大红色内衣，让他到女儿卧室换了。还跟他说了悄悄话，意思是他现在干的活儿危险，穿上红的能辟邪。

魏东丽心里甭提有多高兴了，这说明女朋友让步了，允许他继续在鱼鸟河中队干下去了。

他对准岳母再三感谢，才走进卧室。女朋友穿着套薄薄的睡衣躺在床上，柔和的灯光下，那迷人的曲线，让魏东丽紧张而又激动。

他轻轻地躺下，女朋友自然而然地把脑袋凑过来，枕在他的手臂上。魏东丽搂住女朋友，呼吸紧促地说，宝贝，你辛苦了。

女朋友挣扎了一下，捣了他一拳，撒起了娇：真够狠心的，这么长时间不联系，你还知道我辛苦啊。

知道，我当然知道。魏东丽边说，边让自己的手在女朋友的身上不停地游走。

他手里忙活着，嘴里也没闲着：你瞅瞅，又瘦了，太瘦了在我们老魏家可是不受待见的。

女朋友把他的手推开：对，你早就说过，你们家稀罕丰乳肥臀，那样的女人能生大胖小子。

魏东丽连忙解释说，开个玩笑，莫当真。

女朋友板起脸，说你别高兴得太早，我可没答应要嫁给你。

是啊，我还没过考验期。说着，魏东丽的手又不安分了，他摸了摸女朋友的脸，身上燥热起来。

女朋友也眼神迷离地望着他，魏东丽仿佛受到了暗示，跟着把对方拥在怀里。就差冲锋陷阵了，他忽然停止了动作。

他感到不对劲儿，却又一时想不起哪里不对，等女朋友腮上的红晕褪去，魏东丽才意识到，两人的衣服都还穿在身上。他羞赧一笑，开始为自己宽衣解带，女朋友却制止了。

女朋友在床上坐起来，一本正经地说，咱俩还是好好谈谈吧。

魏东丽说，我的情况你都了解，没什么好谈的。

女朋友问：你拿什么条件来娶我？

魏东丽说，不是商量好了吗，在林河选套婚房，我负责首付，咱一起还房贷。

女朋友说，这是硬件条件，我要跟你探讨的是软件。

魏东丽不傻，迟迟没有回应。女朋友换上讨好的笑容，终于点到了正题：换个岗位吧，别在鱼鸟河那鬼地方了。

搁在刚到中队的时候，魏东丽会同意女朋友的要求，可时过境迁，他已然跟中队以及兄弟们有了感情。他义正词严地纠正道：什么叫鬼地方？别诋毁我所在的集体。

女朋友恼了，说行啊，去跟你的集体过日子，让那些消防员给你生娃续香火吧。

魏东丽灰溜溜地回到了林河，他收到女朋友的信息：分了吧，我不想为你提心吊胆。

123

回到中队，魏东丽先去医院看了武鸣。从他的表情上，武鸣已经看出了端倪，这趟远行并不顺利。

武鸣想问问相关细节，魏东丽支支吾吾。问到最后，他才不耐烦地说，她提出了分手。

武鸣说，这有什么啊，女人说再狠的话，也不必当真。

魏东丽苦笑道：我跟她有言在先，无论闹多大的别扭，双方都不提分手，“分手”两个字是红线，她不是在开玩笑，是真对我绝望了吧。

武鸣不知该如何劝慰，自己跟元力也是乱糟糟的。他只能转了话题，问：你小子能撑得住吧？

魏东丽点头说“能”。武鸣接着说，那就给你个任务，最近得把苏平安作为重点，他女朋友过去有一段不光彩的历史，你得盯紧了，坚决不能让他出事儿，等我出院，你得把队伍全须全尾地交给我。

魏东丽应了，他想这样正好，可以转移注意力。他苦思冥想，决定对苏平安旁敲侧击。

这实在是为难他了。触及别人的感情问题，又涉及个人隐私，所有的话都难以启齿。

这天清早，中队组织长跑，魏东丽跟在队伍里，一直在寻找与苏平安单独相处的机会。他的想法是，随时都能把苏平安喊到中队部，但那样做过于刻意，会引起对方的反感。

整整一上午，魏东丽也没能如愿，午饭之前，他邀请苏平安一起打乒乓球。苏平安口无遮拦，说我的个天哪，指导员肯屈尊跟我耍，莫非是想指派我干坏事儿？

魏东丽一时半会儿没反应过来。苏平安张牙舞爪地比画了一阵子，他才记起武鸣搞的那次恶作剧。他刚一否认，苏平安就说没劲，让他找别人乒乓去。

魏东丽说，还就得找你，咱俩打球的水平差不多，其他人我赢不了。

苏平安把脑袋一扭，说sorry，更不能奉陪了，几个意思啊，变相贬低我球技差吗？

魏东丽迫切地说，没有，我是寻找刚来中队时候的感觉，在打乒乓球这方面，你是我师父。

我可没闲工夫陪你浪漫。说着，苏平安眨巴着眼睛，弯腰揉自己的大腿：指导员，训练一天下来，腰酸背痛……

腰在哪儿？背在哪儿？你冲大腿较劲，又是几个意思？魏东丽想笑却笑不出来。

魏东丽曾经认真观察过中队上的每个人，几乎所有人身上都有长期养成的行为习惯，只是多数自己感觉不到罢了。比如苏平安，他除了爱用“一般人不告诉他”来吊人胃口之外，还喜欢眨眼睛——眨眼睛一定是心里有了鬼主意，换句话说，就是心口不一的情况下，他才会如此。

这是魏东丽感到可笑的地方，笑不出来的原因是，他担心言语不当，导致苏平安跟曹小菡翻脸。人们都奉承“宁拆十座庙，不拆一桩婚”的老传统，真要让人家吹灯，对双方都是很大的伤害。况且他本人也身受感情问题的困扰。

如他所料，苏平安只是矜持了一下，很快便答应了。魏东丽的乒乓球的确是苏平安教的，有一次组织对干部骨干测评，消防员们对他的意见比较集中，嫌他没跟兄弟们打成一片。为了跟大伙密切关系，他才学习了打乒乓球，还恶补了打扑克的技巧。

两人在午睡之后开战，按照苏平安的约定，还是老规矩，输了的一方要给对方买饮料。一局结束，魏东丽体能消耗较大，上气不接下气。苏平安做了个不屑的动作，将球拍收起来，就要离开。

魏东丽拿出早已备好的饮料，拦住对方：坐下，聊会儿吧。

苏平安抹了一把汗，说行，咱聊五毛钱的。

真板板正正地坐在那里，魏东丽又慌了，把想好的说辞忘得一干二净。他咬咬牙，索性拿自己开刀，编起了故事。不这样又有什么办法呢，好像无论怎么开头，都会让人感觉不适。

事实证明，魏东丽不愧学过新闻，还在网上连载过小说，他是个编故事的高手。他一张嘴，语气就有些沉重，苏平安受到感染，被毫无防备地带进了节奏。

故事很俗套，讲了一对相爱的男女，因恋爱前女方的过错，失去了贞操，男方知晓情况后痛苦万分，不知该如何选择。

苏平安说，这事好办，就看这男的是否保守。

魏东丽想了想，说你保守吗?

苏平安嘻嘻哈哈地答：我当然不会容忍，你想啊，头顶一片绿色的草原，还得给人家绽放灿烂的笑容，那不成了傻帽啦。

魏东丽心里凉了半截，说如果是我呢?

那得看你是否在意这段感情了。苏平安收起笑容，也跟着严肃起来：指导员，这种玩笑咱可不能开。

算了，以后有空再说吧。想到自己跟女朋友之间的关系，魏东丽的情绪也被败坏了。

苏平安又换上了嬉皮笑脸的表情，说别演了，搞那些噱头干吗。

魏东丽说，没有。

苏平安这才吞吞吐吐地说，那、那什么，如果你、你真摊上了，得想、想开点儿。

魏东丽点点头，苏平安有些着急地说，别瞎想啦，我这人嘴巴严实得很，一般人我不告诉他。

苏平安尽量让语气变得平和：指导员，别疑神疑鬼。还有，难得你信任我，你讲讲吧，就死马当成活马医吧。

魏东丽垂下眼，不敢直视苏平安，眼睁睁地说瞎话，他越发感到残忍。苏平安不知其中的道道，说只要跟另一半是真爱，就不能计较太多，又不是结了婚以后劈腿儿……

你真是这么想的?魏东丽问。

苏平安拍着胸脯说，必须的必，假如这事儿搁在我身上，小菡之前有见不得人的经历，我会去安慰她，抚慰她受伤的心。

这是意外的收获，魏东丽的表情起了变化，苏平安瞬间警醒。指导员决不会无缘无故地闹这出儿，曹小菡她怎么了？

他跟着拨打电话，接电话的竟然是一个陌生的男子。苏平安彻底傻眼了。

124

苏平安是个乐天派，他习惯于沉溺于自己搭建的世界里，没心没肺、自得其乐地过日子。

吕建业曾经笑话他，说他胸无大志，没个奋斗的目标。他总是自称佛系少年，早已看破了红尘，说自己的梦想就是明天还能像今天一样安安稳稳，能保住这个，就得努力，照样得奋斗。

可他现在稳不住了，魏东丽的话说得很露骨了，他没想到自己也会变成倒霉蛋。

那个男人是谁？苏平安在电话里问元力。

元力支支吾吾，苏平安急了：他为什么拿着小菡的手机？

元力说，你别急，听我解释。

苏平安没留情面，说没必要解释，我女朋友在你那里，你让她接电话。

她休息了。元力为经不起推敲的谎言而脸红。

苏平安一字一顿地说，元干事，你别把我当傻逼。

挂了电话，他就去找魏东丽请假，魏东丽不敢准假，苏平安接着就凶神恶煞一般开始咒骂，究竟在骂谁，他也搞不清。

他黑着脸离开中队部，步履沉重地走到营区大门。门口上岗的消防员问他要请假条，他气呼呼地说了声“操”，又留下个恶狠狠的眼神。

苏平安骑上一辆共享单车，进入非机动车道，七扭八拐，在人群中寻求出路。好像故意跟他作对似的，这天街上的人流量也比往常多许多。他穿着迷彩服，撅着屁股蹬车的样子，很容易让人以为是个满街乱窜的二流子。

红灯亮了，他来不及刹车，差点撞到一位过马路的孕妇。苏平安告诫自己，别听风就是雨，一切都往好处想。可绿灯一闪，他又心生悲戚：如果指导员传递的信息属实，自己可真是倒血霉了。

元力将他堵在了门外，让他先回中队，说曹小菡暂时不想见人。

苏平安心有不甘，勉强挤出一丝笑容，说元干事，我的亲姐姐，你就让我跟她见一面，只说几句话。

元力不是存心要阻拦他，曹小菡此时的确不愿与任何人接触。她反反复复地回忆，有两个“小人儿”在心里吵架——

你为什么没早点认出那个畜生的丑恶嘴脸呢？

坏人一般是尖嘴猴腮，一身戾气，可他戴着眼镜，文质彬彬的。

算了吧，事到如今，你还在为自己找理由。

我没有，我所讲的句句都是实话。

真的吗？你明知那是个人面兽心的家伙，还趋之若鹜，苍蝇不会叮住没缝的鸡蛋。

我只是为了实现个人的梦想。

少给自己脸上贴金，你就是个妓女，万人唾弃的妓女。

曹小菡冒出了一身冷汗。是的，那畜生侮辱了自己，又设计让她献出了肉体。可这一切都是自愿的，她并不否认，当时对眼镜男心存好感。

她跟元力说，我不能再浑浑噩噩了，长痛不如短痛，早点跟苏平安散了也是好事儿，我身子脏了，配不上他。

元力犹豫再三，劝她说，先别妄下结论，说不定小苏会接受这一现实。

这现实是残酷的，元力何尝不懂，但她不愿看到那样的结局。就像自己跟武鸣的情况相似，爱到最后却要苦巴巴地寻求新的出路。

她现在必须把苏平安劝回去。但苏平安有言在先，得把接电话那个男人的情况交代清楚。两人就那么僵持在元力的家门口。

元力偷偷给武鸣发信息，武鸣的电话旋即打过来了。他不分青红皂白，把苏平安批评一通，让他抓紧滚回中队，踏踏实实地训练执勤。

苏平安哪肯听招呼？他硬生生地对元力说，你们越想掩饰，就越证明这其中有不可告人的秘密。

元力被逼无奈，说没有你想的那么复杂，接电话的男人是刑警。

什么意思？怎么还惹上了警察？苏平安连续发问。

元力想了想，说：在调查曹小菡在省城直播的事情，涉嫌诈骗。

苏平安说，正好，我是受害人，也是当事人，我跟你说的那个刑警会会。

元力费了好大的口舌才把他劝回了中队，苏平安调整了个人的情绪，逼着自己去接受一个虚构的现实：魏东丽所说的那些，指的就是曹小菡的这个污点。

他进而安慰自己，曹小菡在认识自己之前，也有谈恋爱的权利，如今的人都开放，心上人为前任献上宝贵的贞操，也是无可厚非的。

实际上，武鸣提前出院返回中队，主要的原因是心里放不下备战比武，还有个担忧是苏平安。他是打那个年纪过来的，不一定能体会苏平安的真实感受，却能理解对方的焦躁。

千不该万不该，他没跟元力进行必要的沟通，而是一股脑地把实情全说了。对此，魏东丽持反对意见，怕苏平安经受不住打击。他非常自信，认为早晚都得把事情摊开，与其让苏平安继续猜疑，不如直接将其打入低谷，置之死地而后生也是一种办法。

苏平安必须独自面对一切了。他是三班的战斗员，武鸣命令所有人都不许打扰，私下里却安排班长老郭上上心，坚决不能让苏平安有荒唐之举。换句话说，他相信一点，人若是碰到了过不去的坎儿，只能自己疗伤，外因所起到的作用微乎其微。

苏平安审视自己，一个专职消防员，跟队上的其他人没什么区别，一起训练、一起战备、一起出警、一起挨骂。对，碰到不理解消防的群众，他们不但要挨骂，还会挨打。他知道自己没出息，这辈子也干不成件大事儿，可什么算是大事儿呢？

他琢磨透了，生老病死算是人生中最重要的事情吧，可茫茫人海中，生命个体的出现与灭亡，对他人以及社会造不成多大的影响。他试图宽慰自己，默认并接受曹小菡的过往。

是的，既然有生之年干不出惊天动地的事情，未来的人生之旅刻不到墓碑上，那就坦然待之。曹小菡毕竟是挚爱的人，苏平安决定陪她渡过难关。

不管怎么说，这一结果还是让武鸣等人吃惊。

125

对于苏平安的选择，武鸣的解释是，有情人终成眷属。但元力觉得这话非常刺耳，他们之间的情分呢，难道过去的一切都是假象?

痛苦的是，她只能把这些埋在心底，还装作若无其事的样子，去照料曹小菡。此时，元力已经不仅仅是为武鸣正名了，而是出于一个人的良知，消灭罪恶的那种良知。

曹小菡早已表示配合警方调查，心态调整得差不多了，但元力还是将苏平安的态度转告给她。

这天夜里，元力把轮椅推到客厅，她打开音响，传来的是《命运交响曲》。在灵动的乐符中，元力走到餐厅，从小酒柜中拿出一瓶红酒，打开瓶盖，斟了半杯，递给轮椅上的曹小菡。

曹小菡接过酒杯，舔了舔干裂的嘴唇，用另一只手操作手机。她埋头给苏平安发了条微信：在忙吗?

过了好久，苏平安没有回复。曹小菡不禁焦灼起来，她有些心虚地看了看元力，又低下头，拨出了那个熟悉的号码。让她意外的是，苏平安的电话居然已经停机。

曹小菡以为拨错了号码，重新输入一遍，再三确认才拨打，手机的提示音依然是停机。她长叹一声，再次拨通了苏平安的手机，电话依然无法接通。

她默默收起手机，任凭泪水涌出眼角，顺着脸颊，缓缓流到嘴角。她用颤抖的双手捧住酒杯，两眼模糊。曹小菡隐约觉得有泪珠滴落在杯中，像重物砸进不知深浅的湖水中，惊起了可怕的漩涡。

漩涡的中心是血色的，翻滚着骇人的波涛，犹如她那些骇人听闻的经历。她和着泪水，将杯中的红酒灌进嘴里，红色的酒液在唇间溢出，滴落在浅色的衣襟上，鲜血一样，令人灼目。

曹小菡一连喝了很多酒，才安稳下来。元力费了九牛二虎之力，把她挪到床上，让酒精带着她进入梦乡。

元力不敢睡觉，始终守候在床边。

睡梦中的曹小菡似乎听到手机在响，她伸手胡乱摸到手机，放到耳边听，什么声音都没有。她又迷迷糊糊地睡去，手里紧紧握着手机。

手机铃声果真响了，曹小菡瞬间惊醒。她拿起手机一看，是苏平安的电话，她身上哆嗦了一下，快速摁下通话键，却不知该说什么。

苏平安在电话那头急切地问：小菡，你还好吗？

泪水涌了出来，曹小菡没有答话，而是喃喃地说，我好害怕。

苏平安说，没事儿，有我在，什么也别怕。

曹小菡嘤嘤地哭了，说你手机停机，我怕你再也不会理我，从我身边消失。

苏平安换上轻松的语气，说瞧好吧，我可不会玩儿失踪，只不过是手机欠费了。

元力不想打扰两人煲电话粥，起身想离开卧室，曹小菡腾出一只手，一把抓住她。

她冲曹小菡递过去一个坚定的眼神，小声说，没事的，走过去就是海阔天空。

曹小菡点点头，努力了很久，才含含糊糊地说了声“谢谢”。

元力重新回到客厅，把自己窝在沙发上，仰望天花板。天花板上光秃秃的，跟她的心一样空得很。她宁可一直这样下去，什么都不想，什么都不做。

终于，她还是没忍住，在沙发上坐直了身子，拿出手机，翻看武鸣的朋友圈，想从中了解武鸣的现状。

武鸣已经很久没有更新了，唯一的一条还是在一周前。那是一张照片，画面的主角是孙老太和魏东丽。元力仔细回忆了一下，这条是在武鸣受伤之前发的，应该是中队去探望老人留下的。

关于孙老太的故事，元力几乎无所不知。

三年半前，武鸣还在特勤中队任副中队长的时候，在街上偶遇孙老太。孙老太当时正坐在路边，就着凉水啃硬馒头。他跑过去一问，孙老太无儿无女，靠政府补助艰难度日。

打那开始，武鸣就安排炊事班的人每天去给老人送饭送菜，刚开始他始终交着伙食费，后来不知谁告诉了支队领导，领导私下里说，这是学雷锋做好事，用不着交伙食费。据说，后勤处给特勤中队增加了一个“人头”，那伙食费就是专门给孙老太的。

有些事情是无从考证了，但有一点是确凿的，作为支队的新闻干事，魏东丽曾经去采访过武鸣，吃了个闭门羹。

而今，武鸣调到了鱼鸟河中队，但这件事情一直坚持着。元力粗略算了一笔账，武鸣他们照顾孙老太已经将近1200天了。五冬六夏，风雨无阻，而且也不单单是给老人送饭菜。

她重新看了遍武鸣发的图片说明——孙老太已经有些糊涂了，时常把消防员当成她的孙子，我们倒是希望能照顾好老人，成为她的孙子。

元力记起来了，武鸣发朋友圈的那天好像是孙老太的生日，再仔细看照片，背景虽然模糊，但的确摆着生日蛋糕。如果没有记错的话，这是老人的91岁生日。

顷刻间，元力的鼻子发酸，心里也跟着酸溜溜的。她心里想的是，武鸣对自己太不上心了，能记住一个孤寡老人的生日，却永远记不清自己的生日。她苦笑一番，跟一个老人吃的哪门子醋啊。

元力不由地感慨起来，时间过得可真快啊，一眨眼已经跟武鸣认识了这么多年，再一眨眼她本人到林河也好几个年头了。一直以来，武鸣再浑不懔，还是对自己关爱有加。

埋怨归埋怨，单从照顾孤寡老人这件事情上，武鸣也是心地善良的。顺着这个思路一琢磨，元力又念起了武鸣的万般好处，哪怕是武鸣为她做过的一丁点小事儿，也令她感动。

她忍不住又想，如果此时能依偎在武鸣身旁，把脑袋靠在他厚实的胸脯上，聆听对方的心跳就好了。元力的脸变得绯红，跟想起发小儿时骂自己“罪过”不同，她觉得自己有些“犯贱”。

她痴痴地想，爱情非得去抢救吗？或许没那么复杂。

第二十六章　仓促应战

126

“八一”给马小刚留下了不大不小的遗憾，对于一个一直穿军装的人来讲，军人的特质早已融入血脉里了，他觉得属于自己的最后一个建军节未免过于仓促。

在鱼鸟河中队餐厅，他多么希望能把心里话全都说出来。可警铃就那么响了。响两声，出两辆消防车，这是最平常的出警任务，却打乱了他的计划。他知道有办公室的人员跟着，会把他的即兴发言整理出来，发布到支队工作网站。

马小刚想向林河消防传递自己的声音，告诉大家脱下的是军装，不论再换任何服装，都只是一种形式，对党忠诚的信念不能变，为人民服务的宗旨不能变。

他当时还特别留意了魏东丽，小伙子曾经闹出了那么大的动静，虽然只是个例，也证明一种倾向。事情发生后，确实给基层干部带来很坏的影响。

马小刚本打算跟黄连海谈谈，不单纯是黄与魏的舅甥关系，只是就事论事，从政治处的职能上强调干部的思想稳定工作，可他自己被纪委调查了，好多事儿都被耽误了。

如今人是自由了，马小刚越发觉得时间紧迫，好多事情都没做。令他始料未及的是，不知打哪天开始，沙方健开始对自己不冷不淡，对先前安排的工作也没那么上心了。

一切都毫无征兆，他猜测是受了纪委调查的影响，沙方健对自己失望了。

马小刚清清楚楚地记得，就是在8月1日那天，新成立的国家应急管理部依托北京消防总队，组建了北京综合应急救援队。这支新生力量作为国家级综合应急救援队伍，下设水域、山岳、地震、空勤四个救援大队，承担国内、国际重大灾害事故现场跨区域救援任务。

这是风向标，他当时就安排沙方健借鉴北京经验，在林河地区整合资源，打造自己的队伍。沙方健跟着热血沸腾了，雄心勃勃地表态，林河既是沿海城市，又处于丘陵地区，水上救援和山岳救援必不可少，只要给自己一段时间，定会交上一张圆满的答卷。

现在看，这项工作还是纸上谈兵阶段，沙方健未再提起，但马小刚已经等不及了。他跑去找沙方健，开门见山地提到这个问题。沙方健不置一词，用冰冷的目光逼视对方。

面前站着的或许是个善良的人，可他却失去了应有的原则，说明品行有问题。想到这些，沙方健语调低沉地说，我刚读过先人苏辙的一首诗，里面说，未有不能正身而能正人者，支队长，道不同则不相为谋啊。

马小刚自然清楚诗句的含义，也跟着直言不讳：我喜欢你的真性情，你可以对我个人有意见，但不要耽误工作，那会影响大局。

经过一整天的思想斗争，沙方健想开了。人无完人，凭这么多年的交情，他情愿相信马小刚也有难言之隐。他进而想，即便这位兄长真的迷失了自我，但目前的工作思路是正确的，它没得罪任何人，就该抓紧落实。

他早已把此项工作部署下去了，方案也搁在案头，他现在要做的是进一步梳理和完善。沙方健彻夜未眠，把亲手修改的方案通过内网邮箱发给了马小刚。他完全可以将纸质文件亲自送去，或者安排人呈给支队长，但他心里暂时还无法理解对方，就选择这种方式表达个人的态度。

马小刚心中有数，也不好点破。他打开邮件，只是浏览了一遍便兴奋不已，因为沙方健比他想得还要周全。

方案不但分析了现有的消防力量，还对市里所有民间救援力量进行了统计，海狮救援队、星月救援队等是老面孔，几家新的公益团队马小刚还不甚了解。

方案还提到如何与驻地其他兵种部队、航空和海事部门联动，如何调度消防志愿者队伍，等等，最大胆的设想是跟周边地市跨区域合作。

他有些动容，这不仅仅是一份材料，更是倾注了感情的心血之作。他要将这大手笔变为现实，就要抓住根本问题，那就是建立政府职能部门与各方救援力量的协同机制。

这些都得到市委市政府的全力支持，马小刚着急忙慌地联系政法委书记兼公安局局长，请求见面。在消防还未完全离开公安领导，还没确定哪位市领导分管消防之前，他必须紧紧抓住政法委书记，把对方当成强大的后盾。

政法委书记回了句话，说我现在是被消防绑架了，想逃都逃不了。虽然这是玩笑话，但还是让马小刚心里五味杂陈。

他已经听说了，在本省的其他地市，已经闹出了笑话。有个别地区跟公安机关的关系闹得非常僵，不知道具体矛盾出现在哪里，但在不知情的人看来，仿佛彼此之间老死不相往来。

马小刚曾经私下对元威说，咱林河消防可得认清形势，不论何时何地，都得跟“老东家”公安局搞好关系。

元威开了个玩笑，说你这是被别人管惯了，非得去求爷爷告奶奶，受制于别的部门吗？

马小刚说，扯淡，你这个思想长毛了，《消防法》有规定，咱本就该在党委政府的领导下开展工作，谁管还不是管？

元威继续逗他：听说防火监督口上的那些权力得给住建部门。

老元，咱干工作是图那点儿权力吗？权力和责任是对等的，烫手。马小刚有些烦。

元威赶忙严肃起来：不闹了，有一笔账我算得清楚，“九小场所”的火灾预防，还得仰仗派出所呢，惹恼了公安上的人，得不偿失，着了火，受罪的是咱自己。

正所谓一粒老鼠屎坏了满锅汤，此时听了政法委书记的那番话，马小刚以为是对方受了外地传言的影响。他决不会把消防跟公安的关系搞得复杂化，更不会做赔本的买卖。

那几起跟你们消防有关的案子总算是有了突破。政法委书记终于开口了。

127

政法委书记说的是KTV火灾案和吕建业车祸案，在他与马小刚通话之前，刚刚调度了两起案件的侦办情况。

老实说，最近几年，林河地区治安不错，绝少发生恶性案件，尤其是KTV火灾导致了人员伤亡，自然会引起他的高度重视。

他还在脑子里分析这两起案子，对马小刚的来电并未在意，等对方提及要建设综合应急救援队伍时，他仍沉浸在案件线索中。

消防员对灭火救援是奋不顾身的，一个好警察对案子也会有无限热情，那是植入骨髓的一种职业品格。政法委书记略带兴奋地说，KTV火灾案找到了关键证据。

说完，他又沉默了，有些事情他需要保密，即使对老婆孩子也不能说，这是必须执行的钢铁纪律，哪怕泄露一丁点儿，都有可能导致全盘皆输。

政法委书记重新捡起马小刚的话茬儿，还没等听利索，就感慨万千，说我这真是跟消防扯不清啊，瞅瞅这两起案子吧，哪个不跟你们消防有关。

自觉失言，他又打哈哈说，公安本来就是消防的娘家，现在嫁给了应急，还是一家人。

那可不能嫁出去的女儿泼出去的水，回头来个重男轻女，我可要回来一哭二闹三上吊。马小刚也跟着幽默起来。

政法委书记说，别回头了，先把眼下的事儿解决好。市委市政府向来重视消防，只要你们觉得有益于经济社会发展，再苦再难也要推进。

这肯定是发展趋势，从国家层面已经启动了，只不过……马小刚犹豫片刻说了自己的顾虑：只不过，现在咱市里的应急管理部门还未成立，我们还得仰仗公安。

刚才那些话白说了，你耳朵眼里塞驴毛了。说完，政法委书记被自己逗笑了，他笑吟吟地表态：回去出份报告，呈到市政府办公会研究。我跟市长打招呼，就凭我个人对消防的感情，以后如果换了分管的市领导，我本人也会做你的坚强后盾。

这回我可听得清清楚楚，你刚才等于向我表了决心，将来可不许耍赖皮。马小刚刚开完玩笑，政法委书记桌上的红色办公电话响了，那是公安专线。

政法委书记接听完电话，笑容凝滞在脸上，他跟还没挂断电话的马小刚说：走吧，现场见。

跟他俩一样，很多人都是仓促应战。比如说魏东丽，他去女朋友家，错过了缓和关系的机会，固然有主观和客观的因素，但长时间不联系，造成彼此关系生疏也是重要原因。

很多熟悉他俩的人听说后，都埋怨魏东丽，嫌他缺乏男人应有的气度，作为男人就该让着、哄着另一半。他无法接受这种说法，殊不知，女朋友也被朋友们说得一无是处。

两个人是老同学，从小学到中学，再到大学，一直在同一所学校。在大学期间，他俩还在同一个系，两人同时拥有很多关系不错的同学。为了让他俩和好如初，有热心肠的大学同学张罗着搞同学聚会，女朋友喜欢热闹，热衷于为大家做些服务性质的工作。

这一次，她依然忙忙活活，从订酒店、统计人数，到活动安排，没少出力气。可到了聚会前的两三天，她谎称身子不舒服，她害怕跟魏东丽相见。

魏东丽也向负责同学聚会的组委会请了假，两人的想法基本一致，担心互相之间关系尴尬，同时在同学面前出现，会把喜庆的气氛败坏了。

包括他俩在内的所有人都清楚，同学聚会是个由头，缓和两人的关系是最终目的，无论是谁缺席都会前功尽弃。有人想了个招儿，把大学时的系主任请了过来，那时候两人都在系学生会，在大学之前仅是同学关系，系主任算是他们的红娘。

这的确是撒手锏，女朋友先同意了，魏东丽也向支队政治处请了假。

前文提到过，鉴于目前消防改革给对管理带来的压力，支队要求，请假离开林河，须由支队主官批准；而离开营区需要向政治处报备。

若在以往，黄连海会想尽法子把这事儿推出去，他怕万一出点差错得承担责任。可这次不知道怎么了，他主动把干部外出的审批权要了过来，而且好多人在他那里碰了钉子。具体负责这项工作的干部科科长也落了个清闲，只要有人请假，就让人直接向黄连海请示。

魏东丽思量再三还是给黄连海去了电话，在这之前，他已经从支队办公网上传了请假申请，只等批准人点一下鼠标同意。他看到申请呈现“已读”状态，就知道这事儿恐怕要黄，等接通电话的时候，他才发现比想象的还要糟糕。

黄连海把他痛骂一顿，说这节骨眼上，你得带头执行规定。

魏东丽说，没搞特殊。

黄连海直接把电话挂掉，这让他心里特别难受。他干脆脱下外套，跑到体能训练场，拎起哑铃操练起来。

“操练”是大老柳的专利，在大老柳那里，吃饭可以操练，唱歌可以操练，打扑克、玩游戏也可以操练，反正什么事情都可以操练。魏东丽已经不知不觉从大老柳身上学到了很多东西，包括练哑铃在内的很多事情，都是受了大老柳的影响和熏陶。

练完，他浑身湿漉漉地回到中队部，抓起手机给黄连海发微信。他把目前跟女朋友的情况全说了，请求舅舅网开一面。许久，黄连海才回复：你要学会保护自己。还未等他回复，这条信息又被撤回了，换成了两个字“去吧”。

为了照顾魏东丽的工作，聚会地点离中队不远，他把对讲机揣进兜里，心想这样挺好，遇到出警可以随时归队。

系主任还真从北京赶过来了，有他坐镇，聚会的氛围不错。有人起哄让魏东丽和女朋友喝交杯酒，眼瞅着两人就要重归于好，对讲机响了。

所有人都傻眼了，因为传来的命令是，去汽车站排爆。

128

市纪委的工作人员没打招呼就到了支队，出面接待的是元威。所谓一回生两回熟，元威跟他们已经很熟悉了。

工作人员也没打哑谜，说这次是要把黄连海带去配合调查。

元威说很不凑巧，黄连海刚去现场，应该用不了多久就能归队。

这天，黄连海是支队带班领导，按照处置突发事件预案的要求，他是基指成员。在消防的指挥体系中，指挥力量分为基指和前指，前者是基础指挥部，应该在队上值守；后者是前线指挥部，要带领队伍上一线。也就是说，他不该直接去现场。

好像已经有了预感，有意躲避纪委人员，他十分罕见地去了现场。在路上，黄连海通过车载电台让参与处置的中队报告位置和带队干部，听到魏东丽的声音时，他捏着对讲机通话按键，张了张嘴没说话。

他刚给魏东丽准了假，还为请假的事情训了自己外甥一顿，眼见着要在现场见面了，确实有些尴尬。黄连海想这就是消防，很难把人情世故跟业务工作界定得泾渭分明。

这次出警只有鱼鸟河中队，参战人数不多，现场却比想象中要复杂。武鸣的腿伤还没好利索，带队的魏东丽难免紧张。

现场的情况是，一个年轻男子把女乘客劫持到货车驾驶室，声称车上有炸药，要求给一万元的现金。

黄连海一听就想笑，这家伙蠢到家了，整这么热闹才要一万，而且这是客车站，就算给了现金也逃不出去。他感觉更加可笑的是，对方手里只攥着个螺丝刀，似乎对人质构不成太大的威胁。

政法委书记兼公安局局长和马小刚等人先后赶到现场，黄连海听到政法委书记在骂娘，说都是跟火锅店爆炸学的，又想制造爆炸事件。他想没那么夸张吧，火车站、汽车站一类的地方，都有一套严密的安检措施，炸药不可能带进来。

很快，黄连海便发现，这种可能性是存在的。因为车站站长正在向政法委书记检讨，说工作出现纰漏，只抓了乘客的安检工作，忽略了给车站那些小超市进货车辆进行安检。

政法委书记把站长撵走了，让车站工作人员配合公安民警疏散乘客。他回过头来召集各部门负责人研究对策，黄连海也在这群人当中。

特警负责人自告奋勇，说狙击手已经到位，只要一声令下，绝对能一枪毙敌。

政法委书记经验丰富，瞪眼问：这很可能是个瘾君子，毒瘾犯了，罪不至死吧。

黄连海朝那边一看，年轻男子虽然情绪激动，却是哈欠连天，精神时而亢奋时而恍惚。他扭过脸来对政法委书记说：这事儿好办，只要能让那人打开车门，就能上高压水枪，解救人质。

政法委书记看了他一眼，又看了马小刚一眼，马小刚点了点头，表示方案可行。

紧接着马小刚就开始部署，他把魏东丽喊到跟前，交代完注意事项，又主动请缨去跟年轻男子谈判。这时候，黄连海专门跟魏东丽耳语一番，让魏东丽抱住水枪，说这是个大事儿，搞好了可以立功，给日后发展留下资本。

随后，他也从车上换了便装，请求让自己上。马小刚说他常年待在政工口上，身体素质不如自己。黄连海称自己年轻，不光是只会耍嘴皮子，这点事情没问题。

两人正僵持不下，政法委书记来了，说消停会儿吧，我这公安民警这么多人，用不着你们上。

马小刚和黄连海几乎是异口同声地说了四个字：时间紧急。

还没等政法委书记应声，马小刚转头对黄连海说，别争了，咱俩都上，打个双保险。

马小刚提起个公文包走向货车，黄连海在后。在接近车门时，年轻男子把车窗降下一半，让把包扔进驾驶室。黄连海想，这还真是个笨贼，真要上了狙击手，早就一命呜呼了。

马小刚想为营救人质创造机会，就抓住车门把手，想把车门打开。年轻男子有了警觉，猛地把车门推开，马小刚一闪身儿，用屁股顶住车门，这样高压水枪喷出的水柱就没有遮挡了。可他没想到，年轻男子撒开人质，把螺丝刀直刺他的胸口。

就在这时，黄连海迎了上来，挡在马小刚身前，他大脑一片空白，只是觉得身上的某些部位发出沉闷的声音，螺丝刀接连刺到了身上，一次是胸脯，一次是脖颈，最后一次是眼睛。

远处负责高压水枪的魏东丽这才回过神儿来，可是一切都为时已晚。在场人员的表现迥异——马小刚转身蹲下，用手掌摁在黄连海受伤的胸口处，嘴里呼喊着“救护车——救护车——”；政法委书记怒不可遏，他宝刀未老，顺手从旁边的特警手里抢过手枪，熟练地打开保险，将子弹上膛，枪口指向了行凶的歹徒。

歹徒先是一愣，看着颓然倒下的黄连海，哈哈大笑。他再次举起螺丝刀，这次是扎向了自己的脑门。政法委书记扣动扳机，子弹不偏不倚，击中歹徒手腕。

枪声一响，马小刚手里一沉，在他怀中的黄连海眼前一黑没了知觉。

魏东丽早就傻了，他听到马小刚在吼：黄连海，你他妈的给老子撑住，不能睡，醒醒，千万不能睡……这是命令，你小子给我执行命令！

在支队机关，元威等来的是黄连海身受重伤的消息，他无法再保持淡定，高声对纪委工作人员抗议：快走吧，打哪儿来就回哪儿去，人是带不走了。

纪委工作人员面面相觑，停顿了一会儿才说，元政委，你可得讲政治。

元威烦躁地摆摆手，说你们来肯定是因为他犯了错儿，但他还不至于为了逃避责任，就去拼命吧。

几位工作人员不解其意，元威索性把这段时间的郁闷发泄出来：我们消防到底招谁惹谁了？你们说说看，这一天天地拼死拼活，我们的命就不值钱？我们的名誉就不值钱吗？

129

汽车站的警情是救援任务，由魏东丽带队，先于这个任务之前，队上另一拨人在大老柳率领下，正在城隍庙处置一起火灾。

城隍庙是辖区里的老大难。鱼鸟河中队地处闹市区，也是老城区，这些年，市里下大力气改造老城区，别看拆迁费特别吓人，在经济利益面前，总有开发商敢于往里砸钱，毕竟市里给的附加条件很实惠，有钱赚是硬道理。

如此一来，几乎是一夜之前，鱼鸟河中队附近高楼林立。虽说高层建筑火灾预防和扑灭是国际上公认的难题，但相比城隍庙，还是差好几个档次。

该怎么形容这个地界呢，用大老柳的话说，是懒婆娘的针线笸，乱七八糟。魏东丽去进行“六熟悉”演练时引用了古诗，是唐朝韩愈《送孟东野序》里的一句话：“其为言也，乱杂而无章。”总之，都是一个理儿。

因为周边全是些不老不新的建筑，毫无特色可言。年代最久的是晚清的一座小庙，被称作城隍庙。是的，整条街道甚至整个社区都是以城隍庙命名的。

据说当初市里准备拆掉这一片儿的时候，受到了很大的阻力，时任市长是少壮派，向来说一不二。为了保留城隍庙，省里主要领导亲自来了，现场办公，说要批个文物保护区，打造成老建筑旅游景点。

市长不干，说这样的景点一抓一大把，没有任何存在的价值，不如搞建设。

省领导讨了个脸红，回去后就把市长调走了，安排到一家国企干老总，说这位市长有魄力，不唯才是用，不让他发展经济可惜了。

以上自然是传闻，不能过于较真儿。毕竟坊间还流传着很多个版本，有说在战争年代，城隍庙住过八路军，某位开国元帅就在此处住过；也有的说，城隍庙旁边有个家祠，出了一位世界顶级专家的，专门研究为民族争光的高科技技术，主要用在国防。

其实，不管哪种原因，拆迁是搁浅了，有些等着赚点拆迁费的群众还挺乐呵，好像自己也因此变得高贵了。

也不知哪任领导出的馊主意，在这里建了个市场，卖的全是假冒文物和古玩，还有旧书，这就给消防工作带来了巨大的压力。

大老柳处置的这起火灾就是书市里的一个店铺。店铺临街，一楼经营，二楼住人，是消防部门最惧怕的一种格局，发生火灾极易造成人员伤亡。恰恰因为这起火灾，耽搁了去支援魏东丽，也让大老柳很长时间里一蹶不振。

我不够资格当一个消防员。在手机视频里看到儿子壮壮时，大老柳颤颤地说了这么一句话，这话既像是自言自语，又像是在跟妻子车小米倾吐心声。

车小米刚想安慰几句，他又接到开会的通知，只能匆匆关闭视频。大老柳无论如何也想不到，拖着伤腿的武鸣竟然在会上宣布，中队进入整顿阶段，支队暂时取消中队参加比武的资格。这如同晴天霹雳，一下子把众人搞蒙了。

马成功当即打报告，站起来问为什么，武鸣回答说是支队的统一安排。

为什么？为什么？这究竟是为什么？大老柳连连在心里问自己。往年作风纪律整顿都是在三月份，三月是条令学习月，支队会利用一个月的时间强化队伍管理。可武鸣含糊不清，他搞不懂是什么整顿，居然取消了比武资格。

会后，苏平安侈侈不休，像柯南似的分析这个问题：三种可能，一个是指导员在支队说过主动退出比武，但这种可能性不大，要取消资格早就取消了，用不着现在；还有就是指导员操作失误，让政治处主任受伤了；最大的可能是城隍庙火灾，死了人……苏平安掰着手指头，说得头头是道。

本来大老柳是想单独问问武鸣的，听了这番话就蔫了。这事儿已经困扰他半个月了，他固执地认为自己罪不可赦。

如果不是因为自己负材矜地，就不会有人丧身火海；如果处置得当，就能赶到汽车站救援现场支援指导员，再怎么说魏东丽在灭火救援方面也是个新手。

这跟当年KTV亡人火灾的性质有天壤之别，那次是为了保全自身，没再往里冲；而这次完全是自己一念之差，才酿成了悲剧。大老柳无法饶恕自己。

城隍庙旧书市场是自发形成的，当初没有任何规划，整条街上都是格局相似的两层小楼，你挨着我，我挨着你，显得特别拥挤。着火的那栋小楼在市场中央的位置，只要控制不好，会火烧连营。

抵达现场时，大老柳暗自庆幸，虽然天气炎热干燥，却没有风，算是老天爷开眼，为他们减少了很多麻烦。有风助纣为虐，是最令人头疼的。

没多大会儿工夫，明火就被扑灭了，按照操作规程，他们要进去打扫“战场”，也就是检查现场，防止复燃。可偏偏在那个时候，武鸣接到指令，让去支援汽车站，说那里有人搞爆炸。

一边是普通火灾，一边是公众聚集场所，孰轻孰重一目了然。大老柳正要下令进人检查，又打了手势叫停，他认为应当火速赶往汽车站。他彼时有些犹豫，吕建业跑过来报告，说听见里面有呼救声。

大老柳闻声，侧了侧脑袋，像是在倾听火场里的声音，又像是在转头看吕建业。可能是受到关注的原因吧，吕建业用大幅度的动作比画着，说话的声音已然成了号叫。

业主不知何时冒了出来，说我用性命担保里边没人，我的房子我心疼，这可打不了诳语。

或许是受了这句话的影响，大老柳训斥吕建业，说你个新兵蛋子，你以为进火场是小孩子翻跟头啊，滚蛋。

新的战斗任务又来了，他们得争分夺秒。可所有人都没想到，现场又复燃了，而且有一对母子丧身火海。死去的孩子仅比大老柳的儿子大一岁。

130

林河消防支队收到了市纪委对黄连海和谭杰违纪行为的通报。

通报中称，黄连海利用主管士兵考学、入党等业务的便利及职务影响力，帮助谭杰之妻插手士兵关注的敏感问题，分多次直接或通过其妻老罗收受谭杰之妻给予的贿赂款16.95万元和价值5.39万元的礼物。

通报决定，追缴赃款赃物，给予黄连海开除党籍处分。谭杰也因对直系亲属管教不严，放任其妻行贿索贿，受到党内严重警告处分。

元威私下找市纪委书记，说对黄连海的处分有点重，更何况现在人又身受重伤，从人道主义的角度讲，可以宽大处理。

纪委书记非常实在，说功是功过是过，两者不能相抵，最大的问题在于，他安排人实名举报那个叫马小刚的支队长，牵扯了我们大量的精力，到最后搬起石头砸了自己的脚。这样的人不配党员这个身份，还是回去后做好他本人的工作吧。

黄连海指使人举报马小刚？元威将信将疑，可他没有理由质疑纪委的调查结果。他的脑子不够用了，不知道该同情还是憎恨，可不论选择哪种，都无法改变对方成为残疾的事实。

在他见到黄连海时，黄连海已经做完手术，蒙在右眼上的纱布也揭下来了。那只眼睛的眼球被取了出来，眼窝深深地陷了下去，拖累得整张脸都扭曲了。他还清楚地看到，有几滴清泪从黄连海的左眼淌了出来。

黄连海哭了，哭得真真切切，他说自己活该，眼瞎了。他还说多行不义必自毙，欠人家的早晚得还。说罢，黄连海撕扯着自己的头发，嘴里发出沙哑的声音，像是在诅咒自己。

元威知道，此时的黄连海悔恨不已，这事儿太作了，的确是害人害己。他不禁感叹，这就是生活，残酷而又带点血腥的生活，如果换做自己，恐怕也会迷失方向。

受这一情绪的影响，他发了个朋友圈，寥寥数语，说生活啊，搁在谁身上都是磨炼，由不得感伤就扑面而来，真正临到自己头上，也只能仓促上阵了。

马小刚给他点了个赞，又发了条私信，说抓紧碰个面儿，有事儿商量。他给对方发了个定位，说在医院探望病号，马上回去。马小刚说不用，就在医院等我。

马小刚赶到医院，上来就骂黄连海不争气，说不能总沉迷在过去，以往的事情必须翻篇儿，要活在当下，对能够预期的未来进行规划，就像老元微信里说的，决不能仓促上阵。

元威怕这些话给黄连海带来更大的压力，就暗示马小刚少说几句。马小刚不理会，说我不是幸灾乐祸，更不是雪上加霜，我就是想让他彻底清醒过来。

如果不是连海同志挺身而出，现在躺在这里的是我马小刚。马小刚指了指黄连海，又说，这算是我的救命恩人了吧，就算你亲自举报我，也是理所当然的，说明我这个人身上毛病不少。KTV亡人火灾我就做了手脚，我也时不时地犯错，你说对吧，连海同志。

黄连海垂下头，说我不配“同志”这个称呼，我已经被开除了党籍。

马小刚毫不留情，说别当孬种，该放下的就放下，咱们这个年纪，还能给消防做好多事情。

说到这里，他一拍脑门，骂娘说：操，我把正事儿忘了。

他扭头看了元威一眼，说老伙计，我没来得及跟你商量，我打算派人去北京学习，把他们成立综合应急救援队的经验拿回来，照着葫芦总能把瓢画好吧。

还没等元威表态，马小刚又说，我已经安排特勤中队和鱼鸟河中队开始整顿，计划在这两个队搞综合应急救援的试点。

元威说，业务上的事情你是专家，你说了算。说完，又问黄连海：连海，你说对吧？

黄连海说，这是管基础、管长远的战略部署，但我不是党员了，也不是常委了，我不能参与意见。

马小刚恨铁不成钢地挖苦对方：瞅你那熊样儿，人这辈子谁不经历点儿风浪，别他妈的让我瞧不起你。

黄连海点了点头，嗫喏半天才说，我外甥魏东丽就拜托两位领导了，你们帮我把他培养成才。

两人虽然都应了，但他们确实无暇顾及一个魏东丽。马小刚急着推行他的规则，他感到越来越时间紧迫了；元威的主要精力放在了队伍稳定上。

元威严肃批评了女儿，说不能三天打鱼两天晒网，把单位当作菜市场。

元力针锋相对，说我那也是在尽职尽责，为了查出KTV火灾事故的真相。

元威说，不该掺和的别瞎掺和，警方都介入了，你别跟着裹乱，这样影响不好。

元力不再言语，她在心里盘算，曹小菡此时能否独自顶住压力。元威以为女儿知道错了，就缓和了语气，说你得心里有数，动不动不上班，会让别人说三道四。

一听这个，元力就炸了，这都谁啊，非要在背后嚼舌头。她已经听说了，有人在私底下议论，说她脚踏两只船，既跟省城某高官的儿子有一腿，还跟武鸣扯不清关系。

老实说，一般人都同情弱者，在这件事情上，武鸣很容易博得同情。这种传言一冒出来，众人都在指责元力，有人把她当成了水性杨花的女人。她愈加可怜起曹小菡。

曹小菡是真正经受了苦难与伤害的女人，即便苏平安既往不咎，哪怕没有一个人知道那些秘密，但她也要忍受内心的惊恐和煎熬。元力直接摊牌，说如果有人觉得不痛快，我这就打报告，走正常请假程序。

元威无语了，元力以为父亲让步了，刚要离开，元威喊住了她，说你能不能别任性，要知道，唾沫星子真能淹死人哪。

不怕！元力抛出这句话，扬长而去。

可她刚一出父亲的办公室，眼泪就夺眶而出。她心里也没底儿，别的不说，假如武鸣听说这些风言风语，指定了会分手。

第二十七章 因果报应

131

魏东丽重新开始写网络小说了。

他无须以此谋生，或者非得写出什么名堂来。之前碰到了不愉快，他停止了在网上连载更新，如今眼睁睁地看着舅舅受伤，又被纪委宣布了处分，他只能借此抒发内心的情感。

以前，魏东丽能够一直写下去纯粹是为了宣泄情感，进而普及些消防常识。在宣传岗位上工作时，发表的那些文字多数是为了完成任务，但自己去写小说就可以随心所欲，写什么内容、写多少都没有压力。

他很享受写作的过程，因为他能够在这个过程中反思过去，还可以用虚构的人物去完成生活中无法逾越的目标。

举个小例子，作品中有个人叫董禾，两个字分别取了他本人名字第二个字的读音和第一个字的偏旁。

这个人物是小说里独一无二的主人公，魏东丽把自己、武鸣，乃至大老柳、吕建业和马成功等人的优点全放到了董禾的身上，十八般武艺样样精通，几乎是无所不能。

他重新开始连载，发现居然有很多粉丝还在关注着他。有读者给他提意见，让他最好接点儿地气，刻意去神化等于把消防变成了妖魔鬼怪。自然也有人指责他过于离谱。但有家出版社的责编更是夸张，主动找上门来，要给他出书，还承诺有专门的团队为他策划、包装。

魏东丽确实有些心动，这等于自己的作品得到了认可，还意味着会得到更广泛的传播。可他万万没想到，人家让他写成悬疑推理的，要求把每一起火灾事故都变成纵火案，最好全是血淋淋的谋杀，还要加上与色情相关的内容，唯一的标准是能博得读者的眼球。

魏东丽起先尝试着写了一两个章节，但他发现完全失去了自我，越想让故事里的人热闹起来，他的脑子里越是枯竭。最终他还是放弃了，很快找到了另外的乐趣，并且乐在其中。

能够把枯燥乏味的消防安全常识写进小说，将其变得通俗易懂，成了魏东丽颇为得意的事情。他仿佛身处一个虚幻的世界，用千奇百怪的招数把那些知识揉碎了，再重新组合。他觉得自己像个手艺高超的大厨，更像一个玄而又玄的魔术师，在奇异的领域里做着奇妙的事情。

也多亏了这个营生，他才能在夜深人静的时候打发时间，否则他很容易被羞愧和不安俘虏，钻进自己设置的牢笼之内。

魏东丽猜想很多人正在鄙薄自己，甚至在窥视他的一言一动，他们都在看舅甥两人的笑话，亲戚里道的往后还怎么相见呢。他只能把自己封闭起来，要怨也只能怨自己武艺不精。

唯有父母相信并支持着他，可母亲还是打电话责怪他不该在正月里剃头，得过了二月二之后才不折娘舅。这是封建的老皇历，可他无法辩解，只能在母亲的唉声叹气中自责。可想而知，背负了沉重压力的魏东丽已经对写作产生了依赖。

武鸣无法理解他的行为，这都什么人啊，操作失误把亲舅舅送进了医院，竟然还有心思写那些无关痛痒的东西。如果当时在现场高压水枪出水及时，果断击中那个歹徒，谅那家伙有再大的本事，螺丝刀也不可能捅到黄连海的身上。

顾及他的面子，武鸣跟他商量，针对马上要成立的综合救援队，来拟写一份专题教育提纲，然后找合适的时机给队员们上一堂课。魏东丽不假思索地答应了，可他一个人的时候，还是忍不住上网，继续去编造那些故事。

武鸣心急火燎，此前早就给魏东丽交代清楚了，支队长还是惯用的老招数，鱼鸟河中队和特勤中队之间二选一，能者上，劣者下。魏东丽这是要搞事情吗？不行，我必须怼他。

“搞事情”和“怼”是近期在年轻队员嘴里出现频率极高的两个词，天天跟这些人混在一块儿，武鸣势必会受到些影响。他想，既然如此，急也没用，干脆把魏东丽当成手下的一个班长，看他还有精力写那些破东西吧。

魏东丽倒是很知趣，对武鸣的安排言听计从，每逢出警都跟着一起到位，而且还在旁边用崇拜的眼神看着武鸣忙里忙外。

武鸣的腿伤基本痊愈，他再次出现在火灾现场依然是笃定自如。那天出警，他异常镇定地安排了战斗力量，谁负责供水，谁负责外围控火，谁负责内攻，有条不紊。

在队员们忙着处置的空当，武鸣告诉魏东丽，在火灾现场，有个一成不变的问题，那就是火势瞬息万变，任何教科书都找不来现成的案例可以借鉴，除非真的会举一反三。

魏东丽非科班出身，缺的恰恰是这一课，这是他的短板，所以他由衷地佩服武鸣的干练和果断。武鸣象征性地回了个笑脸，又扭过身去，在不远处用对讲机下达命令，让控制住火势，打出一个隔离带，防止烧到四周的其他房屋。

他在旁边无所事事，掏出香烟，递上。武鸣火了，推了他一把：操，都火烧房子了，还有这穷心思。还没等魏东丽张嘴，武鸣又连骂几个脏字，让他别那么多废话，滚到一边观察火情去。

这时候，魏东丽才静下心来细细打量整个火灾局势，先前大老柳给他传授过经验，到了现场要先观察整体情况，再合理部署兵力。可他总也做不好，一见到火灾就发怵。他彻底明白了，汽车站处置失误，归根结底是心理素质不过硬造成的。

可魏东丽明白得太晚了，相当于是事后诸葛亮。他不知道以后该如何面对自己的舅舅，乃至所有亲朋好友，这是他人生的一个耻辱。

魏东丽愈是刻意不去想糟心的事情，就愈发对上网写连载小说产生迷恋。这让武鸣感到不可思议，他静下心来一想，莫非是魏东丽脑子出了毛病？他认为这是极有可能的。

132

武鸣给元力发了个信息，让她帮忙给自己的搭档把把脉。

接到信息，元力本来很开心，恨不得长出一对翅膀，飞到鱼鸟河中队。可她很快又清醒了，好像只有在用到自己的时候，武鸣才会主动联系。

骗子！她忽然烦躁地吼了一声，把自己吓了一跳。是啊，骗子算什么东西？骗点钱财也就罢了，欺骗感情比杀人恶魔还要可恨，就该下油锅，甚至千刀万剐。

元力感到无比委屈，差点哭了。因为武鸣从未甜言蜜语，是自己想当然地在用各种方式欺骗自己。

看着武鸣发送来的信息，她痴痴地发呆。元力必须承认，生活的轨迹因武鸣而发生了很多改变，毕业后为之跑到林河来工作是一桩，还有好多旁人不知的小爱好。

记不得是什么时候开始，她热衷于收藏各类婚礼请柬，卡通的、仿古的，剪纸的、坠花的，单页的、对开的，还有烫金的、带音乐盒子的，各式各样，应有尽有。元力专门把这些收藏品编上号，甚至想把每一份都换上自己和武鸣的名字。回头来看，这类收藏算是怪癖，可笑至极。

她纠结了半天，还是决定答应武鸣，去跟魏东丽见一面，权当是战友之间互相搭把手，帮帮忙。

还没等她动身，警方传来消息，说是从KTV火灾当天的营业流水账里查到了线索：曹小菡那天所陪客户的消费，全由吕程手下的副总华冬江签字免单了。

办案民警把华冬江的照片交给曹小菡指认，除了鼻梁上缺了一副眼镜，其他相貌特征丝毫不差。

不可能。这是元力的第一反应。

年轻的企业高管，意气风发，事业处在上升期，为什么要去干下三烂的事儿？完全没有理由。莫非华冬江与眼镜男长相酷似，又碰巧是那个客户的朋友，让曹小菡判断失误？可她信任曹小菡，也不敢相信世上会有那么多的巧合。

元力心血来潮，决定去会会华冬江，但她扑了个空，据吕程公司的前台接待说，人已经好几天没露面了。她又开车去鱼鸟河中队，找到了吕建业。吕建业一听就说扯淡，那人心地善良，绝对是曹小菡在栽赃陷害。

想起自己被安家宏坑害，吕建业越发相信自己的判断。不过，他猛然意识到，所有事情都跟家里的公司扯上了关系，便求元力帮忙找武鸣给自己请假。他想马上见到父亲。

可他哪里知道，吕程被牵扯到另外一起案子了。

伤害黄连海的歹徒是个货车司机，尿检结果呈阳性，可他一脸无辜和茫然。他说自己没吸过毒，更不知道警察为什么要抓自己，因为他已经记不起曾经劫持过人质，还拿螺丝刀捅过人，对政法委书记开枪向自己射击也丝毫没有印象。

他所能回忆到的是，那天在等待卸货的时候，看到车站里行色匆匆的旅客，总觉得有人要追杀自己。他想逃离，正好看到车座位上的一张旧报纸，上面有火锅店爆炸的新闻，就说车上有炸药。按照他的说法，他只是想把追杀自己的人吓跑。

负责审讯的民警指了指“坦白从宽，抗拒从严”几个大字，说：你在撒谎。

我没有，我没吸毒，我一个打工仔哪来的钱吸毒？问完，货车司机精神委顿，显得力倦神疲。他沉闷了一会儿才说，有烟吗？我要吸烟。

两位审讯民警相互对视，其中一人起身出门，找来一盒烟，抽出一支，递过去，又帮他点上。

货车司机猛吸一口，鼻涕和眼泪被呛了出来。他忽然全身战栗，哆哆嗦嗦地说，这是假的，我要吸烟，我要减肥烟……

货车司机所说的不是普通的减肥烟，而是刚冒出来的新型毒品“彩虹烟”，外形和平日的香烟相似，吸食之后会生成色彩斑斓的烟雾，带着香气，非常炫酷。

对于毒品可以减肥的说法，民警早有耳闻，所有的兴奋剂都有减肥的效果，因为兴奋可以增加身体消耗，同时抑制食欲。但是，即便他们有足够的心理准备，也没料想危害会那么大。货车司机一度处于疯癫状态。

直到他恢复正常后才交代，所谓的减肥烟是从酒吧里认识的女友那里买来的。布控之后，警方发现，这位“女友”是女扮男装，经常出入的几家酒吧、迪厅和KTV全都是吕程公司旗下的。

听取汇报之后，政法委书记勃然大怒。这种“彩虹烟”是第三代新型毒品，目前成分尚不清楚，此前林河地区打击过贩卖和聚众吸食K粉、冰毒的团伙，

“彩虹烟”只是有所耳闻，但他没想到会这么快流入林河，而且竟然跟吕程的企业有关联。

他连续布置了几次突击行动，统统无功而返，好像贩毒者和吸毒者早已得到了消息，全都藏匿起来了。他们对办案民警排查了一遍，所有人都忠诚可靠，不可能走漏风声，究竟是哪个环节出了问题呢？政法委书记决定对货车司机的“女友”实施抓捕。

归案后，“女友”供述：警察当中没有“内鬼”，而是货车司机迟迟没来买“彩虹烟”，自己提高了警惕。再审，“女友”说是经过那个公司的高层领导点头同意的。

这很容易让人多想，吕程旗下的KTV出问题，儿子又出了车祸，如若不是巧合，最大的可能性是，他参与非法经营，所有发生的事情都是连锁反应。

严密监视吕程。政法委书记刚下达了命令，经侦支队就向他报告，说吕程报警，称手下的副总涉嫌伪造法律文书，转移公司股份，并预支巨额钱财，携款潜逃。

据吕程本人讲，之前没有任何风吹草动，华冬江离开公司的时候还组织开了个会，对第三季度的经营状况进行了调度。

警方通过技术手段定位，跟吕程最后一次通话的时候，华冬江人已经离开了林河，去了辽宁省大连市。

133

真是祸不单行啊，吕程又收到了法院的传票，安氏集团起诉他欠款不还。他想这肯定是搞错了，自己和老安董事长从未有过经济往来。可白纸黑字摆在面前，他必须应诉。

很快，公司的法律顾问就赶过来了，跟法院一对接，情况一目了然，是吕建业跟对方签订了借款协议，抵押物是公司旗下的几家娱乐场所。

吕程暴跳如雷，很想把儿子叫过来痛扁一顿，可他冷静下来一想，吕建业的确是有点浑，可进消防之后，成熟了不少，即使再恨这个当爹的，也不至于去损害自家的利益。

他进而想，这件事情也不是不可能，因为儿子跟自己要钱被拒绝了，一分钱难死英雄好汉，更何况社会上为钱铤而走险的例子不胜枚举。吕程悔不当初，公司已经步入艰屯之际，唯一的办法是积极应对。

法律顾问是吕程的故交，他跟对方开诚布公地谈了一次。他说，公安没怀疑我，再把我抓起来已经是万幸了。这次全仰仗你了。

法律顾问点了点头，说好，你也别上火，再把身子给弄垮了，就得不偿失了。

吕程苦笑着说，知道了，我会注意。但眼下必须打赢这场官司，因为公司账上已经出现赤字，股份再被转走，就得宣告破产。

打官司是要讲究证据的，法律顾问带领精干人员组成的团队，开始进入艰难的调查取证阶段。还未等吕建业找父亲，他们已经找到了队上。

吕建业深知闯了大祸，如实回答了前因后果，所幸他记性不错，把所有细节甚至与安家宏见面的时间都记得真切。

法律顾问试图举证对方存在欺诈行为，如果欺诈行为成立，签署的抵押借款协议可以撤销。但吕建业说，自己是一个人去的，而且当时只是顾及面子，没看文字材料就随手签上了名字。

法律顾问说，如果够不上欺诈，那只好按“重大误解”来处理了。

吕建业傻乎乎地问：什么是重大误解？

法律顾问无奈地回答：傻孩子，重大误解是指对协议的重要内容产生错误的认识，并且基于错误认识而签订的协议……

太烧脑了，把我绕晕了，就一句话，能赢吗？吕建业焦急万分。

不赢，老吕可就成穷光蛋了。法律顾问摸了摸他的脑袋。

吕建业站起来，鞠了一躬，说：叔，拜托了，祸是我闯的，你也替我给老吕认个错。

法律顾问笑了，说打官司是我的看家本领，咱都种好自己的一亩三分地，至于认错，还是你自己来吧。

吕建业的整个心都空了。

不久之前，或者说很长时间以来，他一直在琢磨着报仇雪恨，刚开始仅是头脑发热，后来他反倒越来越理智。

他不断在脑海里修改复仇计划。吕建业时常想，这跟中队完善灭火救援预案是一个理儿。不管火警还是救援，都要受到外界因素的干扰，在赶赴现场的途中会遇到堵车，到了现场很可能某个消火栓坏掉了，这都是难以预测的客观因素。

想要复仇又何尝不是如此？安家宏是自由身，自己还要受到纪律的约束，等真正有机会外出寻仇，人家极有可能去了外地。

回想起来，吕建业真心感激马成功，如果当初不是马成功拦着，现在早就酿成了大错，而且极有可能是悔恨终生的大错。

现在被父亲知晓了，专业律师也介入其中，本该是件好事，可吕建业还是难受。他觉得自己不但幼稚，而且太不争气，给父亲带来那么多不必要的麻烦。他想当面亲口给吕程认错，总是寻不到合适的机会。

很多事情最好能一鼓作气，一旦耽搁下来就会被无限期地拖延下去。吕建业此时就处在如此尴尬的境地之中，没能及时向父亲开口，时间一长就束手无策了。这也是让他内心空虚的原因。

“空虚”这个形容并不贴切，因为在更多的场合下，吕建业表现出的是困惑、焦虑，还有那么一丝丝的恐惧。他无法安心训练执勤，只是应付差事，甚至产生了离开消防的想法。

在百无聊赖的时候，一个女生找上门来，送来一捧鲜花，自我介绍说是筒子楼里的脑震荡轻生女江鑫蕊。这个人对于吕建业来说是刻骨铭心的，救了人家性命反被倒咬一口。

他不肯见面，江鑫蕊留下一封信告辞。吕建业想把信撕掉，苏平安拦住了，凑热闹说，别价，万一这小姑娘又想不开了，你可得安慰美眉受伤的小心脏。

这显然是毫无根据的玩笑话，但吕建业还是当真了。他打开信一看，倒也彻底心安了。江鑫蕊在信里表达了两层意思，一个是替母亲当初的无理取闹道歉，另一个是感谢，因为她被救之后放弃了轻生的念头。

最让吕建业感动的是，江鑫蕊为了报答救命之恩，报考了武警学院的消防工程系。那束花是她用打暑假工挣来的钱买的，这次是乘坐高铁专程赶回林河，来表达谢意。

吕建业真心感谢这位叫江鑫蕊的女生，因为这封信，他又重新找回了失去的自我，也找到了未来的方向。

他给父亲接连发了十几条语音微信，情真意切地向吕程认错。吕程担心他胡思乱想，当即就赶到鱼鸟河中队。

吕程对他说，儿子，谁都会上当受骗，爸爸不会怪你，你长大了，将来我老了，干不动了，你还得为我养老送终呢。

吕建业觉得自己尚未成熟，羞赧一笑，又恢复了以往的状态，说姓吕的，你还年轻着呢，不经过小爷批准，你不能老。

说完，他敬了个标准的军礼，吕程也赶忙抬起手，学着儿子还礼，样子很滑稽。父子两人拥抱在一起，吕程笑着想，孩子，只要咱爷儿俩平平安安的，再大的风浪，咱都能闯过去。

吕程决定，公司的事情要烂在肚子里，永远不能让儿子知道。

134

在特别难受的时候，大老柳会生出怪诞的念头：活生生的人被烧死，自己充当了刽子手的角色，儿子脑瘫是因果报应，也是老天爷给的惩罚。这个念想时常蹦出来，让他在深深的自责中不能自拔。

有没有客观原因呢？高频率的出警让消防员始终处于戒备状态，时间长了就变得疲沓，失去应有的警惕。可大老柳认为，这不能成为为自己开脱的理由。

他再清楚不过了，不“打扫战场”是违反规定的，火灾扑灭后，只有细致检查过，才能消灭一切隐患，防止发生复燃。可大老柳那会儿只是把城隍庙火灾当成了一起普通的火灾。

的确，急于奔赴下一个现场是个不争的事实，可在别人眼里，那未免是一种借口。

吕建业也会这么看自己吗？大老柳觉得，如果换位思考，搁到自己身上也会产生这样的想法。相处一年多了，吕建业早已不是过去的吕建业，从一开始的各种不服，到现在的彼此信任，这让他后悔没有听取吕建业的建议。

有一个画面大老柳印象深刻，在扑灭明火之后，吕建业摘下防护手套，向他竖了竖大拇指。这是他们的习惯，任务处置成功，不需要废话，点个赞就行。这说明他们之间是默契的。

在赶往汽车站时，吕建业挤进了一号车，跟大老柳说城隍庙非同一般，是人员密集场所，汽车站是公众聚集场所，两个都是重点，不能丢了西瓜捡了芝麻。两人还就此吵吵了一阵儿，无非是争论城隍庙究竟是不是人员密集场所。这实际上是一个很难界定的问题。

当时，恰值正午，城隍庙市场的各个店铺门可罗雀，就连宠物犬都自觉跑到阴凉地，趴在那里，吐着舌头，一副慵懒的状态。这很容易给人造成假象，大老柳也被市场的萧条迷惑了。

从专业上来讲，应根据处置对象的功能属性进行分类，有人员密集场所，有公众聚集场所，还有公众娱乐场所。严格地说，人员密集场所包括了公众聚集场所，公众娱乐场所又归属公众聚集场所。

总而言之，上述分类很抽象，有点伤脑筋。人们在区分它们的时候，会自然而然地依据常识，把宾馆、商场、集贸市场、客运车站候车室等归类于公众聚集场所。

如果按照如此归类，毫无疑问，城隍庙市场和汽车站同等重要，可大老柳偏巧脑子进了水，想当然地犯了可笑的低级错误。但他认为这不是偶然，各类警情接踵而至，长期疲于应付会丧失应有的敏锐。在火灾现场，不能敏锐判断火情，这样的消防员蹩脚而又令人恶心。

大老柳觉得自己犯的错误令人作呕，并因此变得更加沉默寡言，他通常一整天都不说话，偶尔说一句也是没头没脑，让人产生误会。武鸣以为他是受儿子病情的牵绊，便安慰他想开点儿，不参加比武正好，可以有更多机会回家。

支队长专门找武鸣和特勤中队的中队长谈过话，把组建林河市综合救援队的任务安排过了，可大老柳被蒙在鼓里。他执拗地认为，不让鱼鸟河中队参加比武，是因为自己扑救城隍庙火灾出现失误。

无法排解心中的苦闷，大老柳便借酒消愁。他从超市里买来那种袋装的劣质白酒，灌进一个矿泉水瓶子里，趁着夜色，拎在手里，走两步，喝一口，喝一口再走两步，等他从执勤楼走到训练塔时，人已经晕乎了。

综合救援队伍的组建是马小刚抓的重点工作，他把筹备工作交给了战训科科长。大老柳喝酒的这天，正赶上战训科科长到鱼鸟河中队暗访。

暗访不同于明察，从字面上来理解，事先不会打招呼。战训科科长到队后，直奔通信室，拉响警铃。大老柳带着满身酒气，趺趺撞撞地跑到车库，一头栽到一号车的车轱辘旁边，还莫名其妙地打着滚儿狂笑起来。

值班期间喝酒，还耍酒疯，这是零容忍的事情。武鸣只好越级去找沙方健，请求从轻开落。他再三保证，队上不会再出现违纪事件。

为了让大老柳早日走出低迷，他特批了几天假，让大老柳回家休整。跟往常不同的是，大老柳没拒绝，有些木讷地答应了，整个人看起来都恍恍惚惚，完全失去了往日的威风。

离开中队的时候，大老柳没走营区大门，走的是车库。

兄弟们正在保养车辆，他让大伙儿都仔细点儿。苏平安还给他做了个鬼脸，说一班长，你稀罕它，干脆把它娶回家当媳妇儿得了。

大老柳勉强挤出一丝笑容，走到一号车跟前，拍了拍车门，算是跟老伙计打了个招呼。他一直认为，消防车也是通人性的，你对它好，它会待你不薄，关键时刻也不会掉链子。

抓紧回家吧，经历了那么多的事情，大老柳此时巴不得逃离这个环境。他现在恨不得马上见到儿子。别看他平时大大咧咧，只要是想起壮壮，他就变得六神无主了。那可是自己的亲骨肉啊，别说孩子拖着个病身子，就算没病没灾，也会让人牵肠挂肚。

此时，他又冒出了那个奇怪的念头，心想我大老柳究竟造了什么孽，非要让老婆孩子受这份罪。

他算了一笔账，消防干的时间不长也不短，少说也救过将近三百人啦，不是说救人一命胜造七级浮屠吗，老天爷真的瞎了眼。有了这样的念想，这笔账就成了糊涂账。

他再次想起火海中丧生的那对母子，那小男孩本应扬着天真的笑脸，无忧无虑地生活在这美好的世界，可现在却去了另一个冰冷的世界。大老柳真的无法原谅自己。

他不断在心里念叨，假如世上真有神灵，乞求你饶恕我的罪过，保佑我的壮壮平平安安，再或者让我生病，换他一生的健康。

135

大老柳迈开步子，朝汽车站跑去，那里有发往大辛家庄的公共汽车。

营区离车站4公里，跑步行进每分钟170至180步，每步85厘米，全程不到半小时。他每次往车站跑，都会在心里默算这组数据。

他早已习惯这种方式，不仅是为了锻炼体能，最关键的是能省钱。在那天，还有另外的功能，可以让他不去想那些乱七八糟的烦心事儿。

壮壮长高了，可依然站不稳，孩子木木呆呆地望着大老柳，嘴里发出“好、好”的声音。宝贝呀宝贝，你是知道爸爸回来了，在说好吗？他搞不清楚，但有一点他知道，必须在妻子面前装作无比坚强。

车小米说，咱把孩子送到省城看病吧，老赵说替咱联系了医院。

大老柳冲着壮壮张开双臂：儿子，让爸爸抱抱。

车小米望了他一眼，走进里屋，拿起手机，打了一通电话。顶多半小时的工夫，老赵就开车来了。人没进门，就吵吵上了，说大老柳你这次得听我的，现在收拾东西，天黑就能到省城……

老赵是大老柳的战友，比他大两岁，是他们那批兵里年龄最大的，当了两年义务兵就回家了。老赵父亲是做生意的，他接手后更是风生水起。

老赵自身条件很好，人也精明，当年队上再三挽留，说他是个好苗子，转过年来考个军校，部队就需要这样的人才。他回了句，人各有志，不能强求。为这事儿，大老柳跟他还发生了一点不愉快，不说也罢。

看大老柳总是不搭腔，老赵急了，说，是爷们就得负责任，孩子都这德行了，还在消防干球啊，有脸见街坊邻居吗？

我的孩子什么德行啦，用得着你来教训吗？大老柳不想跟他争吵。

老赵从包里摸出一张银行卡，递给车小米，说拿着，给我侄儿看病，不够再来找我。

车小米看看他，又看看大老柳，说老赵，这个不能要。

老赵一听，又把银行卡递到了大老柳面前：拿着，这是合法收入，不是风吹来的也不是海水涌来的。

大老柳还是保持着沉默。气得老赵脸都紫了，说你他妈的装什么大爷啊，死要面子活受罪，算老子求你了，行吧？

大嗓门显然吓到了壮壮，壮壮“好、好”两声就哭了起来，车小米赶忙抱起孩子，拍打两下，也跟着哭出了声儿。

大老柳冲妻子吼，哭顶个屁用，这是给谁哭丧呢？

老赵一个高儿蹦到大老柳跟前，朝他胸脯捣了一拳：冲谁耍横呢，你在队上充英雄，她一个人在家多难，还哭丧，这种不吉利的话也能说出口……

再精明的人也有犯二的时候，马小刚就被武鸣给忽悠了。

关于大老柳酒后撒泼，沙方健不肯通融，鱼鸟河中队出了那么多的乱事儿，再纵容下去后果不堪设想。他受不了武鸣死缠烂打，便把武鸣推给了支队长，让武鸣亲自向马小刚解释。

武鸣给马小刚写了份情况说明，几乎未提大老柳喝酒的事儿，还编造了理由为其粉饰。

他在材料中说，天气酷热，警情繁重，影响了消防员的睡眠与食欲，大老柳家有重病的儿子，为了能睡着觉喝了一点酒。武鸣只提了这么一句，后面便偷梁换柱，大论伙食管理对人员稳定的重要性。

魏东丽是指导员，负责中队的伙食管理。实话实说，伙食被他调剂得很棒，一日三餐花色繁多，绝对不重样。难能可贵的是，他还请了专业营养师给合理搭配。

工作如此细致，这本该是受到表彰的，但武鸣为了淡化大老柳喝酒，字里行间透出的意思就很容易让人产生误解，以为鱼鸟河中队的伙食太差。

手头工作忙乱，及至深夜，马小刚才抽出时间看这份情况说明。他也没细看，粗略浏览一遍，就被武鸣带偏了思路。他最反感的就是损害消防员利益的事情。他让支队指挥中心对各队进行视频点名，还没等点完名就急火火地开始训话。

近几年来，队伍管理的科技化程度越来越高，全国消防都联网了，部消防局的领导轻轻点一点鼠标，就能通过GPS定位看到消防车的出动情况，也能在权限之内通过视频看到各级的值班人员在位情况。

尤其是后者，可以有效杜绝人员离岗现象。这很好理解，比如某位领导想查鱼鸟河中队，进入系统就会自动生成当日值班干部的照片，那这个人就得站在视频前。这没法造假，总不至于找个替身来顶替吧。

这一措施消除了管理上的漏洞，具体到林河消防支队也一直执行得不错，他们会不定时地通过视频进行点名。像马小刚临时通知的这次，虽然接近凌晨，却也是家常便饭。

马小刚依着自己的思路直击要害，他放出了狠话，说兄弟们出生入死，谁要让他们吃不好，我就让他过不好。他要的是战斗力，要的是关键时候能拉得出、冲得上、打得赢，可饭都吃不好，上刀山、下火海纯属无稽之谈。因为，灭火救援不仅要靠技巧，还得拼体力。

说到最后，马小刚终究急了眼，直接点了魏东丽的名字，他急不择言，说这要是在过去打鬼子，你克扣了军粮，伙计们没体力拼刺刀，战败沙场，为国捐躯，你不但是害死战友的杀人凶手，还是汉奸、走狗，万人唾弃的卖国贼。

魏东丽傻站在视频前发愣，马小刚又命令：你立正站好，别装疯卖傻，如果还不知道自己做过什么，就去问问武鸣。

武鸣成功地保护了大老柳，却无意中伤害到魏东丽。在魏东丽心目中，武鸣一直很实在，他搞不懂对方为什么要给自己编排个莫须有的罪过。

这让他心灰意冷，再继续写网络小说时，他冲着电脑屏幕一阵傻笑，心想就武鸣这个编故事的能力，不当作家，不干编剧，还真是屈才了。

第二十八章 歪打正着

136

直到去了鱼鸟河中队，元力才知道，苏平安那家伙跟曹小菡通过电话，只是到现在还不知道曹小菡身上真正的秘密。

曹小菡始终无法定下决心，她纠结是否将过去的历史告诉苏平安。

这是一个残酷的事实。她可以选择把所有秘密带进坟墓里，也可以把自己变成一个透明人，但两者摆在面前，却根本无法抉择。

曹小菡一直住在元力的家里，元力无微不至的照顾，让她脸上的笑容多了，她俩已然是无话不谈，当然，聊得更多的是自己心爱的男人。在感情方面永远找不到标准的计量单位，元力受到武鸣的冷落，曹小菡反倒心疼起了对方。

两人之间惺惺相惜。某天夜里，曹小菡凝望窗外的万家灯火，冷不丁地冒出一句：姐，都说女人是水做的，我倒希望是钢筋混凝土筑成的。

元力还在思考这句话，曹小菡就已经做了决定，要向苏平安实话实说。如她所料，把微信发过去之后，苏平安迟迟没有回复。她把手机捏在手里，搁在小腹之上，等待信息提示音能够响起。

漫长的等待，让夏日的短夜变得无边无际，曹小菡的那颗心在夜色中没着没落。之后的两天里，等候苏平安的信息的那份期待，终究还是被失望替代了。

她不无绝望地问元力：我是不是做错了？

没有，这伤疤早晚得揭开。元力把最糟糕的结果摆了出来：假如，我说的是假如，假如他无法原谅你的过去，在情理上也过得去。

曹小菡的嘴角轻微抽动了一下，元力忽然后悔话说得太重了，但曹小菡却挤出僵硬的表情，一个若隐若现的笑容，令人怜惜和疼爱的那种。

曹小菡又问：这两天他又没来电话，不会出什么事儿了吧？

不会的，抓紧把心里那些乌七八糟的想法全删除。说完这些话，元力已经做好了打算，不能再一味地逃避了，必须跟武鸣好好说道说道。

在见武鸣之前，元力打了腹稿，她想做些铺垫，循序渐进地把互相之间的误会说清楚，在取得对方的谅解后，再提苏平安的事儿。

可武鸣上来就甩出一张冷脸，问她有什么事情，不得已，她只好打乱计划，先说了苏平安和曹小菡的情况。

武鸣若有所思地说，难怪这小子蔫了，得有好几天没放个屁了。

元力忍不住说，你能不能文明点儿。

武鸣也跟着不乐意了，说我就烦你这点儿，动不动对别人指手画脚。

元力不想辩解，她知道此时争吵毫无意义，只会败坏情绪，带来不良的心理暗示。她自我安慰，到队上本来就是抱着和好的态度，要让武鸣心甘情愿地接受自己。

她莞尔一笑，说我以后一定注意，先别生气了，咱现在关注的对象是苏平安，千万别再出什么差错。

武鸣点头称是，两人对苏平安的状况进行了分析，元力更多的是从心理学的角度来解读的，很意外的是，武鸣没再埋怨他卖弄专业知识。元力心想，这是再好不过的结果了，最起码说明他不再那么反感我了。

讨论到最后，他俩也没找到合适的对策，退而求其次，也只能由元力出面，去为苏平安做些心理疏导。但她耍了个小聪明，说自己没把握。

武鸣听后很不高兴，讽刺她说，把你那些专业学到狗肚子里了，关键时候拉稀。

元力听后高兴坏了，小伎俩没被看穿，也证明武鸣变相认同了自己以前的工作。但她还是冷着脸不说话，急得武鸣抱怨说，心理学也是一门科学，那些专业知识不用，糟蹋了以前熬夜遭罪读的那些书。魏东丽状态不好，指导员的作用发挥不明显，我干瞪眼也没办法。再说了，异性之间交流会更方便一些，赌等着你帮忙呢。

元力“扑哧”一声笑了，她再也装不下去了，给自己壮了壮胆子，凑到了武鸣跟前，伸出了双臂。武鸣没有拒绝，把她揽进怀里，低下头，用嘴巴把笑声给封住了。

结果遂人心愿。元力采取了倾听的方式，等苏平安把心里话全抖搂出来，才象征性地开导了几句。她知道，真正能够改变个人思想的只有自己，苏平安心里已经有了主意，这意味着在不久的将来，两位相爱的年轻人会走出阴霾。

鱼鸟河中队进入了最好的一个阶段。

苏平安想明白了，他和马成功在爱情的鼓舞下，也都劲头十足；最好玩的是吕建业，得到父亲的谅解，又有跟江鑫蕊的频繁交流，他也变得生龙活虎。尤其是苏平安，闹清事情原委之后，跟吕建业和马成功凑到一起，搞不好就能闹翻天。

他喜欢八卦，拐弯抹角地提醒吕建业：你得心里有数，别掉进爱情的大海里，没扑腾几下就被淹死了。

吕建业说，再瞎扯我撕烂你的嘴，小爷大头兵一个，人家毕业就是干部，不匹配。

马成功插话说，你也是大学期间入伍干的消防，都是大学生，没什么差距。

苏平安也跟着撇撇嘴，说，别妄自菲薄，你的家庭条件摆在那里，虽然长得不如我，也是人模狗样……

吕建业跟着就上前捏住苏平安的脸：我让你狗嘴里吐不出象牙。

苏平安梗着脖子，挑衅说：你嘴里能吐出象牙，撕吧，撕吧，最好撕个稀巴烂，以后再也没人给你解闷逗乐儿了。

两人闹腾起来，马成功却在一旁神情严肃地回信息。吕建业见状，停止嬉闹，上前问：你这又跟你家轮胎闹别扭了？

马成功摇摇头，说：没有，米琳提醒我说，我们已经认识半年了，这时间可过得真快啊，马上就是国庆节了。

马成功发完最后一条微信，注视着面前的两位战友，说我已经答应米琳要一起奋斗，咱仨也一起努力吧。

三人刚把手握到一起，警铃又响了。他们跟过去一样，还是百米冲刺，去争抢一号车。

137

这次是去城郊救援。

一个五六岁的小女孩掉进了田边的深井里，所在的位置极其偏僻，大型救援设备和消防常用救援设备都难以到达现场。

最关键的是井宽只有60厘米，比成年人的肩宽大不了多少，常人很难深入井底。吕建业体形瘦小，主动请命下井救援。

这是个非常艰巨的任务，深井的垂直距离长，空间狭窄，他必须头朝下“倒挂金钩”才能看到井底的情况。尽管吕建业戴了空气呼吸器，但长时间的倒挂，让他脑部充血，随时都想放弃。

时间一分一秒地过去，吕建业终于完成了任务，可小女孩却因大脑缺氧过久，失去了生命体征。孩子的亲戚朋友哭得死去活来，也让他肝肠寸断。

有几家媒体的记者得知了消息，围在井口附近“抢新闻”，根本不听当地派出所民警的招呼。处置失败的吕建业把火气撒到了他们身上。还好，这次的记者有职业素养，默默地竖起拇指为之点赞。

回队的路上，天下起了雨。看他闷闷不乐，苏平安劝慰他说，你做得很好了，老天爷都感动得掉眼泪了。

吕建业沮丧地叹了口气，眼睛直勾勾地盯着车窗外。正在发愣的时候，他看到街边一家店铺的门开了，跟着一把雨伞也弹开了。他从雨伞打开成面、合拢成棍的瞬间得到启发，迸发出灵感：为什么不能根据这一原理设计一个救援器呢?

他好歹读过大学，有底子，回队之后就在纸上写写画画。他想打造一款“神器”，攻克深井救援的难题。吕建业为此主动联系江鑫蕊，让人家帮忙从武警学院图书馆里查资料。两人在交流中产生很多共鸣，对方也鼓励吕建业把这个设想变为现实。

远逝的时光不经意间拉近了他俩的距离。某天深夜，江鑫蕊发来微信，说我将永久告别武警学院了。

吕建业问，你又怎么了？书读得好好的，千万别有什么想不开的。

江鑫蕊回了个笑脸的表情，说你也太敏感了吧。

吕建业回复说，对呀，做人不能太敏感，要把心放宽。

江鑫蕊没再回信息，把吕建业急得够呛，他接二连三发了很多条微信，后悔没跟人家要手机号码。他甚至想，如果天明之后再收不到回信，就先报警，然后请假去廊坊。他发现自己被对方搞得抓心挠肝。

次日一早，江鑫蕊终于回复了，埋怨他游思妄想，说等到中午就能揭开谜底。这一上午，吕建业心不在焉，他明知江鑫蕊不会出事儿，还是不能集中精力。

终于熬到了中午，江鑫蕊给他发来一个链接，是武警学院公众号发布的一条9月5日发布的旧新闻，标题是《中国人民武装警察部队学院更名为中国人民警察大学》。

吕建业禁不住笑了，这个江鑫蕊也真够调皮的，明说不就好了吗？非要搞得神神秘秘。不过，他觉得这样还真挺有意思的。

大老柳在家已经很多天了，他始终感到无聊透顶。

一回想起战友老赵的那些话，他的头就嗡嗡乱响，像是要炸掉一般。他清楚老赵的一番苦心，可他也是“一根筋”，他认为孩子的病情耗了那么久，再急也不差这三两个月。他自始至终态度暧昧，硬是把老赵气走了。

老赵走后，大老柳一直站在那里发愣，好像身处一个未知的世界，没有悲伤和苦痛。他希望不要回到现实，静静地看着时光溜走。

老赵终究是知根知底的好兄弟，回去后还是不放心，给他发了条微信，说眼下当务之急是给壮壮治病，别把自己看得太重，中队没有你，啥事儿都照旧。大老柳犹豫半天，把准备回复的信息又删除了。

他想了很多很多，别说是去省城看病了，就是找那个老中医，几次下来也是一笔不小的开支。不管怎样，把孩子送过去治病，就等于把所有指望都交到了人家的手里。

大老柳狠狠心买了价值不菲的礼品，到老中医那里登门拜访。未承想，老中医把东西扔到门外，直接把他轰了出去。

大老柳哀求说，老先生，虽然不值钱，也是一份心意……

不值钱你还提过来干什么？故意寒碜我是吗？老中医的声音从门缝里传出来。

大老柳有些着急，冲着屋里喊：我条件有限，那也是花了我半个月的工资呀，老先生。

老中医猛地打开房门，黑着脸连连发问：该收的钱我都收过了，你搞这些究竟什么意思？我一个退休的老头儿缺钱吗？干什么都要讲个德，我行医问诊就不是为了钱，合着在你眼里，我就值你半个月工资是吗？你让我这张老脸往哪儿搁？

老先生，你真误会我了，我给您老人家赔不是。大老柳一急，举手就敬礼，他忘了自己穿的是便装。

老中医歪着头，眯缝起眼，又问：你是当兵的，还是警察？

大老柳答：算不上当兵的，脱军装了，我们整个消防都脱军装了。

别杵在门外，快进屋。老中医把大老柳让进门，吩咐老伴炒菜烫酒。

有过在队上喝酒闹事的教训，那天中午，大老柳不敢多喝，其间还给老中医唱了段《我是一个兵》。老中医把之前给孩子治疗的费用全还了回来，又不容推辞地加了五千。

大老柳哪敢收啊。两人撕扯了好一阵子，才被老中医的老伴拦下：如果真觉得心意过不去，就从自家菜园里摘点辣椒茄子什么的送来，绿色食品比什么都好。

大老柳一直在琢磨老中医的那些话。老中医说，医生和消防员都是救死扶伤的，人的命不是金钱能换来的，不管过去和将来怎么样，脚踏实地地干好活儿就是了。

说这话的时候，老中医笑眯眯的，很像一尊活菩萨，虽然都是细声细语，在大老柳这里却是如雷贯耳。他大彻大悟，当天傍晚就赶回中队。

138

米琳最近爱上了做糕点，只要学校没课，她就会跑回家里，在厨房忙忙活活。为了让自己的手艺锦上添花，她还专门从网上下订单，买了烤箱之类的东西，就差找家培训学校去学习一段时间了。

也巧，自家快递公司负责投递烤箱，按公司规定，平常快递员最烦送这类大件，那个由米琳亲手提拔的总经理就亲自送货上门，顺便把经营状况说了说。米琳的心思全在烤箱上，当场尝试着做了一屉南瓜饼，结果全烤煳了。

米琳想扔掉，总经理说浪费了可惜，就打包带走了。这倒好，米琳三天两头去公司送糕点，今天是蛋糕，明天是蛋挞，搞得人家一个劲儿地求饶，说再吃下去该得糖尿病了。

什么事情都怕认真，米琳做糕点只是因为马成功的一句话。那天是马成功的生日，米琳订了个巧克力蛋糕，是林河最有名的一家蛋糕房的特色，有个响亮的名字叫“黑司令”。其实，这款蛋糕也很普通，只不过店家搞饥饿营销，一天只做三个，害得顾客得提前两个礼拜预订。

马成功哪晓得这些道道？他一看标价就心疼，觉得米琳乱花了钱，就跟对方说，这黑乎乎的破玩意儿还不如老式的桃酥、饼干好吃。

米琳并未多想，她只想着能让呆萌哥开心，转头就跟做糕点较上劲了。事实证明，凡事想想简单，真要付诸行动则另当别论了。练习做糕点的过程，让她领教了世上处处是学问。

糕点的制作完全是个全新的世界，过去米琳以为糕点都是用烤箱烘焙出来的，用了心思之后才明白，糕点分中式和西式的，加工方式也分烤、蒸、炸、冻等等。

看着面粉、水、糖、奶油和鸡蛋之类的东西在自己的手里变成美食，再联想到自己的呆萌哥把它们一口一口吃进肚子里，米琳欢喜极了。

她终于觉得制作的糕点能拿得出手了，便突发奇想，兴致勃勃地做了一批老婆饼，送到了队上。马成功说好东西得大家一起分享，伙计们就一哄而上，抢了个精光。

苏平安最贪心，往嘴里塞了一个，又一手抓了好几个。赶上魏东丽到宿舍，就随手塞到对方手里，好不容易把嘴里的吃食儿咽下去之后，才打着嗝念叨：老婆饼，老婆饼，吃完就把老婆往家领。

说完，他意犹未尽，还在那里嘀咕：我这一口下去，满脑子都是我们家曹小菡，甜丝丝，香喷喷，吧嗒吧嗒嘴感觉腻死个人。

过足了嘴瘾，他又问魏东丽，你怎么不吃啊，外酥里嫩，入口即化，尝尝，嫂子绝对闯进你心口里……

魏东丽一愣，跟着揶揄道：谢谢，谢谢。

他心里则是掀起了波澜，跟女朋友的关系刚有了转机，就碰上了汽车站那档子事儿，让舅舅黄连海住进了医院。倒霉的是，好不容易跟武鸣建立起来的友情又掰了。武鸣现在肯定瞧不起自己，否则不会跟支队长说中队的伙食不好。

他回到中队部，想通过写网络小说寻一些慰藉，可怎么也静不下心来。他越来越觉得自己像个小丑，在众目睽睽之下丢人现眼。某一瞬间，他忽然觉得不能再糊里糊涂地过日子，如果还执迷不悟，很容易像玩网络游戏一样，被虚拟世界里的假象迷惑了。

魏东丽把老婆饼搁到办公桌上，想了想又挪到了台历旁边的笔筒前，笔筒里插了几支签字笔，他越发觉得老婆饼像是祭拜天地的供品。不能再胡思乱想了，他起身去了一班宿舍，喊上大老柳一块去训练。

直到大汗淋漓，他才半吞半吐地把心事说出来。大老柳只听了个上文，就接话说：指导员，好多事儿都是我惹下的，我不会让你和武队长为难。

魏东丽犯起了迷糊，毕竟两人说的不是一回事儿。人就是这样，说话办事往往只会从自己的角度出发。

马成功的进步人人都看在眼里，这让大老柳感到欣慰。他在心里合计了一下，如果参加比武，之前能够代表中队出征的最佳人选是老郭、吕建业和自己，现在马成功可以接替老郭。

可是，支队为什么取消了比武资格呢？大老柳还是在纠结这个问题。参与处置的KTV火灾和城隍庙火灾有人丧身火海，对于个人而言，的确是不可饶恕的罪过，可因此让鱼鸟河中队集体背锅有些过分。

他固执地想，发生过的事情任何人都无法改变，即便重新回到过去，他还会做出同样的选择。

在跟武鸣聊天时，大老柳说出了内心真实的想法，他认为支队的这一决定不近人情，对中队以及年轻的消防员太不公平，因为年轻人需要有机会历练。

武鸣始终不表态，大老柳就有些着急，说：千错万错都错在我，只要能让咱中队参加比武，怎么处理我都行。想了想，他又说，前提是别让我柳海洋从队上滚蛋。

哪儿有这么夸张啊？武鸣想笑，最终还是忍住了。

我没开玩笑，不能因为我个人影响全中队的利益。说到这里，大老柳的声音变得有些沉闷：火灾死了人，我已经不能心安，如果真不给参加比武的机会，我这辈子都抬不起头了。

武鸣不忍让他再自责，便安慰大老柳：谁也没法保证每次出警都没有瑕疵，人死不能复生，别再折磨自己了。

大老柳冷笑道：武队长，你可真够心宽的。

武鸣为了缓和气氛，站起来比画了几下，拿自己开涮说：我是心宽，可我这身材也是杠杠的。

大老柳说，你还真有心情开玩笑，你究竟怎么想的呢？我真想钻进你的脑壳里看看。

柳海洋，你站起来。大老柳立正站好之后，武鸣才说：从特勤到鱼鸟河中队，咱哥儿俩相处不是一年半载了，绝对没你想的那么复杂。

或许是不适应被人直呼其名吧，大老柳愣在了那里。

139

大老柳的心里翻江倒海，内心的变化全写到了脸上。

武鸣安慰他说，别难受了，支队上如此安排是事出有因。

兄弟，我给你打个敬礼，不管什么原因，拜托你别藏着掖着的。说着，大老柳举起了右手，行了个标准的军礼。

武鸣沉思片刻，说行，我长话短说。你无法原谅自己的两次亡人火灾，火场指挥员是我，我也愧疚，也觉得无地自容，可我总不能因此去了结自己的性命吧。一切都得向前看，咱得吸取教训，轻装上阵。

大老柳刚想说话，武鸣摆了摆手说，别插嘴，听我说。支队要打造综合救援队伍，这是新生事物，没有先例，说明支队领导对咱鱼鸟河是信任的，咱必须全力以赴。

你怎么不早说呢？大老柳挠挠后脑勺，不好意思地笑了笑。过了一会儿，又拍了脑门，说不对呀，这次比武是应急救援比武，跟组建队伍不冲突啊。

武鸣说，是啊，我怎么没想到，马支队长这是搞啥呢。

那你找支队长汇报一下，你刚才说了，咱俩一块这么多年了，你也肯定不想让咱鱼鸟河中队缺席比武。大老柳有些心急。

武鸣从这头走到那头，又从那头走回这头，在中队部来回走了几趟，才说：容我考虑考虑。

还考虑什么呢？只要你敢，就给我批个假，我去找支队长。大老柳想了想，又提了个要求：最好让我带上马成功。

武鸣还想说什么，大老柳已经大包大揽，说这事儿就这么定了，你就等着听好消息吧。

如果不了解武鸣，大老柳肯定会被他气晕了。

大老柳请假去支队机关，武鸣耷拉着脸不吭气。大老柳想装什么蒜呢，让去就去，不让去就说不让，给个痛快话儿，何必甩脸色？准是还没定下决心，或者怕我在支队长那里秃噜了嘴，说些不该说的话。

他琢磨了一会儿，想寻个法子说服武鸣，到末了，也没想起合适的理由，只好表明要找指导员请假。多数单位都是这样，双主官同时在位，可以找任何一人请示汇报，可明确挂在嘴上则犯了大忌。大老柳不是傻子，自然懂这其中的玄机，他只是想逼着武鸣准假。

如他所愿，武鸣确实爽快了，直接拒绝批假。大老柳有些气恼，搞什么西洋景呢？明知道去支队机关是有正事儿，还这种态度，简直是不可理喻。如果事先没提过也就罢了，打过招呼还这样瞻前顾后，的确不像话。

大老柳不想耽误工夫，说：给个理由吧。

武鸣耍起了赖皮，说我是队长，还需要理由吗？

大老柳说，你这样太不地道，真是毛病……

武鸣从办公桌上拿起一沓纸，递给他：又要说滚蛋，是吧？把这份材料送给沙方健参谋长，外出得两人同行吧，喊上马成功，跟你一块儿。

大老柳扫了一眼，材料上写的是“关于组建综合应急救援分队的设想”，抬起头时，他发现武鸣脸上带着笑，若有若无的那种。他一下子明白了，队长啊队长，又耍小聪明，名义上不给假，却寻了别的借口让我去机关，支队长如果不接受意见，到头来也埋怨不得。

他忍不住笑出了声，现如今报材料通过支队网站发邮箱就行，这小把戏太小儿科。可武鸣紧绷着脸，显然不想再多说话。大老柳就重新填了假条，事由是“到机关送材料”。

大老柳也耍了聪明，带马成功去见支队长的目的很明显，马小刚与马成功的关系不一般。怕支队长不同意，他还留了个后手，专门写了份《请战书》，让队上所有消防员都签了名字，这就等于是联名请战，代表了基层的呼声。

马小刚比想象中要和蔼，但在听完大老柳的汇报后，并未急于表态。大老柳有心理准备，接着说：支队长，不管是否采纳我的意见，我都会执行上级的命令。但是，我们鱼鸟河中队需要证实自己的实力，我和马成功也需要证实自己的实力。马成功是我的副班长，最近进步神速，他是消防未来的骨干，我已经给队上请示了，让他当班长……

马成功插话说：班长，这样不合适。

大老柳说，瞎说，你已经具备了值一号车的素质，我主动让贤。

他是想用这种方式打动支队长，没想到马小刚说主动让贤的主意不错，大度而有风范。大老柳倍感失望，闹了半天，支队长最感兴趣的关照自己的关系兵。

大老柳万万没想到，马小刚特批让他担任鱼鸟河中队的中队长助理。部长助理、省长助理这类职务人们并不陌生，中队长助理是消防特色，会任命综合素质特别过硬的老同志担当此职，配合中队干部管理整支队伍。

他前脚刚回到队上，武鸣就差人把他喊到中队部，一脸坏笑地说，没想到啊没想到，柳海洋同志去趟支队机关成效显著。中队比武的事儿没了下文，倒是给自己弄了个官当，这就是传说中的跑步前进吗?

大老柳问：队长，我是那号人吗?

武鸣忍俊不禁，乐了好一会儿才说，我得重奖你。

大老柳蒙了：怎么个情况?

武鸣低下头，在纸上写写画画，半晌没说话，把大老柳急得够呛：你倒是吱声啊。

武鸣依旧不言语，忙活了一会儿，才吩咐道：把副班长以上的人员召集起来，开会。

忘了交代，马小刚采纳了大老柳的意见，批准特勤中队和鱼鸟河中队在备战比武的同时，组建综合应急救援队。马小刚是用电话直接通知武鸣的，大老柳毫不知情。

开会的时候，他有些兴奋地说，尤其是咱这个比武，所剩时间无几，满打满算也就个把月了，得开始倒计时了。

武鸣点头认可。他们在会上统一了思想，关于这两项工作，中队确定了分工，大老柳负责比武，武鸣侧重于筹建综合应急救援队。

140

吕建业想发明一款科学而又实用的救援器，专门解决深井救人的难题。他一门心思地钻研起来，虽然有些力不从心，但仍是乐此不疲。

苏平安笑话他研究深井救援器，变成了“神经”怪咖。因为专心于这项研究，吕建业并不搭理苏平安，让苏平安成了剃头的挑子一头热。

他和很多人一样，无法理解吕建业，可现在吕建业愣是两耳不闻天下事，就连对原本热衷的比武也提不起兴趣了。

在大老柳的计划中，吕建业是一号种子选手，可以想象，他十分不满吕建业的状态。

苏平安对吕建业的嘲讽和挖苦，都是大老柳的主意，他想用激将法来刺激吕建业。事实上，大老柳也跟吕建业聊过，说过的话更加难听，可吕建业依然我行我素。

吕建业一直在用铅笔画草稿，用过多少A4打印纸不好说，至少铅笔头是攒下了一堆。他还专门把那堆铅笔头拍了照片，发给了江鑫蕊，如今能理解他的也只有远在廊坊的这个女生了。

大老柳实在是太着急了，他认真观察了吕建业，不但不再抢一号车，连说话办事都世故圆滑了。

对此，大老柳想尽办法挤对吕建业，有时候是故意找茬，想激怒吕建业。但吕建业说，都是一个锅里吃饭，勺子碰碗，碗儿碰盆，磕磕碰碰的很正常。在他一筹莫展之际，马成功主动提出去跟吕建业谈一谈。

其实，马成功并不愿意做这件事情，队上所有人都清楚，论实力他不如吕建业，如今参加支队比武集训的名额未定，这张入场券就显得极为宝贵。在大老柳带他面见马小刚时，他从支队长的眼睛里看到的不光是期待，还有很多种意味。

最重要的是米琳的态度。许是武侠小说看多了，米琳希望他变成第一高手，最好是众人仰慕的风云人物。马成功曾表达个人的反对意见，说人在高处不胜寒。但米琳说，男人就该在自己的领域中独孤求败。这话很有分量，最起码在马成功的心里分量很重。

见到吕建业的时候，他还是在那里低头忙活。据马成功观察，只要不是出警，一些可参加可不参加的集体活动，他全都找理由溜了。马成功跟别人的想法不同，不管发明深井救援器这件事是否靠谱，都特别佩服这种韧劲儿。所以，马成功对吕建业的态度极其友好。

吕建业也没客气，停下手里的活儿，把用秃了的铅笔扔给马成功，让马成功帮忙削铅笔。马成功捏着铅笔，说你还真行，油盐不进，学得越来越圆滑了。

吕建业反问：圆滑有什么不好？

马成功说，好倒是好，但我忽然冒出个想法，这做人就像你手里的铅笔，不停在用，开始很尖，慢慢就被磨得光滑了，不过，太过圆滑了，差不多又该挨削了。

吕建业又问：此话怎讲?

马成功说，我只是触景生情，空发感叹。话又说回来，你这么干无非是为消防做点事情，跟参加比武不冲突。

一心不可两用。吕建业把削好的铅笔拿回来，在纸上写下这几个字，又说，我全心去做都不一定能成，三心二意肯定白搭。

没错，心有多大舞台就有多大，你有目标，努力了就可能实现，连想都不敢想，把头发熬白了也无济于事。说着，马成功又换了语气问：你莫非是不敢参加比武吧，怕被淘汰了丢人?

吕建业露出不屑的表情，说：小爷是那种人吗?

马成功说好，那就一起参加比武，等比武结束咱一起研究深井救援器。

吕建业说，我明白了，你是来当说客的。

大老柳干劲十足。他针对每个人的强项和弱点制定了详细的训练计划，范围不仅仅是他心目中的种子选手，而是全队人员。他还专门征求了武鸣的意见，武鸣对这份计划赞不绝口，说只要落实到位，不仅能在比武上夺名次，还可以给综合救援队打牢基础。

大老柳趁机提建议，要求提拔马成功当一班班长。武鸣说不行，你这刚干上中队长助理，就想当甩手掌柜。

大老柳有苦难言，自己压根没有这种想法，他把内心的烦躁全都挂在了脸上。武鸣偷着乐呵上了，心想还是不逗他了，就宣布了自己的决定，让吕建业担任一班班长，马成功接替吕建业的职务。

这样不好吧，我不是偏心，我觉得目前最能胜任一班班长职务的是马成功。为了证明自己的判断，大老柳又说，吕建业也不抢一号车的位置了，别说是一班班长，就是一个普通的队员，也该把值一号车当成最神圣的任务。

武鸣不为所动，非常自信地说，就听我的吧，回头你会发现，这是最好的安排。

当天，武鸣就召集开会，正式宣布了大老柳担任中队长助理，吕建业和马成功分别担任一班长和二班长。还点名表扬了吕建业，拿出很长时间来强调一班班长这个位置的重要性。

如若搁在过去，吕建业会兴奋地站起来，大放厥词，说些很自负的话，可他现在安静地坐在那里，一副荣辱不惊的样子。大老柳也不在乎干的是不是中队长助理，他就一个念想，带领种子选手杀进比武，进而提升全队的训练水平。

唯有马成功心里不是个滋味，他知道大老柳是推荐自己当一班班长的，那象征着一种责任，更是证实自身能力的荣誉。

武鸣心里门儿清，吕建业是实力派，但他不想阻拦吕建业搞那项发明，他相信一切努力都会有结果，万一歪打正着，真让吕建业研究出了门道呢，那也算是为消防系统立了大功。

他回头一想，“歪打正着”这个词儿很耐人寻味，至少马成功的变化就证明了这一点儿。试想如果没有米琳的激励，马成功恐怕还是个小迷糊蛋。这就是真正的歪打正着。

第二十九章　满血复活

141

开会期间，武鸣和魏东丽两人是一条心，用苏平安的话讲，是一个鼻孔眼喘气儿的。可是，刚开完会，他俩就别扭上了。

起因是武鸣要犒赏大老柳。

比武资格是大老柳争取来的，武鸣的做法无可厚非，但偏偏遇上了魏东丽这种人。想不吵吵几句都不可能。

会一散，武鸣就说，咱得给柳队长助理庆祝一下。

他的语气颇为得意，还特意在“队长助理”四个字上加重了语气，听得出，武鸣对大老柳担任这一职务非常开心。

刚说完这句话，他又吩咐通信员：小子，去炊事班，通知加道菜，土豆炖牛肉。

这个时候，魏东丽提出反对意见：武队长，不能随便加菜，上次支队长点名批评了，必须严格执行食谱。每天补充多少营养，如何调剂口味，食谱是我个人掏腰包请专业营养师给制定的。

那你从哪儿找的营养师啊？武鸣心想，这家伙怎么就不上道儿呢。

魏东丽答：我网络小说的粉丝，有国家认可的资格证，绝对经得起任何人的检查。

武鸣笑了，说别提你的网络小说，你的职务是消防中队指导员，不是网络写手，快收收心吧。

魏东丽红了脸，却不知该如何为自己辩解。大老柳见状，替他解围：别死搬教条，武队长没别的意思，只是加道菜而已。

魏东丽说，丁是丁卯是卯，干工作不能太随意，更何况伙食费也是有数的。

你不是个人掏腰包请的营养师吗？土豆烧牛肉的伙食费我出钱。武鸣气呼呼地说。

魏东丽摇了摇头，吕建业接过话茬说：毛病，快别提土豆炖牛肉了，最近胃不舒服。但是啊，指导员，干工作确实不能随意，尤其是上了火场真的不能死搬教条。

吕建业本来是出于好心，但让魏东丽感觉是话里有话，他自然而然地想到汽车站那次失败的处置。他认为吕建业是在嘲讽自己。

是啊，你是很灵活，在场的人，你们都很灵活，但你们谁能保证火场上没有失误，谁能保证就不死人？魏东丽不紧不慢说完，也赤裸裸地戳到了大老柳的伤处。

武鸣急了，说你还真行啊，打人不打脸，揭人不揭短，你成天不务正业，还有脸说这些。

魏东丽怒目圆睁，胸口剧烈起伏。眼瞅着就要翻脸，武鸣主动让步：老魏，是我态度不好，郑重给你道歉。

魏东丽犯了邪，说别黄鼠狼给鸡拜年。

武鸣尴尬地笑笑：想想你舅，实在不行就去医院看看，黄主任绝对不希望你这副㞞样子。

魏东丽心里想，哪壶不开提哪壶，我哪里还有脸面去医院呢？他缓缓抬起头，用迷茫的眼神盯着武鸣，直到双目湿润。

人在很多时候都是这样，同样一件事情，会给每个人带来不同的感受，但不管怎样，时间一如既往地匆匆向前，它不会因为任何人的想法而止步。

特别是对于大老柳来说，时间更是宝贵，儿子壮壮的病情以及战友老赵的劝说，都让他无法再心若止水，他不敢担保还能在消防待多久，但他却能保证每一天都过得有质量。

他给自己下了死命令，头拱地也得把比武这事儿办得漂亮，最好能把个人的名字写到鱼鸟河中队荣誉室的那面墙上。“头拱地”这三个字出自于什么典故，他不知道，大老柳只知道不管新人入队，还是老队员离队，都会去荣誉室接受心灵的洗礼。也正是这个原因，他的心里被八个字占据：只许成功，不能失败。

是的，只许成功，不能失败。

大老柳连续组织了几次模拟测试，正如他之前估算的，最有实力的是三个人，他本人和马成功相对稳定，吕建业的成绩忽好忽坏，好的时候就能以微弱的优势战胜马成功。

大老柳心里清楚，吕建业像个弹簧，但他还是痴迷于自己的发明，对训练根本不用心。这件事令大老柳头疼。

到了九月中旬，马成功的状态明显更好了，这可能跟他的心情有关。

如此一来，大老柳愈发觉得吕建业不争气。他提醒吕建业别占着茅坑不拉屎，意思是战斗一班的班长不是谁都能干的。

俗话说，没吃过猪肉，总见过猪跑步。吕建业明知道大老柳的真实想法，愣是装起了糊涂。

大老柳恨其不争，非常痛心地说，建业，作为你的老大哥，我不会害你，你别心血来潮非要搞那个小发明，将来会后悔的。

吕建业彻底无语了，他忽然想到了“人以群分，物以类聚”这句话，既不在同一个频道上，也根本没法正常沟通。

他把这些牢骚说给江鑫蕊，他以为对方会理解并支持自己，可他没想到，江鑫蕊让他从自身找缺点，最不济也不要得罪了老同志，否则工作很难开展。

吕建业有些傻眼，如今的人难道都如此现实吗，江鑫蕊只是个在校的学生，首先想到的却是人际关系。他非常想告诉江鑫蕊，凭个人的实力，在鱼鸟河中队说话也是有分量的，可说这些有什么作用？只会给人家留下不谦虚的印象。

这件事情不大不小，却影响了他与江鑫蕊之间的关系。吕建业有意识地冷淡了江鑫蕊，如果不是为了继续搞那个深井救援器，还用得着对方，他很可能立马跟江鑫蕊断绝关系。

有个不得不承认且必须要面对的现实，虽说他心里发着狠，但吕建业会时不时地惦念着江鑫蕊。他时常会想起她娟秀的字体，偶尔也会想起去年底的那次处置过程——他从楼顶索降，固定好位置，然后发力，一脚把江鑫蕊踹进了屋里，才有了现在的缘分。

他提醒自己不能多想，但又不知不觉地陷入了窘境。坦白地讲，吕建业有些焦躁不安了。这势必影响和败坏着他的情绪，可他也找不到别的法子，只能像个孤家寡人似的艰难前行。

142

谭杰终于重获自由。

纪委查来查去，很多事情他并不知情，无论从哪个角度来讲，他都有些冤枉。可纪委的通报摆在那里，说他对家属管教不严并不为过，没给他再重的处分，也算是网开一面了。

谭杰没回家，也没回单位，而是直接去了医院。他是要去看望老乡黄连海。

刚开始，他在琢磨，此时见面会不会给双方带来不好的影响。可谭杰又一寻思，别人爱怎么说就怎么说吧，别说是老乡，还是同一批入伍的消防兵，就是身边的朋友受了伤，也该去关心问候。

虽然心里已经谋划好了，他还是有些顾虑，见面后究竟该怎么开口？不得不承认，是自家那口子连累了别人。即便说到天亮，也是自己心里有愧。这个念想，一度干扰了他的决心，直到站在医院门口，谭杰还是踌躇不定。

天实在是太热了，热得脚下的水泥地面滚烫，他下意识地低下头，发现阳光把自己的身子拧成一个小小的黑影。他抬起脚，又放回原来的位置。谭杰突然意识到，有光才会有影子，但人在很多时候都会失去自我，不敢置于光亮之下，那就只能遁迹匿影。

明白了这些道理，谭杰才重新迈步，狠狠地踏上自己的身影，那力道像是跺了几脚。他重新抬起头，目视前方，甩起胳膊，像新兵时走队列一样，进了医院大门。

见到黄连海之后，两人长久地沉默着，谁也不肯先开口。谭杰估计，老战友也不知道该说什么。

直到黄连海要起身解手，谭杰才从床下拿起夜壶，想替对方解下病号服上的松紧带。黄连海忍住伤口的疼痛，坚持要去洗手间。

谭杰说，条件这么好，这么大的病房，就咱两个人，就地解决。

条件太棒了，高干病房，独自享用，方便纪委工作。黄连海此时想笑却笑不出来。

谭杰一时语塞，把黄连海扶进洗手间，又退回身子，把门带上。他重新低头看了看脚下，没有发现影子，才缓缓抬起头，冲着虚掩的门说：老黄，我对不起你。

是我自作自受，就该付出代价，不过这样也好，我把马小刚折腾进了纪委，我用这种方式给了他一个交代。不知是牵连了伤口，还是说到了动情处，黄连海的声音听起来颤颤的。

谭杰在病房里待了很久，他一直在陪黄连海聊天，不对，是黄连海在说，他在听。黄连海说得不紧不慢，讲了提副团的竞争是如何激烈，又讲营职、连职，一直讲到上军校和当战士时的趣闻。到最后，黄连海讲起了小时候在老家的河里摸鱼捉虾，一个劲儿地感叹，再也回不去从前了。

他们失去了时间概念，等谭杰离开医院时，天已经黑透了。他看着城市里的万家灯火，走走停停，步行去了鱼鸟河中队。谭杰可以选择给魏东丽打个电话，但还是亲自找到魏东丽，告诉他抽空去趟医院，舅舅有事跟他交代。

他又去了一家洗浴中心，在池子里泡了很久，心想去掉身上的晦气，赶明儿就回支队机关报到。谭杰重新穿上浴衣，他决定晚上就在这里将就一宿，儿子在寄宿学校上学，回家只能平添烦恼。

大厅灯光昏暗，只有悬挂在半空的电视屏幕时而发出耀眼的光芒，他对所有节目都不感兴趣，从角落处找到一张按摩床躺下，在临床的呼噜声里久久不能入睡。

总算挨到了天亮，谭杰仔仔细细地刮了胡子，又用凉水洗了把脸，才离开洗浴中心。

虽然朝阳初升，但天已经热了起来，赶到支队机关时，谭杰身上已经湿透了。他顾不上擦汗，直接去敲沙方健办公室的门，两人一碰面，就把手握在了一起，他们什么也没说，却好像已经聊过了很长时间。

机关跟基层一样，到了上班时间，楼里就响起了军号。沙方健说，我陪你去见见两位支队主官吧。

谭杰没答话，人却跟着出了办公室，他的步子有些迟缓，表情也有些木然，因为他不知道该如何面对领导。

他们先去的是政委办公室，非常凑巧，马小刚正在跟元威商量事儿。见到谭杰之后，元威起身让座，这让他心里很温暖。

他刚要向两位主官敬礼，马小刚拦住，说回来了就好，回来了就好。

谭杰还要说话，马小刚又开口了：过去的事儿不提了，回来就安心工作，司令部现在有两大任务，综合救援队伍和专职消防员队伍建设，都很重要，马虎不得。回头你得挑大梁，继续负责专职消防员这块儿，小沙负责综合救援队，有关这两项工作的进展，你俩直接向我和元政委报告。

能让继续工作，而且负责的还是重点工作，这是对自己莫大的信任和鼓舞。想到这里，谭杰的两眼有些模糊。

谭杰申请继续到鱼鸟河中队蹲点。

他站在中队营区大门前，突然想起苏平安之前说过的一个词儿：满血复活。没错，不能总是活在过去的阴影当中，应当满血复活，把手头的任务完成好。

他没在中队部露面，而是先跟苏平安打了个照面。两人像是久别重逢的故交，恨不得把天底下的话全说尽。尤其是苏平安，假如不是彼此职务上有所差距，恐怕早就当众搂着谭杰的肩膀了。

谭杰凭空消失这么久，苏平安早就知道了他的去向，为了不让他尴尬，苏平安刻意回避了相关话题。

谭叔，支队机关得有多忙，害得你没空来队上。说着，苏平安眨了眨眼睛。

谭杰心想，这个小家伙用心良苦啊，还未等回应，苏平安又唠叨上了。他说的是自己跟曹小菡的事情，说曹小菡过去吃了太多太多苦，现在自己要负责她下半生的幸福。

谭杰忽然觉得，得向苏平安学习，因为这世上比自己还要惨的人多了去了。那就甩开膀子大干一场吧。

143

吕建业倒是找到了努力的方向，但他的父亲却陷入泥沼。对吕程来说，将要面对的是一场风暴，而且是关乎公司存亡的一场狂风骤雨。

为了让儿子宽心，吕程谎称官司已经赢了，实际上他已经焦头烂额。

世上没有绝对的秘密，股份被转移的消息早已在民间传得神乎其神，这让公司的股票交易价格连续几天都是跌停。

想做到这些绝非一两天的工夫，也不是一个人能干成的事儿，副总华冬江跑路了，倒是把财务总监给推到了前台。

财务总监是个女的，跟吕程年龄相仿，中等长相，是最初跟他一起创业的几个骨干之一，这么多年下来，从未出过差错。

在前几年，坊间还疯传过两人之间的绯闻，一个是单身的男人，而另一个是长相不错又一起打拼过的女人，想没点虚构的故事确实有点难。可他俩之间还真是干干净净，经得起考验的。

财务总监被市公安局经侦支队带走了，吕程还有点舍不得，托了关系想把她保释出来。负责接待的民警笑而不语，表情暧昧无比，让他以为是民警误会了他与财务总监的关系。

他再三解释，民警被逼无奈，才实话实说，让他趁早死了这条心，别再犯傻。

吕程说，公司可以缺一两个副总，但不能没有财务总监，她是我的亲信，不会出太大的问题，麻烦高抬贵手。

民警说，问讯笔录得有三四百页纸，你这个亲信是主谋之一，而且有些事儿办得挺不地道，等于给你戴了一顶新帽子。

在常人眼里，董事长跟亲近的女下司大多有不清不白的关系，更何况之前有过风言风语。

民警显然误会了吕程跟对方的关系，看他一副不开窍的样子，犹豫半天，干脆把他推给了杜副局长。

经过深思熟虑，杜副局长说：我就违反一次纪律吧，那女的早就跟那位副总勾搭在一起了，据她自己交代，挺对不住你的，但她被华冬江床上的本事给征服了，说那家伙的口活儿不错，让自己欲罢不能。

木已成舟，说什么都为时过晚。吕程只能埋怨自己瞎了眼，对那两个人是如此地信任。他无比颓废地回到公司的办公大楼，心想如果事情摆不平，过不了多久就会被人赶出这栋写字楼。

当然，他并不知道，财务总监的供述干扰了警方的判断，因为之前曹小菡交代的是，只要到了床上，眼镜男只动手，而且下手极狠，是个十足的虐待狂。

突然之间冒出来的糟乱事儿，让吕程压力倍增。他的直接反应是，血糖攀升，空腹去测，已经过了15。他总是感到口渴，半夜也要跑好几趟洗手间。

还没等吕程想到应对措施，某银行的行长也来电话了。两人业务往来频繁，平常关系不错，说话也就随意了些。

听他声音疲惫，行长有些不忍心，说孙子，洒家这可不是什么好消息，改天咱再联系。

吕程说，没事儿，有事儿就直说吧，最近太倒霉，也不差你那一个坏消息了。

听吕程这么个态度，行长只好接着说：千万别骂娘，你这有一笔贷款，该到期了，如果不能按时还款，就得走法律程序了。

吕程默默地挂断电话，让司机把开车把他送到银行。眼下这种情况，他决不敢自己开车，就是坐在车上，他也觉得天旋地转。

见到行长后，吕程开口就问：会不会出了差错?

行长露出无奈的表情，说：白纸黑字，不可能出错。

吕程又问：贷款我能不跟你打招呼吗?

行长沉吟：那倒也是，他们当时找洒家签字的时候，我还以为你这孙子买卖做大了，把洒家忘到脑门子后呢。

吕程不好太严肃，跟着说，你用脚丫子想想，我轻易不会贷款，贷款也肯定会跟你说。这样吧，你安排手下的查查，到底哪个环节出了问题。

行长不好推辞，安排人把相关文书拿来，吕程随手翻了翻，然后盯着自己的签名瞅了半天，说这是假的。

怎么可能呢？孙子，这种玩笑可不能开。行长连忙表态。

吕程勉强笑了笑，说是你来问具体经手人，还是我直接报警？

行长琢磨了一会儿，说：别闹得世人皆知，没法收场，洒家建议，你先回避一下。

吕程终于忍无可忍，抬高了嗓门骂：操，什么鸡巴事儿，洒家个屁啊，我回避个鸟啊。

经办这一单业务的是个年轻小伙子，皮肤白皙，眉清目秀，让吕程心生恍惚，以为是儿子吕建业站在面前。年轻人显然涉世未深，几句话下来，就委屈地掉了泪。

他说，那个人让我做手脚，模仿吕先生的签名，说不碍事儿，只是急着用钱，等回头有钱了马上补上这个窟窿。

行长恨得咬牙切齿，恶狠狠地说，洒家真是服气了，你怎么这么傻，别人偷东西没被逮着，不代表你就可以去当小偷。

吕程说，别吓唬小孩子，他肯定有自己的难处。

听到这句话，年轻人号啕大哭，过了好一阵子才说：他趁着我喝醉了酒，脱光了我的衣服，让好几个男的跟我发生关系，还拍了视频威胁我。他还给我下了药，是毒品，我得从他那里拿毒品……

还没说完，年轻人就“扑通”跪在了地上，哀求吕程：吕先生，求求你，救救我，我还小，不想被他玩弄。

吕程知道“那个人”指的是谁，他有些迟疑地扶起年轻人。他一声不吭，只是觉得头皮发麻。手下这个副总究竟是什么货色？跟女人乱搞也就罢了，竟然还逼年轻人那个。对于那些不堪入耳的事情，他在心里也说不出口。

行长叹了口气，说：老吕，别动恻隐之心，可怜之人必有可恨之处，我觉得眼下只有一个办法，让他去自首。

吕程望了望年轻人，年轻人羞愧地垂下头，过了许久，才抬起头说，吕先生，我去自首，求求你，一定要保我，我不想坐牢。

144

在鱼鸟河中队安顿下来，谭杰才去找了魏东丽。

谭杰说，抽空去看看你舅吧，他希望你把心思用在工作上，你是中队指导员，他是支队政治处主任，如今受伤在医院，他希望能通过你，把多年的工作经验教训形成文字。

魏东丽沉默了一会儿，说太忙了，过几天再说吧。

不单是基层中队忙累，支队机关也不轻松。马小刚和元威同为主官，分管工作各有侧重，但却分工不分家。马小刚负责司令部和防火处，元威则把更多的精力用在了政工和后勤上。

元威有个特点，很少把工作和生活混为一谈，他尊崇“快乐工作，幸福生活”的理念，从不主张加班，他甚至有个观念，动辄加班说明个人能力有待提高，因为完全可以在正课时间完成工作任务。

具体到他本人身上，他还有个习惯，除非必要的值班和万不得已的情况下，很少在办公室里留宿，他觉得工作的地方没有家的氛围。但女儿元力把曹小菡接到家里，一住就是那么久，让他不得不适应在办公室里应付。住得时间久了，元威反倒觉得原来的习惯像是怪癖。

他总结过，只要不是背负了巨大的压力，在正常情况下，假若有人说自己难以入眠、食之无味，那说明这个人不累也不饿。白天黑夜都待在机关，也让他了解了机关干部的苦衷。

有一次，他围着办公楼走步锻炼身体，看到一间办公室亮着灯，就上去看了一眼。科长正带着参谋在加班，参谋刚泡了一桶方便面，见政委来了，就慌忙想藏起来，被元威制止了。他跟科长聊了会儿天，参谋在那里吃了几口面，歪着头就睡着了。

科长觉得对政委不敬，想把参谋喊起来，他摆摆手说，让他好好睡一觉吧。

他问科长为什么非要加班，科长说，各级领导都在忙，不可能天天待在机关，材料要一级一级签字，等收集了修改意见，只能晚上加班。元威恍然大悟，自己在总队机关当处长时不也是如此吗？轮到自己在领导岗位上，反倒不能理解他们了。

元威做了一些努力，比如简化公文审批程序，重新强调在网上批阅公文。这个系统在几年前就开发并投入使用，起草人只要把文件上传系统，消防的工作网站是全国联网的，哪怕是相关人员出差外地，但凡还在中国的地界内，随便找个消防队，上网就可以操作。没坚持多久，又跟过去一样不了了之，因为很多工作真得当面交代注意事项。

的确如此，不是每件事情都可以通过文字传达的。这也是女儿给他带来的启示。某日，元力发了个朋友圈，只有一句话——莫名其妙的孤独和无可救药的喜欢。

元威看到后就通过微信给女儿发了语音信息，说想武鸣就去看看他。

元力直接跑到他的办公室，质问他为什么要妄加揣测。

元威一脸无辜地说，这个意思很明显，傻瓜都能看出来。

元力做了个鬼脸，说：你承认自己是傻瓜就好，文字是用来读的，听不到语气，很容易误会，就算是咱俩打电话，你看不到我的表情，也会发生误解，这在心理学上被称为态势语言……

元威说，快回去吧，别在这儿惹我烦，有空帮我了解一下基层干部有什么呼声。

元力问：想听真话还是假话？

元威反问：你说呢？

元力说行，我这就有现成的，看你怎么解决。

如此这般说下来，元威就感到有些棘手了。女儿说的是职务调整的问题，她拿武鸣举例，说正连职早就满三年了，可到现在还原地不动。

他只好换了话题，问：是武鸣让你找我的？

元力“哼”了一声，责怪道：政委同志，你可够坑的，你要群众呼声，我反映给你，你转头就乱扣帽子。

元威无言以对，因为他知道这不是支队一级能够解决的问题。换句话说，这是全国消防面临的问题，在改革期间暂停干部调整。

魏东丽终究还是去见了黄连海，回到队上后，他便集中精力撰写《消防员思想政治教育笔记》，武鸣不好反对，姑且听之任之。

国庆节的前几天，魏东丽跟武鸣商量，说是要组织人录个视频，发布到网上。武鸣没应声，他便解释理由，称这是黄连海的建议，在必要的时间节点，要及时开展有意义的活动，既可以提升消防员的归属感和荣誉感，又可以在公众面前树立消防的良好形象。

武鸣点头同意了，他想，就当是给兄弟们缓解一下训练压力。他确实没想到，魏东丽把事儿办得很漂亮，产生了很大的影响力。

魏东丽不愧是干宣传出身的，他组织中队人员合唱《我爱你，中国》，托在地方媒体工作的同学拍成视频，又拍了中队训练执勤的场景，剪辑到一起，很有鼓动性。但他总觉得缺了点什么，就征求兄弟们的意见，武鸣说如果有群众参与就锦上添花了。

还没等魏东丽行动，马成功已经联系了米琳，米琳和她的同学们跑到林河几个有特征的地方，把跟群众互动的镜头录下来，及时提供了视频素材。

经过后期制作，视频传到了网上，诸多网站都转载了，连部消防局的公众微信号和微博都@了林河消防。给支队脸上贴金的事儿，马小刚自然开心，一问是魏东丽的杰作，他当即通知办公室主任，安排个时间去趟鱼鸟河中队。

他的意图很明显，魏东丽身上是有缺点，不能光批评，该表扬就得表扬，适当的肯定和表扬会激发工作热情。这算不上窍门，真正操作起来却很有实效。

大老柳听说这一消息后，跟武鸣请示，想趁支队长来队期间，组织预选支队比武集训人选，也让支队长训话鼓励兄弟们。武鸣随口应了，可他并不知道会因此惹恼马小刚。

145

说到做到，大老柳当即布置相关工作，虽然这只是正常工作，但任何人都不想在上级领导面前丢丑。

马成功甭提有多高兴了，通过拍视频这件事儿，米琳跟自己的关系更加密切，所有事儿在他俩之间都能想到一块，几乎可以用心有灵犀来形容。还有一点非常重要，他可以在马小刚面前展示风采，用成绩来证明马家庄的人都是好样的。

他给自己定的目标是保三争二，只要正常发挥，拿个中队的第三名没问题，但如果能够战胜吕建业，自己就可以夺得亚军。想想这个，马成功心里就美，他总觉得自己已经取得了胜利。

他非常清楚，他跟吕建业不是势均力敌，那么多次的模拟测试下来，已经证实了这一点，除非对方发挥失误，才会轮到自己。怎么才能赢了吕建业呢？马成功搜肠刮肚，总算是想了个招数，他认为这一招很绝，他似乎看到马小刚为他投来了赞赏的目光。

那就做好一切准备吧。马成功偷偷藏起自己的心思，等待马小刚出现在训练场上，他想到时候说什么也要拼了，一战过后，不但可以入围参加总队比武的集训人员名单，说不定还能让自己成为值守一号车的一班班长。

可他迟迟未能盼来马小刚。

国庆节之后，马小刚本打算尽早去鱼鸟河中队，可他实在分身乏术，有太多事情需要做了，他恨不得把自己劈成两半。

这期间，总队长来了趟林河，代表总队党委跟他谈话。与其他单位一样，跟重要岗位的干部谈话一般分两种情况，要么是此人要得到提拔或重用，也可能是这个人即将被免去职务。但马小刚不属于这两种，他是诫勉谈话对象。

存在问题的干部才会被列入诫勉谈话对象，通常由纪委和干部处出面，但这次总队长亲自谈话，说明马小刚在KTV火灾的处理上问题是严重的。依他本人的理解，总队党委这样做是本着治病救人的原则，这件事情给个处分甚至免去职务都是有可能的。

马小刚态度端正，毫不避讳个人所犯的错误，向总队党委深刻检讨了自己的行为。又在谈话之后，向总队长专题汇报了林河市的消防工作和队伍建设情况。

功是功过是过，总队长对林河支队筹建综合救援队伍的做法给予高度肯定，而且现场联系了北京消防，安排由马小刚带队，从总队机关和全省各地抽部分精通业务的干部进京考察。

马小刚当即领命，并提出了个人的建议，说是省有省的特点，与直辖市有太多差异，不能死搬硬套，得针对咱省里的现实情况，拿出实打实的措施，不能搞面子工程。

总队长对此很感兴趣，用眼神示意他接着说下去。马小刚就拿出了武鸣撰写的《关于组建综合应急救援分队的设想》，递给总队长，等总队长看完后才说，我不是向领导邀功，这项工作我们林河已经开始行动了，也做了些探索，这份材料是我们的一个中队长起草的。

总队长点点头，说：有思想，有见地。

马小刚说，我们的计划是，以试点中队为基础，打造林河市综合应急救援队的突击队，他们是全市的尖刀，也必须是全能选手；其他中队根据各自辖区灾害事故的特点，各有侧重地强化专业救援，这是第二梯队；争取林河驻军、公安队伍以及预备役力量的支持，团结社会上的公益救援团体，这是咱们的有力补充。前两项工作我已经启动了，第三项也向市委市政府作了专题汇报，必要的时候，还得请省里出面帮忙协调。

总队长接着表态：没问题，你继续说。

我想，这只是我个人的意见啊……

马小刚还没说完，总队长就打断了他的话：别拖泥带水，来点儿干货。

我认为，应当打破行政区域的界限，依据山川、河流的走向，把全省划为三个战区，西部、中部和我们东部沿海，在战区范围内，一旦发生灾害事故，立即集合优势力量处置；特别重大的，则各战区联动，跨区增援，类似于大部队的集团化作战。马小刚用一个漂亮的手势结束汇报，目光炯炯地注视着总队长。

总队长采纳了他的建议，说马上安排他们加班，写出调研报告，回去后就找省委省政府领导。总队长也是出了名的工作狂，转身就给总队参谋长去了电话，简明扼要而又条理清晰地把工作安排了出去。等他忙完这些，脸上就堆满了笑，扭头拿马小刚寻开心：我来林河是给你谈话的，你可倒好，反过来给我安排任务，我成了给你打工的了。

马小刚没笑，意味深长地说，如果都能像你一样，把自己当成打工的，而不是坐在办公室发号施令，咱消防建设得提升好几个档次。

总队长也止住笑，佯怒道：你这是将我的军，还是在拍马屁？

马小刚说，被关了那么长时间，把很多事情想通透了。

总队长说，不跟你废话了，你把这项工作搞好，列入总队试点工作，争取在11月9号那天在林河开现场会。

马小刚一愣，还有不到半个月，时间太紧了吧。

咱还有时间吗？问完，总队长语重心长地说：消防改革有太多事情要做，得去干，而且必须干得漂亮。咱这代人赶上了大好机遇，共和国的消防发展史上，也有咱们的一份功劳。

一时之间，在场的人都沉默下来，虽然总队长的话不太严谨，也没有鼓动性，但大家还是心潮起伏，至于众人究竟在想些什么，不得而知。最终还是总队长打破了静寂：我已经安排总队司令部下通知，让各地连夜报名单，马小刚，你尽快带队去北京，对了，把那个善于思考的中队长也带上。

马小刚肩上的担子更重了，他生怕在此期间出现任何纰漏。

第三十章　搞清真相

146

马小刚集中了全市消防的骨干，成立筹备组，专门牵头抓综合救援队的建设。紧接着去了趟北京，两天的时间就打了来回。

工作真正铺开来，很难找到空闲，虽然忙碌却也充实，让马小刚一度忽略了时间概念，等他决定去鱼鸟河的时候，已经是十月下旬了。

10月26日是个普通而又特殊的日子，反正武鸣在这天的下午是乱了分寸。

此前，在去北京学习考察期间，武鸣跟支队司令部战训科的一个参谋同住一室，参谋比他资历要老，如果按兵龄算比他早一年，但两人都是上尉正连职务。在北京虽然只住了一晚上，但参谋却跟他成为莫逆之交，这其中主要的原因是，两人都是业务骨干，在好多理念上有着惊人的相似之处，称得上是志同道合。唯一让武鸣别扭的是，参谋牢骚满腹，对改革耽误了个人职务提升有很大的意见。

按照过去的传统，基层干部比机关提升的速度快，同一职务上，基层干部满两年就能提拔，而机关干部得干满三年，改制期间不允许调整干部，参谋自觉吃了大亏。武鸣本来还劝几句，告诉对方被耽误的又不是一两个人，自己也是如此，都耽误了就等于都没耽误。但参谋根本没给他机会，东拉西扯说了很多，最终撂下一句话——过了这个村就没这个店。

原本武鸣对提职的事情看得很淡，经参谋这么一说，心里也犯起了嘀咕。问题是他还只能把个人的想法憋在心里，因为参谋只顾得自己嘴上痛快，发完牢骚就打起了呼噜，剩下他一个人冲着夜色发呆。他几次想给元力发个微信，说说自己的烦恼，终因时间太晚而作罢。

这天午饭后，支队通知说支队长第二天要到中队，武鸣喊上魏东丽，正组织班长以上人员开会，安排次日选拔参加支队比武集训人员的有关工作，那个参谋来电话了。

参谋上来就问，你看新闻了吗?

武鸣说，没有。

参谋说，全国人大常委会表决通过了《中华人民共和国消防救援衔条例》，新闻上说，消防救援衔是一个全新的衔种，专为消防救援队伍设立。

武鸣说，挺好的呀。

参谋埋怨道：你一点都不敏感，咱俩都是一杠三星，上尉，本来都该在半年前调副营，现在好了，成一杠两星了，妈的，心里烦。

武鸣觉得这是正常现象，可真想起来，心里确实不是个滋味。他的情绪受到干扰，便把第二天的工作全交给了大老柳，他没想到由此产生的误会让马小刚勃然大怒。

就是在《中华人民共和国消防救援衔条例》通过的这天晚上，吕建业找马成功商量对策，说是要合理安排一下战术。

他说，咱的目标是都能取得支队集训队的名额，那就等于拿到了进军全省比武的入场券，所以得悠着点儿，别计较单科目的成绩和名次。

马成功的第一反应是，这是个阴谋，是吕建业放的迷雾弹，想让自己放松警惕，如果自己的成绩弱了，那等于为他去掉了一个强有力的竞争对手。

马成功觉得太可笑了，吕建业之前一直在搞发明，忽然之间关心起比武了，看来真正在乎的还是比武，那个深井救援器明显就是个幌子。他难以忍受这种背后玩阴谋的人，不由在心里骂娘，耍这个小聪明干吗?竟然算计到老子头上了。

为这次比试，马成功谋划了很长时间，说心里话，他一直犹豫不决，对自己想出的计谋始终定不下决心，现在没必要客气了，以其人之道还治其人之身。

次日一早，他跑到器材库，在器材上做了点手脚。除此之外，马成功别无选择。他想没必要坚持所谓的底线，哪怕是下三烂的小把戏，能把吕建业PK下去，也不丢人，正所谓你不仁我不义，扯平了。

总算盼来了支队长。马小刚在队伍面前一站，马成功便挺起了胸脯，他不断挺胸收腹，用正规的军姿迎接马小刚的检阅，他知道接下来自己会大显身手，让所有人对自己刮目相看。

大老柳负责筹备，但也是参赛者，负责裁判和计时的是武鸣、魏东丽和老郭。大老柳首发出战，跟他一组的是苏平安，他有意识地把吕建业和马成功编到一组，为的是激发两个年轻人发挥出最好的水平。这个道理等同于下棋，与高手对阵，才能势均力敌。

马成功信心百倍地站到起跑线上，口令刚一下达，他就像离弦的箭一样冲了出去。而此时，他的竞争者吕建业却出师不利，背后的空气呼吸器晃来晃去，成了累赘，险些因此栽倒在地上。

正在观战的马小刚大喝一声，叫停。他快步走到吕建业跟前，让吕建业卸下身上的空气呼吸器，又喊人换了个新的，让重新操作。

马成功心想完了，自己计划了半天全砸锅了，那点优势也没了，想赢了对方也有点悬。还好，吕建业似乎并不在状态，这给他留了一线希望。他咬着牙拼到最后，结果却大失所望，他的总分数比对方低了0.3分，在队上屈居第三。

事情并未就此了结，马小刚火冒三丈，质问是谁把吕建业专用的空气呼吸器背带上的卡扣捏断了。那是个很不起眼也很巧妙的小机关，只要破坏了，背带就永远绷不紧，会直接影响到成绩。

队伍里面面相觑，马成功有些心慌，他告诉自己不能承认，一旦认了，这辈子都没法在队上抬头了，马小刚也会把自己当成下作的人。

没人承认，马小刚更加恼火，他让武鸣跑步去调监控，把害群之马查出来。马成功六神无主，看武鸣转身要走，万般无奈地打了报告。

他惴惴不安地站在队列里，根本不敢去直视马小刚的目光。

147

估计没有人会料到，支队长会勃然大怒。

马小刚冲着队伍里的马成功怒吼：出列！

马成功一慌，顺着拐出了队伍，他感觉头都要炸了。按要求，他应当距离指挥员5至7步，可他愣是到了马小刚跟前才停下步子。

是你？马小刚愤然问道。

马成功羞愧地点点头。马小刚忽然抬起右手，朝马成功的头上甩过来。

就要接近脸颊了，马小刚的手转了个方向，指向了武鸣：你怎么干的队长？训练之前不组织检查器材吗？这能闹着玩儿吗？真进了火场，会害死人的！

说完这些，他把手垂下来，让马成功入列，然后冲着队伍打了个敬礼，说：同志们，今天这件事儿在很多年前发生过，当年，就在这个中队，为了虚荣，能赢了别人，我也在器材上做了手脚，还没等比赛开始，出警了，结果我害死了自己的战友，这是血的教训，是我一辈子的罪过……

说到最后，马小刚的声音开始颤抖，眼里也泛起了泪花。

马小刚曾在公开场合说过，消防工作两头翘，一面是基层灭火，兄弟们出生入死，哪里有危险就往哪儿冲，为这支队伍赢得了荣誉；另一边是防火监督的干部，跟地方单位打交道，明里暗里制造些麻烦，为的是吃拿卡要，败坏了消防的形象。

第二个“翘”让他大伤脑筋，大会小会没少强调，可就是有人管不住自己，导致此类事情屡禁不止。

有人劝马小刚别较真，说中国是个人情的社会，各种关系网谁也无法挣脱，可以管住亲戚和朋友，总不能驳了各级领导的面子。因此，他偶尔也会半推半就地为别人办些事情，KTV火灾的责任认定，就是他顺水推舟卖了份人情给那位分管刑侦的杜副局长。

被纪委调查过之后，马小刚觉得不能再说一套做一套，否则难以服众。这就让很多人在他这里碰了钉子，一时之间，外界对他的议论就多了起来。

某天中午，妻子逯娜没打招呼就到了支队机关。她是一家私立高中的校长，属于那种事业型的女人，以往从未到过丈夫的工作单位，但这次她直接把办公室的门踹开，气势汹汹地向马小刚问罪。

逯娜把手机打开，扔到马小刚的面前，说：我总算知道真实的原因了。

马小刚一瞅手机，是某个网站上发的帖子，标题是《消防子弟兵，父母不是吃瓜群众，又会是谁？》。再细看，里面说的是他本人，并称鱼鸟河中队的马成功是他的私生子。

这事儿说起来话就长了。

马小刚有过一次婚姻经历，了解实情的人都讳莫如深。据逯娜私下里打听，那时候马小刚已经是正营职了，家庭生活美满，唯一的缺陷是自家女人总是要不上孩子，女人好不容易怀上了，在他接到副团命令的那天，那人却在临盆去医院的路上死了。

有一种说法是，当时马小刚正在庆祝自己提职；还有一种说法是，马小刚那会儿正在出警。有个挺缺德的顺口溜，说中年男人三大喜，升官发财死老婆。马小刚摊上了两“喜”，让他成为公众评论的热点，当然，还是有热心人替他介绍了逯娜。

逯娜当时是副校长，分管安全工作，在马小刚组织的一次消防演练中打过交道，还因为工作分歧发生过争吵。她虽然年纪不小了，是个名副其实的大龄“剩女”，但还是被爱情冲昏了头脑。如今回头再看，她发觉那不是爱，说是对制服的迷恋反倒更加贴切。

两人的婚后生活并不如意，各自都在单位上管着一摊子事儿，好不容易在家里碰面，也会把工作上的压力带到情绪里。到后来，他俩总是用“哎”或者“那个谁”称呼彼此，甚至不到万不得已，他们回避直接打照面。

这其中还有个很重要的原因，逯娜的肚子总不见动静，她趁着出差，在外地医院做了检查，医生说问题不在她身上。回头再问马小刚，马小刚也恼了，说我那方面不行，前妻怎么可能怀孕？

有了这些隔阂，两人在夫妻生活上就马虎和潦草了，这让逯娜后悔万分。尤其是在最后的那一瞬间，马小刚看似很勇猛，实际上却是鲁莽而又凶狠，是的，他总是面目狰狞，完成了功课之后，就翻身睡去，鼾声就挤满了卧室。

逯娜曾经安慰自己，是个人太过强势，少了些体贴，她想过去缓和关系，可夫妻之间一旦出现裂缝，就很难还原。不管是主观还是客观上的原因，拖来拖去，她与马小刚竟然相敬如宾了。

她也怀疑网上的信息是捕风捉影，可无风不起浪，你马小刚身上干净，就不会有人炒出绯闻。人家也发出了两点疑问：马小刚两次婚姻为什么都没有孩子？马成功的出生地为什么是马小刚的老家？

网络世界里的大神无处不在，有人刨出了马成功的个人信息，称马成功早年丧父，母亲是县城里的一枝花，却一直守寡未嫁。

世上所有事情都经不起假设和推敲。逯娜气急败坏，她觉得自己是最可悲的女人，她无法原谅马小刚，她认为丈夫是个衣冠禽兽，能带人冲锋陷阵，能领兵救人水火，却救不了自己的女人，细想起来，是个绝大的讽刺。

你现在必须给我个说法。职业的习惯让逯娜的语气咄咄逼人。

马小刚哭笑不得：有事儿回家再说，我还得工作。

逯娜似笑非笑，说不可能，你有办法证明自己清白，就看你敢不敢。马小刚不明就里，逯娜又说，你们可以去做亲子鉴定。

马小刚气得七窍生烟，也急不择言地冒出一句：就算是私生子又能怎样？那是我婚前的行为，不是我婚后乱搞。

逯娜一听，傻了，完全没必要说下去了。她反倒心态平和了，冲马小刚笑了笑，转身走了。

148

有政法委书记兼公安局局长督导，再加上杜副局长亲自上阵，几起案子先后告破。他们的主谋是安家宏和吕程手下的副总华冬江。

安家宏接手安氏集团后，总是被父亲指责能力低下，为了证实自己，他铤而走险，开始贩卖毒品。被父亲发现后，他非但不收敛，反而变本加厉，几次三番把父亲气病了，住进了医院。

人的欲望是无止境的，安家宏如若就此收手便好了，他偏偏铆足了劲要当林河商界的龙头老大，更是无法无天。

安家宏结识华冬江之后，两个人臭味相投，密谋打造新的商业帝国。尤其是吕建业缺钱的事情，是华冬江通知了安家宏，两人正合谋设下圈套，吕建业却自投罗网。

华冬江是高学历，自然是高智商，他利用吕程父子对自己的信任，想把吕程置于死地。

他俩都是心理扭曲的人，做事情也就比常人多了几分狠劲儿，虽然都很聪明，自以为能不动声色地搞垮吕程的公司，却留下了许多破绽。

怪只怪华冬江有太多个人的想法，他只是想借着安家宏的手，把吕程的产业归为己有。这是安家宏万万没有想到的。

华冬江对金钱的迷恋超过了常人的想象，否则不会背后指示别人胁迫女主播进行诈骗。他对曹小菡是有一点感情的，可他的性取向不同于普通人，又怀恨曹小菡过于势利，就把对方也当成了玩物。

他和安家宏都是赌徒，区别在于，华冬江更心狠手辣，他对金钱的欲望更令人惊悚。这让他机关算尽，终是自投罗网。他准备跑路，到国外躲起来，是在大连出境时被警方控制的。

吕程把上述这些告诉儿子的时候，吕建业的表现很平淡。吕程以为儿子怀疑自己在贬低华冬江，说有的事情你可能永远想不到，他归案后自己供述，说先帮助安家宏搞定我，时机成熟时再除掉安家宏。

吕建业听罢，莫名其妙地说，做个好人很难，想做坏人很简单。

吕程问：此话怎讲?

吕建业没回答，而是问父亲：你想做个好人吗?

吕程说，我是正儿八经的好人。

吕建业说，那你答应小爷，做个更好的人。

看父亲一脸迷茫，吕建业又说，挣那么多的钱干吗？总得回报社会吧。小爷求你一件事儿，拿出一部分资金，搞个消防公益基金，关心困难消防员家属，搞点消防科普项目……

吕程乐了，说行啊，没想到你个屁孩子还是个大善人呢。得了，宝贝儿子求我，这事儿不行也得行，我回去就开个董事会，再到民政部门跑跑手续。

吕建业说，在没成立之前先拿出钱来帮助两个人。一个是我战友柳海洋的儿子要治病，还有就是给苏平安的女友装上假肢。

吕程点头同意了，吕建业高兴地说，谢谢你，老爸。

好多年没有听到儿子喊自己爸爸，吕程兴奋地捧起吕建业的脸，亲了一口。吕建业愣了一下，接着推了父亲一下，说：恶心吗？涂我一脸唾沫。

父子俩开心地笑了起来，但吕建业没有想到，大老柳会拒绝接受资助。这是面子在作怪吗？就算是，也不值得。他想，大老柳对自己儿子的病情都不着急，肯定是脑子有问题。

总算是搞清了真相，公司化险为夷，让吕程泄了口气，他把自己关在家里，昏昏沉沉地睡了两天。他需要调整自己的状态。

自从公司被卷入那些案子里，他始终紧绷着，在外人面前他得装作意气风发，扮演一个永远打不垮的角色。甭管在别人面前笑得多么灿烂，那都是在演戏，究竟在演给谁看，他也很难说清。

有一点毋庸置疑，吕程必须得撑住，作为林河的知名企业家，他不能自乱阵脚。

都说墙倒众人推，在最艰难的时候，很多合作多年的生意伙伴都换了副嘴脸，他们多数人还算委婉，只有个别的直接提出撤资。如今做生意讲究合作共赢，时不时还会搞个跨界合作，在某些项目具体操作的过程中，很少有一家企业独自投资，风险共担、利益共享的模式最容易被接受，但所有人都不会傻到陪着对方赌到最后。

这些道理吕程都懂，也能理解人家的苦衷，可大部分生意伙伴都提出停止合作的要求，他就难以招架了。他做好了最坏的打算，无非是宣布破产，可是让这么多年的努力付诸东流，搁到谁身上都会是惨痛的打击。

现在还好，暴风雨之后一切都明媚起来，但那些个在关键时刻退避三舍的人，又像蚂蟥一样围了过来。他们明白，安氏集团倒了，在某些领域里，吕程的公司是为数不多的能够在林河站住脚的企业。

一时之间，吕程的电话快要被打爆了，众口一词，都说是为他压压惊。但他心里特别难受，早干吗去了，现在倒都跳出来了，跟一群小丑没什么两样。他索性关掉手机，毕竟这一两个月的经历让他心力交瘁。

在最困难的时候，吕程频频在公众场合露面，给人的印象是谈笑风生，可真正渡过难关，人却消失了。两天的时间不长也不短，忽然之间从众人视野里消失，难免让人多想，有的人在琢磨如何让吕程不计前嫌，有那么一两个人甚至打起了吕建业的主意。有过之前跟安家宏发生的事情，吕建业对来访者只是打哈哈。

接到儿子电话的时候，吕程刚刚开机，他正在卫浴间冲着梳妆镜发愣，他瞅见自己的胡子已经爬满了腮帮，乌青一片，感觉苍老了许多。他听明白吕建业的意思之后，跟着笑了，虽然很不自然，内心倒也坦然了。

何必纠结于过去呢？在生意场上，没有永恒的敌人，没有永恒的朋友，只有永恒的利益。吕程又忽然想，这究竟是哪位名人说的话呢？想着想着，他又乐了，眼下最该做的是恢复状态。

149

苏平安永远是个喜欢制造舆论的人。

在去元力家看望曹小菡的路上，他发现了网上有关马小刚与马成功关系的帖子，一见到元力，他就神秘兮兮的，想吊元力的胃口。元力数落他一顿，说自己女朋友配上了假肢，搁别人身上开心还来不及，哪儿还有心思琢磨别的。

回到队上，苏平安终于没憋住，没出半个小时，就把消息传遍了中队。每说一遍，他都不厌其烦地带上口头语“一般人我不告诉他”。

在他告诉吕建业的时候，吕建业的心思还在研究深井救援器上，烦躁地撵他走：我是一班的，你不告诉一班人，可以去告诉二班长马成功。

吕建业只是嫌他碍事，但苏平安却受到刺激，真去找了马成功。坏消息总是会以惊人的速度传播，马成功已然从别人的只言片语里猜出了个大概，但真正有人直截了当地说出来，他还是感到头晕目眩。

马成功不愿去想，却又不能不想。他心里有一连串的问号——母亲以及家里的亲人为什么很少提及父亲？他们在回避什么？马小刚为什么对自己关心照顾？他究竟图了什么？凭母亲的条件为什么不改嫁？一个四十好几的男人为什么不要孩子？

我真是他的私生子吗？马成功陷入巨大的恐慌，而且任由乱糟糟的念想在心头生根发芽，进而长出长长的藤蔓，在心间缠缠绕绕，箍得他难以呼吸。

静谧寂寥的深夜，马成功依偎在床头，在夜幕笼罩下无法入眠。所有被他深藏的心事，被如墨的夜色无限放大。他发现自己步入一个极度焦灼的世界，无法自拔。

他想起刚看过的一本消防题材的小说集，作者说是用文学向消防致敬。他认真读了，在那些小说里，“她们”在幕后默默耕耘着，吞下生活的苦痛，化为包容和抚慰，在变故来临时表现出的是，充满坚定和忍耐的冷静应对。

作品中那些女性内心深沉的爱，叫人心疼。原本马成功埋怨作者过于自我，把女主人公写得凄凄惨惨，让人怅惘而难以释怀。如今他忽然意识到，假如自己的身世如网上传的那样，那现实生活比虚构的世界还要残酷。

比武做手脚和网上的私生子传闻，这接连的打击让马成功质疑身边的一切。这样的事情没法跟母亲说，他只能告诉最亲近的米琳。米琳让他自己疗伤，从极端的情绪中走出来，并建议他从母亲那里搞清事实真相。

可母亲实在太不容易了，马成功不想给她带去伤害。

马成功的母亲叫兰红英，她最大的愿望就是让儿子成才。儿子长大了，就得放他出去闯荡，天天守在身边，又怎能有大出息？

兰红英不想让街坊邻居笑话，她也不想告诉别人为什么让儿子干消防。但是，一想起儿子有可能在马小刚的照顾下，在消防好好发展，进而当干部，她心里就美得不行。能让孩子成为军官，在她和老家那些人的眼里，是最有出息的事情。

她没想到有人会说马成功是私生子，更没想到儿子会因此陷入巨大的悲痛，她决定去林河。从产生这个念头到付诸行动，兰红英只用了个把钟头。她幻想此时此刻已经在林河，然后找到那个编造故事的缺德鬼，亲手把对方的嘴巴撕烂。

她没舍得坐高铁，而是提着不大不小的行李箱，钻进了车厢里。老式绿皮火车像条巨大无比的长虫，肚皮里载着神情迥异、行色匆匆的旅人。在一秒钟之前，兰红英还跟他们一样，这一会儿，确切地说是坐到座位上的那一刻，她变得茫然了。

火车是那种每个小站都停的慢车，汗馊味、烟臭味在逼仄的车厢里被无限放大，可兰红英不在乎，她把眼睛盯住车窗。窗外是墨黑的夜，没有风景，兰红英把黑夜当作宽阔的幕布，让心里的那些镜头依次上演。

兰红英会时不时地调整情绪，她在火车到达每一个小站时，把目光转向车门，专注上下车的旅客，从他们或清晰或模糊，或亢奋或疲倦，甚至似是而非的表情上，揣摩人家的心思。直觉告诉她，每个人身上都在上演属于自己的故事，只是难以从他们的行迹分离出来。

她想起了自己的丈夫，一个有些憨傻的消防兵；还想起自己在海防林里唱过的那首歌——杨柳柳梢儿返了青，哥哥报名去参军，一张喜报捧在手，今日要登程……婉转的歌声像鸟儿飞进云霞，陶醉了火车旁列队的一群绿军装。他们挺直了胸脯，用耳朵去搜寻美妙的旋律。

这得是多少年之前的事儿了，兰红英就是在那个时候发现了马成功的父亲，作为配合干部接新兵的班长，他在新兵堆里特别扎眼。他们互相对视一眼，兰红英的脸就变得绯红，心也跟着扑通乱跳。

事后，她说自己那张脸是被红太阳映出的色彩。想想都可笑，哪儿来的红太阳？虽然是冬天，海防林的树木全都光秃秃的，可树冠的枝杈全都手挽着手，非常任性地拦住了阳光，身上、脸上也只是一些虚实相间的光斑。

那些个若有若无的光斑像是罪魁祸首，让兰红英的心里也产生一些虚虚实实的想法，并让她做了平生最疯狂的举动。

她是奉子成婚，毅然决然地嫁到了马家庄，她不在乎别人对自己指指点点，却无法容忍有人对儿子的身世指手画脚。

在马成功上小学那会儿，有顽劣的孩子欺负儿子，说他是没人要的野种，兰红英跟着找上门去，而且是拎着菜刀去的，硬逼着对方的家长认错道歉。有人说她不像是县剧团的台柱子，倒是个名副其实的农村泼妇。

兰红英根本不在乎别人如何评价，只要是有谁敢伤害到儿子马成功，她就会不惜一切代价，乃至付出自己的性命。

150

鱼鸟河中队是马小刚安排的试点，武鸣正在全力以赴为综合应急救援队做最后冲刺。有人为了跟吕程搞好关系，扎堆到队上来找吕建业，这让武鸣极为恼火。

武鸣把不满全都憋在了心里，再看吕建业就不顺眼了。大老柳也有些急躁，备战比武也到了关键节点，眼瞅就火烧眉毛了，吕建业还一门心思在研究深井救援器，对队上的重点工作根本不上心，他急赤白脸，直接撕了吕建业画好的图纸。

吕建业似乎并不在意武鸣和大老柳的反应，而是把来访者带来的礼物统统分给了兄弟们。他送给马成功的是钢笔，说这东西你用得着，回头复习考个消防院校什么的。

马成功觉得这是故意让他难堪，消防改制之后，武警学院已经改成了中国人民警察大学，消防的几个专业是否存在还是未知数，如果仅剩下昆明消防指挥学院，招生数量会锐减。

更让他无法接受的是，在竞争比武集训名额的考核当中，自己输了，而且输得一败涂地，送钢笔是在暗示什么？很婉转的一种讽刺方式啊。

他把钢笔扔了回去，吕建业没接着，钢笔摔到了地上。吕建业蒙了，问：你这是干什么啊？

马成功没吭声，吕建业跟着唠叨上了，这可是牌子，万宝龙的，很贵，奢侈品……牌子，奢侈品，你识货吗……

马成功一扭身，扬长而去，剩下吕建业独自在那里嘀咕。凡事都要一分为二地来看，他忽然意识到，应该把别人跑到队上送礼物的事情告诉父亲。

魏东丽主动要求搞一堂教育课，武鸣爽快地答应了，中队长期处于高负荷运转，他希望魏东丽能够把教育搞得轻松，给大家缓解一下压力。魏东丽说明白，就搞点“小清新”。

话说起来容易，魏东丽却下了很大的功夫备课。他查阅了大量资料，发现火警电话号码119的由来就很有说头。

如今，119已是家喻户晓，只有老一辈的人才知道，过去的火警号码是09，但“0”打头会与其他通讯服务相互干扰。为了保证通讯畅通无阻，在上个世纪的70年代后期，也就是舅舅黄连海出生的那个年代，咱们国家按照国际标准和惯例，更改了号码，将其并入“11”号开头的特别服务中，以应对火灾突发这一特点。

仅这一个号码的变化，就让魏东丽心生感慨，显而易见，消防的发展一直在顺应国际发展形势。尤其是最近几年，消防突出了应急救援，更是瞄准了国际一流水平。他为自己曾经大闹支队机关且险些误入歧途而羞愧，所幸他还有精力和能力去改变现状。

他反思个人最大的问题是无法保持良好的心态，难以做到荣辱不惊，这也是黄连海再三嘱咐的。魏东丽觉得病床上的舅舅变化很大，最明显的就是和蔼可亲了，说话也不再是暗藏玄机。

他无法体会，空间只能禁锢人的躯体，却无法限制人的思想，在医院这种见证生命诞生与消逝的地方，黄连海的思维模式悄然发生了变化。

潜意识里，黄连海会去思考生命的价值，具体到他本人身上，会琢磨个人活着的意义。他犯过的错已经路人皆知，但马小刚却一笑而过，并不计较。本身已经遭到了惩罚，他此时最大的愿望是为消防做些力所能及的事情，不是为了赎罪，而是去主动承担一份消防人的职责。

没有了具体的事务性工作，他的思路变得异常清晰，他在魏东丽面前侃侃而谈。关于消防日活动主题，黄连海从1999年一直说到2017年，几乎一字不落。他像个孩子似的，非常得意地问魏东丽，我这脑子好使吧？他还饶有兴致地推测起今年消防日活动的主题，进而琢磨当前形势下应该配套什么方式的政治教育。

当时，魏东丽想说历年的主题是没有规律可循的，但他没说出口，舅舅已经是独眼龙了，躺在医院里够可怜的，专心去做的事情再被打断，会显得特别残忍。

也正是受黄连海情绪的感染，他才准备这堂课。现在，他查到了消防日是1992年由公安部设立的，就定在11月9日这天，为的是增强全民消防安全意识，让119更加深入人心。

1992年11月9日，正好是魏东丽出生的那一天。他突发奇想，这或许意味着自己早就与消防结缘，注定此生要干消防。

他跟着又笑了，教师节出生的不代表长大了就要当老师，护士节出生的也不一定都能从事医护工作，就像大老柳以前说过的，谁都不是一出生就干消防，这个问题必须辩证地去分析。

魏东丽还发现，消防日早已演变成消防节，大多数地方把11月当成了消防月，他们不是为了庆祝，而是使了各种招数，向大众普及消防知识，落在文件上通常会用“穷尽一切力量”这类的言辞。支队刚下的通知上就有这句话。

支队在通知上部署了近期重点工作，主要分为四大块，有综合应急救援队建设现场会，有专职消防员队伍建设，还有119宣传月活动和市里几大重点场所的消防整治，这几项工作全都是支队长和政委亲自挂帅，可以说是前所未有的重视。但魏东丽却想，马小刚摊上桃色新闻，还能专心工作吗？反正自己是没这个本事。

也不能怪他想这些，自从有了私生子一说，魏东丽的一些在网络媒体工作的同学，就打电话叙旧，不出三句话，就扯到了这件事情上，拐弯抹角地就问起了马成功的情况，更有甚者提出要到中队采访。

虽然魏东丽毕业后到了消防，没去媒体单位工作，但这个圈子里的猫腻糊弄不了他。他跟谁都没客气，全都骂了回去。但他却因此在偷偷观察马成功，如果搞不清真相，他担心马成功会想不开。

第三十一章　左眼跳灾

151

马成功后悔听了米琳的话，让母亲知道自己被当成支队长的私生子。母亲肯定会为自己担惊受怕，搞不好还会寝食难安，身子上出些毛病。

在马成功的记忆里，兰红英是个矛盾的女人。在自己面前，她是知性而贤惠的，那双美丽的眼睛会说话，生动地撑起一把伞，护佑他长大成人；在家族人的眼里，她又是那么卑微而渺小，说话向来是细声细语，生怕惊扰了什么；只有在某些时刻，她才会像头发疯的狮子，对于深夜里心怀鬼胎的造访者，她很多次披头散发地举起菜刀劈过去，直到对方骂骂咧咧地离开。

其实，马成功清楚，属于母亲最真实的一面是要强，她可以选择毕恭毕敬地对待任何人，却不会真正向任何事情低头，更不会容忍任何人伤害自己。

他不敢想象在听到这些消息后，母亲会多么悲痛，虽然母亲从未说过父亲的事情，但他能看到，也能感知到，母亲强作的笑颜下藏匿着多少伤痛。

命运已经让可怜的母亲伤痕累累，可自己还再往伤口上撒盐。马成功认为自己是个不孝之子。

他向米琳发信息，问能不能陪自己聊一会儿。米琳回复说，正忙，稍等。可他一等再等，直到深夜也没等来只言片语，哪怕一个字、一个标点符号都没有。

马成功绝对没想到，母亲就这么不声不响地来了。在奔往林河的旅途中，兰红英一直在犹豫，是否告诉儿子自己的行程，但更多的时候，她是在回忆年轻时的那些经历。

老家的县城靠海，海边是一片海防林。属于小县城的火车站就修在海防林里，县里出去参军的人都从那里走到了外面的世界，县里每年都会把县剧团拉过去，唱地方戏为他们送行。

遇到马成功父亲的那天，兰红英突发奇想要清唱一首歌儿，在那之前，她一直目不转睛地瞅着海防林的深处。她是县剧团的风云人物，在大街上行走是目不斜视的，这一点跟队列里行进的军人相似。只是在歌儿响起的刹那，她才望向人群，她想知道人们对歌声的反应。

就那么一眼，马成功的父亲就进入了她的梦中，她再也无法忘记。从那之后，兰红英总是为自己找些理由，走进海防林，在离火车站不远不近的地方徘徊，那个距离刚好能看到上下车的旅客。

一直坚持了好些日子，开春之后，她去得更勤了。

春天的海防林活了。林子里的树木千奇百怪，有的高大挺拔，有的蜿蜒曲折，数不清的植物在树木脚下交错繁生，茂盛而神奇。不知名的花朵像亮闪闪的灯盏在林间闪烁，为欢唱跳跃的鸟雀虫兽铺开一个色彩斑斓的舞台。

兰红英在林子里小声歌唱，她天生一副好嗓子，各种动物都兴高采烈地围拢过来，愿意为她伴奏，进而用生气勃勃的热忱舞动出崭新、鲜亮的世界。

她每次到林子里都是漫无目的的，她的意志就是行走的方向。直到有一天傍晚，兰红英再次遇见马成功的父亲，她忽然发现，海防林里的所有景色都被涂满了阳光的温暖，触手可得。

那是怎样的一个傍晚呢。即将下山的太阳给海防林抹上了金灿灿的晚霞，归巢的鸟儿在树梢歌唱，在下车的乘客中，她看到一个高大挺拔的声影。兰红英愣了片刻，为了掩饰内心的激动，她小声哼唱当时非常流行的《祝你平安》。

她不知道为什么要唱这首歌，只是在自己的歌声中生出奇怪的联想，她听到了观众的欢呼声、掌声，还有她内心的喝彩声。这些声音汇成一曲别样的小调，裹挟着温润的海风，升腾着柔和的晚霞，让兰红英的脸庞更加红润。

那个美丽无比、充满了诗情画意的傍晚，在兰红英的脑海里欢腾起来，她迫不及待地渴望那个人看到自己，然后向自己飞奔过来。即使在很多年后的今天，她依然抑制不住那份激动。

兰红英真的迎来了时常进入梦境的男人，真正走近了，她看到对方的鼻梁眉眼在棱角分明的脸上恰到好处，非常生动。她拉起男人的胳臂，一路向林子深处跑去。手里的行李成为累赘，发出沉闷的声响，可她觉得剧烈的心跳让世界变得无比寂寥。

海防林真是个梦幻的地方，兰红英主动用双唇迎上去，男人的身子先是挣扎着向后退缩，四肢也有些僵硬，但很快就被扑面而来的热情融化了。

兰红英从不后悔自己的选择，她心甘情愿地搬到了马家庄，即便男人在自己的世界里不辞而别，她也未曾在别人面前掉一滴眼泪。她刻意屏蔽了与之相关的某些讯息，很多美好的记忆都被泪水尘封在心底。

心是一块奇怪的土地，照料不周便会杂草丛生，过于专注则可能寸草不生。兰红英用爱情的甜蜜和苦涩打理这片土地，她终于在某一天明白过来，比起乖巧懂事的儿子，过去的欢乐与痛苦都不重要。

马成功是兰红英前半生所有故事的汇聚点，好比海防林中最艳丽的花儿，顶着露珠，朝气蓬勃。

时间可以改变很多东西，甚至可以抹去不幸，但唯独无法更改血蒂相连的亲情。这是无法虚构的，它的真实存在或许令人耿耿于怀。在马成功成长的过程中，兰红英始终不肯提及跟男人有关的事情，因为那些记忆里除了令人恐慌的惊惧，似乎还隐匿着一种莫名的激情与神奇、感动与宽慰。

儿子长大成人了，从海边县城走出去，沿着火车轨道的方向走下去，一直走到兰红英魂牵梦绕的另一座城市。

现在，这座城就在脚下了，它虽然没有广袤的海防林和林间星罗散布的野蘑菇，但却有浩瀚的大海和在海上翱腾飞翔的鸥鸟。更重要的是，这里有朝夕牵挂的儿子。

152

吕程并未闲着，他重新总结这么多年来的经验和教训。算下来，他在生意场上打拼，后院起火是件很丢人的事情。排除那些有奶就是娘的主儿，他必须感谢方方面面的关系，关键时刻，没有人帮衬的话，倒霉的还是自己。

他梳理了一遍，尤其需要感谢的是党政机关的那些领导。都说无利不起早，跟当官之人打交道需要靠钱铺路，依他的经验来看，那是个别现象，不可以偏概全。

为了早点让公司正常运转起来，吕程排了个时间表，挨个部门转了一圈。没办法，不主动搞好关系，是做生意的大忌，这也是不容置疑的事实。

吕程最后去的是消防，除了儿子在消防工作这个原因之外，还有个重要的问题，KTV亡人火灾如果不是马小刚背锅，主动担下了责任，他本人也会受到那么一点牵连。从这个角度来讲，他必须拜访马小刚。

马小刚上来就责怪吕程，嫌他不提前打个招呼，直接就跑到支队来了。吕程愣了愣，有些尴尬地站在那里。

马小刚问：有什么事儿？

吕程故意让语气变得轻松：没什么大事儿，好久没见，看看你这儿有什么好茶，我来蹭一杯，咱哥儿俩叙叙旧。但是啊，我提醒你，别太官僚，搞得见个面还得事先预约。

马小刚说，别扯那些没用的，我也没那闲工夫，我这儿忙着呢。

吕程说，那我只占用你三分钟的时间，我准备拿出一部分资金，搞个消防公益基金……

这事儿从长计议，我也把丑话搁在这里，甭想假借公益的名义，搞歪门邪道，打着消防的旗号去赚黑心钱。说完，马小刚深知自己语气生硬，便解释说：经历过那么多事儿，我不能不警惕。

吕程不知道私生子的事情已经闹得满城风雨，便挖苦说，你这是一朝被蛇咬，十年怕井绳。前段时间压力那么大，你不也挺过来了吗？

马小刚说，我得送客了，过几天，省里要到林河开现场会，好多事情还没安排。不过，你也放心，别说造谣我有私生子，就是说我马小刚在外面乱拉男女关系，组织上也会信任我。

吕程一听“私生子”，接着反问：私生子？你有私生子？

就在这个时候，马小刚的手机响了，他看了看来电显示，示意吕程别说话。他接听电话，原本就严肃的脸变得有些僵硬，他的嘴唇动了几下，终究还是保持了沉默。

这个电话是总队长打来的，话说得很含蓄，意思是，原打算在林河开的现场会临时取消，因为时间过于紧凑，很容易把会开成形式主义。总队长还让他处理好工作和家庭之间的矛盾，尽快把心收回来。

马小刚铁青着脸在办公室里走来走去，总队长说话向来算数，忽然间改变主意，说明已经有人就私生子的事情打过了小报告。他不免有些悲伤，有太多的人成天不干正事儿，光琢磨着别人身上有什么污点，然后故意制造或者凭空捏造些谣言。

他忍不住朝吕程发牢骚，说这他妈的比窦娥还冤啊。

吕程说，别光顾得着急，如果信得过我，就跟我说说。

马小刚本不想多言，可身边能掏心掏肺说知心话的人几乎没有，吕程属于系统外的人，私交还算不错，也只能向他说个大概。

吕程确实是个明白人，没等马小刚说完，他就骂了句娘，说你这是当局者迷，咱打个比方，我也托你多关照你侄儿，难道我们家吕建业也是你的私生子？天方夜谭。

马小刚点了点头。吕程又说，你可不能坐以待毙，你不为自己正名，就会被人钻了空子，别毁了自己的一世英名。你也别跟自己过不去，听我一声劝，报警，你要磨不开面子，我替你找政法委书记。

虽然马小刚没有当场表态，但在送走吕程之后，他还是分析了利弊。他本想直接给政法委书记兼公安局局长打电话，终觉有的话难以出口。到末了还是选择了发信息的方式来求助，声称怕书记在开会或者什么的不方便接电话，其实是想给自己留个缓冲。

想起吕建业送的那支钢笔，马成功忽然觉得自己特别可笑。在他的认知世界里，钢笔就是书写的工具，决不会被金钱标注上特殊的符号。

他把这种念想告诉米琳，米琳嫌他少见多怪，商品既然被明码标价，只要到了某个人的手里，那就是身份的象征。米琳还说要为他买几身便装，奢华低调的那种，一般人看不懂，看懂的人不一般，比如说杰尼亚这个品牌。他根本不懂“杰尼亚”是什么。

只能说自己跟米琳、吕建业是两个世界的人，个人成长的环境天差地别，让他们拥有截然不同的价值观。

马成功感到与米琳之间有道鸿沟，看不见摸不着，却不知何时会让人栽个跟头。尤其是最近发生的那些悲催的事情，在自己身上已经是过不去的坎儿，但在米琳那里总是被轻描淡写，甚至会取笑，虽然没有明确做出任何表态，却总有种此时无声胜有声的感觉。

尤其是这次，他责怪自己不该听信米琳出的馊主意，一直以来都是报喜不报忧，怎么就昏了头呢？真是娶了媳妇儿忘了娘啊。马成功被这个念头吓了一跳，真是可怕呀，如果照这个趋势走下去，早晚会是个悲剧，虽然他搞不懂爱情是什么，但他知道两个人要走到一起得门当户对。

他身上打了个激灵，拿起手机就发了一条信息。信息只有三个字“分手吧”，虽然已过零点，米琳还是瞬间回复过来，问为什么。马成功笑了，笑得无奈而又无助。

米琳的一个“稍等”，让他等到了第二天。他决定不再回复，可米琳却连连道歉，解释说“双十一”马上到了，太忙。马成功心想，这就是差距，对于米琳这种家境的人来说，所想的永远是利益。

153

元威不断感叹，世界变化太快，把自己硬生生地逼老了。

他搞不懂从哪儿冒出来那么多的节日，比如即将到来的11月11日，怎么就成了“光棍节”？好些个电商平台很早之前就开始造势，为这一天搽脂抹粉，把它打扮得花枝招展，人们被撩拨起来，合起伙来把这段时间变成盛大的购物狂欢。

这些当然不是元威的原话，在他的知识储备里找不到这些词，比如“撩拨”这个词儿。是女儿元力写了篇文章，发在了部消防局网站的政工网页，论的是网上购物对消防员带来的影响，意思是容易引起攀比心理，如果不顺势引导，极易引起深层次的隐患。

他嫌女儿过分渲染了这件事儿，说花钱购物是人之常情，还可以拉动内需，促进消费，繁荣社会主义市场经济。

元力反过来指责他唱高调，说千里之堤毁于一蚁之穴，小病小灾也能把一个七尺男儿撂倒。

那些说辞原本就是玩笑话，元威呵呵一笑，说这就对了，这个购物节让人们忘了119消防日，那么多的商品堆积在物流公司，火灾防范才是关键。

这就是前面米琳所说的忙，林河消防正在对与“双十一”购物相关的行业进行排查，力度之大史无前例。防火监督业务不是元威的强项，但他也跟着防火参谋出门检查，走过看过之后，他才发现人们的消防意识太淡薄了。

支队的工作千头万绪，尤其是改制后的第一个119，在很多消防人的心里，好像比以往任何一年都重要。元威亦是如此。

整个支队面上还是稳定的，但多少还会有个别不和谐的声音，再加上网上疯传马小刚有私生子，实情也好，蒙冤也罢，都会让马小刚背负沉重的压力，尤其是后一种情况，只会让其更加焦灼。作为工作上的搭档，元威必须坦然面对一切。

元威心想，马小刚这一年也真够倒霉的，先被纪委调查，又被总队党委诫勉谈话，忽然冒出个私生子，一般人根本承受不了。有一次，马小刚跟他开玩笑，说实在撑不住了就让侄女给我做心理疏导。当时，马小刚脸上堆满笑，谁也无法猜测和体会马小刚内心的真实感受。

这个时候最考验主官的团结，元威主动补台，他想，只要心往一块想，劲往一块使，再难也能撑过去。

所有人都知道，黄连海夫妻虽然把非法收入上交了，但伤好之后，肯定会离开消防。元威这边考虑的是，各级冻结了干部任免，政治处主任的位置只能空着，支队上下都是一个萝卜一个坑，没人能临时负责这个部门的工作。

他想起了吴华，正是用人之际，吴华没有半点推辞，走马上任，临时负责政治处的全面工作。

这让元威十分感动，他甚至想，等回头允许干部调配了，一定要向总队党委打报告，让吴华重新回到领导岗位上。让他感动的不只是吴华，谭杰也连续出了几份关于专职消防员队伍建设的调研报告，即便他在业务上并不是内行，也能看出那些观点是一针见血。

他还专程跑到鱼鸟河中队，说是检查工作，实际上是去看武鸣的状态，再怎么说，武鸣也是女儿元力选择的另一半。

元威认为越是在工作繁忙的时候，越能看出一个人的能力和定力。老实说，元威之前对鱼鸟河中队印象不好，出过不少乱子，让他一度怀疑女儿看走了眼。

没办法，父亲或许是世上最疼爱女儿的男人，作为准岳父，元威对未来的女婿自然是挑剔的，而且这份挑剔因为有了上下级的关系，就很容易走形变味。

元威去的那天，赶上中队正在组织擦车，他转了一圈，愣是没把武鸣认出来。武鸣和手下的兄弟一样，穿着体能作训服，因为新制服还没配发，老服装上不能佩戴军衔，让人很难区分干部和普通消防员。

他猛然觉得自己过于主观，女儿的眼光是独到的，养尊处优的干部不可能跟兄弟们打成一片。

他在队上走走看看，还是碰到了气恼的事情。别人都在忙活，只有魏东丽一个人待在中队部。等他看到魏东丽电脑上的文字，心里又坦然了，因为魏东丽正在撰写《消防员思想政治教育笔记》。元威不免感叹，看来眼见也并不一定属实。

魏东丽已经写到了第九章，他随便扫了几眼，就被吸引住了。以往类似的书籍都很枯燥，魏东丽却把一些很抽象的问题变得形象生动。元威当场表扬魏东丽，说等完稿之后，支队出面联系出版社，把它变成铅字。

魏东丽说自己只是个枪手，这些理论和创意，都是黄连海的。元威长叹一口气，心想人这辈子不怕走弯路，就怕越走越远，到不了终点，也回不了起点。

早知现在又何必当初呢？元威替黄连海感到惋惜，那么多年的努力和奋斗，好不容易干上了副团职务，又是支队党委常委，按能力和素质是大有前途的。

虽然元威一直以与世无争的形象示人，但他在到林河任职以后，还是私下了解了所属干部的情况。他分管政治工作，黄连海作为政治处主任，自然是他重点了解的对象之一。

据他掌握的情况，黄连海在年轻的时候挺爱自己琢磨事儿，责任心也挺强，很会来事儿，口碑还不错。在跟黄连海接触的过程中，面子上的事情办得都算是圆满，也挑不出太大的毛病出来。可元威万万没有想到，黄连海会变成这个样子。

如今再回想起来，是被对方的假象蒙骗了，至少在工作当中，元威从未感到两人之间有过真正意义上的默契。他忽然发觉把事情搞颠倒了，是黄连海事先没安好心，偷鸡不成蚀把米。这样的人不该同情，损人不利己，纯粹是作茧自缚。

154

元威正要上车离开鱼鸟河中队，一辆厢货车驶进了营区，随后开进来的是一辆豪车。

车上下来的人他并不熟悉，便问身边的武鸣：谁？

武鸣说，消防员的家属。

来人是吕程，他三步并作两步跑过来，跟元威握手，说我认识你，咱林河消防的政委，我姓吕，双口吕，叫吕程，前程似锦的程。

元威露出笑容：是你啊，听说过，你这是？

来给中队送点礼。吕程指了指身后的箱货。

元威刚要说话，吕程已经主动介绍来意了。他说，这次是来告诉我儿子，成立消防公益组织的事情很麻烦，民政部门把控得很严格，正在走程序。

元威一听很感兴趣，想多聊几句，吕建业不知从哪儿冒了出来，提醒吕程别耍滑头，然后转身就跑进执勤楼。

吕程不好意思地说，这就是我儿子，非让我出钱搞公益，我同意了。你瞅瞅，总是长不大，不懂礼貌，但我觉得他还是有情怀的，你是当领导的，也多关心照顾哈。

说这些话的时候，吕程一直在朝执勤楼上张望，他感到奇怪，车上带了不少吃的用的，放在过去，儿子早就咋呼起来，让兄弟们来卸车。这小子犯什么邪了？

他跟元威寒暄了几句，撇下对方，径直上楼，去了战斗一班的宿舍。元威站在那里，走也不是，留也不是，心想这个吕老板跟儿子一个德行，也不怎么懂礼貌啊。

看到儿子正在画图纸，吕程就问这是在干什么。吕建业头也没抬，说是在研究一个发明，搞个救援器材。

吕程在儿子身后绕了一圈，看着儿子认真的样子，开心地说，行啊，小子，有生意头脑，将来我给你申请专利，安排个专业团队做市场推广，批量投入生产……

吕建业歪起头，说，别在那里晃，这八字还没半撇呢，就算是成功了，也不能走市场。

吕程问：为什么？

吕建业有些生气，说姓吕的，你答应过小爷，搞公益，这个要免费配备全国消防。

吕程点了点头，心里却在算账，这得投入多少资金啊，也罢，先别打消儿子的积极性，日后再做长远打算。他换了个话题，说儿子，你那信用卡早就能用了，你需要什么就买，别亏了自己。

吕建业知道江鑫蕊的家境很差，就通过支付宝一百两百的转给她，让她照顾好自己。江鑫蕊说无功不受禄，吃穿住都不花钱，不肯接受。吕建业撒了个谎，说那些钱是自己的津贴，成天待在队上，大门不出二门不迈，花不着，帮忙查找资料也很辛苦，买点东西补一补。

江鑫蕊想最后这句话说的还合辙押韵，但她还真是受到了启发。她买了礼品找到给自己任课的教授，请求在深井救援器的发明上给予指导。教授非常实在，说眼下虽然改了校名，但与消防有关的专业何去何从还是未知数，我个人的前程问题也没个着落。

看到江鑫蕊嘟着嘴站在那里，教授又说，对这种科技含量不高的发明，没人感兴趣。

江鑫蕊心直口快，说这并不掉价，我朋友只是个普通的消防员，我是受他的影响才考的消防专业，他说了，深井救援是个大难题，每年都有很多人掉到井里丧命，他还说，这东西只要成了，那是造福全人类。

教授被逗笑了，他好不容易忍住笑，才说：好家伙，这都造福全人类了，看来很有意义，搞不好要名垂青史啊。

江鑫蕊说，我只是打个比方，这发明对教授来说挺简单，但对我和我朋友来说，比登天还难。放心，我们不会亏待您，我们两个人的津贴都给您，如果不够，等我毕业后领了工资还给您。

别说，教授还真答应了帮忙，当然不是为了报酬，而是被两个年轻人的初心感动了。

江鑫蕊把好消息告诉吕建业，吕建业对着电话说：你太牛了，来，啵一个。这脱口而出的话让两个人都红了脸。

吕建业非常高调地在队上宣布：小爷恋爱了。

其实，从他不断跟江鑫蕊联系开始，好多人已经猜到了是这么个结果，更何况有苏平安的“一般人我不告诉他”，这早已成了公开的秘密。

最初，苏平安曾经拿他开过玩笑，说你是人家的救命恩人，神话传说里救个小动物，到头来都会成精变为美女以身相许，更何况是新时代敢爱敢恨的大学生。

吕建业知道话有所指，就解释说：鑫蕊报考武警学院跟小爷无关，她只不过是崇拜军装而已。

苏平安说，她可真够能的，一上军校就把军装干没了。话又说回来，到手的美女都不要，你是性冷淡吗？凭你的综合素质和家庭条件，谈过的女朋友能坐满好几辆一号车，我真怀疑你是性冷淡。

现在看，吕建业一切正常，只不过是没遇到合适的人，或者说没开窍吧。要知道，在他读大学那会儿，确实有很多美女主动投怀送抱。

苏平安虽然不嫉妒吕建业，心里却酸溜溜的。他羡慕吕建业，一个是大学在读期间进了消防，回头还可以去继续学业；另一个就读于消防专业的最高学府。他还羡慕马成功，因为米琳是大学生，而马成功也极有可能得到进一步深造的机会。

吕建业认为苏平安的想法失之偏颇，人这辈子都得上学，最牛的学校不是大学，而是社会，尤其像消防这样成天跟社会各界打交道的职业。

苏平安突发奇想，说等你的鑫蕊放寒假，咱三对儿一块聚聚，共同畅想一下下美好的未来。等那时候，曹小菡就可以“直立行走”了，这世上还是好人多，有家公益组织联系过她，说是正在筹备，准备给她装最高档的假肢，也不知道得花多少钱。

钱能摆平的事儿那都不是事儿。吕建业还是像以前那样口无遮拦。

马成功听后心里不是个滋味，总觉得吕建业是在故意挖苦自己。

155

苏平安不会顾及马成功的感受，他非要当场把聚会的事情定下来。他的想法是搞得浪漫而别致，让各自的心上人受到众星捧月一般的礼遇。

马成功就差蹦高骂娘了，真是哪壶不开提哪壶，他已经被烦心事儿拖累得不尽其烦，又跟米琳提出了分手，此时提什么聚会，等于是往枪口上撞。糟糕的情绪很难掩饰住，虽然他挤出来一丝笑容，还是被苏平安指责一番。

苏平安说，赛场就是战场，吕建业赢了你，你就得服气，甩那张臭脸，特没劲。

吕建业也受到些启发，赶忙表态：那个比武名额你在意就让给你，我不感兴趣。

马成功火了：少在我面前装老好人，哪儿凉快哪儿待着去。

如果不是出警，估计马成功会动粗。在消防干得时间久了，警铃在马成功这里已经形成了条件反射，每回听到别人说，警铃响起了青春的激情，他都会嗤之以鼻。他认为警铃是世上最生硬、最冷酷无情的声音，只要进入耳膜，就必须勇往直前，虽然前方的危险永远无法预知。

三人下到车库时，大老柳已经穿戴整齐，看到马成功不紧不慢地跑过来，他气冲冲地走上前，抬脚想踹，却又一脚跺在地上。他转过身子，一巴掌拍到正在穿战斗服的吕建业屁股上，吕建业蹦起来，夸张地号了两嗓子。

这时候，大老柳已经开骂：毛病，有你这么干班长的吗？别占着茅坑不拉屎，不干滚蛋，让给马成功。

骂的时候，大老柳刻意看了马成功一眼。马成功没心情多想，他揉了揉自己的左眼，感觉眼皮子直跳。他心想糟了，左眼跳灾。

忽然就变天了，乌云密布，让天色很快黯淡下来。吕程在下车时瞅了一眼天，嘀咕着骂了一句：操他妈的老天爷，可千万别误了农民的收成。

走了几步，他又笑了，这已经进入十一月了，什么庄稼都收利索了，自己操的哪门子闲心。他是来找马小刚的，因为他刚接过儿子的电话，就临时起意，拐了弯儿到了消防支队。

吕建业心里亮堂着呢，对帮助曹小菡装假肢的事情赞不绝口，他让父亲赶紧帮帮大老柳。公益是在行善，吕程想成人之美，可手续批不下来，就没有独立的财务，从公司走账只能应付一时，长此以往也经不起审计那一关。

他没好意思告诉儿子，装假肢的钱是个人掏的腰包，他怕吕建业再问为什么不把大老柳的一块儿办了，因为他不想再自己出钱。如果让公司来承担，又另当别论，毕竟对于任何单位来说，只要涉及账面上的钱，有些事情就不好解释。

吕程进门就嚷嚷：老马，我受到咱儿子的表扬了。

说完，他就发觉失言了，马小刚正为凭空冒出来的“儿子”恼火呢，这不是自讨没趣吗？回头再看，马小刚果真阴沉着脸，比窗外的天色还要难看。

马小刚并未理会吕程，而是在桌上拿起电话，通知指挥中心的值班人员到办公室来。没多会儿，值班干部来了，他黑着脸问：联系气象局了吗？

值班干部答：联系了，还没回话。

马小刚说，再催，实在不行就派人去。

吕程想搭话，终觉不合时宜，他站也不是走也不是，正在愣着，马小刚发话了，说这天气有点悬。

怎么了？吕程问。

马小刚说，感觉要起台风。

吕程不信，说咱这儿的台风都是在夏天，这都啥节气了，不可能。再说了，真有台风，中央台都会预报。

马小刚很不耐烦地说，局部，局部，懂不懂？

正说着，他的手机铃声响了，是陌生号码。马小刚拒接之后，那个号码又固执地打过来，来来回回拒接很多遍，对方才发来短信，说自己是气象局的刘局长。

马小刚把电话打回去，对方声音很大：马支队，改革之后，咱们是一家人了，还一直没腾出空来聚一聚……

马小刚打断对方：说正事儿。

刘局长哼哈两声，说，麻烦大了，台风会从咱市里擦个边儿。

马小刚说，为什么不启动预警呢？

刘局长说，手下的人麻痹大意，觉得这个时节不会有台风，我也不是业务型的干部，也不太敏感，掉以轻心了。

那就别啰唆了，抓紧跟我们指挥中心对接，我得启动应急预案。马小刚挂断电话，又向吕程发牢骚：你看看，让你干着急还没办法。

刚说完，手机又响了，是总队长打来的。总队长上来就说：我得给你解释一下，我临时取消119期间在林河开现场会，不是别的原因，到时候国家层面有重大活动，千万别多想啊。

马小刚寻思，就算明确说了是因为“私生子”也没什么，这世上还是有王法的，总不会颠倒黑白。但他实在无心跟总队长掰扯这些事情，他得及时向市里汇报可能到来的风灾。

在改制期间，林河消防仍然由政法委书记兼公安局局长分管。政法委书记一接到电话，就向他道歉，说兄弟，对不住啊，再给我宽限个一天半日的，私生子那件事儿，我保证会还给你一个清白。

马小刚焦急地说，都什么时候了，还有心思论这事儿，你快瞅瞅外面的天吧，要刮台风了，咱得准备抢险救灾。

政法委书记说，没听到预报啊，不管怎样，有备无患。你组建了综合应急救援队，该拉出来练练兵了。还有啊，今年119消防日打算搞什么活动？我到现在没接到申请，你得给我留出时间去请市里的主要领导。

这事儿回头再说吧。说完，马小刚就挂断了电话。

他转头又看了看窗外，天色已经越来越暗了，他在脑子里盘算受灾范围会有多大，手下的队伍能否拉开救援战线。

正琢磨着，马小刚的左眼皮忽然跳了起来，他虽然是唯物主义者，却也想到了老家一个不吉利的说法——左眼跳灾。

第三十二章　台风来袭

156

回头再来说兰红英。

清早，她跟随人群出了车站。站前广场上人头攒动，她有些迟疑地朝广场的另一边走去，那里有卖早点的摊位。走近之后她才发现，那些吃食儿贵得吓人，她放慢步子，心想忍一忍吧，别花那个冤枉钱。

广场的另一侧是公交站点，她又拖着行李箱往回走。走到站牌底下，兰红英觉得身上热烘烘的，看来这里的气温要比老家高出许多。她脱下外套，搭在一只胳膊上，一扭脸，看到路边冬青丛里有一朵牵牛花探出头来。

她想到了海防林里的野蔷薇、矢车菊、杜鹃花，还想到了儿子马成功。牵牛花墨绿的叶子像儿子扑闪的睫毛，盛开的花朵像儿子绽开的笑容，这是多么奇妙的感觉啊，兰红英的鼻孔里居然充盈了野生生的香气。

她索性把双臂抱在胸前，仔细端详那朵牵牛花，她忽然感到双颊滚烫。兰红英的双手触到依旧饱满的双乳，那一瞬间，她仿佛觉得又回到了从前。

儿子吸吮着乳头，时不时顽皮地在胸前一拱一拱的，偶尔会停下嘴，睁开迷离的眼，咧开嘴儿笑。兰红英也咧嘴笑了，真是老不正经，如此年纪还在幻想。但她却不得不忍受煎熬，儿子长大了，远行了，却带走了自己的魂灵。

她敬畏神灵，神灵在世上撒下万能的种子，开出了五彩缤纷的花朵，造世主制造的清香，铺天盖地而来，让兰红英恨不得立即见到儿子，注视他帅气的脸庞，倾听他均匀的呼吸。

她狠狠心招手拦下一辆出租车，车子载着她的心事穿越了大半个城。这是一段不长不短而且有些愉悦的路程，映入眼帘的都是色彩明亮、蛮有情调的风景。

色彩斑斓的广告灯箱、神色迥异的各路行人、公交站、报刊亭，仿佛所有繁华都张开了双臂。

兰红英心跳不已，她甚至想停下来，去跟路边卖报的老人聊上一会儿，问问报摊的利润。她忽然想，假如能做点小生意，陪儿子留在这座城市就好了。

车子沿鱼鸟河的走向前行，车窗外闪过滨河公园大片的绿色植物。在等红灯的时候，兰红英看到，路上行人的脸上跟芬芳的草木一样跃动着闪亮的光泽。

他们背着双肩包，捧着书本或端着手机，也有年轻的伴侣依偎在一起窃窃私语。他们在谈论什么呢？儿子是不是也有了自己的恋人？年轻人不能过早地谈恋爱，那样会伤害彼此。她变得有些焦虑，仿佛看到一个少女牵着儿子的手，渐行渐远。

出租车在鱼鸟河中队营区大门的对过停下，兰红英有些兴奋也有些紧张，手心里冒出了汗。眼看着儿子近在咫尺，下车后她每走一步却都有些踌躇。她忽然决定先不见儿子，闪身就进了滨河公园。

兰红英对自然界所有细小微妙的变化都特别敏感，她眯缝着眼，迎接已经有些刺眼的阳光。她心想林河的气候真好，四季常青，满目葱翠。

蹁跹起舞的一只白色蝴蝶从面前飞起，兰红英目不转睛地盯着它，猜想它会飞向消防队里的某个角落。绿化带上高耸入天的梧桐树撑起了巨大的遮阳伞，阳光透过树叶的间隙，错落有致的光斑在地上显得有些圆润，绿叶被光线衬得通亮，像儿子清澈有神的目光。

茂密的叶丛中飞出几只麻雀，它们扑棱着棕灰色的羽翼，小巧坚硬的尖嘴闪闪发光。它们在窄小的树叶间隙里飞动自如，从一个枝丫蹦到另一个枝丫，叽叽喳喳叫个不停，似乎也在宣告着一种兴奋。

兰红英的情绪明显高涨起来，她撩起低垂的刘海，向鬓角方向捋了一把，又在额前搭起凉棚，朝河对岸望去。她看到拥挤的楼宇之间有家医院，便垂下手，重新迈开步子。此时，她已然在心里做好了一个决定。

兰红英朝医院方向张望。目光所及之处有几位年轻女子结伴而行，她们衣着鲜亮，笑容灿烂。

兰红英突然沮丧起来。她低下头，瞅一眼有些随意的衣服，细微的碎花图案，虽然素雅，却又显得寒酸。兰红英的头埋得更低了，她在思量权衡，是否迈出下一步。

兰红英隐约觉得有种沉重的东西正在偷偷地向她围拢，让她头脑发木，胸口发闷。她猜想此时脸色不仅发青，甚至有些灰暗，她伸出手摸了摸眼角的鱼尾纹，缺乏弹性的肌肤让她心情黯淡，跟此时已经变了的天色一样。

她在想多亏没直接去找儿子，土得掉渣的模样会让儿子的战友耻笑吧。儿子是一个要脸面的人，打小就为没有父亲耿耿于怀，自己的到来会引起他痛苦的回忆吗？

对于过往的记忆，不同的人有着不同的感受，兰红英直到现在才明白这个道理。这迟来的意识，让她猛然间发现自己是个可悲的女人。

兰红英收住内心的痛楚，夷犹地掏出手机，拨打了熟悉的电话号码，听筒里传来拒接的忙音。她不敢相信自己的耳朵，儿子居然挂断了电话。手指摁向重播键，眼泪终于夺眶而出。

兰红英犹豫再三，还是转过了身，当她背对医院门诊楼的那一霎，心头就压上了一块沉重的巨石。

行李箱的轱辘划过地面，发出的声响有些刺耳，似乎碾碎了兰红英心里的所有念头。离去还是留下，她在心里艰难地选择。回去吧，这个念头在脑海一闪，她的身上就跟着战栗一下。留下，可是儿子未必欢迎自己的到来。

走吧，快快消失吧，化作一只麻雀飞走吧。兰红英后悔自己草率地做出决定，真不应该稀里糊涂地来到这里，跟年轻时一个德行，鬼迷心窍。管他呢，那会儿受尽了白眼，受够了委屈，也全都挺了过来。我来看望儿子有什么错？谁也没有资格取笑我。

老天爷饿不死瞎眼的家雀。兰红英拿定主意，一种近似疯迷痴癫的状态让她重新抬头，向医院走去。

157

目测到医院的距离并不远，但兰红英步行过来，还是耽搁了些时间。等她抵达门诊楼时，天色已经渐渐暗了下来。

她丝毫没有受到天气的影响，她像门诊楼前的法桐树一样，气宇轩昂地挺直了胸脯。兰红英大踏步地迈进门诊楼，每一步都铿锵有力，气势逼人。

她开始用目光搜寻医院里的患者和陪同看病的家属，她要为自己找到安身之地。过了好一阵子，她才发现自己走错了地方，应该去住院部，在那里才可以寻到营生。她重新走出门诊楼，朝着住院部的方向走去。

林河到底是南方城市，都到年底了，放眼望去还是绿意盎然。医院的绿化不错，楼宇之间的绿化带像绿底的花毯绵延铺开，蜜蜂在花丛间飞舞，彩蝶在绿荫中盘转，谁都无法忽略它们的存在。它们舞动出生活的气息，让人沉醉，令人欢喜，叫人感激。

兰红英觉得这些小生灵像被一支神奇的魔棒指挥着，让她走进神秘的海防林，那里有无边的宽容和豁达。林子里有生灵从身边走过，它们用坚定的眼神注视着，唯恐她不辞而别、悄然离去。

她的耳边响起那些鸟啼虫鸣，还有草木生长和花瓣绽放的声音。她情不自禁地学着它们的声音，又不由自主地大笑起来。发自内心的笑声让兰红英忘却了所有的不快。

她还真是幸运，没过半个小时就找到了一份护工的工作。虽说她曾经是县城舞台上的焦点人物，但时过境迁，她很乐意干这份伺候人的营生。端屎端尿又如何？都说久病床前无孝子，可侍奉马成功瘫痪在床的爷爷，不也都这么熬过来了吗？

天气说变就变，风刮起来的时候，兰红英还沉浸在兴奋之中。她想，最好能再接几个病号，等自己安顿下来，再把自己来林河的消息告诉儿子。

正是因为这场台风，马成功才拒接了母亲的电话。

武鸣在作战前动员，说台风就要到了，务必确保人民群众的生命安全，尽可能地把灾害程度降到最低。

轮到魏东丽讲话了。魏东丽说：我很想跟大家在一起，但有分工，我留守，我就提醒大家一点儿，注意安全，平安归来，我等你们回家……

武鸣粗鲁地打断他的话：净鸡巴废话，兄弟们，对这次任务有没有信心？

众人挺起胸脯：有！

武鸣下令登车，消防车闪着警灯驶出车库。所有人都神色严肃，包括大老柳在内。武鸣这次上的是一号车，作为中队长助理，大老柳上的是二号车，跟马成功一组。

马成功抿着嘴盯着窗外，看着临时亮起的路灯发呆。大老柳递烟，他没接，只是回头瞥了一眼。

或许是受了天气的影响，大老柳的声音有些沉闷：有些话我一直憋在心里，胜败乃兵家常事，比武竞赛的一次失误，不代表个人的能力不行，想开点儿。

马成功说，我确实很在意，那又能怎样？你总不会把名额让给我吧。

大老柳说，那是当然，这次机会，死我也不会让给别人。

马成功的左眼皮又跳了起来，他捏了捏眼皮子，张了张嘴没再吱声。他已经明显感觉到车子在左右摇摆，有点像海里漂泊的小船。

虽然有高楼大厦的遮挡，但台风还是以巨大的威力袭击了这座城市。路灯在风中晃悠，让投射出来的灯光很不真实；路边的广告牌子被撕扯开来，随时都可能飞出来，砸到某个地方……

车里一个消防员“妈呀”一声，直呼这是大片儿，美国大片儿，真正的恐怖灾难片儿。

马成功回头瞪了一眼，那个消防员才极不情愿地闭上嘴，可他自己也感到有些惊悚。虽然老家马家庄也地处沿海，但那是在山东，从他记事儿起，还没经历过台风，所听到的都是老人们讲过的。

在他的童年记忆里，每到夏天，村里人会到街上乘凉，铺上个凉席，躺下，数天上的星星。多数老人是讲故事的高手，他们讲的通常是神神鬼鬼一类的，即便台风也被赋予了吓人的传说，说那是海里的妖怪在兴风作浪。讲到最后，必然会吓唬小孩子，说再不听话，就会被妖怪抓走。

那时候，马成功真信这些，他会朝母亲怀里拱，顺手抓住母亲的奶子。稍大一点儿，他问讲故事的老人，自己的父亲是不是也不听话，被妖怪带走了。老人点点头又摇头，点头的意思是确实不听话，摇头的同时会盯着兰红英，说是被狐狸精迷死的。

事后，母亲总会告诉他，那都是编造出来的，让他快点长大，成为顶天立地的男子汉。马成功忽然觉得有些委屈，当兵离开家乡，早就该成熟了，没让母亲过上好日子不说，还让母亲牵肠挂肚。

他特别想给母亲打个电话，可打了电话又能说什么？他估摸着自己会抑制不住情绪，让不争气的眼泪流下来。

马成功想起了米琳，而且丝毫不受理智的控制，他猜想米琳在干什么。他也是在提出分手之后才知道，全市消防都在整治物流、快递一类的公司，可他那时候被冲昏了头脑，狠心地拉黑了米琳的微信和手机号码。虽然他知道错怪了米琳，可他实在没有脸面去承认错误。

他从黑名单中把米琳移出，去翻看米琳的朋友圈。米琳显然受到了打击，连续发了很多条微信，都是跟感情有关。他痛苦地闭上眼，忽然感觉手机振动了一下，他睁开眼一看，是米琳发来的微信，问他在吗？

还没等马成功回复，米琳又发来信息：呆萌哥，你总算原谅我了。

米琳的微信密集地发过来，等所有微信发完了，米琳才说，这是这几天我发给你的所有信息。

想来想去，他还是回复了两个字：出警。

米琳跟着问：因为台风？安全吗？

马成功来不及回复了，他们已经抵达了现场。

158

政法委书记很重视马小刚的事情，如果不是顾及马小刚的感受，他早就安排人去取样做DNA鉴定了。这种方法不可行，他只能退而求其次，去调查谁在网上发布了那个帖子。

通过查找IP地址，发现发帖人是在外地一家网吧。他让网安支队发去协查函，又亲自给当地的公安局一把手打了电话。

对方说，这么点小事儿，还劳累书记同志亲自打电话，我得亲自督办啊。

政法委书记说，这关系到一个人的名誉，虽然消防不归公安了，但我承诺他们，公安永远是娘家人。

很快就传来消息，发帖子的是个在校大学生，标准的愤青，之前没少在网上发布虚假信息，大多数是以讹传讹，有的还在社会上造成一定的恐慌，公安机关打算把这个人拘留。

政法委书记说，这个并不重要，一个外地的学生怎么可能知道马小刚是干什么的，八竿子打不着，肯定有人在背后指示。

再查就没那么顺利了。大学生并不否认是有人安排的，但他说收人钱财替人消灾，还真够义气的。

后来，当地警方给他算了犯罪成本的账，让他别为一点小财和所谓的社会正义感而丢掉个人前途，政策攻心的作用十分明显，年轻人分析了利弊，主动交代是林河的一个女的在网上联系的。

转了一圈，还得从林河查，这次简单了，有电话号码，有转账信息，分分钟就找到了那个女人。

政法委书记觉得有点麻烦，女人竟然是杜副局长的爱人，因为马小刚把KTV火灾的事儿兜了出来，毁了自己丈夫的前途，就想了这么个损招来报复。

该怎么办呢？政法委书记必须承认，杜副局长是个非常能干的家伙，一旦接手大案要案，整个人都像打了鸡血，越是难缠的案子就越是兴奋，确实是个不可多得的人才。

从个人情感上来讲，他不希望折了手下爱将，可功过不能相抵，假如马小刚非要追究责任，又要把副局长的爱人牵扯进去，他于心不忍。

还好，马小刚只是给自己发过信息，不是通过110报的警，这就有通融的可能性。这么一想，政法委书记就拨通了马小刚的电话，告诉他事儿已经了解清楚了。之所以没说案子已经破了，是想先做个铺垫，好劝马小刚大事化小。

马小刚道了声谢，然后告知了自己所在的位置，说过去的事儿就过去吧，台风来了，我正赶去救灾呢。

政法委书记也扭头看了下窗外的天，跟着挂断电话，他也得出动了。不管人祸还是天灾，公安、消防都会第一时间赶赴现场，作为市委常委，又是市公安局的当家人，他得坐镇前方。

他出门下楼，身子被吹得歪歪斜斜，他咒骂着狗日的天气，钻进已经备好的车辆。

路上早已没有行人，行驶的车辆也多数闪烁着警灯，这种天气，常人都往家里赶，只有一些特殊的职业才会义无反顾地站出来。在一个路口，交警一手扶着红绿灯的灯杆，一手打着手势指挥交通，政法委书记在车里默默地打了个敬礼，心想此时此刻大江南北有多少人正在跟突如其来的灾难战斗呢？

据气象局的资料显示，此次台风的中心在海上，并未登陆林河，只是局部地区的风力达到10级以上。台风通常会伴有大到暴雨，这次台风很怪异，带来的降雨并不大，但还是给救灾工作带来了极大的麻烦。

一到现场，马成功便摩拳擦掌，因为之前中队在受灾地附近组织过演练，主要科目是海上救援和山岳救援，他对这一带还算熟悉。

但很快他就傻眼了，演练毕竟不是实战，他忽略了一个至关重要的问题，此地虽然也有山，但跟老家的地质不同，老家是丘陵地区，山体是由岩石构成的，而这里则是土质的。

他忽然想起武鸣曾经在演练时讲过，南方多为喀斯特地貌，这就意味着随时可能发生泥石流。

马成功从中队学习室里见过泥石流，那是几张光盘，上面刻录了当年林河消防去四川抗震救灾的视频。想起那些画面，他身上连连打了几个哆嗦，跟着有了尿意。

是人哪儿有不怕死的呢？在第一次出火警的时候，他产生过同样的生理反应，那是一种很难用语言描述的感受。到消防已经一个多年头了，少说也参与处置过千余次任务，马成功以为经历过那么多次出警的历练，已经具备了足够的心理承受能力，可临到头上还是跟最初的状态一样。

风雨交加更是放大了他内心的恐惧，他扭头看看身边的战友，个个都紧绷着脸，让人无法猜测他们在想什么，就连平日里嬉皮笑脸的苏平安都神色紧张。

马成功抹了把脸上的雨水，屏住呼吸，提醒自己保持镇定，等他大口喘气时，眼前竟然发黑，无数个惊悚的画面涌入脑海。他相信身边的战友都清楚，一旦泥石流爆发，所有人都会被掩埋在黄土之下，没有一个人能活着出去。

马成功想到了母亲，还想到了只在梦中走进自己世界的父亲。梦里的那个男人骑着高头大马，带着风声飞奔而来，遗憾的是，父亲总是面目模糊不清，等来到身边的时候，胯下的骏马已经消失，躯体跟着消失了，那张脸忽然变得丑陋而狰狞。

他忽然觉得自己变成了梦中的父亲，躯体也会消失，整张脸也会变得丑陋而狰狞。

因为这些稀奇古怪的念想，他的脸确实已经扭曲变形，多亏有雨水的遮掩。他忽然又觉得有些滑稽，都是血肉之躯，队伍里怕死的人绝不止自己一个。身边的人都已经六神无主了吧，某一瞬间，马成功冒出个想法，应该趁乱逃离这个鬼地方，寻个不远不近的场所，保住自己的小命。

这个念头一闪而过，他仰起头，张开嘴，任由雨水灌进嘴里。

159

马成功在心里给自己鼓劲儿，必须克服恐惧。他隔着救援服用手掐自己的大腿，疼痛袭来也让他清醒过来，他发现自己过于悲观，生与死谁都无法预料，与其当个逃兵，还不如瞪大眼向前冲。

这些都是两三分钟之内发生的事情，等他收拾好心情的时候，马小刚和沙方健等人已经赶到了。马小刚招呼先期赶到的特勤中队和鱼鸟河中队的带队干部，马成功下意识地跟着向前走了几步，他希望马小刚能看到自己，看到自己在救灾中的表现。

马小刚扯着嗓门吩咐：海里的海产品养殖，放弃；平地上的蔬菜大棚，放弃……

武鸣打了“报告”，问：都放弃了，还要咱干熊？

沙方健狠狠瞪了他一眼，但没有任何人注意，包括武鸣本人。正好一阵风席卷而过，马小刚被呛得连咳几声，他猛然反应过来，不能像以往似的按部就班地安排任务。他非但没计较武鸣冒冒失失的发言，还投去了赞赏的目光。

马小刚大手一挥，指指山脚下的几个村庄，下令：转移群众，出动！

世间的某个角落，总会有人为另一个人牵挂着，这个人可能是血脉相连的亲人、相恋已久的爱人，可能是打过几次照面的普通朋友，更可能是满怀仇恨的敌人。

收废品的丁叔看到电视新闻，就把电话打给了米琳，问马成功有没有出警。

米琳说，出了，已经联系不上了。

丁叔便念叨几声“阿弥陀佛”，说了几句安慰的话。可是，米琳现在需要的不是安慰，而是能够第一时间知晓马成功的安危。

她不顾母亲的阻拦，非要去鱼鸟河中队，她觉得只有在那里，才会跟心上人的距离最近。

米琳飞奔下楼，用打车软件叫车，不断加价，还是没人接单。正在她焦急万分的时候，母亲把车开了过来，刹那间，她的眼泪涌了出来，上了车就任由泪水淌下，她闷着头坐了一路，临下车才郑重其事地对母亲说谢谢。

吕程早已赶过来了，元力也把曹小菡带到了队上，他们分坐在那里，眼睛都瞅着魏东丽办公桌上的对讲机发愣。吕程起身给米琳母亲让座，却被拒绝了。她走到角落，面向书橱，眼睛却瞄向曹小菡。

跟其他人相比，米琳母亲是心里最轻松的，无论怎么说，马成功跟她是疏远的，毫不客气地讲，她打心里排斥甚至仇恨这个把女儿的魂儿勾走了的人。所以，她了无牵挂，以看热闹的眼神上下打量曹小菡。

中队部沉闷极了，人们只能听到窗外的风声，以及狂风把杂物摔向窗玻璃所发出的异响，虽然他们都惦念和担心着心中的那个人，却谁也不肯率先打破沉静。

米琳母亲终于耐不住寂寞，问曹小菡：好端端的，这腿是怎么了？

曹小菡一愣，还未来得及答复，吕程就表态说，回头我安排给你装假肢。

曹小菡说，谢谢，已经有人帮我了，是正在筹备的一家公益组织。

吕程说，那应该是我的人啊。

米琳母亲有意想活跃气氛，就取笑吕程：你想让人家感恩戴德？做好事不需要留名，留下名字，你那善念善举全都泡汤了。

吕程也不恼，说你这是跟我水火不容啊，处处跟我作对，咱以后成了儿女亲家可怎么办……

米琳一听就不乐意，说你俩最好永远水火不容，我有男朋友了，跟你家吕建业是亲密无间的好兄弟。

吕程未免有些尴尬，他本来就是开玩笑，只好说，别把话说得太绝，说不定你的小男朋友和我家建业就不共戴天，万一两个人这会儿记起了仇，那麻烦大了。说完，他连骂自己长了一张臭嘴。

如前面所言，马成功的确对吕建业心存芥蒂，但身处救灾现场，他根本没心思计较过去的恩怨。这大概就是战友之间的情分吧，有时恨得咬牙切齿，嘴上骂着“去死吧”，真正到了战场上，却又成了最得力的帮手。

此时，马成功脚下一滑，险些摔倒，身边的吕建业伸手一抓，把他扯了起来。他们彼此之间心照不宣，默默地加紧进度，去疏散、引领正在转移的群众。

过了没多会儿，人群中一阵骚动，一个七八十岁的男人在吕建业肩上挣扎，他不肯离开自己的家，朝吕建业后脖颈吐唾沫，张嘴就咬上了吕建业的后肩膀。

吕建业疼痛难忍，双膝一屈，跪在了地上，膝盖正好撞到了一个碎瓦片上，疼得龇牙咧嘴。

马成功见状，拨开围观的人，把老人拦腰抱起，粗鲁地训斥：闭嘴，再叽歪，我给你扔到山沟里。

大老柳听后劝他：注意态度。

死一边去，用不着你管。撂下这句话，马成功头也不回地走了。

台风过后，官方媒体报道：台风灾害造成2个乡镇13个行政村5.6万人受灾，1人重伤，无人员死亡、失踪，1.1万人紧急转移安置，200余人需紧急生活救助；80余间房屋倒塌，200余间不同程度损害；农作物受灾面积0.4公顷，其中多数为蔬菜大棚。此次灾害直接经济损失1200余万元。

这组数据很抽象，受灾程度却一目了然。消防在救灾中的表现有目共睹，林河市各级领导非常满意，在他们看来，只要保证了人的安全，财产损失再大，一切都可以从头再来。

只有极个别的领导注意到，有1人受了重伤，政法委书记兼公安局局长是其中之一，他安排人员一查，受伤的竟然是消防员。

他给马小刚打电话询问伤员情况，马小刚说还在现场，帮灾民重建，尽可能地把损失降到最低。听到这些，政法委书记没好意思再细问。

过后他们才知道，伤员是鱼鸟河中队的，这个人不是别人，是马成功让“死一边去”的大老柳。

马成功悔恨极了，乌鸦嘴一张，说什么不好，非要带上“死”字，万一出个闪失呢？

160

大老柳受伤是因为那位不肯离开家的老人。

把老人送到安置地点后，老人寻死寻活要回去。马成功火了，朝老人骂娘，旁边一个小伙子冲过来，没头没脑地把拳头挥向了他。

马成功没还手，老人却拽住了他的胳膊，死活不让他离开。大老柳跑过来，想把老人拉开，替马成功解围。

小伙子有些急眼，又朝他冲了过来。大老柳一把将小伙子摁倒在地，老人半屈膝想下跪，大老柳把老人扶起来。

老人带着哭腔求大老柳：我不回去，我不回去了，求大老爷开恩，让我孙子小虎回家一趟，家里有我的棺材本儿……

大老柳斩钉截铁：不行，命比钱重要……

他还没说完，那个叫小虎的小伙子就撒腿跑了，马成功紧跟着追了过去。小虎的速度很快，眨眼就消失在风雨中。马成功又从人群中找到吕建业，问了老人的家在哪儿，才摸黑赶了过去。

他冲屋里喊了几嗓子，小虎始终没应声。房子已经摇摇欲坠了，马成功没机会多想，埋头钻进了屋子。他看到了小虎，拖着小虎就往外走，小虎一个劲儿地挣扎，两个人扭作一团，在地上打滚儿。

过了没多会儿，屋顶就开了“天窗”，一张瓦片从头顶落下来，擦着马成功的头盔摔在地上。不能再耽搁下去了，马成功憋了一口气，薅住小虎的头发，费了九牛二虎之力才摆脱对方的纠缠，他一个高儿蹦起来，拽着小虎就往门外走。

小虎扑腾着耍赖，马成功真想拂袖而去，自己不要命非要寻死，别人又能如何？想死就去死吧。马成功虽然不甘心，还是赌气转过了身子。

他瞅见大老柳也进门了，便拽了大老柳一把，他本来想说让那家伙折腾去，没必要把自己的命搭上，但还是扭头独自出了门。

再回头时，大老柳还在跟小虎拉扯，他正犹豫是否上去帮忙，大老柳已经把小虎推出了门外。还没等他回过神来，屋顶塌了，把大老柳埋在了下面。

马成功疯了似的扑上去，跪在地上，用手扒拉着。他心里在喊，大老柳，你不能死，你他妈的给我挺住！

小虎终于不犯浑了，他跑去喊人。武鸣来了，吕建业来了，苏平安来了，好多群众也来了，他们从瓦砾中把血肉模糊的大老柳抬出来，磕磕绊绊地朝一号车跑去。

在开往医院的路上，马成功哭号着让驾驶员开得快点，再快点儿。他把嘴巴贴近大老柳的耳朵，说：大老柳，我对不住你，我嘴巴恶毒，但我不是咒你死……

他忽然觉得一号车的速度太慢，他恨不得给车子插上翅膀，飞到医院。

兰红英并不知道即将会见到儿子，她此时脑袋有些发涨，像要炸了一般。

她服侍的是位老太太，与马成功的奶奶一样，也是慈眉善目，唯一的差别是老人的家庭条件好，皮肤白皙还很有弹性，让人很容易忽视真实年龄。

受台风的影响，老太太变得无比烦躁。兰红英一手握着老人的手，另一只手抚摸老人的头发，她希望能给老人一些慰藉，减轻病痛。她能感受到老人痛苦而慈祥的目光里渴望亲近，她甚至觉得那目光可以刺破一切，直抵心底。

过去，她会本能地排斥任何想要与自己亲近的人和物，虽然兰红英从未打算去抗拒什么，但她始终怀疑某些亲近会带着不可告人的秘密，这种莫名其妙的想法让她压抑、令她恐惧。这种感受是致命的，兰红英不得不焦灼地抗拒它一点点向自己迫近。

这种感受再次袭来，让兰红英的脸涨得通红，细微的汗从红润的脸上沁出来。她把老人的手轻轻搁到床边，从凳子上站起来，走到窗口，揉揉发酸的眼，直愣愣地看着暗如墨色的窗外。

窗外狂风大作，楼下的法桐树被连根拔起，断开的树杈，还有一只麻雀，被风劫持着，砸到兰红英面前的窗玻璃上，旋即没了踪影。她突然产生一个错觉，那只麻雀很像呆头呆脑的儿子，她想见到儿子，她想知道麻雀去向了何处。

兰红英猛地打开窗户，狂风裹挟着杂物甩进病房，须臾间，她被风压迫得有些窒息，她反倒在这窒息中获取了快感。她深深吐了一口气，耸着鼻子贪婪地呼吸，等她意识到应该关上窗户时，病床上的老人已经侧了身子，摔到了地板上。

多亏兰红英拥有清醒的神志，否则，那些难言的痛苦和难忍的屈辱会让她选择自杀。老太太的家属用尽了招数教训她，除了言语上侮辱，还有肢体上的羞辱，她真想抓烂那些人的嘴巴、眼睛。

兰红英看到老人伸出颤巍巍的手，要拦住那些亲人的放肆之举，这让她保持了足够的克制。她虽然有些委屈，进而变得烦躁无比，但还是紧紧抿起嘴，嘴角不知何时挂了一滴泪。她用舌头舔了舔，那泪水有点凉也有点咸，她恍惚觉得，儿子马成功唇前若隐若现的胡须上也挂了一滴眼泪。

兰红英硬着头皮走出病房，她怕众人的目光，仿佛所有人都能看透她的懦弱。当然，她为被践踏的尊严感到心伤。尊严是什么？是游鱼的水、大树的根、人们呼吸的空气，失去了它等于丢掉了性命，有时候甚至比丢掉性命还要痛苦。

一些不堪回首的往事让兰红英血脉偾张，这么多年来，她总是心事重重，小心翼翼地陪儿子熬过了整个少年时期。马成功被人当作野种、杂种，人们用谩骂和蔑视非礼着母子两人的意志，让她无法反抗，极为疲惫。

那是些无形的刀器，在兰红英的心口划出一道道伤痕，每一处伤口都很深，愈合得很慢。残忍的是，伤口尚未痊愈，新伤就会出现。她此时也有些后悔，没有及早让马成功知晓所谓的身世之谜。

兰红英只能站着发愣。

第三十三章　身世之谜

161

这次来林河不就是因为这件事儿吗？兰红英想，自己不该躲在这里，而是该第一时间出现在儿子面前，既然无法剔除那些痛苦的回忆，就应勇敢去面对。

兰红英跑到走廊尽头的洗手间，拧开水龙头，洗了把脸，她把身子靠在墙壁上，难以掩饰的沉重在她的眉宇间弥漫开来。有些事情她已经无心遮掩了，也不打算再遮掩下去。

兰红英手扶着墙走出洗手间，她感到每迈出一步都筋疲力尽。她隐约听到吵闹声，她怀疑自己的耳朵出了毛病，她侧起脸，半握了手掌，罩在耳郭外，仔细辨认。

没错，是儿子的声音，是马成功在骂娘。

循着声音，兰红英踉踉跄跄地下楼。她没上电梯，她有点惧怕电梯忽上忽下那种失重的感觉。她手扶着楼梯扶手，一步一个台阶，她不敢走得太快，因为两腿早已发软。

她的肚皮突然"咕噜咕噜"叫起来，跟病人家属闹腾那么久，也没顾上吃晚饭。饿了，可她没有一点食欲。她猜想马成功也没吃饭，儿子在哪儿呢？他在哪个楼层呢？

一直下到一楼，兰红英才看到儿子。马成功正在急救中心门口，手里挥舞着消防斧，正要砍向穿白大褂的大夫。儿子这是怎么了呢？她不敢相信自己的眼睛。

她想喊，却怎么也喊不出声儿来，只能在心里默默祈祷，儿子，千万别冲动，有话好好说。也得亏有医院的保安拦腰抱住了马成功，才让他手里的斧头都劈空了。

那个被威胁的大夫扶了扶眼镜，说：交费治病，你脸上又没写“消防”两个字，我怎么知道你是不是骗子？

马成功声嘶力竭：你狗日的眼瞎吗？我身上穿的是救援服，上面印着“林河消防”四个字。

大夫依然不为所动。兰红英急了，两三步就冲了过去，她冲进人群，说：我、我证明，我证明我、我儿子是消防……

一见到母亲，马成功傻了，他呆呆地望着众人，好像要从人们的脸上找到答案。母亲是从哪儿冒出来的呢？他刚要开口，又看到那个大夫的脸上露出鄙夷的笑容。

马成功忽然挣脱保安，直接冲到了大夫跟前。兰红英也不知道哪儿来的力气，一把抓住消防斧，哀求马成功：儿子，妈求你了，别冲动，千万别冲动。

跟着，她又把另一只手伸进裤兜里，掏出一把钱，递向大夫：我有钱，我有，这是病人家属给我的护理费，不够我再赚……

大夫又扶了扶眼镜，冲保安喊：傻站着干什么？扰乱秩序，把他们撵出去。

周围看热闹的人指指点点，开始责骂这个大夫没有医德、不讲良心。大夫瞬间陷入被动。

值班副院长和民警几乎同时赶到。大夫本想诉苦，副院长许是已经了解过情况，撂下个黑脸，就直接走向急救中心。

在进入急救中心时，副院长止住步子，转回身来，向马成功深深地鞠了一躬，又用带着歉意的目光注视马成功：我亲自主刀，放心。

冲着副院长的背影，马成功来不及说“谢谢”，就一屁股坐在地上。他终于泄下一口气，竟然盯着母亲的双脚，痴痴呆呆地笑了几声。

兰红英被吓了一跳，看着马成功浑身湿漉漉的，脸上的血水和泪水混在一起，她急忙蹲下来，一会儿捏捏儿子的胳膊，一会儿捏捏儿子的腿，嘴里念叨：孩子，你怎么了？没事儿吧？

先前手里攥着的钱全都被兰红英扔到了地上，可她根本顾不上这些。110出警的民警帮她一张一张捡起来，又把她搀起来，扭头冲着站在一旁的大夫说：傻愣着干吗？找个办公室，让他们坐下来说话。

刚才还耀武扬威的大夫唯唯诺诺，把几个人请进了值班医生办公室，眼睛时不时地瞟向马成功，试探着问了一句：要不，我帮你也检查一下。

马成功长叹一口气，一字一顿地说：滚蛋，马上从我眼前消失。

大老柳的口头禅“滚蛋”从嘴里蹦出来，让他心头一紧，他往母亲身上靠了靠，说：妈，我累。

孩子，睡吧，妈在呢。儿子此时就在身边，兰红英捏着儿子的手，心里踏实了许多。

她希望儿子能好好睡上一觉，可马成功扑闪着睫毛，仍旧处于亢奋状态。

虽然儿子一直不肯休息，但兰红英明显感觉到他的疲乏。她想告诉儿子为什么只身来到林河，顺便把有关丈夫的事情讲一讲，终究还是没张嘴。她希望儿子能休息一会儿，哪怕只是一小会儿。

她又觉得自己很幸运，如果急救中心没有设在住院部这栋楼上，她或许不会这么快就见到儿子。为什么急救中心不是在门诊楼，偏要在这里呢？兰红英顺着自己的思路琢磨起来，可马成功就在身边，还时不时地喘粗气，让她无法聚精会神地思考这个问题。

马成功心里并不轻松，一方面惦记着大老柳的伤情，另一方面又绕不开“私生子”这个问题，两者交替挤进他的脑海里，让他焦虑不安，尤其是后者，对他而言是一场磨难。

他想，这场磨难早就开始了，它起始于很早之前，自己尚无记忆的某一个时刻，或许那时他根本没有生命，或许那时父亲没有打算把他的原始细胞植入母亲体内。可是一切都在那一个时刻成为现实，人力无法改变。

这就是眼下的现实，母亲就在跟前了，可她依然一言不发，那悲伤和忧愁就不得不继续。他原本一直惭愧不应让母亲为自己担心，糟糕的情绪顷刻间击败了内心的愧疚。他忽然觉得母亲过于自私，不该一直瞒着自己，或许更不该把他带到这个世上。

无论如何他都不忍心捅破这层窗户纸，他偷偷打量母亲，兰红英的身上已经有了衰老的迹象，但他难以在心里彻底放下某些念想，无法做到心中释然。

162

时光是个让人琢磨不透的东西，它常常以令人难以置信的速度流逝，半下午的工夫一眨眼就过去了，米琳却迟迟未能从压抑的气氛中走出来。

刚开始，母亲和吕程还斗了斗嘴，很快就归于沉默。他们都揣着各自的心事，魏东丽不好意思跟任何人搭讪，因为每个人心里都有惦念着的人。

晚饭时分，军号响了，魏东丽邀请大家一起到食堂吃饭，只有元力动了动身子，其他人还是在原来的位置上发愣。不管怎么说，元力都是干消防的，她比常人要多一分沉着，最终还是她把大家请到了食堂。

她推着轮椅上的曹小菡，招呼吕程等人，跟在魏东丽的身后出了中队部。米琳与母亲发生了争吵，母亲的意思是别给消防队添乱，回家等消息；米琳却要在这儿一直等下去。结果是，米琳把母亲推出了中队部，把自己反锁在屋子里，米琳的母亲气呼呼地下楼，开车走了。

而此时，时光变得有些意味深长，它躲在某个未知的角落里，瞅着六神无主的米琳静静发呆。米琳开始懊恼，后悔自己没有跟马成功及时沟通，以至于互相产生隔阂。她怪自己过于粗心，还有那么一点任性，她现在最渴望的是马成功能够平安归来。

她尽可能地让自己镇定下来。她掏出手机，拨打马成功的电话，听筒里传来关机的提示音。米琳不断重拨，她甚至想好了如何向马成功解释，不管马成功说什么，哪怕一顿臭骂，也得承受。等待吧，忍受吧，一定要让马成功开心起来。

她在心里边念叨，马成功，我的呆萌哥，你是上帝赐给我的最好礼物，我不是为你而生，但我可以为你而死。这个念头终究是沉重的，米琳强迫自己去想些开心的事儿。

她眯缝着眼，斜瞅着中队部墙上的规章制度，忽然冒出个想法，而且被自己的想法臊红了脸。

她想，应该用自己的身体孕育一个小生命，小生命的躯体里涌动着另外一个人的血。那是她与马成功爱情的结晶，是两个人共同的孩子。

那是两个人生命的延续，米琳嘴里念念有词。她对臆造出来的孩子说，宝贝儿，你将会成为世界上最幸福的人，春天我用乳汁哺育你，夏日我用蒲扇为你驱赶蚊虫，秋天我用温润的唇亲吻你，严冬我用火热的心温暖你。等你长大成人，我亲手把你送到消防来，再用墙上的制度约束你。

米琳笑了，笑着笑着就掉下了眼泪。她知道选择了马成功，就意味着日后会担惊受怕，内心的欢乐与痛苦无人能知。她渴望马成功能够给一个可以依靠的、宽广的胸膛。她甚至想，如果两个人能够天天腻歪在一起，马成功做什么工作都不重要，哪怕他是个醉汉、无赖，乃至一个穷凶极恶的歹徒，似乎都无所谓。

那一刻，米琳变得神情肃然，她觉得整个世界都被这个念想充斥了，仿佛蕴藏包容了一切。是的，只要彼此真正走到一起，必然会有泪水、有欢笑，也必然会有鲜血，有歌声。这或许就是宿命吧。

不能再干等下去了，她要见到马成功，一时半刻也不能等。她已经想好了法子，只等吕程回来就能动身。她非常自信，吕程以及在队上傻等着的其他人，只会举双手支持，决不会反对，更不会阻拦。

米琳冲出中队部时，心里有一丝喜悦，还有一点惊慌。她觉得自己像离弦的箭，也像劈出的闪，用身影在执勤楼的走廊里扯出一道闪亮的弧线。

因为激动或者是其他什么原因，她的牙齿颤动得厉害，给每一步奔跑都伴奏了细微的韵律。伴着怦怦心跳，她一步踏进中队食堂。

毫无悬念，米琳说完自己的提议，吕程便第一个响应。元力还在犹豫，曹小菡已经表达了自己想去救灾现场的意愿。

吕程接着反对，说曹小姐去不合适，等于添乱。

米琳能够理解曹小菡，就替她说话，意思是有自己跟着，不会给任何人添麻烦。都是女人，都是为了自己爱着的男人，在这个节骨眼上，元力自然也会站出来支持。

魏东丽本来想劝他们，看这样子，也只能嘱咐大家注意安全。因为吕程反对曹小菡去现场，元力就决定让曹小菡乘坐自己的车，这时候，吕程又不干了，说别瞧不上他的驾驶技术，让三位女人都坐到自己车上，互相之间也可以有个照应。

车子刚启动，曹小菡又喊停，她说不能空着手去，好歹给苏平安他们带上点吃的。

吕程觉得这主意不错，说你们先等着，我去超市置办点儿，等回头公司里再捐点，给灾民送点物资。

元力有些心急，说不用，我们有战勤保障大队，生活保障没问题。

吕程眼一瞪，说：那是你们消防的，不为我儿子，我也得有自己的一份心意。

米琳也着急，说别吵了，我让我的快递公司去选购，天明之前绝对能送过去。

曹小菡说行，我给你个电话，让他们直接去批发商那里取货，提我的名字就行。停了一会儿，她又说，别怀疑我在打诳语，我家是开小超市的。

米琳等人高高兴兴地上了车，他们发觉此时风也小了，雨也基本停了。车子刚开出消防队，魏东丽就从执勤楼里跑出来，他连跑几步，想把车子喊停，可车子早已不见踪影。

他只好朝地上跺了两脚，冲着门外喊：马成功回市区了，他正在医院。可风里只有他的回声。

武鸣等人正在忙活，丝毫没有留意四位不速之客。真正到了现场，元力又不忍心去打扰武鸣的工作，她和吕程、米琳分头行动，把曹小菡一个人留在车上，各自朝着不同的方向走去。

吕程和米琳的心思不在救灾，分别在寻找各自最关心的人。这也是人之常情。

163

众人赶到救灾现场，只有元力是认真的，她很快到了灾民临时安置点。

她第一眼瞅到了正在跟吕建业纠缠不休的小虎。受了爷爷的影响，小虎还是在埋怨消防耽误了他回家把钱抢出来。

也不知吕建业哪儿来的好脾气，他一个劲儿地道歉，说：多少钱？我打个欠条，小爷回头加上利息全还给你。

小虎不肯善罢甘休，正巧被苏平安赶上了。苏平安没给他好脸色，骂道：你还要不要脸，我们柳班长为了救你，都伤了，万一残废了，老子跟你没完。

小虎“嘿嘿”一笑，说：那是他活该，干了缺德事儿的人才会残疾，你要在这儿瞎逼逼，你们全家都得成为残疾。

这话捅到了苏平安的心窝子上，他想这家伙怎么这么歹毒呢，想起坐着轮椅的小菡，他攥着拳头就冲了过去。随后赶到的谭杰把两个人拉开了，但他俩还是互不服输地盯着对方。

作为副参谋长，谭杰在现场是指挥员，他命令元力去做小虎爷孙的安抚工作，转身就冲到了夜幕之中。

米琳深一脚浅一脚地走着，绕了一大圈也到了安置点，她的心已经凉了大半截，因为她没能在救灾的消防员中发现那个熟悉的身影。她在心里喊，呆萌哥，你在哪儿？快别跟我捉迷藏了。

她看到元力正蹲在一个老人跟前，就跑过去想让元力帮忙。可她听到元力正在跟老人聊天，说什么钱财再金贵，也不如命金贵，只要人的命保住了，什么都好说。

米琳觉得这话在理儿，可老人和身边的小虎看起来似乎并不买账。她干脆也蹲下来，跟元力一起去劝老人。

只要有事忙活，就会转移注意力，至少米琳暂时不再为马成功的安危着急。她认为自己没那么悲摧，马成功不会出事儿，而且此时正在跟马成功并肩作战，也在做有意义的事情。

在兰红英的面前，马成功觉得不能再沉默下去，想来想去，他还是跟母亲聊起了别的话题。他告诉母亲自己进步很大，还讲了些出警的趣闻。

兰红英显然受到了感染，目光里闪着晶莹，连连夸赞儿子：好孩子，好样的，我为你感到光荣。

当消防员的确是光荣，可是谁愿意真的“光荣”了？说完这话，马成功扭头看了眼门外，大老柳此时还在急救中心，生死未卜。

这样一来，母子两人再也寻不到合适的话题，直到副院长找到他们，两个人都那么静静地坐着。

副院长带来的是喜讯，说大老柳脱离危险，只要身体状况好，不会留下任何后遗症。

马成功终于垂下了眼皮子，他依偎在母亲身上睡着了。这一觉的时间并不长，可他却在各种梦境间逃亡。

他梦见了火灾，梦见了爆炸，梦见了台风，甚至还梦见那个大夫把他摁在了手术台上。他逃啊逃，逃啊逃，总是在原地打转转，离谱的是，好不容易看到了一线希望，那个面目模糊的男人就会骑着马拦住去路。

醒来时已经是凌晨，他觉得浑身发烫。马成功用舌头舔了舔干裂的嘴唇，他愣了片刻，才发现母亲也睡着了。

兰红英也睡得不踏实，正在说梦话。马成功仔细听了听，母亲的梦话并不连贯，她一会儿说住院部，一会儿又说急救中心，最后才长舒一口气，说方便住院，仿佛佛被压抑了很久。

母亲的梦话乱糟糟的，他无法从中找到任何有价值的东西。他觉得脑瓜有点疼，心想，梦里也好，现实也罢，可不都是乱糟糟的吗？

米琳终究还是找到了医院，正好跟兰红英碰到了一块。兰红英是过来人，从儿子和米琳的眼神、表情以及动作上，已经把两个年轻人的关系猜了个八九不离十。

她先是为儿子感到高兴，又跟着难受起来。都说娶了媳妇忘了娘，往后儿子只会离自己越来越远。她仔细端详米琳，长相倒是说得过去，能配上自家儿子，可她总觉得有不顺眼的地方，至于哪儿不顺眼，兰红英竟然说不出来。

她转念一想，马成功能找个城里媳妇也是福分，至少不必像自己一样一辈子操劳。

在别人眼里，兰红英的前半生很不值。

县剧团的当家花旦是光彩夺目的人物，她是那个年代的风向标。有一次，她急着赶去剧团排练，穿上了一件外套，搭上个披肩，又找了个手绢把长发随手绾起来，转天街上就有好多女人跟她一样的打扮。女人们把她当作时尚的引领者，男人则把她当成择偶的标准。

她就那么鬼迷心窍地嫁到了马家庄，庄户人家把她看成勾人的狐狸精，怪只怪她是先怀孕后结婚，在多数人的认知里，这样的女人是作风不检点的。尤其是丈夫离开之后，村里人把她看作洪水猛兽，女人们更是如此，她们怕兰红英跟自家男人勾搭在一起。

对于丈夫的情况一直保持缄默，主要原因就是怕村里人说三道四。如今看来，兰红英当初这样做是错误的，可时间长了，她反倒说不出口了。眼下，兰红英知道儿子的心里系上了一个死疙瘩，迫不及待地想知道隐瞒二十年的秘密，可她更加说不出口了。

她内心很矛盾，琢磨到最后，还是觉得时机不成熟。她进而想，马成功也不该责怪自己，谁怀里都揣着几个秘密，不到万不得已，有的秘密会烂在肚子里，一直跟着进到骨灰盒里，然后被深深地埋葬，永无天日。

没错，马成功真不该埋怨别人，因为任何人都不可能脱俗。比方眼前的这位女孩子，儿子一丁半点消息都未透露过。仅仅凭这一点，兰红英也能为自己找到借口。

她在心里想，一切都得顺其自然，这么多年都瞒下来了，猛然开口还真不知该如何说起。那就先等等吧，总有合适的机会，让儿子知晓自己的身世之谜。

164

台风像个臭名昭著的恶棍，有恃无恐地践踏一番，大摇大摆地走了。

电力、通信、医疗等公共服务部门先后赶到。马小刚与元威商量了分工：元威坐镇后方，迎接这一年的119消防宣传日；马小刚则带队在灾区，帮助灾民灾后自救。

天气极其反常，太阳一冒头，就用毒辣的舌头舔着大地，仿佛要把世间的生物全都吞噬。马小刚交代手下的人务必注意个人卫生，防止传染性疾病，可真正到了具体人身上，就很难执行到位。

鱼鸟河中队负责的区域只有一个村庄，这个村子早年去山东寿光学过技术，主要靠蔬菜大棚过日子，是林河市区的“菜篮子”之一。别小瞧这些大棚，最普通的那种光搭建起来就得十好几万，大棚里种的都是反季蔬菜，不仅得靠技术，还需要搭上工夫，这都是成本。

七七八八算下来，这个村子损失惨重，靠蔬菜大棚谋生的村民叫苦不迭。前文提到的老人，也就是小虎的爷爷只是个例，多数村民已然失魂落魄。

有几个村民心态比较好，互相开玩笑说，咱还真是跟寿光有缘，那边发了大水，咱就跟着遭了台风，真是亲戚里道的啊。更多的人选择了沉默，他们想这种亲不沾也罢。

别小瞧一两个这样的村子，给林河市民的生活带来了很大的影响，菜市场的价格都上调了几十个百分点，就差翻番了。为了保障民生，市领导指示，不惜一切代价，有重点地帮助灾民恢复生产。

政府划拨的救灾物资基本到位。像吕程这样的爱心企业家也购置了一批抽水泵、发电机等物资，送到了灾区。米琳已经见过在医院陪护的马成功，为了让对方安心，她通过学生会组织了志愿者，也赶回现场分发衣物被褥、药品、消毒剂。

面对满目疮痍，消防员似乎没有那么轰轰烈烈，他们所能做的就是帮乡亲们收拾残局，比如说为蔬菜大棚排水。没有了抢险时的惊心动魄，他们变成了地道的农民。有的人在训练上从不叫苦，可干起了农活很多人都吃不消了。

吕建业穿着背心，赤膊上阵。刚开始，他还觉得好玩儿，半天过去，他就彻底蔫儿了。他认为这不是人干的活儿，天热只是一方面，最重要的是，他得挽起裤腿，半弓着腰在大棚里操练。他仍把手里的活计称为“操练”，可这毫无技术含量的工作，让他发疯。

只是半天的工夫，肩膀、胳膊等等，只要是露在外面的身体部位全都被晒伤了，尤其是后背上爆裂的皮，用手一撕就是一片。

苏平安是农民出身，干这样的活儿，比他要顺手。吕建业不无羡慕，便自我解嘲，说以后出警得带上防晒霜……话说到一半，他“妈呀”一声，差点晕倒。

苏平安跑过来一看，吕建业没在积水里的小腿被泡得有些囊肿，失去了原本的体色。而真正无法让吕建业接受的是，腿上吸附了几条水蛭。他一屁股坐下来，咬着牙，用手去拽。苏平安就势蹲下，一巴掌把他的手打开，接着朝他的腿上狠狠拍了几巴掌。

吕建业光顾着疼了，还没倒出嘴来骂娘，苏平安已经把他腿上的水蛭取了下来。看着他的一脸困惑，苏平安咧嘴就笑，但他并不打算解释什么。

这只是一个小插曲，真实的情况是，他们一直在闷着头干活儿。他们实在是太累了，根本没有心思开玩笑，他们巴不得倒头便睡，不管是什么样的场所，只要有那么一个可以容身的地方就可以。

这天正好是11月9日，又忙碌了一天，马小刚给参加救援的队伍下令，让原地休整，有条件的可以看下晚间的《新闻联播》。

吕建业和苏平安正是好奇心极强的年龄，为什么要看新闻呢？莫非救灾的画面上了中央台？他俩还打赌，猜谁在新闻里露脸了。可他们根本找不到电视，手机早就没电了，吕建业一琢磨，父亲在现场，就把吕程的手机要了过来。

他俩把脑袋凑到一起，静候节目开始。过了一会儿，小虎偷偷摸到两个人的身后，把手机镜头对准他们，通过直播软件向网友直播：各位宝宝，走过路过不要错过，这就是消防，老百姓都水深火热了，他们还有心思用手机上网玩游戏……

话说到半截，小虎默默地关闭了直播，面前的两位消防员并未理会他，他却跟随两人一起举起了右手，虽然他的敬礼很不标准，而且动作还十分滑稽，但他还是很认真地把敬礼坚持到了最后。

病房里，马成功把手机擎在大老柳面前，他们跟吕建业和苏平安一样，在同一时间收看新闻。

习总书记向国家综合性消防救援队伍授旗并致训词的时候，大老柳的嘴角微微翘起来。无数个当兵后的“第一次”在他的脑海里渐次铺开：第一次告别父母远离家乡，第一次穿上军装出操训练，第一次登上战车灭火执勤，甚至集体告别现役，第一次摘下肩章……

他还想到了最后一次跟儿子视频，最后一次上一号车，还有这最后一次执行任务。

手机屏幕上出现了消防指战员集体宣誓的镜头，他和马成功跟着视频里的战友一起宣誓——

“我志愿加入国家消防救援队伍，对党忠诚，纪律严明，赴汤蹈火，竭诚为民，坚决做到服从命令、听从指挥，恪尽职守、苦练本领，不畏艰险、不怕牺牲，为维护人民生命财产安全、维护社会稳定贡献自己的一切。”

到最后，大老柳的宣誓已经变成了吼声，非常洪亮，震得耳朵“嗡嗡”响。马成功的双目有些模糊，他发现大老柳的眼眸里也闪烁着泪花，他还发现，大老柳举起了左手，握紧了拳头。他忽然意识到，大老柳的右臂还打着绷带。

165

过了许久，大老柳才气喘吁吁地说，小马子，参加比武的名额给你了，你得珍惜，给我捧个奖杯回来。

马成功摇头，大老柳有些生气，说这是命令，你瞧我现在这个样子，还怎么去比武?

马成功说不，你很快就会好起来的。

大老柳眨巴眨巴眼，说：咱消防集体脱军装了，我也该走了，不能总赖在这里吧。还有这次受伤，康复以后也会影响正常执勤训练，我得把位置让给你们年轻人。

马成功还是说“不”，大老柳调整了情绪，慢声细语地说，小兔崽子，你和吕建业都是机灵鬼，消防就需要你们这样的人才。来年，你俩最好是考学，能当上干部，在消防长久地干下去，否则，平常我对你们花的那些心思全都白瞎喽。

马成功猛然意识到，这一次，大老柳说话像模像样，破天荒地没用口头禅，可他特别希望大老柳还会喊“毛病”“滚蛋”和“操练”。

正在他发愣的时候，大老柳又吩咐：小马，把我的手机关机吧。

马成功说，这样不好吧，联系不上你，嫂子会着急。

听我的就是了，我躺在这儿，让你嫂子知道，她会更着急，就按我说的办吧。说完，大老柳侧了侧身子，闭上了眼睛。

马成功不知道大老柳心里又在想什么，犹豫再三，还是把大老柳的手机关机了。在关机之前，他多了个心眼儿，偷偷以大老柳的名义发了条信息，意思是正在集训，封闭性训练，严禁使用手机。

即使他脑洞大开，也不会想到，这次手机关机酿下了大祸。

同样在医院的兰红英有些心不在焉。跟米琳碰面的时候，她反反复复打量过那丫头，当时没觉得有什么不合适的，但总感到不如意。作为母亲，她对马成功的爱超越了一切，她认为这世上无人能匹配自己帅气而优秀的儿子。

现在，她总算是找到了不顺眼的地方：米琳留的是短发，假小子一个。最不舒服的是，米琳太瘦了，虽然该凸的地方也凸，该翘的地方也翘，可屁股太小了，都说屁股大了生儿子，指望这个女孩将来抱孙子有点悬。

兰红英想，自己必须保留意见，只要儿子看上眼了，就不能干涉。当年自己也听不进家里人的意见，以至于断绝了关系，这么多年都未曾走动。为此，她时常觉得自己心狠，这个心狠不仅是在与父母、家人的关系之上，还包括与丈夫有关的事情始终对马成功守口如瓶。

别看兰红英长期生活在马家庄，很少与别人联系，但她并未与外面的世界脱节。比如，眼下最流行的网络词汇也会偶尔从他嘴里蹦出来，能够顺利在医院当上护工就是沾了这方面的便宜。

当时，一个醉汉正在住院部门前撒野，还想欺负一位年龄不大的女人。好多人都围着看热闹，是她站出来，说：这糟老头子，盘他。

“糟老头子”和“盘他”都来自网络，但帮那个女人却是现实，兰红英没想到那女人是医院里最年轻的护士长。

她是个明白人，抓住了机会，为自己找到了工作。眼下，兰红英打算把机会留给这对年轻人。但儿子和米琳怎么也不肯再让她去干护工，怕她累着，说如果非要干护工，就帮忙照顾大老柳。

人总得有点事情干，闲着会落下一身的毛病。这是兰红英给这对年轻男女的解释。当然，她是为了病床上的那位老太太，收了人家的钱，应了要照顾别人，那就得遵守承诺，这是做人的本分。

虽说兰红英说了自己在哪间病房，但马成功一次也没来过。马成功是在使性子，想故意惹恼母亲，让母亲离开医院。他是在心疼兰红英，母亲的年纪也不小了，他不想让她沾手干活儿，尤其是在医院伺候人的活计。

事实上，兰红英很希望儿子能到自己身边待一会儿，哪怕只是三五分钟。可她还是迈不过心里的那个坎儿，不太想直接面对马成功。她时常偷偷去大老柳的病房外，把脑袋贴在门上，只为了听听儿子的声音。有几次，她险些被儿子撞见。

最夸张的一次，兰红英看到儿子去送米琳，专门顺着楼梯跑下去。人家乘坐的是电梯，她靠的是两只脚，即便她加快速度，等赶到一楼时，那对年轻人还是走远了。她把自己藏在角落里，朝那两个身影张望，心里倒也坦然了，因为从身高上看，两人还是般配的。

兰红英时常跑到大老柳的病房外。有一次，她的胆子大了些，探出半个脑袋，趴在房门的窗口上，透过玻璃往里看。

马成功背对着房门，头时不时地点一下，像是在打瞌睡。她很想推开门，走到儿子跟前，把他揽在怀里，把自己的体温传给儿子，让他能睡个安稳觉。她甚至又跟那次一样，觉得儿子的脑袋正一拱一拱地蹭到了自己的胸口，她觉得依然挺拔的乳房有些发胀。

她灰溜溜地跑回老太太的病房。有些羞愧地看着对方。

老太太理解错了，挣扎着爬起来，说闺女快坐过来，让你受委屈了，我已经骂他们了。

兰红英说，我的错，我给您道歉。

老太太说不用，别离开，还在我这里就行。

兰红英“嗯”了一声，跟着弓腰，把床下的痰盂拿出来。她刚要转身，老太太抓住她的胳膊，手上也用了点劲儿，意思是让她坐下。她把半个屁股搁到床沿上，不好意思地朝老太太笑笑。

老太太捏住了兰红英的手：我这对儿女看起来事业有成，可那都是沾了我的光。他们嘴上说着孝顺，一年到头也见不着几次面，成天家忙忙忙，谁知道在忙什么。

兰红英安慰她说，有我呢，没事儿。

老太太说，太好了，咱这就办出院手续，你跟我回家。

兰红英应了，她又从儿子身边消失了。

第三十四章　阴阳两隔

166

救灾进入尾声，鱼鸟河中队在自己所属的区域里修路、挖排水沟、打扫卫生，马小刚、沙方健和谭杰等人作为支队一级的指挥员，也在现场忙活着。

他们都是农民出身，知道农民的辛苦和不易。他们的表现也确实给大家树了榜样，不但是消防员，连其他部门的人员也受到了莫大的鼓舞。

灾后重建的进度很快，大部分群众已经搬回了家里，房屋倒塌的那部分人员也得到了妥善的安置，一些条件好的家庭还自发做了可口的饭菜送给消防。

小虎跟爷爷相依为命，房子以及仅有的积蓄全都没了，他记恨消防也情有可原。但他现在变了，主动加入到鱼鸟河中队救灾的队伍里，一声不吭地干活儿。

仔细观察，小虎干活有个规律，他总是在吕建业身边，不明就里的人会以为他是吕建业手下的兵。也是，天那么热，总穿救援服不是那么回事儿，吕程就购置了一批迷彩服捐给救灾队，吕建业随手拿了一套，扔给了小虎。

这天，他们正干着活儿，马小刚带着谭杰来了。他一抬头，发现不远处的小虎，以为是自己手下的消防员，就招呼小虎坐过来。小虎磨蹭了一会儿，撸起袖子，跑到吕建业身边坐了下来。这正好让马小刚看到了他小臂上的一小块文身。

马小刚皱起眉头，侧起脸问谭杰：有文身怎么招进来的？

谭杰正不知如何回答，小虎站起来，说：真是老古董，现如今参军入伍都可以有文身，只要面积不超标就行。跟你们当领导的一样，办公室面积不超标就一切OK。

马小刚说行啊，这小伙子有点儿意思啊。

小虎非常得意，说我去年征兵体检合格了，政审也合格了，只不过我离不开我爷爷，他年纪大了，身子骨不好。

马小刚颇为欣赏，说：不错，讲孝道是美德，也是老辈子留下来的好传统。

小虎"嘁"了一声，不以为然地说，文身的也不一定是坏蛋，我爸妈走得早，我跟我爷爷一块儿过，怕受欺负，就弄这个东西吓唬人，给自己壮胆儿。

这个解释很奇葩，苏平安跟着又笑了，笑着笑着就笑不出来了，因为细琢磨也很在理儿。

小虎低下头叹了口气。吕建业闻声安慰他说，没事儿，能理解，我们不会瞧不起你，更不会把你当坏蛋。

我也不是什么好蛋啊，爷爷攒了一辈子的那点家底儿，我没抢出来，还害得那位大叔受伤住院。小虎的情绪更加低落了。

把大老柳当成了"大叔"，确实有点搞笑，可吕建业悲从中来，说放心吧，我答应过你，你爷爷的钱我还。

市委书记在政法委书记的陪同下，慰问来了。

一见到马小刚，政法委书记就埋怨：手机为什么要关机？

马小刚把手机递给武鸣：抓紧找个地方充电，咱消防全年三百六十五天、每天二十四小时都不能关机，万一哪个地方发生火灾，我这儿断了联系，那就是罪过了。

政法委书记把随身携带的充电宝递给他：用这个，公安和消防都这样儿，要时刻保持通信畅通，这么多年就没睡过踏实觉，就怕半夜手机响。

马小刚接过充电宝，抱歉地向市委书记笑笑，说早些年没手机，从没误过事儿，现在通信方便了，反而会出现失误，真想回到过去。

市委书记插话说，也没什么稀奇的，社会总是在发展的，十几年前，有个汉显BP机就很牛气了，如今手机成了生活的必需品。咱们想回到过去是不可能了，只能一切向前看，人的思想也得跟上形势。我是抓意识形态的，回头都得上上心，加强各自队伍的思想教育，确保政治上绝对可靠。

马小刚当即表态，请书记放心。市委书记说，我信任你们，但有些仪式还是要搞的，前几天，习总书记给消防授旗，还发表了训词，你们都在救灾现场，没看到那个激动人心的时刻。我让宣传部把视频资料带来了，今天就组织咱们的队伍观看，周边的群众也可以一起，共同感受来自党中央的关怀。

还没等众人回应，市委书记又说，我让他们按照规格，赶制了一面旗帜，我现在就要代表市委交给你。

说话间，已经有人递上了旗帜，也不知从哪儿冒出来一群记者，摆好了架势，把镜头、话筒、录音笔之类的全都递了上来。

恰在此时，小虎站了出来，他朝市委书记发飙：我从电视上看过你，你是父母官，但你不能带头搞形式主义……

随从人员赶忙拉扯他，被市委书记呵斥住，他让小虎继续说下去。

小虎也不怯场，指了指已经冲向他的摄像头，说：让他们都走，你这面旗我看过，是习大大授给消防的，你应该诚心诚意地给他们，而不是成为你关心消防的噱头。等回头有时间了，你再搞个正式的，就是你说的那种仪式。

市委书记哈哈大笑，说这个主意好，你们这些记者别跟在我屁股后面，去拍拍灾民，看他们有什么需求。我得感谢这个小伙子，成天有媒体跟着，我习惯成自然，确实有些官僚啊。

领导既然发话了，记者们只好离开。等他们全都走了，市委书记才郑重其事地把旗帜捧在手上，面向了马小刚。

就在这个时候，小虎又喊停，众人都转头看他。他不慌不忙地从兜里摸出手机，说：我得把这激动人心的时刻拍下来，发到网上。

看着大家一副不解的模样，他又说，万一这段视频火了呢？我也想当网红。

所有人都憋不住笑，只有苏平安趁着人们不注意，走到他身边，问：你是从哪儿冒出来的妖魔鬼怪呢？说来听听，我会保密，一般人我不会告诉他。

小虎举起手机，摆出架势，挡住自己的脸，白了苏平安一眼，说：用你管，你不是一般的烦人，是很烦人。

167

经历了这次救灾，鱼乌河中队潜移默化发生了些变化。

最为明显的是吕建业，所有训练的苦他都能承受，但这种灾后重建所带来的劳累，他从未经历过。可这是天灾，任何人都无力阻挡，他认为这是最大的悲哀。

回到中队，他第一时间跟江鑫蕊联系，对方告知，教授已经帮忙修改了设计方案。这对于吕建业来说是天大的喜讯，他甚至想，自己是不是也该去学消防专业，再或者，让父亲出资搞个科研机构，专门研究方便实用的救援装备。

他现在有绝对的把握让父亲支持自己。整个救灾期间，吕程一直待在现场，虽然帮不上太大的忙，只能靠钱换来救灾物资，但行为值得肯定。行为往往代表了内心的态度，吕建业认为父亲是受了自己的影响，才变成这样。

现在深井救援器研制成功了，他火急火燎地想投入生产。可他也冒出个小心思，这项发明还未取得专利，是否符合某些程序还是未知数。从父亲申请公益组织的事情上，他已经得到一些启示，不是说好事就可以立即上马。

欢喜过后，静下心来一想，吕建业又有了新的顾虑。他觉得教授是学院派，理论与实践永远不是一码事儿，他觉得应该经过试验，对其功能进行测试和改进。

他把这一想法告知江鑫蕊，江鑫蕊很不开心，说用人不疑，疑人不用，既然请教授帮忙了，就不要怀疑人家的能力和水平，到网上搜一下，教授在国内专业领域里是公认的领军人物。现在万事大吉，你不会是想过河拆桥吧。

吕建业解释说，我是就事论事，没有你想得那么复杂。

做人最好别太复杂，教授的江湖地位摆在那里，我听别人说了，随便参与个项目，哪怕是出面说几句好话，都会有大把的顾问费，从答应帮咱开始，人家就承诺了分文不取。江鑫蕊气急败坏，语调也变了。

吕建业说，先别吵了，吵架解决不了任何问题，都先冷静一下。

他想得过于简单了，接下来的好几天，江鑫蕊真的冷静了，不但不主动联系，即便他发了信息，也没搭理。吕建业也有点恼火，发了个朋友圈，说女人就是女人，头发长见识短。

事后，江鑫蕊说他性别歧视，还说自己在感情方面干净得如同一张白纸，是个标准的小女生，那意思是怪吕建业把她当作了“女人”。这还真是女人心海底针，这让他哭笑不得。

不过，这些并不重要，重要的是他为当时没听从江鑫蕊的建议而后悔。吕建业悔恨自己只是把争吵当成了感情上的一次小插曲。

跟吕建业的处境不同，武鸣、马成功、苏平安与各自另一半的感情都悄然发生了变化。像苏平安这样原本就关系不错的，彼此变得更加亲密；武鸣和马成功也分别跟相爱的人消除误会，虽然两人都不善于表达，但也都稀里糊涂地重归于好。

爱情本来就说不清道不明，相爱相杀的例子也是无处不在，他们自行为爱情设置路障，抑或主动把这条路上的障碍扫清，从根本上讲是不需要任何理由的。相反，对于热恋当中的人来讲，还很容易为此发生冲动。

别看元力是几个女性当中年龄最大的，又学过心理学，她反倒是最不淡定的。再怎么说，她也是支队机关的干部，便寻了各种理由到鱼鸟河中队，赶上武鸣忙工作，她就没话找话，跟魏东丽聊天，有时还会跑去跟其他人侃大山。

元力以前在中队待过一些时日，跟多数人都熟悉，大家也喜欢把心里话跟她说。她最喜欢跟苏平安聊天，因为曹小菡这层关系，她把苏平安当成了弟弟，跟他更是无话不谈。

她偷偷告诉苏平安，说咱们几个人都快要修成正果了，就剩魏东丽还是孤家寡人，自己正想法帮他跟女朋友联系，但目前看困难很大，你可得保密。

在基层中队，有些事情特别是找对象、谈恋爱之类的事儿根本算不上什么秘密，相反他们会将其当作可以共享的喜悦。所以，苏平安压根没把元力的话当成一回事儿，而是到处“一般人不告诉他”，说指导员的对象也原谅他了。

魏东丽听说后几乎没有什么反应，他把所有精力用在了撰写《消防员思想政治教育笔记》上。

唯有大老柳还在住院。

马小刚专程去探望大老柳，支队长干得时间长了，他对手下的人基本能掌握个大概，特别是两头两尾的，要么是特别优秀，要么是调皮捣蛋的，马小刚更是印象深刻。大老柳属于前者，是他亲自安排的中队长助理。

马成功还在医院陪护，见到马小刚就目光飘忽不定，如果按照网上说的那样，这个人是自己的亲生父亲，那幼时街坊邻居说的那些都是真的了。

马小刚独自跟大老柳聊了半上午，出了病房再碰见马成功时，两个人相视无语，尴尬地站在那里。

时间就那么静静地溜走，直到有护士过来查房，马小刚才拍了拍马成功的肩膀，说好好工作，别为一些事儿分心。

马成功稍有迟疑，还是立正站好，说：是，支队长！

还是喊我叔叔吧，过几天我再来看柳海洋同志。马小刚摸了摸他的脑袋，没等答复，转身走了。

这天夜里，马成功又做噩梦了。梦中，有两个男人在拽他的胳膊，一个还是面目模糊，另一张脸孔时而清晰时而模糊，有点像马小刚，不那么真切。但有一点可以确定，他全身有撕裂般的疼痛。

醒来之后，马成功决定回队，因为马小刚摸自己脑袋的动作太过亲昵，还有，母亲也在医院，难免会跟马小刚打照面。

他并不知道兰红英已经离开了医院，他打内心里还是希望“私生子”的说法是空穴来风。

168

兰红英考虑再三，决定把个人的情况告诉老太太，一来给人家交个实底，二来有些话憋在心里总不是那么回事儿。举个最简单的例子，关于丈夫的事情，从马成功一出生到长成大小伙子，儿子年龄有多大，这个事儿就藏了多少年。可她现在急于说出来。

一个人独处的时候，兰红英按照自己的思路，前前后后把某些经历梳理过好多遍，最终都是一个结果，只能让自己更加烦躁。

她无处诉说，得有多少年了，自己跟父母早就断绝了关系，公公婆婆也没给过笑脸，街坊邻居更是把她当成了笑话。

人总会分个三六九等，但不管是哪个层次的，总会有那么一部分人心理是扭曲的。抱着如此心态的人看不惯别人好，哪怕对方跟自己毫无关系，也会为对方碰上了倒霉事儿而兴奋。

马家庄的人虽说淳朴，但在有些事情上过犹不及。他们在算计这么个美人坯子为什么会嫁到农村，在他们眼里，落地的凤凰不如鸡，兰红英在村子里注定永无翻身之日。

她把所有的希望都寄托在儿子身上，才狠下心来把马成功送到消防。消防是什么地方？是要跟各种灾难打交道的，从儿子到林河的那天起，她没有一天不揪心。

毫不夸张地说，在老家的时候，兰红英每天都会关注儿子所在城市的天气情况，降温了，她会提醒马成功多穿衣服；天热了，她又怕孩子中暑。这就是儿行千里母担忧。

谁会把自己的亲骨肉往火坑里推呢？老太太听罢唏嘘不已，但她认为这都是正常现象，只是怪兰红英不应该把丈夫的事情瞒到现在。

老太太说，闺女，你犯的最大错误就是，该让儿子早点知情，既然盼着孩子早日成熟，就得相信他有足够的能力承受这一切。

老太太让她把马成功喊过来，想亲自谈谈，兰红英最终还是拒绝了，她想那些事情最好还是从自己嘴里说出来。

老太太显然把兰红英当成了亲人，一旦打开话匣子就止不住了。她讲了自己的经历，从年轻时一直讲到现在。

兰红英归纳了一下，老太太也是个不容易的女人，她是个科技人才，早期干过领导，因为超生受到处理，丈夫也跟她离婚了。后来，老太太又嫁过两个人，都没有真感情，也就不了了之。老太太就专心搞科研，有不少科研项目受到国家表彰，最近几年被选为人大代表，开始参政议政。

就凭老太太是知识分子这一条，兰红英就心甘情愿地为对方做保姆，她知道自己有几斤几两。

老太太似乎看透了兰红英的心思，对她说，往后咱天天在一起，你给我讲讲你儿子的事儿，如今不是战争年代，消防最危险也最不容易，看看他们有什么诉求，说不定我能形成议案，帮帮他们。

兰红英含笑答应了。

老太太的家装修得极为古朴，面积不大，却并不压抑，很容易让人静心凝神。

从医院回家的第一天，老太太就要去找自己的小宝贝，兰红英愣了一会儿才明白，老太太嘴里的宝贝是阳台上的那些植物。

她看了一眼就想笑，因为花盆里只栽了两种，还都只是绿叶。一种是兰草，一种是向日葵。让兰红英迷瞪的是后者，都这个季节了，在家中种上向日葵，显然不是为了获取它们的果实。

老太太一边浇水，一边顽皮地朝兰红英眨眼睛，说：向日葵的生命力很强，耐盐、抗旱，而且不怕涝，几乎在任何地方都能活下去，开了花儿就会坚持原则，始终朝向自己的目标。花花草草也跟人一样，有自己的性格，我喜欢这种性格。

至于兰草自不必多说了。兰红英感到老太太的说法很有趣，细想起来，花草的确是有性格的。她想象向日葵已经开花，虽然囿于封闭的阳台，但盛开的花朵还是像扬起的笑脸，向着太阳歌唱。

她似乎看到了那黄澄澄、金灿灿的花瓣，只是她忽然觉得盆里的向日葵很可怜，比方说，到了夜里，它很可能受到灯光的干扰，心里一定会闷闷不乐。海防林里的那些花草树木全都挤进了兰红英的脑海里。

是的，每一种植物都有自己的语言，它们用自己的方式倾诉心声。它们跟人一样有脾气、有性格，也正是因为彼此之间的不同，它们才会窃窃私语，甚至破口大骂。兰红英隐约感到海防林里的那些家伙正在咒骂自己，嗓门或高或低，虽然有些嘈杂，却都在怪她是胆小鬼，都在怪她不能坦然面对自己的儿子。

从那些杂乱无章的叫声里，她听到的是无尽的惆怅和伤感。锣鼓家伙已经在兰红英的心里响起来了，她忍不住捏起兰花指，一亮嗓就把老太太镇住了。

老太太听得如痴如醉，兰红英也进入忘我状态。一曲唱罢，老太太才意犹未尽地鼓掌，说戏曲是老祖宗留下的好东西，这些年总在呼吁怎么传承传统文化，我得把这个列入议案。

兰红英有些不好意思地接过喷壶，带着哀求的语气对老太太说：我不懂那些议案什么的，只是从电视上看过，还是为消防做点事情吧。

老太太爽快地答应了，她接着动手从网上查找资料，开始研究消防工作。兰红英也力所能及地帮她做点事情。

忙碌永远是个杀手，时间会被它吓得仓皇而逃。这一点，兰红英深有体会。这样也好，没空去惦记儿子，让她少去很多烦恼。只不过，老太太时常谈论与生命有关的话题，叫她不得不去触碰内心深处的伤口，并因此而沮丧。

老太太让她去找马成功，希望她能从儿子嘴里讨来消防员的心声。她无法拒绝，只好再次回到医院，想象着如何去面对儿子。

但她在大老柳病房外等了一天，终究没有看到朝思暮想的身影。

169

兰红英满以为儿子还在医院照顾大老柳，她无论如何也想不到，马成功早已回到了中队。说到底，马成功是在逃避。

就像马小刚来的那天，他便是刻意回避的。

当时，马成功悄悄起身，轻手轻脚地离开病房。他刚出门，还没来得及把门关严实，马小刚的声音就从门缝里传出来。

马小刚让他在门外等一会儿，有事儿要交代。他只能在那里胡思乱想，琢磨马小刚会跟他说些什么。

即便马成功的好奇心再重，他也不会趴在门后偷听，有过比武作弊的前车之鉴，他无颜再搞那些名堂。所有的情况都是大老柳讲给他听的。

大老柳说，马小刚让他安心养病，早点恢复身体，回到战斗岗位上，还说他在这次救灾中表现突出，打算给中队打招呼，为他请功。

马成功说，这是喜事儿。

大老柳摇了摇头表示否定，搞得马成功挺尴尬。大老柳笑了，说支队长那会儿跟你的表情差不多，也有些尴尬。

马成功保持了沉默，他不想把自己跟马小刚扯到一起。大老柳却自顾自地在那里说个没完——

支队长从包里掏出了现金，递给我，让我先拿着，说是早就知道了我的情况，儿子状态不是很好。还说等忙过这几天，会找人帮忙联系北京的医院，那时候我也康复了，带孩子去看病，费用不必操心。

我也没数有多少钱，全都还给了支队长，我说谢谢啦，谢谢组织上对我的关心……

支队长纠正我说，给钱是他的个人行为，就凭我在消防奉献这么多年，但凡他有一点能力，就该帮我，这都是人之常情。

我把我的想法告诉他了，即使康复了，身体状况也很难适应训练执勤的需要，我不想成为累赘，打算离开消防。还有，如果这次救灾要总结表彰，不用给我任何奖励，真要授功，我推荐你和吕建业，你俩都是好苗子。

马成功本想问他舍得离开消防吗，但最终还是叹了口气。马成功希望他能自己改变主意。

在马成功眼里，论能力，大老柳不亚于一般的基层干部，可惜兵头将尾的角色限制了他的发展。

大老柳的个人计划干扰了马成功的情绪，他越发感到自己一无是处。不得不承认，那场噩梦，以及他离开医院，都跟大老柳的态度有很大关系。

人人都渴望立功受奖，可马成功自然不肯接受大老柳让出的功劳。他希望大老柳能在消防一直干下去，否则自己会变成罪人。

傍晚时分，毫不知情的兰红英终于鼓足勇气，走进了大老柳的病房。她随手把卫生收拾利索，才做了自我介绍。

大老柳说，阿姨，很不凑巧，马成功归队了，我现在能照顾自己了，队上勤务紧张。

兰红英虽然心里失落，嘴上还是说没事儿。

大老柳打开了话匣子，告诉她说，马成功现在很上进，还说了可能会立功，估计有资格代表支队去省里参加比武。这些消息让她感到欣慰。

她想这样也好，可以让儿子安心工作。卸掉了心头的负担，兰红英便按照老太太的要求，打听消防的事儿。

她本来就毫无准备，问的问题也是东一榔头西一棒子。兰红英是马成功的母亲，加上大老柳在病房里闷得慌，就把自己所了解的消防事无巨细地告诉了她。

及至问到个人的家庭情况，大老柳也敞开了心扉。这与他的心境有关。关于儿子的病情，长久以来，他只能憋在个人的心里。在战友面前，他得装得很强大，否则没法带队伍；在父母面前，他依然得把苦水咽进肚子里，养育之恩尚不能报答，根本不忍心再让老人操心。

最让大老柳耿耿于怀的是妻子。他把兰红英当作了倾诉对象，说我柳海洋这辈子亏欠很多人的，最对不住的就是车小米，她一个人照顾老人，照看病恹恹的儿子，换作任何人早就趴下了……

一直等他说完，兰红英才开口，她也没想到自己口才还不错。真是应了那句老话，幸福的家庭千篇一律，不幸的家庭各有各的不幸，想想面前这位年轻人的苦处，她就联想到自己的悲惨命运。

聊到最后，兰红英已经是泪水涟涟了，她跟大老柳一样，咬紧牙关不肯在别人面前示弱，可最终还是没能忍住。她忘了怎么告的别，也忘了如何出的病房，只知道恍惚着进了电梯。

电梯速度快，倏地到了一楼，这让兰红英感觉头晕，还有点恶心。在经过急诊中心的时候，她还心有余悸，特意扭头向里面看了一眼。这一看不要紧，她看到一个女人正要给医生下跪。

这次是位女医生，女医生费了很大的力气，才把那个女人搀扶起来，然后喘着粗气劝道：大姐，别急，医院也有规定。这样，我给先给您垫上，安排手术，您抓紧筹钱去。

兰红英没敲门就进门了，搂住女人的肩膀就问：我还有点儿，需要多少？

女医生说出个数字，把她吓了一跳。兰红英头脑还是清醒的，急火火地让医生去治病，说自己会想办法。

女医生问：老人家，您是患者的什么人？

兰红英说，姑奶奶，快去救人吧，就是大街上碰到了，我也不能见死不救啊。

女人闻声，掏出个人的身份证，给兰红英连连鞠躬：您放心，我男人就在市区的消防队工作，我让他想办法。说到这里，女人仰头哭诉：柳海洋啊柳海洋，你怎么就把电话关机了呢？老天爷啊，快饶过壮壮吧，我上辈子作了孽，您可以惩罚我，把我车小米带走也行啊……

兰红英忽然明白了，这个女人竟然是大老柳的爱人，听这情况，是他们生病的儿子碰上了麻烦。这可怎么办？在林河她人生地不熟，为了筹措这笔救命款，兰红英万般无奈，终究是拨通了马小刚的手机号码。

170

兰红英忽然想起来，大老柳就在楼上。她提醒自己千万别慌，要沉住气、稳住神儿。

她转念一想，今晚恐怕是要待在医院了。她当即给老太太去了电话，说明了情况；又跟那位帮过她的护士长联系，让人家赶来帮忙。

她合计了，车小米情绪容易激动，让年轻的护士长照看；她去把大老柳喊下来，男人承受能力强，不至于做出过激行为。

护士长很快赶到。兰红英选择了走楼梯，她还是不习惯电梯忽上忽下的感觉。她只想加快速度，几乎是手脚并用地爬到了大老柳所在的楼层。

她气喘吁吁地赶到病房前，既想让大老柳知道儿子送进了急诊，又不忍心看到对方悲伤过度的样子。她急得在门口团团转。足足过了五分钟，她才连续做了几次深呼吸，敲门进屋。

她想了好几种开口的方式，进门之后全都忘得一干二净。大老柳坐起来打招呼，兰红英没回应。

她像是做错了事儿一般，轻手轻脚地走到床前，从床头橱旁边拿起两根拐杖，递给大老柳：跟我下楼。

大老柳恢复得不错，下地之后没接双拐，单腿蹦跶到窗前，打开窗户，还做了几个扩胸运动，说：阿姨，您早点回去，大晚上的，我开窗透气儿就成。如果憋得难受了，我就在床上做仰卧起坐……

兰红英追到窗前，再次把双拐递上：听阿姨的话，跟我下楼。

看兰红英紧绷着脸，大老柳犹疑地接过拐杖，拄在两个腋窝之下。他显然还不适应用拐杖，使的全是蛮劲儿，逗得走廊上的人掩面而笑。兰红英恶狠狠地瞪着那些看热闹的人。

大老柳行动不便，这次必须乘电梯。出了电梯门，兰红英小心翼翼地告诉他，壮壮正在急救中心抢救。

大老柳愣怔了一下，甩掉拐杖，朝前就跑，他“扑通”一声摔到地上，挣扎了几次也没爬起来。

他用双手撕扯头发，使尽浑身的力气坐起来。好不容易坐稳了，他又攥紧拳头，“咚咚”地朝地上捣。地上已经有了血迹，大老柳也因重心不稳再次摔倒。他索性把额头“咣咣”地磕向地面，看得兰红英胆战心惊，心头也跟着滴血。

接到兰红英的电话，马小刚带领谭杰，紧赶慢赶到了医院。他一瞅这个场面，上去就抱住大老柳。他自己也坐在地上，紧紧搂住大老柳，直到大老柳安分下来，他才吩咐谭杰，让谭杰来接替自己。

他从地上爬起来，先是朝兰红英点点头，紧接着就急匆匆地走了。没多会儿，马小刚领来了一个人。兰红英对这个人印象深刻，是大老柳受伤时训斥大夫的那个副院长，这张面孔她此生难忘。

副院长进了急救中心，过了好一会儿才出来，他遗憾地向马小刚摇摇头。候在一旁的车小米实在忍不住了，“哇”的一声哭了：我该死，没看好壮壮，掉进了枯井。

仍然坐在地上的谭杰问：你怎么不打119呢？

车小米失魂落魄，一句话也说不出来。过了好一阵子，她才扑向大老柳，语无伦次地说：别怪我，好吗？我知道你们都在忙，你为了集训手机都关了，我不忍心再给你们添乱。

马小刚回头瞪了谭杰一眼：妈个X的，搞这些马后炮有用吗？

一旦带了脏字，就代表马小刚的忍耐程度达到了极点。他又转头问副院长：说，还有什么招儿？我命令你，想办法救孩子，否则，我明天就把医院查封了。

谁都知道这是气头上的话，当不了真，但还是得照顾马小刚的情绪。稍过片刻，副院长一拍脑门，说：咱这里设备不行，医生的水平也欠火候，如果救护车开到省城……

马小刚急了：你他妈的啰唆什么？

副院长赔着笑脸说，把省里的专家和设备空运过来……

马小刚接着就掏出手机，分别给总队长和政法委书记打电话，他几乎是用最快的语速求援，请求省、市两级启动应急预案，从航空公司调度直升机。

估计是政法委书记说没有先例，而且提到了成本问题，马小刚腔调都变了，说这是消防员的孩子，也是咱的孩子，人命无价，就算我求你了，实在不行就把起飞成本算在我头上，卖房子、卖血我都认了。

这是一次很特殊的救援，遗憾的是，专家和设备抵达医院的时候，孩子已经失去了生命体征。

马小刚一把揪住副院长，骂副院长见死不救，枉为白衣天使。如果不是随后赶到现场的政法委书记拉着，拳头早就落到副院长头上了。

马小刚懊恼无比，他无数次从心里责骂自己，为什么不早点联系北京的专家，把大老柳的孩子送去就诊呢？难道非要等大老柳出院吗？

当天夜里，大老柳就办理了出院手续，带着车小米和儿子冰凉的躯体回家。鱼鸟河中队的兄弟们一个没来。他们当中的主力在沙方健的率领下，正在省城参加全省的比武。

谭杰主动请求，把大老柳一家三口送回乡下。一路上，大老柳都沉闷不语，只是眼珠子偶尔还动，才让人相信他还活着。

在谭杰眼里，车小米是个令人敬佩的女人，在医院哭晕过几次之后，她已经恢复了常态。如果不是亲眼所见，谭杰很难相信，车小米刚刚失去了爱子，更难以想象对方平和的表情下掩藏了多大的痛苦。

是啊，亲骨肉阴阳两隔，这种悲痛常人无法体会。作为大老柳的战友，才大半宿的时间，谭杰身上就有了反应。他牙龈发炎，喘口气牙花子都疼得要命。

他不忍心再看大老柳两口子，强作的坚强背后是无尽的伤痛。谭杰把脸扭向车窗外。车子开得不紧不慢，路边的树木齐刷刷地后退，紧接着就有新的树木映入眼帘，很像是火场上前赴后继的消防员。只是，在月光的笼罩下，一切都变得惨白。

第三十五章　热闹开场

171

功夫不负有人，鱼鸟河中队在全省比武中取得了好名次，在单项科目中，吕建业拿回个冠军，马成功得了个第三名。

两人从省城载誉而归，归队后第一时间请假去医院。他们要把奖杯捧给大老柳，要把喜讯告诉大老柳。

武鸣没给他们准假，转身去训练场组织训练去了，口令下得带了几分狠劲儿，搞得两人心里很不是滋味，给中队争得了荣誉，反倒遭遇了冷脸。他们又去找魏东丽，魏东丽也是神色严肃，没有批假。

好不容易等到训练结束，他俩才从苏平安那里探听到消息，说是大老柳已经出院，回老家了，估计以后不会再回来了。马成功心急，接着就朝训练塔跑去。

他疯了似的跑到训练塔的楼顶，想哭却没有眼泪。马成功俯视整个营区，营房依旧错落有致，却跟自己的心一样空落落的。

他用手机拍下营区的全景，用微信发给大老柳，又附了条语音，说没有大老柳，整座营盘都空了。

大老柳回复：滚蛋，毛病，又拽那些酸词儿，兔崽子，记住喽，替我，还有好多离职的消防员，守好咱们的营盘！看着硕大的感叹号，马成功不知道该如何回复。

起风了。已经十二月份了，风已经变得粗暴而生硬，刀片一样削在脸上。

随后赶来的吕建业刚把壮壮的死讯说完，马成功的泪就流下来了。他本来想说是风迷了眼，话到嘴边，说的却是不该给大老柳的手机关机。

吕建业更是无法原谅自己，他自言自语：早点把深井救援器造出来，第一批肯定会装备到咱林河消防，那就不会发生这个惨剧了。

他俩都觉得壮壮是被自己害死的。这是十分怪异的事情，这个念头一旦在脑海里产生，就很难再剔除。

他们终于鼓足勇气，去乡下看望大老柳。他们去的那天正赶上壮壮过“头七”，在很多地方，不会给夭折的孩子办丧事儿，但大老柳坚持要送儿子一程。

去的时候刚过晌午，吕建业和马成功在村口等了好久才进村，他们不想赶在饭点儿到大老柳家，说怕添乱是假的，没脸面吃饭倒是真的。

整整一下午，大老柳没理会任何人，让两个人坐立不安。直到夕阳西下，大老柳也没吭声，没办法，吕建业只好给队上续假，请求拖延几个小时。他又电话通知父亲开车来接自己，为的是让吕程看看大老柳死去的孩子，他觉得父亲也是有责任的，如果早点资助大老柳，也不会落得如此下场。

夜半时分，大老柳才一瘸一拐地走出家门。他仍旧一言不发，只是扔掉拐杖，有些吃力地蹲下，跪在院子中央烧纸。

吕建业和马成功一左一右跟在身后。

马成功发现，院子里有一盏昏黄的灯，正孤零零地在大老柳的头顶眨着眼，圆锥体的光圈拉长了大老柳的身影，在月光下显得很不真实。

吕建业却看到，正在燃烧的黄纸映红了大老柳的脸，风吹过来，纸灰飞舞，迷了大老柳的眼。眼泪再也止不住了，大老柳眯缝着眼，用牙紧紧地咬着下嘴唇，脸上的肌肉变得僵硬了。

生活还得继续。这期间，中队终于迎来了喜事儿。

苏平安向曹小菡求婚成功，急挠挠地想操办婚事。队上的消防员都给他们出主意，还制定了详细的攻略。最终，苏平安还是选择了在队上办婚礼。

他嘴上说是怕干得不好被消防给开了，实际上是想给自己的人生留下浓墨重彩的一笔。想想都觉得神清气爽，一身崭新的“火焰蓝”，连车牌都是新挂的，全都带着喜庆。

苏平安这会儿正站在一号车前，拥着曹小菡在拍婚纱照。曹小菡已经装上了假肢，只要不仔细观察，很难发现她与常人的差别。她在镜头前露出了迷人的笑容，摄影师一分神，险些为此摔个跟头。

哦，忘了说了，摄影师是魏东丽帮忙请的。那人原本是摄影记者，无奈传统纸媒正走下坡路，人家头脑活络，有些魄力，辞职开了家影楼。别人都不看好，觉得市场已经饱和，可他却站住了脚，而且还连着开了三家连锁店，据说正在筹建第四家，跟总店凑成“五朵金花”。

有点跑题儿了。魏东丽的这位同学全部免单，反倒让苏平安有些难为情，站在镜头前，手脚都放不到合适的地方，脸上的肌肉也是僵硬的。

当然，苏平安还是怀旧的，他专门换上旧制服，拍了几张。最让他难堪的是，摄影师让他拥吻曹小菡，兄弟们也不知道从哪儿全都冒了出来，大呼小叫地起哄，把他紧张得一脑门子汗，脸上的妆都花了。

他随手一抹，更是成了大花脸，让大家捧腹大笑，也算是逗了乐儿，冲淡了大老柳儿子夭折给中队带来的多日沉闷。

婚礼设在鱼鸟河中队。魏东丽电话请示临时主持政治处工作的吴华，吴华说这是喜事儿，最好让支队长或者政委能够参加。这个建议没在预想范围之内，也就让他走神儿了，等挂断电话，他才想起来，没请示婚宴的问题。

按武鸣的意思是，既然要搞就搞个消防特色的婚礼。魏东丽提出婚宴怎么办，他想得仔细，如果从外面酒店订餐，发生食物中毒的概率虽然不大，但却存有风险；倘若由中队食堂来做，经费不好解决，舅舅黄连海用自己的教训提醒他，公是公，私是私，永远得分得一清二楚。

为此，他俩争吵起来，武鸣觉得魏东丽过于教条主义，就当成一次会餐又能如何?

吕建业听说后，大包大揽，说所有费用由自己出。但马成功认为不妥，容易给苏平安带来心理压力，最好是AA制。别说，两人如今是穿一条裤子的好兄弟，很快达成共识，队上的人也都一呼百应。

婚礼如期而至，营区装扮得喜气洋洋。

172

苏平安的婚礼，除了大老柳，鱼鸟河中队的人员都凑齐了。就连支队领导也来捧场了。马小刚来了，元威来了，沙方健、吴华和谭杰都来了。还有几位特殊的客人，有兰红英、米琳，还有魏东丽的女朋友小孟。

一直在队上保持低调的三班长老郭，兴冲冲地去找来红纸，亲手制作了个座签，搁在餐桌上，然后把兰红英等人请到这张桌子前。米琳定睛一看，上面写着“消防指战员家属”，她倒是没觉得什么，小孟倒是脸红了。

米琳觉得她实在太可爱，就悄悄对她说，咱俩是来当伴娘的，别管他们怎么想。说完，她便把眼睛瞄向不远处的另一张餐桌，那边坐着伴郎马成功和魏东丽，正好跟她俩配对。

魏东丽的女朋友点头应承，可还是觉得不自在，毕竟与魏东丽久未联系，贸然出现在队上，等于自己主动给对方个台阶下，她担心魏东丽过于愚钝，不领这个情。

吉时到，婚礼主持元力宣布开始，悦耳的旋律刚响起，就被警铃打破了。中队通信室通过广播下达指令：郊区一个养猪场发生爆炸。

众人跟着就起身朝车库跑去，苏平安一愣，也跑到了队伍当中，这类勤务特勤中队、鱼鸟河中队责无旁贷。在场的支队领导都跟着走了，在林河消防有个不成文的规定，爆炸无大小，只要一发生，相关领导就必须第一时间赶赴现场。

婚礼不能终止，元力为曹小菡主持了一个没有新郎的婚礼。一切都突如其来，曹小菡恍然如梦，等她意识到一对新人只剩下自己时，终于忍不住扭过头去抽泣起来。

元力只好搂住她，安慰她说：不会发生意外的，爆炸是化学反应，能量聚集到极限，突然释放之后，通常不会发生二次爆炸。

绝对不会有人想到，养猪场只是个幌子，里面隐藏的是一个小规模的化工厂。要命的是，爆炸之后，小厂子的管理人员全都逃了，对爆炸物质一无所知。

马小刚把小厂主人的祖宗十八代都骂遍了，为了挣钱什么心思都用尽了。可再骂也解决不了实际问题，工人还被困在里面，正在哭爹喊娘呢。他安排所有人换上防护服，以防有毒物质给队员造成次生伤害。

沙方健请求亲自带队进入爆炸核心区，马小刚点头同意。在处置爆炸事故上，沙方健经验丰富，但在紧跟其后的队员里，他看到了马成功的身影。他本来想说，爆炸面积不大，不用进那么多人，用这个理由拦住马成功。可话到嘴边，他改成了让沙方健确保队员的安全。

只是一眨眼的工夫，二次爆炸发生了，虽然规模极小，却把马成功等人被埋到了废墟里。马小刚眼睁睁地看到了这一幕，却无能为力。

在场的所有人都向后闪了闪身子，跟着就扑了过去，根本用不着生命探测仪，战友就在废墟里。很快，被埋压的队员就被救了出来，唯独找不到马成功。

马小刚犹如困兽，冲着沙方健猛踹一脚，他已经急火攻心，嗓子里发不出声音了。直到兰红英赶来，他还是无法说话，只能一脸苦笑。

总算是把马成功找到了，队员们把他抬到救护车上，在场的医护人员一试呼吸，相互间对视，露出无可奈何的表情。马小刚疯了一般冲上前，把众人拽开，自己亲自上前，双掌摁住马成功的胸口，他要为马成功做人工呼吸。

人被送到医院之后，医生说没救了，家属进去看看吧。事已至此，兰红英反倒打起了精神。

她跪在马成功身旁，嘴里念念有词：儿啊，你太狠心，把妈一个人撇下来，都怪妈命太硬。嘘，你不许顶嘴，你别说话，听妈妈说。成功，妈不怨你，你做得对，妈知道你也想活，不想离开我还有你的战友。可这是你的使命，你不得不，不得不啊。孩子，在关键时刻就应该这样，你放心走吧，妈会好好活，再难的日子，妈都会替你好好活下去。马家庄不会忘记你，林河不会忘记你，所有人都不会忘记你。妈希望你在另一个世界里，依然活泼开朗、阳光帅气，在那边啊，最好是无忧无虑。假若有来生，妈多么希望、多么希望你还是我的儿子，到时候，咱娘儿俩把小日子过得更红火。儿子，走吧，儿子，你走吧，别回头，别惦记妈……

这或许是世上令人难以置信的奇迹，或许有人会说这情节太离谱，可事实容不得假设，只要存在就永远无法改变。马成功活过来了。

悲喜交加的兰红英晕过去了，马小刚竟然能说出话了，他说的第一句话就是冲着马成功说的：臭小子，算你有良心。

马成功还在迷糊着，马小刚已经冲医护人员发脾气去了。他也不再隐瞒什么，当着众人的面骂娘，说在场的医生缺了八辈子的德，差点害死了自己的侄子。

进入十二月中旬，鱼鸟河中队又进了一批新人，其中有个大家熟悉的面孔。

小虎早就关注了林河消防的微信公众号，他看到面向社会招录消防员的信息后，跟爷爷商量之后就去报名了。他为了让自己顺利过关，还跑去把文身给洗了，用他的话说，贼拉拉地疼。

不知有意还是无意，大伙再次见到他时，他说话带着东北口音。据苏平安分析，小虎是外强中干，觉得东北人脾气虎，故意带着东北腔给自己壮胆。

当然，苏平安还是老套路，用的是"一般人不告诉他"口头禅。气得吕建业数落他，连"外强中干"这样的词儿都整出来了，就不能换点新鲜玩意儿？

咱中队补充了新鲜血液，又是消防改制后招收的第一批消防员，你就瞎等着受折磨吧。苏平安没有正面回答。

真被他说准了，新入职的这批消防员确实叫人不省心。

173

这批新人中，除了小虎之外，还有个小杨，蔫了吧唧的，没事儿就卖萌，还自称是吉祥物，就怕跟小虎凑在一起是羊入虎口。

别说，只要小杨跟着出警，都没什么大事儿，好像他真有特异功能似的。另外，他确实有先见之明，小虎始终跟他不对付。这话也确实值得商榷，因为小虎跟谁都不对付，尤其是跟吕建业。

还有一点很有意思，小虎跟当初的吕建业一样，就喜欢抢占一号车。还特别自负地宣称，将来一班班长的位置就是给他预留的。

吕建业是他们的班长，几个回合下来，就有些招架不住。问题在于，有的事儿他根本没法搁到桌面上说。

讲这个细节还真是有点难以启齿。

进入热恋之后，吕建业时常梦见江鑫蕊，有时深夜会在梦中激动地醒来。每逢此时，他会偷偷跑到储藏室找来内衣换上，又趁着黑夜把该洗的洗了。请原谅这种晦涩的表达方式，依吕建业的脾气性格，别看他有平时口无遮拦，如果别人真把这类事情兜开了，他会跟人拼命。

可小虎则不然，他会在第二天起床时闹得人皆尽知。是的，他会当众脱下内裤，指着上面留下的斑痕炫耀，说昨晚上爽，又梦见了某某女明星。有时还要去扯小杨的裤子，要检验一下小杨有没有想美事儿，还要跟人家比战斗力。

这种事儿也能在大庭广众之下说出口吗？吕建业把他单独叫出去问。

小虎不屑一顾，用并不地道的东北腔反问：干哈呀，哪旮旯的规章制度规定不允许梦遗？

还没等吕建业吱声，他又说，我又不是出家当和尚，我是个有血有肉、有情感有欲望的大活人，你要整这事儿，干脆把拉屎放屁一块儿整了吧。

吕建业说，不管怎么样，嘴上得有个把门儿的……

小虎跟着说，咱得辩证得来看这个问题，如果让我受到压抑，哪天犯了错误怎么办？

吕建业说行，这还玩儿起了哲学。

小虎说，没那么玄乎，咱俩有代沟，该干哈干哈去，你是永远整不明白“00”后的。

吕建业用了个特别损的招儿，小虎既然不服管教，就让全班人员一起练体能。眼瞅着又要到冬天了，冬季体能训练也说得过去。这招的高明之处在于，有人会替他收拾小虎。

没几天，小虎就明白了里边的猫腻。他私下里跟别人说，吕建业这个人不地道，公报私仇。他还信誓旦旦地夸下海口，只需两个月，就能在训练上把吕建业干下去。

吕建业倒是没生气，说这小子有点意思，小爷喜欢。

苏平安说，你咋才看出来呢？当初在救灾现场，这小子就很有个性。不过啊，我看他跟你去年一个德行，该不会是你失散多年的、异父异母的亲兄弟吧。

玩笑归玩笑，吕建业必须得上心，因为此时的鱼鸟河中队正是青黄不接的时候。他多么希望马成功能够早点归队，大老柳也能重回消防啊。他还准备在马成功回来后，把马成功当作成功逆袭的典范，讲给新消防员听呢。

12月29日下午，马成功出院。

在出院之前，兰红英要给他讲父亲的故事，被他一口回绝。母亲问他为什么，他并未回答，但他心里想的是，有的窗户纸永远别去捅破，维持现状未必是件坏事儿。没办法，他还是怕去触碰某些内心的隐秘，万一真的被人说中了，母亲会因为历史原因再次受到伤害；倘若“私生子”一说子虚乌有，那也同样会伤害到母亲，有关父亲的事情如果能说早就说了，何必等到现在呢。

马小刚专程到医院接他。马小刚还给他带来两个好消息，一个是中国消防救援学院正式成立了，这意味着他可以继续复习考学；另外一个是，支队党委已经研究通过，给他个人授予二等功。

可马成功跟听天书一样，仿佛所说的事情跟自己毫无关系。

马小刚知道他的心结没打开，就解释说，我是你叔，有的事情，我必须让你知道……

兰红英就在这个时候发话了，说打住，孩子他不想听。

马成功就这么跟自己拧巴着，还好，归队后的热闹劲儿，让他很快又恢复了常态。他还通过微信约米琳，让米琳有空来队上转转。

他现在特别想去中队对面的鱼鸟河去看看，虽然受季节的影响，滨河公园的草木黯淡许多，但有米琳的陪伴，万事万物都会变得有色彩、有生机。

马成功身体恢复得不错，但腿脚还有那么点儿不利索，他计划每天都在午饭过后下楼，然后绕着训练场走几圈，最后在训练塔停下脚步，然后仰头望向楼顶。把那里当作终点，是因为他渴望早日出山，再找回受伤前的雄风。

第二天，他按照自己的计划锻炼，刚走了两圈，他就看到小虎在跟一个老消防员打赌。打一回到中队，苏平安就把队上的新闻给他说了一遍，小虎是重点描述的对象，只是他不知道，原本痛恨消防的人怎么就进了消防呢。

他们比试的项目是挂钩梯上楼，在消防是稀松平常的科目。可是，那位老消防员从起步就慢了半拍，马成功在场外看得明白，是梯子一头接触地面时打了个滑。

他走到跟前，发现老消防员梯子着地这边被洒了水。正琢磨着，头顶传来小虎的声音。

小虎难掩兴奋：咋样？这家伙，老同志抵不上新人吧，两支糖葫芦你是输定了。

老消防员输得莫名其妙，气恼地说，吃吧，也不怕撑死你。

小虎很得意地说，酸的是我，咋觉得你的牙倒了呢？

马成功想起自已作弊的那一次，就冲着楼顶喊：你俩下来。

小虎不肯下楼，张嘴就取笑马成功：不下去，你又不是我班长，有本事来跟我PK。

行。马成功咬了咬牙，应了。

他心想，这家伙简直就是吕建业的翻版。

174

元旦这天，支队组织表彰大会。跟以往不同，会场设在支队队史馆。

会前，消息就传到了鱼鸟中队，大家都知道了马成功要荣立二等功。小虎很不服气，心想凭什么啊，就凭耽误我把爷爷的家底儿抢出来？

虽然他受到消防感动，加入到这个队伍里，但他对有的事情还是转不过弯儿来。

就在他们出发之前，下了场小雨，天气降温，有些阴冷。车子开到支队机关大院之后，小虎率先跳下车。

为了避寒，他缩着脖颈，眼珠子却滴溜溜乱转，还不断跟身边的小杨叽叽喳喳。他们是第一次进这个院子，对一切都充满好奇。

进了支队队史馆，小杨不再言语，看着那些巨幅的照片和文字说明，所有人都放轻了脚步。

原定9点钟的会议推迟了，过了半个小时，马小刚才通知开会。他是会议主持人，在宣布开会的时候，他还是向门外瞅了一眼，小虎也跟着扭头，好奇支队长在等谁。

按照惯例，第一项是宣布表彰命令，最后一项由政委代表支队党委讲话。但马小刚临时改变了会议议程，让元威先讲话，再进行其他项目。

政委的讲话接近尾声，鱼鸟河中队这支队伍出现了一点小骚动，马成功回头一看，是大老柳和妻子车小米来了。

一见到两人身影，他的双目便有些模糊。马成功带头鼓起了掌，掌声先是有点松散，等马小刚、元威等在主席台就座的人站起来鼓掌之后，掌声便热烈起来。

元威临场发挥，说欢迎我们的老同志回家。这一说更是不得了，掌声雷鸣，几乎能把房顶掀起来。

会议进行的第二项才是宣布表彰命令。鱼鸟河中队是集体三等功，大老柳和马成功分别荣立个人二等功。接下来的颁奖环节出人意料，给中队颁奖的是小虎的爷爷，给大老柳颁奖的是妻子车小米，而给马成功颁奖的是他的母亲兰红英。

小虎的爷爷只说了一句话，说共产党的队伍亲啊。

大老柳的事迹早已被众人知晓，还没等车小米开口，就有人暗自垂泪。

所有人都把目光聚集到了兰红英的身上，兰红英清了清嗓子，唱了一首《十送红军》：一送里格红军介支个下了山，秋雨里格绵绵介支个秋风寒……血肉之情怎能忘红军啊，盼望里格早日介支个传捷报……

她的歌喉不减当年，听得人们忘了鼓掌。等兰红英讲到“我把两个最亲的男人送到了消防”时，掌声才响起来。

兰红英不紧不慢地说：我这辈子最愧对的是我儿子，为了不让自己难受，我始终没告诉他亲生父亲是谁。成功这孩子是遗腹子，我男人是在灭火中牺牲的，他撇下了我们娘儿俩，我却不恨他，那是他的职业。现在我把儿子送到消防，都知道这活儿危险，可总得有人干吧，哪个当妈的不心疼孩子？儿子，不是妈狠心，妈是有私心的，妈是希望你能出人头地，当上干部，把你爸的事业传承下去。我不懂大道理，但我看电视新闻，明白一个理儿，新时代得靠你们年轻人去追梦。有人说我家孩子是马小刚的私生子，儿子，抬起头，看看这面英烈墙，你爸他叫马润亭，马小刚只是你爸的战友，你的叔……

马成功抬起头，看到父亲马润亭的遗照，黑白的一寸照片扩大之后确实模糊难辨。但他还是隐约看到了父亲微微翘起的嘴角。他缓缓举起右手，敬礼。

大老柳也举手敬礼，因为他看到儿子壮壮的照片竟然也在英烈墙上。

所有人都在敬礼，但他们的动作并不整齐划一，有的面朝英烈墙，有的面朝兰红英或者车小米。不管是朝谁敬的礼，人们都迟迟不肯将手放下。

会议结束之后，众人出了队史馆，已经雨过天晴。整个营区都一尘不染，连队史馆大门两旁的树木都精神抖擞、干净利索。

在门口，大老柳停下了步子，小心翼翼地挪开脚，盯着不知名的野草发呆。野草顶着水珠，在他眼里，很像壮壮一样伸展着小手，迎着自己的目光，有些调皮地晃了晃身子。

水珠消失的时候，马成功跑步过来了，他朝大老柳打了个敬礼，说回鱼鸟河中队吧，跟兄弟们一起守好营盘。大老柳不声不响地抬起头，把眼神越过兵营的围墙，投向远方。

小虎不知什么时候也跑了过来，立正站好，说：报告，消防员林小虎向您报到！

大老柳归队了。

他到中队部报到，武鸣开玩笑说，你回来是为了赶元旦会餐，为了咱中队的那口土豆炖牛肉。

大老柳还是跟以往一样，一摸脑门，说：还真是咧，土豆炖牛肉，撑死小老头。

这次，魏东丽没讲究食谱，通知炊事班临时加菜。闻声，武鸣和大老柳会心一笑。

至于班里的那些伙计们，早就从苏平安那里得到了消息，虽然他们都还没见到大老柳的面，但土豆炖牛肉这道菜已经证明了一切。

炊事员正忙活着的时候，马小刚和元威这对支队主官双双来到中队。

元威先去了食堂，又去了洗手间，他说一支队伍管理水平怎么样，关键看“进口单位”和“出口单位”的卫生如何。

虽然有这么个说法，还是不太讲究。话音刚落，马小刚又一脸坏笑地说，趁着会餐前的工夫，我给他们拉个小演练，助助兴。

说罢，他拿起电话跟支队指挥中心联系，让指挥中心下达命令，安排鱼鸟河中队处置附近高速路上的一起车祸救援。中队的警铃跟着响了，消防车相继驶出车库，汇入了车流中。

马小刚美滋滋地掐着表，等待最终的“处置时长”，算上堵车时间，他估摸着来回半个小时，可是50分钟之后，执勤车辆才归队。此时，他还不知道路上发生了什么。

事实上，队上的所有人都不知道发生了什么。

175

把时间倒回去。

从接警到消防车开到高速路口总共用了13分钟，按这个速度，在马小刚预期的时间内，出警人员归队没有问题。但高速收费站把车拦下来了，说是消防换了新车牌，过路得收费。

武鸣跟他们争论了几句，讨了个脸红。怕耽误救援，吕建业说可以用手机支付过路费。小虎是个愣头青，非要人家给个说法。

恰在这个时候，兰红英的电话过来了，自从表彰大会后，娘儿俩经常通电话。兰红英听到了吵闹声，问了个大概，就转告了老太太。

老太太气愤地打电话给市委书记，质问这是怎么一回事儿，消防是公益单位，这么胡搞乱搞，还怎么救民于水火。

这还真不是件小事情，市委书记转头就给政法委书记兼公安局局长打电话，让他给应急管理部门道歉。书记也是气急了，新成立的市应急管理局和高速交通方面都归政法委书记分管。

政法委书记想，我也不能自己给自己道歉啊，他直接打电话问马小刚人在哪儿。

马小刚报了位置，说正准备跟基层的消防指战员会餐。

政法委书记说，你等着，我过去蹭饭。

政法委书记参加，会餐的规格上去了，马小刚开玩笑说，市领导的到来，让鱼鸟河中队蓬荜生辉。

政法委书记也没客气，说：蓬什么荜，生什么辉，我这刚分管应急就碰了一鼻子灰，我得给消防道歉，工作落实不到位，把咱消防车拦到了高速路口。这不是件小事儿，充分说明一个问题，消防改革任重道远啊。

这番话讲完，会餐正式开始。可大伙儿刚端起杯中的饮料，警铃就响了。兄弟们闻警出动，跑在最前面的是吕建业，他还是以值一号车为荣。可等他穿完战斗服之后，故意磨蹭了一小会儿，他等大老柳登上了一号车，才笑呵呵地钻进了驾驶室。

差点忘了，这次警铃是黄连海拉响的，他正在鱼鸟河中队通信室值班。

会餐之前，马小刚专门去请他，说这里交给新同志。

黄连海说，我重新应聘了消防文员，我是名副其实的新同志。

马小刚不乐意，说你原先好歹是咱支队的党委常委，那事儿虽然面子上过不去，终归还是要跟大伙碰面的。

黄连海笑了，说我要真想不明白，也不会再回到咱消防。

说着，他从怀里摸出一沓纸，递给马小刚。马小刚一看，扉页上写着“消防员思想政治教育笔记”。在魏东丽的帮助下，黄连海编的这本书已经完稿了。

马小刚握着带有黄连海体温的书稿，给吴华去电话，说我这儿拿到个宝贝，抓紧打个申请经费的报告，趁着我还在职，签字批了，把东西印出来，下发全市，组织全体消防指战员学习。

必须交代一下会餐的情况。

消防员出警之后，政法委书记一直在那候着，看到饭菜凉了，他不无感慨地说，真是心疼这群年轻人，如果是自家的孩子，谁舍得让他们吃凉饭凉菜呢？

谁说不是呢？也只有身处这种环境下，人们才会真真切切地感知到消防的各种不易。

年轻人归队，武鸣组织讲评。依照马小刚的想法，政法委书记最好能给大家伙讲几句话。他正寻思着讲点什么，队伍里出现小小的骚动。

小虎身上有点痒，顺手挠了一下，站在身边的吕建业随手掐了他一把，小声训斥：毛病，滚蛋，皮痒痒了修理你。

武鸣问：谁在说话？

小虎嬉皮笑脸地报告：吕班长说我毛病，让我滚蛋……

政法委书记决定什么都不讲了，他带头笑了起来，众人紧跟着也畅怀大笑。

笑得最厉害的是马小刚。因为压在他身上的担子总算是卸了下来，关于那起KTV亡人火灾事故，支队刚刚收到总队下发的通报，给了他个严重警告的处分。

那是一次违纪行为，原本他以为在消防是干到头了，已经递交了辞职报告。没承想，是这样的结局。他为此感到幸运，受到心情的影响，马小刚目光所及之处，一切都是崭新的。

在他的视野之内，的确有两张崭新的面孔——江鑫蕊和她的教授。在教授的帮助下，吕建业的发明获得了国家认可的专利；也是在教授的申请下，校方特批两人把专利送到林河消防。

看着江鑫蕊洋溢着青春的笑脸，以及周边年轻人的面庞，马小刚心里甭提有多开心了。他乐呵的是，消防战线后继有人。

这不，趁着没人的时候，江鑫蕊私下里恳求他，想要在寒假期间到鱼鸟河中队实习。

马小刚还没来得及回答，江鑫蕊羞红了脸，结结巴巴地说：我、我到这儿，不是为、为了别的，别误、误会了我和吕、吕建业的关、关系……

没、没事儿，回、回头我得给吕、吕程报喜。马小刚像个孩子一样，模仿江鑫蕊的语气说。

吕程是谁？还未等江鑫蕊反应过来，马小刚已经被政法委书记喊走了，他们得陪兄弟们会餐，马小刚已经在心里盘算，给年轻人们讲点什么。

最终，他什么也没说，只是一个劲儿地给小伙子们夹菜。

这天夜里，马小刚住在了鱼鸟河中队，在这个曾经战斗过的地方，他彻夜未眠，在营区里转来转去。他独自爬上了训练塔，这天是农历的冬月廿六，他隐约看到天边的小月牙，脑子里想到的却是：一家不圆万家圆。

马小刚在心里默算：这天夜里，确切地说是会餐之后，鱼鸟河中队出了7次警。

每次都是一号战车一马当先。

马小刚忍不住在心里边念叨：一号战车以及它所属的消防队伍正行进在路上。

有关他们的故事，也许，只有波光粼粼的鱼鸟河才会知道；也许，我们所有人都知道。

必须记下这一天，2019年1月1日。因为，新的一年又热热闹闹地开场了，好多未知的故事即将发生。

在路上（后记）

这部作品从动笔到完稿，仅用了两个半月，动笔前的准备工作，却耗费了三年多的光景。

那段时间，我一直在心里酝酿，却迟迟不敢动笔。直到2018年，消防体制改革，全体消防官兵将永久脱下心爱的军装，尽管很多人留恋和不舍，但这是大势所趋，是国家应急救援力量瞄向国际一流水平所迈出的重要一步。作为一名消防老兵，我必须用文字礼赞新时代的英雄群体。

很幸运，我的创作计划被中国作协列入“定点深入生活”扶持项目。接到通知后，我开始在心里琢磨，哪些地区最具代表性，能否通过小说的方式客观反映这段历史？

很长的一段时间，为了搜集鲜活的故事素材，我一直在路上奔波。现在回想起来，那是一段终生难忘的经历。

8月中旬，夏日午后，我去了天津滨海。经历事故摧残的中队早已焕然一新，一批年轻的消防员正在训练，汗珠挂在他们脸上，熠熠生辉。

那些坚毅的脸庞，让我想起牺牲的英雄：妻子怀孕三个月的优秀班长，当兵不满一年的呆萌新兵，还有仅剩一个月就要退伍的老士官……为国捐躯的他们是现成素材，可我实在不忍心让一线的兄弟们在文学作品中再失去生命。

我试图寻找新的故事。

8月底，我赶往四川成都、绵阳、眉山等地。十年前，天府之国曾发生过一场大地震；次年，新修订的《中华人民共和国消防法》颁布，将“应急救援工作”列入其中。我渴望找到一些能够反映消防改革进程的事例，哪怕是蛛丝马迹。

紧接着，我又到了山东烟台。在龙口市，我偶遇多年未曾谋面的小兄弟张加振，他已经成长为中队主官；在牟平区，我拜访了从优秀班长直接提干的中队长张辉。他俩为了满足我的诉求，专门将各个年龄段的消防员集合起来，让我倾听他们的心声。

在那群人中，我发现了极易被人们忽略的一个群体——专职消防员。近些年来，中国经济社会的迅猛发展，导致消防力量严重不足，为了解决这一瓶颈性的问题，东部沿海地区的消防部门率先委托地方单位向社会招聘适龄青年。这是新生事物，也是消防向职业化迈进的第一步。

为此，我陆续走访很多基层消防中队，了解这一群体的现状。很显然，这是一批鲜为人知的兄弟，他们不是现役，执行的任务却与士兵相同；他们不戴军衔，却像军人一样冲锋陷阵。我似乎看到了一线曙光。

素材有了，又碰到了新的难题，他们身上的故事多如牛毛，以至于我无法取舍。换句话说，我没有找到一个恰当的方式重塑他们的内心世界。我需要找到一粒种子，植入脑海，然后生根发芽，撑起一片绿荫。

这种苦恼远比路途上的劳累令人心焦。我被此事折磨得寝食难安，甚至可以说是备受煎熬，有点近似于在沙漠中长途跋涉，除了焦渴，还有内心深处的疲惫。

忘了是哪一天，我向好兄弟袁增高发牢骚。他说，光走走看看，永远找不到真正的好素材，来聊城消防住段时间吧。

我打着哈哈，不置可否。

他忽然间语气变得低沉：我这里有你需要的故事。前段时间，我这儿有个叫谢浩的专职消防员，在备战比武期间，儿子不幸夭折……你应该来写写我身边的这些战友。

我瞬间收起嬉笑的表情，答应了他的邀约，决定选个合适的日子，开启这段新的旅程。我隐约觉得，这一次，我不再是匆匆赶路的过客。

出发那天，我途经北京西客站消防中队，一辆城市主战车闪着警灯呼啸而出。驾驶室内，有张青春的面孔刚好转过来，冲着车窗外，带着阳光而坚定的笑容。

我猜想，小伙子应当是“00”后，跟很多年前18岁的我相似，或许还有些懵懂。我向他行注目礼，直到消防车汇进车流，我才庄重地举起右手，敬了一个军礼。彼时，我已经决定，这部小说的题目就叫《一号战车》。

创作的过程并不顺利，因为我长期在机关工作，缺少一线战斗生活经验。为了让作品更加接地气，我向青岛消防的李金尧求助，他邀请战友们为我帮忙——罗翀、吴振超、师鹏飞、杨新宇、范凌云、余琦、王炳然、张帅、孙磊、彭永强、李善鹏、杨明、杨金骏、范文伟、白晓鲁、孟林林，他们分别在贵州、浙江、山西、山东、陕西、甘肃、河南、吉林、天津、安徽、上海、江西、河北、江苏等地担任基层消防指挥员。

上述朋友毕业于中国人民警察大学（原中国人民武装警察部队学院）2012级消防指挥系，如今正在祖国的大江南北守护着一方平安。在此，感谢他们深夜为我答疑解惑，并向他们致以崇高的敬意。

除了前面提到的年轻人们，还有很多人为这部作品的创作给予了无私帮助。比如，山东边检李振刚、青岛消防姜大宁、淄博消防周升光、临沂消防张日松、聊城消防武星和张斌等等，是他们为我提供了诸多原始资料；还有那位平凡而伟大的消防员谢浩，是他的事迹促使我定下决心动笔，他是作品中大老柳的原型；再比如，全国公安文联副主席张策先生、《中国消防》杂志主编王英女士等等，在遭遇困惑时，是他们鼓励我及时调整心态，坚持到了最后。这个名单很长，虽然不能一一列出，但我都记在了心里，也借此机会感恩所有关心支持我的朋友们。

任何事情都难免留下遗憾。为了提升作品质量，我前前后后将初稿修改了7次，耗费了巨大的精力，在这一过程当中，改制后的消防有了很大的变化，已然成为应急救援的主力军、国家队。但我没有刻意去添加新的内容，我试图用作品再现转制初期消防队伍的风采。写下这个后记的初衷，正是要解释和说明这一问题。

行文至此，我得忙活别的了。当下新冠疫情突发，消防战线又涌现出无数感人的事迹。承蒙武汉消防杨宏国的关照，替我联系了火神山、雷神山消防执勤站的指战员，眼下我得尽自己的微薄之力，为他们写点什么。因为，此刻的“火焰蓝”们，正全力奋战在抗“疫”一线，他们以及他们用生命热爱的共和国消防事业永远在前进的路上。

2020年2月2日